语文阅读经典丛书·第五辑

# 尼尔斯骑鹅旅行记

文质　改编

长江出版社
CHANGJIANG PRESS

**图书在版编目(CIP)数据**

语文阅读经典丛书. 第五辑 / 文质改编.
—武汉：长江出版社，2020.11
ISBN 978-7-5492-7368-3

Ⅰ.①语… Ⅱ.①文… Ⅲ.①世界文学—作品综合集 Ⅳ.①I11

中国版本图书馆 CIP 数据核字（2020）第 232345 号

---

语文阅读经典丛书. 第五辑 　　　　　　　　　　　　　　文质 改编

责任编辑：李剑月
出版发行：长江出版社
地　　址：武汉市解放大道 1863 号　　　　　　　　　邮　　编：430010
网　　址：http://www.cjpress.com.cn
电　　话：（027）82926557（总编室）
　　　　　（027）82926806（市场营销部）
经　　销：各地新华书店
印　　刷：湖北嘉仑文化发展有限公司
规　　格：880mm × 1230mm　　　1/32　　　24 印张　　　500 千字
版　　次：2020 年 11 月第 1 版　　　　2021 年 2 月第 1 次印刷
ISBN 978-7-5492-7368-3
定　　价：148.80 元（共六册）

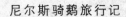

# 小 精 灵

从前，在斯科耐省南部的一个小农庄里，有个十四岁的男孩，名叫尼尔斯，他长得瘦瘦高高的，有着一头亚麻色的头发。他最喜欢做的事情就是睡觉和吃饭，剩下的时间都用来调皮捣蛋了。

一个星期天的早晨，尼尔斯的爸爸妈妈把东西收拾好后，正准备去教堂。尼尔斯想：太好了！爸爸妈妈都不在家，我可以想做什么就做什么了！我就是去玩玩爸爸的鸟枪，也没人管我！

可是爸爸似乎猜透了他的心思，转过身来说："既然你不愿意上教堂去，那就在家里念《福音书》吧。"尼尔斯随口答应了，心里却想着：反正你也不知道我念没念。没想到，妈妈很快就拿来《福音书》，翻到其中一页，并对他说："你要把这篇训言全部念完，等我回来考你！"

爸爸妈妈嘱咐完便走了。尼尔斯只得无奈地坐下来乖乖地念书，可他只念了一会儿，就呼呼地睡着了。不知道睡了多久，他突然被一阵窸窸窣窣的响声惊醒了。他坐的位置正对着一面小镜子，一抬头刚好能看到镜子里映出来的景象。他惊讶地发现，妈妈那只四周包着铁皮的栎木箱竟然开着。要知道，这箱子可是除了妈妈，别人都不许碰的。尼尔斯有些害怕，他还以为是小偷进了房间。于是，他安静地等待了一会儿，接着，他发现箱子边上有团黑影。不久，他便看清楚了，原来是个小精灵，没想到小精灵那么小，还没有一个巴掌高呢！尼尔斯看着小精灵，并没有感到害怕，只想去捉弄一下他。于是，他拿着苍蝇罩把小精灵扣住了。

被困住的小精灵哀求尼尔斯放掉他，并许诺送他一枚古银币、一个银勺子和一枚像他父亲的银挂表底盘那样大的金币。尼尔斯立马就答应了那笔交易，他把苍蝇罩抬起来，让小精灵爬出来。正当小精灵即将要爬出来的时候，尼尔斯忽然转念一想，他可以要求得到更多的好处。于是他又摇晃起那个纱罩，想让小精灵再跌进去。就在这时，尼尔斯脸上突然挨了一记重重的耳光，脑袋都快被震晕了，他一下子撞到墙上，然后倒在地上失去了知觉。

当尼尔斯清醒过来的时候，小精灵已经不见了。他发现屋里的一切东西都变得很大，他费劲地爬上桌子，目光正好落在镜子上。他立刻尖声惊叫起来："哎哟，他怎么跟我一模一样！"他在镜子里看到一个小人儿，也戴着尖顶小帽，穿着一条皮裤，只是这小人儿很小很小。原来，为了惩罚他，小精灵在他身上施展了魔法，把他变成了一个小精灵。

"不行，我要去找到那个小精灵，现在同他讲和，请求他把我变回原样！"尼尔斯暗自这样想着，他记起妈妈曾经讲过那些小人儿常常住在牛棚里的，他于是决定到那里去看看。

刚到牛棚，尼尔斯就发现自己竟然能听懂所有动物的语言了。他向动物们询问小精灵住在哪里，但是那些奶牛、鸡、猫都不肯告诉他，因为他们平时总是受到他的欺负。尼尔斯无可奈何地爬到矮墙上，思考着下一步应该怎么办。正在此时，他看到一群大雁从天空飞过，而雄鹅正振翅欲习。

他于是从墙上跳了下来，正好跳到雄鹅身上，他用双臂紧紧抱住了雄鹅的颈脖，央求他："你别飞走好不好啊？"可就在这时，雄鹅正好弄明白了应该怎样飞翔。他来不及停下来让尼尔斯离开，就带着他一起飞到了空中。尼尔斯只觉得一阵头晕目眩，他不得不用两只手牢牢地抓住雄鹅的翎羽和绒毛，才没有滑落下去。

# 大雁阿卡

　　那只白色的大雄鹅开心地与大雁一起飞行，可是时间一长，他就疲倦地落在了雁群后面。不料，领头雁一点也不想理会他，原来，他们说带他去高山只是逗他玩而已。雄鹅不禁有些生气，但又没有力气与他们争辩。正当他心里盘算着到底是掉头回去还是继续向前时，他背上驮着的尼尔斯突然开口说道："亲爱的莫顿，你可从来没有做过这样的长途旅行，还是回去吧，不然你会活活摔死的！"

　　雄鹅听到这话，生气极了，心里想着：连这么小的人都不相信我能飞那么远，我一定要飞给他看！于是他拼尽全力飞了起来，这下，他飞得与大雁差不多高了。

　　当然，要长时间这样快地飞行他是坚持不住的，所幸现在也并不需要，因为太阳落山了。雁群在太阳落下的一刻赶紧往下飞。还没等尼尔斯和雄鹅反应过来，他们就已经停在维姆布湖滨了。

　　"看来我们要在这里过一夜了。"尼尔斯看看四周，从鹅背上跳了下来。

他已经整整一天没有吃东西了，现在肚子正"咕噜咕噜"地响呢。可是那只雄鹅的境况比他还要糟糕。他降落后就一直趴在那儿，紧闭着双眼，一动不动，呼吸十分微弱。"亲爱的莫顿，"尼尔斯说道，"去喝点水吧！"可是雄鹅仍然一动也不动。于是尼尔斯费了很大力气把他推到水边。

雄鹅把脑袋钻进湖里，躺在泥浆里，不久之后伸出嘴巴，将眼睛上的水珠抖落掉，大口地呼吸起来，好不容易等到体力稍稍恢复，他才开始在芦苇和蒲草间梳洗。

大雁们比他先到。他们降落后，完全不理会雄鹅和他背上的人，只是一猛子钻进水里，休息、觅食。看来雄鹅和尼尔斯运气不错，一条小鲈鱼从雄鹅眼前游过去，他一下子把他啄起来，带到尼尔斯面前。

"这是送给你的，谢谢你把我移到水边。"他说道。尼尔斯高兴地从衣兜里摸出一把小刀，把鱼鳞刮干净，把内脏挖空，很快就把那条鱼吃光了。

吃饱之后，尼尔斯感到有些不好意思，因为他本来以为自己吃不下生鱼的，可饥饿逼得自己竟然生吃了一整条鱼。尼尔斯对身边的雄鹅说："我还以为，咱俩一直是死对头呢。"可是雄鹅似乎早把这些忘记了，他只记着尼尔斯刚刚救过他的性命。

这时，大雁们来到他们面前，他们站直了身子，伸长脖子，挨个点头行礼。雄鹅也一一还礼。等到互相行礼过后，领头雁说道："现在我们想知道您是什么人。"这只领头雁比别的大雁脑袋都大，双腿也更粗壮，两眼炯炯有神。

雄鹅回答道："我去年春天出生在斯堪诺尔，秋天被卖到西威曼豪格村的豪尔格尔·尼尔森家里。然后就一直住在那里。"

"看来你也并不高贵，不过你很有勇气。"领头雁说，"那么和你一起来的这位是谁？我还从来没有见过像他这样的家伙。"

"他，他叫大拇指。"雄鹅不想泄露尼尔斯是个人，急中生智地这样回答。

"他是小精灵吗？"领头雁问道。

"你们大雁每天都什么时候睡觉？"雄鹅想转移这个话题，"一般这个时候，我的上下眼皮就开始打架了。"

这时领头雁神气地对雄鹅说道："雄鹅，告诉你，我叫阿卡，来自大雪山，如今已经一百多岁了；我右边这位是从瓦西亚尔来的亚克西；左边这位是诺尔亚来的卡克西；右边排在第二的是从萨尔耶克恰古来的科尔美；左边排在第二的是斯瓦巴瓦拉来的奈利亚；飞在他们后边的是乌维克山来的维茜和从斯恩格利来的库西！而这几只，还有那六只排在队尾的都是出生

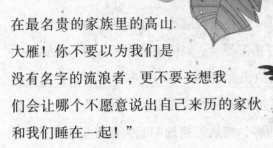

在最名贵的家族里的高山
大雁！你不要以为我们是
没有名字的流浪者，更不要妄想我
们会让哪个不愿意说出自己来历的家伙
和我们睡在一起！"

看到领头雁阿卡的这种神态，尼尔斯突然朝
前走了一步。

"我不想隐瞒自己的姓名，"他说道，"我叫尼尔斯·豪格
尔森，是个佃农的儿子，本来一直是个人，可就在今天上午……"

刚听到那个"人"字，领头雁就往后退了几步，其他大雁
退得更远。继而他们全都暴怒地冲着尼尔斯高声鸣叫起来。

雄鹅连忙站出来调解说："犯不着这样啊！他这么小一个
人，根本不用害怕他。就算他要回家，那也至少是明天的事情
了，今天晚上你让他一个人在外面怎么办呢？"

领头雁想了想，小心地向前走近了些，说："你得保证他
不会伤害我们才可以。不过我们去浮冰那儿睡觉，你们敢吗？"

说完，雁群就冷冷地走开了。

尼尔斯心里有点难过，看来这次旅
行是没什么指望了，况且摆在眼前的问
题对他来说可不容易，浮冰上露宿，那
简直会把人冻死的！

半夜的时候，大
雁们休息的那块浮冰

缓缓地移动起来，有一处甚至与陆地连了起来。这时，一只名叫斯密尔的狐狸正好出来觅食，他悄悄地靠近大雁，想要抓一只回去。不料，就在他快要接近大雁时，脚下一滑，弄出了声响，惊飞了大雁。可是斯密尔的动作很快，他猛地一扑，还是咬住了一只大雁的翅膀，然后迅速地叼起大雁往岸上飞奔。

尼尔斯在雄鹅受惊后就掉了下来，等他反应过来时，就只看见一只貌似短腿狗的东西拖着一只大雁跑掉了。于是他赶紧爬起来追了过去，想要夺回那只大雁。他一边飞奔，一边冲着狐狸喊："你这条坏狗，把大雁放下！"他现在拥有了小精灵的夜视能力，在黑夜里行动就如白天一样自如。

斯密尔因为自己竟被误认为是一条狗，不禁觉得可笑。要知道，斯密尔可是个无恶不作的强盗！

尼尔斯终于赶上了斯密尔，他一把抓住他的尾巴，使劲地拖拉他，可是，现在的他没有那么大的力气，反而被斯密尔拖着往前跑。

尼尔斯这才看清，眼前这个尖鼻子的凶狠的家伙，根本不是一条狗，而是只狡猾的狐狸。可是他竟敢如此鄙视自己，简直太过分了！于是他紧紧抓住狐狸尾巴，把脚蹬在一棵树上固定住身体，然后在狐狸正好张大嘴的时候，使出浑身的力气使劲往后一拽。完全掉以轻心的斯密尔被拖得后退了几步，大雁这才得以脱身。

斯密尔见到手的猎物被这么个小人儿给放走了，不禁恼羞成怒，凶狠地向尼尔斯扑了过来。"你放走了我的食物，那就由你来充当我的食物吧！"他怒吼着。

尼尔斯见他是个老练的猎人，就爬上一棵树躲了起来。可惜那棵树很小，他坐在上面极不舒服，狐狸在树下转悠，尼尔斯陷入进退两难的境地。他又冷又困地在树上待了一夜。

当太阳的光辉完全抹掉黑夜的痕迹时，一只落单的大雁飞进了浓密的树林。她看起来慌乱而不知所措，乱飞乱撞，而且飞得很低很慢。斯密尔一见到她，就离开了尼尔斯待着的那棵树，蹑手蹑脚地接近她。大雁似乎没有发现狐狸，几乎紧贴着他在飞翔。斯密尔向上直蹿起身来扑向她，可惜扑了个空，大雁似乎受了惊吓，朝湖边飞过去了。

没过多久，又低低地飞来了一只大雁，她比前一只飞得更慢、更低。有时甚至还擦着斯密尔飞过，斯密尔同样朝她扑了过去，甚至蹿得更高。可是她也躲过了他的爪子。不一会儿，又来了一只飞得更低更慢的大雁。斯密尔奋力一跃，但还是叫她逃走了。第四只紧接着过来了，她看起来疲倦到了极点，低低地飞到了斯密尔的头顶，引得他不由自主地扑了上去。他的爪子已经碰到她了，可她突然一闪身，仍然逃离了。

就这样，十四只大雁依次过来不断循环轮流地逗着斯密尔，斯密尔疲惫极了。尼尔斯趁机脱了险。

经历了这件事情，阿卡没有再提起让尼尔斯离开的话，而尼尔斯也规矩了整整一个星期。一个星期后，阿卡告诉他，那个将他变小的小精灵答应了大雁的请求，只要尼尔斯回家，就可以恢复原样，但尼尔斯却选择了与大雁一起到拉普兰去。

# 鹤之舞表演大会

这天清晨，睡在浮冰上的大雁们被天空中的喧哗声惊醒了。一群灰鹤"呼啦啦"地从空中飞过，他们冲着每一片土地高声鸣叫："明天在库拉山举行鹤之舞表演大会，欢迎诸位光临！我们代表大鹤特里亚努特向大雁阿卡和她率领的雁群致敬。欢迎你们的光临。"

阿卡抬起头回礼："谢谢！也请代我向她致敬，我们会来的。"

大雁们听到这个消息都兴奋起来，他们告诉雄鹅和尼尔斯，他们交了好运，才可以看到这么难得的鹤之舞大会。

第二天，尼尔斯跟着雄鹅和雁群飞到了库拉山。库拉山是一座低矮而狭长的小山，树林和耕地在山上纵横排列，间或分布着一些沼泽以及一座座小小的圆形山丘。如果从那条大路走到山顶，你就会发现，这地方与斯科耐

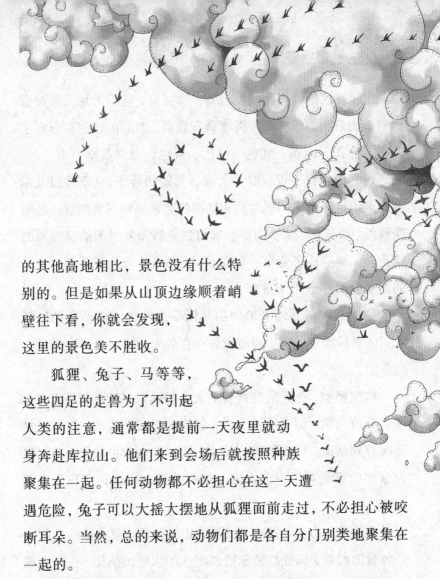

的其他高地相比，景色没有什么特
别的。但是如果从山顶边缘顺着峭
壁往下看，你就会发现，
这里的景色美不胜收。

狐狸、兔子、马等等，
这些四足的走兽为了不引起
人类的注意，通常都是提前一天夜里就动
身奔赴库拉山。他们来到会场后就按照种族
聚集在一起。任何动物都不必担心在这一天遭
遇危险，兔子可以大摇大摆地从狐狸面前走过，不必担心被咬
断耳朵。当然，总的来说，动物们都是各自分门别类地聚集在
一起的。

找到自己的场地后，动物们就开始翘首期待飞禽的到来。
要知道，灰鹤可是优秀的天气预报员，所以，集会的那一天一
定是个晴朗的好天气。

长时间的等待后，终于，天空飘来一片云彩，这云彩停在
集会场上空，突然一瞬间，这整片的云彩发出了嘹亮的鸣叫

声，此起彼伏的鸣叫声响彻云霄。紧接着，这一大片云彩覆盖到整个山丘上，那鸣叫声仍然余音袅袅。而那山丘上则布满了云雀、燕雀、山雀，红色、绿色、灰色，点缀着整个山丘。

这时的鸟群不仅仅是一大片云彩般的样子，从东北以及东部耶英厄地区过来的黑琴鸦和红嘴松鸡相隔两三米形成一些断断续续、长长的线条，而那些来自法斯特布罗外面的莫克滩的蹼足鸟，则排成了菱形、半圆形、三角形、弯钩形等各种奇怪的形状，有序地飞了过来。

尼尔斯跟随着阿卡率领的队伍降落在为大雁预留的位置上。他举目四望，成片的动物分布在各个山头，一派欢乐祥和的景象。

按照惯例，这天的动物表演大会仍然以乌鸦的舞蹈开始。他们分成两队，面对面地飞行，碰到一起又折回去，这样反复多次直到结束。乌鸦舞蹈一结束，所有的动物也放松下来，因为这样的舞蹈对于不怎么精通舞蹈的观众来说，实在是单调无聊。

紧接着，山兔、松鸡、黑琴鸡相继登场。就在这些动物相互较量的时候，狐狸斯密尔悄悄潜入了大雁的队伍。一只大雁发现后立刻大叫起来，因为她觉得狐狸鬼鬼祟祟的样子实在是有些可疑。没想到，斯密尔一下子扑过去咬住了那只大雁的脖子。雁群"呼啦啦"地全都飞了起来，这下子，山丘上就只剩下狐狸叼着那只已经被咬断脖子的大雁孤零零地站在那儿。

由于破坏了动物集会的和平，对于狐狸斯密尔的处罚很快就到来了。全体狐狸一致认同给他应受的惩罚：由狐狸首领咬掉他耳朵的一角，然后他必须背井离乡，永远不得再次踏上斯科耐的土地。这让那只狐狸后悔终生。

很快，那群灰色的大鸟从山丘上掠了过来。这些大鹤身披灰色的云彩，一圈朱红色的羽毛如同闪闪发光的项链挂在他们优雅细长的脖颈上，他们旋转着、翱翔着，轻柔地转身，似舞蹈又似展示着他们无可比拟的飞行技巧。

他们振翅高飞的样子高雅优美，速度奇快无比，同时又轻巧地做出各种匪夷所思令人炫目的动作。这独特的舞蹈仿佛是奔腾的雾霭，蕴藏着无限的生命活力，又激起心中遥远而美好的憧憬，在场所有的动物都无可救药地陶醉在满怀希望的情绪中。

这一刻，每个动物都想飞翔，投奔到广袤的宇宙永远自由地飞翔。鹤之舞的魔力很容易让人恍然大悟：怪不得这场集会要以他们的舞蹈命名！

# 小卡尔斯岛

　　因为被驱逐出境，狐狸斯密尔对大雁怀恨在心。鹤之舞表演大会之后，斯密尔就不断地追踪大雁们。厌烦骚扰的雁群决定听从几只灰燕的建议，改道到厄兰岛逗留几天，以躲避狐狸的追踪。

　　当他们好不容易找到厄兰岛的时候，浓浓的雾正好将整个岛屿覆盖着。在这个岛屿上，有一座名叫奥登比的古老而又有名的庄园，它的名气并不是因为它的属地很大，要知道，整个岛屿都属于它，而是因为这里一直有着大群不同种类的动物出没。

　　接下来的两天，发生了一件怪事：雄鹅连着两天都莫名其妙地失踪了，正当大家急得焦头烂额的时候，他又自己回来了，还直说是浓雾让他迷失了方向。可是尼尔斯觉得事情有些古怪，于是，这天他跟踪了雄鹅。

　　果然，雄鹅并不是失踪了，而是去照顾一只受了伤

的小灰雁。雄鹅每天都给小灰雁送
吃的，还安慰她。等到雄鹅离开后，尼
尔斯跳了出来。

"你不要害怕，"尼尔斯说，"我是雄鹅莫顿的旅伴。"

"你好！雄鹅跟我提起过你，他说你是最最善良的小人
儿。"她优雅地弯下脖颈向他行礼，那雍容华贵的样子让尼尔
斯觉得，眼前的小灰雁就是一个被施了魔法的公主。尼尔斯突
然很想帮助她。

他把小手伸到小灰雁受伤的翅膀下面，摸到那个伤处，原
来只是脱臼。于是，尼尔斯让她耐心忍着，然后使劲一推，将
骨头推回到原位。尽管尼尔斯很小心，只是这一推还是很疼，
小灰雁尖叫一声，昏死过去了。

尼尔斯怕极了，自己本来打算帮助她，可是看这样子，似
乎害死了她！想到这里，他慌忙逃跑了。

不一会儿，雄鹅突然驮着尼尔斯掉头回来了。可是，在原
来的那个地方，他们并没有看到小灰雁，连尸体都没有看到。
尼尔斯愧疚极了，他想，小灰雁恐怕是被狐狸叼走了吧。但是
他又不敢对雄鹅坦白发生的事，自己只是想要帮助她，没想到
害死了她。

雄鹅四处寻找着，高声呼唤她的名字："小灰雁邓芬！你

在哪里？"

就在这时，一个温柔悦耳的声音响起："我在这里，雄鹅莫顿，我在这里！我早起去洗澡啦！"

尼尔斯顺着声音望过去，小灰雁从水中一跃而起，水珠顺着她光滑的羽毛滑下，仿佛一颗颗珍珠散落在最华丽的绸缎上。她温柔地向雄鹅讲述了尼尔斯如何救助了她，如何让她的翅膀复原。她落落大方的样子，再一次让尼尔斯觉得，她就是一位小公主。

雁群离开厄兰岛后，按照原计划转身再朝内陆飞去。他们横越卡尔马海峡时，南风一直拼命地把他们往北方吹着，他们快速地奋力朝陆地飞去，却猛地听见一阵巨响，那声音就像千百只大鸟一起扇动翅膀发出的声音一样。更令人惊异的是，湛蓝的海水几乎与此同时地变成了阴暗的黑色。阿卡急忙停止挥动翅膀，几乎静止在空中，然后赶紧带领雁群降落到海面上。

这是一场可怕的大风暴，大雁们除了尽量避开风头之外没有任何办法，所以阿卡才带领大家降落到海面上。所幸大雁们对于浪花并不介意，一个个浪花打过来，形成一个个波峰浪谷，大雁们就在这些峰谷间滑上滑下，就像一群孩子在荡着秋千，他们玩得不亦乐乎。

狂风持续了整整一天，伴随着日落，每一只大雁都开始为即将来临的黑夜感到担忧。这样的风浪会让浮冰相互碰撞，停在上面就是自寻死路，况且还有海豹随时可能袭击他们。他们不敢想象，就这样在空中飞行一夜，会发生什么事情。

不过，他们可真是幸运，风暴把他们刮到了一座峭壁前，而且这峭壁中正好有个山洞。大雁们鱼贯而入，一切转危为安。

大雁们查看山洞时发现，这山洞居住着一群山羊。于是阿卡向一只看似领头羊的大公羊行礼："你好！来自草原的伙伴。我们被风暴吹到了这里，如果可以借宿一个晚上，我们将感激不尽。"

不料羊群沉默了好久。最后，终于有一只老母羊回答她："唉，不是我们不愿意收留你们，只是因为这里有狐狸，现在我们自身难保，不能招待你们了。如果你们愿意，就来吃点东西休息一会儿再出发吧。相信我，在狂风中颤抖也比在这里睡觉安全得多。"

听到这样的话，大雁们犹豫了，外面的风暴他们不想再经历了，可山洞里的狐狸也不是他们想遇见的。阿卡思索再三，走到尼尔斯面前，郑重地对他说："你愿意再次帮

17

助我们吗？我想请你不要睡觉，给我们放哨，狐狸来了就叫醒我们。"

尼尔斯点头同意了。于是，大雁和羊群各自找到一个角落，沉沉地睡去了，只剩下尼尔斯一个人静静地守卫着。渐渐地，洞外的风暴小了下去，缓缓升起的明月洒下一片清辉。

在洞口的冷风中守卫了大半夜，尼尔斯突然听到一种利爪刮在石头上的声音，他立刻警觉起来。他仔细一看，果然有三只狐狸偷偷摸摸地朝这边溜了过来。尼尔斯本来打算只叫醒大雁飞走的，可是想到羊群又不忍心丢下他们，于是，他飞奔到洞里，摇醒公羊，并骑到他身上："快起来，我们给狐狸一些厉害瞧瞧！"

他们悄悄走到洞口附近，等着狐狸一冲进来，尼尔斯就指挥公羊向前猛地一冲，撞倒了一只狐狸。然后尼尔斯又指挥公羊向左弯弯他那强壮的角，又一只狐狸被撞下山。尼尔斯本来打算对付第三只狐狸的，可是那狐狸一看同伴吃了大亏，就偷偷溜走了。

"我想，他们今晚尝到了好滋味！"尼尔斯开心地说。

"我想也是，今晚可以睡个好觉了，来吧，钻到我的绒毛里来，睡个好觉。"公羊乐呵呵地把尼尔斯塞到自己温暖柔软的绒毛里，安然入梦。

# 两座城市

　　这是一个晴朗而静谧的夜晚，大雁们在一座山的山顶露宿，尼尔斯躺在一旁的草丛里，仰望着天空。明月将清辉洒满了大地，万籁俱静。他突然意识到，今天是复活节的前一晚，于是他想，会不会看见巫婆骑着扫帚从空中飞过呢？

　　似乎在回应他的想法，一幅美景出现在他的视野内：一轮圆月洁白无瑕，一只飞鸟从月亮中飞来，是的，就在月亮的正中间，就好像是从月亮里飞出来的一样。在月光的映照下，那只大鸟双翅有着乌黑的羽毛，翅尖泛着点点清辉。他的动作优雅洒脱，那画面仿佛凝固了一般。他一直朝着这边飞来，尼尔斯渐渐看清了，那是一只白鹳鸟。

　　不一会儿，那只白鹳鸟竟然停到了尼尔斯身边，原来是之前见过的埃尔曼里奇先生。埃尔曼里奇先生有着洁白的身躯、颈脖和脑袋，然而却又长着一对又大又黑的翅膀。他细长的腿是鲜艳的红色，奇怪的是他那细长而扁平的喙，那样的细长，对于他那个小脑袋来说未免有些大得过分。他总是一副烦恼忧伤的模样，也可能是那长喙压得他不得不低着脑袋的原因吧。

尼尔斯与这只白鹳鸟曾经一起拯救过格里敏城堡英勇的黑老鼠，所以有着不错的交情。当他认清是埃尔曼里奇先生的时候，立刻坐起来同他打招呼。两人开心地聊了很久，最后，埃尔曼里奇先生问他是否愿意出去走走，睡不着觉的尼尔斯欣然应允，于是白鹳鸟就驮着他朝着月亮飞去。

很快，他们降落到一片荒无人烟的沙滩上，这一片细沙上有一排长长的沙丘，虽然不大，但是对于尼尔斯来说，沙丘的高度已经足够挡住他的视线了。鹳鸟在一个沙丘上用单脚立住，并将长长的嘴塞到翅膀下面，对尼尔斯说："你自己去玩一会儿，我先休息一下。"

尼尔斯刚想爬到沙丘上去看看另一边是什么，他的木鞋就踢到一个硬邦邦的小东西。他捡起来一看，原来是一枚被腐蚀得绿锈斑斑的铜钱，尼尔斯随手丢掉了。等他再次抬头的时候，眼前竟然立起一堵黝黑的城墙。他敢发誓，他低头捡钱的时候眼前绝对只有大海和沙滩上的海藻。

尼尔斯绕过正在玩骰子的守卫，毫不费力地走进城里。过了城门，迎面就是一个大大的广场，地上铺着平整的大石板，四周是高大漂亮的房屋，雕梁画栋，而且一栋比一栋漂亮，仿佛相互间争奇斗艳一般，就像古老的故事书里描述的那样。街道宽阔整洁，来往的男男女女都穿着精美华丽的服饰。手工艺人都在露天劳作，有的熬鲸油，有的纺金线，有的揉皮革，有的将闪闪发亮的宝石镶嵌到各种首饰上去。

当他浏览过全城后，又折回到广场上来，广场上有一座华美的教堂，砌成教堂的每一块石头都是经过精心雕刻的。尼尔斯开始慢慢走过一条看起来是集市的街道，一个商人看见了他，满脸微笑地向他招手，而且为了吸引他过去，商人还展开了一块非常华丽的锦缎。现在，所有的商人都看到他了，只要他的眼睛望向哪个店铺，那家店铺的老板就会异常激动地向他展示自己店铺里最好的商品。尼尔斯被逗乐了：他们怎么会认为像自己这样的穷鬼会买得起这样的贵重物品呢？况且，旁边多的是有钱人啊。

尼尔斯只好向他们摊开双手，表示自己没有钱。然而，那个商人将一大堆货物推到他面前，伸出一个小指头表示，这些只需要一个小钱就能够买到。尼尔斯摸遍了自己的口袋，并翻出来给他们看，自己真的是一个小钱都没有。所有的商人看到这个情景，都伤心难过得哭了起来。尼尔斯不忍心看着他们眼泪汪汪的样子，想到自己在城外拉到的那枚铜钱，于是迅速转身跑了出去。

很快，他在沙堆里找到了那枚破旧的铜钱，开心地直起身子走向前去。可是，眼前的那座城竟然完全消失不见了，只剩下一片大海，就像刚刚突然出现一样悄无声息。

尼尔斯急坏了，这样一座美丽的城市凭空消失了，这让他难以接受。

白鹳鸟已经醒了，他来到正在发呆的尼尔斯身边，用嘴碰

了碰他。

"哦，埃尔曼里奇先生，我刚才看到一座非常美丽的城市。"尼尔斯回过神来叫道。

可是白鹳鸟却一口咬定他只是做了一个梦。"但是，"白鹳鸟接着又说，"有一只最有学问的鸟告诉我，在这片海滩上，曾经有一座叫作威尼塔的城市，那是一座非常富裕的城市，没有哪一座城市比得上它。可是城市里的居民骄奢淫逸，于是，上天用一场海啸淹没了整座城市，给了他们最严厉的惩罚。只是，城市在海底保存得完好无损，甚至居民都还活着。每隔一百年这座城市就会浮出水面一个小时，如果在这一个小时内，有任何生人同商人达成了任何一笔交易，这座城市就解放了。否则，一个小时后，城市又会沉入海底。也许你看到的就是这座传说中的城市。"

尼尔斯明白了，白鹳鸟今天就是想要他来拯救这座城市的，可是自己却白白地浪费了这个机会。想到这里，他伤心地哭了起来。

现在已经是春天了，树木都长出了新叶，花儿也竞相开放。大人们和孩子们都在兴高采烈地玩耍，他们抛起来的球有时都快碰到大雁了。可是，尼尔斯心里还在为那座城市难过，没有心思欣赏这些美景。

没等他反应过来，大雁们已经飞过了这片陆地，正朝着西海岸飞去。尼尔斯的眼前出现了一座黑黝黝的城市，矗立在一望无垠的大海上。他惊讶地感觉到，这城市跟他魂牵梦绕的海底之城一样的气派。

终于，他们来到了城市的上空，尼尔斯这才发现，这座城市跟那座海底之城相似但又不完全相同。就好像同一个人，一天穿金戴银，另外一天却衣衫褴褛。能够看得出，眼前的这座城市曾经也辉煌过，可是现在，四处都是坍塌的墙壁，宽敞的街道上没有一个人，建筑周围荒草丛生。

尼尔斯能够想象出这城市曾经的繁荣，所以他又为这座城市感到惋惜起来。

# 乌　鸦

　　在斯莫兰西南角有个叫作索耐尔布的地方，那里地势平坦，人烟稀少，荒凉无比。就在这片荒凉的土地上，住着一群乌鸦，他们的首领凶残成性，名叫黑旋风。

　　一天，乌鸦们在一个大坑里发现了一个瓦罐。他们很好奇这瓦罐里装着什么，于是，他们争先恐后地在这瓦罐上啄着，想要打开它，看看里面到底有些什么。但是无论他们怎样努力，那个瓦罐都纹丝不动。正当他们无计可施的时候，一只狐狸来到他们面前。

　　"嗨！需要我帮忙吗？"不得不承认，眼前的狐狸十分漂亮，唯一的遗憾就是一只耳朵上缺了一角。他正是斯密尔。

　　乌鸦们警惕地散开一点，将狐狸包围起来，狐狸走到瓦罐旁，又啃又抓，可是怎么也打不开。他把瓦罐放在地上滚动，仔细地听了听声音，然后说："看来我也打不开，不过听声音，这里面应该是银币。"

　　狐狸突然想到，自己何不借此机会让乌鸦帮忙除掉那个让他恨得牙痒痒的小人儿呢？于是他对乌鸦说："虽然我打不开，但是我知道有个人一定能够帮你们打开这个瓦罐。不过我有个条件，你们把他带来打开瓦罐后，就将他交给我处理。"

乌鸦听说有人可以帮忙打开瓦罐取出银币，而条件对自己也没什么害处，就答应了。于是，狐狸告诉乌鸦，那个人是个小精灵，在阿卡带领的雁群里，与一只大白鹅在一起。

与狐狸达成协议后，乌鸦迅速组织起来，开始了对男孩尼尔斯的搜索。

这天清晨，阿卡的雁群正在高斯湾的一个小岛边寻找食物，而尼尔斯的肚子也饿得"咕咕"叫，只是在这片水域中找不到他能吃的食物。于是，他请雄鹅将他驮到对岸，他想向对岸一对玩耍的小松鼠讨几粒松子吃。

可是到了对岸，那对小松鼠却只顾着自己玩耍，不肯停下来听他说话。尼尔斯一路追赶着他们，直到追进了森林里。很快，雄鹅已经看不见他了。突然，尼尔斯感觉到有人在背后抓他，回头一看，原来是只乌鸦正在用爪子拎他的衣领，试图将他提起来。尼尔斯竭力挣脱，但是马上又有一只乌鸦过来抓住他的脚，将他拎上了天空。

尼尔斯大声呼救，可是等雄鹅赶过来的时候，乌鸦们已经兵分两路，快速地将他带入了一片茂密的树林。

乌鸦将尼尔斯藏在一棵异常茂密的杉树下，然后围住他，用尖嘴对准他。这时，尼尔斯看见大雁们从头顶飞过，听见他们呼唤他的声音，尼尔斯正准备答话，最大最凶狠的乌鸦首领黑旋风却恶狠狠地对他说："不准说话！不然啄瞎你的眼睛！"

黑旋风将尼尔斯推到瓦罐前说："快！把它打开就放了你！"

尼尔斯只好胡乱掰了掰那个瓦罐，然后说："我太累太饿了，让我休息一会儿再来打开它。"

"不行！"黑旋风毫无耐心，"马上就打开！"他对着尼尔斯一阵猛啄。

尼尔斯生气了，他翻身爬起来，掏出小刀，将刀尖对着冲过来的乌鸦，说道："你最好小心点！"

乌鸦狂怒，他不能容忍一个小人儿对他这样不敬。他不顾一切地冲过去，正好撞到了刀尖上。就这样，黑旋风死了。

剩下的乌鸦一边号啕大哭，一边叫嚷着要替首领报仇。他们纷纷向尼尔斯扑了过来，只有一只有着一根白翎毛的乌鸦冲过来用翅膀护住了他。

这只乌鸦叫作卡尔木，是前首领家族的乌鸦。这个乌鸦群之前的首领都是有着白翎毛的白羽族，他们奉行清规戒律，管理严格。可是，后来有些乌鸦受不了这种清贫的生活，于是推翻了白羽家族的领导，开始追随残暴的黑旋风，干尽了坏事。卡尔木是靠着装傻充愣才逃过了被黑旋风赶尽杀绝的厄运。

"快！爬到我背上来，我带你到安全的地方去。"卡尔木匆匆对尼尔斯说，然后背着他飞进了一个破旧的小屋。

"我要谢谢你，"一放下尼尔斯，白羽卡尔木就说，"你帮我除掉了黑旋风，他杀了我整个家族。你可以在这里过一夜，除了我，没有其他人知道这里。"说完，他就飞走了。

第二天一大早，白羽卡尔木又飞进了小屋。他骄傲地告诉尼尔斯，自己被选为了新的首领。正当尼尔斯准备开口对他表示祝贺的时候，窗外传来一阵熟悉的说话声，"他就在里面吗？"

这是狐狸斯密尔！

卡尔木大惊失色地说道："快点离开这里！狐狸想害死你！"

可是还没等他们做出任何行动，狐狸就跳进了窗户，一口咬断了卡尔木的脖子。尼尔斯一步步后退，他心里明白，自己完全不是狐狸的对手，尤其是在这么一个空荡荡的小屋里，这次恐怕是在劫难逃了。

正在这时，小屋的门打开了，两个人走了进来，尼尔斯开心极了，因为这两个人正是他以前的伙伴——放鹅姑娘奥萨和她弟弟小马茨！尼尔斯兴奋地呼唤着他们的名字冲他们奔过去，可是他们却惊恐地紧紧抱在一起。

他突然意识到，自己的样子吓坏了他们。尼尔斯痛苦极了，悲伤地扭头就跑。他不辨方向地跑着，正好遇到了四处寻找他的雄鹅和小灰雁，雄鹅看他着急的样子，以为他被人追赶，于是赶紧把他放到自己背上，迅速地飞走了。

27

# 从塔山到胡斯克瓦尔那

雄鹅莫顿驮着尼尔斯，和小灰雁邓芬一起，去追赶阿卡的雁群，他们说好在塔山会合。他们一路快速飞行，想早点追上阿卡他们，而且还要躲避狐狸斯密尔的追捕，天色渐渐变暗的时候，他们累得都快睡着了。

终于，他们找到一个独立的农庄，这个农庄非常偏僻，而且看起来就像没有人居住一般。农庄里有牛棚和马棚，还有一排长长的干草棚，只是这些房屋看起来都歪歪斜斜，似乎随时都会倒塌。

雄鹅和小灰雁很快就躺在一个角落里睡着了，可是尼尔斯却睡不着。他躺在干草堆上翻来覆去，因为他总是会想起自己把放鹅姑娘奥萨和小马茨吓得直哆嗦的情景，这令他十分伤心。

尼尔斯坐了好久，最后终于睡着了。在梦里他看见了自己的父母，他们变得满脸皱纹，满头白发。尼尔斯惊讶地询问他们怎么会变成这样，他们回答说，是因为思念他的缘故。尼尔斯感到既难过又开心，他本来以为，是没有人会思念他的。

雄鹅和小灰雁驮着尼尔斯，继续赶路，他们很快就见到了一座山坡陡峭、山顶平坦的高山，那就是塔山。大雁们正在山顶上翘首以待呢。当他们看见雄鹅和灰雁带回了尼尔斯，立刻发出一阵欢呼声。重逢的场面是如此的快乐，如此的令人感动。

　　当天晚些时候，大雁们休息好之后，继续往前飞。此时是这个地区的春天，前一段时间这儿都是在雨水中度过的，人们对春天的向往让他们在这样的天气里无心工作。所以，当雁群欢呼着飞过的时候，人们总是会抬头看看他们，甚至同他们打招呼。

　　离开塔山之后，大雁们向孟克湖飞去。孟克湖的工人们正要去工作，他们听见大雁的叫声，就停下脚步抬起头大声地问道："喂，你们要飞到哪儿去呀？"

　　尼尔斯就从雄鹅的身上探出脑袋，代替大雁回答道："我们要到一个没有机器和车床的地方去！"工人们听到尼尔斯的回话声，以为自己听错了，要不然大雁们怎么能用人的语言喊出自己的心愿呢。

　　大雁们继续往前飞着，经过了维特斯湖畔的火柴厂。火柴厂像一个高大古老的城堡，伸出许多巨大的烟囱，像一架架升向天空的云梯。宽敞明亮的厂房里，年轻的女工们正忙碌地把火柴棒装进火柴盒里。大雁们从空中飞过时，一个坐在窗户边的姑娘——她手里还拿着一个火柴盒呢，从窗户边探出头来，向大雁们问道："喂，你们要飞到哪儿去呀？"

　　尼尔斯替大雁回答道："我们要到一个不需要灯火的地方去！"

　　延切平市坐落在这个城市最理想的方向,也就是那些工厂的东部。在狭长的维特恩湖的两边,是陡峭险峻的沙岸。由于年代太久,沙岸早已斑落、坍塌,看起来倒像敞开了一扇破旧的大门,引诱着人们走近去朝里面看。延切平市正对着这扇大门,两边的山峰面朝着维特恩湖,像天然的面纱遮掩着它。

　　大雁们从延切平市上空飞过,不久就到了萨纳疗养院。院子里,几个病人悠闲地躺在睡椅上,晒着太阳,呼吸着春天清新的空气。一个病人听到空中大雁们的叫声,于是抬起头对着大雁问道:"喂,你们要飞到哪儿去呀?"他的声音太微弱了,仿佛一阵风就能吹断了似的。

"我们要到一个没有痛苦和疾病的地方去！"尼尔斯回答道。

大雁们很快就飞到了山谷里的胡斯克瓦尔那，它被陡峭秀丽的山脉环绕着。一条小河从高处泻下，形成细长的瀑布。山脚有许多作坊和工厂，工人的住宅就在山谷，住宅周围是花园和草地，谷底中央是学校。大雁们飞过时，学校正好放学，一大群孩子排着队从教室里走出来。他们熙熙攘攘，挤满了整个校园。

"喂，你们要飞到哪儿去呀？"孩子们听到大雁的叫声，纷纷抬起头对着天空喊道。

"我们要到既没有书本也没有作业的地方去！"尼尔斯兴奋地喊道。

孩子们欢呼起来："带我们去吧，带我们去吧！"

"现在可不行，现在可不行！"尼尔斯回答道。

就这样，大雁们欢叫着一路前行。

# 美丽的庄园

　　大雁们朝北飞过瑟姆兰省。一路上他们经过了许多的教堂，这里不仅有庄严肃穆的大教堂，还有古朴幽静的小教堂。不管是城市里、小镇上、村子里，只要有人生活的地方，就会有教堂。教堂里传出的神圣的钟声和唱诗班美妙的歌声让尼尔斯感觉很开心。他骑在雄鹅背上，心里想：看来有一件事是叫人放心的，那就是无论在这个世界的哪片土地上，我都能和上帝在一起，都能听到这美妙的钟声。他想到这里，心就踏实多了，精神振奋，浑身充满劲儿。

　　大雁们在瑟姆兰省飞了很久，尼尔斯低头时无意间看到地面上有一个小小的黑点，小黑点一直紧紧地追着他们在地面上投下的影子奔跑。起初他并没有把这当回事，以为那不过是哪户人家里跑出来的一只顽皮的小狗。可是，那个黑点一直紧紧地跟着他们，这才让尼尔斯警惕起来。

　　那个小黑点一路上急匆匆地跨过栅栏、穿过森林、跨过农田和一大片草地，还跃过几条湍急的小河，爬过农庄的围墙，

一直紧追不舍，好像任何东西都不能成为他前进的障碍。尼尔斯大吃一惊，心想：看样子狐狸斯密尔追上来了。不过他再怎么追，也追不上我们。我们很快就能把他甩得远远的。

那一天傍晚，大雁飞过瑟姆兰省。路过一个古老的庄园，名叫大尤尔屿。但是，大雁们并没有降落在那座庄园里，而是降落在庄园北面的一块林间草地上，他们打算在那儿休息一晚上。由于这里前几天下过雨，草地上蓄满了积水，漫过了大雁们的脚爪。

尼尔斯跑到大尤尔屿庄园的一所农舍里，恰好看见几个人围坐在炉火旁边聊天。

他们从教堂里的布道讲到开春农田里的收成，简直无所不聊。最后，一位老奶奶讲起了鬼故事。

老奶奶一口气讲了好几个尼尔斯从没听过的鬼故事，个个都惊悚诡异，把在场的人都吓得不轻。老奶奶讲完最后一个故事后，打着哈欠说道："很晚啦，我也累了，大家都去休息吧。"人们这才散去了，回到各自的屋里睡觉。尼尔斯也只好离开，回到森林里去找大雁。路上，他一边走着，一边啃着一根在地窖外面找到的胡萝卜。他觉得胡萝卜香甜可口，确实算得上是一顿美味的晚餐。而且，刚刚在一个温馨暖和的房间里待了几个小时，还听到了有趣的故事，这已经让他心满意足了。

不过，他又想到，要是能够再有个过夜的好地方，那就更好了。他实在不想回到那片潮湿冰冷的草地上睡觉，那可太难受了。这时，他突然想起路边有一棵枝叶繁茂的云杉树，在那儿睡觉应该是再好不过的了。于是，他爬上树，用很多根细小的枝条垫成一张床铺，美滋滋地睡下了。

尼尔斯很快就进入了梦乡。可是，不一会儿他就惊醒了。他听到耳边传来"吱嘎吱嘎"的声音，好像是一扇大门在开关，而且，这声音就来自他的床铺下面。

尼尔斯一骨碌从树上爬了下来。他把小尖帽拿在手里，走到园丁面前，礼貌地上前鞠了个躬，然后问道："先生，我可以进花园里逛逛吗？"

园丁言语粗暴地说道："行呀，你尽管进去逛吧！"说完，他随手关上铁栅门，用一把沉沉的锁把门锁死，然后把钥匙挂在自己腰带上，转身向园子里走去。

园丁走得很快，根本不管尼尔斯是否能够跟上。尼尔斯只得跟在后面小跑起来。经过狭窄的通道时，他不小心踩到了走道边的草地。园丁立即大声地斥责他，并警告他不许再踩到草地。

尼尔斯感觉到，那个园丁并不十分情愿带他到花园里去，他似乎觉得自己与这么个小不点一起未免有失自己的身份。于是，他连一句话都不敢多问，默默地紧跟在园丁身后，生怕又惹恼了园丁。他们走过一丛茂密的灌木丛，就可以看到大半个园子了。

趁着园丁停下脚步去捆扎一棵小树，尼尔斯这才有时间环视四周。虽然他从小去过的地方不多，见到的花园更是少之又少，无法把这个花园与其他花园做比较。不过他还是觉得这个花园十分美丽，别具一格。他忍不住拍起手来，高兴地放声喊道："我从来没有看过这样美丽的花园！这是哪里？"

园丁听到后，马上转过身来对着他冷冰冰地说："这是瑟姆兰花园。我还从没见过像你这样孤陋寡闻的人呢，居然连全国最美丽的瑟姆兰花园都没听说过，真是可笑。"

园丁又迈开大步往前走去，尼尔斯跟在后面一边奔跑，一边尽量多地看一些花园的美景。园丁接着连迈了几大步，来到一个叫博文湖的小池塘。尼尔斯情不自禁地发出一声赞叹，园丁便停住了脚步。尼尔斯怔怔地站在一座小桥前面，桥的另一

端是池塘中央的一个小岛，小岛上有一座宅邸。

"你要是愿意，可以进去看看！这是格里浦斯霍尔姆王宫，不过要小心埃里克国王。"园丁说。尼尔斯穿过一个黑暗的拱形门洞，来到一个三角形庭院，庭院四周是样子普通的平房，尼尔斯无心流连，他像小鹿似的从院子里摆放着的几尊大炮身上跳过去一直往前跑。前面有个内院，那里有数不清的宝物，令人眼花缭乱，可是园丁又在连声催促，尼尔斯只得无奈地走了出来。

他们转身往南走去，尼尔斯看见了门口那排叫作考尔莫顿大森林的灌木树篱，心里还一直在为刚才见到的美景感到高兴。他很想对园丁表示感谢，可是园丁根本就不理他，只是大步流星地走向大门。到了门口，他转过身来把铁锹递给尼尔斯："快拿着，我去开锁。"可是尼尔斯觉得已经麻烦园丁好久，实在不好意思再让他多费力气了，于是他说："不用了，我可以自己过去。"说完，他就侧着身子从铁栅栏缝隙间钻了出去，这对他现在的身形来说完全不费吹灰之力。

那园丁恼怒地回答道："你只管接过我的铁锹，接过我的铁锹！那样你就可以代替我留在这里照管花园，而我就可以彻底解脱了。现在，我不知道还要在这里待多久。"他拼命地摇晃着铁栅门，脸色十分难看。

尼尔斯不忍心看他如此难过，便安慰他："您不必这样难过，园丁先生，在我看来，您是个优秀的园丁。再没有人能比您把这个花园照看得更周到啦！"

听见尼尔斯的话，老园丁暴怒的脸色忽然平静下来，他沉默了很久。渐渐地，尼尔斯惊讶地发现老园丁的身影逐渐模糊起来，眼前的一切，包括那座精致的花园，都模糊起来，最后竟化成一片烟雾飘散开去。所有的花草、庭院、城堡和湖泊消失殆尽，映入眼前的只剩下一片荒凉、贫瘠的森林大地。一切都像梦境一般消失不见了。

尼尔斯只好返回庄园后面的草地，蹑手蹑脚地爬到雄鹅的背上，回想着晚上经历的奇妙事情和看到的美丽花园，最后沉沉地进入了梦乡。

# 古老的矿都

　　大雁们飞到图尔昂浮桥时，突然转身折回，向着西北方向飞去，似乎图尔昂浮桥只是他们前进路途上的一个标记。尼尔斯从雄鹅背上探出脑袋来，看着地面上的景色，只见河岸两边伫立着密集的建筑，错落有致，一直延伸到遥远的地方。

　　在达尔河的北边有一个狭长的大水湾，水湾里一片荒寂，没有动物在那里栖息，人类的足迹也很少见。大雁们减慢了速度，在水边草地上降落下来，休息了片刻，便各自觅食去了。尼尔斯跑到那一段高高的河堤上，观赏着宽阔的河床里湍急奔流的河水。很快他发现在河堤附近有一条笔直宽广的公路，一直通向河边。一些过路旅客从公路上过来，登上了渡船。尼尔斯看着觉得很新奇，但才看一会儿就觉得阵阵睡意袭来，他想："肯定是我昨晚没有休息好，现在我必须得好好睡上一觉了。"于是他一头钻进一丛茂密的蒿草里躲好，很快就昏昏沉沉地睡了过去。

　　在瑞典全国各个地方里，渡鸦巴塔基最喜欢法隆市。每年春天，当积雪融化的时候，巴塔基就会到这座古老的矿都附近住上几个星期。

矿区中央的矿坑令巴塔基十分费解，他甚至飞到坑底去研究它是怎么挖出来的。矿洞四周堆积如山的矿渣也是他喜欢研究的对象。还有那每隔一段时间就会响起的警报铃声，究竟是在表达什么意思呢？至于看起来肮脏又荒凉的蒂斯根湖，巴塔基认为它太神奇了。他一直在琢磨，为什么这个湖里没有一条鱼？为什么有风浪时湖水竟然泛红？最令他感到惊奇的是铜矿流到湖里的一条小溪，溪水竟然泛着油光，那是一种闪亮亮的深黄色！

这一天，大风呼呼地吹，熬硫黄的小破屋上有一扇盖板被吹开了。巴塔基趁此机会从方孔里飞了进去。没想到的是，他刚一进去，那个盖板就"啪"的一声盖住了方孔，巴塔基就这样被关在了屋子里。

终于，他看清了屋子里的东西，其实只有一个大炉灶，上面有两口大锅，这实在太无聊了。但现在的问题是，巴塔基怎么都出不去了。他无论如何都等不到另外一阵大风来把盖板掀开，再把他放出去。

巴塔基开始扯着嗓子呼救，恐怕没有谁可以对渡鸦的这种叫法置之不理。所以很快，附近的动物都知道渡鸦巴塔基被困在小破屋子里了。一只锯木厂的猫最先发现了这个不幸的事实，他告诉鸡，鸡又告诉鸟，不久，附近的鸟类都知道了，纷纷过来对巴塔基的遭遇表示同情。但是他们七嘴八舌地讨论了半天也没想出什么办法可以把他救出来。

"静一静，各位！"巴塔基听了大家的讨论后叫道，"如果你们想救我，就请赶快通知大雪山的阿卡，告诉她我的遭遇，她一定会带来那个唯一可以救我的人。现在，我想她应该在达尔河一带。"

信鸽迅速飞走了，傍晚，她带来了阿卡，阿卡背上驮着尼尔斯。阿卡带着尼尔斯察看了巴塔基被困的状况；然后就一起去寻找救他所需要的工具。

阿卡在树林上方低低地盘旋着，仔细盯着地面，努力寻找。终于，他们在一条小溪边找到了一排打铁的屋子。阿卡停在一座屋子后面，尼尔斯在附近找到了一把凿子、一小团细绳，然后带着它们一起飞到了熬硫黄的小破屋上方。

尼尔斯将绳子的一端系在烟囱上，自己抓着绳子滑了下去。尼尔斯的出现，让渡鸦巴塔基喜出望外，他大肆赞扬和感谢他的搭救。同巴塔基打过招呼后，尼尔斯就开始用凿子在墙上凿洞。如今的尼尔斯个头太小，力气大不如正常人类，所以他每凿一下都只有小小的一片木头掉下来。看来，他得干上一整晚甚至更久，才能让巴塔基逃出去。

巴塔基一心想要快点出去，但他现在帮不上任何忙，只能焦虑地在一旁看着尼尔斯干活。不久他发现，本来尼尔斯一下又一下凿得很快，但是现在，他半天才凿一下，最后甚至没有什么动静了。原来，尼尔斯慢慢睡着了。巴塔基叫醒尼尔斯，关心地问道："你是不是太累了？"

尼尔斯爬起来继续凿木头，摇了摇头："不，我只是很久没有睡觉了，我很困。"

"要不，我给你讲个故事吧，以免你睡着了。"巴塔基建议道。

尼尔斯答应了这个提议，于是巴塔基讲起了法隆市矿山的故事。

很久以前，达拉纳省住着一个巨人，他有两个女儿，大女儿生性残忍，二女儿温顺善良。巨人拥有几座富含铜矿的大山。临死前，他把三分之二的财产留给大女儿，三分之一的财产留给二女儿，老巨人逼着两个女儿发誓，只要有人发现矿山，就毫不犹豫地杀掉他。

有一天，一个农夫发现自己家公羊的角上不知被什么东西染得红红的。于是，他便跟踪公羊，发现那种红色是公羊在一块石头上蹭出来的，原来这石头就是铜矿石。他正准备回去告诉别人，打算对铜矿进行开采。突然一块石头滚下来砸死了公羊。农夫一转身，就看到一个女巨人正举着一块石头打算向他丢过来。

"为什么要杀我？"农夫大惊失色。

"我也不想，但是我必须遵守自己的诺言。"女巨人忧伤地告诉农夫自己父亲分财产的事情，最后说道，"你发现了铜矿，就必须杀掉你。"

农夫灵机一动，说："铜矿是公羊发现的，你杀了它，已经遵守了自己的诺言。"

女巨人思索再三，觉得农夫说得也有道理，于是放过了他。

多年后，这里已经发展成为全国最大的铜矿，它对瑞典的经济发展有着不可替代的作用。但是人总是不知足的，想到附近还有一个含矿量比这里更大的矿藏，却怎么都找不到，这真是令人沮丧。无数人找到了，又都相继死去了。

最后见过那个矿藏的是一个年轻的法隆矿主，他拥有自己家族的矿场。这位年轻的矿主喜欢上一个农家姑娘，那姑娘从小在雷克桑德生活，习惯了湖边清新的空气，无论如何都不愿意跟着矿主来到一年四季冒着浓烟的法隆市。

年轻人苦恼地在法隆市边的森林里散步，心里万分焦虑。突然，他看到山上有块地方像金子一样，闪耀着光芒，仔细一看，他发现那就是传说中最大的矿藏。

他立刻转身往家走去，但很快就有一个高大的女人拦住了他的去路。那个女人问他为什么在这里转悠，是不是想开采看到的铜矿。年轻人害怕极了，于是说："不，我一点都不想。我心爱的姑娘不喜欢法隆市，刚才我就是在寻思找一处适合我们居住的地方。我不会再开采铜矿了，不然我就无法娶我心爱的姑娘。"

女巨人让他再三保证，才让他安全离开。年轻的矿主回去后，真的停止开矿，在离法隆市很远的地方新建了一个美丽的庄园，迎娶了他心爱的姑娘。采矿业渐渐没有那么兴隆了，法隆市的人们不得不再次从事农业。

巴塔基讲到这里就停了下来。尼尔斯急切地想知道故事的结果，因为他总觉得渡鸦的故事透着一股神秘的气息。但是巴塔基拒绝在他出去前继续讲述这个故事。尼尔斯再三思索着，突然猜到，巴塔基肯定知道最大的矿藏的秘密，也许他是打算告诉自己，用以报答自己对他的搭救。想到这里，尼尔斯兴奋极了，干起活来也格外卖力。

很快，洞被凿开了。巴塔基和尼尔斯相继钻了出去。

"现在，让我来给你讲述这个故事的结局。"渡鸦巴塔基郑重地说，"你应该料到了，我见过那个铜矿，很清楚地知道那在什么地方。为了知道这些，我花费了多年的心血。"

尼尔斯满怀期待地望着他，渡鸦巴塔基顿了顿，接着说："但是我不会告诉你的，而且我要劝告你，你千万不要费心去寻找那处矿藏，那对你来说不是一件好事。"

"我还以为，我救了你，你会把这个秘密告诉我作为对我的报答呢。"尼尔斯说。

"你刚才太困了，没有听清楚我的话吧！所有泄露秘密的人都会惨遭横祸，听我一句劝告吧，老弟！守口如瓶是最好的。"说完，巴塔基就拍拍翅膀飞走了。

尼尔斯懊恼地回到睡着的阿卡身边，叫醒她，然后回到雁群中去了。

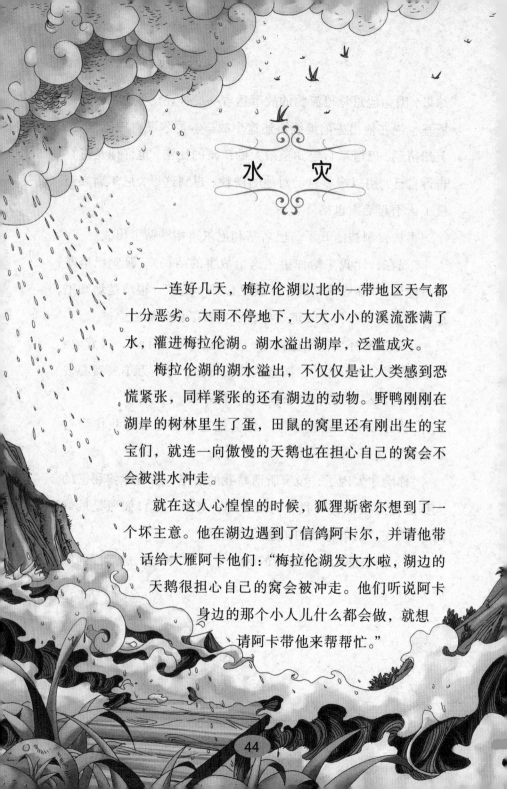

# 水　灾

　　一连好几天，梅拉伦湖以北的一带地区天气都十分恶劣。大雨不停地下，大大小小的溪流涨满了水，灌进梅拉伦湖。湖水溢出湖岸，泛滥成灾。

　　梅拉伦湖的湖水溢出，不仅仅是让人类感到恐慌紧张，同样紧张的还有湖边的动物。野鸭刚刚在湖岸的树林里生了蛋，田鼠的窝里还有刚出生的宝宝们，就连一向傲慢的天鹅也在担心自己的窝会不会被洪水冲走。

　　就在这人心惶惶的时候，狐狸斯密尔想到了一个坏主意。他在湖边遇到了信鸽阿卡尔，并请他带话给大雁阿卡他们："梅拉伦湖发大水啦，湖边的天鹅很担心自己的窝会被冲走。他们听说阿卡身边的那个小人儿什么都会做，就想请阿卡带他来帮帮忙。"

44

信鸽阿卡尔将信将疑，但是狐狸说，现在是危难时刻，天鹅也不得不与狐狸合作，共渡难关。

阿卡一接到天鹅求助的口信，就迅速组织大雁们赶了过来。虽然她对天鹅向他们求助感到不解，但她认为这是一种荣誉，所以她愿意相助。

雁群赶到的时候，一眼就看出天鹅这次的确遭难不小。许多天鹅窝都被洪水掀翻，天鹅蛋落到湖底。所有的天鹅都聚集在叶尔斯塔湾的东岸。尽管他们在洪水中受尽折磨，但是他们仍然很好地保持了王者的气度，高昂着头游来游去，没有露出半点颓废的神态。

离天鹅们越来越近了，阿卡停下来检查大雁们的队形是否整齐，并且嘱咐大家："千万不要盯着天鹅傻看,不要理会他们的挖苦。"

天鹅们按照年纪大小和资历高低排成一圈，天鹅王达克拉和王后思露菲妮被天鹅们围在中心。

但是这一次，大雁的队伍异常顺利，天鹅们没有半点挖苦的言语，只是闪出一条道路。为了表示友善，天鹅们还扇动着翅膀，那场面真是壮观。这让阿卡稍稍舒了口气。

可是好景不长，天鹅们突然看到了排在队伍末尾的雄鹅，这下子，天鹅群像是炸了锅一样，高声惊叫起来。

"这是什么？大雁在妄想变成天鹅吗？"一只天鹅叫道。

很快，几乎所有的天鹅都凑过来观看并且讽刺大雁们。但大雁们无法向他们说清楚，为什么自己的队伍里有一只家鹅。

天鹅们互相呼应，一唱一和，竭尽全力讽刺雄鹅。

　　雄鹅莫顿谨记阿卡刚刚的吩咐，竭力不去理会天鹅。但是，这却让天鹅们更加肆无忌惮。他们全都围拢过来，对着雄鹅指指点点。

　　这时，阿卡刚刚游到达克拉跟前。天鹅王也注意到了天鹅们的异常，于是吩咐王后过去管管他们。

　　很快，王后思露菲妮一脸怒气地回来说道："那边竟然来了一只白色的大雁，难怪他们那么生气。"

　　"你一定是看花了眼，怎么会有白色的大雁？"天鹅王说着，就往那边游了过去。

　　雄鹅莫顿已经被天鹅团团围住了，阿卡和其他的大雁们根本挤不进去。但天鹅王的力气大多了，他很快就推开天鹅们，闯出了一条道路。当他游到白雄鹅跟前，立刻跟其他天鹅一样，生气地叫了起来："你这只大雁竟敢打扮成这副怪样子，我一定要教训教训你！"

　　说着，天鹅王狠狠地啄向雄鹅莫顿，并扯下了几根羽毛。天鹅们于是都围过来，使劲地啄向莫顿。

　　阿卡和尼尔斯见状立刻大喊："雄鹅，快点飞走！快飞！"

　　但是雄鹅被天鹅围住，根本张不开翅膀，只好奋力反抗。其他的大雁们也开始同天鹅们战斗，场面顿时乱成一团。

　　所幸有只小鸟发现了大雁们的处境，立刻高声呼救。无数的小鸟聚集过来，一齐向天鹅们扑过去。他们在天鹅耳边尖叫，使劲扇动翅膀，将天鹅们吵得晕头转向。趁此机会，阿卡赶紧带领雁群将雄鹅解救出来。

# 小灰雁邓芬和她的姐妹们

    小灰雁邓芬来到梅拉伦湖之后，立即产生了一种熟悉的亲切感。她的家人就住在离这儿不远的一个岩石小岛上。于是她请求大雁们顺便拜访一下她家，这样她的亲人们就知道她还活在世上，而且一定会很高兴的。况且，那个岛上有个好心肠的老渔夫，一直照顾着岛上所有的鸟，对邓芬也是关爱有加，途经此地，邓芬没有理由不去看看他。经过小灰雁邓芬的再三恳求，大雁们终于答应到小岛上去看看她的全家，但时间不能超过一天。

    小灰雁邓芬有两个姐姐——文珍妮和吉安娜。她们体格矫健、头脑聪明，一直都很嫉妒邓芬能受到父母甚至所有人的宠爱。大雁们在岩石岛上刚一降落，就正好碰见她们姐妹俩在岸边觅食。她们一眼就看上了雄鹅莫顿，但立马就发现旁边还有个邓芬。于是她们的嫉妒之火又重新燃起。

    小灰雁邓芬的父母，对阿卡一行表示热烈的欢迎。当她看到自己的亲生女儿也在其中时，不禁高兴得热泪盈眶。邓芬的两个姐姐却在背后说了她一个上午的坏话，她们非常生气，嫉妒邓芬竟然会有雄鹅那样的追求者，而她们自己的追求者却只是普普通通的灰雁。从见到雄鹅莫顿的那一刻起，她们就开始觉得自己的追求者难看至极，甚至都不想正眼瞧他们了。

但是邓芬很善良，她从不把别人往坏处想，何况是她的姐姐。可她的姐姐仍不死心，又对邓芬说："这段时间以来，每天天刚亮的时候，都会飞来一只凶残的大鸟，从我们这儿叼走一只鸟。但是没有人能对付他，我想有雄鹅莫顿在，一定会有希望。"

"你是想让我叫雄鹅莫顿去把那只坏家伙赶走，是不是？"邓芬问道。

"真聪明，我正有这个意思，你帮了我一个大忙啦！"文珍妮兴奋地说。

第二天清晨，雄鹅莫顿受邓芬的委托，早早起来。他站在岩石岛的最高处四下搜查，很快就看见一只黑色的大鸟从西面飞了过来。雄鹅从他那硕大的翅膀看出，这是一只老鹰。但他一点都不害怕，他径直朝老鹰冲了过去，咬住他的喉咙，用翅膀使劲扑打他。老鹰惊讶地看着这只勇敢的雄鹅，说："哪里冒出来的疯子？不过我不抓大雁和鹅，你还是走吧！"雄鹅被激怒了，更加使劲地扑打老鹰，老鹰也半真半假地还击，但雄鹅无论如何都敌不过老鹰。

小灰雁邓芬急匆匆地跑去呼救："不好啦，不好啦，大拇指，雄鹅莫顿快要被一只老鹰撕得粉身碎骨啦！"

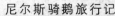

　　当尼尔斯赶到

的时候，雄鹅莫顿已经

被伤得很严重了，他浑身血迹斑斑，羽

毛掉了一地，样子十分狼狈。尼尔斯看

到这幅情景，知道自己对付不了苍鹰，

只好让邓芬去搬救兵。"邓芬！快去把

阿卡和大雁们都叫来！"他高声喊道。

　　老鹰听到喊声，停止了对雄鹅的扑

打。"唔，谁在那里提到阿卡的名字？"

他问道。这时，老鹰看到了尼尔斯，也

听见了大雁们的鸣叫声，于是扇动翅膀，准备起飞。"请告诉

阿卡，这是一场误会，我没有想到会在这深海孤岛上碰到她和

她率领的雁群。"说罢，他展开双翅飞走了。后来赶来的大雁

告诉尼尔斯老鹰叫高尔果。

　　第二天一大早大雁们就在觅食，打算吃饱肚子就动身离开

小岛。这时，一只潜鸭给邓芬捎来口信："你的姐姐们不敢再出现在你们面前，所以托我提醒你，在你离开这里之前，应该去看望一下那个老渔夫。"

他们来到老渔夫的棚屋，发现门是开着的，邓芬走进去后，雄鹅和大拇指两个等候在外面。没过多久，他们俩就听到阿卡在呼唤大家起程，于是赶紧催促邓芬快点出来。他们俩见一只灰雁从棚屋里出来，便转身赶着去跟大家会合，之后，他们一起离开了那个岩石小岛。

他们飞了很长一段时间以后，尼尔斯发觉跟在他后面的那只灰雁有点奇怪。小灰雁邓芬飞行时总是轻盈自如，悄然无声，而身后这只灰雁飞行时却动作笨拙，显得十分吃力。尼尔斯转头一看，忍不住惊叫起来："阿卡，阿卡，我们弄错人了！跟在我们后面飞的是文珍妮，不是邓芬！"

听见这话，那只灰雁生气地发出一阵尖叫，声音沙哑刺耳。大雁们一听就知道她不是邓芬，于是马上转过身来，朝她围了上去。那只灰雁恼羞成怒，飞快地冲到雄鹅身边，用嘴叼起尼尔斯，匆匆逃走了。

于是，大雁们和文珍妮之间展开了一场激烈的追逐战。文珍妮在前面拼命地飞，大雁们在后面紧紧地追赶。双方都只顾着飞行，谁都没有注意到他们正在靠近一艘小船，而船上有个拿枪的渔夫。

就在文珍妮快要被追上的时候，大雁们听到了一声枪响，低头一看，海面上升起了一股细细的白烟。他们这才注意到自己已经飞得有些过低了。幸好没有一位同伴被子弹击中。但这时文珍妮却突然张开嘴巴，将尼尔斯丢了下去，栽进了那漫无边际的大海。阿卡带着雁群返回老渔夫的棚屋，它们救出邓芬，带着它一起飞走了。

斯德哥尔摩郊区有一个斯康森公园。几年前，有一个来自赫尔辛兰省，名叫克莱门特·拉尔森的小老头，经常到斯康森来，用他的小提琴演奏民间舞曲和古老的乐曲。虽然他的日子过得还算开心，可是他依然思念自己的家乡。

五月初，一个风和日丽的下午，克莱门特在斯康森公园里散步时，遇见了一个在群岛上打鱼的人。他递过一只鱼篓给克莱门特看，克莱门特发现里面有一个被绑住的小人儿，因为母亲从小就教育他，让他善待这些小人儿，于是他花二十克朗将小人儿买了下来。这个小人儿就是掉进海里的尼尔斯。

克莱门特将尼尔斯带回家，并和他约定，没有克莱门特的同意，尼尔斯是不能离开斯康森公园的。后来克莱门特收到一封信，他不得不回家乡看看，把尼尔斯留在了公园。

# 老鹰高尔果

在拉普兰省北部有一片崇山峻岭，那里的一处峭壁上伸出了一块岩石，岩石上有一个用树枝一层一层垒起来的老鹰巢。这鹰巢年代比较久远，经过年年加固，鹰巢已经有一个小帐篷那么大了。

每年夏天，都会有一群大雁住在鹰巢底下的那个大峡谷里，这是很久以前就遗留下来的一个习惯。一天早晨，阿卡站在谷底，朝上面的鹰巢望去。老鹰通常在太阳升起后不久就外出寻找猎物。那年夏天，阿卡住在峡谷里，每天早晨都会等着那一对老鹰飞出来，看他们是留在峡谷狩猎，还是飞到较远的地方去追寻猎物。

中午时分，阿卡继续在那儿监视老鹰的行踪。但是这一天，老鹰飞出去后却没有归来。

阿卡意识到，那两只老鹰可能已经被人打死了，巢中只剩一只小鹰。她知道如果她有能力帮助一只被遗弃的小鸟而不去帮助他，这可有点对不起自己的良心。

"你还愣在那儿做什么？"小鹰嚷嚷道，"我已经快饿死了，我要吃东西。"

阿卡回头飞向峡谷里的小湖。不久，她就带着一条小鲑鱼飞回了鹰巢。

起初，小鹰并不想吃鱼，但阿卡一点都不迁就他。小鹰也只好勉强吃了。阿卡给小鹰取名为高尔果，希望他能成为一只善良的鸟。到了秋天，高尔果也跟随雁群迁徙了。他把自己当成雁群中的一员，同小雁们成了好朋友。但因为雁群中出现了一只老鹰，这在鸟群里还是引起了很大的轰动。雁群周围经常会有很多其他的鸟投来异样的目光，并且大声地表示惊讶。

一天，雁群飞过一个农庄，看见下面有一群鸡正围着一堆垃圾在刨食。"老鹰！老鹰！"鸡群惊叫道，开始四处逃窜。高尔果再也无法抑制住自己的怒火，于是扇动翅膀，冲向地面，抓住一只母鸡，不停地用嘴啄她，并且冲她怒吼："我要好好地教训你一番，看你敢不敢再乱叫！"

阿卡气坏了，她还以为自己成功地把一只鹰调教成一只温顺无害的鸟了呢！现在，高尔果的表现让她无法容忍："你认为我会愿意和一只猛禽做朋友吗？如果你还像以前一样做一只温顺的鸟，那么你就可以留在我的雁群里！"

结果，高尔果并没有留下来。阿卡也不准高尔果再出现在她的周围，她对他已经彻底失望了。其他的鸟也不敢在她的面前再提到高尔果的名字了。

从那以后，高尔果成了一个江洋大盗，孤身一人自由地在全国各地游荡。他常常会心情不好，也常常会怀念以前在雁群时的快乐日子。现在，以勇敢闻名的他谁也不怕，除了阿卡。而且，他从来没有袭击过大雁。

高尔果后来被猎人捕获，卖到斯康森。失去了自由的高尔果，日益消沉呆板起来，快跟其他关在笼子里的老鹰一样了。有一天，他听见有人喊他的名字。

"谁在叫我？"他问道。

"你不认识我了吗？我是大拇指啊，就是和大雁们四处飞行的那个小人儿。"

"你怎么在这里？难道阿卡也被人抓起来了？"高尔果急切地问道。

"不，阿卡带领的整个雁群，以及雄鹅现在应该在北方的拉普兰了。"尼尔斯说，"被囚禁在这里的只有我一个人。"

晚上，所有的老鹰都已经熟睡了。突然，罩着他们的笼子上发出锉东西的声音。其他的老鹰对此没什么反应，但是高尔果却醒来了。

"谁在那里走动？"他问道。

"是我，大拇指。"尼尔斯回答说，"我在上面锉钢丝，好让你飞走。"

高尔果看着正在锉

钢丝的大拇指，感到了一丝希望，
但是马上又心灰意冷了："你看我
身形这么大，大拇指，那么多的
钢丝，你要锉到什么时候，我才
能飞出去呀？你还是不要白费力气了，让我安稳地睡觉吧。"

几天后的一个清晨，尼尔斯把高尔果叫醒："高尔果，你
再试试看！"

高尔果抬头看了看，发现尼尔斯已经锉断了很多根钢丝，
钢丝网上出现了一个大洞。高尔果活动了几下翅膀，就朝洞口
飞去，几次失败后，终于还是成功地飞了出去。

高尔果重新获得了自由，高傲地飞在天空中。可怜的尼尔
斯则呆呆地坐在那里，表情复杂地望着他离去，他多么希望自
己也能被解救出去啊。

尼尔斯正幻想着，高尔果突然又飞了回来，落在笼子顶
上。"我刚才飞走是想试一下翅膀，看看它们是不是还能飞
行。"高尔果说，"你肯定认为我会把你留在这儿继续受苦吧？
我怎么会那么做呢？来吧，骑到我的背上来，我要把你送回到
你的伙伴们身边去！"

"不，不行，"尼尔斯说，"我答应过别人要留在这里，直
到被释放。"

"你真要这么固执吗？"高尔果说，"那就等着瞧吧。"说
着他用他的大爪子抓起尼尔斯直冲云霄，飞向北边的天空。尼
尔斯无可奈何，只好和高尔果一同离去。

# 飞越梅德尔帕德

　　第二天一大早，老鹰高尔果就驮着尼尔斯去追赶大雁们。

　　当他们飞过由森林覆盖的南梅德尔帕德时，尼尔斯感叹道："人类在这样的土地上，看来是无法生存了。"

　　但是老鹰告诉他，北方的森林就相当于南方的耕地，人们就是依靠森林生活的。尼尔斯想，黑麦在阳光充足的田野里，一个夏天就能够成长起来了，而针叶林在光线阴暗的森林里，需要很多年才能长大，那人们是如何依靠森生活的呢？然而，黑麦的麦秆脆弱，针叶林的树木都有着坚硬的树干。这恐怕就是两者的区别了。

　　随着老鹰的飞翔，尼尔斯不经意间看到眼前这块地的边上有一个小棚子。这个棚子是由一些粗壮的、没有经过刨制的圆木组成的，它没有窗户，而门则是由另外几块零碎的木板拼成的，那由树皮和树叶铺成的棚顶，现在也被腐蚀得只剩下零星的几块，尼尔斯清晰地看到棚子里只有几块大石头拼凑的灶台和几条长凳。

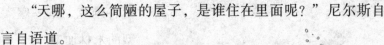

　　"天哪，这么简陋的屋子，是谁住在里面呢？"尼尔斯自言自语道。

　　"是冬天到这里工作的伐木工人。"老鹰回答他。

　　又过了一会儿，他们飞到了荣甘河的上空，河水在山谷里翻滚。这里的景色与之前看到的大不相同，茂密的针叶林一直延伸到山谷的悬崖上，白桦和山杨的树干有着一种很特别的白色，它们覆盖了整个陡坡。这个山谷十分宽广，让河流在很多地方都形成了湖泊。河岸两旁的村庄看起来十分美观富裕，大量的圆木建起许多既美丽又独特的庄园，但是耕地却不多。尼尔斯觉得奇怪，村庄里那么少的牧场和耕地怎么够养活那么多人呢？老鹰告诉他，这就是那些伐木工人的家。

　　他们来到伐木工人工作的地方，工人们手里拿着长长的竹竿，在河岸边四处奔走，用竹竿将搁浅的木材拨正，好让它们顺流而下。老鹰高尔果转向北方飞了不久，尼尔斯就看到一座锯木厂，锯木厂很大，跟一座小型城市差不多，而且紧挨着海岸。海边堆着大量的圆木，圆木一根根被送进一个大库房，尼尔斯听见库房里传出震耳欲聋的轰鸣声。从另一个出口出来的就是一块块干净的木板了。尼尔斯从老鹰那里得知，这里叫斯

代特维克，是一座大型的木材加工厂。

老鹰拍打着翅膀，带着尼尔斯飞过了好几个锯木厂，又看到一座大城市。城市就坐落在港湾里，景色怡人，充满生气。城市的中心是一组高大的石头房子，其壮观程度直逼斯德哥尔摩。离那些石头房子远一些的地方，是一些木头做的小房子。虽然稍微小一些，但都是被幽雅别致的小花园包围着。

"这是什么地方呀？看上去真是宏伟。难道那片贫瘠的森林就是它富裕的起源吗？"尼尔斯忍不住感叹。

老鹰告诉他，这里是林区的主要城市，被称为松兹瓦尔。

老鹰向松兹瓦尔城对面的阿尔恩岛飞去。尼尔斯看到岸边林立着许多锯木厂，一个挨着一个。对面陆地上也都是锯木厂和晒木场。他这会儿已经数到了四十，但是他相信，如果把所有的锯木厂和晒木场加起来，那数目肯定大得惊人。

"原来北方就是这个样子啊，真是个好地方。"他感叹道，"我从来没有看到其他任何一个地方的人们，像这里一样充满朝气、热火朝天地干活。我现在终于知道了，我们的国家有多么了不起，不管我走到哪里，总能遇到依靠自然或是自己的力量生活得很好的人们。"

# 森林的早晨

　　第二天早上，老鹰飞到奥格曼兰省的上空，他觉得肚子饿了，就把尼尔斯放在一棵大松树上，自己去觅食了。尼尔斯在这里应该很安全，因为这棵松树长在一座高高的山冈上，不会有野兽过来威胁到他。

　　尼尔斯在松树上找了个舒适的地方坐下来，开始观赏奥格曼兰省的风光。

　　这里就像刚刚下过一场大雨的河岸。许多的细流顺着河岸流淌下来，蜿蜒曲折，在河岸上形成一道道壕沟，最后都汇入河里。尼尔斯看了一会儿风景，也觉得饿了，就从背上取下背包，拿出一块面包，开始享受美食。

　　可是还没等他吃完早餐，突然从北面飘过来几缕烟雾。不一会儿，烟雾越来越浓，烟柱越来越粗，向四面八方飘散开来。看样子好像不是夏季牧场升起的炊烟。

　　烟雾越来越浓，范围也在不断扩大，不多久整个山冈都笼罩在氤氲恐怖的浓烟之中。这时候鹰隼、松鸡，还有许许多多在远处无法辨认出来的鸟，都慌慌张张地冲上天空，逃奔到邻近的一座山冈上去了。这真是一个惊险的时刻。

不一会儿，似乎所有的鸟都飞出了森林，他们像大团大团融入烟雾里的烟屑一样腾空飞起，越过山谷，飞到尼尔斯坐着的那道山梁上。一只乌鸦和一只猫头鹰同时落在尼尔斯坐着的树上，可是谁都没有注意到对方。他们的目光都被眼前的大火牢牢地吸引着。

所有的动物都在纷纷逃命，一只松鼠和一只松貂也爬到尼尔斯所在的树上，同样也没有看到他。火势迅速蔓延，很快就直直地扑向尼尔斯待着的那棵松树，大火就像一场强烈的风暴，又似轰鸣的瀑布，叫人心里发慌。

乌鸦和猫头鹰急忙飞上空中，松鼠也蹿到地面，匆忙逃跑了。尼尔斯不得不靠自己艰难地爬下树干，却不小心摔到地上。顾不得检查自己有没有摔伤，尼尔斯爬起来就跟着一群动物往前奔去。

烈焰瞬间就吞没了那棵松树，松树的每一根枝条都发出耀眼的红光，十分夺目，但那却是生命最终的绚烂。

尼尔斯觉得自己脚下的土地都在发烫。他的身边有一只山猫，同他一起没命地奔跑，还有一条长蛇，也在快速地爬行，长蛇身边跑着一只母鸡，还带着一群毛茸茸的小鸡，叽叽喳喳、跌跌撞撞地向前跑去。这一群动物遇上了赶来灭火的人群，他们从人们脚下穿过。此时的形势紧迫，没有人去想着要捉住这些动物，只是忙着拿浸过水的树枝扑打着着火的树木，用旁边小溪里的水浸湿地面，努力控制火势。

尼尔斯爬到一块石头上，看见灭火的那些人正紧张地挥舞着树枝，试图扑灭朝着他们蔓延过来的大火。不难想象，这场奋战是十分艰辛的，有好几次那大火都快突围而出再度蔓延开来。

经过持续奋战，森林大火终于被扑灭了。尼尔斯眼前飘散着白色的云烟，烟雾散去后，原本枝叶繁盛的森林只剩下一个个黑炭般的木桩。

尼尔斯怎么都没有想到，还来不及为这一片森林感到惋惜，就有新的危险降临到了他的头上。鸥鹣和苍鹰正一齐虎视眈眈地盯着他。

就在这紧张的时刻，尼尔斯听到了老鹰高尔果熟悉的声音。他抬起头，便看见老鹰正穿过森林急速俯冲下来，将他带离了这个危险地带。

# 与雁群重逢

在经受了种种惊吓之后，尼尔斯现在又重新平安地骑在了老鹰高尔果背上，这对他来说是幸福的。现在他们顺风飞行，一点都感觉不到风的阻力。在尼尔斯看来，高尔果一直不断地拍打着翅膀，可他们却好像一直没有动过。反倒是下面的大地在缓缓地向南移动，除了地上一列火车以外。火车前进的方向同他们一样，它一直冒着烟，发出"轰隆轰隆"的声音，却一点都不动。一条大河朝火车迎面过来，然后轻轻地从火车下掠过。

老鹰高尔果告诉他，他们已经进入拉普兰省了。虽然太阳没有落山，但尼尔斯已经越来越困了。他坐在老鹰背上打着瞌睡，几次都差点摔下来。老鹰及时落在一块沼泽上，用爪子抓住从他背上滑了下来的尼尔斯，又重新踏上旅途。

"睡吧，大拇指，在太阳的照耀下，我精神着呢！"高尔果双目炯炯有神地飞向天空。

等尼尔斯醒来的时候，他发现自己睡在一个完全陌生的峡谷里。峡谷四周都是山，而中间有一个大大的湖泊。他自己则正躺在一棵矮小的桦树下。

尼尔斯站起来，再次观察四周。突然，他看到了悬崖上有一个松树枝搭起来的大巢。

"哦，我明白了，那一定是鹰巢，而这里就是大雁和老鹰共同居住的大峡谷。原来我已经到了目的地啦！"尼尔斯兴奋地欢呼着，因为他马上就能见到自己的旅伴了。

此刻还是清晨，峡谷一片宁静，大雁们依然沉睡在梦中。尼尔斯很快就找到了雁群。他小心翼翼地前行着，尽量不发出声音，以免惊扰了大家的美梦。

他看到许多对大雁都挨在一起休息。雌雁躺在一个个小窝里孵蛋，雄雁就紧紧地靠着自己的妻子站着睡觉，时刻保卫自己的妻儿。

在一群灰色的雁群中，尼尔斯终于找到了他要找的伙伴，一只白色的大雄鹅。雄鹅莫顿尽管也是在睡觉，但是看起来十分骄傲。因为小灰雁邓芬就躺在他身边，甜甜地睡着孵卵呢。没错，雄鹅莫顿定是十分自豪的，因为他能够为自己心爱的妻子站岗放哨。

尼尔斯并没有叫醒他们，而是继续往前走，寻找领头雁阿卡。此时的阿卡正精神抖擞地为全谷的大雁们担任着警卫的工作呢。

"阿卡大婶，真高兴能再次见到您！"尼尔斯朝着阿卡奔过去。阿卡也从站岗的山丘上跑下来，抱着他，亲啄他。因为

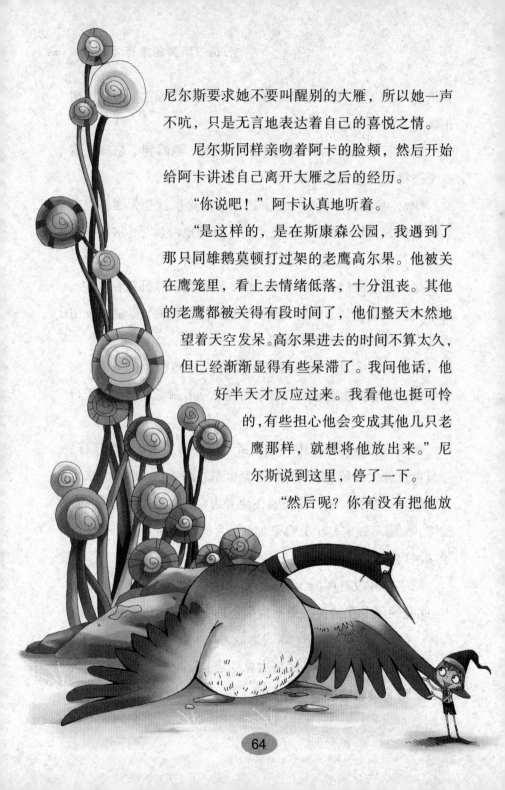

尼尔斯要求她不要叫醒别的大雁，所以她一声不吭，只是无言地表达着自己的喜悦之情。

尼尔斯同样亲吻着阿卡的脸颊，然后开始给阿卡讲述自己离开大雁之后的经历。

"你说吧！"阿卡认真地听着。

"是这样的，是在斯康森公园，我遇到了那只同雄鹅莫顿打过架的老鹰高尔果。他被关在鹰笼里，看上去情绪低落，十分沮丧。其他的老鹰都被关得有段时间了，他们整天木然地望着天空发呆。高尔果进去的时间不算太久，但已经渐渐显得有些呆滞了。我问他话，他好半天才反应过来。我看他也挺可怜的，有些担心他会变成其他几只老鹰那样，就想将他放出来。"尼尔斯说到这里，停了一下。

"然后呢？你有没有把他放

出来？"阿卡急切地问。

"可是我又想，人家都说他是只危险的猛禽，是个大坏蛋，是专门掠夺他人的强盗。如果我放了他，那他岂不是又要出去为非作歹？我想，也许还是让他关在笼子里的好。起码，他在笼子里不会害人。你说，我这样想对吗？"尼尔斯问。

"那可不对。"阿卡说，"不管人家怎么说老鹰，那都是他们的本性，他们比任何动物都热爱自由，也比任何动物都骄傲。将老鹰关在笼子里，那会毁掉他的！我建议，你先好好地休息一下，然后我们一起去斯康森一趟，将高尔果救出来。"

"我就知道您会这么做的！"尼尔斯由衷地说，"他们都说，高尔果是您花费大量心血养育出来的，但是他竟然不听您的话，不像大雁那样生活。他们还说，自从他以老鹰的方式开始生活，您就不再疼爱他了。现在看来，谣言可真是不可信呢。高尔果不愧是您辛勤养育出来的老鹰，他是一只好鸟。现在，他就在您发现他的那个悬崖上，像当年那样急切地等待着您。我想，您应该愿意替我向他说一句谢谢吧。毕竟，是他带着我找到了您和您的雁群。"

# 放鹅姑娘奥萨和小马茨

　　就在尼尔斯骑着雄鹅莫顿随着大雁们旅行的时候，人们都在讨论着两个孩子走遍全国的事。那两个孩子就是放鹅姑娘奥萨和她的弟弟小马茨，他们出生于斯莫兰省索耐尔布县，同父母和其他四个兄弟姐妹生活在一片大荒漠上。

　　在奥萨和马茨很小的时候，一天晚上他们的父母收留了一个穷苦的流浪女人。也正是这个人的到来，打乱了他们全家的生活。

　　夜里，这个流浪的女人不停地咳嗽，她的咳嗽声似乎要将他们那拥挤的小屋给震塌。第二天，她也没能起床继续她的流浪。奥萨的父母为了让她早日康复，就将他们自己的床让给她睡，还为她请了医生，开了药。

　　刚开始，那个女人毫不客气地向奥萨的父母要东西，并且没有一句感谢的话。渐渐地，她被这一家人的热心感动了。在感谢奥萨父母的同时，她乞求他们把她背到荒漠上，让她独自死去。原来这个女人本来并不是游民出身，而是一个农民的女儿，是她自己偷偷地离开了家，跟着游民四处流浪。

她现在深信，她病得这么严重，完全是因为一个女游民的诅咒。这个女游民还威胁她说，不论谁对她发善心、收留她，都要遭受她同样的下场。所以，她恳求奥萨的父母将她赶出茅屋，她不想奥萨全家遭受灾难。

但是奥萨的父母没有抛弃她，即使他们感到害怕，也不能让他们将一个病危的人弃之不顾。这个女人的生命并没有维持多久。她死去的同时，也就是奥萨家遭受灾难的开始。

这个原本贫穷却很快乐的家，慢慢地被悲伤所笼罩。奥萨的兄弟姐妹一个接着一个地死去。她的母亲还能勉强打起精神，可是父亲却接受不了这个事实，他再也没有笑过，也不工作了，没过多久他便离家出走了。

父亲的出走，让奥萨他们的生活变得更加艰难。起初，父亲还会寄些钱给他们，后来就什么也没有了，也许他的日子也不好过吧。无可奈何的母亲，只好带上奥萨和马茨离开了那个家，流落到了斯科耐省的尤德贝，开始新的生活。但是这场灾难并没有结束，病魔又缠上了他们的母亲，就这样，她扔下了无依无靠的奥萨和小马茨离开了人间。

他们的母亲在临死前恳求房东，将房子让给孩子们继续住下去，他们只要有了房子，就可以自己养活自己了。在他们的母亲去世两三年后的一个晚上，两个孩子在学校里的一个报告会上得知：在瑞典，每年都有许多人因为得了严重的肺结核病而死亡。这次的演讲简单易懂，条理清晰，所以孩子们都能听得懂。等报告会结束之后，他们俩在楼门外等着报告人，想同他谈一谈。

他们将家中的情况一五一十地告诉了这位报告人，并询问他的意见，想了解他们的家人是否都死于这种病。

他们得到的答案是肯定的，报告人认为他们的家人得这种病的概率非常高，因为他想不出还有什么病会造成这样的结果了。

"如果我们当时能够注意，并及时地做出正确的处理，那我们的家人是不是还能够健康地活着？"他们俩问道。

对于这个问题，报告人并不能给出肯定的答案，因为有些事情，是没人能够预料得到的。但是，他认为如果他们的父母懂得预防这种病的话，他们得这种病的概率就不大了。

奥萨和小马茨听了这些话后，并没有继续提问，只是静静地站在原地。他们得到这个答案就足够了。因为他们知道了，他们家会遭受如此灾难，不是因为女游民的诅咒，而是由于这种流行于全国各地的疾病，几乎降临到了每一户人家。他们向报告人道了谢。回到家中，他们商量着辞掉工作，决定去其他地方寻找父亲，将整件事的真相告诉他。就在他们寻找父亲的路上，他们发现许多人都对这种疾病缺乏了解。于是他们一路走，一路对肺结核病的预防进行宣传，让他们遇到的人都对肺结核病有所了解。即使没有找到父亲，他们也收获了不少。

# 小马茨的葬礼

　　小马茨死了。他和奥萨终于找到了父亲所在的矿场，只是此时父亲已经外出游荡了，不知什么时候回来。于是，他们俩就住在父亲的小屋里等他回来。就在小马茨独自漫步在矿场上时，他被爆破中飞出的几块石头打中了。那时，周围没有一个人，所以没人知道发生了事故。后来，有几个在矿场做事的人，从一个还没有手掌高的小人儿那里得知了小马茨受伤的消息。

　　最后，小马茨因失血过多而离开了人世。当时，守在他身边的只有他的姐姐奥萨。因为他不让姐姐去叫别人。

　　"虽然我就要死了，但是我很高兴我不是因为那种疾病而死。"小马茨说道，"你不是这样想的吗，奥萨？"

　　奥萨不知该如何回答。

　　小马茨又继续说道："其实死并没有什么，只要我不是像妈妈和其他兄妹那样死去，你就还有机会说服爸爸相信，他们都是死于一种普通的疾病。对吗，奥萨？我相信，你可以的。"

小马茨
说完，便咽
下了最后一口气。
奥萨呆坐了很久，她决
定要为弟弟办一个像成人那
样隆重的葬礼。

虽然，这些年小马茨和他的姐姐
积攒了许多钱，在钱方面并没有什么
问题，但是关键在于那些大人们，他们是
不会按照一个孩子的想法去做的。关于小马茨
葬礼的事，奥萨首先想到的是，要找矿上的护士
商量一下。

小马茨死后没多久，赫尔玛护士就来到了奥萨
家。她担心奥萨，在没进屋之前，她还在担心如何去安慰
奥萨，可当她看到奥萨既不哭也不抱怨，而是静静地做着她该
做的事时，感到无比震惊。所以，当她听到奥萨要为小马茨举
行一场隆重的葬礼时，她就明白了。

护士小姐同意了奥萨的安排，她认为如果奥萨能从这个隆
重的葬礼中得到安慰，那就是最好的了。赫尔玛护士在矿区里
是非常有权威的。因为没有谁敢保证，自己永远不会被爆破时
的飞石打中或是被松动的岩石压住从而需要护士的帮助。所
以，赫尔玛护士是这里最受欢迎的人，每个人都很尊重她。

当奥萨在护士小姐的陪同下来到矿场，请矿工们参加下星

期日小马茨的葬礼时，基本上没有人拒绝参加。护士小姐还顺利地安排好了四重奏铜管乐队和小合唱队在葬礼上演奏和表演；借齐了需要用的桌椅板凳，以及杯子和盘子；还订购了松脆的面包片、椒盐饼干和黑白糖果。奥萨决定要给弟弟办的这个葬礼，引起了矿工们的议论。最后，就连矿业主也听说了这件事情。

矿业主认为一个流浪的小孩没有必要举行这么隆重的葬礼——五十个矿工送葬，还有乐队唱歌，请人吃糖果、喝咖啡。于是，他找来了赫尔玛护士，和气地要求护士取消乐队和长长的送殡队伍。其实，矿业主并没有恶意。

之前，护士小姐由于同情可怜的奥萨，而失去了理智。当她听了矿业主的话后，一方面出于对矿业主的尊敬，另一方面也因为她确实感到，对一个孩子来说，这样的葬礼太过于铺张了。所以她默默地同意了矿业主的意见。护士小姐知道，这葬礼对可怜的奥萨来说具有怎样的意义。虽然她心中并不好受，但是她依然通知了奥萨和矿区的矿工们，这场葬礼取消。

在整个矿区里，所有人都接受了矿业主的意见，除了奥萨。奥萨不哭也不抱怨，只是坚持自己的想法，不愿改变主意。于是奥萨决定去找矿业主。

奥萨挺直了身子，整理好衣服，迈着庄严的步伐走进了办公大楼。当矿业主看到那双瞪得圆圆的孩子气的眼睛时，那目光刺痛了他的心。听了奥萨的想法后，他心平气和地对她说："孩子，这样的一个葬礼，对你来说太沉重了，它要花去的费用太多了。如果我一开始就听说了这事，一定会阻止的。"

就在矿业主以为奥萨会伤心地哭泣的时候，她却要求向他讲述小马茨的情况。九岁的小马茨，就像成人那样经营着小生意，并到地里干活，勤勤恳恳地自己养活自己。而且，他认为自己是小男子汉，所以从来不向人乞讨，他的每一顿饭都是自己付的钱。奥萨认为小马茨不只是一个孩子，他像大人那样值得大家信任，人们能将大笔的钱托付给他来转交。所以，一个隆重的成人葬礼对他来说是值得的。

听完奥萨的讲述后，矿业主只是面无表情地望着地板，似乎陷入了思考，似乎依旧不同意奥萨的想法。奥萨不知道该说些什么才能说服矿业主，便轻轻地说了句："我想，我愿意支付小马茨的全部安葬费……"这时，矿业主又抬起头来打量着她，他已经知道这个兄弟对她的意义了。

"就按照你的意思去办这场葬礼吧！"矿业主说。

# 奥萨寻找父亲

小马茨的葬礼顺利地结束了，放鹅姑娘奥萨送走所有客人后，独自留在父亲的小窝棚里回忆弟弟小马茨的一点一滴。她不知道自己没有了弟弟之后，将要怎样开始以后的生活。

"我没有了小马茨，以后该怎么办呢？"她呜咽地说着，并渐渐地进入了梦乡。只有在梦里她才能见到她想见的人，和她所思念的小马茨说话。梦中的小马茨要她去寻找父亲，并给她找了一个帮手。就在这时，她听到了敲门的声音。这敲门声并不是来自她的梦中，但是当她看到敲门的是一个没有巴掌大的小人儿时，她依然认为自己是在做梦。其实在她和小马茨的旅行途中，他们和这个小人儿见过好几次面。以前她很害怕这个小人儿，但是现在迷迷糊糊的她以为自己仍然在梦中，还在思考着小马茨的话。难道他是小马茨找来的帮手？她心中这样想着。

事实上，她猜得没错，这个小人儿正是来告诉她，有关她父亲的消息的。当那小人儿看到奥萨已经不再怕自己时，就将她父亲的消息告诉了她。

第二天，奥萨就按照小人儿说的去寻找她的父亲了。跟着奥萨的还有一个叫舍德贝里的工人,他是一位工程师派来帮助奥萨的,因为奥萨要去的正是拉普人所在的地方,而舍德贝里不仅懂得拉普人的语言,还是拉普人的好朋友。

在一个大雨天,奥萨来到了小人儿说的地方——鲁萨雅莱湖西岸。当奥萨找到拉普人时,这里的一切事物都吸引着她,这里的一切对她来说都是那么的新鲜。

拉普人不需要房子,只需要一个牢固的帐篷就可以了。所以他们也不用为室内的装饰和家具费心。在地上铺一些杉树枝和几张鹿皮,这对他们来说就已经很舒服了。还有那大锅里的煮鹿肉,简直就是人间美味。

舍德贝里跟拉普人说了一些关于奥萨的事,拉普族的族人们都拿开了嘴的短烟斗,盯着奥萨瞧。奥萨知道舍德贝里正在向他们讲述奥萨为弟弟小马茨办了一场隆重葬礼的事。但这并不是她所希望的,她更想要舍德贝里向他们打听一些父亲的消息。那个小人儿说过,她的父亲就在鲁萨雅莱湖西岸驻扎着的拉普人中。她的目光在拉普人群中搜索着,可是并没有发现父亲的踪影。她看到,拉普人和舍德贝里的谈话越来越严肃,这让奥萨感到不安。

“他们说,你的父亲去钓鱼了。等天气好转后,他们会派人去找他的。”舍德贝里说。

在一个天气晴好的清晨,拉普人头领乌拉·塞尔卡要亲自出去寻找奥萨的父亲,不过在那之前,他思索着该怎样去告诉奥萨的父亲——荣·阿萨尔森,有关他女儿来找他的事。

因为他常听到荣·阿萨尔森说，自己一见到孩子，就会产生恐惧，会被一些乱七八糟的想法所困扰。

放鹅姑娘奥萨在乌拉·塞尔卡考虑问题的时候，和一个名叫阿斯拉克的拉普男孩坐在帐篷前聊天，这个男孩在前一天晚上就一直盯着她。

他想要奥萨更加了解拉普，向她保证说拉普人的生活是最好的。奥萨认为拉普人的生活对她来说却是很可怕的。阿斯拉克不能理解奥萨的观点，说道："如果你在这里住过一段时间后，你就会知道，我们是这个世界上最幸福的人。"奥萨最受不了的就是这里到处都是烟，她怕她会被呛死。拉普男孩听了后，就对她讲了一个故事。这个故事发生在黑死病蔓延耶姆特兰的时候，这种病过后，只剩下了一个十五岁的拉普男孩和一个瑞典小女孩。整整一个冬天，他们都独自漫游于这个萧条的土地上，最后在春天的时候相遇了。富家出生的小女孩要穷苦的小男孩陪她去南方，可是小男孩要完成拉普人的使命，将鹿群赶回到西边的大山里去。于是，害怕孤单的小女孩陪着男孩走进了大山。原本不能吃苦又不习惯山里生活的小女孩，在度过一个冬天、迎来夏天的时候，却要求陪着小男孩留在大山和森林中，因为她爱上了这里自由自在的生活。

"奥萨，如果你能够留在这里生活一个月，你也会爱上这里的。"阿斯拉克坚定地说。

阿斯拉克结束他的故事后，他的父亲——那位令人敬仰的乌拉·塞尔卡，抽出了嘴中的烟斗，站了起来。很多人都不知

道，老乌拉也
会瑞典语。听了儿
子说的话后，他终于知
道要怎样告诉荣·阿萨尔森关于他女
儿来找他的事了。

　　湖岸的石头上坐着一个钓鱼的男
人，他长着一头灰白的头发；背无力
地弓着，好像被什么东西压得直不起来；目光中充满了倦意，
看上去迟钝而绝望，就好像想要解决问题，却无力去解决。他
整个人都显得缺乏勇气并且心灰意冷。

　　"坐了整整一个晚上，一定钓了不少鱼吧？"乌拉·塞尔
卡一边向那个钓鱼人走去，一边用拉普语问道。鱼钩上早已
没有食饵的钓鱼人愣了愣，随后抬起头来。在他慌忙将鱼饵挂
上，再将鱼钩投进水中时，乌拉·塞尔卡已经在他身边坐了下来。

　　"我想同你商量一件事，"乌拉说道，"你知道的，去年，
我的一个女儿去世了。我和我的家人都很思念她。"

　　"嗯，我知道。"钓鱼人回答得很简短。他不喜欢别
人提起死去的孩子，因此，他的脸上蒙了一层乌云。

"但是，我们不能让伤心毁坏了生活，"乌拉说，"所以，我想要收养一个孩子。你觉得怎么样？"

　　接着，乌拉就向这个钓鱼人讲述了他认识这个孩子的整个过程。他和他的家人都喜欢这个孩子，然而就在乌拉描述这个小女孩、讲到她和她死去的弟弟曾经是怎样努力地寻找父亲时，钓鱼人似乎对这件事变得有些兴趣了，而他的言语中却透露着极力反对乌拉收养这个小女孩的信息。最后，那个钓鱼人终于忍不住说出了那句话："让我看看你说的那个女孩，乌拉。"

　　当然，这正合乌拉的意。快到的时候，乌拉对他说："现在，我要告诉你，你的女儿——奥萨，就是我要收养的小女孩。"

　　钓鱼人什么都没说，只是他走得更快了。当他们走到看得见帐篷的地方时，乌拉接着又说："她来到这儿是为了寻找她的父亲，不是为了让我收养。但如果她找不到自己的父亲，我愿意收养她。"这话成功地威胁到了这个钓鱼人。

　　当舍德贝里下午划着船回去的时候，他的船上坐了两位"乘客"，他们坐在船板上，紧紧地挨在一起，互相握着对方的手，似乎永远也不愿分开。他们是荣·阿萨尔森和他的女儿奥萨。与两三个小时前相比，他们已经完全不同了，荣·阿萨尔森的驼背似乎已经直了许多，人看上去也不再那么疲乏了。他那清澈而愉快的目光告诉我们，那个长期困扰着他的问题，已经得到了解答。放鹅姑娘奥萨也不用再为了生活，而将自己变成一个机智而警惕的大人了，她从此可以依靠和信赖她的父亲，恢复她那孩子般纯真的模样了。

# 南 方 之 旅

　　雄鹅莫顿驮着尼尔斯，跟着大雁们一起快速飞行着。由阿卡领头的大雁们排着整齐的队伍，去年秋天的六只小雁已经离开他们独立飞行了，老雁们又带着今年夏天在峡谷长大的二十二只小雁飞行着。

　　这些小雁还从未进行过长途飞行，他们很快就感到疲倦了，于是都可怜巴巴地喊着："阿卡，阿卡，我们累得飞不动了！"

　　阿卡却一点都不减速，回过头来喊道："飞得越远就越不会累！"

　　不久，小雁们又委屈地叫道："阿卡，阿卡，我们的肚子好饿！"

　　阿卡仍然没有停止扇动翅膀，只是说："大雁要学会吃空气喝风！"

　　大雁们每飞过一个地方就大声地喊出那个地方的名字，很快，小雁们又不乐意了。他们哀怨地叫着："阿卡，阿卡，我们记不住这么多的名字！"

阿卡连续说出好几个地名才回答说："脑子越用越聪明，多记点就记得住了！"

　　就这样，慢慢地，小雁们不再抱怨了，他们的翅膀也渐渐地长硬了。

　　尼尔斯对于这次飞行格外兴奋，因为他们终于踏上了回家的路。他在雄鹅的背上开心地大声欢笑，与大雁们旅行的每一幕都令他难以忘怀。

　　没多久，他们就遇上了大雾，尼尔斯看不清四周的景象。他们在雾里飞行了一整天。傍晚的时候，雁群落到一个小山丘的顶部。尼尔斯隐隐约约地听到有人说话的声音，似乎还有车轮滚过的声音。但是，浓雾遮住了他的视线，他无法判断自己所处的位置，只是看见不远处有栋建筑物的模糊影子，他想那应该是个瞭望塔。

　　尼尔斯央求雄鹅将自己带到塔顶去过夜，那里至少要干燥一点。雄鹅爽快地答应了他的请求，将他放到塔顶，尼尔斯这才睡了个好觉。

　　当太阳唤醒尼尔斯的时候，他被眼前的景色惊呆了。他所在的瞭望塔屹立在一个靠近内湖东岸的小岛上。大部分湖水被朝霞映成了粉红色，小部分靠近内陆的小湾却闪着黑色的光。围绕着湖的堤岸因为阔叶林发黄的树叶的陪衬，而泛着浅黄色的光。堤岸周围有一条宽阔的黑色针叶林带，色彩的对比让黄色的阔叶林越发鲜亮。更远的地方，高山组成的曲线在阳光下泛着一种难以形容的美丽色彩。近处，一个个红色的村庄和白色的教堂安静地点缀在这片美景中。

突然，他听到一阵说话声。有人来到了这座瞭望塔附近，尼尔斯立刻躲了起来。

过来的是一群前来旅游的年轻人。从他们的讨论中尼尔斯知道，这里是耶穆特兰省的弗罗斯岛。接着，他们铺开地图，开始研究远处的高山分别叫什么名字。

"你们听说过耶穆特兰的传说吗？"一个年轻人问。

听见这话，所有的人都急切地要求他讲讲那个传说。于是，那年轻人十分爽快地讲起了这个传说。

很久以前，耶穆特兰还有巨人居住。巨人为了他们自己居住得方便，让整个耶穆特兰只剩下一大片光秃秃的山地，连杉木都不能生长，四周一片荒凉，没有一个人居住。

有一天，一个老巨人正在刷马，却突然发现马变得惊恐不安。老巨人疑惑地抬起头，看到一个魁梧、健壮的人正朝他走过来。这时，老巨人也吓得直哆嗦，他连忙跑回屋子里，告诉自己的妻子："不好了，雷神托尔来了！他不喜欢我们对土地做出的改变，这次我们的麻烦来了！"

他的妻子大吃一惊，然后镇定下来，她决定让丈夫躲起来，然后自己想办法来对付雷神托尔。

于是，巨人躲进了旁边的一个小屋，女巨人故作镇定地纺着纱。很快，雷神托尔就推门走进院子。

跨进院门后，雷神托尔又加紧脚步快速地向前走着，他以为自己走了很远时，却惊讶地发现自己才刚刚跨进大门没多远。于是，他加快步伐朝女巨人走去。这段路他走得有些吃力，等他终于走到女巨人面前时，已经累得有些喘气了。

雷神托尔说："你的丈夫在哪里？你们巨人把这片土地弄得如此糟糕。作为一个勇士，我想我应该同他谈谈。"

"那你恐怕要等一会儿了，他刚刚出门去了。不过你太孱弱了，是斗不过他的。"女巨人回答说。

但雷神依然决定要在此等候巨人回来，女巨人就不再说什么了。过了一会儿，女巨人拿了一个很大的杯子，走到墙角的酒桶边，准备去倒蜂蜜酒。当她拔下酒桶塞子时，蜂蜜酒如瀑布般轰鸣着倾泻到酒杯里。

很快，酒杯盛满了酒。女巨人刚把塞子塞上去，塞子就被汹涌而出的酒水冲了出来。这样反复几次之后，她请雷神帮她把塞子塞上。雷神爽快地答应了，可是他努力几次都没有成功。酒水开始在屋子里蔓延，情急之下他迅速地用自己的手杖在地上划了几道沟渠，引开水流，然后用脚在地上踩出几个坑，很快，酒水被引到了坑里。

女巨人很震惊，但她仍然故作镇定地说自己的丈夫总是能够轻易地塞上木塞。她趁此机会又想说服雷神离开。雷神虽有些沮丧，但依然坚持要见巨人。

不一会儿，女巨人又请他帮忙磨面。雷神起初不觉得那块磨石很大，但是很快他就发现，自己使出浑身的力气才能让磨转动一圈。这次，他仍然没有注意到女巨人眼中的惊恐。他只听到女巨人说："我的丈夫总是想磨多久就磨多久！"但这话，也没能让他放弃见巨人的念头。

天色已晚，巨人还没回来，雷神便打算在此留宿等他。女巨人铺好床，告诉雷神那是她丈夫平常睡的地方。当雷神躺上去后，感觉床铺下高低不平，睡起来极不舒服。他将枕头、被子四处乱扔，重新调整好了之后才安稳地睡了一觉。

第二天一早，他沮丧地向女巨人告辞："如果你丈夫能在那样的床铺上睡觉，那他就是个铁人。"

女巨人等他走出了自己的院子，才对他说："你不要沮丧。其实，你觉得我的屋子太大很正常，因为你已经走过了整个耶穆特兰的山区；酒塞子你塞不上也没有关系，那些酒是雪山上所有的水都在奔腾而下的水流，你划几下，踩几下，就形成了河流和湖泊；那个磨盘让你磨出来的是肥沃的土壤；至于你感到不舒服的床，那是所有的山峦，你随手乱扔，造就了参差不齐、秀美壮丽的山川。人们会感谢你的。你放心，我同我的丈夫以后都不会回来了。"

说完她就消失了，连同那个房子。雷神眼前只剩下一片山峰。

从此，耶穆特兰就变得风景秀丽无比了。

听完这个传说，那群年轻人又徘徊感慨了许久才离去。尼尔斯急忙钻出瞭望塔，四处搜寻着大雁和雄鹅的身影。可是，他用尽力气去呼喊也没得到回应。正当他在担心他们是否遭遇了什么不测时，却看见渡鸦巴塔基飞了过来。

　　原来，阿卡他们发现了一个猎人在附近转悠，所以来不及等他，就托巴塔基过来转达大雁的消息并将尼尔斯带到他们身边去。

　　尼尔斯飞快地爬到巴塔基的背上，去追赶大雁们。清晨的太阳唤醒了晨雾，一小片一小片的薄雾很快就形成了一大片的浓雾，这让他们寻找大雁的行动显得异常困难。

　　不过浓雾来得快去得也快。浓雾散尽后，渡鸦停在一片刚刚收割过的麦田里，让尼尔斯自己去找些谷穗填填肚子。

　　渡鸦告诉尼尔斯，南边那座雄壮险峻的高山叫松山，在很久以前是狼群藏身的好地方。

　　"你一定知道一些关于狼群的传说，快给我讲讲吧！"尼尔斯说。

　　渡鸦想了想，开始了他的讲述：

　　"离这里几十公里外的小河边有个叫海德的村子。一年冬天，河水都结了冰，村子里一位卖桶的人驾着雪橇走在冰面上。突然，大约有九匹狼从后面追了上来。

　　"卖桶人吓坏了，一心只想逃命，于是一个劲地抽打马匹。马已经尽全力去奔跑了，可是很快就被狼群赶了上来，卖桶人已经听到狼群喘气的声音了。附近十分荒凉，不可能找到救兵。那人想，自己的生命看来已经走到尽头了，他内心感到深

深的绝望。

"突然，他看到前面的杉木枝间有什么东西在移动。他仔细一看，原来是村里的一个老太太。于是，他心里的恐惧又增加了几分。

"看到老太太的瞬间，卖桶人痛苦地想了许多。他心里挣扎着，到底是冒险救她，还是不去管她，好为自己赢得一些逃跑的时间。没容他想清楚该怎么做，雪橇已经走到了老太太跟前，而且还在继续往前冲。

"卖桶人突然对自己不救老太太的想法感到羞耻，他费了好大的劲调转马头，来到老太太身边，将她拉上了车。'这下糟了，你没事为什么要到这么危险的地方来呢？'他不禁埋怨起老太太来。

"'你为什么不将木桶、木盆丢一些下去减轻重量呢？明天你还可以把它们拿回来啊。'老太太忍不住说。

"卖桶人猛然意识到这是个好主意。他立刻把一些木桶、木盆丢了下去。狼群以为是食物，立刻围了上去，这样他们也与狼群拉开了一些距离。

"可是狼群很快又追了上来，卖桶人打算把最后一个大啤酒桶滚下雪橇时，心中充满了绝望。这时，老太太也绝望地说：'如果狼群再追上来，我愿意下去让它们吃掉，这样你就有机会逃走了。'

"卖桶人说：'别说这种丧气话，让你去喂狼，那我干吗还要救你？'看着手中的啤酒桶，他突然有了主意：'你驾着雪橇快点回村子里去搬救兵，我躲在桶里，狼群拿我没办法的。'说完这话，卖桶人就钻到桶里，滚了下去。狼群立刻停了下来，围着木桶又咬又叫。但是他们怎么也打不开那个大大的木桶。

"卖桶人待在里面安全极了，他想：我要记住这只啤酒桶，记住遇到任何困难都要对得起自己的良心，总会有方法解决的，一定有另外一条出路。"

渡鸦的故事到这里就结束了，可是尼尔斯知道，渡鸦的每一个故事都有特别的含义。他再三追问，渡鸦却说，自己只是看到松山就想起那个故事罢了。

之后的飞行中，渡鸦给尼尔斯讲了铁匠的故事，以及第一个在海尔叶达伦定居的人的故事。尼尔斯越来越迷惑，再三追问故事的含义后，渡鸦终于问他："你知道把你变小的小精灵提出了什么条件，让你恢复原形吗？"

"就是把雄鹅莫顿安全带回家啊。"尼尔斯回答说，他不明白这跟故事的含义有什么关系。

"其实阿卡只跟你讲了一半。小精灵的条件是，你带雄鹅回家，再让你妈妈杀掉雄鹅，你就可以恢复成正常人大小了。"渡鸦犹豫着告诉他。

"不可能！我妈妈为什么要杀雄鹅？"尼尔斯不相信地大叫起来。

"我就送你到这里了，"渡鸦说着停到一个土堆上，"我看见阿卡他们过来了。记得我讲的故事，不管遇到怎样的困难，一定有另外一条路可以走的。"

# 韦姆兰和达尔斯兰

　　同大雁重逢的第二天，尼尔斯趁休息的时候，问阿卡，巴塔基说的话是否属实。阿卡没有否认。于是尼尔斯求阿卡不要把此事告诉雄鹅莫顿，因为莫顿他那么勇敢，而且讲义气。如果被他知道这个条件，尼尔斯不知道他会不会做出什么伤害自己的事情来。

　　之后的旅行，尼尔斯一直闷闷不乐，他再也没有心思去欣赏他们路过的一切美景了。他只是从老雁们对小雁的叫喊中知道，他们到了达拉纳，飞过了斯坦贾思峰，越过了东达尔河，现在正在西达尔河上空飞行。

　　就这样，尼尔斯一直垂头丧气地跟着欢呼的大雁们来到了韦姆兰省。最后，大雁们落在克拉克河边一块刚刚烧过的土地上，啄食着刚长出来的秋黑麦。

　　这时，不远处的森林里传来一阵说笑声，几个年轻的伐木工人背着工具包走了过来。尼尔斯突然有一种强烈的想要同人类相处的渴望，他很开心地看到那几个工人坐了下来，开始七

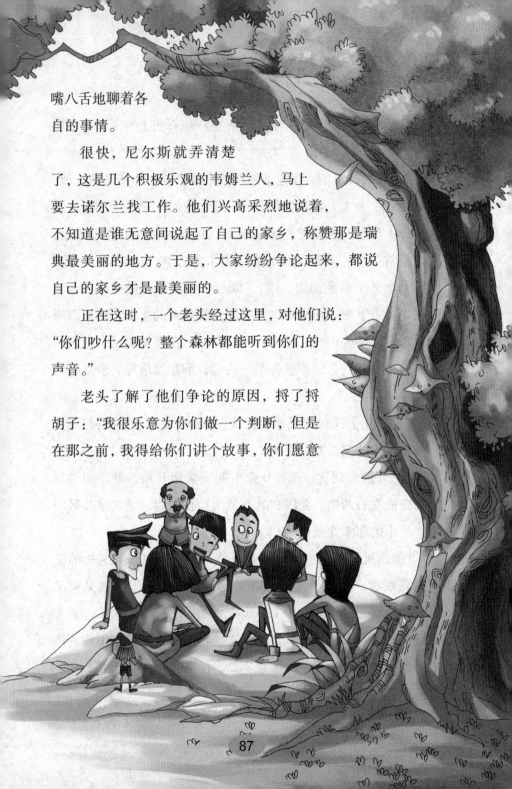

嘴八舌地聊着各
自的事情。

　　很快，尼尔斯就弄清楚
了，这是几个积极乐观的韦姆兰人，马上
要去诺尔兰找工作。他们兴高采烈地说着，
不知道是谁无意间说起了自己的家乡，称赞那是瑞
典最美丽的地方。于是，大家纷纷争论起来，都说
自己的家乡才是最美丽的。

　　正在这时，一个老头经过这里，对他们说：
"你们吵什么呢？整个森林都能听到你们的
声音。"

　　老头了解了他们争论的原因，捋了捋
胡子："我很乐意为你们做一个判断，但是
在那之前，我得给你们讲个故事，你们愿意

耐心听完吗？"

几个年轻人点点头，于是老头在一块石头上坐下，开始讲故事：

"很久很久以前，在维纳恩湖的南岸，有一片富饶的土地，那里住着一个大人物和他的七个儿子。他的七个儿子都非常强壮，身手矫健。但是他们太骄傲了，都认为自己的本领最大，所以经常争吵。父亲厌烦了他们无休止的争吵。于是有一天，他把七个儿子叫到湖边，说：'既然你们都那么优秀，那么你们就比试一下吧。湖的对岸有一块非常贫瘠的土壤，那里四周都是高耸陡峭的山丘、悬崖，没有人可以在那里生活。你们明天各自带上工具，到那里去犁一块地，谁犁得最好，谁就是最优秀的。'

"七个儿子都很赞成这个提议，第二天一大早，他们就套上马和犁，朝湖的对岸走去。

"老大最先到达，选择从正中间一块地开始。老二和老三分别在他左右两边，老四和老五依次排在两边，老六排在最西边，最小的那个在最东边。

"所幸维纳恩湖中间的地势还算平坦，所以老大起初的工作还算顺利，他算得上一个真正的男子汉，犁出的地又宽又深。可是不久，他就碰到了一块大石头，那石头太大了，老大不得不抬起犁，从旁边绕过去，重新将犁插进土里。很快，他又遇到一块很硬的地，根本犁不动，他只得再次提起犁，绕了过去。

"老二的情况也不怎么好，他不时地碰到小丘，一不小心就犁到山坡上去了，他不停地拐弯，再回来，这样一来，他犁出了许多的弯道。但是，因为他动作很快，而且他很聪明地在山谷间找到一条很不错的通道，所以，他到了地头都忘了停下来，反倒多犁了一大块。

"老三一开始也非常顺利，他犁出的地比两个哥哥都宽，而且笔直。可是好景不长，他也遇到了很糟糕的地，他不得不向西拐过去，但是离地界还有一大段距离，他已经无路可走了。他沮丧地叹了口气，心里想：这一定是最糟糕的一块地了。

"中间的这三兄弟虽然遇到了很多困难，但是比起边上的几个兄弟，他们已经幸运了很多。尤其是排在东、西两边最小的两个兄弟，他们费尽功夫，可是只能在地里拐来拐去，完全没有办法犁出一块均匀的地。

"夕阳西下，七个兄弟都垂头丧气、筋疲力尽地背对着各自犁出的地坐着，等待父亲的到来。不久，父亲来了，询问他们的工作成果。他们纷纷沮丧地说：'太糟糕了，我已经用尽了力气，还是犁不出一条平整的沟。'

"父亲笑了：'孩子们，你们为什么不回过头看看你们的工作呢？其实你们干得都很棒！'

"父亲带着七兄弟走过他们各自犁过的地方，最小的儿子犁过的地方出现了美丽的深谷，谷底是闪着波光的湖泊，两边是郁郁葱葱的山坡。那块地方后来被称为达尔斯兰和诺尔马根，他们在那里走了很长一段路，看见最小的儿子犁出了拉格斯湖、雷龙湖、大雷湖以及两个锡拉湖。父亲对他的工作非常满意。

"紧挨着的老五犁出了叶赛县和格拉夫斯费尤登湖；老三犁过的地方则出现了韦梅恩湖；老大的身后是美丽的费克斯达伦湖和富雷根湖；老二身后的艾尔河谷娟秀美丽，克拉河蜿蜒多姿；老四在贝里斯拉格那干得相当吃力，他创造了许多小湖泊，以及极富魅力的永恩湖和达格勒松湖；老六走过的路线有些奇怪，他开辟出斯卡庚那个大湖后，又犁出了雷特河，最后，他越过地界，在维斯特芒兰矿区开创了一些秀美的小湖泊。

"'孩子们，'父亲检查完所有的工作后说，'你们都干得不错，这块地已经不再贫瘠。因为你们创造了富饶的湖泊、清澈的河流和茂盛的植被，而且你们使土壤变得适合耕种，人们完全可以在这里过上幸福的生活。'

"'孩子们，这些美景令人应接不暇，每一处都有它独特的风景。作为一个父亲，看到你们都如此能干，我也非常欣慰。这里的每一处风景我都喜爱，我为你们每个人感到自豪。还有什么能比你们全部都如此出色更令我开心呢？'"

听完老头的故事，七个年轻人不再争论。是啊，何必争论每一处的风景呢，只有将这些团结在一起，才能形成最美丽的国家。

# 莫尔巴卡庄园

　　沿着克拉河一路飞来，大雁们来到盖克富士大工厂，接着他们转向西面，准备飞往费里克斯达伦。当天黑下来时，他们还没能飞到富雷根，所以，他们只好找了一块洼地歇了下来。

　　对大雁们来说，这个洼地是一个过夜的好地方，可是尼尔斯却无法在这种既潮湿又寒冷的地方入睡。于是，他一落地，就朝刚刚飞过的那几个庄园跑去。

　　没想到的是，前往庄园的路比他想象的要远很多，以至于尼尔斯好几次都想返回那块洼地。不过，最终他还是到达了庄园。尼尔斯进入庄园，发现自己所在的位置是个后院，穿过后院，看见的依然是个院子。这里没有一个人，尼尔斯便毫无忌惮地四处看。啊！看他发现了什么？李子树、红醋栗树，还有好多果树，这些树上都结满了果实。哦，那里还有一个漂亮的大苹果，它正静静地沐浴在月光下！

　　尼尔斯兴奋地将大苹果搬到草坪边，他坐在一旁，用小刀切下一小块，细细地品尝。他边吃边思索，如果自己离开雁

群，就留在这里居住，也许是个不错的主意。这里有足够的食物供他享用，只是他不知道要怎样向雄鹅莫顿解释他为什么不能继续这次旅行。

　　他正在思索这些问题的时候，头顶上传来了一声轻微的声响。不一会儿，一样东西掉落在他的旁边。那是一个像短小的桦树树杈一样的东西。尼尔斯仔细一看，那个长有眼睛和嘴巴的"怪树枝"，原来是一只猫头鹰。

　　"很高兴这个时候还能遇到活物。"尼尔斯说，"不知道猫头鹰夫人是否愿意告诉我，这个庄园叫什么名字，都住了些什么人。"

之前，猫头鹰一直目不转睛地盯着尼尔斯，猜想他到底是只什么动物，是否会对自己造成威胁，直到她感觉自己的眼睛都盯得发花，才松了口气。最后，在好奇心的驱使下，她从树上飞了下来，想离这个陌生的小东西更近一点，便于观察。虽然，在尼尔斯说话的时候，猫头鹰发现他并没有什么攻击性的武器，但是她仍然没有放下戒心。

"这是莫尔巴卡庄园，"猫头鹰说，"这里曾经住着一些上等人。你是干什么的？"

"你看我搬到这里来住可以吗？"尼尔斯并没有回答猫头鹰的问题。

"但是，如今这里已经不比从前了。不过还是可以生活的，就要看你怎么过了。你也吃耗子吗？"猫头鹰说。

"哦，不是的。"尼尔斯说，"我相信，耗子伤害我的可能性会大一点。"但即使他这样说，也没能消除猫头鹰的顾虑，她决定要试试尼尔斯。

猫头鹰飞到空中，然后朝尼尔斯俯冲下去，一边用爪子抓住他，一边用嘴去啄他的眼睛。尼尔斯一边保护自己的眼睛，一边极力地想要挣脱开，还不忘用尽全力来呼救。就在他觉得自己这次肯定要完蛋的时候，突然被一个人救了下来。

就在尼尔斯跟随大雁旅行的这一年，这个救他的人也同样在到处旅行，目的是写一本适合孩子们在学校阅读的书。她出生在韦姆兰省，从小在这个庄园长大。

"很感谢你救了我！"尼尔斯说，"但是你却放走了猫头鹰。她依然在树上盯着我，让我没有办法离开。"

"看来，我做事确实欠考虑。但是我可以送你回家啊！"她说。虽说她曾经写过一些传说故事，但是如今真的同一个小人儿说话时，她还是感到很吃惊，只是并不会大惊小怪地尖叫。她会在故居外的月光下漫步，好像就是特地为了遇到这件奇怪的事。

"事实上，今夜我想留在这个庄园里。"尼尔斯说，"我只想找个安全的地方睡觉，明天我会回到森林中去的。"

"你要我给你找地方睡觉？难道你不是住在这里的吗？"

"你一定是把我当成一个小精灵了，"尼尔斯说，"但是，我只是一个被精灵变小了的人，跟你一样的人。"

"哦，这种事情我还从来没有听说过。你能把你的遭遇告诉我吗？"

尼尔斯毫不忌讳地将自己的冒险经历讲述了一遍，这些让那个救了他的人感到兴奋。

"竟然会有这样的事！我想我真的很幸运，能碰到这个骑在鹅背上周游全瑞典的人。"她小声嘀咕着，"这次回老家是值得的。我要把他的经历全部都写进我的书里，这样我就不用为我的书发愁了。"

# 海岛宝藏

　　大雁们在飞过费里克斯达他以后，一直往南飞的他们改变了方向，经过韦姆兰西部和达尔斯兰向布胡斯省飞去。

　　大雁们到达了费耶尔巴卡外的一个小石岛，决定在这里休息一晚。就在子夜即将到来时，月亮下的老阿卡摇了摇脑袋，将困意驱走，然后叫醒了亚克西和卡克西、科尔美和奈利亚、维茜和库西。而尼尔斯被她用嘴捅了一下后，立即惊恐地跳了起来，问道："怎么了，阿卡大婶？"

　　"没什么重要的事，"阿卡说，"雁群中我们七个年纪大的，今晚有些事要到海上去一趟，不知道你愿不愿意一同去？"

　　尼尔斯很了解阿卡，如果没有必要的话，她是不会把他喊醒的。所以，尼尔斯想都没想，直接坐上了阿卡的背。

　　阿卡带着他，领着大雁们向西飞行。飞到一个最小的岛上时，高尔果已经在那里等候他们了。

　　"你做得很好，高尔果。"阿卡说，"没想到你竟然比我们先到。在这儿等了很久吗？"

高尔果回答道："今天晚上，我除了能准时到达这里以外，没什么值得你们夸奖的。我想我把事情办得很糟糕，有负你所托。"

"我相信你一定办得很好。"阿卡说，"不过，在你将事情经过说出来之前，我想请大拇指帮我们找一样东西，它就埋在这个岛上。"

原来，他们是要尼尔斯帮忙寻找几年前发现的金币，只是不知道它是否还在原地。尼尔斯听了之后，毫不犹豫地纵身跳进他们所说的那个裂缝。拨开贝壳，挖开沙子，却并没有找到他们所说的袋子。他继续挖下去，当挖到很深的时候，突然听到金属撞击的声音，是一枚金币。随后，他又摸到了很多圆圆的金币。于是，尼尔斯赶紧向阿卡报告。

阿卡很高兴那些金币还在，她让尼尔斯将沙子重新填好，不要留下痕迹。当尼尔斯照阿卡的吩咐将一切都还原，回到石头上时，他看到阿卡和其他六只大雁庄重地向他点头鞠躬。虽然感到诧异，但他也脱帽鞠躬向他们还了礼。

阿卡对尼尔斯说，他们这几个年纪大的大雁都觉得，该拿出一些丰厚的酬金给尼尔斯。因为人类都是这样感谢帮助过他们的人，所以大雁们也要这样来感谢尼尔斯这一路上所给予他们的帮助。

"我并没有帮上什么忙，而且还在接受你们的照顾。"尼尔斯说，"我在跟着你们飞行的这一年里，学到了很多比物质和金币更宝贵的东西。"

可是阿卡坚持认为尼尔斯同他们一起旅行过后，在离开他们的时候，不应该同来时一样，一无所有。这些金币过了这么多年还在此处，就表示它已经没有主人了。阿卡希望尼尔斯能够拿着这些金币回家，让他的父母觉得尼尔斯是在有钱人家里放鹅赚了钱。

"阿卡大婶，如果您在我提出辞职前，就付我薪水并辞了我，这样不是很奇怪吗？"尼尔斯说，"既然我们能够一起旅行这么久，也应该可以继续之后的旅行。"

"只要我们在瑞典，你依然可以留在我们身边。"阿卡说，"这次带你到这里，只是让你认个路。因为现在的路线，让我们不用绕太远的路。以后就说不准了。"

可是阿卡没有想到，尼尔斯竟然想要跟着他们到国外去。吃惊的阿卡平静下来后，接着说："我希望你能在下决定之前，先听听高尔果要说的话。就在我们要离开拉兰普之前，我同高尔果商量过，让他去一趟斯科耐——你的老家，去寻找小精灵为你争取一个好的条件。"

"我们之前是这样说的。"高尔果说，"可是，就如刚刚我所说的那样，我没能很好地完成任务。找到豪尔格尔·尼尔森的家对我来说是很容易的，可是找小精灵却花了我好几个小时。我在空中一直盘旋着寻找他，看到他时，我立刻冲了下去，将他带到一个不会被人打扰的地方，与他谈了谈。

"'我也很想要帮帮他，'小精灵听了我的话后说，'我听说了有关他的事情。他现在的表现很不错，可是我却不能改变什么。'我听到他这样说很生气。于是对他说，让他最好能够做出让步，否则我会让他为此付出代价。

"'你想怎么样都可以，'小精灵说，'不过，我还是不能改变尼尔斯变回原形那个条件。你应该转告他，让他最好能和雄鹅早点回家。他的父亲因为很信任自己的弟弟，而担任了他弟弟的借款担保人。可是他的叔叔最后却没有能力还债，只有让他的父母承担了下来。另外，他家借钱买回了一匹马，不幸的是，那马当天就变瘸了，没有起到任何作用。尼尔斯家里的奶牛已经卖了两头了，如果他的父母在经济上得不到什么救济的话，很可能就要被迫流落他乡了。'"

尼尔斯听后，生气地说："他给我订下的条件，让我不能够回去帮我父母。但我不会为此而牺牲雄鹅莫顿的。我相信我的父母也不会愿意看到我为了帮助他们而背信弃义的。"

# 大海中的白银

在达尔斯兰省和大海之间，有一堵石围墙。它是由巨大的岩石筑成的，如果是用小石块，那就不能承受大海暴戾、粗野的冲击，不能阻拦一波又一波的惊涛骇浪侵袭陆地。

如此的规模，如此的建筑工程，是在很久很久以前的远古时代建成的。随着时间的流逝，墙上已经留下了岁月的痕迹，处处斑驳。牢固的岩壁中间出现了一条深深的宽裂缝，人们在裂缝里耕种、盖房。但这条大大的裂缝并没有将这堵墙真正地分隔开来，靠内地的那一侧还是紧密地连在一起的，可以看出它们曾经是一堵墙。

当人们站在海岸上观望这堵围墙时，就会发现，这堵墙立在这里并不是为了让人去欣赏它的雄伟壮观。曾经的它必定是极其坚固的，而如今已经有五六个地方被海水穿透，在内陆上形成了几十公里的海湾。旁边有部分崖壁的岩石袒露出水面，形成一个个小岛群。崖壁的裂缝里淤积的泥土十分肥沃，让崖壁围墙上的布胡斯省居民们能够赖以生存。在背风的地方，甚至能种植那些在南方都无法生长的娇弱植物，因为这里的冬天没有内陆那么寒冷。

清晨，大雁们来到布胡斯省，飞过那些静谧安详的岩石岛群时，他们看到棕色的渔网一排排整齐地晒在渔村的屋外；狭窄的街道上也没有什么人走动；岸边降下风帆的渔船显得沉甸甸的，一定是鱼虾满仓；渔船附近的长木板凳上，也不见那些收拾鱼虾的妇女们的身影；领航员住的房子周围也是静悄悄的。

大雁们飞过海滨小城市时，这里也是静悄悄的。连群岛上的鸟儿们也一样地安静，只有几只早起的鸬鹚飞离了崖壁上的窝，来到捕食的地方。

这一次却出现了点意外。漫游于陆地上的海鸥们突然冲上了天空，直奔南方飞去，让大雁们都来不及问候一声；水中的鸬鹚也慌忙蹿出水面，紧紧跟上了海鸥的队伍；海豚也成群结队地穿行于水中；海豹从休息的礁石上滑入水中，游向南边。

"出了什么事？出了什么事？"大雁们慌忙问道。最后终于在一只长尾鸭的口中得知，原来是马斯海岸的鲱鱼鱼汛来了。

得知这一消息后，不光是鸟类和海兽，就连人类也都行动了起来。狭窄的街道上，人们来回奔走相告；人们收起了屋外的渔网，搬到了船上；安静的海岸边也呈现一派火热的景象，到处都是扬起的风帆和前来送行的姑娘们；船只间充满了人们的喧哗声和呼喊声；瞭望台上有人在观察着海的动静。

而大雁们也很快就赶到了马斯海岸，看着鲱鱼群从西面而来。马斯海岸和帕德努斯特尔岛之间的海湾十分开阔，渔船在那里每三只分为一组，并驾齐驱地朝前航行。渔民们知道，那些鲱鱼群出现的地方，水面都会泛起黑色的细密的波浪。他们看准鱼群，将渔船驶向那里，并小心翼翼地撒开渔网，平铺在鱼群之上，然后从底部将拖网收紧，鲱鱼就像被装入了口袋里一样。然后，他们用力将这个"口袋"越缩越紧，鱼儿们都紧紧地聚在一起，在网中翻腾着，跳跃着。这时他们才把渔网拉出水面，倒入船舱。不久，那船舱里白花花的鲱鱼就没过了渔民的膝盖，这可真是大丰收啊。

渔船还在不断地增加。那些满载而归的渔民将渔船停靠在海岸边，有些人将捕上来的鱼卖掉，有些人在码头上将鱼卸了下来，岸边的长凳上坐满了女工，她们忙着将鲱鱼清理干净。清理干净后的鲱鱼被装进木箱和木桶里，它们的鳞片撒满了街道，处处都闪着白银般的光辉。

鲱鱼，它就是大海里的宝藏、波涛里的白银。人们看着一箱箱、一仓仓的鲱鱼，喜悦之情溢满了心扉。大雁们在马斯海岸上空不停地盘旋，他们想让尼尔斯能够看清这捕鱼的过程，感受到大家的喜悦。

可是这种盘旋并没有持续多久，尼尔斯就央求大雁们继续他们的旅行，不愿再多做停留。虽然他没有说明理由，但是大家都已经猜出了他的心事。

不难想象，在那些以捕鱼为生的人群中，并不缺乏英姿飒爽、身材魁梧的大汉。他们在风雨的磨炼下，有着刚毅的脸庞，健壮的体魄，看起来是那样的不屈不挠。这是每个男孩所憧憬的，他们都希望自己能成为英勇威猛的男子汉，能够独当一面。可是如今的尼尔斯比鲱鱼都要小，在这样的情况下看着他们，只会让他心里更加难受。

# 老绅士和小绅士

从前，不算太久的时候，在西约特兰省的一个教区的小学里，有一位深受大家喜爱的女教师。她娇小可人，生性善良贤淑，而且非常羞涩。她为人师表无可挑剔，以身作则，教给孩子们许多做人的道理。所有的孩子都很喜欢她，就连他们的父母也对她十分满意。

但她羞涩的天性总让她不那么自信。其实大家都对她感到满意，可是她却总是认为自己不如别人。在她看来，身边的同事都聪明伶俐，而自己却又蠢又笨。

有一天，教区学校管理委员会建议她到奈斯手工艺学校去学习一段时间，以便在以后的教学中能够让孩子们学到更多的本领。

奈斯手工艺学校坐落在离女教师学校不远的奈斯庄园里。她曾无数次经过那座美丽的庄园，也无数次听人谈起过那所学校。那里以手工艺辅导享誉全国，甚至国外都有人慕名到此学习。女教师担心极了，她想，一定有许多很优秀的人在那里学习，自己那么笨，怎么能够胜任这个任务呢？

可是，她也不愿意拒绝管理委员会的建议，所以尽管她心里很害怕，但还是报名参加了奈斯手工艺学校的本期课程。

女教师一步三犹豫地来到奈斯庄园，庄园里已经热闹非凡。全国各地的学员聚集在一起，分别被安排在各个被充当为临时宿舍的别墅和平房里。

几个陌生的年轻姑娘和女教师一起被分到一栋漂亮的小别墅里。每个人都是初次来到这里，大家都感到既新鲜又陌生。大家聚集在一起，兴高采烈地聊天，尽快熟悉周围的环境，彼此结为朋友。只有女教师还是一如既往地不自信。在她看来，谁都没有自己那么蠢笨不堪。所以当几十人在饭桌上谈笑风生时，女教师却紧张得一声不吭。

第二天早上，学习开始了。同其他学校一样，赞美诗和晨祷结束后，主持课程的校长为大家讲述了手工艺课程的概况，以及今后学习中的各种要求。

女教师还没来得及听明白，就已经被带到了刨床前。今天的课程是学习刨木头，一位老师向她详细讲述了如何刨出一根可以支撑花卉的木棍。可之前没有接触过手工艺的女教师完全没有弄懂到底是怎么回事。老师走了以后，她就只有茫然地站在那里，看着周围的学员热火朝天地实践着。看到她不知所措地站在那里，几个稍懂门道的学员就想过来帮帮她。可是女教师的大脑里一片空白，手脚僵硬，还是没能领会其中的窍门。她只是不停地想，周围的人一定都看出了她的笨拙，一定都对她不屑一顾了。

不一会儿就是早饭时间了。早饭后，体操、手工、音乐，各种课程交替着进行。整整一天，女教师都只是木然地跟着大家一起活动、生活、学习，她浑浑噩噩，脑子里只是想着，人家一定看出她有多笨了。

这种情况持续了两天。第二天的晚上，一位多次到此讲课的老教师对几个新学员讲述了这间手工艺学校的来历。女教师虽然胆战心惊地过着日子，但是那天她正好就坐在那位老教师的身边，所以很清楚地听到了这个故事。

奈斯庄园是一个美丽而古老的庄园。在现在的庄园主人，就是那位老绅士到来之前，这庄园除了美丽也没有其他值得夸耀的。这位老绅士是个大富翁。他来了之后，将整个庄园修葺一新，并且建造了一排平房，供长工居住。

不幸的是，老绅士的夫人去世了，没有为老绅士留下任何子嗣。老绅士一个人生活在庄园里非常孤独。于是，他说服了自己的侄儿来奈斯庄园与他共同居住。

老绅士的本意只是想让他的侄儿帮他打理庄园，然而那位年轻的绅士闲来无事，在庄园里视察时发现：到了冬天，穷苦人家总是枯燥地干坐在一起，打发无聊的农闲时光，几乎没有人会去做任何手工活。也许是因为现在什么东西都能够买得到吧，大家都把手工活丢到一旁了。可是，这位年轻的绅士同时还发现，仅有一户人家的妇女会在闲暇时做些缝补纺织的活计，男人也会在耕作之余做些木工活，很明显，这一家的生活比其他人家都稍微富裕一些。

年轻的绅士回到庄园的主楼，将这一发现告诉了老绅士。他提议，如果能让普通家庭都学会一些手工活，那么他们的生活境况会好很多。而且，一家人围坐在一起劳作，一定是一件很开心的事情。尤其是儿童，如果从小就锻炼得手脚灵活，那么长大以后养家糊口绝对没有问题。因为有一双灵巧的双手就是人生最大的财富。

老绅士对他的这一想法大加赞赏。两人商量后决定办一座手工业学校，教孩子们学习手工制作。

于是，老绅士请来教师，开始教庄园里长工的孩子们学习手工活。不久他们就验证了自己的想法，这样的确对孩子们，甚至对一个家庭都有莫大的帮助。年轻的绅士于是就想：如果将这一方法推广到瑞典全国，让全国的孩子们都受到类似的教育，那么得到帮助的家庭也就更多了。

不过，要怎样才能将这一想法实现呢？年轻的绅士想：将全国的孩子们都集中到奈斯庄园肯定是不可能的。但是孩子们都有老师，如果把手艺教给他们的老师，再由老师给他们这方面的教育，不就可以了吗？想象一下，全国孩子们的手脚都像他们的头脑一样灵活，那是一件多么振奋人心的事情啊！

说干就干，老绅士和他侄儿分工合作。老绅士负责布置劳作间、操场、体操室、宿舍，年轻的绅士就担任校长的职务，负责教学工作的安排开展，并了解学员的需求、想法，为他们提供更好的条件。

就这样，奈斯手工艺学校成立了。从一开始，报名的学员就出人意料的多，每期都是满员，大家都对学校赞不绝口。虽然每年都要举办四期培训班，但是每次的报名人数都超出了学校的接纳能力。

很快，奈斯手工艺学校闻名全国，也在国外受到了广泛的欢迎。没有谁能比奈斯手工艺学校的校长拥有更多的国内外朋友。

女教师越听心灵越开阔。她从未想过，原来学校开办在这里，全是因为两位绅士想要造福乡邻的善心。他们不计回报，只是想让普通人的生活过得更好一点，他们愿意奉献自己的全部。他们的慷慨与爱心让女教师感动得差点掉下泪来。

第二天，她怀着另外一种虔诚的心情去学习，她不再去想自己，一门心思地想着要努力学习，将这一善举的目的实现。从此以后，她的学习十分优秀，任何一门课程都是一点就通。

从此她的眼神不再迷茫，她渐渐发现庄园里无处不在的爱心。学员们在此学会的远远超过了手工艺课程本身。这里几乎每晚都有关于诗歌或者音乐的集会，庄园里大量的书籍都可以供他们随意借阅，课程之余他们还可以在小湖里游泳、划船。这一切都是为了让他们过得更加舒适。

她开始注意到夏日庄园的美好，老绅士的府邸坐落在湖心的一个小山丘上，门前的花园里草木扶疏，各种她叫不出名字的鲜花争奇斗艳。闲暇时，女教师就会到花园里游玩，尽情地享受夏日庄园的美好。

事实上，女教师并没有因此变得更加勇敢、乐观，不同的只是，她的心中开始荡漾着满满的爱与感激。

很快，课程结束了。临走前，学员们纷纷对主人表示了自己热烈的感激之情。看着大家滔滔不绝的样子，女教师心里羡慕极了，她的感激并不比别人少，但生性害羞的她仍然没有勇气向两位主人亲口表示感谢。

回去之后，她像往常一样认真地教书，愉快地生活。因为离得不远，她经常在空余时间回到奈斯庄园，去看看那些给她留下美丽回忆的宿舍、花园。但是很快，新的学员到来了，眼前的陌生人再次让她胆怯起来。渐渐地，她也去得少了。

不幸的是，春季的一天，奈斯庄园的老绅士去世了。但是学校还是一如既往地运转，因为老庄主的侄儿像从前那样为学校工作着。女教师感到很遗憾，她还没有亲口对老绅士说一句感谢呢！当然，老绅士一定听过很多感激的言语，可是如果她自己可以亲口告诉他，她的心里也会好受许多。

几年后一个偶然的机会，女教师听说奈斯庄园的主人，那位年轻的绅士病得很严重。人们都在议论，恐怕这次他挺不过去了。

　　女教师焦躁起来，她很害怕这位绅士也同他舅舅一样，突然就撒手人寰了。一种强烈的欲望在她心底沸腾，她想：这次，我一定要亲口感谢他，不要让自己遗憾，要让那年轻的绅士知道自己对他们的善举是多么的感激涕零。

　　女教师努力想着，要怎样才能表达自己以及乡亲们对他们的谢意。最后她想，让受益的孩子们为他歌唱吧，疾病缠身的年轻绅士一定可以从歌声中得到安慰的。

　　于是，她开始东奔西走，说服了十几个孩子同她一起去了一趟奈斯庄园。当晚，月色如洗，女教师带着十几个孩子连夜上路了……

# 西约特兰的故事

阿卡带领的雁群此时正停在西约特兰省西部的一块沼泽地上休息。大雁们都睡着了，尼尔斯无法抵抗潮气，就独自一人爬到一条横穿沼泽的大路旁休息。这时，大路上远远地走来一群人。尼尔斯定睛一看，原来是一位女教师和十几个孩子。孩子们围绕在女教师身边，开心地说笑着。尼尔斯突然觉得很好奇，于是悄悄跟了上去，想知道他们究竟在聊些什么。

这十几个人说话走路的声音，掩盖了他小木鞋在草地上踩过的"沙沙"声，所以尼尔斯很容易就跟上了他们。

女教师正在给孩子们讲故事，讲完一个，孩子们就嚷嚷着要她再讲一个。尼尔斯赶上他们的时候，女教师正好准备开始讲一个新的故事。她一边讲着一个关于古老的西约特兰省巨人的故事，一边加快了步伐。

尼尔斯一路跟着他们，当这个故事讲完后，他们正好来到奈斯庄园门前。

女教师之前勇气十足，但当她看到庄园大门的时候，勇气突然消失殆尽。郁郁葱葱的树木掩映着那位校长的别墅，园中的花草在夜风中摇曳，远远的湖面在月光下闪着银色的清辉，一切都美得如梦似幻，这些又让她犹豫起来。

心中有个声音在嘲笑她："走吧！这里怎么是你来的地方，你不认为你的想法太荒唐了吗？"

为了给自己打气，她怀着深切的谢意讲述了奈斯庄园两个主人的故事。渐渐地，女教师的心情平静下来，勇气又一点点回来了。庄园的一草一木都真实地摆在眼前，老绅士和小绅士的事迹也是千真万确的。在这样一个大公无私的地方，自己怎么能胆怯呢？

打定了主意，女教师带着孩子们继续朝着湖心的宅邸走去。穿过月光下有些神秘的参天大树，许多愉快的回忆又涌现在她的脑海中。她告诉孩子们，自己在此学习的时候，经常到这里小憩一番，以往在静谧的树林间草地上举行的聚会活动至今历历在目。她还告诉孩子们，正是庄园主人的慷慨，才让许多跟她一样的教师能够到这座美丽的庄园里生活学习。

说话的这会儿工夫，她已经带着孩子们穿过湖面的小桥，来到校长的别墅前。突然，她停下了脚步，心里再次犹豫起来，并对孩子们说："听我说，孩子们。我想，我们还是不要去了吧。是我考虑不周，校长正生病呢！我们如果唱歌，会打扰到他休息的。"

那十几个孩子走了半个晚上，刚到门口又说不去了，一个个都不太乐意。女教师打断了他们反对的话语，坚持要带他们回去。

尼尔斯一路跟到现在，终于明白了，他们晚上走了这么久的夜路，就是为了给房间里的一个病人唱歌，可是现在又不唱了。

"哦，他们为什么不去问一问呢？"尼尔斯默默说道，"只需要问一下，那位病人的身体是否允许他听完一支歌，不就可以了吗？既然没有人去，那么我就去帮他们问问吧。"

于是，尼尔斯转身跑向那座房子。刚到门口，他就听见一个女仆和一个马车夫的交谈。

"校长的病好些了吗？"马车夫关切地询问。

"唉！医生说他的心脏就快停止跳动了。看来灵魂已经离开了身体，只是舍不得离开，飘荡在空中。"

听见这话，尼尔斯大吃一惊，赶紧跑着去追女教师和那十几个孩子。他回忆起自己当海员的外公快去世的时候，曾经要求家人打开窗户，让他再听听海风的声音。那么这位校长在弥留之际应该也是想再看看学生们愉快地歌唱、舞蹈的样子吧。

这时，女教师和孩子们正在往回走。她心情苦闷，左右为难。她似乎听见许多声音从四面八方向她呼喊："去唱支歌吧！我们都来不及赶过来，只有你在他的身边，去代表我们大家为他唱支歌吧！"

还有个声音似乎就在她的身边："快去为他歌唱吧！让他听到学生的心声，不要让他怀有遗憾地离去。不要总想着自己，你身边还有许多人和你站在一起，去告诉他，我们有多么热爱他！"

校长循循善诱的身影浮现在她眼前，还有那似乎来自草丛的声音，一直央求她赶紧到庄园去歌唱。终于，她鼓起勇气，带着孩子们回到校长的窗外唱了几支歌。歌声飘荡在夜空中，饱含众人对校长的眷念和爱戴。女教师认为，今晚的歌声是前所未有的最美的歌声。

别墅的大门打开了，一个人匆匆向她跑过来。

"唉，他准是过来叫我们闭嘴的。"女教师沮丧地低着头说，"但愿我们没让校长的病情变得更糟糕。"

可是，出乎她的意料，那人过来请他们一起进屋子里休息一会儿，然后再为校长多唱几支歌。

医生告诉她，本来校长的心跳已经越来越微弱了，但是歌声响起的时候，他似乎听到了无数人对他的召唤，求生的欲望让他的心跳慢慢恢复过来了。

"请你们再唱会儿吧，用欢乐的歌声留住他！"医生恳切地请求女教师和孩子们。

# 飞往威曼豪格

几个星期以来，大雁们一直停留在西约特兰省辽阔的平原上，与其他几个雁群共同玩耍、嬉戏。很快就已经到十一月，这天，大雁们飞过哈兰德山脉进入了斯科耐省。

尼尔斯最近一直郁郁寡欢，他努力想要接受现实，但是他发现这实在很难。他想：如果越过斯科耐省到了国外，或许我就能找到一个确定的说法，知道我到底能不能变回人的样子。那样我也就可以安心了。

随着大雁们继续南行，风景开始显出新鲜的样子。山丘逐渐被平原代替，支离破碎的海岸渐渐连在一起，一望无际的大海同陆地连接紧密。一块块的平地划开了起伏的森林，每一块平地都被树林围着，仿佛树木就是这里的主人。但是往南看，一望无垠的平原才是主宰。不过，许多河流打破了平原的单调，成群的湖泊点缀着整个平原。这些耕地一直延伸到斯科耐省的边界。看着眼前的一切，尼尔斯猛然间想到了自己的家乡。

在斯科耐省飞行了一阵子，阿卡高声叫起来："快看快看！

外国就像这样！"

他们正在瑟德尔山脉的上空，那逶迤的大山上覆盖着浓密的山毛榉树，树林深处隐约可见一些高楼的尖塔。一群群穿着鲜艳的人们走在森林中蜿蜒的道路上，有的坐着马车，有的骑着高头大马。狩猎的号角声响彻云霄。

很快，雁群飞到了斯科耐平原的上空。平原上有成片的耕地、牧场，还有不计其数的白色的农庄和教堂。泥沼地上堆着大片的泥炭，还有漆黑发亮的煤堆，铁路和公路在平原上交织成一张密密的网，零星的小湖泊在阳光下泛着粼粼波光。

尼尔斯看着这一片大大的平原，心中充满了喜悦。突然，他听到阿卡在招呼小雁们："快往下看！波罗的海沿岸一直到南边的高山，都是这个样子。"

紧接着，阿卡带领大雁们飞过几个城市，看见了数不清的工厂，工厂上的烟囱又细又高；宽敞的街道旁是林立的高楼；码头上停着无数的船只，人声鼎沸；古老的教堂、城墙，述说着整个城市悠久的历史。

小雁们目不暇接，阿卡在一旁指导："外国的城市跟这个差不多，只是更大一些罢了。"

就这样，尼尔斯跟着雁群在斯科耐上空盘旋了一整天，最后降落在威曼豪格县。尼尔斯明白过来，原来阿卡盘旋一天就是要告诉自己，自己的故乡并不比任何一个国家差。

# 回 家

　　这一天，浓雾遮住了天空，大雁们在一片农田里填饱了肚子，在四周随意地休息。

　　阿卡走到尼尔斯身边，对他说："浓雾后应该有几天会放晴，我们应该会趁这个机会在明天飞越波罗的海。现在离你家很近了，你要不要回家看看？"

　　尼尔斯喉头哽住了："嗯……唉，还是算了吧。"虽然很感谢阿卡能如此体贴，但他还是无精打采。

　　"我想，你还是应该回去看看。"阿卡说，"如果错过这个机会，下次想见面就要很久了。而且，就算你不能变成大人，回去同你的家人见个面，看看他们过得怎么样，说不定也可以帮帮他们。"

　　听见这话，尼尔斯的思乡之情再次在心底蔓延开来："您说得对！我怎么没有想到呢。请您带我回家一趟吧！"

　　阿卡于是带着他飞向尼尔斯的家。很快，他们降落在那座农舍的石头围墙后。尼尔斯兴奋地爬上围墙："真是奇怪，这里的一切都跟我走的时候一模一样。"

尼尔斯急忙跳下围墙，着急地说道："阿卡大婶，您先别走啊！"不知道为什么，他似乎感觉到，自己和阿卡这次分开后就很难再见了。

阿卡宽慰地笑了，不过马上就神色庄重起来："有件事情我一直想跟你谈谈，现在你要回到你家人身边，我想也是时候把话说开了。"

"您说，我一直都尊重您的意思。"尼尔斯说。

"大拇指，你跟着我们一年了，你会不会觉得，人类不应该占据了整个大地呢？你想想，你们需要的只有那么多，只需要让出一些荒山、偏僻的森林，还有几个岩石小岛、几片浅水湖，甚至一些你们不能在那里生存的沼泽地，我们这些飞禽走兽就不至于没有地方去了。我也活了大半辈子了，无时无刻不在注意躲避人类的追捕。如果人类稍稍有些良心，能够明白像我们这样的鸟儿也需要一块安宁

117

的土地，那就太好了。"

尼尔斯沉思一会儿，郑重地说："如果我可以帮上您的忙，我就太高兴了。只是我的力量太小了，无法控制整个人类。但是您放心，我可以尽我的努力转告我身边的人。"

"好啦，我们不要在这里说个没完了。"阿卡说，"无论如何，我们明天也会见面的。你快回家吧！"说完她就飞走了。

但是，她又很快飞回来，深情地看着尼尔斯，不舍地用嘴把尼尔斯上上下下抚摩了好几遍，才转身离开。

尼尔斯跳进空无一人的院子，跑进牛棚，因为奶牛一定知道最准确的消息。可是牛棚里异常安静，他离开时本来有三头奶牛的，但是现在却只剩下一头名叫五月玫瑰的奶牛，孤单地思念着曾经的伙伴。

尼尔斯跳进牛栏里，冲她打招呼："你好！五月玫瑰，我的爸爸妈妈都还好吗？院子里的动物们都怎么样？你的伙伴小星星和金百合呢？"

看到尼尔斯变化这么大，五月玫瑰高兴地叫起来："大家都说你变了，看来是真的了，欢迎你回家！欢迎！"

没有想到自己竟然受到如此热烈的欢迎，尼尔斯高兴地说："谢谢你！不过你可不可以告诉我，我的爸爸妈妈现在怎么样了？他们还好吗？"

听见爸爸妈妈境况不太好，尼尔斯心里有些难过，他犹豫了一会儿，还是拐弯抹角地问道："他们看到雄鹅莫顿不在了，一定很难过吧？"

"他们是挺难过的。"五月玫瑰说,"不过如果他们知道莫顿究竟是怎么走了的话,应该就不会那么难过了。他们一直在抱怨,说自己那不争气的儿子溜走了,还顺手抱走了雄鹅。"

　　"原来他们以为是我偷走了雄鹅呀?"尼尔斯惊讶极了,"那他们一定以为我在外面四处溜达。"

　　"是啊,他们认为你一定过得很艰难。失去了最亲的亲人,他们难过极了。"

　　听见这话,尼尔斯心里涌起一阵暖流。他匆匆向奶牛道谢,赶到马厩。

　　马厩虽然狭窄却也干净整洁,看得出,尼尔斯的爸爸为了让这匹马过得舒服,很是费了一番心思。马厩中央站着一匹气宇轩昂的骏马,他浑身的毛发油光发亮,看起来十分健硕。

　　"你好!"尼尔斯同他打招呼,"听说这里有一匹生病的马,应该不是你吧?"

　　那匹马仔细打量着尼尔斯,说:"你就是这户人家变成小精灵的儿子吗?一直听说你很坏,现在看来,不是那么回事嘛。"

　　尼尔斯羞愧地说:"我知道自己在这个院子里的名声很坏,不过没有关系,反正我也就是待一会儿就走。你能告诉我你出了什么毛病吗?"

　　马儿叹了口气,慢吞吞地说:"你这么快就走?真是可惜了,说不定我们能成朋友的。唉,其实我也没什么毛病,只是蹄子上扎了一个什么东西,扎得很深,所以我只要动一下就疼,因为很隐蔽,所以医生没能看出来。你快去告诉你爸爸,这样光吃饭不干活可不是我想要的生活。"

尼尔斯抬起马蹄，果然看见一个小铁片，他试了试，铁片埋得太深，他根本拔不出来，于是他征求了马儿的同意，用小刀在马蹄上刻了一行小字。

刚刚刻好，他就听见院子里传来一阵说话声，他的爸爸妈妈走了进来。尼尔斯清楚地看到，忧虑的神情爬满了他们的眼睛，这使得他们看起来苍老了许多。

他们一边走一边讨论要不要问别人借钱。爸爸最后说："我可不喜欢欠债，干脆卖掉房子好了。"

"可是如果房子被卖掉了，要是孩子哪天回来了又该到哪里生活呢？他肯定是身无分文。"妈妈说。

"那倒也是。要不我们告诉房子的新主人，如果他回来了，请他们好好招待他，并且转告他，我们不计较他发生了什么，只要他回来。"

"是的，只要他回来。"妈妈爸爸说完就进了屋子。

听见他们的对话，尼尔斯既开心又难过。开心的是，爸爸妈妈竟然那么爱他，这是他之前从不知道的；难过的是，自己现在小小的样子，如果被爸爸妈妈看到，一定会让他们更难过的。这样想着，尼尔斯在门前不停地徘徊。

正在这时，雄鹅莫顿带着灰雁邓芬和六只小雁大模大样地走了进来。原来，莫顿也是思乡情切。他们在院子里转悠，莫顿不停地向邓芬介绍自己曾经的生活多么惬意。他带着大家走进鹅窝，开始大口吃着食槽里的燕麦。

邓芬感到很不安，不停地催促莫顿离开。突然，妈妈关上了门，将雄鹅一家关在里面了。

"我们真是走运啦！"妈妈开心地说，"春天不见的那只雄鹅回来啦，而且带回七只大雁呢！"

"这下可好了，我们不用怀疑是孩子偷走了雄鹅了。"爸爸高兴地说。

不一会儿，尼尔斯就看到爸爸两只胳膊下分别夹着雄鹅莫顿和灰雁邓芬，向屋子里走去。雄鹅扯着嗓子尖叫："大拇指，快救救我！"

其实雄鹅并不知道尼尔斯就在附近，他只是按往常的习惯那样呼救。

在尼尔斯犹豫的工夫，爸爸已经把雄鹅带到屋子里了，雄鹅的尖叫声隔着门窗传过来，一声高过一声。

尼尔斯痛苦地徘徊着，心里一个声音占了上风："雄鹅莫顿是你的朋友啊，你就忍心看着你的朋友遇难？"

他不顾一切地跑向屋子，使劲地捶着大门："爸爸妈妈，你们不要杀掉雄鹅莫顿！"

听到敲门声，爸爸奇怪地打开门，尼尔斯一头冲进去，高声叫道："不要杀莫顿，不要杀邓芬！"

尼尔斯不安地站在门口不敢上前，妈妈走过来拥抱着他。他突然发现，自己变回来了，而且长得比以前更高了。他惊喜地叫起来，搂住了爸爸妈妈。

# 告 别 大 雁

第二天看来是个晴朗的好天气。一大早，尼尔斯就出了门，来到与阿卡约好的岸边。

大雁们一群又一群地飞了过来，尼尔斯仔细寻找着自己曾经待过的雁群。又一群大雁飞了过来，他们盘旋在半空，那高贵的神态告诉他，这就是阿卡的雁群。奇怪的是，他已经无法像之前那样，老远就一眼认出他们了。

尼尔斯冲他们高声呼喊，可是他再也无法说出鸟语了，阿卡的声音响在耳畔，但是他无论如何都听不懂她在说些什么。他挥动自己的手臂，没想到本来打算过来的雁群被他吓得一下子全都飞走了。

尼尔斯沮丧地坐在地上，一动不动。好大一会儿，大雁们又不甘心地飞了回来，看到尼尔斯没有晃动，才稍稍安心地停在离他不远的地方。

看到雁群的归来，尼尔斯高兴地走上前去，挨个拥抱他们。大雁们认出了这就是那个跟他们一起旅行的小人儿，都纷

纷在他身边挤来挤去。他们不停地叫着，尼尔斯也不停地说着，表示自己的感激。但是彼此都听不懂对方说些什么。

突然间，大雁们安静下来，退开一步，似乎在说："小心，那可是一个真正的人啊！我们对他一点都不了解。"

尼尔斯无可奈何地起身，再次拥抱阿卡，然后往回走去。他站在堤岸上再次回头看看那些雁群，他们一个个都兴高采烈，欢呼声不绝于耳。只有一群大雁默不作声，他们的翅膀强健有力，队列整齐，速度很快。

尼尔斯目送着他们远去，心里充满了惆怅。他多想再变成一个小人儿，跟着大雁一起继续旅行。

# 小王子

文质　改编

长江出版社
CHANGJIANG PRESS

图书在版编目(CIP)数据

语文阅读经典丛书. 第五辑 / 文质改编.
—武汉：长江出版社，2020.11
ISBN 978-7-5492-7368-3

Ⅰ.①语… Ⅱ.①文… Ⅲ.①世界文学—作品综合集 Ⅳ.①I11

中国版本图书馆 CIP 数据核字（2020）第 232345 号

语文阅读经典丛书. 第五辑　　　　　　　　　　　　　　文质 改编

责任编辑：李剑月
出版发行：长江出版社
地　　址：武汉市解放大道 1863 号　　　　　　　邮　　编：430010
网　　址：http://www.cjpress.com.cn
电　　话：（027）82926557（总编室）
　　　　　（027）82926806（市场营销部）
经　　销：各地新华书店
印　　刷：湖北嘉仑文化发展有限公司
规　　格：880mm × 1230mm　　　　1/32　　24 印张　　500 千字
版　　次：2020 年 11 月第 1 版　　　　　2021 年 2 月第 1 次印刷
ISBN 978-7-5492-7368-3
定　　价：148.80 元（共六册）

MULU

目录

小 王 子

# 1

六岁那年，我曾在某部书里看到一幅颇为壮观的图画，描绘的是原始森林里的景象，名叫《大自然的真相》。画中有条大蟒蛇正在吞噬一只野兽，这就是原图的摹本。

书上说："蟒蛇嚼都不嚼，一口将整只猎物吞进了肚子里，因而动弹不得。此后，为了消化这顿大餐，它整整休眠了六个月。"

看完这段图文，我陷入深沉的思考中，想象那丛林野地里的种种奇遇。然后手执彩笔，画下第一张图画。我的第一幅画如下。

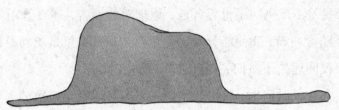

　　我把这幅杰作捧到大人们面前，问他们这幅画有没有把他们给吓倒。

　　他们却答道："吓倒？谁会被一顶帽子给吓倒啊？"

　　我画的才不是帽子呢！那是蟒蛇吞象后消化时的模样呀！不过，既然大人们都看不懂，我就另外画一张好了。于是我画出蟒蛇腹中的情形。这样一来，大人们就可以一眼瞧得明明白白啦！他们什么事都得要人解释得一清二楚才成。我的第二幅画如下。

　　这次大人们的反应是：别管什么外观图、内在图，把这些全扔到一旁去，专心念念地理、历史、算术和语法才是正经事。正因如此，我在六岁时便放弃了可能成为画家的这个伟大梦想。第一、二幅画的失败，早已使我沮丧万分。大人们从不主动去理解任何事，而对孩子们来说，成天向他们解释这、解释那的，有多烦人啊！因此，我选择了另一行：学习驾驶飞机。我差不多飞遍了世界各地，地理对我而言，还真管用呢！只要随意一瞄，我便能分辨出哪里是中国，哪里是亚利桑那。如果夜间迷失了航向，这些知识就更宝贵了。

在这段时间中，我接触到许许多多日后举足轻重的人物。我和大人们共同生活，关系密切，并仔细观察他们。但这并未增进我对他们的好感。

每当我碰到某个自己看来觉得有赏析能力的人，便尝试着把一直随身携带的第一幅画拿给他看，凭这，我便可以测出对方是否真的很有头脑。

然而，无论是男人、女人，全都信誓旦旦地说：

"这是顶帽子。"

如此一来，我将不再同这个人谈论蟒蛇、原始森林或星星之类的事了。我会降低水准配合他，说些桥啊、高尔夫啊、政治或领带等等的话题，而那个大人也会为了碰到这么聪明的人而大感兴奋哩！

## 2

直到六年前在撒哈拉沙漠出了点意外为止，我一直没能碰到那个真正谈得来的人，所以一直过得很孤独。那天，我的引擎出了故障，身边又没有任何技师或乘客，只得一个人努力尝试修好机器。当时，我能否活下去还大有问题，因为身边带的饮用水，勉强只够撑上一个星期。

于是，第一天夜晚，我就在杳无人烟的荒漠中睡着了。当时的我比遇上船难、在汪洋中乘着小筏东飘西荡的水手还孤立无助呢！所以，您应该可以想象得到，当第二天早上旭日初升，我突然被一个微弱而奇特的声音唤醒时，内心有多惊讶！那个细小的声音说道：

"拜托你——帮我画只绵羊！"

"什么？"

"帮我画只绵羊！"

我目瞪口呆地跳了起来，惊讶得猛眨眼，仔细地搜寻四周。然后看到一个小得异乎寻常的小人儿，站在那儿，郑重地凝视着我。底下便是我后来竭尽所能，以他为蓝本画下的素描。当然，我的画远不及他本人那样迷人啦！

不过呢，这可不是我的错。在我才六岁时，大人们就已经使我成为画家的志向受到挫折。而除了蟒蛇吞象的外观图、内在图外，我就再也不曾尝试画过其他任何东西了。

我瞪大双眼，讶异地凝视着眼前这不知道从哪里来的诡异人物——记着！我可是置身于杳无人烟的大沙漠啊！然而，这小人儿看起来一点也不像在沙漠中迷了路，也全然没有因饥渴、疲乏或恐惧而虚脱的模样。他浑身上下都瞧不出一丝在荒漠中迷失方向的那种孩童的迹象。最后，我终于镇定些了，这才开口问他：

"你——你在这里做什么呀？"

他以异常缓慢的声调重复那句话,仿佛诉说某件非比寻常的大事似的:

"拜托您——帮我画只绵羊……"

每当事情透着某种强烈的神秘气氛时,人们总是无力抗拒。尽管置身于无人的旷野,面临死亡威胁,画画对我来说简直荒唐透顶,我还是从口袋里掏出纸和一支钢笔来。然而,这时我猛地想起,过去我一直被迫专注于地理、历史、算术、语法。于是,我告诉那个有点固执的小家伙我不知道该怎么画。他回答我说:"没有关系,画只绵羊给我……"

可是我从没画过绵羊呀！于是我为他画了自己最常画的那两个图案中的一个,也就是蟒蛇吞象的外观图。可是,那小家伙对它的评价却让我吓了一大跳。

他说:"不,不,不！我不要巨蟒吞象。大蟒蛇这种生物十分危险,而大象也太笨重了。在我居住的地方,每样东西都非常小。我要的是只绵羊,请帮我画只绵羊吧！"于是我画了一张图。

他仔细地端详了一番，然后说：

"不，这只绵羊好憔悴，再帮我画一张吧！"

因此我又另画了一张。

我的朋友无可奈何般温和地微微一笑。

"你自个儿瞧瞧，"他说，"这不是绵羊，是山羊，它长着角哩！"

所以啊，我只好再画一幅了！

可是他的反应还是一样。

"这只太老啦！我要一只能活好久的绵羊。"

这下子我的耐性全被磨光了，我急着修好引擎离开这地方，所以潦潦草草画好这张图。随口扯个解释：

"这只是装它的箱子，你要的绵羊就在里面。"

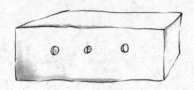

眼见这少年评审的脸上浮现一抹欢欣，我反倒惊异莫名，他表示：

"我就是要这个样子呀！你认为这只绵羊它需不需要吃很多的草呢？"

"为什么这么问？"

"因为我住的地方，什么东西都好小……"

"它绝对有足够的草吃。"我说，"因为我给你的这只羊也很小啊！"

他低下头去看那幅画。

"没有你说的那么小——看，它睡着了！"

这就是我结识小王子的经过。

# 3

我花了好长一段时间，才弄清楚小王子是打哪儿来的。他问了我很多问题，可是对我的问话却总是置若罔闻。渐渐地，我才从他偶然吐露的点点滴滴中，明白了所有的事情。

比如：当他第一次看到我的飞机时（我不画飞机了，画它对我而言太复杂了），他问我：

"那是什么玩意儿啊？"

"那不是玩意儿，它会飞，是一架飞机。我的飞机。"

告诉他我能飞这件事令我十分骄傲。

他一听尖叫了起来：

"什么？这么说你是从天上掉下来的？"

"是的。"我郑重地回答道。

"噢！真有意思！"

小王子发出一阵清脆悦耳的笑声，这使我很不高兴。我希望别人能严肃地看待我的不幸遭遇。

接着他又说：

"这么说你也是从天上来的了！你来自哪个星球呢？"

就在这一刻，我抓住了关于他那无从探索的神秘身世的一

线曙光，于是我断然地追问道：

"你是从别的星球来的吗？"

他却不答话，只是专注地盯着我的飞机看，略略点个头，说：

"就凭这东西，可以断定你不可能来自非常遥远的地方……"

而后他便陷入了长久的沉思中。过了好一段时间，他又从口袋里掏出我画给他的绵羊，埋首出神地看起他的宝贝来。

您应该可以想象得到，这半信半疑的"另一个星球"的问题，勾起我多大的好奇心。因此，我很努力地在这个话题中发掘出更多的真相。

"小小人儿，你是从哪里来的呢？你所谓'我住的地方'叫什么？你要把你的绵羊带到哪里去呢？"

他沉思了一阵后，才回答道：

"你给我的那盒子真是太棒了！这样一来，到了夜晚，那盒子便可以当它休息的房子了。"

"没错。而且，如果你循规蹈矩的话，我还会给你一根绳子，让你在白天时把它拴起来；还可以给你一根柱子，给你拴绳子用。"

然而，小王子却似乎被这个建议给吓着了："把它拴起来！多奇怪的念头啊！"

"可是，如果你不把它拴起来，"我说，"它会到处乱逛，然后走丢了呀！"

我的朋友又发出一阵银铃般的笑声："你认为它会逛到哪里去呢？"

"任何地方都可能呀！一直往前走就是了。"

这时，小王子诚挚地说：

"没有关系，在我住的地方，一切都是很小的。"

他隐约带点伤感地加上一句：

"就让它一直往前走吧！没有人能够走太远的……"

# 4

凭这一点，我又了解到第二个重要的事实：小王子所居住的星球，恐怕不见得比一幢房屋大。

不过，这个事实倒没令我特别吃惊。我清楚得很，宇宙中除了一些我们已命名的巨型星球如地球、木星、火星、金星外，还有许多数不清的星体，其中有的甚至小得用望远镜都很难观测到。天文学家发现这种小星星时，通常只是给它编个号码，而不帮它命名，好比称它为"小行星325"之类的。

我认为小王子必定是来自那个叫作B-612的小行星。这

颗小行星仅在1909年时，被一名土耳其天文学家透过望远镜看到过一次而已！

这位天文学家曾将他的发现呈报给国际天文协会，以兹证明。然而，由于当时他穿的是土耳其服装，以致没有人肯相信他的话。

大人就是这样……

　　幸好当时有位著名的土耳其独裁者颁布一道命令，命其子民必须穿着欧式服装，违者处死，这才使得小行星 B-612 的名字得以保存下来。1920 年，那名科学家身着漂亮的欧式服装，风度翩翩地重新提出报告。这次，所有人都接受了他的看法。

　　我之所以详细地讲述有关这颗小行星的事，并一再提及它的编号，只是为了迎合那些大人们的习惯而已。大人们喜欢数字。当你告诉他们你交了个新朋友时，他们绝不会问你任何属于本质上的问题。他们不会问："他的声音听起来怎么样？他最喜欢玩什么游戏？他采集蝴蝶吗？"而是问："他几岁？有几个兄弟？有多重？父母每个月的收入有多少？"唯有如此，他们才肯相信自己完全了解他。

要是你跟大人们说："我看见一幢漂亮的红砖屋，窗口满是天竺葵，檐前鸽子绕梁飞。"他们根本想象不出那房屋是什么模样。你应当这样讲："我看到一幢价值十万法郎的房子。"他们才会大呼："啊！多美丽的房子呀！"

以此类推，你或许会告诉他们："的确有小王子这个人存在。他又可爱，又会笑，他在找寻一只绵羊。既然有人想找一只绵羊，他必然是存在的。"但这些话有什么用呢？他们必定会耸耸肩，认为你还太小。不过，如果你跟他们说："他来自B-612星球。"他们便不会再有疑问，而完全相信你的话了。

大人都是这样，谁也无法改变这种习惯。而孩子们则只好一直对他们百般忍耐了。

不过，对于我们这些了解生命的人而言，数字显然无关紧要。我原想以神话形式着手写这个故事，告诉大家："从前有个小王子，他住在一颗比他个头大不了多少的星球上，他想要一个朋友……"

对于了解生命的人而言，这样的故事真实多了。

因为，我可不愿意任何人在阅读我这本书时，只是草率地浏览一番而已。记下这些往事，已经让我很难受了。自从我的朋友带着他的羊离我而去，至今已有六年了。我之所以要试着详细描述他，只是怕自己日后忘了他。忘记朋友是件很悲哀的事，并非每个人都有朋友的。而且，倘若我忘了他的话，很可能就会变得像那些除了数字以外，对什么都漠不关心的人一样了……

　　为了这个缘故，我又去买了一盒颜料和一些铅笔。人到了这个年纪，再要重拾画笔委实不易；何况我自六岁时画过蟒蛇吞象图后，就再也不曾画过任何一张图了。我尽可能把画画得逼真生动，能否成功就没把握了。这一幅或许进行得很不错，那一幅却又画得离谱了。我还犯了些错误，就像小王子的身高部分，有时画得高挑，有时画得矮小；而他服装的颜色我也不太确定。所以我只能尽力而为，画得时好时坏，希望大致上还看得过去就好。

　　也许还有些重要的细节我没弄对，不过这可不能怪我，我的朋友从没向我解说些什么。或许，他认为我和他没什么两样吧！而事实上，我却连怎样透视盒子，看到里面那只小绵羊都不知道呢！或许我已经有点像大人了，我毕竟不小啦！

# 5

　　日子一天天过去，每天我都可以通过和小王子的交谈，知道多一些有关他的星球、他的别离，以及他的旅程方面的事。这些资料，都是通过他沉思时不经意间吐露的话，一点一滴慢慢累积而成的。就在这种情况下，我在第三天时听到了猴面包树所引起的大灾祸。

　　这次，我仍得感谢那只绵羊，因为小王子突然十分担忧地问我：

　　"真的？那只绵羊真的只吃矮小的灌木吗？"

　　"当然是真的呀！"

　　"啊！我真高兴！"

　　我不明白为何那只绵羊是否只吃小灌木会有这么重要。不过，小王子接下去又说：

　　"还有个问题，它们也吃猴面包树吗？"

　　我提醒小王子，猴面包树不是灌木。相反的，猴面包树能长到像城堡一般高大，甚至如果他赶着一群大象来吃的话，还吃不了一棵大猴面包树呢！

　　赶象群的主意逗得小王子哈哈大笑，他说：

"那咱们可得让这群大象叠罗汉才成。"

不过,他也说了个很聪明的观点:

"在猴面包树还没长到那么高大以前,最初也是很小的。"

"这话对极啦!"我说,"可是,你为什么想要绵羊去吃小猴面包树呢?"

他立刻大呼:"得了!得了!"仿佛他所说的事是理所当然似的,所以,我只好独自努力来解开这个谜团了。

事实上,据我所知,在小王子居住的星球上——正如所有的星球上一般——有好植物和坏植物之分。自然,好植物结好种子,坏植物则结坏种子。然而,这些种子一直长眠于幽暗的地底下,大家都看不见,直到其中某一颗忽然醒来,这才萌芽生长,开始怯怯地迎向阳光、舒展讨人喜爱的嫩枝。假使那只是萝卜或玫瑰的小嫩芽,人们便会任它自由自在地、随意地生长。但若那是棵坏植物,人们便会在刚认出来时,立刻毁了它。

在小王子所居住的星球上,也有好些可怕的坏种子,猴面包树种子就是其中的一种。星球上的土壤饱受猴面包树蹂躏,若太晚发现它的树苗的话,就再也无法根除干净了。它的根会

到处蔓延，盘踞整个星球。如果这颗星球太小，而猴面包树太多的话，这些树便会将整个星球搞得四分五裂⋯⋯

"这是训练问题。"小王子后来告诉我，"每天一早梳洗过后，我就必须认认真真、仔仔细细地清理自己的星球。猴面包树刚长幼苗时，和玫瑰花幼苗看起来十分相似，因此得小心分辨出来，一旦发现，就要立刻拔得干干净净。这种工作枯燥又乏味。"小王子又追加一句，"但也非常容易。"

有一天，他对我说："你应该画幅漂亮的画。这样，你故乡的孩子就可以知悉一切了。万一哪天他们想旅游的话，那画就能派上用场了！"他又说，"有时候，把某件事拖到第二天

小王子

再做不会有什么大碍。不过，若是事关猴面包树的话，拖一天很可能就会酿成大祸了。我知道一个住着一个懒人的星球，他因疏忽三棵小树苗……"

21

于是，我根据小王子的描述，画下那个星球的情形。我并不喜欢以谆谆教诲的口气说话，但是人们对于猴面包树的危险性几乎一无所知，而此等重大危机又是任何在小行星迷路的人都可能造成的，所以我不止一次打破沉默，明白告诫："孩子们，当心猴面包树！"我的朋友都和我一样，长期濒临此种危机却毫无警惕性。因此，为了他们，我必须好好下功夫画这幅图画。如此费心费力做这件事，若能使大伙儿有所领悟，一切便值了。

或许你会问我："为何这本书里所有的插画，没有一张像这幅这么壮观、深刻的？"

答案很简单，我努力过，但画别的图时却总不成功，而画这幅猴面包树图时，我却被某种迫切需要的力量所激励，而超越了自身的水准。

# 6

哦！小王子！我一点一滴地了解了你那悲伤的小生命中的秘密……好一阵子，唯一令你感兴趣的娱乐，便是观赏日落那份宁静的乐趣。我是在第四天早上，才知道这段新情节的。当时你对我说：

"我喜欢落日。走，现在让我们一起去看夕阳吧！"

"可是我们得等等呀！"我说。

"等？等什么？"

"等太阳下山啊！我们必须等到黄昏时候才能去。"

最初你似乎惊讶万分，后来又自嘲地笑笑，告诉我：

"我老当自己还在家里呢！"

就是这个道理，每个人都知道，美国的正午时分，恰是法国日落之时。如果你能在一分钟内从美国飞抵法国，就可以从正午直接跳到日落。只可惜，一分钟飞到法国根本办不到。但是，亲爱的小王子，在你的小星球上，无论什么时候，只要你高兴，把座椅移个几步，便可以观赏落日黄昏……

"有一天，"你跟我说，"我一天看了四十四次日落。"

稍停一歇，你又说：

　　"你知道的，当一个人悲伤时，总是喜欢看夕阳。"

　　"这么说，你看了四十四次日落那天，"我问道，"是很伤心的了？"

　　然而，小王子并没有回答。

# 7

　　第五天——跟往常一样，我又得感谢那只绵羊——小王子再度泄露了他生命中的秘密。这个问题大概已经在他脑海里盘踞好久了，他突如其来地探问：

　　"绵羊——如果绵羊吃小灌木的话，是不是也会吃花呢？"

　　"绵羊嘛——"我回答，"绵羊是找到什么吃什么的。"

　　"连带刺的花也吃吗？"

　　"是的，就算带刺的花它也吃。"

　　"那么——长那些刺有什么用呢？"

　　"我不知道。"那时我正忙着弄松一颗卡在引擎上的螺丝钉，心里很烦。因为，这时我已经察觉，飞机受损的情况十分严重。而更令我心慌的是，身边的饮用水已经所剩无几了。

　　"那些刺——有什么用呢？"

　　小王子再度追问。他是那种一有疑问绝不善罢甘休的人。而我呢，我当时正为那颗螺丝钉焦躁不已，于是不假思索地回答他说：

　　"那些刺一点儿用处也没有，花的刺只会害人而已！"

　　"哦！"

沉寂了好一段时间，小王子突然愤慨地反驳我：

"我不信！花儿是很脆弱的生物，她们天真无邪，会竭尽所能地自我保护。她们相信那些刺是很厉害的武器，足以自卫……"

我没回答。那时我正喃喃自语："要是螺丝钉还不转动，我就用榔头把它敲下来。"

小王子再度打断我的思绪：

"你真的认为那些花的……"

"哦！不！"我大叫，"不！不！不！我什么也不认为。我根本就是不假思索地回答。你难道没看到我正忙着要紧的事吗？"

他震惊地凝视着我：

"要紧的事？"

他看着我。我手上拿着榔头，手指被机油弄得黑乎乎的，弯着身子在察看某样他似乎觉得很丑的东西……

"你的语气就和那些大人一样！"

我一听，有点惭愧，可是他还是毫不留情地指责下去：

"你把所有事情都搞混了……你把所有事情都搅到一起……"

他真的非常生气，用力地猛摇头，金黄的鬈发在风中飘来荡去。

"我知道在某个星球上，住着一名红脸绅士。他从没闻过任何一朵花，也没注视过哪颗星星或爱过某个人。他一生中除了把一些数字加起来外，从没做过任何事。他整天念来念去只有一句话，就是你说的那句：'我正忙着要紧的事！'这可使他越来越高傲了。不过，他不算是人——他是个毒蘑菇！"

"是个什么？"

"是个毒蘑菇！"

小王子气得脸色煞白。

"数百万年来，花儿身上一直长着刺。而数百万年来，绵羊也依旧吃花。难道试着了解花儿为何要那么费劲地长些没用的刺，这事就真的不重要吗？绵羊和花儿之间的争端也不要紧吗？这些都没红脸绅士的数字重要吗？如果我——我本人——认识一朵长在我星球上的稀世奇葩，她却可能在某天早上，被一只小羊糊涂地一口咬掉——天啊！你竟认为这事不要紧！"

他接着说下去，脸色由白转红：

"天上的星辰难以计数。但若是其中一颗星上长着某人深爱的一朵花，那么，即使只是遥望那些星星，他也会快乐无比。他可以对自己说：'在某个地方，我的花儿……'然而，如果绵羊把花吃掉了，那他眼中的星星都会霎时黯淡无光了……而你竟认为这不重要！"

我不知道该对他说些什么。只觉得自己好笨，犯了个大错。我不知道怎么才能接近他、感动他，彼此重新携手。

泪之乡是个多么神秘的地方呵！

8

没多久，我对这朵花便有了更深一层的认识。在小王子居住的星球上，花儿通常都很单纯。它们只有一圈花瓣，既不占空间，又不会骚扰到任何人。某天早上，它们开放在草地上；到了夜晚，便又静静地消失。然而有一天，不知从哪个地方吹来一颗种子，开始生长。小王子小心翼翼地观察这株和星球上其他花苗都不相像的嫩芽，说不定这是另一种和猴面包树相似的植物呢！

不过，这棵植物很快便不再向上长，并开始抽出花苞。小王子一眼看到那个大花苞，心中就觉得里头似乎隐藏着某种古灵精怪的东西。但这朵花对自己降落在这一片翠绿的落脚处，来准备绽放美丽的容颜感到非常不满。她万般谨慎地选择自己的颜色，慢吞吞地打扮，一一打点自己的花瓣。她可不想和遍地的其他花儿一般，皱巴巴地来到这个世界！她希望自己一

现身，就光芒四射、美丽耀眼。噢！是呀！她的确是风情万种的！而她那神奇的装扮工作一直持续了好几天。

后来有天早上，正当旭日初升时，她忽然绽放娇颜了。

历经所有备尝艰辛的预备工作后，她打了个哈欠说：

"唉！我还没完全清醒过来呢！请你千万原谅，我的花瓣还乱糟糟的……"

可是，小王子已经忍不住要赞美：

"哇！你太漂亮了！"

"可不是吗？"那朵花娇滴滴地回答，"我是在阳光升起时诞生的呀……"

小王子可以轻轻松松地断定，她一点儿也不谦虚——然

而，她是多么动人、多么有朝气呀！

"我想该是早餐时间了，"没多久她又说，"拜托你给我些清水吧……"

小王子一听，忸怩不安地跑开去，找了一壶清凉的水来。从此，他开始照顾这朵花。

而她呢，由于虚荣心作祟，也很快为他惹来麻烦——要是他早知如此，就不可能这么好商量了。比方说，有一天，她提到身上的四根刺，便告诉小王子：

"老虎要来张牙舞爪就让它们来吧，我可不怕！"

"我的星球上没有老虎，"小王子不同意她的话，"再说，老虎根本不吃杂草。"

"我才不是杂草呢！"那花儿撒娇地说。

"对不起，我……"

"我一点都不怕老虎，"她接下去说，"不过，我很怕刮风！我猜，你大概没帮我准备屏风吧。"

"怕风——对植物而言，那真是不太好哩！"小王子说完这话，又自言自语道，"这朵花可真不单纯……"

"晚上，我希望你能帮我弄个玻璃罩，你这地方可真冷啊！在我家乡……"

她说到这里，突然停了下来。她来的时候还不过是颗种子，对其他的世界根本一无所知。她怕这无知的谎言被拆穿，窘得咳了两三声，以此转移小王子的注意力。

"屏风呢？"

"你刚才说话时，我正想去找一个来……"

她勉强自己再咳几声，免得他后悔了。

因此，小王子虽然出于爱护她而殷勤照料她，但却很快就不肯轻易相信她了。常常，她说起来好像很要紧的事，事实上却无关紧要。这使得他非常不高兴。

"我当初真不该听她的。"有一天，他跟我说道，"人不该听花的话，只要欣赏她们、闻闻她们的芳香就好了。我那朵花使整个星球弥漫着香气，我却无法从中得到乐趣。关于老虎那篇鬼话，我应该只要满心怜悯和关爱就够了！"

他直言不讳：

"老实说，我完全不懂该如何了解任何一件事！我应该依据行为，而不是依据谈话去判断才对。她对我飘送芳香、绽放光彩，我不该离她而去……我早该想到隐藏在她那些可怜兮兮的小把戏下有着深刻的感情。花儿总是很矛盾的！可是那时我太年轻，不知道该怎样去爱她……"

# 9

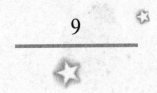

　　我相信小王子出走时，必定是借助迁徙的野鸟群的帮助。在离开故乡的那天早上，他一丝不苟地处理好小行星上的各项事物，并细心地清理自己的火山。他有两座活火山，正好可以供他热早餐用；此外还有一座死火山。不过，正如他所说："天知道以后会出什么事！"所以他连那座死火山也清理干净了。火山一旦清理妥当，便会稳定而沉稳地燃烧，不会突然爆发。火山一爆发，就好像烟囱里冒出烈焰一般。

　　相比之下，地球上的人类和火山一比，就显得太渺小了，小得无力清理火山。正因如此，火山才会带给我们人类无穷无尽的困扰。

　　小王子又垂头丧气地拔除最后那几棵小猴面包树树苗，他相信自己是不可能再回来了。然而，在这最后一个早上，平日熟悉的工作似乎都显得无比珍贵了。就在他最后一次为花儿浇水，准备帮她盖好玻璃罩时，觉得自己快要掉下眼泪了。

　　"再见！"他对那朵花儿说。

　　花儿却没有回答。

　　"再见！"他再说一遍。

花儿咳嗽了，不过，可不是因为冷。

"我以前真傻，"最后，花儿终于开口了，"求你原谅我！试着快乐些……"

她竟没有责骂他，这让他感到十分惊讶。他丈二和尚摸不着头脑，愣愣地站在那儿，手中的玻璃罩扬在半空中。这一番

温柔恬静的话，反倒令他茫然不解。

"我当然爱你！"花儿告诉他，"一直没能让你明了，那是我的错。这并不重要。可是你——你一直就跟我一样笨。快乐些吧！把玻璃罩扔掉，我再也不需要它了。"

"可是风会——"

"冷对于我来说并不是真的那么糟……我是一朵花，夜晚的凉风对我有益。"

"可是那些动物会——"

"喂！如果我有心结交蝴蝶的话，总得忍受两三条毛毛虫嘛！那些蝴蝶看起来真漂亮。而且，除了蝴蝶和毛毛虫外，还有谁会来拜访我呢？你就要远走……至于那些大动物——我才不怕它们呢！喏！我有爪子。"她天真地展示身上那四根刺，又说：

"别这么迟疑了，你都下决心要走了，现在就走吧！"

因为，她不想让小王子看到自己在哭泣。她是一朵如此骄傲的花……

## 10

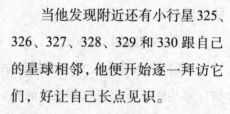

当他发现附近还有小行星325、326、327、328、329 和 330 跟自己的星球相邻，他便开始逐一拜访它们，好让自己长点见识。

第一颗星星上住着一位国王。他身穿皇家紫貂袍，坐在一把样式简单但很高贵的宝座上。

"哇！有个子民来了！"他一看到小王子来到，便立刻尖叫道。

小王子心想："他从没见过我，怎么会认得我呢？"

他不了解在每个国王心目中，世界都是很单纯的。他们把每个人都当成是自己的子民。

小王子四下张望，想找个地方坐下来。可是，整个星球都被国王那件华丽的貂袍给占满了，他只好直挺挺地站着。不

过，他实在困极了，便打了个哈欠。

"在国王面前打哈欠太不像话了，"那国王对他说，"不许这样！"

"我没办法，忍不住啊！"小王子感到十分羞愧，"我刚刚奔波过好长一段路，到现在都还没睡……"

"哦！那么，"国王说，"我命令你打哈欠。我有好几年没见过人打哈欠了，打哈欠在我眼中倒是件挺稀奇的事。快！快！赶紧再打个哈欠！这是命令。"

"这太吓人了……我没……没办法再打……"小王子慌得不得了，讲起话来吞吞吐吐的。

"陛下，"他对国王说，"抱歉！请容许我提个问题——"

"我命令你提出问题。"国王立刻郑重宣布。

"陛下——你统治些什么呢？"

"一切！"国王简洁有力地回答。

"那些星星都服从您吗？"

"当然服从，"国王说，"他们毫不犹豫地服从。我是绝不允许任何人违抗命令的。"

"我很想看夕阳……求您垂爱……命令太阳下山……"

"你会看得到落日，我会下命令。不过，依据我的管理技巧，必须等到情况合适时才行。"

"那要等到什么时候？"小王子询问。

"嗯，嗯！"国王拿起一本又厚又重的大历书研究了一番，这才答道，"嗯……嗯！大约……大约……约莫在傍晚七点四十分左右，到那时你就可以看到我的子民有多听话了。"

小王子又打哈欠了。看不到日落，他很懊恼。而且，他开始觉得无聊了。

"我在这儿没别的事做，"他对国王说，"所以我要再度起程了。"

小王子见国王没答话，犹豫了一下，然后叹口气抬腿离去。

# 11

第二个星球上住着一个自大狂。

"啊！啊！有个崇拜者要来拜访我啦！"他才看到小王子往这方向走,便遥遥高呼起来。

因为,自负的人总以为别人把自己视为偶像。

"早安！"小王子打个招呼,"你头上戴的帽子真古怪。"

"这是答礼用的。"自大狂回答,"人们向我喝彩时,我就举帽致意。可惜,这条路一直没人路过。"

"是吗？"小王子根本不明白自大狂说的是怎么一回事。

"鼓掌,别停。"这时自大狂指挥他。

小王子开始鼓掌,而自大狂则郑重其事地举帽答礼。

"这比拜访国王有意思多了。"小王子默想。于是他开始一次又一次地鼓掌，那自大狂便一次又一次地重复举帽致意。

这样持续了五分钟，小王子渐渐对这个单调无聊的游戏感到厌烦了。

"要怎样才能让你放下帽子呢？"他问。

可是自大狂根本没有听到。自负的人除了赞美声外，一向是听不到任何话语的。

"你真的非常崇拜我吗？"他问小王子。

"'崇拜'是什么意思啊？"

"崇拜就是你认为我是这星球上最英俊、最体面、最有钱、最聪明的人。"

"但你是这星球上唯一的人啊！"

"让我高兴吧，请你还是来崇拜我啊！"

"我崇拜你！"小王子轻轻耸耸肩，"可是，这有什么好让你那么高兴的呢？"

然后，小王子就走了。

"大人们的确是很奇怪！"他继续踏上旅程，一面走，一面自言自语。

# 12

下一个星球上住的是个酒鬼。这次访问过程很短暂，却使小王子的心情十分沮丧。

"你在那儿做什么？"小王子发现在一大堆空瓶子以及一大堆装满酒的瓶子前，有个人静静坐在那儿，便问那人。

"我在喝酒。"

酒鬼老实地回答。

"为什么要喝酒呢？"

小王子追问。

"这样我才能遗忘。"

酒鬼答道。

"遗忘什么？"

小王子心里已经开始替他难过了。

"遗忘我的耻辱。"

酒鬼心中惘然，垂下了头。

"什么耻辱？"

小王子穷问不舍。他想帮助酒鬼。

"喝酒的耻辱！"

酒鬼说完这话，就闭口不肯再说任何一字一句了。

于是，小王子迷惑不解地走了。

"大人们的确是非常非常的怪异。"他继续踏上旅程，一面走，一面自言自语。

# 13

第四个星球是属于一名实业家的。这人忙得不得了，以至小王子到达时，他连头都没抬一下。

"早安！"小王子问候他，"你的烟熄了。"

"三加二等于五。五加七等于十二。十二加三等于十五。早！十五加七等于二十二。二十二加六等于二十八。我没空再点火了。二十六加五等于三十一。嗯！这样一来就有五亿零一百六十二万两千七百三十一颗喽！"

"五亿颗什么？"小王子问。

"咦！你还在呀，五亿零一百——我不能中断……我有好多事要做！我在做非常重要的事情，没空跟你啰唆。二加五等于七……"

"五亿零一百万颗什么？"小王子又重复着那个问题，这辈子他还没轻易放弃过任何疑问。

实业家抬起头来：

"我在这个星球上住了五十四年了，只被打扰过三次。第一次是在二十年前，不知打哪儿掉了一只昏了头的鹅来。它那叫声啊，扰得四下都是回音，吵死人了，害得我加错数目。第二次在十一年前，我患了风湿痛，因为运动量不够——我没时间到处逛嘛！第三次——喂！就是现在啊！我刚刚算到……五亿零一百万……"

"零一百万什么？"

实业家这下总算明白了，只要他不回答这个问题，就休想有片刻安宁。

"五亿零一百万个小东西。"他说，"天上看得到的东西。"

"啊！你指的是星星。"

"没错，就是星星。"

"那么你数这五亿颗星星做什么呢？"

"没什么！我拥有它们。"

"你拥有这些星星？"

"没错！"

"这个人，"小王子默想，"跟那个可怜的酒鬼倒是有几分相像。"

不过，他还有更多疑问哩！

"一个人怎么可能拥有那些星星呢？"

"当然。当你发现一颗不属于任何人的钻石时，它就是你的；当你发现一座无主的岛屿时，它也是你的；当你领先他人，想到一个新主意时，便可以申请专利，它就是你的了。而我正是如此。由于我在别人都没想过要拥有它们之前，先想到这个主意，所以我拥有这些星星。"

"真有趣！"小王子想，"的确颇富诗意。不过，这并不是什么了不得的事呀！"

小王子心目中所谓重要的事，和大人们观念中重要的事，是大不相同的！

"我拥有一朵花。"他接着和实业家交谈，"我每天都帮她浇水。我还有三座火山，每个礼拜都会把它们清理干净。我的火山多少有点用处，我的花也一样，所以我才拥有他们。可是，那些星星对你毫无用处……"

实业家张大了嘴，无话可答，而小王子则径自走了。

"大人们的确都怪里怪气的。"他继续前进，并对自己简短地说了一句。

# 14

第五个星球非常特别。那是小王子沿路看到的最小的一个星球，整个星球上只容得下一盏路灯和一名灯夫。小王子实在想不出，在天空的某个角落，一个没有其他人、没有房子的星球上，需要一盏路灯、一名灯夫做什么。不过，他依旧默默地跟自己说：

"这人或许是十分荒唐可笑。不过，总比那国王、自大狂、酒鬼、实业家都好得多了。至少，他的工作有意义。每当他点燃那盏路灯时，就仿佛为一颗星星、一朵花带来生命；而当他熄灭灯火时，同时也为花儿、星星带来睡眠。这是个美丽的行业，因美而真正有用的行业。"

抵达那颗星球时，他满怀敬意地向那位灯夫行礼。

"早安！您为何要把街灯熄灭了呢？"

"那是规矩。"灯夫回答，"早安！"

"我不懂。"小王子说。

"没什么好不懂的，"灯夫说，"规矩就是规矩。早安！"

他再度点亮灯。

小王子看着他，觉得自己挺喜欢尽忠职守的灯夫。他想起

从前想要追寻落日时，只需搬动椅子便行了。所以，他想帮助这位朋友。

"嗨！"他说，"我可以教你一个办法，让你随时想休息，就可以休息……"

"我一直就盼望能休息。"灯夫说。

小王子接下去说明：

"你的星星够小的了，只要跨三步就可以走完一圈。要是你希望永远阳光普照，只需慢慢、慢慢地往前直走就行啦。只要你想休息，就开始走路——那么，你希望白天有多长，它就有多长。"

"这对我没什么好处，"灯夫说，"我最渴望的是睡眠。"

接着又把灯熄灭了。

"那个人，"小王子又踏上旅程，一路想着，"或许会被其他所有的人——国王、自大狂、酒鬼、实业家等等都瞧不起。不过，不管怎么说，他是这些人当中，唯一不会令我感到荒谬的。或许，这是因为他不是只顾自己，而是还能想到其他方面事情的缘故吧！"

他伤感地叹了口气，再次自言自语起来：

"那人是我见过的这些人当中，唯一值得交朋友的一个。可惜，他的星球实在太小了，没有足够的空间可以同时容纳两个人……"

# 15

第六个星球比上一个大上十倍,上面住着一位撰写大部头书籍的老绅士。

"哟嗬!有个探险家来喽!"他望见小王子走来,便自顾自地嚷嚷起来。

小王子坐在桌边,胸口兀自微微起伏。这一路行来,可走得真远、真久!

"你是打哪儿来的?"老人家问他。

"那边那一大本书是什么?"小王子没有理睬他的问话,

自顾自地问道，"你是做哪一行的？"

"我是个地理学家。"对方回答。

他巡视地理学家的星球一遍，发现这是他迄今所见到的最壮观雄伟的一颗星。

"你的星球好漂亮，"他说，"这个星球上有海洋吗？"

"我无可奉告。"地理学家说。

"哎呀！"小王子很失望，"有山脉吗？"

"我无可奉告。"地理学家又说。

"那么有城市、河流、荒漠吗？"

"我还是无法告诉你。"

"可是你是地理学家啊！"

"正是！"地理学家又说，"但我不是探险家，我连一个星球都没勘探过。当个地理学家，并不需要出去统计城市、河流、山脉、海洋以及沙漠有多少。地理学家有比到处游荡更重要的事要做。他不用离开自己的书桌，而是从探险家那边吸收知识，问他们问题，将他们旅行中的记忆记录下来。若是其中哪个探险家的资料能勾起他的兴致，他便要仔细追究对方的道德人品了。"

那名地理学家陡然激动起来：

"而你——你来自遥远的地方！你是个探险家！你该把你的星球形容给我听的！"

地理学家打开大记事簿，削尖了铅笔等着。探险家的叙述一向是先用铅笔记下来，等到证据充足之后，才会以墨水笔正式誊录。

"准备好了吗？"地理学家满心期盼地说。

"哦！我住的那个地方，十分有趣。"小王子说，"那地方所有东西都是小小的。我有三座火山：两座是活火山，一座已经熄了。不过，天知道未来又会是如何呢？"

"谁也不会知道的。"地理学家说。

"我还有一朵花儿。"

"我们不记录花儿的。"地理学家说。

"为什么？那朵花儿可是我整个星球上最漂亮的东西啊！"

"我们不记载这些，"地理学家回答说，"因为它们全是朝生暮死的。"

"朝生暮死？什么意思呢？"

小王子反反复复地问。他一旦提出问题，就绝不善罢甘休。

"那是说：有很快就会消失的危险！"

"我的花会有很快消失的危险吗？"

"正是。"

　　"我的花是朝生暮死的。"小王子自言自语地说，"她只有四根刺可以自卫，来对抗整个世界。而我……我却把她孤零零一个留在我的星球上！"

　　这是他第一次感到后悔。不过，他很快就再度恢复了勇气。

　　"现在，你建议我去拜访什么地方呢？"他问。

　　"地球！"地理学家答复，"它的名声很不错。"然后，小王子便一路想着他的花儿，离开了这个星球。

# 16

所以，这第七个星球就是地球了！

小王子到达地球时没见到任何人，心中觉得惊诧万分。当月光洒向大地，在黄沙上滚起一道金边时，他开始怀疑自己是否走错星球了。

"晚安！"小王子殷殷地问候。

"晚安！"一条蛇说。

"我是到哪个星球来了呢？"小王子问。

"你到地球来啦！这里是非洲。"蛇回答。

"啊！那么地球上没有人吗？"

"这里是沙漠，沙漠里是没有人的，地球可大着哩！"蛇说。

小王子坐到一块石头上，抬头望向天空。

"人都到哪儿去了？"小王子终于重拾话题，"沙漠里有点寂寞……"

"跟人在一起还是寂寞。"蛇说。

小王子直盯着它看，好久才说了一句："你是个有趣的动物……不比一根手指粗……"

"我能带你到任何船都走不到的地方。"蛇说。

它缠绕在小王子的脚踝上，宛若金镯子一样。

"无论哪个人，只要让我碰一下，便能送他回老家去。"蛇又说，"而你是如此诚挚又纯真，并且是来自某个其他的星球……"

小王子没搭腔。

"你令我同情——在这花岗岩形成的地球上，你太柔弱了。"蛇说，"万一哪天你患了思乡病，想再回到自己的星球，我可以帮助你。我可以……"

"哦！我非常了解。"小王子说，"但你为什么说话老像在猜谜呢？"

"这些谜由我来解。"蛇说。

然后，两人都不作声了。

# 17

之后，小王子登上一座高山。以前他所知道的山，仅限于他那三座火山而已。它们只有他的膝盖高，常被他用来当板凳。"在这么高的山上头，"他自言自语，"我一眼就可以看遍整个星球，以及所有的人……"

可是，这儿除了湖泊和如针般尖锐的岩石外，他什么也看不到。

"早安！"他礼貌地说。

"早安——早安——早安——"回声回答。

"你是谁？"小王子说。

"你是谁——你是谁——你是谁——"回声又答。

"跟我交朋友，我好孤独。"他说。

"我好孤独——我好孤独——我好孤独——"回声飘荡依旧。

"多奇怪的星球啊！"他心想，"什么都是干巴巴的，而且又尖厉又干涩，这里的人完全没有想象力，人家说什么就跟着说什么……在我的星球上，我有一朵花儿，每次都是她先开口……"

# 18

就在这个时候，狐狸出现了！

"早哇！"狐狸说。

"早！"小王子礼貌地回答道。转过头来，却看不到任何人。

"我在这儿呢！"那声音道，"就在苹果树下。"

"你是谁呀？"小王子问完，又补充一句，"你看起来好漂亮啊！"

"我是只狐狸。"狐狸答道。

"过来和我玩玩吧！"小王子提议，"我心情有点坏。"

"我不能跟你玩，"狐狸说，"我还没被驯服呀！"

"'驯服'？什么意思啊？"

"你一定不是住在这里的。"狐狸说，"你在找什么呢？"

"我在找'人'。"小王子又说，"可'驯服'究竟是什么意思呢？"

"人啊！"狐狸说，"他们有长枪打猎，这很碍事；他们还饲养鸡，这是他们唯一的好处。你在找鸡吗？"

"不是。"小王子又说道，"我在寻找朋友。'驯服'到底是什么意思呢？"

"那是一种常被忽视的行为，"狐狸告诉他，"意思就是'建立联系'。"

"建立联系？"

　　"正是。"狐狸表示,"对我而言,你不过就是个丁点儿大
的小男孩,跟其他上千个男孩子没什么两样。我对你无所求,
而你呢,就你来说,你也无求于我。对你而言,我就跟其他无
数狐狸一样,仅仅是一只狐狸而已。然而,一旦你驯服了我,
我们就将互有需求了。对我而言,在世上,你是独一无二的;
对你呢,我也是世上的唯一……"

　　"我渐渐明白一些了,"小王子说,"有一朵花……我想她
已经驯服我了。"

　　狐狸好像被搞迷糊了,一副十分好奇的样子。

他凝视着小王子，良久，良久……

"请——请驯服我！"他说。

"我是很想，非常非常想。"小王子回答说，"可是我时间不多。我得去发现朋友，还得去了解许多事情呢！"

"除了所驯服的事物以外，人们一无所知。"狐狸说，"人类没有多余的时间去了解任何事情。他们在商店里购买现成的东西，却找不到任何一间商店可买到友谊。因此，人们再也没有朋友了。要是你想有个朋友，就驯服我吧！"

于是，小王子驯服了狐狸。而等到他快要离开时……

"唉！"狐狸说，"我要哭了。"

"是你自己的错，"小王子说，"我从没指望过要伤害你，可是你却希望我驯服你……"

"是啊！就是说嘛！"狐狸应和着。

"那么，这一切对你根本没有好处嘛！"

"有好处，"狐狸说，"那麦田的颜色是你头发的颜色，在我眼中这种颜色不同了。"他又补充说，"再去看看那些玫瑰花吧。现在，你会明白你的玫瑰是独一无二的了。然后，你再回来跟我道别，我将会送你一个秘密作为礼物。"

小王子于是再度走过去瞧那些玫瑰花。

"她们长得很漂亮，但却只是空壳子。"他侃侃而谈，"没有人会要为她们而死。当然，一般陌生人会认为我的那朵玫瑰和她们一模一样。而事实上，她却比她们重要多了。因为我为她浇过水、盖过玻璃罩、遮过屏风、扑杀过毛毛虫（不过我留下其中两三只，让它们蜕变为蝴蝶），因为我曾聆听着她抱怨、吹嘘，甚或沉默，因为她是我的玫瑰。"

然后，他回去见狐狸。

"再会！"他说。

"再会！"狐狸说，"现在我把那秘密说出来，其实很平凡。人，只有用心灵才能看得透彻。事物的精髓，光凭眼睛是看不到的。"

"事物的精髓，光凭眼睛是看不到的。"小王子复述一次，以便牢牢记住。

"是你为你那枝玫瑰所耗费的时间，使她变得如此重要。"

"是我为我那玫瑰所耗费的时间……"小王子为记住这话，再次念道。

"人们已经忘记这个真理，"狐狸说，"但你不能忘。对于你已驯服的对象，你永远负有责任。就像你必须对你的玫瑰花负责……"

"我必须对我的玫瑰花负责。"小王子又跟着念了一遍，好让这句话深印在脑海中。

# 19

"早安！"小王子打了个招呼。

"早安！"铁路扳道工回应道。

"你在这里做什么？"小王子问。

"我为成群的旅客服务。"扳道工答道，"我分派运送他们的火车，让它们时而往左，时而往右。"

这时一列亮丽的快车响声如雷、飞驰而过，把扳道工的小茅屋震得一颤一颤的。

"跑得好快啊！"小王子说，"他们在追寻什么呢？"

"这个嘛！就连列车长也不知道他们在追寻什么哩！"扳道工说。

第二列鲜亮的快车又自另一个方向飞驰而过。

"他们已经回来了吗？"小王子探究。

"这不是先前的那一列，"扳道工说，"那些人们的路线正好相反。"

"他们对于自己原本的地方不满意吗？"小王子问。

"没有人会对自己所在的地方满意的。"扳道工说。

接着，他们又听到第三列快车的震天声响。

"他们是在追逐第一部列车的旅客吗？"小王子追问。

"他们没追逐什么。"扳道工说，"他们不是在里头睡觉，就是在打哈欠。只有孩子们才会把鼻子压在玻璃窗上往外张望。"

"只有孩子才知道他们在追寻什么。"小王子说，"他们会把时间花在一个破破烂烂的娃娃上，而这娃娃对他们便显得重要了；要是有人想把它拿走的话，孩子们就要哇哇大哭了……"

"孩子们是幸运的。"扳道工说。

# 20

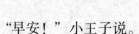

"早安！"小王子说。

"早安！"商人说。

那是位卖止渴药丸的商人。这药丸只要每星期服用一粒，就不再会感到口渴了。

"你为什么要卖这些呢？"小王子问。

"因为专家曾经计算过，"商人表示，"吃这些药丸可以省下许多时间，一星期至少可以省下五十三分钟。"

"那么，这五十三分钟该用来做什么呢？"

"随你的便……"

"我嘛……"小王子默念，"若是我有五十三分钟可以随意支配，我要优哉游哉地漫步到一道清凉的泉水那头去。"

# 21

自从在沙漠出了意外，到这时已是第八天了。听完小王子讲的关于商人的故事的同时，我也喝掉了身边的最后一滴水。

"唉！"我对小王子说，"你的回忆确实十分动人，问题是我到现在既没有修好飞机，身上也没水喝了。若是我也能优哉游哉地漫步到清凉的泉水边，我也会非常高兴的！"

"我也渴了，让我们一块儿去找口井吧……"

我们找到的这口井，跟一般撒哈拉沙漠中的井不一样。撒哈拉沙漠中的水井，通常只是在沙漠中挖个洞就算了，这口井倒像村庄里的井。然而，这里并没有村庄。于是我想，我一定是在做梦……

"真奇怪，"我对小王子说，"这里什么东西都替我们准备得好好儿的：滑轮、吊桶、绳索……"

他笑笑，摸了摸绳子，然后启动滑轮。滑轮"咯吱咯吱"地响着，恍如早被风儿遗忘的老风向标一样。

"听到了吗？"小王子说，"我们唤醒了水井，此时它正唱着歌……"

我可不希望他为了拉绳子而把自己累坏了。

"让我来，"我说，"这些东西对你来说太重了。"

我缓缓地将吊桶升到井边摆好——完成这工作，我虽然劳累但却高兴。那滑轮的歌声依旧在我耳际萦回，同时，我可以看到阳光在微波轻漾的水面闪烁。

"我真渴望喝喝这水，"小王子说，"请给我一点儿水喝吧……"

我把吊桶提到他唇边。他闭上眼睛喝着，那水是如此甘甜，似乎是某种不凡的款待。而它确实不同于一般的滋养品，它的甘甜来自星光下的奔走、滑轮的歌唱，以及我双臂的努力。它可以滋润心灵，仿佛一件礼物一样。当我还是个小男孩的时候，圣诞树上的小灯、午夜的弥撒的音乐、温柔的笑脸，都增添了我所收到那些礼物的光芒。

我喝了水，呼吸畅快多了。日出的时候，沙漠成了蜂蜜般的色调，而这蜂蜜般的色调也令我心情欢畅。那么，又是什么带给我这忧伤的感觉呢？

"你得遵守你的诺言。"小王子坐回我身边，柔声地说。

"什么诺言？"

"就是……就是为我的羊画个口罩……我得对我的花儿负责……"

我从口袋里把所有的草图掏出来。小王子一一看过后，大笑着说：

"你画的猴面包树——看起来有点像包心菜哩！"

"是吗？"

我一直很以那幅猴面包树图为傲的。

"你画的狐狸——耳朵有点像号角，而且也太长了。"

然后，他又笑了。

"小王子，你说这话不公平。"我抗议，"除了画蟒蛇吞象的内在图和外观图外，我完全不知道该怎么画别的东西呀！"

他脸红了。

不知为什么，那股莫名的忧愁再度袭上我的心头。有个问题忽然浮现在脑海中：

"这么说来，那天清晨初次见到你，并不是偶然的了——一个礼拜前，你就那样，独自一人在荒无人烟的地方走着。你是要走回最初着陆的地方吗？"

小王子脸又红了。

我心中有几分迟疑，可终究又追问了一句：

"或许是因为离家一周年的关系吧？"

小王子的脸再度红起来。他没有回答任何问题，但是当一个人脸红时，岂不就表示默认了吗？

"啊？"我告诉他，"我有点震惊……"

但他打断了我的话。

"现在，你必须去工作了，你得回去修理你的引擎。我会在这里等你，明天黄昏时再回来……"

我的心情却没有因此而放松，我想起了那只狐狸。倘若一个人被驯服了的话，就有可能伤心落泪。

## 22

　　井边有一堵坍塌了的老石墙。第二天黄昏，我工作完毕回到此地时，远远地就望见小王子坐在石墙顶端，一双脚悬在那边晃来晃去。我听见他说：

　　"看来你是忘了，这里并不是正确的地点。"

　　想必有另一个声音回答了他的话，因为他又答道："正是！正是！就是这一天，却不是这地方。"

　　这时，距离墙边只有二十米远了，我还是没看到任何东西。

　　"该走啦！"小王子说，"我要从墙上跳下来了。"

67

我往下细瞧，望向墙角边——我跳了起来！在我眼前，面对着小王子的，是一条足以在三十秒内令人丧命的小黄蛇。我一面往后退，一面从口袋中掏出左轮手枪。然而，那条蛇听见了我的声音，一下子像一道落地泉水般灵活地钻入沙地中，发出微微声响，自石缝间消失无踪。

我及时赶到墙边，伸手接住小王子。他的脸色苍白得像雪一样。

"怎么回事？"我问他，"你为什么跟蛇讲话？"

我松开他一向系在颈边的围巾，弄湿他的太阳穴，给他喝了点水。这时，我再也不敢问他任何问题了。他郑重地望着我，手搂着我的脖子。我觉得他的心跳，有如一只被来复枪打中、濒临死亡的小鸟一般。

"真高兴你已经找出引擎的毛病了，"他说，"现在你可以回家了——"

我清楚地意识到，某件非比寻常的事正在进行着。我用双臂紧紧拥抱着他，好像他还是个婴儿一样。然而，我依旧感觉他像是要一头冲向幽冥地府，而我却无力阻止……

我等了好久，感觉到他正一点一点地振作起来。

"亲爱的小人儿，"我对他说，"你在害怕……"

毋庸置疑地，他是真的害怕。不过，他却愉快地笑着。

"小人儿，"我说，"我好想再听听你的笑声。"

而他却不曾回答我的请求，只是对我说：

"真正重要的东西，光凭肉眼是看不到的……"

"你是想说明什么呢？"

"在无数星星中的某一颗上，我就在上头笑着。因此，当你仰望夜空的时候，就仿佛天上星星都在笑一般……你——唯有你——将拥有会笑的星星。"

于是，他又笑了，然后迅速转为凝重：

"今夜——你……你……别来。"

"我不会离你而去。"我说。

"我看起来会很痛苦，好像快死了一样。别来看那幅景象，不值得这么麻烦……"

"我不离开你。"

但他却很担心。

"告诉你吧——这或许也是由于蛇的关系。我绝对不能

让它咬到你！蛇是冷血动物，它或许只为一时兴起，便会咬你……"

"我不离开你！"

这时，他忽然想起：

"对了！它们没有余毒可以再多咬人一口。"

当晚，我没看见他动身，他了无声息地离我而去了。我赶上他的时候，他正快速而坚决地往前走，只对我说了一句："啊！你来了……"

他握着我的手，却依旧担心。

"你不该来的，那会令你难受。我看起来会像死了一样，但那不是真的……"

我没搭腔。

"你知道的……距离太远了，我没办法带着躯壳回去，它太重了。"

我没说话。

"对于一具旧躯壳，是没有什么好悲伤的……"

我没出声。

他有些气馁，却仍鼓起剩余的那一点勇气：

"你知道，那将是很美好的。因为，我也将凝视星星，而每颗星星都会像那口锈了滑轮的井一样，倒水给我喝……"

我没答话。

"那会很有意思的！你将拥有五亿个小铃铛，而我将拥有五亿口清水井……"

他也无法说下去了，因为，他哭了……

"到了！让我自己走吧！"

他坐了下来，因为他心里害怕。然后，他又说：

"你懂的，我的花……我必须对她负责。而她是那么脆弱，那么天真！她只有四根刺，要用来保护自己，而抵抗这世界，那些刺是一点也派不上用场的……"

我也坐了下来，因为，我再也站不住了。

"而今——这就是一切……"

他还是有点迟疑，但仍旧站了起来，往前迈了一步，而我却无法动弹了。

那边有一条缠在他脚踝上的小黄蛇。有段时间，他仍一动不动地挺立在那里。他没有叫，就像一棵大树那样，缓缓倒了下来，连一丝声响都没有。因为，那是沙地。

# 23

而今，时隔六年了，我从未提起这个故事。见到我生还，平日的伙伴都放下心来。我很伤心，但只告诉他们："我累了。"

现在，我的忧伤平复些了，但平复得并不完全。不过，我知道他已经回到自己的星球上。因为，天亮后我找不到他的躯体，那并非很重的躯体。入夜，我喜爱聆听星星声，就仿佛是五亿颗小铃铛……

然而，还有件出乎意料的事——我为小王子画那口罩时，忘了为它加条皮带子，他不可能把它系在他的绵羊嘴上了。所以，我一直不敢确定：他的星球上现在如何？说不定绵羊会吃了他的花儿……

有时，我告诉自己："当然不会！小王子每天晚上都会帮他的花儿盖上玻璃罩，并且会十分谨慎地看好那只绵羊……"想到这里，我便觉得非常高兴，繁星的笑声也就显得特别悦耳。

但有时我又会跟自己说："万一又有疏忽，那一切就完了！要是某天晚上他忘了盖好玻璃罩；或者绵羊跑了出来，在夜里，静悄悄地……"这时，那些小铃铛便化成滚滚泪珠了……

因之，对于诸位同样喜爱小王子的人，以及对我这视他为独一无二的人而言，这是极为神奇的事。在我们不知道的某个地方，有只从未谋面的绵羊是否已经吃掉了一朵玫瑰……

仰望星空，问问自己：绵羊是否已吃掉了那朵花儿？然后，你会发现，一切事物都在改变……

而永远没有一个成人能够了解，这件事是多么多么重要啊！

这幅画，是我心中最喜爱、也最令我黯然神伤的景观。它跟之前的那幅场景一模一样，再画它，只为加深诸位的印象。那是小王子出现在地球上的地方，也是他消失的地方。

仔细看看它，或许，某天你到非洲沙漠旅行时，就会认得这个地方。同时，倘若你到了这地方，请不要来去匆忙。就在那星星之下停留一段时光吧！那么，倘若有个小人儿笑着现身，他长着金黄鬈发，拒绝回答任何问题，你就会认得他了。若有一天，这情况真的出现了，请捎来他返回的讯息，安慰安慰我这思念的心灵吧！

夜　航

# 1

从飞机上往下看,崇山峻岭仿佛是金色暮霭里的一道道浓重阴影。平原越来越显得明亮,这是一种不可消减的光亮。这个国家的平原就是这样,总是没完没了地反射着金光;同样,一到银装素裹的冬季,它们便会没有休止地反射银光。

飞行员法必彦载着邮件从南部的巴塔哥尼亚飞往布宜诺斯艾利斯。他知道现在已经临近黑夜了,倒不是时间告诉

了他，而是他从这片静谧的，如同港湾附近的海面一样的云海上的微微涟漪中判断出来的。他驾着飞机，仿佛正驶入一个广袤无垠的幸福锚地。

"看到圣胡利安了，我们十分钟后着陆。"机组服务员向航线上的所有站点发出信息。

从麦哲伦海峡到布宜诺斯艾利斯全长两千五百千米的航线上，分布着无数个站点。但是这一个却孤独地伫立在黑夜的边缘上，就像在非洲，向神秘世界打开的最后臣服的小镇。

报务员递给机长一张字条，上面写着：

"雷雨过猛，我只听得到放电的声音，你们要在圣胡利安停留一晚吗？"

法必彦微微笑了一下，在他看来，天空宁静得像一个鱼缸，况且前方站点向他们通报的都是"晴朗，无风"。他坚定而自信地回答道："不，我们继续飞行。"

报务员并不认同法必彦的决定，他认为暴风雨已经在前方某个地方落下脚，就像躲在果实里的虫子。宁静的夜晚表面上看似美好，某个地方却已遭到破坏。他真不想飞进这随时会腐烂的黑暗中去。

飞机减速往圣胡利安降落时，法必彦感到疲倦。他脑海里开始浮现出一些温馨的东西：他们的房子、小咖啡馆、散步场地上的树木。他像个征服者，在凯旋之夜俯瞰帝国的疆域，发现了人们恬淡的幸福。

现在，他应该搁下兵器，卸下戎装，像一个普通人一样感受真实的生活。他的确应该当一个普通人，仔细看看窗外不再快速移动的景物。就算让他生活在这个很小的村子里，他也乐意接受——经历了三番五次的挑选，他已随遇而安，他一定会喜欢它的。这样的生活，就像爱情一样，使你无暇他顾。

短暂的十分钟很快就过去了，法必彦又得起飞了。

他回头再看看圣胡利安，小镇已经只剩下点点灯火，接着是微弱的星光，再接着就如同尘埃消散在空气中了，而尘埃便是对他的最后诱惑。

他把视线收回到面前发着微光的指针上，仔细检查各个表上的数据，这些数字令他很安心。他觉得自己安稳地坐在空中。他的手指轻轻掠过一道钢铁翼梁，从它微微的震动里，他仿佛感受到金属里流动的生命。发动机的五百匹马力令这冰冷坚硬的钢铁翼梁里产生了一股生命流，使它变成了柔和的机体。飞行员在飞行的时候是在感受一个生命机体的神秘工作，所以，他们既不会感到眩晕，也不会感到狂热。

他像抚摸婴儿一样温柔地抚摸着配电盘以及那些电钮。接着他挪动了一下身子，调整出一个舒适的姿势，以便更好地感受被运动中的黑夜扛起的这五吨金属的摆动。坐定后，他小心地把应急灯推到合适的位置上放稳，然后又去摸每根操纵杆，并确信摸得很准后才放开，他在训练让自己在黑暗中熟练地操作它们。等到他的手已经能在黑暗中灵活自如地控制一切后，他才点亮一盏灯，让座舱中那些精确的仪器闪亮起来。他仅仅依靠仪表盘操作，像跳水一样猛地坠入到黑夜之中。飞机很平

稳地飞行着，不摇晃也不颤抖，他的陀螺仪、高度表和发动机的运转都很稳定。他舒展了一下身子，仰头靠在皮靠背上。他让自己陷入飞行的沉思中，细细品味那解释不清的希望。

黑暗中一颗普通的星星代表着一栋孤独的房子，而有一颗星星熄灭了则代表着有一栋房子封存了它的爱情，或是藏起了它的烦恼。总之，这栋房子不再向外面的世界发送信号了。

房子里那些孤独地坐在灯下桌子旁的农民，他们不知道自己的希望是什么，所以，他们更不可能想到自己的欲望会在封闭着他们的黑夜里传到千里之外的地方去。而在千里之外的法必彦，当他感到那翻滚的巨浪将他的飞机推上推下的时候，当他穿过一个个如同战火连天的国家似的暴风雨地区和暴风雨间的风清月朗的时候，每当他带着胜利的喜悦看到这些灯火的时候，却发现了他们的欲望。

那些人以为，微弱的灯光只不过照亮了他们简陋的餐桌，却不知在八千米外的高空，有人已经感受到了这灯光的呼唤。法必彦仿佛看到那些人正处在一座荒岛上，面对大海绝望地晃动着他们仅有的一盏孤灯。

2

三架分别从南部的巴塔哥尼亚、西部的智利和北部的巴拉圭飞来的邮政班机将降落到布宜诺斯艾利斯。一架将在午夜开往欧洲的飞机在这里等着它们载来的邮件。

此刻，三位飞行员各自坐在平底驳船般笨重的整流机罩后面，在迷茫的黑夜里探索着前进。几个小时后，他们将缓缓地从雷电交加抑或万里晴空中向那座庞大的城市降落，就像有些古怪的农民从他们的山上

下来。

里维埃——航空网的总负责人，他已经在布宜诺斯艾利斯机场的停机坪上来回踱步很久了。他一言不发，眉头紧蹙。今夜，对于他来说，在三架飞机平安到达之前，都是十分可怕的。时间一分一秒地过去了，随着一封封电报交到他手上，里维埃意识到他正从未知的命运那里夺回一些东西，意识到他的三个机组正在驶出黑夜，飞向岸边。

一名辅助手来到他身边，向他传达电讯站的一份信息："智利邮班发来信号，说他们已经看到布宜诺斯艾利斯的灯光。"

"好。"

很快，里维埃就能听到这架飞机的轰隆声了。黑夜即将向他交付第一架飞机，如同潮起潮落、神秘莫测的大海把它颠簸了很久的财宝交回到岸边。之后，他们还将从黑夜手里收回另外两架。

里维埃停在了正在干活的老工长勒鲁面前。勒鲁已经在这里工作了四十年，工作消耗了他全部的精力。每晚，他都要忙到十点，甚至十二点才能回家，而他的家也不是能让他从工作中解脱出来的好地方。里维埃笑了笑，朝勒鲁打了个招呼。老工长抬起憨厚的脸，依旧在工作。他指着一根发出蓝光的轴说："它吃得太紧，可我还是把它松开了。"里维埃顺着他指的地方俯下身去，他被这个工作吸引住了。"得告诉车间，以后要把这种配件装松一些。"他摸了摸卡痕，然后，又抬起头打量了一下勒鲁。突然这么近地面对那些深深的皱纹，一个奇怪的问题冒了出来。

"勒鲁，你这辈子为爱情耗费了很多精力吗？"因为问题很突兀，他问完又笑了一下。

"爱情？经理先生，您知道……"

"我知道，您和我一样，从来没有闲暇的时候。"

里维埃从他的语气中听不出苦涩的味道。这个老人，他在面对自己的过去时，表现出来的只有心满意足，就像一位刚刚刨光一块漂亮木板的木匠那般得意地自言自语："行了，这就成了。"

"行了，"里维埃在想，"我这辈子也就成了。"

他站起身，抛开因劳累引起的种种伤感的想法，朝机库走去。智利班机已经在不远的高空隆隆吼叫。

# 3

飞机的轰隆声越来越近，越来越浑厚。机场的灯点亮了，一盏盏红色的信标灯勾勒出机库、无线电天线塔和一块四四方方的场地，地面上的人们像过节一般欢欣。

飞机已经飞进了探照灯的光束里。机翼在灯光映照下银光闪闪。终于，飞机平稳地降落了。但是，当机械师和工人们忙着卸邮件的时候，飞行员佩勒兰却一动不动地坐在驾驶位上。

"怎么还不下来？在等什么呢？"

飞行员不理睬别人的叫唤，他自顾自地做着一些神秘的事情。或许他是在倾听飞行途中从他心间掠过的那些声响吧。他默默地在那里摆弄着什么。终于，他转过身来，面对同事们，表情非常严肃，像是在宣告这里都是他的领地，而他们都是他的子民。他仿佛觉得自己掌握了这里的一切，包括喜气洋洋的机库和坚实的水泥地，以及远处那座城市，连同它的一切。此刻，他如此接近这里的人们，可以清楚地听到他们的声音，可以随意地辱骂他们。他原本想骂他们的，可他向来为人厚道。

"……你们得请我喝酒！"说着，他走下飞机。

他想讲讲旅途的遭遇："你们不会知道……"

他大概认为自己已经讲得差不多了,这才舍得脱下他的皮衣。可是他的兴奋仅仅只持续了很短的一段时间。当他坐车前往布宜诺斯艾利斯的时候,身旁闷闷不乐的督察员和一言不发的里维埃影响了他,他也变得沉闷起来:逃离困境,安全着陆后痛痛快快地骂上一通也许是个不错的办法。多么畅快的欢乐啊!可平静下来以后,他又觉得有一种说不清楚的疑虑萦绕在心头。

至少,和气旋搏斗是真正经历过的。然而那些东西,当它们以为自己独一无二时,它们的面貌就不是那样了。他想道:"那简直就是一场暴怒,虽说不是所有的脸色都变得苍白,但所有的神情却是真的变得无法辨认了!"他努力回忆着那些场景。

他平静地从安第斯山脉上空飞过。群山覆盖在积雪下,娴静如少女。积雪镇压了群山的喧嚣,如同数百年岁月使死亡的城堡静寂无声。方圆二百千米再没有一个人影,没有生命的气息,也没有努力过的迹象。只能看到与他擦身而过的高达六千米的陡峭山脊和它笔挺的岩石外套,还有那令人不寒而栗的沉寂。

其实他根本不用去和什么搏斗,但他却紧紧地握住了操纵杆。他只是感觉有一种东西正在酝酿之中。他像是准备一跃而起的野兽,全身肌肉都紧绷起来,但是他根本没有看见任何不安分的东西。的确,一切都安安静静,可又充斥着一种奇特的力量。

接着，一切变得尖锐起来。这些山脊、山峰变得异常锋利，他感觉它们就像船头柱猛地扎进了强劲的风中。然后，勒兰仿佛觉得它们变成了一支庞大的舰队，在他周围不断改向、漂移，摆出各种战斗阵势。再后来，尘埃混进空气当中，并沿着山峰上的积雪缓缓上升、飘浮，变成了一张帆。这时，他想应该另找一条退路了，于是回头看了一下，这一看却令他不禁一阵战栗。身后的安第斯山脉仿佛沸腾了。

"天啊，完了。"

白雪从前面的一座山峰喷薄而出，那是一座雪火山。紧接着，右边的一座山也喷涌起来……一座接一座，所有的山峰都喷涌起来，就像掀翻的多米诺骨牌一样。这时，气流开始了第一次回旋，飞机周围的大山全都摇晃起来。

他稍稍思索了一会儿。

"气旋算得了什么呢？性命终归是保住了。真正可怕的时候，其实是在遇上它之前的那段短暂时间！"

他以为在许许多多面孔中辨认出了某张脸，然而他却已经把它忘了。

# 4

在车上，里维埃望着佩勒兰。他的思绪开始游荡，他想象佩勒兰下车后会做的所有事情。他意识到，这些在人群中不起眼的信使们，其实是多么伟大啊！只是这种伟大连他们自己都不知道，至少佩勒兰是不知道的。

当里维埃打破沉默，问他是如何战胜气旋获得成功的时候，佩勒兰又恢复了兴奋。他首先说明他已无路可退，他用了几乎是辩解的语气："就这样，我无可选择。"接着，他说他什么也看不见了，雪花挡住了他的视线。而就在这时，强大的气流救了他，把他掀到七千米的高空。"在通过那个地区的时候，我恐怕都是擦着那些山脊飞行的。"他提到陀螺仪的进气口应该考虑换一个位置，因为现在这样太容易被雪花封堵形成薄冰。后来，另外一些气流又使佩勒兰跌落到三千米的空中，他不明白为什么在这么低的位置却没有撞上山峰。原来，他已经飞到了平原上了。"我飞进朗朗晴空，才恍然大悟。"他最后解释说，那时，他觉得自己像从洞穴里飞出来似的。

里维埃转身对督察员说："这是一股太平洋气旋，我们知道得太晚了。以往它们是从不会越过安第斯山脉的。"

督察员看了看佩勒兰，喉结蠕动了一下，但始终没有说出话来。过了一会儿，他又将视线转移到正前方，恢复了他一开始那种抑郁的神情。

督察员并不是一个讨人喜欢的职业，罗比诺也一样。他按照里维埃的批示，把全部注意力都集中到人们的疏漏上。他只关注喝酒的机械师、失眠的机场场长、着陆跳跃的飞行员……

"罗比诺，凡是延误了出发时间的，"有一天，里维埃对他说，"一律扣除准时奖。"

"即使是因为不可抗力造成的也扣吗？比如有雾。"

"有雾也扣。"

罗比诺感到无比骄傲，因为他的顶头上司是如此严格，他再也不用担心处理上的不公正了。罗比诺本人也将从这份如此容易得罪人的权力中获得些许威严。

罗比诺心中只有规章，处理问题的时候，

除了秉公处理，他什么都不多想，一点情面也不讲，即使是因为不可抗拒的自然因素造成的失误或延时，他也会毫不留情地扣除他们的奖金。里维埃很满意有这样一位称职的督察员。

有时，里维埃会很自豪，他说："这些人是多么幸福啊，他们如此喜欢自己的工作；而他们之所以喜欢自己的工作，正是由于我的严厉。"

他在令人感到痛苦的时候，同时也给人们带来巨大的欢乐。

"应该把他们推向一种痛并快乐着的生活中去，"他想道，"这种生活紧张有力，但是，只有这样的生活才有意义。"

# 5

　　里维埃回到办公室的时候，秘书们正在里面打盹儿。他的大衣还没有脱下来，依然戴着帽子，看起来就像一个永不停歇的旅者。他的个头很小，走动时没有多大动静，加上他灰白色的头发以及和室内装饰十分相称的朴素衣着，走进来时几乎没有谁注意到。但是很快，他特有的一股子热情激活了人们。秘书们打起精神来，办公室主任立即查阅最新文件，打字机的"嗒嗒"声响成一片。电话员把插头挨个插进电话交换机，忙碌地在一个厚厚的本子上记录电报。里维埃对此非常满意，他坐下看起文件来。

　　看过智利的那场考验记录后，他又将这幸运的一天的经历在脑子里回想了一遍。这一天的事情都进展得非常顺利，飞机途经的机场频频发来信息，全都是简洁的捷报。巴塔哥尼亚邮政班机在由南往北吹的巨大气浪推动下，飞行得比往常更快——他们比规定时间有所提前。

　　"把气象信息给我。"

　　所有机场发来的信息都说是晴朗无云，惠风和畅。美洲披上了金色的夜幕。事事顺意使里维埃发自心底感到畅快。来自巴塔哥尼亚的邮班此刻正飞行在某个空域,与变化多端处处潜伏着风险的黑夜搏击着,但胜算很大。

里维埃放心地推开了那个记录气象信息的本子。

"行。"

他走出办公室,观察了一下各个科室值班人员工作的情形,员工们正聚精会神地在那里注视着半个世界。

里维埃突然想到罗比诺,在等待夜航班机的深夜里,督察员应该待在办公室里。

"去把罗比诺找来。"

此时,罗比诺快要和佩勒兰成为朋友了。在旅馆里,他当着佩勒兰的面打开手提箱。手提箱里那些零碎的东西顿时展露无遗:几件没品位的衬衣,一套梳洗用品,一张瘦削女人的照片,他把照片钉在墙上。这些小东西说明督察员们也是普通人。就这样,他谦卑地坦承了自己的需要、柔情和憾恨。他把他视若珍宝的东西摆成短短的一行。在佩勒兰面前,他显得可悲。这是他思想上的湿疹。他展示出了自己的牢笼。

像普通人一样，罗比诺也有自己小小的期望。他从箱子底拿出那个精致的小袋子，这样温馨满溢的小物件实在与他一贯的严肃格格不入。他满怀柔情地拍着这个袋子，一句话也没说。过了好一会儿，他终于松开手，说："这是我从撒哈拉带回来的……"

督察员为自己袒露了这样的隐私而脸红了。他生活中所遭遇的种种挫折、婚姻的失败，以及一切灰暗的现实，全都通过这些黑色的小石子儿得到了慰藉。

里维埃派来的人找到罗比诺时，他仍然陷于伤怀之中，但是很快，他就恢复了他的威严。

"我得走了，里维埃先生要找我商量一些大事。"

罗比诺走进办公室的时候，里维埃已经忘记刚才找过他了。他站在一张用红笔标注了公司航空网的地图前沉思着。罗比诺静静地等候着里维埃给他批示。几分钟过去了，里维埃并没转过身来，而是问他道："罗比诺，你对这张图有何看法？"

"经理先生，这张图……"

事实上，督察员对这张图并无任何看法，但他还是习惯性地神色严肃地凝视着地图，视线停留在欧洲和美洲的版图上。此刻，里维埃仍然在思索着什么，但他没有告诉罗比诺他在想什么："这是一张多么漂亮而又严峻的网啊，是我们以许许多多年轻人的生命为代价换来的！如今，它带着它的不容忽视的权威性矗立在那里，可曾经，它给我们制造过多少困难啊！"但无论怎样，对于里维埃来说，目标压倒一切。

有一天，里维埃指着勒鲁对罗比诺说："您看他，丑得没人爱的样子，这有多美啊……"勒鲁全部的伟大之处恐怕就得益于他的毫无风度，因为这使他的生活除了工作再无别的可做。

"您和佩勒兰很要好吗？"

"呃……"

"放心，我不会责备您。"

里维埃转身走动起来，步子很小。罗比诺也紧跟着他动起来。罗比诺看到里维埃嘴角的一抹微笑，这令他感到莫名其妙。

"只是……只不过您是领导。"

"是的。"罗比诺说。

里维埃想到了飞行。每晚的航行都会遇到这种情形，只要意志稍有松动就可能面临失败。天亮以前，他还有一场艰难的战斗。

"您不可有失身份。"里维埃面色凝重地说道，"说不定明晚您就得命令这位飞行员去做一次危险的飞行，他必须无条件服从。"

"是的……"

"我是在帮您找回自己的位置，罗比诺。即使您感到倦怠了，那也不能从他们那里得到慰藉。您是领导，领导的软弱是可笑的。您写……"

"我……"

"您写'督察员罗比诺出于某种原因，对飞行员佩勒兰施以某种惩罚……'，您再随便找个理由填上。"

"经理先生！"

"写吧，罗比诺。您可以爱那些人，但不要让他们知道您爱他们。"

罗比诺突然找回了他作为督察员的威严，他完全忘记了刚才和佩勒兰愉快的相处。他想起了螺旋桨毂，于是立即派人去仔细擦拭。

也许还得转悠半个小时，里维埃领略过快车在途中临时停车让人感到的恼怒——本来在这几分钟里应该驶过大片原野，现在却原地不动。时钟的秒针划出一片死寂的空间，本来能有多少事件容纳在这圆规的跨度里啊。里维埃走出办公室想缓解一下他焦躁的心情。他似乎觉得黑夜空荡荡的，像个荒芜的剧场。"这么好的夜晚浪费了！"他懊恼地望着窗外无云的星空，望着那天宇中的信标系统，望着月亮，那被浪费了的良夜的黄金。

但是，一旦飞机起飞，这个夜晚对里维埃来说便是楚楚动人的。黑夜如同一位孕育着生命的母亲，里维埃提心吊胆地关注着它。

"你们遇上了什么天气？"他让人询问机组人员。

十秒钟后那头回答："晴朗无云。"

然后传来一些途经城市的名字，在里维埃看来，这些城市便是这场战争中的征服地。

# 6

里维埃走了出去，他想用走路来排遣盘踞在他心头的烦恼。

直到晚上十一点钟，他才感觉呼吸顺畅了一些，于是又朝办公室的方向走去。他拨开聚集在电影院门口的人群，挤出一条道来。他抬起头，看见夜空中闪烁的星星，在耀眼的广告灯光映衬下，星星显得十分暗淡，似乎一眨眼就再也找不到它了似的。他心里想着："今晚因为有我那两架班机在飞行，所以我对整片天空负有责任。这颗星星是夜空给我发出的信号，它正在找我。现在它找到了。也许这就是为什么我总是觉得自己在人群中就像个局外人，有点孤独的原因吧。"

他喜欢办公室安宁的气氛。当他缓缓穿过一个个办公室时，只听得到他咚咚的脚步声。打字机已经停止工作，静静地躺在布套子下。柜子门紧闭，从玻璃门看进去，里面的档案摆放得整整齐齐。这是十年的经验，十年的劳作啊！他仿佛觉得自己是在参观一家银行的金库，里面堆满了金银财宝。柜子中每一本簿册里所积累的财富都胜似黄金，是有生命的力量。这种力量就像银行金库里沉睡的黄金，虽然沉睡，但却是活的。

在办公室的某一处，他还会碰见唯一的一位值夜秘书。这

个人为了生命以及意志的延续，为了使连接图卢兹和布宜诺斯艾利斯的链条永不间断，总是不知疲倦地在某个地方工作着。

里维埃推开营运办公室的房门，里面亮着一盏灯，里维埃看过去，感觉灯光照亮的仿佛不是房间的角落，而是一片明亮的海滩。打字机的嗒嗒声孤独地响着，不仅没有打破寂静，反倒像赋予了寂静某种意义似的。偶尔，电话声会打破寂静，执拗地响起。值班秘书走过去拿起听筒，凄厉的铃声带给人们的焦虑顿时烟消云散，值班秘书温和地讲完电话，然后又回到原来的位置，脸上孤独和困倦的神情盖住了揣摩不透的秘密。当还有两架班机在飞行的时候，这铃声带来的可能是夜空中无法援助的危险。里维埃想到与那些围在灯下的家庭有关的电报，想到作为一家之主的父亲脸上难以揣摩的秘密，等待他说出来的那几秒钟简直像永恒。那无力的电波，起初离即将响起的电话那么遥远，那么平静。后来，他便在每次孤独响起的电话铃声中听到它微弱的回声。每一次电话响起，值夜秘书孤独的身影便缓缓地朝铃声移动，像潜泳者慢吞吞地走向大海深处，然后，又像潜水员冒出水面从阴影返回灯下，里维埃觉得他的动作因为秘密而变得沉重。

"您别动，我去接。"

里维埃拿起听筒，听到外面世界的嗡嗡声。

"我是里维埃。"

听筒里传来嘈杂声，然后一个声音说道："我给您接无线电站。"

又一阵嘈杂，是插头插入电话交换机的声音，接着是另一个声音说："这里是无线电站。我们向您报告几份电报。"

里维埃记录电报，边记边点头：

"好……好……"

都是无关紧要的，业务上的例行电文。里约热内卢询问的某个情况，蒙得维的亚报告的天气，门多萨提到的器材问题，都是公司内部的日常议题。

"邮政班机有什么情况？"

"有暴风雨，飞机的声音听不见。"

"哦，我知道了。"

里维埃想，虽然这里朗月晴空，但无线电报务员仍然能了解到远方的风暴气息。

"待会儿见。"

里维埃站起身，秘书走上前来，说："请在值班记录上签名，先生……"

"行。"

里维埃意识到自己对这个人情深义重，他也和自己一样肩负着黑夜的重压。"战友啊，"里维埃想道，"他恐怕永远都不会想到这次值夜把我们紧密联系在一起了。"

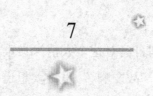

# 7

里维埃返回他的办公室，由于手上抱着一大摞文件，他再次感受到右肋下折磨了他几周的剧痛。

"这可不行……"他在墙上靠了一秒钟，"真是荒唐。"

他慢慢地查阅记录。然后在几份文件上签了字，都是一些处罚决定及调令安排。

事实上，他右侧的疼痛虽然缓解了，却没有消失，这种无法摆脱的疼痛感迫使他不得不想到自己。顿时，一种苦涩之感席卷了他。

"我是否公正，我自己说不清楚，我只知道只要我多打击他们一下，就会少出一些故障。真正的负责人其实不是我，而是一股看不见摸不着的力量。假如我绝对公正，那么也许夜航中就不会有人丧命。"

他因为如此艰难地开创了这条道路而感到倦怠。他想："恻隐之心才是善良的表现。"他一直在翻阅那些记录，沉浸在遐想之中。

"……至于劳布莱，从今天起，他就不再是我们的职员了。"

他脑子里立刻浮现出那个老头儿的形象，以及那晚的谈

话："做个榜样吧，又能怎么样，以儆效尤啊！"

"可是，先生……可是，先生。一次，下不为例，求您想一想吧！我在这里干了整整一辈子啊！"

"我必须以儆效尤。"

"可是，先生……您瞧，先生！"

这时，劳布莱从他那个破旧不堪的公文包里拿出那张旧报纸。报纸的头版上，几乎四分之一的版面印着年轻时的劳布莱站在一架飞机旁的照片。

里维埃看到劳布莱拿报纸的手哆嗦着，这份单纯的荣誉，沉甸甸地砸在他的心头。

"这还是1910年的事儿，先生……我在这儿，装配起了阿根廷的第一架飞机啊！从1910年到现在……先生，我干这一行已经有二十年了！所以，您怎么能说……而那班年轻的孩子们，先生，他们在车间里会怎样嘲笑我啊！他们要笑死了！"

"那我管不着。"

"还有我的孩子们，先生，我有几个孩子呢！"

"我跟您说过，我可以请您当辅助工。"

"不，先生，不……我还想跟您说……"

"您可以走了。"

劳布莱动了动嘴唇，但没有说话。然后，他转身离开了。里维埃看见他眼里流露出的忧伤，不，应该是悲痛。对于一个热爱自己的工作犹如热爱生命的人来说，失去这个工作不亚于剥夺了他的生命，何况这份工作曾是他二十年来的荣耀。

里维埃想道："我不是针对他，我所辞退的是错误，不是他啊。谁叫他不幸地造成了这个错误呢？"

这可怜的老人，他还想说什么？说我们剥夺了他暮年的欢乐？说他爱听工具击打在飞机钢铁上的声音，我们夺走了他生活中美好的诗意，还有……他的生活？

电话铃突然响了起来，里维埃拿起听筒。但耳机里除了杂音，并没有人说话。过了好久，终于有人说话了："这里是机场，您是哪位？"

"里维埃。"

"经理先生，650 号已进入跑道。"

"好。"

"总算一切就绪了。但是我们还是必须重新安装电路，连接上依然有毛病。"

"好。是谁安装的电路？"

"我们需要核查一下。假如您同意，我们要给一些人惩罚，飞机上没了灯光会导致严重的后果！"

"当然。"

里维埃想："要是不拔掉祸根，那么，以后不管在哪里，只要碰上了它，就会再出现供电故障，没了灯光。灾祸所使用的工具偶尔会暴露出来，把它放过了就是罪孽，所以劳布莱还得走。"

为了安慰自己，他又想道："我不讨厌这些人，我所做的一切不是因为讨厌他们，而是通过他们……"

他的心剧烈地跳动起来，这让他感到很难受。

"我不确定我这样做是否正确；我也不知道人的生命价值究竟是什么；也不知道公正和抑郁的正确价值；我还不知道一个人的欢乐有什么确切价值；不知道一只颤抖的手的确切价值，还有怜悯和温情……"

他又一次陷入了遐想："生活中总是矛盾重重，你必须尽可能让自己从中摆脱……可是，要想活下去，要想创造，还是不得不用会腐败的躯体去换取……"

# 8

这时，巴塔哥尼亚的邮政班机正向雷暴区靠近，法必彦不愿意改变路线。他对这个雷暴区的估计过大，因为，他看到闪电线在这个地区向纵深推进，滚滚的乌云被显示出来。他打算从云层下面通过，假如情况不是很好，再决定往回飞。

此时的飞行高度是一千七百米。他的手掌压着操纵杆，高度开始下降。发动机在振动，而且振动得很厉害，飞机也开始

颤抖。法必彦稍加判断，对下降的角度进行了调整。前方山岭在地图上核实的高度为五百米，为了保证安全，他在七百米左右的高度上航行。

这种牺牲飞行高度的行为，就像用一笔财产打赌。

一股强烈的涡流卷来，飞机往下直掉，机身颤抖得更厉害了。法必彦感到一种无形的崩塌在威胁着他。他想往回飞，重新回到有数十万星星的航线上去，但他的航向决不能偏离哪怕一度。

法必彦对可能出现的种种情况进行了估计，认为这应该是一场局部雷暴雨，因为从下一站特雷利物发来的信号显示那里是多云天气。他要在这黑暗中待大约二十分钟。飞行员十分担忧。他在强势的狂风中努力向左倾斜，希望探索出那在浓重的黑夜里闪来闪去的朦胧的微光是什么。但是，后来连微光也没有了，只是浓重的黑暗在深浅之中变换着，难道是眼睛太累产生了幻觉？

法必彦每隔三十秒就把脑袋伸到座舱，看一下陀螺仪和陀螺罗盘。他不想再打开那些光线暗淡的红灯，因为那会导致他的眼睛长时间发花，而所有仪表上的夜光指针和数字散发的都是苍白的光芒。在这些数字和指针中间，飞行员有一种若有若无的安全感，就像在被波涛吞没的船舱里。漆黑的夜，裹挟着一切，山岩、丘陵、漂浮物，以令人吃惊的宿命，如滚滚波涛，向飞机扑来。

他不断鼓励自己，说前方就能见到光明，这个念头鼓舞他继续前行，但是心里还是存有疑虑，他胡乱写了几个字给报务员："我不知道我们能否通过。你打听一下后方的天气是不是始终是晴天。"

报务员的回复让他惊慌：

"科摩多罗发来信号：风暴，不能返回。"

他猜想来自安第斯山脉的异常气流将会突然转向大海，在他抵达之前，飓风会袭击那里的城镇。

"问问圣安东尼奥的天气怎么样……"

"圣安东尼奥回复说：'西风正起，西方有风暴，阴云密布。'但杂音很重，我和圣安东尼奥那边都听不清。我想是因为有雷电，我们恐怕得马上收回天线。您要往回飞吗？您想怎么办？"

"你给我老实点。问问布兰卡港的天气怎么样……"

"布兰卡港说：'从西部来的强大雷雨预计在二十分钟内降临。'"

"再问问特雷利物的天气情况。"

"特雷利物说：'雷阵雨、飓风正从西方过来，以每秒三十米的速度。'"

"和布宜诺斯艾利斯联系，说我们四面被堵，风暴区有一千千米，什么都看不见，问他们我们该怎么办。"

对一名飞行员来说，这个夜晚无边无际，它既不能通向港口（仿佛所有的港口都无法进入），也不能连接黎明。油只能维持一小时四十分钟。他们迟早要沉没在这厚重的黑暗中。

　　他觉得自己陷入了重围。在这漆黑的夜里，好坏都会有结果的。

　　确实是这样。他有好几次都相信，只要天色变好，他的情况就会好转。

　　但是,两眼死死盯着太阳栖息的地方又有什么用？深邃的黑夜隔在他和太阳之间，让他难以飞越。

# 9

"亚松森航班的情况很好。它将在两点左右到达我们这儿。巴塔哥尼亚航班似乎处境不利，将严重晚点。"

"好的，里维埃先生。"

"可能等不到它抵达，我们就会派欧洲航班的班机起飞。亚松森航班抵达后，请立即请求我们的指令。你们做好准备。"

这时，里维埃又看了一遍北方各站发来的护航电报。它们为欧洲航班铺出一条月光之路："万里晴空，有明朗的月光，没有风。"在月光下，巴西山脉清楚地显现，犹如浓发般的森林沉浸在银色的大海旋涡里。月光流泻在森林之上，但没能给它们染上颜色。黑黝黝的岛屿像大海里的沉船。这月光就像整条航线上的泉水喷涌不绝。

然而，就像勘探者面对禁止入内的金矿一般，里维埃面对这一片光明，犹豫着。南方的事件说明，这位唯一的夜航辩护人里维埃出错了。他的对手将从巴塔哥尼亚的惨祸中寻求强有力的道义支持，这也许使里维埃的信念从此无力抗争；而里维埃却从未动摇过自己的信念。工作中的裂隙导致了这次悲剧性事故，而事故又使裂隙更加明显，除此以外，它不能说明任何

东西。"或许，应该在西部设立观察站……走着看吧。"他又想道，"我一贯坚持的理由没有减少，而阻碍性的原因倒是减少了一条，因为它暴露出来了。"强者在失败中更强。然而很不幸，在和人赌博时，事物真正的意义总是不那么重要。人们总是按照表面现象论输赢，记下可怜的得分。表面上的失败就会很容易束缚人的手脚。

里维埃按响了铃。

"布兰卡港仍然没发无线电来吗？"

"没有。"

"给这个站打电话问一下。"

过了五分钟，他问道：

"怎么不给我们消息？"

"我们无法听见那架飞机的声音。"

"它不说话吗？"

"不知道，雷暴声太大了。即使它说话，我们也没法听到。"

"特雷利物听得到吗？"

"也听不到特雷利物的声音。"

"你们打电话问问。"

"试过了，电话线断了。"

"你们那里天气怎么样？"

"风暴马上来了。西部、南部有闪电，空气很沉闷。"

"有没有风？"

"现在很小，但十分钟以后就变了，闪电越来越近了。"

里维埃没有讲话。

里维埃低头看着地图，他抱着一丝希望，希望可以找到一块躲避灾难的晴空，因为他曾给省外三十个城市的警察局打电话询问天气情况，回电已经不断发过来。两千千米航线上的各无线电站也先后接到命令，接到飞机呼号后，必须在三十秒钟内通知布宜诺斯艾利斯。布宜诺斯艾利斯将把避难的位置告诉无线电站，再由无线电站转达给法必彦。

秘书们被命令在凌晨一点前回到自己的办公室。他们得到消息，夜航的班机有可能暂停，欧洲航班的班机必须在天亮以后起飞。他们悄悄地谈论着法必彦和飓风，当然也议论着里维埃。他们估计他就在附近，他要被大自然的驳斥压垮。

里维埃出现在门口，窃窃的议论戛然而止。他紧裹着大衣，帽子扣到眼睛上，像个在旅途中的行人。他平静地走向办公室主任：

"已经一点十分了，欧洲班机的文件都准备齐了吗？"

"我……我以为……"

"您以为什么，您要执行。"

他两手交叉在背后，慢慢地朝窗户转过身。

一名秘书走到他身边：

"经理，我们可能无法收到很多答复。有消息说，内地的很多电报线被毁坏了……"

"我知道了。"

里维埃凝望着黑夜，一动不动。

里维埃认为星星过于明亮了，空气也过于潮湿了。夜晚真怪啊！它突然间一片片地变质，像光滑的果子肉。布宜诺斯艾利斯的天空繁星依旧，然而这只是沙漠中的一块绿洲，而且不能持续很长时间。而且，这个港口在机组可抵达的范围以外。风暴马上就要来了，夜晚在逆风的抚摸中腐烂。夜晚真的难以战胜。

有一架飞机在黑夜的某个深处遇到灾难，飞行员在飞机上无能为力地挣扎着。

# 10

法必彦希望这张四折的纸片能使他得救，他咬紧牙关，把它打开：

"我们无法听到布宜诺斯艾利斯的声音。现在，连按键都失灵了，我的手指被电火花烧到了好几次。"

法必彦很生气，他的手刚松开操纵杆准备写字回复，体内就钻进一股强烈的气浪，他和那五吨金属一起被气旋掀起，摇晃着。他只好放弃。

他重新握紧双手，来对付、制驭气浪。

法必彦大口地喘气。如果报务员因为害怕雷电收回天线，法必彦到机场后非得打花他的脸不可。要不惜一切代价与布宜诺斯艾利斯取得联络，仿佛布宜诺斯艾利斯能在一千五百千米外给深渊里的他们丢下一根绳子。法必彦希望可以见到一丝颤抖的灯光，一盏微弱的客栈灯，虽然发挥不了什么作用，但起码可以像灯塔一样说明那是陆地；希望能听到一个声音，一个来自那个对他而言不复存在的世界的声音。飞行员在红色的灯光里举起拳头，告诉坐在他身后的报务员这个悲剧性的真理。但报务员没看见，他正在惨遭蹂躏的空间、被吞没的城市和消

失的灯光上俯身张望。

法必彦甚至感到连飞机都在背叛他。发动机在每次俯冲时都震动得十分厉害，整个机身颤抖起来就像发怒似的。法必彦用尽力气控制飞机，脑袋伸进座舱去看陀螺地平仪，因为，黑暗把什么都搅和在一起，就像在天地初开的混沌时期，黑乎乎的天和黑黝黝的地无法分辨，法必彦迷失其中。然而，指示针以越来越快的速度摆动着，难以跟随。飞行员被它们欺骗了，以致挣扎失误，丢失高度，而渐渐被黑暗埋没。仪器指示的高度是"五百米"，这正是那些山岭的高度。这些起伏的山岭像波涛一样向他们冲过来，速度令人眩晕。法必彦十分清楚，在地面上隆起的群山，哪怕是最小的，都可以把飞机撞得粉身碎骨。群山紧紧地包围住他，像酗酒的醉汉围着他转圈，围着他跳起舞，舞姿深沉。

他绝望地想："现在真的完了。因为飓风，我校正了四十度，方向还是偏了。陆地到底在哪里？"他把飞机转向正西方。他想道："照明弹没有了，我现在不是自杀吗？"这种事迟早会发生。法必彦想到坐在后面的他的伙伴，已经不再怨他了。"他肯定把天线收起来了。"法必彦心想。他手里攥着他和报务员的两条性命，只要他稍一松手，他们就会像宇宙里微不足道的灰尘一般消失得无影无踪。他忽然十分害怕自己的一双手。

涡流拍击着机身，就像羊角撞击斧锤。法必彦紧紧握住方向盘，几乎用尽了全身的力气，希望可以减轻它的振动。否则，操纵杆会被震断。他一直紧握双手，以至于双手因为麻木已经感觉不到了。他想动动手指，看它们是不是还长在身上，是不是还能受自己的大脑控制。手臂末端的东西如此陌生，就像没有感觉的橡皮囊软绵绵的。法必彦认为他应该想象自己在紧紧地握着，但他不清楚思想是不是可以传递到手上。由于他只有肩膀可以感到方向盘的振动带来的疼痛，这让法必彦认为："我的手抓不住了，我要松开了……"产生这样的想法让他感到害怕。因为他以为想象的无形力量已经使自己的手屈从了，手正慢慢张开，把他交给黑暗。

这时，法必彦头顶有几颗星星在暴风雨的裂隙中闪烁光芒，就像鱼篓底部的诱饵，对他产生致命的诱惑。

因为一个洞里只看到三颗星星，法必彦知道这是陷阱。如果向它们升高，就再也降不下来了，咬了星星就只能永远留在那里……

但法必彦是如此渴望亮光，他不顾一切向上飞去。

他向上飞去，参照星星的方位，校正涡流带来的偏向。星星那苍凉的磁性强烈地吸引着他。法必彦已经吃尽了寻找光明的苦头，所以他不愿意再放弃一点点朦胧的亮光。哪怕是小客栈的一点微光，他也会把他当成渴念中的信号，围绕着他转向死亡。他现在朝一片光明飞升。

在那口起先张开、而后在他头顶合拢的井里，法必彦呈螺旋状渐渐地爬升。在他逐渐升高的同时，污泥一般厚重的云层也在渐渐丧失黑影，越来越清澈洁白，他与这样的浪涛擦身而

过。法必彦浮上来了。

飞机刚浮出云层一秒钟就突然宁静下来，显得很不正常。使它倾侧的气浪消失了，飞机像越过堤坝的小船进入平静的水库。天空陌生而隐秘，就像幸运的岛屿间的港湾一般攫住了他。他下面是风骤雨狂、雷电交加的另外一个世界，纵深三千米，但它的另一面却繁星闪耀、晶莹洁白。

下面的云层反射出的银光是从月亮上接收来的。左右两侧的云堆高耸如塔，也同样在反射从月亮处接收的银光。光晕如牛奶般流动，机组沐浴其中。法必彦回头时正好看到报务员的微笑。

"好些了啊！"他冲他喊道。

然而，声音被飞机的隆隆声吞没了，只有通过微笑完成思想的交流。"我真是疯了，还笑，"法必彦想，"我们就要完了。"

但是，那些无形的手把他放开了。他像一个松了绑的囚徒，终于可以自由地在花丛中行走。

"真美啊。"法必彦心想。密密麻麻的群星像堆积在宝库里的财宝，法必彦游弋其间，除了他和伙伴，这个世界没有任何别的生命。这就像神话传说中的小偷，被关在堆满财宝的房间里再也出不来。他们在冰冷的宝石间游弋，极其富裕，却只能等死。

# 11

科摩多罗·利瓦达维亚是巴塔哥尼亚的一个中途站，突然，这里的一名无线电报务员打了个手势。所有正无能为力地守候在无线电站的工作人员，这时全都汇聚到他的身边，弯下腰来。

他们全都凝视着强光照射下的那张手抄纸。报务员正用颤抖的双手把那些字母译出来，他在犹豫，铅笔晃动得十分厉害。

"是雷暴雨？"

报务员点了点头。雷电嘈杂，他听得

不是很清楚。

只见他记下了几个符号，是无法译读的。接着是词。然后完成了这篇电文：

"我们在风暴之上困住了，高度为三千八百米，现在正朝正南方的内陆飞行，因为刚才偏离方向到了海上。下面被堵，看不见任何东西，不能判断是否还在海上。请告知内陆是否有风暴延伸。"

因为有雷雨，电报只能一站一站地向布宜诺斯艾利斯传递。电文像烽火台上点燃的烽火在黑夜里传递着。

布宜诺斯艾利斯的回复是：

"雷暴普降内陆。你们的汽油还能支撑多长时间？"

"半小时。"

这句话又通过一个个守夜人传到布宜诺斯艾利斯。

机组难免会在三十分钟内因为某股飓风的钻入，而远离导向，然后掉在地上。

# 12

科摩多罗·利瓦达维亚什么也听不到了。二十分钟后，一千千米外的布兰卡港收到了第二份电报：

"我们正在下降，进入云层……"

接着，在特雷利物无线电站显现出一篇模糊的电文，只有以下几个字：

"……什么都看不见……"

短波就是这样。那边可以收到，这边却什么都听不见。然后，毫无理由地全变了。不知道机组方位，生者觉得它已超越时空，那在各个无线电站的白纸上写字的只是幽灵。

汽油应该用完了吧？也许飞行员在失控前会打出最后一张牌，但强行着陆，飞机怎能不被撞毁？

布宜诺斯艾利斯命令特雷利物：

"问他是不是这种情况。"

无线电监听站像一个实验室，里面全是镍制、铜制的东西，以及压力计和管道网。值夜班的工作人员身穿白色工作服，静静等待，仿佛正集中精神于一项普通的试验。

他们用灵活的手指触摸仪器，在有磁性的天空探索，就像在搜寻金矿矿脉。

"没有回答？"

"没有回答。"

时间一秒一秒地过去了，它们真像血一样一滴滴地流失。飞行还在飞吗？每一秒钟都要消失一个机遇。而现在逝去的时间就像在摧毁，就像它在触摸一座建筑，用二十个世纪的时间把这座庙宇化成粉尘。现在，每秒钟代表几个世纪的损耗，威胁着机组。

法必彦的容颜，他的微笑。沉默越来越沉重，像大海压在这个机组身上。

这时，有人发现：

"一小时四十分，汽油没有了，他们不可能还在飞行。"

霎时间声音全无。

现在只能等待白天来临了。

几小时后，整个阿根廷将重现日光，而人们待在那里，就像待在沙滩上，看着渔民拉网，望着缓缓拉起的网，不知道会拉些什么出来。

里维埃在办公室里，他感到精神松懈，大难过后厄运无法改变时的解脱。他已经让人报告全省的警察局。其他没有什么可做了，只好等着。

然而，即使家庭里死了人，秩序仍然要维持。里维埃指示罗比诺：

"通报北方各站：巴塔哥尼亚的班机估计会晚点很久，为了避免欧洲班机延迟太久，拟将巴塔哥尼亚的邮件随下一班欧洲班机发运。"

他微微向前弯下身子。然而，他一用力，想起还有一件挺严重的事。啊！是的，不能把它忘记。

"罗比诺。"

"是，里维埃先生？"

"您起草一份文件。不允许飞行员超过一千九百转飞行。那会损坏发动机。"

"是，里维埃先生。"

里维埃把身子弯得比刚才更低了。现在，他的第一需要是孤独。

"去吧，罗比诺。去吧，老弟……"

但是，阴影下的这种平等让罗比诺有些害怕。

# 13

此时，罗比诺闷闷不乐地在各个办公室里徘徊。公司的活动暂时停止，因为原定两点钟出发的班机将要等到天亮才出发。看不出员工们脸上的喜怒哀乐，大家仍在坚守着，可是，这种坚守已经没有任何意义了。他们仍然在以一定的节奏接收到北方各站发来的护航电报，然而，它们的"无云"，它们的"满月"，还有它们的"无风"，无一不展示出一个王国的形象多么贫瘠。一片月光和石块构成的荒漠。罗比诺翻阅着办公室主任整理的一份材料，其实他并不是要看什么，他看到主任站在他面前，傲慢而又毕恭毕敬地等着他把材料还给他，那神情好像在说："您想什么时候还我都行，是不？事情还得由我……"下级的态度让督察员感到不愉快，但他不知道怎么来把他顶回去，只是很生气，便把档案递给他。办公室主任劲头十足地回去坐下。"我应该赶走他的。"罗比诺想道。这时，为了克制心中的怒火，他走了几步，继续想这场悲剧。这场悲剧会造成某种策略的失势，罗比诺为这双重的丧事伤心。

接着，他想起那位把自己关在办公室里的里维埃，里维埃叫了他一声："老弟……"从来没有人像他那样孤独无助。罗比诺很同情他，在心底反复思考一些话语，可以不露痕迹地同情他、安慰他的话语。他认为一种十分美好的感情使他冲动。于是，他轻轻地敲了敲门。没人应答。这一片寂静中，他不想敲得很响，便推开房门。里维埃在里面。罗比诺走了进来，他第一次以几乎平等的身份来到这里，有点像朋友，还有点像冒着枪林弹雨来到受伤的将军身边的中士，陪伴将军撤退，在逃亡中成为将军的兄弟。"无论发生什么，我都和你在一起。"罗比诺很想这么说。

里维埃抬起头，望了望他。里维埃从深沉与遥远的遐想中回过神来，也许他根本就没注意到罗比诺进来。无法得知他在想什么，他感受到了什么，心里在哀悼什么。里维埃凝望罗比诺，仿佛他可以证明什么。罗比诺感到非常尴尬。里维埃越这样望着他，嘴边就会越明显地露出一种无法理解的嘲讽。里维埃越是望着罗比诺，罗比诺的脸红得也就越厉害，里维埃也越是觉得罗比诺来这里，仿佛就是为了可以令人感动，然而来这里只是自发的善意，证实人们的愚蠢。

罗比诺感到慌乱无措了。什么中士、将军、枪林弹雨，全都行之无效，某种不能解释的东西出现了。里维埃一直望着他。这时，罗比诺下意识地稍稍纠正了他的态度，伸出口袋里的左手。里维埃仍然望着他。这时，罗比诺只好十分尴尬地说道：

"请问您是否有什么指示。"

里维埃看了看怀表，只是说：

"两点钟了。亚松森班机将在两点十分着陆。请欧洲班机在两点一刻起飞。"

然后，罗比诺便把让人吃惊的消息传开了：夜航不会停止。罗比诺对办公室主任说：

"把那份档案送给我，我要检查。"

办公室主任站到他跟前时，他说：

"请等一下。"

办公室主任只好等着。

# 14

亚松森班机发出马上着陆的信号。

即使在最糟糕的时刻,里维埃都一封电报接一封电报地密切注意它幸运的航程。对他来说,这是他的信念在危难时刻做出的反击。通过一封封电报还会有成千上万次同样幸运的航行。"飓风不会每天晚上都有的。"里维埃想,"道路一旦开辟,只好继续走下去。"

班机从花园般漂亮的巴拉圭起飞,一站站南下,从没遮住一颗星星的飓风的边儿上飞过去。九名乘客,身上盖着旅行毯,前额顶着他们的舷窗,就像顶着光彩夺目的珠宝橱窗。夜色中,阿根廷的小城镇已经在璀璨的星光下,绽放出它们全部的光辉。驾驶舱的飞行员,双手捧着他珍贵的重负——人的生命,睁大炯炯有神的双目,像个牧羊人似的高度警惕。布宜诺斯艾利斯那淡红色的灯火缀满地平线,很快将展现出它耀眼的全部珍宝,像神话传说中的宝藏。报务员发出最后几份电文,仿佛是在空中奏出一首轻快的奏鸣曲的最后几个音符。里维埃理解这首乐曲的含义。然后,报务员收起天线。他稍稍放松了一下身子,打了个哈欠,微露笑容:"咱们到了。"

飞行员着陆后见到了欧洲航班飞行员，他双手插在口袋里，正靠在自己飞机上。

亚松森班机上的邮政袋转到了欧洲班机上，飞行员始终待在那里一动不动，后脑勺靠着座舱，抬头观望着满天星斗。一种十分巨大的力量正从他身上升起，带来前所未有的欢乐。

"装好了？"一个声音说，"那么，点火吧。"

飞行员没有动。别人帮他打开发动机，飞行员通过他紧靠着飞机的双肩感到飞机复活了。出发……不出发……出发！众说纷纭，至此，飞行员的心也终于平静下来。他微微张开嘴巴，牙齿在月光下闪烁，像一头幼小野兽的牙齿。

"夜晚，小心，嗯！"

他没听见同伴的提醒。他双手插在口袋里，抬头仰向云层、山脉、河流和海洋，无声地笑了。这是发自内心的笑，像轻风吹过树木，让他全身都颤抖起来……轻轻地笑，却比这些云层、山脉、河流和海洋都有力量。

"你怎么了？"

"里维埃这个傻瓜，他当我……他认为我害怕了！"

# 15

　　一分钟后，飞机将飞越布宜诺斯艾利斯，里维埃重新投入战斗，想要听到它的声音。里维埃双手交叉抱在胸前，从秘书们中间穿过。他来到窗前停下，倾听，遐想。

　　飞机起飞了，只要他停止一次，仅仅一次，夜航事业就彻底失败了。然而，他比那些斗志薄弱的人先走了一步，当晚就让另一个机组起飞了。明天，这些人都会不承认自己曾经犹豫了。"胜利""失败"……这些词都没有意义。生活开始在这些表象的下面形成新的形象。胜利会使一个民族衰弱，失败却能让一个民族觉醒。里维埃遭受的失败也许让他可以更加接近胜利。正在进行的事情才有价值。

　　五分钟以后各无线电站将提醒各中途站的注意。生命的战栗将解决一万五千千米航线上所有的问题。

　　管风琴的悠扬旋律已经响起，这是飞机的轰鸣。而里维埃则继续回去工作。他从秘书们中间缓步穿过，冷峻的目光让他们弯腰低头。里维埃大帝，胜利者里维埃，无比沉重地肩负着他的胜利。

语文阅读经典丛书·第五辑

# 安妮日记

文质 改编

长江出版社
CHANGJIANG PRESS

**图书在版编目(CIP)数据**

语文阅读经典丛书. 第五辑 / 文质改编.
—武汉:长江出版社,2020.11
ISBN 978-7-5492-7368-3

Ⅰ. ①语… Ⅱ. ①文… Ⅲ. ①世界文学—作品综合集 Ⅳ. ①I11

中国版本图书馆 CIP 数据核字( 2020 )第 232345 号

语文阅读经典丛书. 第五辑　　　　　　　　　　　　　　　　文质　改编

责任编辑:李剑月
出版发行:长江出版社
地　　址:武汉市解放大道 1863 号　　　　　　　　邮　　编:430010
网　　址:http://www.cjpress.com.cn
电　　话:( 027 )82926557( 总编室 )
　　　　　( 027 )82926806( 市场营销部 )
经　　销:各地新华书店
印　　刷:湖北嘉仑文化发展有限公司
规　　格:880mm × 1230mm　　　　1/32　　　24 印张　　　500 千字
版　　次:2020 年 11 月第 1 版　　　　2021 年 2 月第 1 次印刷
ISBN 978-7-5492-7368-3
定　　价:148.80 元(共六册)

## 1942 年 6 月 12 日　星期五

我希望向你诉说我的一切，虽然我从来没有信任过任何人，而你是第一个，我希望能从你身上获得最大的支持和安慰。

## 1942 年 6 月 14 日　星期日

我就从得到你的第一天写起。

6 月 12 日星期五，我早上 6 点就醒了。这也难怪呀，因为那天是我生日。可爸妈不让我起来那么早，我只好强忍着好奇心，一直待到七点差一刻。我再也忍不住了，起了床便跑向餐厅，小猫莫蒂跑过来亲热地蹭着我的腿。

7 点刚过，我向爸妈道过早安，便赶紧跑到客厅拆我的生日礼物。在所有的礼物中，我最先看到的就是你，因为你最漂亮。另外还收到了一束玫瑰、几枝牡丹和一盆植物。爸妈也送给了我好多礼物：一件蓝色上衣、一大堆糖果和点心、一瓶葡萄汁（那喝起来可真像酒）、一件玩具、一瓶雪花膏，还有两本书——约瑟夫·科恩的《荷兰民间英雄故事》和一本恐怖小说《黛茜历险记》。当然也少不了一些零用钱，我终于可以买期盼已久的《希腊罗马神话》喽。真是太好了！

后来，好友海莉和我一块去上学，课间我请老师和同学们吃了糖果和点心，下午活动课结束后，大家送了我不少礼物，并祝我生日快乐。这真让人开心。

# 1942年6月15日　星期一

星期天下午爸妈在家里为我举办了生日聚会，来了好多男孩和女孩。我们放了一部电影《灯塔守望者》，同学们都很喜欢。

谈谈我的朋友吧。以前我跟桑妮和海莉最要好。前不久桑妮转学了，她在那边又有了新朋友。后来我在犹太中学又认识了丽贝。我俩形影不离，现在她是我最好的朋友。海莉也交了新朋友。

# 1942 年 6 月 20 日　星期六

好几天都没有写日记了，因为我要思索一下。像我这样的人坚持写日记真的有点儿怪，因为我以前从没写过，估计也没人对一个 13 岁的小女孩写的东西感兴趣。管它呢，我就是想写，我要把我的心事统统写出来。

有句话说"纸比人更有耐心"。每当伤感和无聊的时候，我总能想起这句话，尤其当我独自在家，缩在角落，手扶下巴静静发呆时。的确，纸还真比人更有耐心。谁让我没有知心朋友呢？除非找到一个真正的朋友，倾听我的心声，分享我的秘密，否则我就会一直写下去，谁也不让看，我猜也没人想看吧。从现在起，只有日记才是我最亲密的朋友。

也许你弄不清楚，为什么一个 13 岁的孩子会如此孤单呢？实际上我并不孤单啊。我有亲爱的父母、一个 16 岁的姐姐，还有大概三十几个可以称得上朋友的人。在学校也有好多男生喜欢我，有的上课还会拿着小镜子偷看我呢！我还有好多亲戚——叔叔、阿姨、姑姑、舅舅，他们对我都很好。我看起来好像什么都不缺，可就是缺一个知心朋友！平时跟他们在一起也只是说说笑笑、打打闹闹，可总是没法子更近一步。我表达不好自己的真实想法，因此我也不能跟朋友推心置腹。也许是由于不自信吧，我与别人交往时似乎总存在着淡淡的隔阂。谁能体会我的这种感觉呢？反正这一切早已形成，我没有办法改变了。

我只有把日记当作我最好的朋友，向它倾诉了。可我怎么舍得用它来记录日常琐事呢？我是要与它沟通交心的。我得先给它取个好听的名字，以后就叫它凯蒂吧。作为铺垫，首先，先说说我自己的情况吧。

我的爸爸叫奥托·弗兰克。36 岁那年他才娶了妈妈，当时妈妈 25 岁。姐姐玛格 1926 年出生在莱茵河畔的法兰克福，1929 年 6 月 12 日我又来到了人间。因为全家都是犹太人，1933 年我们移民到了荷兰。爸爸被任命为欧佩克公司的总经理，这家公司与同一栋楼的科隆公司来往密切，爸爸是他们的合伙人之一。

我们家族的其他成员生活动荡不安。留在德国的亲戚受尽了纳粹的迫害，1938 年的大屠杀过后，我的两个舅舅逃往美国，73 岁的祖母辗转来到我们这里。1940 年 5 月以后，好日子更是没有了，先是战争，接着纳粹入侵。犹太人的苦难这才真正开始。各种反犹法令相继颁布：犹太人必须佩戴一颗黄星；犹太人必须上缴他们的自行车，禁止搭电车，更不准开车；犹太人只准在下午三点到五点之间买东西，而且只能进犹太人开的商店；犹太人晚上八点以后必须待在家里，甚至不准在自家的花园和阳台露面；犹太人被禁止去电影院、歌剧院等一切娱乐场所；犹太人不准公开参加任何体育活动，游泳池、网球场、曲棍球场以及其他运动场馆一律禁止犹太人入内；犹太人不许进教会，也不能拜访基督教徒；犹太人的孩子必须上犹太学校，等等。我们终日生活在惊恐之中，做什么都提心吊胆的。就像奎恩太太所说的："我现在什么也不敢做，生怕一

做就会犯禁。"

今年1月祖母去世了，我非常难过。没人知道我有多么爱她，直到现在还时常会想起她，总也忘不了。

到目前为止，我们一家四口平安无事。

## 1942 年 6 月 21 日　星期日

亲爱的凯蒂：

这几天班里颇不宁静，因为老师们就要开大会了，决定谁会升级，谁会留级。班里还有许多人整天为这个打赌，坐在我后面的那两个同学已经输光了他们身上所有的钱。班里到处有人嚷嚷："你肯定升级！我会不会留级啊？不会吧？有可能……"我就会笑他们，可心里还是没底。我们班有那么多的笨蛋和懒虫，大概四分之一都会留级吧。再说了，老师可是世界上最难捉摸的人，没准儿这次会大发慈悲呢。女生应该都会升级的，我虽然数学不好，但应该问题不大。现在我们也只能相互鼓励，耐心等待了。

我有九个老师，七个男的两个女的。我和他们的关系都很好。只有数学老师凯辛，一个很古板的老头，因为我上课爱说话而一直对我不满意。在我屡教不改之下，他甚至罚我以"话痨"为题写篇作文。这怎么写呀？晚上做完作业，我就咬着笔头开始琢磨。我其实可以乱写一通，或者把字写得很大，再多留些空格，这样也能向他交差。可我偏不，我要向他证明，话多是有原因的。我想啊想啊，突然灵感来了，我洋洋洒洒地写了满满三页，真爽！我是这样写的：女人天生就爱唠叨，我妈妈就是这样的，而且比我还厉害，我就是从她那里遗传来的。我当然会尽量克制，不过治好的可能性不大，因为遗传的毛病可是很难克服的。

凯辛老师看了我的作文哈哈大笑。下节课时我又忍不住说话了。于是凯辛老师又给我布置了第二篇作文，题目是"不可救药的话痨"。我也按时交了，并且老老实实地上了两节课。到了第三节，我再也憋不住了，于是老毛病又犯了。老师无可奈何，又罚我再写一篇作文，题目是"嘎嘎嘎，多嘴鸭小姐"。全班哄堂大笑，我也只好跟着笑。这回我可黔驴技穷了，一个字也写不出来。突然想到我的好朋友桑妮很会写诗，就求她帮我写了首诗。这首诗太完美了，讲的是鸭妈妈和天鹅爸爸领着三只小鸭子，因为小鸭子整天嘎嘎叫个没完，天鹅爸爸一气之下就把它们都咬死了。老师当然知道这是个玩笑，但他还是当着全班同学朗诵了这首诗，还大加赞赏呢！从那以后，凯辛老师再也没有因为上课说话罚过我，可能他一直也没真生我的气吧。

安妮

## 1942 年 7 月 5 日　星期日

亲爱的凯蒂：

上周五在犹太剧院举行了毕业典礼。我的成绩还行，只有一门是 D，代数是 C，其他都是 B。爸妈很满意。他们不像其他家长一样过于看重分数，他们认为只要我能知书达理、健康

快乐就行了。

姐姐玛格的成绩单也拿到了，她总是那么优秀。她肯定会以优等生的身份毕业的，她太聪明了！爸爸最近常常待在家里，因为在公司无事可做，他总觉得自己是多余的，这种感觉肯定糟透了。克莱门先生接管了欧佩克公司，库格勒先生接管了科隆公司，那里还有爸爸的股份。前两天我和爸爸在我们自家的小院里散步时，他第一次跟我谈起全家要躲起来的事。我问他为什么这么早就谈这些。"好孩子，你知道的，"他说，"这一年来我们一直在不断地把衣服、家具和食物送到别人那里。我可不想咱们的财产全让德国人抢走，更不愿意咱们全家都被他们抓走。所以咱们自己得先藏起来，否则他们迟早会来抓人的。"

"可是爸爸，咱们什么时候走呢？"他说话的样子很严肃，我害怕极了。

"这些不用你操心，孩子，大人会把一切都安排好的。趁现在好好享受你无忧无虑的时光吧。"

爸爸就说了这么多，但愿那天永远不要来临！

安妮

### 1942 年 7 月 8 日　星期三

亲爱的凯蒂：

从星期天到现在，简直是度日如年。发生了好多事情，如天翻地覆一般。但我还活着，这才是最要紧的，爸爸也这么说。的确，我还活着。但要说我在哪儿，这还得从星期天下午的那件事情讲起。

下午 3 点钟，门铃响了。我当时正懒洋洋地躺在阳台的摇椅上看书，根本没听见。不一会儿，姐姐慌慌张张地跑了进来。"爸爸接到德军的传讯令了，"她小声说，"妈妈去找凡·达恩先生了。"（凡·达恩是爸爸的生意伙伴，以前负责科隆公司。）我十分震惊，传讯令，谁都知道那意味着什么。我脑中飞快地闪过那些集中营和阴森森的牢房，那些画面令人不寒而栗。"爸爸当然不会去了！"姐姐肯定地说，"妈妈去凡·达恩家商量我们是不是明天就躲起来，他们全家也会跟我们一起走，总共 7 个人。"说完我们都沉默了，满脑子只有爸爸。他正在一家犹太福利院探望老人，也不知道现在怎么样了。我们焦急地等待妈妈回来。天气如此炎热，我俩一言不发，胆战心惊。

突然门铃响了，我俩都不敢去开门。谢天谢地！是妈妈和达恩先生。达恩先生想和妈妈单独谈谈，叫我俩先离开客厅。每次门铃响，我和姐姐就蹑手蹑脚地下去看是不是爸爸回来了，如果是其他人可绝对不能开门。

我俩回到卧室等候。姐姐偷偷告诉我，传讯令不是给爸爸的，而是给她的。这下我更害怕了，不禁哭了起来。姐姐才16 岁，他们真的连这么小的女孩都不放过吗？幸好姐姐现在就在我身边。妈妈说了，我们全家人绝不能分开。爸爸肯定预料到了，他不是早跟我说过全家要躲起来吗？

可是，往哪儿躲呢？城里还是乡下？大房子还是小农舍呢？什么时候走？怎么走？大人肯定不准我问这些，可这些问题还是在我脑海中挥之不去。

姐姐和我开始收拾重要的东西，然后装入书包。我放进书包的第一样东西就是你——亲爱的凯蒂，然后是发卷、手帕、课本、梳子和过去的信件。我收拾着这些最珍贵的东西，心里想着我们就快要躲起来了。但我并不难过，对我来说，回忆比漂亮衣服更重要。

5点左右，爸爸终于回来了。他赶紧打电话叫克莱门先生晚上8点过来一趟。凡·达恩先生去找迈普。迈普从1933年以来就一直和爸爸共事，是老朋友了，她的丈夫亨克也是。迈普很快就来了，用她的大袋子装走了一大包鞋、袜子、内衣和外套，并答应晚上再来。随后屋里一片寂静，谁也没有心思吃饭，天气依然闷热，一切都显得紧张而又诡异。我家楼上的大房间租给了一位叫施密特的先生，他三十多岁，刚刚离婚。今晚他好像特别闲，一直坐在客厅里。我们又是提醒又是暗示，他愣是赖到10点才上楼。11点钟迈普和达恩又来了，装了一大包东西，半小时后离开了。

我快累死了，尽管我清楚这是最后一夜睡在自己的床上，可我还是很快就睡着了。第二天早上五点半，妈妈叫醒了我。外面一直在下雨，天气依然很闷，但没那么热了，真庆幸。我们全家都穿得很厚，好像要去北极似的。我们这样做，只是想尽量多带些衣服，因为没有哪个犹太人敢提着大箱子离开家门。我穿了两件背心、三条短裤、一件上衣，外面还套了一条裙子、一件夹克、一件风衣，还穿了两双袜子和一双最好的鞋，同时还围着围巾、戴着帽子，全身上下挂满了各式各样的小物件。还没动身我就被这些衣服裹得憋闷死了，可谁也没说什么。

姐姐往书包里塞满了课本，然后骑着自行车紧跟着迈普消失了。到现在我也不知道我们要去哪儿。七点半左右，我们走出家门，把门锁上。唯一来与我们告别的，是我家的小猫莫蒂。我们留了张便条给施密特先生，请他把猫送给邻居，希望它能过上好日子。

家里的餐桌上还凌乱地摆着早餐用具，床也被收拾得光秃秃的，厨房里还有一块留给猫的肉。到处一片狼藉，一切都显得我们是在极度匆忙之中狼狈逃窜的。这些都顾不上了，我们只想赶快离开，平安到达相对安全的地方。

安妮

## 1942 年 7 月 9 日    星期四

亲爱的凯蒂：

就这样，我们全家在倾盆大雨中开始了艰难的旅程。爸爸、妈妈和我，每个人都背着一个大包和一个大袋子，里面乱七八糟地塞满了一切能塞的东西，包都要裂开了。因为被禁止乘车，我们只能拖着行李在大雨中蹒跚前行。赶早上班的人们纷纷投来同情的目光，他们为不能搭我们一程而感到难过，身

上那颗刺眼的黄星
已经说明了一
切：我们是
犹太人。

　　走了很
久，爸妈才
断断续续地
告诉我今后
全家的打算。
过去的几个
月，我们一
直尽可能多地
把能搬动的家具、
杂物和生活用品搬到

我们准备藏匿的地方，我们计划 7 月 16 日前搬完，再躲起来。
可由于传讯令，我们必须提前 10 天行动，那边的房子还没完
全收拾好，也只能先凑合了。藏身地点就在爸爸办公的大楼
里，一般人也许很难理解，稍后我会解释。爸爸手下的员工并
不多，有克莱门先生、库格勒先生、迈普、爱丽·沃森——一
个 23 岁的打字员，这些人都知道我们要来。只有在仓库上班
的沃森先生（就是爱丽的爸爸）和另外两个工人并不知情。

　　我把公司大楼的结构描述一下吧。底层是个大仓库，仓库
大门的旁边就是办公室的入口。进去后有一小段楼梯，上去是

一扇玻璃门，上面写着黑色的大字"办公室"。这是公司的前办公室，宽敞明亮，设备齐全。爱丽、迈普和克莱门先生白天就在这里工作。然后穿过一个装有保险柜、衣橱和大立柜的厚墙壁，就来到了一间昏暗狭小的办公室。这是公司的后办公室，以前库格勒先生和凡·达恩先生就坐在这里，现在只剩库格勒先生了。要想来到这里，只能走外面的过道，而且只能通过一扇从里面打开的玻璃门才能进来，所以，想从外面进来是不大容易的。

从后办公室出来，沿着过道一直走，经过一间储煤室，再上4个台阶，就到了整栋大楼里最好的办公室，被称为"私人办公室"。这里有桃木的家具、亚麻的地毯、精致的灯具，还有一台收音机，一切都显得优雅时尚。隔壁是厨房，里面配有热水器和煤气灶，旁边是卫生间。一楼大概就是这样子了。

一段木楼梯通往二楼。上了楼梯是一个楼梯间，左右都是门。左边的门通往房子正面的储藏室和阁楼。一段特别陡的荷兰式楼梯可以从侧面经由另一扇门直通外面的马路。

右边那扇门直通我们的"密室"。谁也不会料到这扇不起眼的灰色油漆门里，会隐藏着许多房间。踏入这扇门，又是一段很陡的楼梯。经过左手边狭窄的过道就到了弗兰克家的卧室和客厅了。紧挨着的是一个小一点的房间，这是我和姐姐学习和睡觉的地方。右边是一间没有窗户的小屋，里面有洗脸池和一个小卫生间，小屋里还有一扇门通向我和姐姐的房间。再往上爬一段楼梯，推开门，是一个又宽敞又明亮的大房间，你一定很奇怪,这么偏僻的老房子里怎么会有这么漂亮的房间。原来这里以前是库格勒先生的实验室,里面有一台煤气灶和洗涤槽。现在这里就是凡·达恩夫妇的厨房了,此外还要兼作卧室、客厅、餐厅和书房。旁边的一间小屋是他们的儿子——彼得的。跟所有临街的房子一样,这里也有很大的顶楼和阁楼。就这么多了,我已经把我们的"密室"全部介绍给你了。

安妮

## 1942 年 7 月 10 日　星期五

亲爱的凯蒂:

你一定很烦我这么啰唆地向你介绍我的住处吧。可我还是想让你清楚地知道我究竟到了什么地方。那我继续说了。

我们来到这里以后,迈普立刻带我们进了楼上的密室,然后关上门。现在只剩下我们一家人了。姐姐已经先到了,骑车当然比我们步行快多了。

所有的房间都堆满了垃圾,惨不忍睹。几个月来搬到这里的纸箱和袋子到处都是,床上堆满了被褥和衣物,都快堆到天花板了。如果今晚想要睡个舒服觉,就必须马上动手清理。妈妈和姐姐已经累得不行了,她俩直接就躺在还没铺的床上,真可怜。还好爸爸和我——家里另外两个还算强壮的"清洁工",立刻开始干活。

接下来的一整天我们都在拆箱子、装柜子、抹灰尘、整理行李,直到筋疲力尽。当晚我们总算倒在了干净的床上。一整天下来我们全家都没吃上一口热饭，妈妈和姐姐是累坏了，我和爸爸是忙死了。

星期二上午我们继续忙活着。爱丽和迈普拿着我们的食品配给证帮忙买东西；爸爸修补窗户和窗帘，要把窗户遮得严严实实的；我们则整天忙着擦洗厨房和卫生间的地板。

一直到星期三，我才稍稍缓了口气，得以观察一下我生活中巨大的变化。到现在我才有空静静整理一下自己的思绪，思考已经发生的一切，想想以后的生活。

安妮

# 1942 年 7 月 11 日　星期六

亲爱的凯蒂：

威斯特伦钟楼的钟每隔 15 分钟就报一次时，爸妈和姐姐对此都不太适应。我却很喜欢，甚至很享受，它能让我安心，特别是在夜里。

你一定很想知道我对这种隐居生活有什么感受吧。其实我也说不清。这里实在没有家的感觉，可也并不意味着我讨厌这里。我感觉自己正在一栋很奇特的公寓里度假。很不可思议吧，可我内心就是这么想的。恐怕在整个荷兰你也找不到比这里更理想的藏身地了。尽管它有点潮湿，而且只有一边靠着大楼。墙上也光秃秃的，看起来有点荒凉。幸好爸爸把我平时收集的明星照和风景画都带来了。我把它们都贴在墙上，现在看起来好多了。等凡·达恩一家来了以后，我们还可以从阁楼找些木头，做些柜子和小家具，那样就更有生气了。

妈妈和姐姐的体力已经恢复了一些。昨天妈妈居然还有精神做汤，这可是来到这里的第一次。可不一会儿她就忘了个精光，只顾和我们说话，汤全都烧干了，豆子也都烧成了焦炭，死死地粘在锅底上。昨晚我们全家到楼下的私人办公室听英国电台广播，我紧张死了，生怕被人发现。上楼时也不敢一个人，就恳求爸爸和我一起。妈妈理解我的心情，也跟着一起上来。不管做什么我都会担心，就怕被外面的人听到或者看到。我们来这里的第一天就做了窗帘。那哪是什么窗帘啊，就是我和爸爸找了很多五颜六色、各式各样的破布条，歪歪扭扭地缝在一起做成的。我们把它们钉好，真希望它们永远不要掉下来，直到我

们重见天日。

我们这栋楼的右边是另外一间公司的办公楼,左边是一家家具厂。过了下班时间就没人了。但即便如此,声音还是可以传过去。我们已经不准姐姐在夜里咳嗽,尽管她得了重感冒,也只好让她服用大剂量的止咳露来止咳。我则一心盼望着星期二凡·达恩一家的到来,那肯定会带来一些乐趣,到时就不会那么闷了。一到夜里,这里就异常安静,很让人害怕,真渴望有位天使守护着我,陪我一起入睡。我们被绝对禁止外出,白天也只能小声说话,轻轻走路,因为绝对不能让楼下仓库里的人听到。

有人在叫我呢,先不说了。

安妮

## 1942 年 8 月 14 日　星期五

亲爱的凯蒂:

我已经一个月没有和你谈心了。因为这里实在没什么新鲜事可以跟你分享。凡·达恩一家 7 月 13 号就来了。本来定好 14 号的,可 13 号开始,德国人又大发传讯令了,越来越多的犹太人被他们招去。为了安全起见,他们决定提前一天到来。上午 9 点半,我们正在吃早饭,凡·达恩夫妇的儿子——彼得先来了。他快 16 岁了,看起来很害羞,也很笨拙,跟他交往应该没多大意思。半小时后凡·达恩夫妇也来了。搞笑的是达恩太太的帽盒里竟然装着一个夜壶。她说:"没有夜壶就不像个家了。"所以她的第一个动作就是把夜壶摆到床底下。达恩先生倒是没带夜壶，只是胳膊底下竟然夹了个折叠茶几。

从他们来的那天起，我们两家就在一块儿吃饭。三天后，我们就像是一家人了。很自然地，达恩一家跟我们讲起了我们离开后的事情。我们最想知道的还是我们的房子和房客施密特后来怎么样了。

达恩先生说："你们走的那天早上9点，施密特先生打电话来问我能不能过去。我马上赶过去，他当时一脸的疑惑。他给我看了你们的便条，还打算按上面的吩咐把猫送给邻居。他害怕警察搜查房子，便和我一起到处整理了一下，还收拾了餐桌。突然他发现弗兰克先生的桌子上有本笔记本，上面记着一个地址'马斯垂特'。我当然知道这是故意留下的。我装作非常害怕，催他赶紧烧掉这该死的字条。

"我暗暗思索着你们留下这个地址的意图，突然眼前一亮。我便对他说：'施密特先生，我终于弄清楚怎么回事了。大约半年前有位德国军官来过，他好像跟弗兰克先生很要好，还说如果有危险一定要找他，他就驻扎在马斯垂特。我看他肯定是信守诺言，把弗兰克一家弄到了比利时，再转去了瑞士。如果弗兰克先生的朋友来打听，您就这样答复，只是关于马斯垂特能不提就不提了吧。'然后我就走了。现在，你的大多数朋友都知道了，有几次他们还把这些讲给我听呢！"

这故事真是太有趣了，后来达恩先生又说了一些细节，那些人的想象力居然那么丰富。更让我觉得有意思的是，有一家人说我们全家是清晨骑着自行车走的，还有个妇女十分肯定地说，我们是半夜被一辆军车接走的。

安妮

## 1942 年 8 月 21 日　星期五

亲爱的凯蒂：

最近德国警察正逐户地搜查自行车。为了让密室的入口更加隐蔽，库格勒先生想了一个好主意，他让沃森先生在门前做了一个活动书柜，可以像门一样拉开。原先的台阶被拆掉了，门一下子矮了许多，现在我们要到楼下去，必须弯着身子向下蹦。前三天我们被碰得满头是包，现在我们用布包了木屑钉在门上，希望管用吧。

日子过得平淡无奇。达恩先生经常和我闹别扭，他更喜欢我姐姐。妈妈总拿我当小孩子，真受不了。彼得呆呆的，他太懒了，除了偶尔做点木工活，其余的时间就是蒙头大睡，我真是不喜欢这样的人。

天气温暖宜人，尽管有种种烦恼，该享受还是得享受。我们跑到阁楼，打开窗户，懒懒地晒着太阳。

安妮

## 1942 年 9 月 21 日　星期一

亲爱的凯蒂：

今天我要跟你聊聊家常。

我真受不了达恩太太。就因为我话多，老是挨她骂。她总是看什么都不顺眼，其实我们对她也很恼火。例如她总是故意地少洗餐具，哪个锅里要是有一丁点残渣，她就更不肯洗了，任凭那些残渣在锅里长毛。等轮到我姐姐做饭时，还得先刷锅，这时达恩太太就会在一旁阴阳怪气地说着风凉话："哎哟，可怜的玛格，可把你累坏了！"

　　爸爸这几天一直在忙着整理我们家族的族谱，我也会跟着做些事情，爸爸就会顺便给我讲讲每个人的情况，挺有意思的。每隔一周克莱门先生就会专程给我带几本书来。

　　所有西西·凡·马克思威尔特写的东西都特别精彩。《狂野夏日》我已经读了四遍，但每次看到搞笑的情节还是忍不住哈哈大笑。

　　又到了上学的时间。我正在努力学习法语，每天强迫自己记5个不规则动词。一提起英语，彼得就头疼。我有时会收听从伦敦发来的荷兰语广播，当听到伯纳德王子宣布朱莉安娜公主明年一月就要生小宝宝的消息时，我很高兴。可大家都很奇怪为什么我这么关注荷兰王室的情况。

　　大家都在议论着我，觉得我很无知。我还要再加把劲，继续用功读书，我可不想十四五岁了还那么幼稚。妈妈正在读《绅士、淑女和仆人》，可他们不允许我读，但姐姐就可以。看来我得再长大一点，再聪明一点，就像姐姐那样。他们还说我对哲学、心理学一无所知，事实的确如此，这两个词我还是查了词典才弄明白的。或许明年我会知道得更多一点吧！

　　我刚起床不久,突然发现我只有一件长袖外套和三件薄羊毛衫可以过冬。爸爸同意我用白毛线织一件宽松的毛衣,毛线虽然不好,但暖和才是最重要的。我们还有些衣服寄存在朋友那里,只有等到战争结束才能取回它们了。希望到时我们都还活着,那些东西也还在那里。

　　正当我写到达恩太太的时候,她突然进来了,吓了我一跳。啪!我赶紧合上本子。

　　"嘿,安妮,能看看你写的东西吗?"

　　"恐怕不行,太太。"

　　"我只看最后一页还不行吗?"

　　"那也不行,抱歉!"

　　我吓坏了,因为写她不好的内容刚好就在最后一页!

安妮

# 1942 年 9 月 28 日　星期一

亲爱的凯蒂：

我们说点有意思的话题。

那天在吃饭的时候，不知怎么就聊到了爸爸的好脾气上，我想这一点是无可置疑的。没想到达恩太太突然接着说道："我也是天生的好脾气呀，可比我丈夫强多了。"

这话她竟然说得出来！达恩先生觉得既然说到了自己，就有必要解释一下："我一点也不谦虚，在我看来，不谦虚的人也许更有成就。"说完他转向我，"听我的，安妮，不要太谦虚了，那样才更有出息。"

妈妈也赞同这个观点。这时达恩太太又发表意见了，矛头直指爸爸妈妈。"你们教育安妮的方式真是太奇怪了。我就和你们完全不同。这种情况只是在你家才能出现。"这可是对妈妈教育方法的直接攻击了。

达恩太太激动得满脸通红，本来就爱脸红的人一激动起来可真不好控制。妈妈则冷静得出奇，只想尽快结束这个话题。她想了一会儿，才说道："达恩太太，我也同意一个人如果不过分谦虚的话，会更有前途。我丈夫、玛格和彼得都是非常谦虚的人；您丈夫和您，还有我和安妮，都有些争强好胜。"

达恩太太有些激动不安了，赶紧辩解道："这是什么话？我可是非常谦虚的人。您怎么能这么说呢？"

妈妈说："您不是不谦虚，可也没人认为您特别谦虚。"

达恩太太说："这我可得把话说清楚，我怎么不谦虚啦？在这里，如果不多为自己着想一点，那我肯定会饿死的！这可不能说明我不谦虚！"

这番荒唐的辩解惹得妈妈哈哈大笑。达恩太太更是气急败坏，不停地说下去，一会儿说德语一会儿说荷兰语，颠三倒四，神经质般。最后终于没词了。她好像受到了极大的侮辱，腾地站起来，准备离开我们。就在她转身时，目光突然扫到了我，当时我正摇头晃脑地叹着气，其实这完全是无意识的。

达恩太太狠狠地瞪着我，甩出一大串非常粗鄙的德语辱骂我，那样子真是无耻，就像一个骂红了眼的泼妇，那场面真是壮观。我要是会画画，真该把她的样子画下来，活脱脱一个又愚蠢又疯癫的小丑！

不管怎么说，我总算知道了一个道理：要想真正了解一个人，一定要跟他有过一番激烈的争吵，见识过他怒不可遏的姿态，才可能正确判断他的性格。

安妮

## 1942 年 9 月 29 日　星期二

亲爱的凯蒂：

躲起来的生活总会有一些不寻常的情况。你可以想象一下，这里没有浴缸，热水也只有楼下的办公室才有，我们七人只好用盆洗澡，并轮流享受楼下珍贵的热水资源。因为每个人的喜好不同，大家都选择在不同的地方洗澡。彼得占据的厨房有一扇玻璃门，因此每当他要洗澡时总会不厌其烦地挨个通知每个人，半小时内不要从厨房经过。达恩先生在楼上洗，只要能在自己的房间享受洗澡的舒适，他觉得把热水提到楼上也值得。达恩太太目前还没有找到合适的洗澡地点，干脆就不洗澡。爸爸在那间私人办公室洗。

妈妈选在厨房的壁炉后面洗澡；我和姐姐只好在那间大办公室里洗。每到周六下午，那里的窗帘必须拉下来，我俩就在那里摸着黑洗。

我已经讨厌那里了，从上周开始我就在寻找更舒服的地方。彼得给我出了个主意，让我到大办公室的厕所里试试。在那里我可以坐下来，开着灯，锁上门，端着水舒服地浇在身上，还不用担心有谁偷看。

星期天我第一次享用了新的浴室，那里舒服极了。上周修水管的工人来过公司，想把办公室厕所的下水管道挪到过道里，以防止这些水管冻裂，因为寒冷的冬天就要来了。这对我们来说太不方便了，不仅不能用水，还不能使用厕所。现在也不怕没有面子了，就给你讲讲我们是怎么克服困难的吧。我可不是假正经，没什么不可告人的秘密。

我们刚到这里，爸爸和我就临时做了个尿壶。因为找不到更好的容器，只好牺牲了一个大罐头瓶子。这几天对"呱呱小姐"我来说可真难熬，平时我就得小声说话，还不敢到处跑。

一连三天坐下来我的屁股都被压扁了，后背也又酸又疼，还得晚上做些锻炼才好些。

安妮

## 1942 年 10 月 1 日　星期四

亲爱的凯蒂：

昨天的那一幕太可怕了，几乎把我吓坏了。8 点多门铃突然响了。我当时以为肯定出事了——你懂我的意思。可后来大家推测可能是邮差或是街上小孩的恶作剧，我才稍稍安下心来。

日子过得很安静。一个小个子的犹太药剂师——雷文森先生，帮库格勒先生料理实验室的事情。他对整栋大楼的情况了如指掌，我们都害怕他哪天会一不小心把头伸进那间原来的实验室。我们必须要保持安静。要是在三个月前，谁会想到性子像火一样急的安妮能一动不动地坐在那里一连好几个小时，她现在还真能。

达恩太太 29 号过生日。尽管不能大肆操办，我们还是为她举办了一个小仪式。大家准备了一桌精美的饭菜，送给她一束鲜花和一些小礼物。达恩先生还送了她一束红色康乃馨，这可能是她家的惯例。关于达恩太太，我还得多说一点。她总爱对我爸爸卖弄风骚，一会儿摸摸爸爸的头发，一会儿碰碰爸爸的脸颊，还不停地撩起裙子，说一些自以为幽默的话，想吸引爸爸的注意。真受不了她！谢天谢地，爸爸既不觉得她漂亮，也不觉得她可爱，压根儿就不搭理她的挑逗。妈妈可从来不会那样对达恩先生，这话我已经当着达恩太太的面说过了。

彼得有时也会从他的被窝里钻出来找找乐子。我俩有一个共同爱好，就是都喜欢穿衣打扮，逗大家开心。有一次，他穿了一件他妈妈的紧身连衣裙，还戴了顶礼帽；我就穿上了他的西服，还戴上了鸭舌帽。大人们被我们逗得哈哈大笑，我俩也自得其乐。爱丽从比恩考夫给我和姐姐买回了两条新裙子，布料非常差，像麻布袋一样，却分别花了 24 和 7.5 荷兰盾。这跟战前比起来变化可真大啊！

还有一件让我开心的事。爱丽给我和姐姐还有彼得订购了速记函授教材。你就等着瞧吧，明年我们就都是一流的速记专家了。能用密码写东西可真不简单，想想都觉得很酷。

安妮

## 1942 年 10 月 9 日　星期五

亲爱的凯蒂：

告诉你一个令人悲伤的消息，我们的犹太朋友正大量地被抓走。盖世太保毫不留情，把他们装进运牲口的车厢，押到威斯特伯克的犹太人集中营。

那里听起来真恐怖：几千人共用一间厕所和一个牲口用的水槽。那里的人缺吃少喝。所有人，不论男人、女人还是小孩全都睡在一起。

逃跑是无法想象的。所有人都被剃成了光头，加上明显的犹太人长相，一眼就能被认出。

在荷兰，犹太人的处境已经很糟了，再被送到更偏远更荒凉的集中营里，那会是什么样啊？我猜大多数人都被杀害了，英国电台报道过集中营的毒气室，用毒气毒死犹太人是最快的方法。

迈普讲这些恐怖的事情时，自己也很害怕，我都吓得快撑不住了。不久前，盖世太保把一个瘸腿的犹太老妇人丢在迈普家门口，然后去找汽车把她带走。这时飞机轰鸣，机枪扫射，发出刺眼的光芒。老太太吓坏了，可迈普就是不敢带她进屋躲躲，因为没人敢冒这个险，德国人动起手来一向都是心狠手辣的。

爱丽变得沉默寡言，她男朋友去了德国。她总担心飞机丢下来的炸弹会落到她男朋友头上，那些炸药估计都有百万公斤重。人们居然还会开这么低级的玩笑——"别担心，一百万不会落到你头上的"或者"一颗炸弹就能送你上西天"。送往德国的当然不只爱丽的男朋友，每天都有一火车一火车的男青年被送往德国服役。要是中途能在某个小站稍作停留，就会有人趁机逃跑，估计最后成功的很少。

还有更悲惨的呢！你听说过最新的惩罚犹太人的方法吗？你可能无法知道那有多可怕。不管什么身份，只要被抓了，就只能在大牢里等死。一旦抓不到与他们作对的人，盖世太保就会随便抓几个犹太人充当替死鬼，死刑判决书往往是当场签发。所有这些暴行还被他们宣称为犹太人企图策划"阴谋破坏活动"。德国人可真是好样的！我自己竟然也曾是他们中的一员！不，现在不是了，希特勒早已仇视我们的民族，宣布犹太人是无国籍的。如今，犹太人和德国人早已相互仇视，成为世界上最大的仇敌！

安妮

## 1942 年 10 月 20 日　星期二

亲爱的凯蒂：

尽管惊吓已经过去两个小时了，我的手现在还在发抖。事情是这样的，这栋大楼总共有五个灭火器，我们事先知道有人要来给它们灌气。可没人告诉我们那些家伙什么时候来。我们正在大吵大嚷呢，突然我听到对面楼道里传来锤子"叮当"的响声。我立刻想到肯定是那个灌气的工人，就提醒大

家安静，并提醒正在吃饭的爱丽先别下楼。爸爸和我守在门后，仔细倾听那人什么时候完工。大约持续了15分钟，他把工具放在门外面的书架上（我们听起来是这样的），然后我们就听到了敲门声。所有人的脸都吓白了。难道他听到了什么动静，想搞清楚这个奇怪的书架后面有什么吗？好像是这么回事，敲门声一直不停，还不断有拉、撞的声音。糟了！这个不速之客马上就要发现我们美丽的密室了，我都快昏过去了。就在我万念俱灰，以为世界末日就要来临时，门外突然传来了克莱门先生的声音："开门啊，是我。"我们赶紧打开门，一直悬着的心终于放了下来。

我们打开门之后发现，原来是固定书架的钩子被卡住了。本来知道内情的人完全可以从外面拉开书架，可现在卡得太紧，克莱门先生怎么也打不开，这才又拉又拽的。克莱门先生是来找爱丽的，刚才那个工人早就下楼了。我的心总算放了下来，当时在我的脑海里，那个企图破门而入的人变得越来越高大，最后变成了一个巨人，变成了世界上最最残忍的法西斯。

我的妈呀！还好这次没有出事。昨晚我们过得很愉快，迈普和亨克夫妇在这儿过的夜。姐姐和我睡在爸妈的房间里。食物好极了。有个小插曲，爸爸的台灯保险丝突然烧坏了，转瞬间屋里一片漆黑。这可怎么办呢？保险丝装在那间黑漆漆的储藏室的最里面，要想摸黑找到它可太不容易了。不过男人们还是勇往直前，不到10分钟就搞定了。

安妮

## 1942 年 10 月 29 日　星期四

亲爱的凯蒂：

　　我担心死了，爸爸病倒了！他又发高烧，又起红疹，就像得麻疹一样。多么可怜啊，我们却连医生都不能请！妈妈只好让他发发汗，但愿高烧能很快退去。

　　今天早上迈普告诉大家，凡·达恩家的家具全都被人搬走了。我们还没有让达恩太太知道，她近来特别多愁善感。我们可不想再听她哭诉那些可爱的瓷器和漂亮的椅子了。再漂亮的东西还不是都要统统丢掉，我家也是啊，现在诉苦又有什么用？

　　爸爸从大书柜里找出了歌德和席勒的戏剧，他打算每晚读给我听。我们已经从《唐·卡洛斯》开始了。妈妈也学爸爸的样子，把她的祈祷书塞到我手里。为了给她面子，我还是读了一些德语祷文。它们的确很优美，但我并不是很喜欢。干吗非要强迫我也像她一样虔诚呢？

　　明早我们就要在壁炉里生火了，这可是今年冬天第一次生火，估计我们都会被浓烟呛死的。烟囱已经好多年没清扫过了，但愿那东西还能通风。

安妮

## 1942 年 11 月 9 日　星期一

亲爱的凯蒂：

　　昨天是彼得 16 岁的生日。他收到了一些漂亮的礼物，有一套玩具、一把剃须刀和一个打火机。他根本不会抽烟，拿着打火机只是为了耍酷而已。

最大的新闻是达恩先生带来的，英国人已经在突尼斯、阿尔及尔、卡萨布兰卡和奥兰登陆了。"这是战争结束的开始。"人们都这么说。当然有理由乐观，德军围攻苏联的斯大林格勒已经三个月了，仍然未能占领。

还是再说说我们的密室吧。先告诉你我们的食物供应。你知道的，在我们楼上有一群真正贪吃的猪（达恩一家）。我们从一位好心的面包师那里买面包，他是克莱门先生的朋友。虽然这些面包没有在家时那么多，不过也够用了。我们已经从黑市买了四张食品配给卡，就是这些小纸片，每张已经从 27 盾涨到 33 盾了。我们先前储藏了 150 听蔬菜罐头，还买了 270 磅豆子。当然这些不全是我们的，有一部分要分给办公室里的人。这些豆子装在麻袋里，挂在过道的墙上。因为豆子太重，好几个袋子已经开线了。于是我们决定把豆子搬到顶楼去，彼得就承担了搬运的重任。

六袋豆子他已经完整地搬上去了五袋，就在他忙着拽第六袋时，麻袋底下的线突然断裂了，黄色的豆子像雨点一样噼里啪啦地从楼梯上倾泻下来。袋里大约装有 50 磅豆子，那声音真是大得要命，楼下的人肯定以为房子塌了。彼得愣了半天，接着便哈哈大笑，尤其是看到我正好站在楼梯底下，周围堆满了豆子，就像大海中央的一个小岛。我们赶紧捡豆子。可豆子既小又滑，滚得到处都是，连一些最不起眼的缝隙和角落里都充满了它们的身影。现在每次有人上楼都会弯腰一两次，为的就是给达恩太太献上一把豆子。

我差点忘了告诉你，爸爸的病已经好多了。

安妮

## 1942 年 11 月 10 日　星期二

亲爱的凯蒂：

有一条重大新闻——我们要接纳第八个成员了。是真的！我们一直都觉得还有足够的食物和空间再保护一个人，只是担心会给克莱门先生和库格勒先生添麻烦。现在，犹太人的处境越来越恶劣了。爸爸找他们来商量了一下，他们也觉得这主意可行。他们说："不管七个人还是八个人，危险系数都是一样的。"言之有理。然后大家把周围的朋友圈子从头过了一遍，想确定最合适的人选。其实做出决定并不难。在爸爸否决了所有凡·达恩家族的成员之后，我们选定了一个叫艾尔弗雷德·杜塞尔的牙医。他的妻子在战争爆发时很幸运地出国了。据说他是个既安静又文雅的人。两家一致认为他就是最佳人选。他来了将会和我同睡一间房，姐姐就只好睡她那张折叠床了。

安妮

## 1942 年 11 月 19 日　星期四

亲爱的凯蒂：

杜塞尔为人很好，这一点大家都早已清楚，和他共用一个房间我倒不怎么介意。其实我并不喜欢和陌生人相处。但爸爸常说："只要能够救一个人，其他的都不重要。"我赞成爸爸的说法，我也坚信：只要有适当的理由，人们还是应该随时做出牺牲的。

杜塞尔来的第一天就问了我许多问题：那个清洁女工什么时候来？什么时候可以使用浴室？什么时候可以使用厕所？你可能觉得好笑，但这些小事在这个藏身的密室里变得十分重要。白天我们决不能吵闹，以免楼下的人听见。要是有外人在，比如那个清洁女工，我们就得十分小心。我把这一切详细地告知了杜塞尔先生，可有件事还是把我逗乐了，就是他的记性实在太差了。每件事都要问两遍以上，看样子还是记不住。可能是突然的变化让他一时接受不了吧，希望以后他会慢慢好起来。

除此之外一切顺利。杜塞尔给我们讲了好多外面的事，这对我们来说可是久违了的。他讲的都是些让人沮丧的消息。无数朋友和熟人都遭了殃。一晚又一晚灰绿色的军车隆隆地驶过大街小巷，德军挨家挨户地搜查每栋房子里是否有犹太人。只要抓到一个犹太人，就会把他们全家都带走。盖世太保拿着名单走街串巷，只要有机会捞钱，他们就会按响门铃抓人。当然他们也会把塞了许多钞票的人放走，价码可高了，就像古时候抓捕奴隶一样。也只有逃跑或躲起来，才可能暂时逃离魔爪。天黑时，你总会看到一大批善良的百姓被抓走，后面跟着哭喊的小孩。一两个负责看守的家伙一路上不停地对他们拳打脚踢，直到他们被打得站不起来或者昏死过去。没人能够幸免，不管是老人、小孩、妇女还是病人……都在这死亡的队伍中！

与他们相比，我们有个藏身之地是多么幸运呀！这里没有人打扰，也不用为任何事情操心，我们唯一的悲伤与哀愁就是亲眼看到自己最亲近的人遇害却无能为力。

有时我都认为自己有罪，躺在这么温暖的床上，而最好的朋友却正在外面受罪。他们或许已经被害了，又或许在某个寒冷的夜晚掉进了一个无底的深渊。一想到我最好的朋友可能已经落入那些世上最残暴的刽子手的魔掌中，我就不寒而栗。就因为他们是犹太人啊！

安妮

# 1942 年 12 月 10 日　星期四

亲爱的凯蒂：

　　凡·达恩以前的生意是经营肉类、香肠和香料，爸爸在这方面跟他做过生意。今天他就要露一手，给大家做香肠。好棒啊！

　　我们从黑市买了很多肉，那是为了防备不时之需的。看着一块块肉从绞肉机里钻出来可真有趣。接着他又把各种配料加进绞好的肉里，搅拌均匀后，再用一个漏斗把调好的肉灌到肠衣里，香肠就这么做出来了。午餐我们吃的炸香肠和泡菜，风味独特。腊肠需要完全风干，我们就从天花板上吊了一根竿子，用线把腊肠绑在了上面。每一个进房间的人，瞥见那些晃晃悠悠的腊肠，都会忍不住发笑。

　　厨房被我们变成了一个肉店！达恩先生浑圆的身体再围上他老婆的围裙，显得比平时更胖了。他正忙着切肉呢！瞧他满脸通红，满手是血，围裙上斑斑点点，一副热火朝天的样子，活像一个屠夫。达恩太太同时在做几样事情：一只手捧着一本书在学荷兰语，另一只手搅拌肉汤，盯着已经做好的肉，还不时地因为肋骨发痛而唉声叹气。谁让她这么大年纪了还想减肥，拼命做一些愚蠢的锻炼，肋骨能不疼吗。

　　杜塞尔的眼睛发炎了，正在炉火边用甘菊茶热敷。爸爸斜靠在一把椅子上，阳光洒满他全身。他的风湿病肯定又犯了，背微微弯着，一脸愁苦地看着达恩先生干活儿。他看上去有点儿像老人院里的干瘪老头。

杜塞尔的牙科总算有生意了。先介绍一下他的第一个病人吧，那就是达恩太太。只见杜塞尔一本正经地打开药箱，向我们要了点古龙水做消毒剂，还要了凡士林代替医用蜡。

　　他仔细观察着达恩太太的口腔，盯上了其中的两颗蛀牙。刚一碰，达恩太太就猛地一哆嗦，从嗓子眼里发出断断续续的呻吟，一副快要死的样子。经过近两分钟的检查之后，杜塞尔便开始刮洗其中的一个窟窿。刚开始操作，病人突然疯了似的又抡胳膊又蹬腿，杜塞尔只好松开手。糟了！手里的探针留在达恩太太的牙上了！

　　这下可了不得了！达恩太太彻底疯狂了，她大喊大叫，张牙舞爪，极力想把那东西从嘴里拔出来，结果却越弄越深。杜塞尔双手叉腰，非常冷静地看着她折腾。我们这些观众可再也忍不住了，笑得差点背过气去。这可有点幸灾乐祸的味道，要是换了是我，肯定会叫得更大声。好一番折腾之后，达恩太太终于解放了。杜塞尔继续忙他的事情，好像什么也没有发生过！

　　接下来的治疗就利落多了，再也没有机会给达恩太太搞什么新花样。这都得益于我们这一大群帮手，尤其达恩先生和我表现最佳。整个场景就像中世纪的一幅名画《郎中行医图》。达恩太太在治疗时还不时地用余光扫视她的汤和她的饭。有一点是可以肯定的，短期内达恩太太决不会再看牙医了！

安妮

# 1943年1月13日　星期三

亲爱的凯蒂：

外面越来越恐怖了。不论白天还是黑夜，都有犹太人被抓走。他们只能带一个小包和一点点钱。就这点东西有时还保不住。一个个家庭被拆散，男人、女人和小孩都被强行隔离。有的孩子放学回家，爸爸妈妈就不见了。有的女人上街买菜回来，就发现家里贴了封条，全家人都不见了。

荷兰人的日子也不好过，他们的孩子都被强迫送往德国。到处人心惶惶。每晚都有上百架飞机从荷兰上空飞过，去轰炸德国的城镇。在苏联和非洲每小时都有成千上万的人丧生。全世界战火纷飞，硝烟弥漫，到处都是死亡和杀戮。尽管盟军越战越勇，可战争结束的日子依然遥遥无期。

我们比起外面的那些人真是幸运极了。密室很安全，也很平静，我们还可以靠以前的积蓄过日子。我们甚至在这个时候还惦记着新衣服和新鞋子，并为之欣喜不已。其实我们真应该节约每一分钱去帮助其他人，拯救那些犹太同胞。

许多小孩穿着薄薄的衬衣和木鞋跑来跑去，没有大衣，没有帽子，也没有袜子。他们肚子饿了，就只能啃点胡萝卜充饥。家里、街道、教室都是那么寒冷。没有人帮他们，真想不到荷兰的处境也这么糟。无数的孩子拦住路人乞讨，只是为了一块充饥的面包。

外面物价飞涨，所有人都在进行黑市交易。小偷和杀人犯活动日益猖獗，连警察也没有办法。为了弄点吃的，不少人开始坑蒙拐骗。每天晚上都有少女失踪，15岁的、16岁的、17岁的，还有更大的。

关于战争带来的苦难，我还可以继续说下去。等到全部说完，估计我和你都会有轻生的念头。我们能做的只有静静地等待，等待这一切的结束。犹太人在等待，基督徒也在等待，全世界都在等待。可许多人等来的却是死亡。

安妮

## 1943 年 2 月 27 日　星期六

亲爱的凯蒂：

爸爸一心盼着盟军反攻。可传来的消息称丘吉尔得了肺炎，正在治疗之中。印度的民主代表——圣雄甘地也在领导绝食抗争。只有达恩太太说自己是个宿命论者，相信"生死有命，富贵在天"。可每次有枪声响起，最害怕的还是她。

你绝对想不到我们现在的处境有多么凶险。这栋大楼的主人居然没有知会克莱门先生和库格勒先生，就把房子卖了。一天早晨，新房主带着一位建筑师过来看房子。感谢上帝，还好克莱门先生在场，领着他俩转遍了所有地方，唯独没到密室。他谎称自己不小心忘了带钥匙，那人也没再多问。真希望他永远不要再回来看我们的密室，否则我们就大祸临头了。

我们的餐桌上实行了新的分配方式，主要是把黄油和人造奶油平分到每个人的盘子里。我发现达恩太太给她家人的分量比给我家的多了许多。爸妈早已厌烦了这种没完没了的争吵，生怕我会提起这些。我觉得，对这种人就该以牙还牙！

安妮

## 1943 年 3 月 10 日　星期三

亲爱的凯蒂：

昨晚停电了，但最要命的是枪炮声一直响个不停。我一听到枪声或者有飞机飞过，就吓得要死，哧溜一下钻进爸爸的被窝里。很可笑吧，你可不清楚当时有多可怕，枪炮声大得你都听不见自己说话。达恩太太——那个宿命论者，都快吓哭了，只听她用极其虚弱的声音嘟哝："炮打得这么凶！"实际上她是想说："哎哟，我的妈呀！吓死我了！"

要有点光亮就好了，起码就没那么恐惧了。我浑身抖个不停，好像还发起烧了。我恳求爸爸点上蜡烛，他怎么也不肯，因为不能有任何光亮。这时，一阵猛烈的机关枪声突然响起，比高射炮还要可怕十倍。妈妈从床上跳下来，也不顾爸爸反对，就把蜡烛点燃了。爸爸非常生气，妈妈却坚定地回答："安妮可从来没有当过兵！（能不害怕吗？）"蜡烛就这么给点上了。

我还没有跟你讲过达恩太太害怕的故事吧？现在我就细细讲给你听。有一天晚上，达恩太太听到阁楼有响声，她以为是贼，害怕得要命，赶紧叫醒了她丈夫。这时，贼像已经逃走了一样，一点动静也没有，只剩下达恩太太扑通扑通的心跳声。"喂，普蒂（达恩先生的昵称），他们肯定把香肠和豆子都偷走

38

了！还有彼得,彼得还在床上吗？"

"彼得还能被偷走啊？别傻了,让我睡觉！"达恩先生嘴里嘟囔了几句又睡着了。可达恩太太吓得再也睡不着了。又过了几晚,达恩一家再次听到那个奇怪的声音,最终彼得拿着手电筒上了阁楼,你猜他看到了什么。呼啦啦——一群又肥又大的老鼠四散逃窜。原来就是这样的贼呀！我们就让小猫莫希睡在阁楼。从此以后,那些"小贼们"再也没有出现,起码夜里没有。

几天前的一个晚上,彼得上阁楼拿些旧报纸。下来时需要扶着门板,才能爬下梯子。他看也没看就把手搭了上去,竟然搭在一只毛茸茸的大老鼠身上,被它狠狠地咬了一口,疼得差点从楼梯上摔下来。等我们再见到他

时，他的脸像张白纸，腿直打哆嗦，睡衣上全是血。你想想，摸着大老鼠已经够吓人了，再被它咬一口，太可怕了！

安妮

## 1943 年 3 月 12 日　星期五

亲爱的凯蒂：

现在我要向大家隆重介绍一下我们的弗兰克妈妈。她是我们这些孩子的保护神，无论什么事，她总会保护着我们，有时还额外多给我们一些黄油。可她又是我们现代青年的噩梦，因为吵架她总能占据上风。

有一瓶牛舌罐头坏了，成了莫希和莫菲的美食。你还不认识莫菲吧？其实它比我们来得要早，而且是看守仓库和办公室的猫，负责捉老鼠。我们每次下楼都会逗莫菲玩一会儿，那挺有意思的。

我们天天吃豆子，现在一看到它就想吐。晚饭已经没有面包吃了，爸爸的心情也变得很糟。看看他那忧伤的眼神就知道，噢，可怜的爸爸！

我被伊娜·贝克·布迪尔的小说《敲门声》深深吸引住了。关于家庭的部分写得太好了！不过关于战争、作家和妇女解放的内容就没那么精彩了。我对这些也不感兴趣。

德国遭到了猛烈的空袭。达恩先生因烟草供应紧张而情绪低落。关于该不该吃蔬菜罐头的争论，我们的意见占了上风。我的鞋都变小了，就剩一双高筒的滑雪靴还可以穿，可惜在屋子里也派不上用场。一双价值 6.5 盾的稻草拖鞋穿了不到一周就彻底坏了。或许迈普还能从黑市上给我淘点什么东西。我必须得给爸爸剪头。爸爸夸我剪得太"好"了！他发誓除非到了战争结束，否则他决不会再剪头发了。这都怪我的手艺"高超"，动不动就剪着他的耳朵。

安妮

## 1943 年 3 月 25 日　星期四

亲爱的凯蒂：

昨晚我们全家高高兴兴地坐在一起，彼得突然闯了进来，对着爸爸小声耳语着什么。我隐约听见"仓库里有个桶倒了……有人在撬门"。爸爸和彼得赶紧离开，我吓得脸色煞白。姐姐也听到了，不停地安慰我和妈妈，我们三个人提心吊胆地等待着。

过了两分钟左右，达恩太太从楼上下来了，她正在私人办公室收听广播。她说我爸爸让她赶紧关掉收音机，小声到楼上去。你可以想象那会是什么情景，她越是想小声，踩在旧楼梯上的嘎吱声就越响。又过了五分钟，爸爸和彼得回来了，给我们讲了刚才遇到的情况。他俩悄悄地躲在楼梯下面，突然听到两声巨大的嘭嘭声，好像是屋里的门被使劲关上了。爸爸飞身上了楼，彼得去通知杜塞尔。这位老先生上楼之前，还飞快地收拾了一通。然后我们都只穿着袜子，蹑手蹑脚地走到了楼上的达恩家。达恩先生患了重感冒，已经睡下了。我们悄悄地围在他的床边，告诉他今天发生的事情。

达恩先生每咳嗽一声，我和达恩太太都会吓得汗毛倒竖。突然有人想出个好办法，给他灌了点可卡因，咳嗽立即止住了。我们等啊等啊，好长时间也没什么动静。可能小偷听见了脚步声，早就溜走了。

可怕的是，楼下的收音机正播放着英国电台的节目。要是门被撬开了，巡逻的防空哨兵肯定会发现并报告给警察的，那样后果可就难以预料了。

于是达恩先生赶紧从床上爬起来，穿上大衣，戴上帽子，小心地跟着爸爸下了楼。彼得跟在后面，还拎了把大锤子以防万一。楼上的女人们焦急地等待，五分钟后男人们回来了，说一切正常。我们决定不再打水了，也不能冲厕所。可是这一番

惊吓把我们的肚子折腾得受不了了。接下来每个人都轮流上了一趟厕所，还都没有冲水，你想想那会是什么情景吧。

正所谓：福无双至，祸不单行。麻烦总是接连不断地到来。首先，钟楼的大钟不响了，它总能在夜里给我安慰。还有，沃森先生比平时离开得早，我们不知道他是否把钥匙给了爱丽，而爱丽又是否锁好了门。每个人都很紧张，不知道还会发生什么。已经 10 点半了，小偷再也没有出现。我们都很奇怪，小偷怎么敢这么早就来撬门？街上还有人呢。是不是我们隔壁仓库的工人还在工作，因为墙壁太薄，我们听错了？人在紧张的时候，是很容易胡思乱想，产生错觉的。

我们只好上床睡觉，可没有人睡得着。我更是紧张得一夜没合眼。今天早晨，男人们一起下楼，去看外面的大门是不是关好了，它看上去没有什么异常。我们又把这件事详细地讲给了公司的每一位同事听，所有人都笑我们神经质。事后笑话别人总是很容易的。只有爱丽认真听了，还把这当一回事。

安妮

## 1943 年 3 月 27 日　星期六

亲爱的凯蒂：

速记课结束了，大家开始练习速度，都提高得很快。其实我们学这些只是为了让时间过得快一些。我特别着迷于神话，尤其是古希腊和古罗马神话。他们都觉得我是一时的热情，他们从没见过像我这么大的人还喜欢神话的。那有什么，我就做第一个！

达恩先生的感冒还没好，其实就是嗓子有点痒，可他认为这是要命的事情！又是用甘菊茶漱口，又是往嗓子里抹药膏，还不停地往胸口、鼻子、舌头和牙床上擦药水，到头来把自己的心情弄得很糟。

一位德国官员劳特最近发表了讲话："所有犹太人必须在7月1日前从德国占领的土地上消失。4月1日到5月1日，在乌得勒支省实行大清洗，彻底扫除犹太人（好像犹太人是蟑螂似的）。5月1日到6月1日，将清洗荷兰北部和南部各省。"我们这些犹太人就像得了瘟疫的牲口一样，被押进肮脏的屠宰场。我不想多说了，想起来都会做噩梦。

有一个好消息是德国劳工介绍所的大楼被罢工的人们一把火烧了，几天后他们又烧了户籍管理处。他们穿着德国警察的制服，骗过了警卫，然后烧毁了很多重要的档案。

安妮

## 1943 年 5 月 1 日 星期六

亲爱的凯蒂：

跟那些无处可躲的犹太人相比，我们现在糟糕的处境也算是天堂了。

等战争结束以后，我一定会感到很震惊，以前干净体面的我们，竟然会穷困潦倒到如此地步。比如，桌子上只有一块桌布，用得太久已经肮脏不堪。我想用抹布擦桌子，可抹布早已破破烂烂。达恩家的床单整个冬天都没洗过了，因为肥皂短缺，质量也不好。爸爸穿着磨破了的裤子跑来跑去，领带也快不行了。妈妈的胸衣今天又断了，已经旧得不能再补。姐姐的胸罩也足足小了两号。

　　整个冬天妈妈和姐姐不得不共穿三件衬衫，我的衬衫都小得露出肚皮了。其他一切还能忍受。可是，我们真的能回到过去吗？

　　昨晚我认真整理了一下自己的东西，把最重要的都装在一个箱子里，准备着随时出逃。但妈妈说得很对："你又能逃到哪儿去呢？"到处都因为罢工在遭受德国佬的惩罚，整个荷兰都是这样啊！

安妮

## 1943 年 5 月 18 日　星期二

亲爱的凯蒂：

　　我今天看见了一场英德之间的空中大战。可惜英国的飞机不幸失火，几个盟军士兵只好跳伞下来。我们的牛奶工刚好路过，他们向这个牛奶工借火点烟，并顺便告诉他飞机上一共有6 个人，飞行员被烧死了，还有 1 个人失踪了。后来德国警察把他们带走了。我真惊讶，为什么他们经历了那么可怕的事故，还能保持如此的沉着和冷静呢？

　　天气暖和了很多，可我们为了把菜皮和垃圾烧掉还是要隔一天点一次炉子。我们不敢向垃圾桶里扔东西，怕被那个仓库管理员发现。任何的疏忽都可能带来意想不到的灾难！

　　所有大学生都必须在赞成德国占领者管理措施的文件上签字，才可以继续读书。百分之八十的人不愿违背自己的良心和信仰在文件上签字，结果可想而知，他们都被送到德国的劳动营服苦役去了。再这样下去，荷兰的青年一代还能剩下几个啊！

　　昨晚枪炮非常猛烈，妈妈关紧了窗户，我跑到爸爸的床上。突然上头的达恩太太好像被蛇咬了似的，噌地从床上蹦起来。接着是轰隆一声，就像有一颗炸弹落在床边。我尖叫着："灯！快把灯打开！"爸爸打开灯。我满以为房间里一定火光熊熊，但什么也没有。我们赶紧跑到楼上去看个究竟。原来达恩先生透过窗户看见一片红光，以为是我们的房子着了

火。达恩太太猛地跳下床，结果磕破了膝盖，弄出了响声。枪炮声暂时平息了，大家又都爬回各自的被窝。

15 分钟还不到，隆隆的炮声再次响起。达恩太太立刻弹了起来，疯狂地向楼下冲。

安妮

## 1943 年 6 月 15 日　星期二

亲爱的凯蒂：

又有太多事情发生，我想若是全都告诉你的话定会让你烦死的，可能少给你写些信会让你更开心吧。那接下来的新闻我就尽量简单一点。

沃森先生的胃溃疡手术没有做成。他躺在冰冷的手术台上，医生剖开他的肚子，发现他得了癌症，而且已经到了晚期，无法再手术了。

他们把伤口缝合，留他住了三个星期院，给他吃些好的，最后把他送回了家。我真为他难过，可恨的是我又不能出门，要不我肯定经常去看望他，好让他高兴一点。善良的老沃森再也不能跟我们讲外边的事了。以前他总会告诉我们他在仓库听到的一切，他是我们最好的帮手，也是我们的安全顾问，我们真的很想他。

下个月我们不得不把收音机上缴出去。克莱门家还有一台小收音机，只好用它来代替我们那台大菲利浦了。现在要交出那么好的收音机，实在太可惜，但也没有别的办法。我们这些躲起来的人，谁也不敢冒引起当局注意的风险。以后只能在楼上听小收音机了。

现在，收音机已经成了我们的"心灵依靠"。每当外面的坏消息接二连三，收音机里传出的神奇的声音总会帮助我们保持斗志："挺起胸，抬起头，美好的日子一定会来临！"

安妮

## 1943 年 7 月 13 日　星期二

亲爱的凯蒂：

昨天下午，在爸爸同意的情况下，我很客气地去找杜塞尔先生商量，问他是否允许我每周有两个下午能使用我们房间的那张小桌子，时间是四点到五点半。平时只有趁他睡午觉时我才能在那儿坐上一会儿，其他时间不管是房间还是桌子都是不准我使用的。下午公共房间太吵，实在没法做我的事情。

这应该很合理吧。"不行！"没想到他一口拒绝。我气坏了，追问他为什么。他这样跟我说："我下午必须在这儿干活，你占用了，我就没时间工作了。再说你又没什么正事，不就是看神话故事吗？要么就是织毛衣和看书，没什么好商量的！"

我回答："我的事儿也很重要，下午我实在找不到地方，求求您再考虑一下吧！"说完这些话，我转过身，再也不想理他。他实在太过分了，简直蛮不讲理！

晚上我把这件事告诉了爸爸。爸爸告诉我应该怎么解决，让我明天再去。因为我正在气头上，我把爸爸的建议当了耳旁风。杜塞尔刚吃完饭，我就气冲冲地去找他谈判。爸爸就在隔壁房间，这给我壮了胆。我首先开口道："您一定不想再谈刚才的事吧？"想不到杜塞尔微笑着回答："我很乐意啊，关键是都谈完了。"

尽管总被他打断，我还是继续说我的理由："您刚来时，说好了房间归我们共同使用。如果是公平划分，上午您用，下午就该全归我！我不要求那么多，每周就用两个下午，应该不过分吧？"杜塞尔像被针扎似的一下子从椅子上蹦了起来："在这儿不要跟我讲什么权利、公平！你在这儿让我去哪儿啊？是不是应该在顶楼给我盖间小狗窝？大家都没地方安静工作，怎么就你爱找麻烦？要是你姐姐我可能还会答应，但你……"杜塞尔咽了口唾沫，"别人都不愿跟你说话，你太自私了，从来不顾别人，真没见过像你这样的小孩子！真不行的话，我就让你一回。以免你以后考试不及格，别人怨我不让你用桌子！"

我快受不了了，当时我甚至在想："再过一分钟，我一定狠狠给他一耳光，把他和他的废话一起打到天花板上去！"可我立刻又忍住了，"还是冷静一点，这家伙可不值得你那么冲动！"

发泄完所有的怒火，这家伙带着胜利的神情离开了，大衣里装满了吃的东西。我赶紧跑到爸爸跟前告诉了他一切。爸爸决定当晚就找杜塞尔谈谈。晚上他俩足足谈了半个多小时，爸爸提醒杜塞尔以前就谈过这件事，因为不想让他在小辈面前难

堪才作了让步，但并不表示这样就是公平的。杜塞尔说我总认为他是个入侵者，要独占我的一切。爸爸坚决捍卫我，因为他听到了一切，从头到尾我连一声都没有吭过，杜塞尔却在不停地数落我，爸爸不断为我辩护，一来二去两人争吵了许久。

最终杜塞尔让步了，允许我每周有两个下午在4点到5点之间自由使用小桌子。他显然很不服气，接连两天都不理我，而且5点刚过就会马上飞奔过来霸占着小桌子。多么可笑啊！一个54岁的人还这么迂腐和小气，那一定是天生的，这辈子是改不了啦！

安妮

## 1943 年 7 月 23 日　星期五

亲爱的凯蒂：

　　说点有趣的吧。我想跟你说说我们这些被困的人假如能重获自由，出去最想做的第一件事吧。

　　姐姐和达恩先生都想最先洗个热水澡，把水放得满满的，在浴缸里躺上半个小时；达恩太太则最想立刻去吃奶油蛋糕，尽管她总是声称吃的东西其实无所谓；杜塞尔除了去看他妻子，什么也不想做；妈妈渴望喝杯真正的咖啡；爸爸想立刻去看望沃森先生；彼得想去逛街、看电影。而我呢？就只会开心得要命，根本不知道先做什么！不过我最希望的，还是能有个自己的家，在里面自由自在、无拘无束地生活，我还想重新上学。

　　爱丽答应帮我们买些水果。水果真是贵得吓人——葡萄每磅 2.5 盾，醋栗每磅要 70 分，一个桃子 50 分，一磅甜瓜也要 75 分。怪不得每晚的报纸上都会出现这样醒目的标语：严格限价！

安妮

## 1943 年 7 月 26 日　星期一

亲爱的凯蒂：

　　昨天又是混乱和吵闹的一天，我们都要疯掉了。难道就不能过一天安稳的日子吗？

吃早饭的时候响起了第一声空袭警报，我们都没在意，那只意味着飞机在飞越海岸。吃完午饭，我头疼难忍，就躺了一个小时。两点多我下了楼。姐姐刚做完办公室的工作，正忙着收拾东西。这时候警报又响了，我俩赶紧上楼，5 分钟不到，就响起了猛烈的枪炮声。我俩只好躲到过道里，外面狂轰滥炸，震得整个房子都在颤抖，飞落的炸弹就在我们楼外爆炸，一切都听得非常清楚。

我一把抓起我的"逃难包"，并不是想逃跑，就是想找点东西抱着。实际上我们无处可逃，在哪儿都是一样的危险。半小时后，这轮空袭结束了，大家又各自忙活开了。我们闻到了浓重的烧焦味，到处浓烟滚滚，整个城市化为一片火海。晚饭时，又是一轮空袭警报！饭菜虽很可口，可没人吃得下。还好这次没什么事，45 分钟后警报就解除。"天哪，一天折腾两次，真是受不了！"我们都这么想。可那不管用，炮弹再次像雨点一样落了下来，这次轰炸的是城市另一边，据报道，谢弗尔机场也被炸了。这些飞机不停俯冲，漫天呼啸，炮弹纷飞，到处一片狼藉。每回我都在想："有一个要掉下来了，就快掉下来了。"

说实话，9 点钟我上床的时候，两腿还在发抖。12 点多我又被吵醒了，是飞机的轰鸣声！我赶紧跳下床来，跑到爸爸那里，外面依然是枪炮齐鸣。两个小时后，炮声渐渐平息，我终于可以睡了，当时已经是两点半了。

早上 7 点，我猛地惊醒，看到达恩先生和爸爸坐在一起，我的第一反应就是：小偷又来了！我听到达恩先生说"全部"，肯定是东西全被偷走了。结果不是，这回是天大的好消息！已经好几个月没听过这样的好消息了，恐怕是自战争爆发后就从来没有过的好消息——"墨索里尼下台了，意大利国王重掌政权！"我们高兴得跳了起来。经过了这么多恐怖的时光，总算等来了一点好东西——希望。希望战争快点结束，希望和平早日到来！

接着又是一轮空袭警报，飞机在上空呼啸盘旋。我们除了吓得喘不过气来，什么也不能做。不过当前的局势至少重新唤起了人们的希望：战争总会结束的，可能就在今年！

安妮

## 1943 年 8 月 3 日　星期二

亲爱的凯蒂：

令人兴奋的消息！意大利的法西斯党已经被取缔，各地人民都展开了轰轰烈烈的反法西斯斗争，甚至连军队也参加了。这样的国家还怎么能是英国的对手呢？

我们刚刚经历了第三轮空袭，我咬紧牙关，好让自己更勇敢些。达恩太太一贯声称："炸死也比这样等死强！"其实她的胆子最小。今天早晨她浑身抖得像树叶一样，还号啕大哭起来。达恩先生不停地安慰她，我们也很难过。

小猫莫希充分证明了养猫的坏处。整栋房子到处都是跳蚤，而且越来越严重。克莱门先生在各个角落都撒上了药粉，可对跳蚤们一点也不管用。这搞得我们每个人都紧张兮兮的，

总觉得浑身上下都痒得很，一会是胳膊痒，一会是大腿痒。大家手忙脚乱的，总在挠一些根本够不到的部位，那样子就像在做体操，滑稽得很。更要命的是每个人都身体僵硬，连骨头都不知道怎么转，这都是平常缺少锻炼的缘故啊。我们已经很久没有做过真正的体操了。

安妮

## 1943 年 8 月 4 日 星期三

亲爱的凯蒂：

我们在密室里已经生活一年了，我也向你介绍了不少我们的生活，可毕竟与常人不同，有些东西真的很难说清楚。为了让你更详细地了解我们的生活,我想把普通的一天分成不同时段描述给你。就从晚上和深夜开始吧。

晚上9点。大家准备上床睡觉,一切摆设就和白天完全不一样了。我睡在小沙发上,由于沙发长度还不到一米五,只好用几个小凳子来加长。

这时你能听到隔壁房间传来的嘎吱声,那是姐姐在拉开她的折叠床。之后往床板上铺上层层的被子和毯子,这样才会舒服一点。楼上就像在打雷。那是达恩夫妇正把床推到窗边。那位穿着粉红睡衣的女王夜里要呼吸新鲜空气。

彼得洗漱完毕,就轮到我洗了。从头到脚洗一遍后,我经常会发现水里漂着一只小跳蚤。所有这一切都必须在半小时内完成。

9点30。我迅速穿上睡衣,一手拿着肥皂,一手拿着尿壶快速离开浴池。不过通常我都会被叫回来清理浴室里我遗留的发丝。

10点。我戴上眼罩,准备入睡。接下来起码会有一刻钟之久,房间里响彻着床板的嘎吱声和坏弹簧的呻吟声。如果楼上那对夫妇没有吵架的话,一切就会慢慢归于平静。

11点30。卫生间的门嘎吱作响。一束狭窄的光射进来,接着是鞋子的踢踏声,特大的外套进来了,比衣服里的人足足大了一号。这是杜塞尔做完夜间工作从库格勒先生的办公室回来了。接着又是十几分钟的踢踏声,还有哗啦哗啦的揉纸声,他又在藏吃的东西。然后是铺床。接着卫生间又会传出各种各样奇怪的声音。

凌晨3点。我要起来小便。为了防漏，我在小夜壶的下面垫了块橡皮垫子。每当这个时刻，我总会屏住呼吸，因为小便打在尿壶上的叮当声就像高山上奔涌下来的溪水。然后一个穿着白色睡袍的身影又钻进被窝不见了。每晚都惹得姐姐惊呼："哦，这不害臊的小睡袍！"

我如果睡不着，就聆听夜晚的各种声音。先听听楼下有没有小偷，再听听每个邻居的动静，楼上的、隔壁的、我自己房间的，听听他们是否已经睡着了。有些声音并不让人愉快，就像杜塞尔的。他总是像鱼一样大口大口地呼吸，还不时地咂着嘴。然后是床上一连串的翻滚和扭动，枕头也摆来摆去，反复折腾三四次才能再次入眠。

还有些时候，通常在半夜1点到4点多，突然会枪炮声骤起。我正做梦呢，梦见法语的不规则动词或者楼上夫妇的争吵。我就会条件反射一般一下从床上弹起，抓起枕头和手帕，穿上睡衣和拖鞋，匆忙跑到爸爸那里。就像姐姐给我的生日诗中描写的：

每当夜里枪炮轰鸣，
总有个身影立即冲出房门；
原来是一个小姑娘受到了惊吓，
怀里还抱着一个枕头，一块手帕……

只要到了爸爸那里，我就不怎么害怕了。除非枪炮声特别猛烈。

6点45分。丁零零……楼上的闹钟会准时放声歌唱（也不知是谁上的弦，但也有过谁都没碰它就自动响的时候）。咔嚓！达恩太太关掉闹钟。噼里啪啦，达恩先生起床，尿憋急了，全速冲向卫生间。

7点15分。卫生间的门打开了。达恩先生出来，杜塞尔进去。我摘下眼罩，新的一天开始了！

安妮

## 1943年8月9日　星期一

亲爱的凯蒂：

接着展示密室日程表，我该讲晚饭时间了。

达恩先生最先出场。要把菜先分给他，只要碰上喜欢的，他就会消灭很多很多。吃饭时他总会说个没完，到处插嘴，还总认为自己是正确的，说出去就绝不改口。一旦有人反驳，他就会暴跳如雷，像发怒的老虎一样，冲着你嗷嗷直叫。所以没人愿意和他抬杠。他确实懂得很多，也挺聪明，但却太自负了。

至于达恩太太，那更是个"火药桶"——一点就着，对这种人你最好不要招惹。她只要心情不好就会拉长了脸，其实所有争论都是她的过错。她总是设法找我和妈妈的麻烦，不过要想招惹爸爸和姐姐，就不那么容易了。

饭桌上的达恩太太更是咄咄逼人。她的一贯风格就是：土豆要最好的，吃东西一定要吃最精华的部分。她把好东西都吃完了，也不管别人有没有吃到。然后就开始讲话，根本不顾忌别人爱不爱听。她一定认为自己很有魅力吧！你看她微笑着卖弄风情，一副无所不知的样子，时常给每个人来点建议和鼓励，她肯定以为自己是个既勤劳又快活、既美丽又性感的女神。

第三个就是他们的爱子——小达恩先生。他总是少言寡语，被人忽略。可他的饭量惊人：特大号的碗永远不会嫌大，一顿狼吞虎咽之后还总是镇定地宣称他本还可以再来一份。

第四位是玛格，吃起饭来就像只小鸟，一句话也没有，唯一喜欢吃的就是蔬菜和水果。"太娇惯了"是达恩夫妇对她的评价。"缺少新鲜空气和运动不足"是我们的看法。

她旁边是妈妈，胃口好，又健谈。她和达恩太太的分工不同，达恩太太煮饭，妈妈就刷刷碗，擦擦家具，所以达恩太太更像家庭主妇，妈妈不像。

第六和第七位是爸爸和我。我俩就不用多说了。前者是饭桌上最谦卑的人，吃饭前总要先看看其他人是否都有东西吃。他自己从不要求什么，总把最好的东西都给了孩子们。他是善良友爱的典范。而坐在他旁边的嘛，就是密室里的"小神经病"。

第八位就是杜塞尔。他只顾着吃，很少抬头，也不讲话。即使开口也肯定跟吃有关，倒也不得罪人。最多大家认为他挺能吹牛的。他的饭量大得惊人，好像永远也吃不饱，而且根本不在乎食物好不好。除了吃和睡，他最喜欢去的地方就是卫生间。他一天总要去个三五趟，每次都在里面待很久，根本不理

睬外面的人怎样哀求，敲门声多么急迫。7点15到7点30，12点半到下午1点，下午2点到下午2点15，下午4点到下午4点15，下午6点到下午6点15，晚上11点30到晚上12点，这些都是他雷打不动的"蹲坑时间"。这个时候，无论外面的人多急迫，就算快憋不住了，他也绝不会提前出来。

第九位虽然不是密室的家庭成员，却是家里和饭桌上的常客。爱丽的胃口很好，也不挑食，有她在，盘子里从来不剩什么东西。她很容易满足，这正是我们喜欢她的地方。心情好、脾气好、德行好、肯帮忙，这些就是她的特点。

安妮

## 1943 年 8 月 10 日　星期二

亲爱的凯蒂：

我发现有时沉默一点反而更好，反正也没人在乎我想什么。我有一个新想法：多跟自己说点话，那么跟别人说的话自然就少了。这样的好处有两个：首先，我话少一点大家都会高兴；其次，我也不用因为别人的看法而苦恼了。吃东西时我就是这么做的。当我必须吃一些不爱吃的东西时，我就尽量不去看它们，想象它们是最好吃的东西，然后赶紧咽下去，结果还没尝出味道它们就已经在肚子里了。早上想赖床时也可以这样，猛地从床上蹦起来，赶紧摘下眼罩，跑到窗前，深吸一口新鲜的空气，感受一下温暖的阳光，睡意自然也就全消了。妈妈管这叫"生活的艺术"，有意思吧！

　　上周我们的时间全都乱了套，因为附近的大钟被拉走了，据说是被熔化铸成了大炮。这样不管黑夜白天我们都没法知道确切的时间了。

　　这几天我的脚成了楼上楼下关注的焦点。因为我穿了一双金光闪闪、特别精致的鞋子。这是迈普花了 27.5 盾给我淘来的二手货，酒红色的麂皮，后跟很高。我就像踩在高跷上，看上去比平时高了一大截。

　　杜塞尔差点要了我们的命，他居然让迈普给他带了一本禁书——一本批判希特勒和墨索里尼的书。回来的路上她恰巧被一辆党卫军的摩托车撞倒了，她怒不可遏，冲那个家伙大声嚷道："你这个畜生！"说完就跑了。我真不敢想象，如果她被抓到党卫军总部会有什么后果。

安妮

# 1943 年 9 月 10 日　星期五

亲爱的凯蒂:

　　每次给你写信好像总有特别的事情发生。可都是坏消息多,好消息少,不过今天例外,我要告诉你一个特大的好消息。

　　星期三晚上,也就是 9 月 8 号,我们围坐在一起收听晚间 7 点新闻。第一条播报的消息就是:"下面是开战以来最好的一条消息——意大利已经停止了抵抗! 意大利无条件投降了!" 8 点 15 分,英国的荷兰语广播也开始播报这条消息:"各位听众,一小时前我刚刚写完每日新闻的稿件,就收到了这条令人振奋的消息——意大利投降了!"

　　接着收音机里播放《上帝佑我女王》《星条旗永不落》和《国际歌》。和以往一样,荷兰电台总是令人斗志高昂,但也并不十分乐观。

　　英军已经在那不勒斯登陆了,意大利北部仍被德军占领。9 月 3 日星期五,盟军在意大利登陆,当天就签署了停战协定。德国人在报纸上如同发疯的公狗,痛骂意大利国王背信弃义。

　　我们这边也有事情让人担忧,全都跟克莱门先生有关。你知道,我们都很喜欢他。虽然他疾病缠身,但依然那么乐观。他病得越来越重了,吃不了什么东西,连路也不能多走。妈妈最近这样说过:"只要克莱门先生进来,屋子里就充满了阳光。"说得多么形象啊!

　　现在他必须要住院,做一个极痛苦的胃部手术。将至少在那儿待上四个星期。你真应该看看他是怎样和我们道别的，就像往常一样——那样子就好像只是出去买点东西。

安妮

## 1943 年 10 月 17 日　星期日

亲爱的凯蒂：

克莱门先生终于回来了，谢天谢地！他的脸色依然苍白，可依然热情地帮着达恩家卖衣服。达恩家的钱已经用光了，只好卖一些衣服来救急。可达恩太太不愿从她那一大堆大衣、外套和鞋子中拿出任何一件来。达恩先生的西装可不好卖，他开价太高了。最后决定牺牲达恩太太那件毛皮大衣，那是用兔皮做的，已经陪她走过了 17 个年头。两人为此还大吵了一架。

过去的一个月，无休止的争吵和不文明的语言弄得我晕头转向。爸爸干脆缄口不言，每当有人跟他说话，他都会吓一跳，生怕又有什么坏事情发生。妈妈也紧张得满脸通红；姐姐老是说头疼；杜塞尔睡不着觉；达恩太太整天都在抱怨。而我，简直就快发疯了！说实话，有时我根本搞不清谁在生谁的气，谁又跟谁和好了。

唯一不去想这些的办法就是学习，最近我可真学了不少。

安妮

## 1943 年 11 月 17 日　星期三

亲爱的凯蒂：

接连有不愉快的事情发生。白喉症在爱丽家里横行，所以

她六个星期都不能跟我们接触。这下买食物和生活用品都成了大问题，更别提我们想见她本人了。克莱门先生依旧卧病在床，三周以来就只吃了点牛奶和麦片粥。

姐姐把她的拉丁文作业交给了一位老师，当然用的是爱丽的名字。老师批改后给她寄了回来。那位老师人很好，学问也很渊博，我猜他一定很高兴有这么一个聪明的学生。

我要告诉你昨天是 11 月 16 日，也就是杜塞尔搬进密室一周年的纪念日。为此他还送了妈妈一盆花。而达恩太太呢，最近一直暗示杜塞尔应该请大家吃顿饭，结果却什么也没有收到。

他没有利用这个特殊的日子感谢大家无私地接纳了他，甚至连一个字也不提。那天早晨我曾问他："是应该祝贺你呢，还是应该鄙视你？"他的回答是无所谓。大家就都不理他了。

一个人有那么高深的学问，可他的行为却是那么卑鄙！

安妮

## 1943 年 11 月 27 日　星期六

亲爱的凯蒂：

昨晚就在我快要睡着的时候，眼前突然出现了我的好朋友海莉。

她穿得破破烂烂，瘦削的脸庞更显憔悴，她睁着大大的眼睛，用悲伤而又责怪的眼神看着我，好像在对我说："安妮，你为什么要抛弃我？快救救我，把我从这个人间地狱里带走吧！"

我只能眼睁睁地看着她痛苦地死去，却帮不了她。我当时多么幼稚啊，就因为她交了新女伴，就总想把她抢回自己身边。这一定让她很难过！

我也曾为她担心，但担心只是转瞬即逝，立刻又沉浸在自己的欢乐中了。我真是太自私了！

说真的，我已经好久没见过她了，是的，差不多快一年了。并不是我完全把她忘了，只是从没像现在这样想起她，更想不到她会那么悲惨地在梦中出现在我面前。

海莉，如果咱俩都能活到战争结束，我一定会尽我所能弥补我的过错。也许到时你已经不需要了。我不知道你是否想起过我，可我真的好想你！亲爱的海莉，我真希望立即就能把你接过来，一起分享这里的一切。可惜太迟了！我现在什么也做不了！我只有虔诚地为你祈祷，保佑你平安、坚强……

安妮

## 1943 年 12 月 27 日　星期一

亲爱的凯蒂：

上周五晚上，我们第一次收到了圣诞礼物。克莱门先生、库格勒先生还有他家的姑娘们给了我们一个大大的惊喜。迈普做了一个特别漂亮的圣诞蛋糕，上面写着"和平 1944"。爱丽拿出了一磅甜饼干，完全是战前的质量。彼得、姐姐和我每人得到一瓶酸奶，大人们每人一瓶啤酒。礼物包装得十分精美，上面还有漂亮的图片。如果不是这样，圣诞节一定会一眨眼就过去的。

安妮

## 1944 年 1 月 5 日　星期三

亲爱的凯蒂：

今天要向你透露一个我心中的秘密，我必须要找人说说。而你是我最好的倾诉对象，因为无论发生什么，你总会保守秘密的。

这件事情真的难以开口。昨天我读了一篇关于害羞的文章，是西丝·海斯特写的。这篇文章真像是写给我看的，虽然我不容易害羞，可文章中的其他事情却很符合我。她是这样写的——处在青春期的女孩会变得害羞，并且开始琢磨那些发生在身体上的奇妙的变化。

就像是在说我呀，最近我在爸妈和姐姐面前老觉得不自在。

西丝·海斯特说这个年纪的女孩子还不太成熟，正在慢慢地完善自己的思想，培养自己的主见，然后形成独特的风格。虽然我只有14岁，但我比大多数同龄的女孩更早熟。

要是我有一个女同伴该多好啊！

安妮

## 1944 年 1 月 7 日　星期五

亲爱的凯蒂：

我真是愚蠢！我还没跟你讲过我和我喜欢的男孩呢。

说说彼得·威尔吧。当时我还很小，还在上小学。第一次见到他，我就喜欢上他了，当时真的很幼稚，或许这就是一见钟情吧。他也很喜欢我，整整一夏天我俩都形影不离。我依然记得我俩手拉着手一起在大街上闲逛的情景，他穿着白色亚麻衬衫，我穿着夏天的短裙。暑假结束后，他进了一所中学念初一，我上小学六年级。他基本上每次都来接我放学，我也常常去等他。威尔长得很帅，高高的个子，修长的身材，再配上一张聪明、沉着、正派的脸。他的头发是深褐色的，棕色的眼睛也非常漂亮，还有红润的脸庞，英挺的鼻梁。我最爱他的笑了，笑起来坏坏的。

后来我去了乡下度假，回来时威尔全家已搬走了。我真的很喜欢他，就想尽办法去找他，直到有一天我突然意识到别人都叫我"男生狂"——一见男生就发狂！于是就收敛了很多。几年过去了，威尔几乎跟所有同龄的女孩子都有来往，见了我

却连招呼也不愿打，可我还是忘不了他。

后来我进了犹太中学，我们班的许多男生都对我有意思，我觉得挺好玩，也非常有面子，可仅此而已。就像我跟你说的，我再也没有喜欢上过谁。

有句古语说得好："时间可以愈合一切伤口！"我就是这样。我以为自己已经把威尔忘了，再也不喜欢他了。可没想到，我对他的记忆竟深深地扎根在我的潜意识里，我不得不承认我有时非常嫉妒那些女孩，就因为她们和威尔有来往。

今天早晨我终于明白了，原来什么都不曾改变。可威尔把我忘得一干二净的事实，还是让我伤透了心。他的面容依然深深地刻在我的脑海里，就像现在这样清晰地展现在我眼前，我真的好想他！

我无时无刻不在想念他，整天都在跟自己重复："啊，威尔，我最最亲爱的威尔！"

我祈求上天，如果我能重获自由，最好能让威尔重新回到我的身边，然后温柔地对我说："安妮，要是我早点知道的话，我早就来找你了！"

我看着镜子。镜子里的我目光那么温柔，面色那么红润，嘴唇也很柔软。忽然一抹笑容从嘴边匆匆滑过，正如它匆匆来临。其实我并不快乐。我知道威尔的心并没有在我身上。

假如有人在一周之前，甚至是昨天，问我："在你的朋友里面，你最有可能嫁给谁呢？"我绝对会说："我不知道！"但现在我会激动地大喊："是彼得·威尔！我全心全意地喜欢着他！"但现在我明白了，真的完全明白了，现在对我来说威尔就是我的一切，没有人比他更可爱。

安妮

# 1944 年 2 月 3 日　星期四

亲爱的凯蒂：

反攻的消息在全国迅速传开。报纸上充满了这样的报道："英国人一旦在荷兰登陆，德国人将采取一切手段保卫这个国家，必要时即使放水淹没整个荷兰也在所不惜。"同时还刊登了荷兰地图，上面清楚地标明了将要被淹没的地区，阿姆斯特丹的大部分地区都包括在内。所以首要的问题就是：街上的大水没过了我们的腰，我们该怎么办？对此全体成员展开了激烈的讨论：

"不能走路也不能骑自行车，我们只能在脏水里泡着。"

"才不需要呢，我们可以游泳啊。所有人都穿上泳衣，戴上泳帽，尽量在水底下游，这样就没人认得出我们是犹太人了。"

"简直是胡扯！我倒想看看女士们游泳，老鼠不跑过来啃她们的大腿才怪呢！"说话的当然是嗓门最大的那位男士。

"我们根本出不去，要是发大水，仓库肯定会倒塌的，它现在都摇摇欲坠了。"

"听着，各位，先别开玩笑了，我们还是想办法弄条船吧！"

"用得着那么麻烦吗，不是有现成的吗？咱们每个人从阁楼里抱一个木箱子，然后用汤勺来划！"

"我还是踩高跷算了——我年轻时候还是个高手呢。"

"亨克肯定用不着，他肯定会趴在他老婆背上，再让他老婆踩高跷！"

有意思吧，这些都是玩笑，大水要是真淹过来可就不是这么回事了。接着是第二个问题：要是德国人疏散阿姆斯特丹的居民，我们该怎么办？

"那咱们也跟着走呗，不过要伪装一下。"

"咱们可不能走，最好的办法是待在这里，哪儿也别去。德国人肯定会把所有人都驱赶到德国，到了那儿都得玩完！"

"就是啊，我们应该原地不动，这里最安全。咱们得想办法把克莱门一家也接过来。再弄一麻袋刨花，这样就能睡在地上了。咱们现在就让克莱门和迈普把毯子拿过来。"

"咱们现在只有60磅粮食，还需要买点玉米。再让亨克去弄点大豆和豌豆，现在房子里大概有60磅大豆和10磅豌豆。别忘了咱们还有50听蔬菜罐头呢！"

"妈妈，其他食物还剩下多少？"

"10听鱼罐头，40罐牛奶，20磅奶粉，3瓶色拉油，4坛黄油，同样的4坛子肉，两大瓶草莓，两瓶果汁，20罐番茄酱，10磅麦片，9磅大米，就这么多了！"

"我们的储备还可以，不过到时我们可能还会有客人的，那样就不很宽裕了。煤炭和木柴已经足够了，蜡烛也有的是。"

"我们得赶紧做一个小钱袋子，可以藏在衣服里面，必要时用来装钱。"

"我们得把最重要的东西统一装在一个包里。免得一旦真要逃亡时手忙脚乱。"

"到时如果情况紧急，我们可以派两个人放哨。一个在前门，一个在后面的阁楼上。"

"糟糕，到时如果没有了煤气，也没有了水电，咱们预备这些吃的也没用啊。"

一整天我们谈论的都是这些话题，除了反攻还是反攻。要么就是无休止的争论，什么挨饿呀、死人啦、炸弹啊、灭火器啊，还有睡袋、毒气、身份证，等等等等，没一样是让人开心的。密室里的先生们甚至发出了直接的担忧，下面是他们与亨克之间的一场对话。

先生们："我们害怕如果德国人撤退，会把全城的人都带走。"

亨克："那不太可能！他们哪来那么多的火车车皮？"

先生们："火车？你以为他们会让我们坐火车吗？只能用两条腿走！"

亨克："我才不信哪！你们看问题太悲观了！他们为什么要把全城的人都带走啊？"

先生们："你没听戈培尔说过？如果德国人真要撤退，他们会让所有的占领区都关上门！"

亨克："这话他们早就说过啦！"

先生们："你以为德国人干不出来？他们会有人性吗？他们的信念是，如果我们完蛋，就要拉上所有人一起陪葬！"

亨克："随你怎么想吧，反正我不信！"

先生们："可事情就是如此，非要大难临头了才会醒过来。"

亨克："可现在还什么都不能肯定啊，你们不过是在瞎猜罢了。"

先生们："这都是我们亲身经历的，先是在德国，然后是这里。俄国那边怎么样？"

亨克："你不能老谈犹太人的问题啊。依我看，没人知道苏联怎么样，也许英国和苏联也是为了宣传才虚张声势的，跟德国人一样。"

先生们："这不可能！英国广播向来说的都是真话，就算有些报道被夸大了，但事情本身就很严重啊。你不能否认在波兰和苏联有好几百万爱好和平的百姓已经被毒死或杀死了！"

其他更多的谈话我就不和你说了。我一直没有发表意见，也不在意这些沸沸扬扬的骚动。我已经到了不太在乎生死的阶段了。少了我，地球照样会转。该来的迟早要来，随你怎么挣扎也是无济于事。我也只能顺其自然，安心读书，期盼能有一个圆满的结局。

安妮

## 1944 年 2 月 16 日　星期三

亲爱的凯蒂：

今天是姐姐的生日，我决定在这个特别的日子好好照顾她一下。我拿着精选的土豆，刚要下楼，看见彼得早就在楼下等我了。"哇，这可真是一流的土豆，恭喜你啦！"彼得故作潇洒地说着，同时温柔地看了我一眼。顿时我的内心激起无限的柔情。很明显他是想讨我欢心，可又说不出特别恭维的话，就只好用眼睛来表达了。我读懂了他的眼神，现在回想起来，心里还甜丝丝的。

过了一会儿，我又找借口进了彼得的房间，我俩立即就聊开了。他告诉我他以后想到荷兰的东印度群岛去，在庄园里生活。他还谈到了他的家庭，谈到了黑市，后来又说自己很没用。我肯定地告诉他，他的自卑感太强了。他还谈到了犹太人。总之那一晚我们聊了很多，彼此都很开心。我离开时已经很晚了。

晚上我们还谈到一张我曾经送给他的电影明星照，他一直挂在房间里，都一年半了。我见他如此喜欢，就答应以后多送他几张。"不要，"他说，"我就喜欢现在这个。我每天都看着这张图片，它都快变成我的女朋友了。"

原来他也需要某种情感的寄托，怪不得他老是搂着莫希呢。他还讲了好多，我都记不得了。只是强烈地感觉到他的自卑感实在太强了。我真想大声告诉他："快别这么想了，你的英语和地理都比我强得多呢！"

安妮

## 1944 年 2 月 27 日　星期日

亲爱的凯蒂：

从白天到深夜，我一刻不停地想着彼得。一闭上眼睛，脑海里全是他的模样；梦里见到的也是他；等我醒来，仿佛他仍

然在注视着我。

我俩有太多相似的感受，那就是都缺乏真正的母爱。他的妈妈太肤浅，又喜欢卖弄风骚，从来都懒得管他在想什么；我妈妈倒是很关心我，可她又太不敏感，太不细腻，根本不了解我的内心。

彼得和我一样内心充满了矛盾，同样地不自信，也同样受不了粗暴无礼的对待。每当发生这种情况，我的第一反应就是冲出去，再不就是隐藏自己真实的感受。我又敲锅又摔盆，还把水泼得到处都是，这样大家就会离我远远的。而彼得恰恰相反，他索性把自己关在房里，一句话也不说，安静地做白日梦，这样就能把真实的自己隐藏起来。

可我俩什么时候才能真正地了解对方呢？

安妮

## 1944 年 2 月 28 日　星期一

亲爱的凯蒂：

无论白天黑夜，我满脑子里都是他。白天可以见到他，却不能真正和他在一起。更要命的是我还丝毫不能表现出来，明明心在滴血，却还要装得高高兴兴。

在我心里，彼得·威尔和彼得·凡·达恩已经融为了一个彼得，他们都是我最喜欢的人。

为什么我总不能得到他？我真的好怕失去他……

安妮

# 1944年3月7日　星期二

亲爱的凯蒂：

假如让我回忆1942年的自己，真有恍如隔世的感觉。那时的我，终日在天堂里享受着快乐和阳光；而现在的我，却在封闭的高墙里变得机智和坚强。天堂里的我，每个街角都守着好多追求者，我有二十多个好朋友和熟人，几乎也是所有老师眼里的宠儿，从头到脚都被爸妈娇惯着，口袋里总是塞满了糖果和零用钱。在学校里我就是"孩子王"，总爱带头起哄，所有人都愿意跟我一起玩，一起上学放学。这样的生活，我还有什么不满足的呢？

你也许奇怪，我怎么会那么惹人喜欢。彼得说那就是"魅力"，其实不完全对。所有的老师都是因为我机智的回答、幽默的语言、灿烂的笑容和精辟的见解而喜欢我。我一向都是那样，还颇懂得逗人开心。而且我还很用功、很真诚、很大方。我从不拒绝别人抄我的作业，有了糖果就会分给大家，我也不自负。

受到这么多宠爱，我是否会变得忘乎所以呢？可就在这时候，我一下子从巅峰跌到了谷底，残酷的现实把这一切击得粉碎，花了一年多时间我才强迫自己接受了这个现实。

过去的我虽然快活却很肤浅。就像彼得说的："过去每次看见你，你都被一大群男生包围着，后面还跟着好几个女生。"

可现在呢，我还剩下些什么？我没有忘记怎样笑，也没有忘记如何机智地回答问题。对于批评别人我还是一样擅长。可我多么渴望能再过一次那样的生活，哪怕只有一个晚上，或者只有几天，最好能有一周。一周之后我可能也就腻了，不愿意和他们在一起了。我不想要追随者，我要的是真正的朋友；我要的朋友不要他们喜欢我的笑脸，而要他们喜欢我的性格和行为。我太清楚了，我周围的圈子会越来越小，可是只要拥有一两个真正的朋友，那又有什么关系呢？

1942年的我，尽管拥有很多，但也不是完全快乐。我常常感到孤独，只不过因为我整天忙个不停，尽情地自得其乐，不去想它罢了。回顾以前的生活，我明白，我生命中的一个阶段已经永远结束了，无忧无虑的学生时代早已一去不复返。我也不再期待那样的日子，我不能总那么嘻嘻哈哈的，我需要严肃地面对人生。

我好像在用一个高倍放大镜回顾自己的往事。在家时我的生活充满阳光，来到这里，生活却发生了巨大的变化，整天有着无尽的争吵和指责。我完全惊呆了，唯一能保留一点点自尊的方法就是跟他们对着干。

1943年上半年：我寂寞，老想哭，突然意识到自己有那么多缺点，而且还那么突出。白天我故意胡言乱语、信口开河，总想把爸爸拉在身边，可做不到。我只有独自一人，心灰意冷地承受别人的责骂，想要改变却又找不到出路。

下半年有了些转机。我长成了一个真正的少女，别人也更多地把我当作大人看待。我开始思考，开始写日记，并终于意识到别人再也没有权利对我指手画脚，把我当皮球一样踢来踢去了。我要按照自己的意愿对待自己。还有更让我震惊的事，就是我终于意识到，即便是爸爸也不能在所有事情上都站在我这边，从今以后我只能靠自己了。

每晚临睡前，我都会这样祷告："为了世间所有的善良和美好，感谢上帝！"然后我的内心就会充满喜悦，感激自己还这么健康，感激彼得的存在。想到那朦胧的幸福，想到大自然无尽的馈赠，想到人间的处处真情，我就睡得格外香甜。

欣赏美丽的大自然，你就能再次找回自己。还有上帝，他总会帮你找回失去的平衡。不管是谁，只要他快乐，他也能带给别人快乐。只要拥有勇气和信心，就永远不会在不幸中消亡！

安妮

## 1944 年 3 月 14 日　星期二

亲爱的凯蒂：

给你说点有趣的事吧，虽然我一点也乐不起来。就快吃晚饭了，我却赶紧用一块香喷喷的手帕捂住了自己的鼻子和嘴。知道为什么吗？

现在食物供应变得越来越紧张了。今天的晚饭是一份大杂烩，是用腌在大桶里的蔬菜做的。腌了一年的蔬菜啊，你想想有多臭吧。房间里混合着烂李子、臭鸡蛋和防腐剂的味道。一想到要吃这么脏的东西，我就恶心得想吐，再香的手帕也抵挡不住啊！

不光这些，我们储存的土豆也都得了一种怪病，每桶都要扔掉一大半。为了自娱自乐，我们就胡乱猜测这些土豆的病因，得出的结论真是五花八门，从癌症到天花再到麻疹无奇不有。战争已经打了四年了，但愿一切不幸都能早日过去！

吃的还不是最主要的，关键是这无聊的生活把所有人都快逼疯了。

下面就是五个大人对我们的现状发表的看法。

达恩太太："厨房的活儿我早就干够了，要不是实在闲得无聊，我才懒得烧饭呢。可是没有油我怎么做啊？再加上这么多恶心的气味，我都要病了。就这样也没落得什么好啊，所有人都埋怨我，什么事都是我的错。还有呢，我看战争也没什么进展，没准最后德国人会赢呢。我真担心我们会饿死。要是我情绪不好，可别怪我骂你们。"

达恩先生："我只想抽烟、抽烟、再抽烟。然后，什么吃的、政局都可以抛在脑后。我老婆的情绪还不算坏。真是一个好老婆！"

要是他什么都没得抽了，那生活可真要乱套了。你会听到他的大嗓门完全换了种口气："我要生病了，咱们的日子也太苦了，我必须要吃肉。我老婆真是个大笨蛋！"当然话音刚落，一场激烈的争吵在所难免。

弗兰克夫人（我妈妈）："吃的好坏倒无所谓，关键是我现在就想吃一块燕麦面包，我都快饿死了。假如我是达恩太太，早把达恩先生的烟给戒了。可我现在非得抽支烟不可，我的神经实在受不了了。英国人犯了好多错误，但战争终究是有进展的。我得跟人聊聊，幸亏我们不在波兰。"

弗兰克先生（当然是我爸爸喽）："万事如意，我一无所求。放心吧，我们有的是时间。把我的土豆拿来，我得把嘴闭上，我可不想惹祸啊。把我的配给留一份给爱丽。政局一片光明，未来前程似锦！"

杜塞尔先生："我今天要接着干活，每件事情都得按时完成。政局看起来还好，我们绝不会被抓住！"

安妮

## 1944 年 3 月 16 日　星期四

亲爱的凯蒂：

天气好极了，简直无法形容。我马上就要到阁楼上去。

现在我知道为什么我比彼得烦躁多了。他有自己的房间，可以在里面学习、做梦、思考和睡觉。而我却被人从一个角落赶到另一个角落。和杜塞尔共住一室，我从来就没有单独待一会的机会。可我多么想拥有自己的空间啊，所以我才会频繁地往阁楼上跑。

在那里，跟彼得一起，我才有片刻的时间可以做自己，虽然只是片刻。但是我并不想埋怨，相反，我想要勇敢一点。有一句俗话说：同情不等于爱情，可我为什么变得如此同情他呢？我总是为他感到难过，就像同情我自己一样。

安妮

## 1944 年 3 月 17 日　星期五

亲爱的凯蒂：

密室里的人终于松了一口气。库格勒先生拿到了医院的证明，可以免于服劳役；爱丽仅仅是喉咙发炎，根本不是流感，已经好多了。一切又都恢复了正常。

只是我和姐姐开始对爸妈有点不耐烦。你可千万别误会，我俩依然很爱他们，只是我们都已经长大了，希望能自己决定一些事情。

可现在的情况却是，只要我上楼，他们就会问我上去干什么；吃饭的时候还不让我往饭里加盐；每天晚上刚到 8 点 15 分，妈妈就不停地催我换睡衣；我读的每本书，他们都要检查。尽管这种检查并不严格，我几乎什么书都可以读。可我还是对这种没完没了的盘问和斥责十分厌烦。

还有一点，就是我再也不喜欢那么多亲吻了，觉得这种亲昵非常做作，尤其是互道早安和晚安的时候。我也不喜欢大人给我起的那么多的昵称。一句话，我现在最想做的就是摆脱他们，哪怕一小会儿也好。姐姐昨天晚上还说："我都快烦死了。只要你不经意地叹口气，或摸一下脑门，他们准会问你是不是头疼了，哪里感觉不舒服，那样子真奇怪！"

意识到这点对我俩来说都是沉重的打击，因为往日家里的信任与和谐早已所剩无几了。我俩都很沮丧。为什么总拿我们当小孩子呢？事实上我俩比大多数同龄女孩成熟多了。我甚至觉得自己在许多方面比妈妈还要高明！

要是我爱一个人，首先要尊敬和佩服他。可我对妈妈早已没有这种感觉。要是我能拥有彼得就好了，因为我在很多方面都非常佩服他。他太帅了，而且那么聪明，那么可爱！

安妮

## 1944 年 3 月 19 日　星期日

亲爱的凯蒂：

昨天可是个重要的日子。吃过晚饭我就去找彼得了。在昏暗的窗边，我俩聊了好久。我发现在昏暗的环境下聊天可比在明亮的光线下容易多了。我猜彼得也这么认为。

我们俩聊了好多好多，多得都没法复述。和他聊天的感觉真好，这是我来到密室以后度过的最美妙的一个夜晚。我俩真的好像啊！我们都不能在父母面前讲真心话。我告诉他，我总是躺在被窝里痛哭，来发泄心中的苦闷，而他想发泄时就会跑到顶楼骂个痛快。

接着我们又聊到了 1942 年，那时的我们完全是另外的模样。他觉得我话太多，神经兮兮的，简直无法无天；而我则觉得他又迟钝又无聊，跟他完全不能沟通。他还说他常常有意跟所有人隔离开来；我说我到处嚷嚷和他的沉默其实没多大区别。我说我也渴望安宁，却根本没有自己的空间，只有我的日记陪着我，它才是唯一真正属于我的东西。他说我们全家都让他很开心，我对他说我也很庆幸这里有他。

我告诉他我很愿意帮助他克服掉自卑和孤僻。他说："你一直都在帮我啊！用你的开朗和快乐！"我心头不禁一阵狂喜。这可是他说过的最动听的话，也是我这辈子听到的最好听的话了。我好感动啊，他已经拿我当好朋友了，看来他真的很喜欢我，这一切已经足够了！

我真的好幸福，我真的好快乐啊！凯蒂，你可不要笑我哟！真希望能一直这样，与我心爱的彼得共度未来美好的时光！

满怀感激和幸福的安妮

## 1944 年 3 月 23 日　星期四

亲爱的凯蒂：

密室里的一切又都迎来了转机。给我们提供食品配给证的那些人被从监狱里放出来了，感谢上帝！迈普昨天回来了，爱丽的感冒也好了很多。

昨天盟军的一架飞机在附近坠毁了，落在了一所学校里，幸好里面没有孩子，这只引起了一场小型火灾，死了两个人。

飞行员跳了伞,他还没有落地德国人就端着机枪疯狂地向他扫射。所有人都对这种行径愤怒至极,我们这里的女人都吓得要死。我真是恨透了那些枪炮声!

最近吃过晚饭我经常上楼去,去彼得的房间呼吸傍晚新鲜的空气。我坐在他旁边的小凳子上,眺望着外边,那感觉既温暖又舒适。

你听,达恩夫妇又在那里说三道四了:"这简直就是安妮的第二个家嘛!"接着是杜塞尔:"一个年轻的男士这么晚接待一个年轻的姑娘,这好吗?"彼得总会又气又急,满脸通红。我可从来不会脸红,这点肯定是他们最讨厌的。

对于这场带有朦胧爱情的友谊,我听到了来自各方的议论。可让我纳闷的是,难道这两对父母都忘了他们自己的青春了吗?看来的确如此,在我们闹着玩的时候他们总会当真,而

在我们认真的时候他们却总要嘲笑我们。

安妮

## 1944 年 3 月 27 日　星期一

亲爱的凯蒂：

在我们的隐居生活中，政治占据了很大一部分。只是因为我个人对这个话题不太感兴趣，所以很少提及。今天我就来谈谈政治吧。

外面进来的人总会带来大量不实的消息，可目前为止收音机的广播还没有欺骗过我们。关于政治的话题永远伴随着无休止的争吵，所有人都认为自己是对的。

不信你看：眼下所有人都围坐在一起，收听我们敬爱的丘吉尔首相的演讲。演讲精彩绝伦，大家一片祥和。突然有人挑起一个话头，顺着话茬大家展开了激烈的争论。然后是歇斯底里的争吵，你可以看到达恩太太疯狂地撒泼，达恩先生执着地坚持，杜塞尔气得脸红脖子粗，爸爸妈妈正忙着劝架。屋里乱成了一锅粥，前一秒的温馨与和谐早已荡然无存。

英国空军正不分昼夜地忙着空袭，德国电台也正手忙脚乱地忙着编造谎言。所以收音机从早上 8 点就开始响着，一直开到晚上 9 点、10 点，甚至 11 点了还没关掉。除了吃饭和睡觉，他们一定会围坐在收音机旁谈论政治。再也没有什么比政治对我们的影响更大的了！

安妮

## 1944 年 3 月 28 日　星期二

亲爱的凯蒂：

　　妈妈认定彼得已经爱上我了。说实话，我倒真希望是这样，我可不想放弃彼得。他真是太帅了，不管是微笑的时候还是静静地看着远方的时候。他还那么可爱，绝对是个大好人。每当他闭上眼睛，把头枕在胳膊上躺着，那样子可真像个孩子；当他逗着莫希玩的时候，他又是那么可爱；当他扛着土豆或者其他重物上楼时，他又是那么强壮；当他查看枪炮袭击或者在黑暗中侦察小偷时，他又是那么勇敢；而当他尴尬或者笨拙的时候，他又是那么无助和可怜。凯蒂，没准哪一天密室里真的会发生一场轰轰烈烈的爱情呢！

　　可糟糕的是，现在看起来好像是我在追他。总是我上楼去找他，他却从来不到我这儿来。可这也仅仅是因为房间的缘故啊，他肯定知道这种困难。对，他一定知道的，没准他知道得更多！

　　　　　　　　　　　　　　　　　　　　　　安妮

## 1944 年 3 月 29 日　星期三

亲爱的凯蒂：

　　昨天伯克斯坦（英国内阁大臣）在伦敦通过荷兰电台发表了讲话，说他们会在战后收集各类与战争相关的日记和书信。这下我的日记可派上大用场了，他们看到我的日记一定会激动得发狂。你想想，要是我发表一本与密室有关的小说该多有意思啊。光从题目上看，人们肯定会认为这是一本侦探小说。

不过说实在的，空袭期间可把这帮女士们吓坏了。比如上星期天，350架英国飞机往艾默伊登扔下了500多吨炸药，房屋就像风中的野草一般颤抖和摇摆。到处都有传染病在蔓延。还有很多事你不知道呢，要是我把一切都告诉你，恐怕写上一天都写不完。人们只能排着长队买蔬菜和其他东西；医生无法去探望病人，因为只要他们稍一转身，车子就会被偷走；小偷猖獗，多得让你不得不怀疑，一向保护我们的荷兰人怎么一夜之间全变成了小偷？八九岁的孩子会砸烂人家的窗户，偷走一切可以偷走的东西。哪怕你只离开家5分钟，再回来很可能家里就什么也没有了。报纸上每天都刊登大量悬赏广告，想追回被盗的打字机啊、波斯地毯啊、电子钟啊、布匹啊什么的。马路上的电子钟全都被拆了，公用电话也都给扯得稀烂——只剩下最后一截线头。

民众的情绪普遍低落，所有人都在挨饿，每周配给的食物根本维持不了两天。反攻看起来遥遥无期，男人们又都得去德国。小孩子们不是生病就是营养不良，每个人穿的都是破衣服和旧鞋子。一双新鞋在黑市上要卖到7.5盾。更要命的是这些破鞋子还不能修理，因为没有鞋匠还在做生意，就算做了你也得等上四个月，这期间鞋子可能早就不知被丢到哪儿去了。

这当中也有一件好事，那就是随着食物越来越差，制裁老百姓的措施越来越残酷，各种反对政府的罢工也日益高涨起来。那些食品分配处的人、警察，还有政府官员，大多数人都会站在老百姓一边，想方设法地帮助他们。

安妮

## 1944 年 3 月 31 日　星期五

亲爱的凯蒂：

　　天气还相当冷，不过大多数家庭已经一个多月没煤可烧了。苏联前线再一次让人感到乐观，他们每天都会在莫斯科燃放大量的礼炮来庆祝胜利。想想那座城市该发出怎样的轰鸣和爆炸声啊——他们是觉得假装战争已经结束了很好玩，还是实在找不出别的方式来表达喜悦呢？我真搞不明白！

　　匈牙利已经被德军占领，那里还有一百万犹太人啊，看来他们肯定又要遭殃了！战争结束依然遥遥无期，要是到了 9 月份还不结束我就又上不成学了，我可不想落后两年啊。

　　我和彼得聊天越来越没顾忌了，这感觉真美。

　　总之我的生活已经开始好转了，以后会越来越好的。上帝并没有抛弃我，也永远不会抛弃我！

安妮

## 1944 年 4 月 3 日　星期一

亲爱的凯蒂：

　　我要改变一下话题，今天要给你好好讲讲吃饭的问题。这绝不是小事，因为不仅在我们的密室，而是在整个荷兰、整个欧洲乃至更远的地方，吃饭都变成了最重要和最困难的问题之一。

　　来到这里的 21 个月当中，我们已经经历了好几次的"食物周期"，你很快就会明白这是什么意思。一个"食物周期"就是指在这段时期内，只能吃某一种特定的饭菜，根本没有其他东西可吃。有很长一段时间我们只能吃莴苣——带沙子的莴苣、不带沙子的莴苣、土豆泥配莴苣，或者土豆和莴苣一起煮成一锅菜粥。接着是整天吃菠菜；再后来就是苤蓝、婆罗门参、黄瓜、西红柿、泡菜等等。

　　比如，你每天中午和晚上都只吃泡菜，那滋味肯定不好受。不过实在饿急了你就什么都能吃了。眼下是最困难的时期，我们再也买不到一点儿新鲜蔬菜了。我们这个星期的食谱就是：午餐是菜豆、豌豆汤、土豆汤团、土豆块，上帝保佑，偶尔还会来点萝卜头或烂胡萝卜；晚饭又从菜豆开始重来一遍。我们每顿都吃土豆，先从早餐开始，因为面包实在不够。做汤一般是用菜豆、扁豆或者土豆。这么多土豆吃到肚子里，又黏又硬，就像石头一样。

　　可至少我们还活着，这么难吃的饭菜照样吃得津津有味。

安妮

## 1944 年 4 月 4 日　星期二

亲爱的凯蒂：

　　最近我老是精神恍惚，一个人在梦想和现实之中徘徊，满脑子都是彼得，什么也做不了。现在我必须清醒过来了！我一定要好好活下去！

所以我必须要好好学习，那样才不会变傻。然后继续努力，将来做一名记者，这就是我的理想！我知道我能写，我曾写过一两篇不错的故事，我对密室生活的描写饱含幽默，我的日记也有不少可取之处。但是我究竟有没有文采，还有待时间的检验。

《爱娃的梦》是我写得最好的童话，奇怪的是我也不知道它是怎么写成的。《凯蒂的一生》也有一部分写得挺好，但总体来说还是平淡无奇。我是自己作品最客观和最敏锐的评论家。我自己知道哪里写得好，哪里不好。不写东西的人是不会明白这种奇妙的感受的。我虽然没有什么特殊的才能，可至少我还能写作，能写出关于自己的东西，知道这点我就心满意足了。

我可不愿像妈妈或者达恩太太一样，做一个干完活儿就被人遗弃的家庭主妇。除了丈夫和孩子，我还要有其他的追求，总之，我不想一生平平淡淡，我要取得更大的成就。

感谢老天给了我这样的天赋，让我可以获得灵感，执笔创作，表达自己内心的感受。只要我能写作，就会忘掉一切悲哀，也重新产生勇气。可问题是，我能写出了不起的东西吗？我能成为一名记者或者作家吗？我真希望我能，因为当我写作时我可以重新找回一切：我的思想、我的理想和我的幻想。

所以我要鼓起勇气，重新上路。我相信我会成功的，因为我真的很想写！

安妮

# 1944 年 4 月 6 日　星期四

亲爱的凯蒂：

你问我有什么兴趣和爱好，那我现在就来告诉你。不过你要有心理准备，我的爱好可多啦，可别吓到你哟！

第一个（我的最爱）：写作，仅用"爱好"这个词是没法完全形容的。

第二个：研究王室族谱。我一直在我所能读到的各种报纸、书籍和文献中，搜集法国、德国、西班牙、英国、奥地利、苏联、挪威和荷兰王室的族谱。已经收集了不少，收集时间也蛮久了，我还做了大量历史和传记的读书笔记，摘抄了不少其中的段落。

第三大爱好当然是历史。爸爸给我买了好多这方面的书，真希望有一天能去公共图书馆尽情地查阅历史资料。

第四大爱好是阅读希腊罗马神话。这方面的书我也有不少。

其他的爱好还包括收藏电影明星和家族照片，读各式各样的书，还喜欢研究艺术史，尤其对作家、诗人和画家的资料更感兴趣，以后还会扩大到音乐家。

我最讨厌代数、几何和算术。其他所有课程我都喜欢，最喜欢的当然还是历史！

安妮

# 1944 年 4 月 11 日　星期二

亲爱的凯蒂：

　　星期六晚上 9 点半的时候，彼得急匆匆地跑来找爸爸，接着所有男人都飞快跑下楼。四个女人全都吓坏了，只好静静地在楼上等着。

　　突然楼下传来"哐"的一声巨响，接着又悄然无声。这时，时钟敲响了，是 9 点 45 分。我们吓得面无血色，可谁也不敢吱声。难道又来小偷了？

　　10 点，楼梯上传来脚步声。爸爸脸色惨白、神情紧张地走了进来，后面跟着达恩先生。"关上灯，悄悄地上楼，警察可能要来！"

连害怕都来不及，我们赶紧关上灯。我迅速抓起一件外套，跟着大家上了楼。"出了什么事？快跟我们说啊！"没人理会我们，男人们再次下了楼。一直到10点10分，他们才重新出现，两个人守在彼得房间里敞开的窗户旁，通向楼梯间的门已经锁上了，旋转书柜也关上了。我们往夜间使用的小灯上罩了件毛衣，他们这时才开始向我们讲述刚才发生的事。

彼得最先听到楼梯间里两声巨响，就赶紧跑下去查看。他看到仓库大门的左边掉下来一块大木板，就赶紧冲上楼，报告给了所有男人。四个男人就像英勇的近卫军，一起向楼下挺进，刚进入仓库，就看见小偷们正在翻箱倒柜，达恩先生不假思索，立即大喝一声："警察！"

小偷们惊慌失措，四散逃窜。为了不让巡警发现门上的大洞，他们赶紧找了块木板补了上去。这时小偷突然从门外猛地踢来一脚，又把木板踹翻在地。小偷竟然如此猖狂，令他们十分惊愕。达恩先生和彼得登时怒火冲天，达恩先生抄起斧子，狠狠地在门上敲了几下，外面一下子没了动静。他们刚想把木板再次堵上，这时更恐怖的事发生了！门外的一对夫妇正在用手电筒往洞口里照，整个仓库顿时亮了起来。"真见鬼！"不知道谁咒骂了一句。他们四个赶紧悄悄地溜上楼，彼得迅速打开厨房和私人办公室的门窗，一把将电话拽到地上，最后四个人纷纷躲到旋转书柜的后面，这才回到了密室。这是故事的第一部分。

那对手拿电筒的夫妇或许已经报警了，这下可糟了！所有人都吓得浑身发抖，达恩太太由于惊吓过度，一不小心把灯拉灭了。于是所有人都静坐在一片漆黑里，一声也不敢吭，屋子里静得能听见每个人的呼吸声。

11 点 15 分，楼下突然有了动静。不久，房间里也传来了脚步声，接着是办公室、厨房，然后上了我们的楼梯。已经清晰地听到了楼梯上的脚步声，接着是使劲摇晃旋转书柜的声音。"这下完蛋了！"我哆嗦着，脑子里仿佛看到了我们所有人统统被盖世太保抓走的情景。书柜被摇晃了两次，然后我们听到一个罐头瓶子掉了下来。没想到接下来脚步声渐渐远去，我们暂时安全了！一阵战栗从一个人传到另一个人，我听到了一阵牙齿打架的声音，大家都吓得说不出话了。

房间里再没有任何声音。但是楼梯间的灯还亮着，就在书架门的前面。是因为警察感觉到书架有异常吗，还是他们忘了关灯？是不是待会儿还会回来啊？房间里已经没有人了，是不是还有警察在门口守着？

接下来所有人都做了三件事：再次回忆了刚刚发生的事情；吓得瑟瑟发抖；非上厕所不可。可所有的尿壶都放在阁楼里，仅有的就是彼得那个铁皮纸篓。凡·达恩先来，然后是爸爸，妈妈不好意思用，爸爸就把纸篓拿进了房间。我们四个女人就在里面痛痛快快地方便了一把。

纸篓的味道难闻死了，什么都必须悄悄地进行。已经 12 点了，所有人都筋疲力尽。"就在地上睡吧！"于是大家都横七竖八地躺在地上。你自己看看屋里有多狼狈吧：窃窃私语，臭气熏天，不停地有人放屁，尿壶上也总有人。我糊里糊涂地

睡着了。半夜三点多我被冻醒了，睁开眼睛看到达恩太太的头正枕在我的脚上。我再也睡不着了，便强忍着寒冷胡思乱想。警察随时可能回来，那样我们也只好交代我们藏匿的实情了。如果来的是善良的荷兰人，那我们还有一线生机。如果来的是纳粹党，我们就只能试着用钱去贿赂他们。

"我们应该把收音机藏起来。"达恩太太叹了口气说。

"对，藏到炉灶里！"达恩先生答道，"但是要是他们能发现我们，那也能发现收音机！"

"那他们也会发现安妮的日记的。"爸爸补充道。

"烧了它吧！"我们这里最胆小的人提议。

"别烧我的日记！要是我的日记没了，我也不想活了！"我在心里祈祷着。谢天谢地，还好爸爸没有同意。我们还谈了许多，谈到了逃跑，谈到了怎样应付盖世太保的盘问，谈到了给克莱门先生打电话，还谈到了我们应该勇敢面对。

所有人都绷紧了神经，可目光又都是那么呆滞，我们就这样神经质般地等着。不知道是等着别人救我们，还是在等着警察。

这时楼下响起了清晰的脚步声，所有人都吓得一惊。我悄悄地站起身："是亨克。"

"不，不对，是警察！"其他人说。

来不及多想，门外响起了敲门声，接着我们听到迈普吹了声口哨。所有人都松了一口气，这种紧张要是再延长一秒，我们都会崩溃的！大家用欢呼和眼泪热烈地迎接了迈普和亨克。

映入他们眼帘的是一片狼藉的房间，还有乱七八糟的摆设。那场景，真应该拍成照片。

亨克先用木板堵住了门上的大洞，很快便离开去向警察汇报被盗的事。快 11 点了他才回来，告诉我们目前警察局对这起盗窃事件还一无所知，只是通过巡警的汇报做了记录，下周二会过来核实情况。至于门外拿着电筒照射的那对夫妇，就是给我们供应蔬菜的菜商。他们没有报案，因为他们已经猜出了大概。为了保护我们，他们绝对不会声张。

这起事件暂时平息了。接下来便是密室早就习惯的争论时间。库格勒先生怪我们太不小心；亨克也告诫我们在那种情况下决不应该下楼。我们已经被严肃地警告过无数次了，我们是在逃难，我们是戴着枷锁的犹太人，被拴在了这里，我们没有权利，只有无限的义务。我们犹太人不能感情用事，只能勇敢和坚强，必须接受一切苦难而不能抱怨，必须虔诚地信仰上帝。这场可怕的战争终会平息，我们重新做人的那天必将来临。

可是为什么犹太人要承受这所有的苦难？为什么犹太人就低人一等？为什么犹太人到今天还要受这么多的苦？我虽然不理解，可我坚信上帝总有一天会让我们重新站起来的。到了那时，犹太人将会是全人类的榜样，而不是被审判的对象。也许正是我们的宗教可以让全人类受益，所以我们要暂时为此而受苦。我们永远不会成为荷兰人或者英国人，或者其他任何国家的子民，我可以骄傲地宣布：我们是犹太人，我们永远都是最最骄傲的犹太人。

勇敢点！让我们清醒地认识到自己的使命，不要抱怨，胜利终会来临，上帝从未抛弃我们，是苦难让我们变得坚强。弱者终要倒下，强者才能生存，所以我们犹太人永远拒绝沉沦！

　　那天晚上我真的觉得自己快要死了，我等着警察，我做好了准备，就像战士死在沙场。我真心渴望为这个国家献出自己的生命，可现在，我又得救了，现在我最大的愿望就是战争结束后做一个荷兰人！我热爱荷兰人民，也热爱这个国家，我爱它的语言，我想在这里工作。即便要我亲笔写信恳求女王批准，我也决不会放弃自己的愿望。

　　我已经变得更加不依赖我的父母，我虽然还小，可面对生活的勇气却比妈妈还大，对正义的呼唤也比妈妈更加强烈和坚定。我知道自己想要什么，我有目标、有主见、有信仰也有爱情。就让我自己做主吧，这样我才能满足。我知道我是个女人，一个有着内在力量和足够勇气的女人。别再拿我当小孩子了！

　　假如上帝让我活下去，我一定会取得比妈妈更大的成就。我要让自己的足迹遍及全世界，为了全人类的幸福而奉献终生！

　　但目前我知道，我最迫切需要的是勇气和乐观！

安妮

## 1944 年 4 月 18 日　星期二

亲爱的凯蒂：

　　这里一切平安。爸爸刚刚还说，5 月 20 号之前在苏联和意大利一定会有大规模的军事行动，还包括整个西线。我却觉得在密室里幻想我们最终的解放变得越来越不切实际。

昨天彼得和我终于能坐下来谈话了，这些话题起码被拖延了 10 天。

或许我该找个时间与彼得分享我的日记，和他一起深入探讨里面记录的一切。我想跟彼得更深入地进行交流和沟通，我可不满足于成天闲聊，什么正事也不干！我希望他也和我想的一样。

漫长而难熬的冬天终于过去了，我们迎来了阳光明媚的春天。四月真是风光无限，不冷也不热，时不时还会飘落一阵小雨。我们的板栗树已经郁郁葱葱，随处可见细小的花瓣。

我要做代数题了，凯蒂，再见！

安妮

## 1944 年 4 月 19 日　星期三

亲爱的凯蒂：

坐在敞开的窗边，尽情地享受大自然的恩赐，聆听鸟儿歌唱，阳光洒在脸上，暖暖的，拥抱着自己心爱的男孩，世界上还有比这更美的事情吗？我静静地躺在他的怀里，感觉如此宁静和安详。我俩什么也不说，那感觉是如此惬意。真希望永远这样下去，连莫希也不要来打扰我们。就这样静静地，一辈子……

安妮

# 1944 年 4 月 27 日　星期四

亲爱的凯蒂：

今天早晨，达恩太太的情绪糟透了，总是喋喋不休地抱怨。第一她感冒了，买不到止咳糖浆，鼻涕也流得止不住；其次她又总抱怨说，太阳怎么还没出来，反攻怎么还没有开始；最后又说我们决不能往窗外看，等等。我们就不停地笑话她，说情况并没那么糟，她也只好跟着笑。眼下我正在读《查理五世》，是哥廷根大学的一位教授写的，他为这本书倾注了 40 年的心血。我 5 天读了 50 页，这本书共有 598 页，你可以算算我还要多久才能把它读完。然后还有第二部呢，这本书确实非常精彩。

谁说一个女生就不能在一天之内环游世界呢？以我为例吧。首先，我要把一篇荷兰文翻译成英文，讲的是纳尔逊的最后一次战役。接着我又一口气读完了彼得一世发动的北方战争（1700—1721），里面涉及查理十二世、奥古斯特二世、斯坦尼斯瓦夫·列辛斯基、马泽帕等人物，外加相关的年代。

接着我又登陆了巴西，读到了巴西利亚的烟草、咖啡，读到了里约热内卢的 150 万居民，还有伯南布克和圣保罗，最后还有亚马孙河。了解了黑人、白人、黑人和白人的混血、白人和印第安人的混血、超过半数的文盲，还有疟疾。还剩下一点时间，我快速地浏览了一下家谱：老约翰、威廉·路易斯、恩斯特·卡西米尔、亨利·西米尔一世，一直到小玛格利特·弗朗西斯卡（1943 年生于渥太华）。

12 点，我开始在阁楼里钻研宗教史，一直到下午 1 点。

下午 2 点刚过，这个可怜的孩子又坐在那儿用功了，这回研究的是各式各样的猴子。凯蒂，考你一下，河马有多少个脚趾头？

接着是《圣经》，挪亚方舟，再往后是《查理五世》。再后来和彼得一起念萨克雷的英文原著《上校》。又进行了法语考试，最后把密西西比河和密苏里河进行了比较。

我真想给哪家杂志社投稿，问问他们愿不愿意要我写的那些童话，当然是用假名发表了。

今天就这么多了，再见！

安妮

## 1944 年 5 月 7 日　星期日

亲爱的凯蒂：

说来你可能不信，我仿佛一夜之间长大了很多，也改变了很多。我也说不清为什么，仿佛醍醐灌顶一般，以前的种种困惑一下子都明白了，许许多多的烦恼也都迎刃而解。于是迫不及待地与你分享这一切，你听听我说得对不对。

没错，我的确不像从前那样备受宠爱了，我的骄傲也受到了一定的打击，因此我变得越来越沉迷于自己的感受。我真是太自私了！唉，安妮，看来你要学的东西还多着呢，以前的自负是多么幼稚啊！现在改正还来得及，那就从头做起吧，不要

老是小瞧别人或责怪他们！

　　我经历了太多的忧伤,可在我这个年纪谁又不是呢？我也扮演了太多的小丑,可自己却很少意识到;我感到寂寞,但从未绝望过！我应该为自己感到羞耻,我现在的确感觉到了。

　　过去的事只好放下,放下才能重新站立起来。我想从头开始,应该不会太难的,因为我有彼得。我不再是一个人了,有了彼得的支持,我就永远不会失掉信心。他爱我,我也爱他。还有我的课本、小说和我的日记。我没有那么丑,也没那么笨,我天性乐观,渴望做个好人。以后我要以爸爸为榜样,我一定会进步的。

安妮

## 1944 年 5 月 8 日　　星期一

亲爱的凯蒂:

　　我和你讲过我的家族吗？我想没有,那我现在就讲给你听。

　　我爸爸出生在德国的法兰克福。他的父母,也就是我的爷爷奶奶曾经非常富有。爷爷白手起家,后来投资成立了一家银行。奶奶出身名门望族,家里也十分富有。所以我爸爸在年轻时代,可是过着富家子弟的生活哟。每周都有丰富的社交活动,什么聚会啦、舞会啦、晚宴啦、美丽的姑娘啦,应有尽有。后来,爷爷奶奶去世了,家里的全部积蓄也随着世界大战和经济危机的爆发而消失殆尽。可以说爸爸一直都是在非常优越的环境下长大的,过去的 55 年完全是衣食无忧。而昨天呢,爸爸竟然落魄到第一次坐在餐桌旁舔光盘子里的残渣。呵呵，人生的大起大落也不过如此了！

妈妈的家里也很富有，每当她激情洋溢地追忆往昔，精彩的故事常常听得我们目瞪口呆。什么 250 人参加的订婚仪式啊，什么私人舞会啊，大型晚宴啊。当然现在没有人会当我们是富人了，但我会把所有的希望寄托在战争结束以后。

我可以向你保证，我决不会满足于像妈妈和姐姐那样目光短浅、刻板拘束地生活。我渴望去巴黎待一年，在伦敦也待一年，学习语言，研究艺术史。姐姐可和我不同，她竟然想去巴勒斯坦护理婴儿！我喜欢华丽的衣服和时尚的人物。我想体验世界各地的精彩，积累各式各样令人激动的经历。就像我过去一直跟你说的，有点儿钱可绝对不是什么坏事。

仙女爱伦的故事已经写完了。我把它誊抄在精美的信纸上，又用红墨水笔画了些插图，再仔细地装订起来，看起来当然很漂亮。我想把它作为生日礼物送给爸爸，也不知道合不合适。妈妈和姐姐也都给爸爸写了诗。

噢，凯蒂，今天天气真好，要是能出去走走该多好啊！

安妮

## 1944 年 5 月 13 日　星期六

亲爱的凯蒂：

昨天是爸爸的生日，也是爸爸和妈妈结婚 19 周年的纪念日。天气晴朗，阳光明媚，好像 1944 年以前从来没有过如此

安妮日记

明媚的天气。

克莱门先生送给爸爸一本林奈的生平传记，库格勒先生送了一本自然科学史，杜塞尔送的是《阿姆斯特丹的运河》，达恩夫妇送了一个包装精美、装饰华丽的大盒子，里面装了3个鸡蛋、一瓶啤酒、一瓶酸奶，还有一条绿色的领带。跟这些礼物相比，我们送的那罐蜜糖就逊色多了。我送的玫瑰一直芳香无比，迈普和爱丽送的康乃馨虽然香气没有这么浓郁，不过也很好看。

爸爸真是被大家宠坏了！这时50块小点心被端了上来，真是香气扑鼻。爸爸给我们分发了点心，男士们喝着啤酒，女士们喝着酸奶，大家全都沉浸在快乐之中。真是美好的一天！

安妮

## 1944 年 5 月 19 日　星期五

亲爱的凯蒂：

　　昨天我感觉糟透了，完全乱了套。（这对安妮来说是常事！）头痛、呕吐、胃疼，浑身上下都不舒服。今天好多了，我饿坏了，可一想到晚饭又要吃菜豆，顿时什么胃口都没了。

　　彼得真是太可爱了，可我的心门却已经对他关闭了。如果他想再一次打开，一定得付出比从前更大的努力才行。

安妮

## 1944 年 5 月 22 日　星期一

亲爱的凯蒂：

　　5 月 20 日那天，爸爸和达恩太太打赌，结果输掉了 5 瓶酸奶。因为反攻还没开始。一点也不夸张地说，目前整个阿姆斯特丹、荷兰，甚至整个欧洲的西海岸，一直到西班牙，到处都在没日没夜地谈论着反攻，并围绕着它进行争论、打赌……当然对它还有期待。

　　怀疑的情绪已经蔓延到了极点，人们都不能忍受了。即使是我们认为"善良的"荷兰人也并不会把希望寄托在英国人身上。大多数人都认为英国人不过是在虚张声势，空谈宏伟的战略。人们渴望看到的是行动——伟大而英勇的行动。所有人都认为拯救荷兰就是英国人的义务，而且应该越快越好。

　　可是，英国人凭什么承担这个义务呢？荷兰人又凭什么心安理得地接受人家如此慷慨的援助呢？话说回来，不论英国人怎样拖延和声张，他们也不应该比那些法西斯国家受到更多的指责啊！英国人没有义务向我们道歉，即便我们指责他们不该在德国疯狂扩军备战时倒头睡大觉，可是与德国相邻的那些国家不都在睡大觉吗？那些奉行鸵鸟政策的国家又有哪个向我们伸出援手了呢？现在英国乃至全世界都已经再清楚不过了，无论哪个国家和民族，如果再继续奉行鸵鸟政策，都必将付出沉重的代价。是表明立场的时候了！该划清界限了！

没有哪个国家会毫无理由地牺牲自己的士兵，当然也不会莫名其妙地照顾别国的利益。没有永远的朋友，只有永远的利益！英国自然也不例外。伴随着自由和解放的反攻迟早会到来的，但是这个时间需要由英国和美国共同决定，而不是由被占领的国家来要求。

最让我感到恐怖和伤心的是，听说很多人转变了对犹太人的态度。反犹主义居然严重扩大化了，不少过去中立的国家也都掀起了反犹狂潮。这让我们更加不知所措。一直以来对犹太人的指责虽然不对，但也是可以理解的。基督徒责怪犹太人向德国人泄密，背叛了帮助他们的人，还说正是犹太人连累了基督徒，才使他们遭受了惩罚和厄运。

的确发生过这种事。但凡事都应该从两个方面来看，假如基督徒处于我们的境地，他们就敢担保不会屈服吗？德国人可有的是让人开口说话的办法，他们的残忍是出了名的。所以平心而论，一个人无论是犹太人还是基督徒，都绝对不可能守口如瓶。那么，为什么世人都拿不可能的事情来要求犹太人呢？

私底下还流传着一种说法，说以前移民到荷兰、现在被流放到波兰的德裔犹太人，战后也不许返回荷兰。虽然他们曾经有在荷兰的避难权，可一旦希特勒倒台了，他们就必须回到德国去。

听到这样的消息，我们不禁在思考，我们忍受这场漫长而又艰难的战争究竟是为了什么。以前大家都说是为了公理、正义和自由。可现在呢？战争还在进行，内部的争斗就要显露出来吗？难道犹太人永远都要低人一等吗？我们的生命就那么不值钱吗？我太伤心了！这一切真的太可悲了！正如那句已经被验证了无数次的古老的箴言："一个基督徒做事一人当，一个犹太人做事万人遭殃。"

说真的，我怎么也搞不懂，如此善良、正直和诚实的荷兰人民怎么会这样评价我们，怎么会这样看待我们这个世界上最不快乐、最受压迫，同时也是最需要同情的民族。我只能祈求一件事，那就是对犹太人的强烈仇恨能快些过去，祈求荷兰人能恢复他们善良的本色，祈求他们毫不动摇地坚持正义与公道。因为反犹主义绝对是非正义的，历史自有公断！

要是这种可怕的威胁真的变成现实，那么将来好不容易存活下来的那一小批人将不得不离开荷兰。我们好不容易盼来的解放，换来的却是再一次的无家可归。到了那时，我们也只好再一次背负小小的行囊，继续步履蹒跚地前行，离开这个美丽的国家，离开这个曾经热烈欢迎我们，如今却又抛弃了我们的国家。

我爱荷兰！我，一个没有祖国的人，曾经多么渴望它就是我的祖国，而现在我仍然热切地盼望着……

安妮

## 1944 年 5 月 25 日　星期四

亲爱的凯蒂：

每天都有不幸的事情发生。今天早上，一直给我们送菜的蔬菜商被抓走了，因为他家里藏了两个犹太人。这件事对我们来说绝对是个沉重的打击。不仅因为那两个可怜的犹太人正站在死亡的边缘，还有那个好心帮忙的蔬菜商也将遭受灭顶之灾。

世界完全疯狂了！曾经备受尊敬的人纷纷被送进集中营、监狱和寂寞的囚室，而那些人渣败类却还在趾高气扬地统治着男女老少、穷人富人。

做黑市买卖的人被抓了进去，而好心帮助犹太人或收留、藏匿犹太人的人也都被抓了进去。总是有人不断地被抓进去，谁也不知道自己下一秒会发生什么意外。

蔬菜商的被捕对我们来说真是个巨大的打击。这意味着爱丽和迈普再也不能给我们送土豆了，所以唯一的办法就是节食。妈妈说，我们的早餐必须要去掉了，中午吃点麦片粥和面包，晚饭吃煎土豆。如果可能的话，每周吃一两次莴苣或其他蔬菜，再多就没有了。我们就要挨饿了，但怎样都比被发现好。

安妮

## 1944 年 5 月 26 日　星期五

亲爱的凯蒂：

我内心痛苦极了，已经好几个月没有这种感觉了，自从夜盗事件以来我还从没像现在这样沮丧过。一方面，关于那个蔬菜商的事、犹太人的状况，密室里整天都在说来说去。还有一拖再拖的反攻、糟糕的饭菜、紧张悲凉的气氛以及我对彼得的失望；另一方面，却是爱丽的订婚、圣灵节的仪式、鲜花、库格勒先生的生日、彩色蛋糕以及关于餐馆里的歌舞、电影和音乐会的种种描述。

巨大的反差，在我脑海里总是挥之不去。我们的情绪也是变化无常。头一天看到的还都是快乐的一面，脸上也挂着笑容；可第二天我们就开始担惊受怕，内心忐忑不安，绝望的神情写在脸上。迈普和库格勒先生为我们担负了最沉重的负担，迈普成天为我们忙里忙外，库格勒先生也经常因为压力太大，紧张得说不出话来。克莱门先生和爱丽已经尽了最大的努力照顾我们。我们真的很感激，希望今生还有机会报答他们。

下水道被堵了，所以我们不能用水，也不能冲厕所。我们只好把脏水都盛在一个大罐子里，还洒了些花露水。去厕所的时候还得带上卫生塑料刷。今天还能对付，可是以后呢？要是水管工一个人修不好该怎么办？政府的清洁服务队要下周二才能来。

迈普送给我们一块葡萄干蛋糕，做成一个娃娃的形状，上面写着"圣灵节快乐"！在我看来这句话可真够讽刺的，我们还能快乐起来吗？自从那个蔬菜商出事以后,我们更加小心谨慎了,不管做什么都比从前小声多了。只要有人一张嘴,到处都是"嘘、嘘"的声音。警察到蔬菜商的家就是破门而入的,说不定他们也会对我们做同样的事情。要是有一天我们也……不,我不能写,可这些问题在我的脑海里怎么赶也赶不走。相反,以前所经历的一切恐惧,好像猛然积聚起所有的力量,一下子朝我袭来。

我不停地问自己,假如我们当时没有躲起来,假如我们现在已经死了,结果是否会更好一点,我们也许就不用经历这么多痛苦,也不会把我们的保护人拖进危险的深渊。可这样的念头又会令我们退缩,因为我们仍然热爱生活,我们还没有忘记大自然的声音,我们还在期待,期待着一切美好。

我希望很快会发生什么,如果万不得已哪怕是枪声也好,再也没有什么比这种烦躁不安的等待更折磨人了。就让最终的结局到来吧,即便那是痛苦的,那至少也能让我们知道我们终究是能挺过去,还是会倒下来……

安妮

## 1944 年 6 月 5 日　星期一

亲爱的凯蒂:

密室又有了新麻烦。杜塞尔和弗兰克一家因为一点黄油吵得很凶。第五军已经拿下了罗马。极少的蔬菜和土豆。闷热的天气。

安妮

# 1944 年 6 月 6 日　星期二

亲爱的凯蒂：

"今天是反攻日！"英国电台中午 12 点对外宣布，太好了，就是这一天！反攻开始了！

今天早上 8 点，英国发布了如下消息：加莱、布伦、勒阿弗尔、瑟堡和加莱海岸遭到猛烈轰炸。为了各占领区人民的安全，英国人会提前一个小时空投传单，通知所有距离海岸 35 公里以内的居民做好准备，防止轰炸。

据德国电台报道，英国伞兵部队已经在法国海岸登陆。英国电台报道，英国登陆艇和德国海军交战正酣。

9 点，利用早餐时间，密室所有成员就当前局势展开了激烈的讨论：这会不会像两年前的迪耶普战役一样，只是一次登陆演习呢？

10 点，英国广播电台用德语、荷兰语、法语和其他语言反复广播："反攻已经开始！"这就是说，反攻是真的！

11 点，英国广播电台用德语，播报了盟军最高统帅艾森豪威尔的讲话。

12 点，英国广播电台用英语广播："今天是反攻日。"艾森豪威尔将军向法国人民讲话："激烈的战斗已经打响，最后的胜利一定属于我们。1944 年将是全面胜利的一年。祝大家好运。"

下午 1 点，英国电台用英语播报：11000 架飞机蓄势待发，将会不间断飞行，运送空降部队或者进行轰炸。登陆部队和地面进攻跟进。4000 艘登陆艇，另加小型舰艇，配合登陆部队把战略物资正源源不断地送达瑟堡至勒阿弗尔一线。英国和美国的部队已进入战斗。比利时总理杰布兰迪、挪威国王哈康、法国的戴高乐、英国国王先后发表了演讲，最后是丘吉尔。

　　密室立即炸开了锅。渴望已久的登陆真的开始了吗？梦幻般的解放终于来临了吗？今年，也就是 1944 年，我们真的会迎来最终的胜利吗？这一切我们都还不能肯定，但至少希望已经在我们心里扎下了根，勇气也在我们心中重新复活，我们再一次看到了希望。所以我们必须咬紧牙关，保持冷静和坚定，勇敢地挺过接下来的一切恐惧、匮乏和痛苦，直到最后的胜利。法国人、苏联人、意大利人，甚至德国人都可以尽情发泄心中的苦闷，放声大哭。但我们犹太人暂时还没有权利这么做！

　　噢，凯蒂，盟军终于在诺曼底登陆了，反攻真的开始了！这给我最直接的感受就是，我仿佛看见朋友们正一步步向我走来。那些可怕的德国人实在压迫我们太久了，过去他们一直在用锋利的匕首抵在我们的咽喉上，而如今，想起朋友和最终的解放总能令我们信心百倍。这一切不仅仅关系到犹太人，甚至关系到荷兰以及整个欧洲的被占领区。姐姐说，说不定到了 9 月或者 10 月，我们就可以重返校园了。

安妮

附注：我要把最新的消息立即告诉你！

昨天夜里和今天清晨，许许多多用稻草和橡胶做的假人被空投到德军阵地上，刚落地就爆炸了。还有许多伞兵已经降落，他们脸上涂黑，在夜里不易被发现。一夜之间，法国海岸有成千上万吨炸弹爆炸。早上6点，第一批舰艇登陆了。今天有两万架次的飞机投入战斗。德军沿海炮兵阵地已经被摧毁，盟军登陆的桥头堡已经形成。虽然天气不佳，但是一切顺利。军民正在齐心协力扩大战果。

## 1944年6月9日　星期五

亲爱的凯蒂：

反攻的大好消息——盟军已经占领了法国南部小镇巴约，目前正在攻打卡恩。显然盟军想切断瑟堡所在的半岛，形成对德军围攻之势。每天晚上战地记者都会从前线发来报道，讲述军队的艰难、士兵的勇敢和热情以及一些令人惊喜的进展。还有一些负了伤返回英国的士兵也被请到麦克风前进行宣传和介绍。尽管天气很糟，空军还是坚持全天候作战。我们从广播里听到，连丘吉尔也想在反攻那天随部队一起登陆，在艾森豪威尔和其他将领的反复劝说下，才打消了这个念头。想想看，这位老人家具有怎样的勇气啊，他起码也该有70岁了吧。

密室里的激动之情稍稍平息，我们都在期盼着战争能在今年年底结束。总该到时候了吧！达恩太太装模作样的语气真让人受不了。前些天她总嚷嚷着盟军不可能登陆，搞得大家心烦；而现在又整天抱怨天气不好，真拿她没办法。真应该把她扔到冷水桶里关在顶楼。

全体密室成员，除了达恩父子，最近全都阅读了《匈牙利史诗》三部曲。这是一部关于伟大的作曲家、著名钢琴演奏家和神童李斯特的传记。书很有趣，可我感觉到关于女人的描写似乎太多了。在他那个时代，李斯特不仅是最伟大和最著名的钢琴家，而且是最有魅力、最受女性欢迎的风流才子——一直到他70岁还是这样。书中涉及的音乐和艺术的部分则要有趣得多。其中还提到不少著名的人物，如舒曼、贝多芬、肖邦、雨果、巴尔扎克、席勒、门德尔松等。

李斯特就个人而言是个好人，他慷慨大方、平易谦逊，把艺术看得至高无上。而另一方面，他也爱慕虚荣，沉湎于酒色，看不得别人的眼泪。总的说来，他是个绅士，不重金钱，乐于助人，从不拒绝别人的请求，主张宗教自由和世界和平。

安妮

## 1944 年 6 月 13 日　星期二

亲爱的凯蒂：

又一个生日过去了，我已经15岁了，生日那天我收到了好多礼物。

施普林格的五卷本《艺术史》、一套内衣、两条腰带、一块手帕、两瓶酸奶、一罐果酱、两块小点心、一本植物学的书，这些都是爸爸妈妈送我的。姐姐送了我一对手镯，达恩夫妇送了我一本集邮簿，杜塞尔送了甜豆，迈普和爱丽送的是糖果和练习本。最让我惊喜的是库格勒先生，他送了我一本《玛利亚·特蕾莎》，还有三块全脂奶酪。彼得送了我一束美丽的牡丹花。这个可怜的男孩费了好大力气想找点特别的东西，可惜运气不佳。

尽管天气恶劣，狂风暴雨，巨浪翻滚，反攻依然捷报频传。

昨天丘吉尔、施穆茨、艾森豪威尔和阿诺德视察了刚刚被解放的法国村庄。丘吉尔乘坐的鱼雷艇炮轰了海岸。他就像年轻的小伙子一样，毫不畏惧、奋勇向前。那份勇气真让人羡慕！

我们这些"囚徒"还无从得知外面民众的反应，我猜大部分荷兰人都会欢欣雀跃的。平时他们总说英国人无所事事，现

在英国人终于撸起袖子准备大干一场了。现在那些瞧不起英国人、骂英国人胆小、骂英国政府是"老人政府"，可心里又痛恨德国人的人，真的应该好好反省一下了。希望这些能给他们愚蠢的脑袋里塞进一点理智。

安妮

## 1944 年 6 月 16 日　星期五

亲爱的凯蒂：

又有新的问题出现了。达恩太太的神经好像出了毛病，她近来总是特别绝望，一个人在那里嘟嘟囔囔，说什么有子弹打穿了她的脑袋，还有什么进监狱啦，被绞死啦，要自杀啦这些。她很嫉妒我，因为彼得更信赖我而不是她。她还感到很委屈，因为杜塞尔对她的卖弄风情完全不领情。她是多么渴望杜塞尔能有所表示啊！她还担心她的丈夫一直这么抽烟，总有一天会把她的皮大衣也给卖掉的。

于是她用极其粗鲁的语言到处找人吵架，又经常一个人啪嗒啪嗒地掉眼泪，觉得自己很可怜，不知怎的又会吃吃地笑起来，然后再找人吵架，就这样反反复复、不得安宁。她的行为像一个粗野幼稚的中学生，而样貌却是一个邋遢乖张的老太婆！

对于这样一个整天神经兮兮、哭哭啼啼的人，你能拿她怎么办呢？于是谁也不拿她当回事，任由她这样痴痴呆呆的。最要命的是这一切令彼得变得越来越粗鲁，达恩先生越来越烦躁，连妈妈也越来越刻薄。唉，多么可怕的景象！

　　库格勒先生又接到了召集令，让他去挖四个星期的壕沟。他正准备让医生开具证明、公司出具公函，看能不能逃脱劳役。克莱门先生准备接受胃部手术。昨晚 11 点开始，所有的私人电话线路都被切断了。

安妮

<h2 align="center">1944 年 6 月 23 日　星期五</h2>

亲爱的凯蒂：

　　这几天没发生什么特别的事情。英国人已经对瑟堡发起了大规模的进攻。按照爸爸和达恩先生的说法，我们肯定能在 10 月 10 日之前获得自由！俄国人也加入了这场战役，一切都正朝着好的方向发展。昨天德国人在维特布斯克发动了一场战争，这距离他们当初入侵的日子已经整整三周年了。

　　我们的土豆就快吃完了。从现在开始每个人都得数着吃，谁都清楚地知道自己的那份还剩多少。

安妮

<h2 align="center">1944 年 6 月 27 日　星期二</h2>

亲爱的凯蒂：

　　反攻进展顺利，密室里的气氛也活跃起来。今天瑟堡、维特布斯克和斯洛宾都被盟军攻陷了，盟军缴获了大量的物质，抓获了大量的俘虏。五名德国将军在瑟堡战死，两名被俘。盟

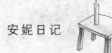

军还占领了一个港口,现在无论是运送部队还是运送装备全都没问题了。反攻刚开始三个星期,就占领了整个科唐坦半岛,盟军取得了巨大的胜利!

虽说登陆以来的三个星期,这里和法国没有一天不是狂风暴雨。可是这一点点坏运气并不能阻挡英国和美国展现他们强大的力量。他们真是太了不起了!听说德军使用了一种威力巨大的新型火箭,结果只对盟军造成了一点微不足道的损伤,所以现在德军也只能在报纸上胡言乱语、自吹自擂了。

等着瞧吧,等到苏联的布尔什维克逼近,不吓得他们尿裤子才怪呢!所有没有随军的德国妇女带着她们的孩子,正在紧急撤离。就连穆塞特(荷兰法西斯和纳粹头头)也公开宣称,如果反攻打到这里,他也会穿上军装去战斗的。这个大胖子真想打仗吗?他早在苏联时就应该试试身手。

前不久芬兰拒绝了和平提议,谈判也陷入了僵局。他们一定会后悔的,这些傻瓜们!

安妮

## 1944 年 7 月 6 日　星期四

亲爱的凯蒂:

当彼得说起他将来想当个罪犯或者赌徒的时候,我不禁呆住了。当然他是说着玩的,可我心里依然充满了担忧。我知道这是源于他的懦弱和自卑。我真怕他会一直任凭自己懦弱下去、消沉下去。我也看得出来他没有打算改变,也没有勇气改变。为什么懒惰涣散和自欺欺人总是那么容易呢？

我该怎样帮助他呢？要完全进入一个人的内心实在太困难了。彼得现在已经有点依赖我了，我可不希望这样。对彼得来说，独立自主已经很难了，再想让他乐观清醒、自信自强更是难上加难。这就意味着要在困难重重的海洋里披荆斩棘、乘风破浪，还不能失掉正确的航向，这可真是双倍的艰难啊！

这几天我一直在想办法，我一定要让他明白，那种懒惰和放纵的人生看起来很安逸，实际上会把他拖入无尽的深渊。在那里人生没有支柱，心灵没有安慰，还会失去所有的朋友和一切美好。一旦沉沦，永不复生！

我们全都活着，但我们并不知道为什么要活着，也不知道将去向何方。我们活着的目的就是为了寻找幸福，让自己幸福，也要让别人幸福。我们三个孩子都在善良的家庭中成长，都有受教育的机会，也都有取得某种成就的可能性，所以我们都有理由渴望幸福。可是……这一切都要靠我们自己来赢得，绝不是随随便便就能争取到的。我们必须好好学习、努力工作、行善积德、回报社会，而不能依赖于赌博和犯罪。懒惰也许看起来很舒服，但是工作才可以带来满足。

彼得并不是不喜欢工作，他只是没有找到明确的目标，而且总认为自己太笨，犹太人的身份又让他感觉处处低人一等，所以他感觉自己根本不可能有任何成就。可怜的男孩，他还从来没有体会过让别人幸福是什么感觉，他还没有认识到自己人生的价值。这让我怎么办啊？他没有信仰，嘲笑基督，还总爱

用上帝的名义来骂人。尽管我自己也没那么正统，但是看到他毫无敬畏之心，对什么都不屑一顾，那么自暴自弃，那么无助的时候，我还是感到很痛心。

拥有信仰的人应该是幸福的。一种宗教，不管它跟什么有关，总能使人走向正确的道路。那绝不仅仅关乎宗教，而是一个人对于自身荣誉和良知的坚持。假如每晚临睡前，人们都能在内心深处仔细回顾一天发生的事情，认真剖析什么是善，什么是恶，那么他将会变得多么优秀和崇高啊。如果一个人能真正做到"吾日三省吾身"，你就能在每个崭新的日子开始之前改变自己，不断进步。持之以恒，你自然会取得非凡的成就。

这种方法每个人都可以尝试一下，并不困难，却大有裨

益。如果谁还怀疑这一点的话，那他就要继续学习，加深体
会，慢慢就会醒悟：只有虚极静笃，才能无往不利。

安妮

# 1944 年 7 月 21 日　星期五

亲爱的凯蒂：

我现在心中充满了希望，形势终于有了转机。是真的，形
势一片大好！特大喜讯——有人刺杀希特勒！虽然让他侥幸逃
脱，仅仅受了点轻伤。可他旁边的几位军官和将军非死即伤，
这也给希特勒带来了沉重的打击。首犯被枪决了。令人意想不
到的是，杀手不是犹太共产党员，也不是英国资产阶级，而是
一位德国将军，而且他还是一位伯爵，还很年轻。

这个振奋人心的消息证明，已经有大量的德国军官对这场
战争厌恶透顶，巴不得希特勒早点儿下地狱。一旦刺杀了希特
勒，他们的打算是重建一个军事独裁政府，与盟军讲和，等重
整旗鼓以后东山再起，或许几十年以后再发动新的战争。如果
德国人真的窝里斗，那对盟军真是十分有利。苏联人和英国人
也可以省点力气，早日重建自己的家园。

此外，希特勒竟然向他的忠实臣民宣布，从现在起，所有
军队和士兵必须完全服从盖世太保的领导。任何士兵一旦得知
他们的长官参与了这起谋杀行动，都有权立刻将其枪杀，无须
军事法庭的审判。

你可以想象军队将会变得多么混乱和疯狂吧！长途行军中

的一个士兵跑路太多，脚走疼了，他的长官大声训斥了他。士兵一把抓起来福枪，大喊道："就是你想谋杀元首，我毙了你！""砰"的一声，那个训斥士兵的骄傲长官立刻魂归西天。

最后，军官们个个心惊胆战，哪个军官要是胆敢跟一个小兵过不去，或者胆敢强行发号施令的话，他保管会吓得屁滚尿流的。因为这些小兵的胆子可比他们大得多。

你明白我是什么意思吗？还是我跳来跳去写得太乱了？那也没办法啊！一想到 10 月份我有可能重新坐上学校的板凳，我就兴奋得完全失去条理了啦！要不他们怎么会叫我"充满矛盾的小精神病"呢。

安妮

## 1944 年 8 月 1 日　星期二

亲爱的凯蒂：

"充满矛盾的小精神病"，我上一封信就是这么结尾的，这篇我也以此来开头吧。"充满矛盾的小精神病"，你能告诉我这是什么意思吗？矛盾是什么意思？就像许多词语一样，它也有两层意思，分为外部的矛盾和内部的矛盾。

外部的矛盾就是别人对我的评价："不接受别人意见，从不轻易妥协，总是知道得最多、最正确，总是与人争辩，总想占上风。"总之，就是我身上众所周知的那一切令人不快的特点。但内部的矛盾却没有人知道，那是我自己的秘密。

我曾经一再跟你讲过，我这个人有双重性格。一面是说说笑笑、打打闹闹、乐观轻浮、敷衍幼稚。这种特点包括：从不会对撒娇、接吻、拥抱或不雅的笑话生气；而另一面呢，却是我的善良、纯洁、优雅、内涵。这些是我美好的一面。可惜，我邪恶的那一面总是占据了上风，粗暴地将我美好的一面推开。所以就像你看到的，没人了解安妮美好的一面，所以大多数时候我都是一个令人眼花缭乱的小丑，这也导致了大多数人并不喜欢我。

既然知道那样不好，可我为什么还要那样做呢？因为我轻率肤浅的那一面，总会偷袭我深沉美好的一面，而且总是它赢。你根本想象不到我付出了多么大的努力，一直想把那不好的安妮赶走，想让她受挫，让她停止，让她躲起来，可是没有用，我非常清楚那根本不管用。

我特别害怕那些认识我的人会发现我的另一面——更美更好的一面。我害怕他们会嘲笑我，觉得我荒唐和多愁善感，更加不拿我当回事儿。我已经习惯了不被人重视，可习惯这些的只是那个乐观轻松的安妮，而这个敏感深刻的安妮却脆弱得根本经不起任何打击。有时候我硬逼着那个美好的安妮在舞台上表现一下，哪怕只有一刻钟，她也会立刻像一只乌龟一样把头缩进重重的壳里，还没有开口就已经瑟瑟发抖，只留下那个轻率肤浅的安妮在耍嘴皮子，还没等我反应过来，美好的安妮早已经逃到九霄云外了。

所以，美好的安妮永远不会呈现在人们眼前，至今还没有出现过一次；只有在我独处的时候，她才会出来主宰我自己。

所以在内心深处，我清楚地知道，我是个什么样的人，我想怎样。可是，天哪，我只有在面对自己的时候才是这样的。所以，我深信，我的灵魂深处是快乐的，可别人都认为我只是表面快乐。我的内心一直追随着那个圣洁的安妮的指引，但是从外表上看，我不过是个放荡不羁、活蹦乱跳的小山羊。

正如我前面谈到的，我从不会就任何事情表达真实的感受，所以我才会落得这样的名声：什么"男生狂"啦，轻浮啦，喜欢卖弄啦，爱耍小聪明啦，不懂装懂啦，等等。那个欢乐肤浅的安妮只会对此一笑了之，或者做个轻率的回答，无所谓地耸耸肩膀，装作什么也不在乎。可是，天哪，那个安静优雅的安妮的反应却完全不同。说实在的，我其实很在乎，那些做法深深伤害了我。我其实特别想改变自己，也付出了不懈的努力，可在挣扎的过程中却总是遭遇更强大的敌人。我的灵魂一直在哭泣，我的内心一直在滴血。总会有这样一个声音在我耳边回荡："就这样吧，安妮，那就是你！你没有同情心，你看起来那么傲慢，那么暴躁，所有人都不喜欢你，这都是因为你不愿听从自己美好的一面提出的忠告。"

哎，我多么想听啊，可是真的不行！假如我安静而认真，所有人都会认为我在演戏，认为那不过是我搞的新花样，我也只好用一个笑话为自己开脱。更别说我的父母了，他们准会认为我生病了，逼着我吃下各种治头痛和神经的药片，摸着我的脖子和脑袋看我有没有发烧，问我有没有便秘，最后批评我别再闹情绪了。我实在不能接受，就只好强颜欢笑，接着乱发脾气，然后暗自伤心，最后也只好再次扭曲自己的感受。于是坏的一面就展现了出来，美好的一面再次隐藏了进去，然后继续在内心深处探索，问自己怎样才能还原本来面目，何时才能扔掉面具做人。也许有一天，我真的会展现出自己真正的风采，假如……再也没有别人活在这个世界上……

安妮

语文阅读经典丛书·第五辑

# 老人与海

文质 改编

长江出版社
CHANGJIANG PRESS

**图书在版编目(CIP)数据**

语文阅读经典丛书. 第五辑 / 文质改编.
—武汉:长江出版社,2020.11
ISBN 978-7-5492-7368-3

Ⅰ.①语… Ⅱ.①文… Ⅲ.①世界文学—作品综合集 Ⅳ.①I11

中国版本图书馆 CIP 数据核字( 2020)第 232345 号

语文阅读经典丛书. 第五辑 　　　　　　　　　　　　　　文质 改编

责任编辑:李剑月
出版发行:长江出版社
地　　址:武汉市解放大道 1863 号　　　　　　　邮　　编:430010
网　　址:http://www.cjpress.com.cn
电　　话:( 027)82926557( 总编室 )
　　　　　( 027)82926806( 市场营销部 )
经　　销:各地新华书店
印　　刷:湖北嘉仑文化发展有限公司
规　　格:880mm × 1230mm　　　1/32　　　24 印张　　　500 千字
版　　次:2020 年 11 月第 1 版　　　2021 年 2 月第 1 次印刷
ISBN 978-7-5492-7368-3
定　　价:148.80 元(共六册)

老 人 与 海

　　他是一个孤独的老人，每天独自一个人驾着一条小船在墨西哥湾流捕鱼。漫长的八十四天过去了，老人却一条鱼也没有捕到。开始的四十天里，还有个男孩子和他做伴。四十天过去了，他们还没有逮到一条鱼，男孩的父母认定老人肯定是倒霉到了极点，于是他们不再让孩子跟着老人一起出海了。

　　孩子听从了父母的安排，他在第四十一天登上了另外一条船，不到一个星期他们已经捕到了三条大鱼。

　　孩子看见老人每天摇着一条空船回来，一条鱼也没捕到，心里很是难受。他常在这时走下岸去，默默地帮老人做一些事情。有时帮老人卷一卷钓索，有时收拾一下散乱的鱼钩和鱼叉，或是卸下那面卷在桅杆上的帆。那是一面用面粉袋打了层层补丁的帆，将它收拢以后，看起来就像是一面破烂不堪、吃了败仗的旗帜。

　　老人又黑又瘦，脖子上的皱纹如沟壑一般，向我们诉说着岁月的沧桑无情。他的脸上长满了褐色的斑，那是长期在海上捕鱼，热带海洋上的太阳在他脸上留下的印迹。褐斑从他脸的两侧一直延伸下去。他的双手因为一次又一次用绳索拉大鱼而留下了深深的伤疤，但是这些伤疤中没有一块是新的，因为它们如同经历了百年风雨的树桩一样古老。他身上的一切都显得那么沧桑，除了那双眼睛，它们像海水一样蓝，永远闪烁着喜悦而不服输的神情。

"桑地亚哥，"当他们俩从小船停泊的地方爬上岸时，孩子对他说，"我以后又能陪你出海了，我家挣到一些钱了。"

因为老人教会了这孩子捕鱼，所以孩子很喜爱他。

"不，"老人说，"你遇上了一条交好运的船，就跟他们待在一起吧。"

"你应该记得，有一次你一连八十七天捕不到一条鱼，但之后接连三个星期，我们每天都能收获大鱼。"

"我记得，"老人说，"我知道你不是因为打不到鱼才离开我的。"

"是爸爸叫我走的。我只是个孩子，不能不听他的。"

"我明白，"老人说，"你应该听你爸爸的话。"

"可他老是怀疑你是否能顺利捕到大鱼。"

"是啊，"老人说，"可是我们自己有信心，不是吗？"

"对，"孩子说，"我请你到露台饭店去喝杯啤酒，然后我帮你把捕鱼的工具带回去。"

"很好啊，"老人说，"让老渔夫和小渔夫去干一杯。"

他们坐在饭店的露台上，很多渔夫拿老人开玩笑，但老人并不介意。另外一些上了点年纪的渔夫心地善良，知道他许多天都没有捕到鱼了，所以从心底替他感到难过。不过他们并没有流露出来，只是若无其事地谈着海流、钓索下到了海底多深的地方、天气的好坏和他们的见闻。当天捕鱼手气不错的渔夫们都已回来了，他们把大马林鱼剖开，整片儿摆在两块木板上，再由四个年轻力壮的小伙子抬着，踉踉跄跄地送到收鱼站，在那里等待冷藏车来把这些鱼片运往哈瓦那的市场。运气更好的，也就是逮到鲨鱼的人们，已把战利品送到海湾另一边的鲨鱼加工厂去了。他们把鲨鱼吊在复合滑车上，先对它进行前期处理，比如先除去它的肝脏，割掉它的鱼鳍，剥去它的外皮，之后把鱼肉切成一条条的，以备腌制。

每当刮东风的时候，就能闻到从海湾另一边的鲨鱼加工厂飘来一股股的腥味。但今天只有淡淡的一丝，气味不浓，因为转了北风，气味飘不过来，后来北风也逐渐平息了。饭店露台上洒满阳光，暖暖地照在身上，让人很放松。

"桑地亚哥。"孩子叫他。

"哦。"老人回答道。他正握着酒杯，陷入深深的往事中。

"要我去弄点沙丁鱼来给你明天作鱼饵吗？"

"不。你玩你的棒球去吧。我还划得动船，还有罗赫略可以帮我撒网。"

"但我很想去。即使不能陪你出海打鱼，我也很想帮你多少做点事。"

"你已经请我喝了啤酒啦,"老人说,"你已经是个大人啦。"

"你还记得你第一次带我出海打鱼时,我是多大吗?"

"五岁,那天我把一条活蹦乱跳的大鱼拖上船去,它差一点把船撞得粉碎,你也差一点丢了小命。还记得吗?"

"我记得,这件事怎么可能忘记。那条鱼在船上不停地扑腾,连船上的座板都被鱼尾巴打断了。你把我用力推向船头,那儿正好有一堆湿漉漉的钓索。我趴在钓索上,感到整条船都在颤抖。你紧张地用棍子打着鱼,啪啪的声音像是在砍一棵树。血溅到我身上,甚至嘴里,那味道甜丝丝的。"

"你真的还记得那回事儿,是不是不久前我刚跟你说过?"

"不,从我第一次跟你一起出海起,每一件事我都记得清清楚楚。"

老人用他那双被烈日灼烧过的眼睛望着他,坚定而慈爱。

"如果你是我自己的儿子,我准会带你到更远的海域去闯一下,这样既锻炼胆识,又能增长见识。"他说,"可你是你父母的宝贝儿子,而且现在正搭上了一条交上了好运的船。"

"我去给你弄点沙丁鱼来吧,我现在知道去哪儿可以弄到四条鱼饵来。"

"不,不用了。我今天还有一些剩下的鱼,我把它们放在匣子里腌着了。"

"我想给你弄四条新鲜的来,那比腌过的好。"

"一条就够了。"老人说。他还是像当初一样地相信自己,相信自己可以打到鱼,他的希望和信心从没消失过。而这份希望和信心就如夏日清风一般，让他精神抖擞。

"两条吧。"孩子说。

"两条就两条吧，"老人答应了，"不会是你偷来的吧？"

"我倒想去偷，"孩子说，"不过这些是买来的。"

"谢谢你了。"老人说。他心地单纯，没有什么心机，也就没有去深探自己为什么会对马诺林这样客气起来。可是即使他意识到自己变得如此客气，也并不觉得这样就丢了自己的脸，或者有损自己的自尊心。

"看这海流，明天应该是个好天气。"老人说。

"你打算去哪儿？"孩子问。

"我想去远一点儿的地方，等转了风向再回来。也许天亮前就得出发。"

"我要想办法叫船主人也驶向远方，"孩子说，"这样，如果你真的钓到了大鱼，我们就可以去帮你的忙。"

"他应该不会愿意驶到很远的地方去捕鱼。"

"是啊，"孩子说，"我能看到一些他不见的东西，比如说我看到远方一只捕鱼的鸟，就会叫他追踪着那只鸟去捕鱼。"

"他的眼神就这么差劲儿吗？"老人有一些惊讶。

"他简直什么也看不见。"

"这可就奇怪了，"老人说，"他从没捕过海龟，捕那东西才伤眼睛啦。"

"你以前在莫斯基托斯海岸捕了好几年的海龟，可你的眼睛还是挺好的啊。"

"我是个与众不同的老头子。"

"不过我在想,你现在还是那么精力充沛,还能应付一条真正的大鱼吗?"

"我想没问题吧,再说我还有很多诀窍可以用呢,这也许比一身蛮力更有用。"

"我们先把打鱼的工具拿回家去吧,"孩子说,"我想我是时候去捕几条沙丁鱼了。"

他们从船上拿起打鱼的工具。老人把桅杆扛在肩头,孩子拿着一只木箱,里面放着编得很紧密的褐色钓索,另外还顺手拿起了鱼钩和带杆子的鱼叉。盛鱼饵的匣子被藏在小船的船艄下面,藏在那儿的还有那根棍子,每次捕到大鱼时,他会先把它拖到船边,然后再用棍子把它敲昏过去。虽然不会有人来偷老人的东西,不过老人觉得还是把桅杆和那些粗钓索顺便捎回家去比较好,因为露水会加速它们的老化。再说,尽管老人深信这里不会有人来偷他的东西,但他认为,把一把鱼钩和一支鱼叉留在船上实在是没有必要,万一被路过的渔民顺手拿走,只会让人追悔莫及。

他们顺着大路一起走到老人的窝棚。窝棚的门大开着,他们结伴走进屋里,老人把卷着帆的桅杆靠在墙上,孩子把木箱和其他工具搁在它的旁边。桅杆的长度跟这屋子的宽度差不多。屋子里面有一张床、一张桌子、一把椅子,还有一处泥地是用来烧炭做饭的。

老人房间的褐色墙壁上,挂着一幅彩色的《耶稣圣心图》

和一幅《科布莱圣母图》，那是他妻子的遗物。墙上本来还应该挂着一幅他妻子的彩色照片，但在他妻子去了另一个世界后不久，他便把它取下来了，因为看到照片他反而会觉得自己太孤单了。照片如今放在屋角搁板上，躺在他的一件干净衬衫下面。

"你准备吃什么？"

"还有一锅鱼煮黄米饭。你想来一点吗？"

"不用了，我回家去吃。要不我帮你生火吧？"

"不用了，我自己来就好了。也许吃冷饭也能凑合着呢。"

"我把渔网拿走行吗？"

"可以。"

其实并没有渔网，孩子还清楚地记得他们是在什么时候把它卖掉的。然而每天他们都依然要把这些话说一遍，从来也不厌烦。当然也没有什么鱼煮黄米饭，这些孩子都知道。

"八十五是个吉利的数字，"老人说，"你想看到我逮住一条一千多磅的鱼吗？我是指去掉内脏后的净重。"

"我现在去捞沙丁鱼，趁这机会你坐在门口晒晒太阳吧！"

"好吧。我有张昨天的报纸，我正想看看有关棒球联赛的报道。"

孩子正在想有关报纸的这些信息是不是也是想象的，却看见老人已经把它从床下抽出来了。

"这是我在杂货铺时，佩里科给的。"他解释说。

"我弄到沙丁鱼就回来。然后我把你的鱼跟我的一起用冰冷冷冻起来保持新鲜，明天早上再拿给你用。等我回来后，告诉我有关棒球联赛的消息。"

"扬基队绝对不会输的。"

"但是我担心克利夫兰的印第安人队会胜出。"

"相信扬基队吧，我的孩子。想想扬基队里可有了不起的迪马吉奥。"

"底特律的老虎队和克利夫兰的印第安人队是扬基队的最大威胁。"

"哦，如果你这样想的话，那么连辛辛那提红队和芝加哥白短袜队你都要担心了。"

"你好好看报，等我回来时你再讲给我听。"

"你看我们是否应该去买张尾数是八十五的彩票呢？明天就是第八十五天了。"

"可以啊，"孩子说，"可是你上次的纪录是八十七天，你没有忘记吧？"

"这样的事情不会再次发生了。你有办法弄到一张尾数是八十五的彩票吗？"

"我可以去订一张。"

"订一张？这可要两块半。谁会借给我们这笔钱呢？"

"这个不难。我能想办法弄到两块半。"

"真要开口去借，我想我也可以借到，但是我不想借钱。现在如果开始借钱，不久以后就得要讨饭喽。"

"多穿点，注意保暖，老爷子，"孩子说，"别忘了，现在已经是九月了。"

"这正是大鱼上钩的月份呢，"老人说，"在五月里，人人都能当个好渔夫的，但在九月可就不一定了。"

"我现在就去捞沙丁鱼去。"孩子说。

孩子回来的时候，太阳已经下山了，老人靠在椅子上睡着了。孩子从床上拿起一条旧军毯，铺在椅背上，包住了老人的双肩。这两个肩膀很让人吃惊，老人虽然已经微显老迈，但肩膀却依然强健。他的脖子也依然很壮实，而且当他耷拉着脑袋，靠在椅背上安详入睡的时候，他脸上的皱纹似乎也不大明显了。他身上的衬衣如同他那张旧帆一样，打了层层补丁，这些补丁经过阳光的长期暴晒后褪成了许多种颜色，深浅不同。老人已经非常苍老了，特别是他闭上眼睛的时候，脸上就一点生气也没有了。报纸摊在他的膝盖上，正好被他的一只胳臂压着，所以没被晚风吹走。而他的双脚此刻还裸露在微凉的风中。

孩子看老人睡得正香，只好独自走开了，等他回来时，老人还是没有醒来。

"醒一醒，老爷子。"孩子用一只手摇晃着老人的膝盖。老人这才睁开眼睛，悠悠的神情仿佛刚从遥远的思绪中回过神来。随后他微微地一笑，似乎为自己睡得如此香而略感抱歉。

"你手里拿的是什么？"他问。

"晚饭，"孩子说，"我们一起来吃吧。"

"我肚子还不大饿。"

"即使不饿也要吃饭啊。你不能只打鱼，不吃饭。"

"我以前就那样干过。"老人说着站了起来，顺手又把报纸折好，接着又把旧军毯叠好放回床上。

"毯子还是披着吧，"孩子说，"只要有我在，我决不会让你饿着肚子去出海打鱼。"

"这么说，祝你长命了，好好保重自己吧。"老人说，"我们晚饭吃什么？"

"黑豆饭、油炸香蕉，还有一些炖菜。"

这些饭菜是孩子从露台饭店弄来的，他把它们放在双层的饭盒里。孩子口袋里有两副刀叉和汤匙，每一副都用餐巾纸包着。

"这是谁给你的？"

"马丁——餐厅的老板。"

"那我得去谢谢他。"

"我已经谢过啦，"孩子说，"你用不着再去谢他了。"

"等我打到了大鱼，我一定要送他一块大鱼肚子上的肉，"老人说，"他这样帮助我们已经好多次了吧？"

"是的，他是个好心的老板。"

"这样的话，光送鱼肚子肉给他还不够，还应该再送他一些其他的东西。他真的很照顾我们。"

"的确，他还送了我们两瓶啤酒呢。"

"太好了，我喜欢罐装的啤酒。"

"我知道。不过这次送的是瓶装的——哈图伊牌啤酒，喝完后我还要把瓶子给他送回去。"

"你想得很周到，"老人说，"那我们开始吃饭吧！"

"我正等着你下命令呢，"孩子柔声地对他说，"如果你没准备好，我是不会打开饭盒的。"

"我已经准备好啦，"老人说，"不过吃饭前要先去洗下手和脸。"

去哪儿洗呢？孩子想。村里的水龙头离老人家还有两条街的路程。刚才应该趁他睡着时，先把这些事情办好的，孩子想，不仅应该把水弄到这儿来，还应该带一块肥皂、一条干净毛巾。甚至可能的话，还应该替他去弄一件衬衫和一件夹克来让他过冬的，还要一双鞋子什么的，并且再给他弄条毯子来。想到这里，孩子免不了开始抱怨自己的粗心大意。

"这炖菜很好吃。"老人说。

"现在给我讲讲棒球联赛吧。"孩子请求道。

"我说过，在美国棒球联赛中，扬基队的地位是不可撼动

的。"老人兴高采烈地说。

"可惜他们今天输了。"孩子告诉他。

"偶尔输一次并不能说明什么,那了不起的迪马吉奥恢复本色了。"

"他们队里还有其他强手呢。"

"那当然。不过迪马吉奥依然是他们队里的灵魂人物。在另一个联赛中,就布鲁克林队和费拉德尔菲亚队来说,我相信布鲁克林队。但是话又说回来,我没有忘记迪克·西斯勒和他在费拉德尔菲亚的希贝公园里打出的那些好球。"

"这些好球只有他能打出来。我见过的击球手中,就数他打得最远、最好了。"

"迪马吉奥以前也经常来露台饭店,你还记得吧?我那时就很想陪他出海钓鱼,可又没有勇气当面向他提出这样的请求。于是我要你去说,而你也没有勇气。"

"我记得。现在想想真令人遗憾,如果我们当初开口了,他说不定真的会同意跟我们一起出海呢。那样的话,我们就有一段终生难忘的记忆了。"

"我是多么渴望陪那了不起的迪马吉奥去钓鱼啊,"老人说,"听人说他父亲以前也是个渔夫。或许他过去也像我们这样穷,那么他极有可能会站在我们的立场上,领会我们的心意,从而接受邀请。"

"那伟大的西斯勒的爸爸可是一天也没受过穷的,他爸爸像我这样大的时候就在联赛里打球了。"

"我在你这么大的时候，已经在一条去非洲的方帆船上当普通水手了，我还见过傍晚时分到海滩猎食的狮子。"

"我知道。你跟我讲过。"

"我们是谈非洲还是谈棒球？"

"还是谈棒球吧，"孩子说，"给我讲一讲那位了不起的职业棒球运动员约翰·J.麦格劳的事情吧。"

"过去，他偶尔也会来露台饭店。但是，只要他一喝酒，就会变得非常粗暴，常常出口伤人。他的脑子里只装着棒球和赛马。我看见他口袋里老是揣着赛马的名单，也时不时地在电话里提到一些马的名字。"

"他是个很厉害的经理，"孩子说，"至少，我爸爸是这样对我说的。"

"这是因为他来这儿的次数最多，"老人说，"我敢肯定如果多罗彻坚持每年来这儿，你爸爸也会这么认为的。"

"那你说，谁是最伟大的经理呢，卢克还是迈克·冈萨雷斯？"

"我认为他们差不多，很难公正地评出高低来。"

"但论起打鱼来，最厉害的当然是你。"

"不，比我强的数不胜数呢。"

"哪里！"孩子说，"渔夫中的确有一些了不起的人物，不过我认为最棒的就是你。"

"我很高兴你这样说。我只希望我不会碰到一条我对付不了的大鱼，不然就会推翻你现在说的话了。"

"不会有这种鱼的，只要你还是像你说的那样强壮。"

"也许我并不如我自认为的那样强壮了，"老人说，"不过好在我有不少诀窍，而且有和大鱼搏斗的勇气和决心。"

"你去睡觉吧，这样明天早上就能精神饱满地出海去打鱼了。而我呢，则必须把啤酒瓶子送回露台饭店。"

"晚安。明早我去叫你起床。"

"你就是我的闹钟。"孩子说。

"年龄是我的闹钟，"老人说，"人一旦上了年纪，早晨就会醒得特别早，而这样无疑便让白天又变得更长了。"

"我不知道，"孩子说，"我只知道像我现在天天都睡得又香又沉，但是早晨还是觉得没睡够，很难起床，仿佛永远有睡不完的瞌睡。"

"我记住了，"老人说，"出发前，我会去叫醒你的。"

"我不想让船主人来叫醒我。这样会显得我比他差劲。"

"我懂。"

"好好睡吧，老爷子。"

孩子离开了。屋子里黑黢黢的一片，他们刚才吃饭的时候还不用点灯，这时天色已经完全暗下来了。老人于是脱了长裤，摸黑上了床。床上并没有枕头，不过这个好办，他把长裤一卷，一个枕头就做成了，他又把刚才那张报纸塞在里头，使它显得饱满一些。他把毯子裹在身上，在铺着旧报纸的弹簧垫子上躺了下来。

不一会儿他便睡着了。在梦里，他看见小时候曾到过的非洲，那儿有长长的金黄色的海滩和银白色的海滩，都发出耀眼的光芒，还有陡峭的岬角和褐色的大山。最近一段时间，他每天夜里都要梦到那道海岸，他听到海浪拍岸发出隆隆的声音，看见驾船穿浪而过的土人。他睡着的时候，甚至觉得已经闻到了甲板上柏油和麻絮的气味，还闻到了早晨微风带来的非洲气息。

平时，只要一闻到这种气息，他就醒来了，接着便穿上衣裳去叫醒那孩子。但是今夜这种气息来得很早，在梦中，他知道时间还早，就继续把梦做了下去。他又一次看见群岛的白色峰顶仿佛从海里升起来的一样，随后他还梦见了加那利群岛的各个港湾和停泊过的港口。

他的梦境里不再有狂风暴雨，不再有什么国家大事，也不再有成群结队的大鱼，不再有打架斗殴的暴力血腥事件，甚至也没有了自己思念的妻子。他现在梦境里出现的是非洲的一些地方和海滩上的狮子。那些狮子在暮色中像温驯的小猫一样嬉戏着，他爱这些狮子，如同爱这个孩子一般，但他从没在梦里

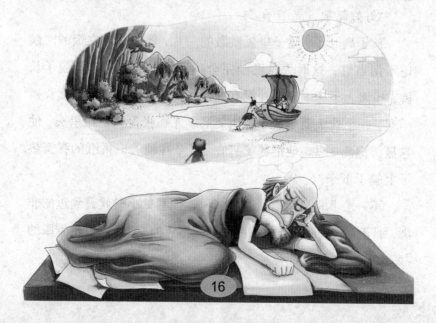

见到过这个孩子。他在这时醒来了，一抬眼就能看到门外边的月亮，因为即使睡觉，老人的小屋也从不关门的。借着月光，老人从床头取过那条当了枕头的长裤展开穿上。他来到屋外，撒了尿，然后径直向孩子的屋子走去。九月清晨的寒气使他冷得直打哆嗦，但他知道只要哆嗦一阵后寒冷自会消退，运动会让人获得温暖，而且他心里现在只想着一件事，那就是再过一会儿他就可以划船出海了。

孩子住的屋子门没有上锁，他轻轻推开了门，光着脚悄悄地走了进去。残月的微光透过打开的房门射了进来，借着微弱的光，老人看见孩子正熟睡在外间的一张帆布床上。他伸出手去轻轻握住孩子的一只脚，孩子并没有马上醒来。过了一会儿，孩子醒了，他转过脸来望着老人。老人慈爱地点点头，孩子坐了起来，从床边的椅子上拿过长裤来，坐在床沿上穿好。老人先出了门，孩子紧跟在他的身后。他哈欠连天，显然还远远没有睡够。老人伸出胳臂搂住他的肩膀，小声说道："对不起！又让你没能睡个饱。"

"不要紧！"孩子说，"这是真正的男子汉应该做到的，少睡一点不要紧的。"

他们沿着大路朝老人的屋子走去，一路上，他们看见黑暗中有不少光着脚、扛着桅杆的渔夫在走动。

走进老人的屋子，孩子拿起原来装在篮子里的钓索卷儿以及鱼叉和鱼钩，老人把卷着帆的桅杆扛在肩上。

"您要不要先喝点咖啡？"孩子问。

"我们把工具先放到船上，然后再去喝吧。"

放好东西后，他们来到一家专门供应渔夫早餐的小店里，喝起了咖啡，那咖啡是用炼乳罐头盒装着的。

"你睡得可好，老爷子？"孩子问。他现在总算稍微清醒了些，被冷风一吹，瞌睡虫已被赶跑了一半，不过要立即完全清醒过来还是有点困难。

"睡得不错，亲爱的，"老人说，"我有十足的把握今天能打到大鱼。"

"我也有同样的预感，"孩子说，"现在我该去拿我们今天要用的沙丁鱼，还有给你的新鲜鱼饵。我那条船的船主人不愿让别人帮忙拿工具，他总是自己拿。"

"我们俩的地位可是平等的，"老人说，"你五岁的时候就开始帮我拿东西了。"

"我记得，所以这样才能培养交情啊。"孩子说，"我很快就回来。你再喝杯咖啡吧，我们在这里可以记账。"

孩子赤着脚走在珊瑚石铺的路上，保藏鱼饵的冷藏库就在那边。老人慢悠悠地喝着咖啡。这杯咖啡是他今天一整天的食物，所以他把它喝得一滴不剩。长久以来，他厌烦在船上吃午饭，因此他出海时从来不带食物。他在小船的船头上放着一瓶水，一整天他只要喝点水就够了。

孩子回来了，带着沙丁鱼和两份包在报纸里的鱼饵。他们一前一后，顺着小路走向小船。光着的脚仿佛感觉到沙地上嵌着许多鹅卵石。他们稍稍抬起小船往前一推，小船就顺势滑进

了水里。

"祝你好运，老爷子。"

"祝你好运。"老人说。他把桨上的绳圈套在桨座的钉子上，身子做出一个往前冲的姿势，这样能抵消一些桨在水中所遇到的阻力。天还没有完全放亮，小船便在黑暗中缓缓划出港去。海滩上也有别的船只正在出海，老人能清楚地听到他们用桨划水的声音。此刻月亮已经落下去了，正是黎明前的黑暗，所以他还看不清他们。

偶尔能听到别的船上有人在说话。但是大多数时候，只听得到桨声。船只一离开港口就四散开去，每一条船都驶向他们认为有鱼的那片海域去了。老人下定决心今天要驶向远方，所以坚决地把陆地的气息抛在了后方，信心满满地迎接着清晨海洋清新无比的气息，同时祈祷自己今天能有个好的运气。当他的船驶过某一片水域时，他看见了磷光，那是马尾藻发出的，渔夫们把这片水域叫作"深井"。之所以被称为"深井"，是因为这一片的水深达到了七百英寻；而被称为"井"，则是因为这一片水域有一个深坑在四周平浅的大陆架中间，这个深坑就像陆地上的水井一样。海流冲击在海底深处的峭壁上，形成了很大的旋涡，鱼儿们都喜欢在那儿聚集。鱼群中有很多海虾和作鱼饵用的小鱼，在洞穴的最深处，偶尔还有成群结队的鱿鱼掺杂其中，它们在夜间浮到离海面很近的地方，最终都成为守候在那里的其他鱼类的美餐。

老人已渐渐感觉到早晨的临近，他划着划着，听见飞鱼出水时的抖动声,还有它们在黑暗的天空中凌空飞翔时所发出的咝咝声,那是它们挺直翅膀时发出的声音。他很喜欢飞鱼,在他独自出海打鱼时,它们都是他在海洋上最重要的朋友。他同情鸟儿,特别是那些柔弱的黑色小燕鸥,它们一直在飞翔,四处寻找食物,但似乎从没找到过。在他看来,这些鸟儿的生活过得比他还要艰难,而且还时常遭受猛禽和强壮的大鸟的攻击。大海的性格多变,时常会发狂失去控制,可为什么像这些海燕那样在海上生活的鸟儿却生来就如此柔弱?海洋是仁慈、美丽的,可她常常会突然变得残暴,而这些飞翔的鸟儿,不停地为了生命而奔波,在大海中寻找食物,发出细微的哀鸣,与大海相比,它们实在是太柔弱了。

在老人的心底,一直把大海称为"她",他觉得只有这样才能显示出他对大海的喜爱之情。大海在他眼里永远都是慈祥美丽的女人。那些常常用浮标当钓索上的浮子的年轻渔夫,他们用卖鲨鱼肝赚的钱买了汽艇,他们喜欢把海洋称为"他"。他们提起海洋时,总拿他当作一个竞争者或是一个地方,甚至是一个敌人。可是老人却一贯把海洋当作女人。要是她干出了什么任性或可恶的事情来,那是因为她身不由己。他总觉得月亮影响着大海,就像情绪影响着女人一样,女人的心情也总是那样变化多端,阴晴不定。

他镇定地划着船,这对他来说并不吃力,因为他控制在自己的最高速度以内,而且除了偶尔水流会送个旋儿过来,海面平静得像镜子一样。现在正好遇着顺风,海流帮了他个大忙,

让他省了三分之一的力气呢。天渐渐亮了，他发现自己比计划要到的地方还远了些。

老人曾在这片深水海域的上方转悠了一个星期，可依旧一无所获，他想："今天，我一定要找到那些鲣鱼和长鳍金枪鱼群的藏身之处，说不定还有条大鱼跟它们待在一块呢。"

天还没大亮的时候，他已经放出了不少鱼饵，让船随着海流漂去。第一个鱼饵下沉到四十英寻的深处，第二个在七十五英寻的深处，第三个和第四个分别在蓝色海水中一百英寻和一百二十五英寻的地方。用新鲜沙丁鱼做的鱼饵鱼头朝下，钓钩穿进小鱼的身子，钩弯和尖端都被包在鱼肉里了。每条沙丁鱼都用钓钩穿过双眼，这样，鱼的身子在突出的钢钩上构成了一个半环形。因此，不管一条大鱼接触到钓钩的哪一部分，都是香喷喷的美味。

孩子给了他两条新鲜无比的小长鳍金枪鱼。他把这两条鱼分别挂在那两根放得最深的钓索上，像铅坠子一样，这是今天最重要的诱饵。而另外两根稍浅的钓索上，他则挂上了一条蓝色大鲹鱼和一条黄色金银鱼。这两个鱼饵昨天已经用过，但依然很完整，加上现在还有很好的沙丁鱼给它们增加香味和吸引力，因此也是不错的钓饵。老人的每根钓索都有一支大铅笔那么粗，一端被缠在一根青皮钓竿上。钓竿很长，向上伸得又高又远，只要鱼在鱼饵上一拉或一碰，钓竿就会弯下头来，而每根钓索上有两个四十英寻长的绳卷儿，它们可以牢牢地系在其他备用的绳卷儿上，这样一来，即便遇到一条大鱼，哪怕它拉出三百多英寻长，钓索依然是够用的。

此时老人紧盯着那三根伸出在小船外的钓竿，生怕漏掉任何一个小动静，他一边慢慢地划着，让钓索笔直地垂在海水里，而且让它们一直停留在合适的水底深度。此时海面已经很明亮了，太阳很快就会升起来的。

海面上已经越来越耀眼了，紧接着太阳从海上升起来了，此时老人能看见其他的船只了，它们也都静静地停在海面上。它们都离海岸很近，在海面上毫无规律地摆开。接着太阳更加明亮了，阳光照在水面上，非常刺眼。不久太阳完全升起来了，平静的海面把光线反射到他的眼睛里，令他感到刺痛，因此他不敢看太阳，背着太阳光划着船。他低头看着水中，盯着那几根一直垂到黑黢黢的深水里的钓索。他的钓索垂得比任何人的都直，这样，钓索在海底的深度就便于掌握，应该让鱼饵待在海底的不同位置上，特别是深处有大鱼待着的地方。有些渔夫让钓索随着海流漂动，这样钓索在水里就会弯曲不直，有时候钓索只是停留在六十英寻的深度，他们却会认为在一百英寻的深处呢。

不过，他想："我总是很肯定地把它们放在恰当的深度，但是我却很少有运气抓到大鱼。可是这又怎么说得清呢？说不定今天就会时来运转。每一天都是一个新的开始。走运当然是好事情，不过我还是愿意掌握精湛的技术，这样，运气来的时候，也就有万全的准备了。"

两个小时过去了，太阳升得更高了，他朝东望时感觉不那么刺眼了。在老人的视线范围内，他只看得见三条船，它们都显得特别小特别矮，停在离岸很近的海面上。

"这辈子，我的眼睛最怕初升的太阳，阳光总是会刺痛我的双眼"他想，"不过，好在活到现在我的眼睛还是好好的，虽然每天都经历初升的太阳——当然是指晴天有太阳时。傍晚的时候，阳光仍然灿烂，但是此时我就算直视着太阳，眼睛也不会有刺痛感。"

这时候，他看见一只黑色的军舰鸟正张着长长的翅膀在他前方的上空盘旋。那鸟儿急速往下冲，翅膀往后掠，斜着身子，然后又盘旋起来。

"它肯定是看见什么东西啦，"老人叫出声来，"不会只是找找罢了。"

他慢慢划着船，朝着鸟儿盘旋的方位驶去。他一点也不着急，专心地让那些钓索保持在垂直水面的位置。他不时抬头看看那只猎食的军舰鸟，看它那样专心致志，他断定它已经看上了很好的猎物。老人稍微加快摇桨的频率，不疾不徐地靠过去。

军舰鸟飞得更高了，又开始盘旋起来了，双翅一动不动。它随即猛地往下冲来，老人看见飞鱼从海里跳出来，拼命地在海面上奔逃跳跃。

"鲯鳅，"老人叫出声来，"大鲯鳅。"

他把船停了下来，把两支桨搁在船上，随后，又从船头下拿出一根细钓索。钓索的一头系着一段铁丝，下面绑着一只中号钓钩，接着他拿出一条沙丁鱼小心翼翼地挂在钓钩上，这样诱饵便做好了。他把钓索从船边放入水中，钓索的上端紧紧地系在船尾的一个螺丝杆儿的顶环上。然后他用同样的方法在另一根钓索上也装上了鱼饵，把这根钓索垂放在船头遮蔽出来的一片阴凉里。他又划起船来，盯着那只长翅膀的黑鸟，这时它正在水面上低低地飞着，寻找食物。

他紧紧地盯着鸟儿，那鸟儿又顺势要朝下冲。为了能加强下冲的力道和速度，它把翅膀朝后掠，然后用力张开，追寻着飞鱼，可是它并没有成功地捕到鱼。老人看见海面微微地冒出一堆鼓泡，他知道那是大鲯鳅跟在那脱逃的鱼后面，快速游动时顶起来的水面。鲯鳅在飞驰的鱼下面游得飞快，只等飞鱼耗尽力气掉进海里时，它们就会群起而攻之。这群鲯鳅真的很大，老人想。它们分布得那么广，飞鱼几乎没有逃掉的机会，早晚会成为它们的口中食。那么那只鸟也就注定会失败了。飞鱼对它来说个头太大了，它根本叼不住，再说飞鱼在水面出没的时候，蹿得也太快了。

他看着飞鱼不停地从海里冒出来，看着那只鸟儿徒劳地在那里盘旋—俯冲，升高—盘旋—俯冲。"那群鱼已经在我的眼皮子底下逃走啦。"他想，"它们逃得太快，已经游出太远啦，它们速度真的太快了。不过我可能会捉住一条掉了队的，或许我想要的大鱼就在它们周围活动着呢。我的大鱼肯定要在某个地方活动啊。"

大陆上空的云块这时像大山那样耸立着，海岸看起来像是一条长长的绿色的线，背后有些灰青色的小山。海水这时是深蓝色，深得有些发紫了。他低头认真地看着海水，海水是无边的深蓝色，显得很深很深。在苍茫的水面上，漂着无数的浮游生物，它们错落有致地点缀着海面。太阳的光线这时在水中显示出特别的光彩，不再是单一的金黄色，而变得多姿多彩。他盯着那几根钓索，看见它们一直朝下沉，沉到水中看不见的深处，他非常高兴看到有这么多的浮游生物，这表示这儿有鱼。

太阳这时升得更高了，阳光在水中显示出奇特的光彩，这表示天气晴朗，大地上空的云团也同样显示了这一点。但是此时那只鸟儿几乎看不见了，水面上变得空荡荡的，再也看不见任何别的东西，只有几簇黄色马尾藻，它们被太阳晒得发白，还有一只紧紧靠在船边漂浮着的水母。这只水母的样子像一顶帽子，它那胶质的浮囊是紫色的、鼓鼓的，像悬在水里的气泡一样美。在海水里，它很难保持平衡，一会儿被海水冲得歪向那边，一会儿又自己扳正自己。它像个大气泡那样快乐地浮动着，而它的身后拖着至少有一码长的长触须，这些长触须也是

紫色的，而且带着致命的武器——毒液。

"水母，"老人说，"你这个坏东西。"

他坐在船里轻轻摇着桨，视线转移到海水深处。他看见一些颜色跟那些拖在水中的触须一样的小鱼，它们在触须之间穿来穿去，就像捉迷藏一样，还有些小鱼在泡囊罩着的那一小片阴影里游动。这些小鱼不害怕水母携带的武器——毒液，可是人就不同了。如果正好在把一条鱼拉回船上时，被水母的触须缠上，手臂或手上只要碰上一点它那紫色的黏液，很快就会出现伤痕，还会肿痛异常，这就像被毒漆藤或美国毒漆树弄伤那样。只是这种紫色水母的毒发作得更快，会让人痛得像被鞭子抽打一样。

这些五颜六色的大气泡非常好看，但它们却是海里最具欺骗性的生物，所以老人喜欢看它们被海龟一口吞掉。海龟一旦发现了它们，就直接从正面攻击它们，接着闭上了眼睛，让全身都被硬壳保护起来，然后再一口把它们吞掉，连触须也包括在内。老人不仅喜欢观看海龟吞食它们，还喜欢在暴风雨之后的沙滩上踩死它们。他用长满老茧的脚掌踩在大气泡上面，啪啪作响，他喜欢听那声音。

他还喜欢绿色的海龟和玳瑁，因为它们体态优美，在海中游得很快，而且很值钱。而对于又大又笨的蠵龟，他虽然不讨厌，但是又明显地看不起它们。它们的壳是黄色的，在吞食紫色的水母时总会愉快地闭上眼睛。

他认为海龟并没有什么神秘色彩，因为他曾在很多年里乘着小船去捕海龟。他甚至像同情柔弱的海鸟一样，也为海龟感到伤心难过，不管是小个头的海龟，还是身子有小船那样长的巨型梭龟。人们大部分时间对海龟都是相当冷酷无情的，当海龟被剖开，杀死后，它的心脏还会继续跳动好几个小时，可是人们并不会看到这点。于是老人在心里想，我也有这样的一颗心脏，我的手脚也和它们一样结实。他吃白色的海龟蛋，只是为了增加体力。他在五月份吃了整整一个月的海龟蛋，这样他在九月和十月时就有足够的力气去捕捉真正的大鱼。

他每天都要从一只大圆桶里舀一杯鲨鱼肝油喝，大圆桶就放在渔夫们存放渔具的公用棚屋中。鲨鱼肝油不需要花钱，想喝的渔夫都可以去取。虽然大多数渔夫不喜欢这种油的味道，但它终究还是能让人忍受的，而且喝了它对预防和治疗一切伤风流感都非常有效，对眼睛也有独特的益处。

这时老人抬眼望去，看见那只鸟儿又在不远处盘旋了。

"它找到鱼啦。"他大声地说。只是这时没有一条飞鱼跃出海面，也没有小鱼逃走的迹象。然而老人看着看着，只见一条小金枪鱼跃到空中，掉转身子，头朝下扎进水里。这条金枪鱼在阳光下显得银光闪闪，等它回到了水里后，又有些金枪鱼纷纷冲出水面，它们是朝不同方向跳的，于是在海面上掀起一片片水花。它们跳得很远，专为捕食小鱼。此时，它们正围着小鱼打转，追赶着小鱼。

"要不是它们游动的速度太快，我就可以把船划到它们中间去了。"老人想。他仔细看着这群鱼在水面上翻腾跳跃、扬起一片白蒙蒙的水雾，还看着那鸟儿这时正俯冲下来，一头扎进海面上的这群小鱼里。这群小鱼此时惊慌失措，全像无头苍蝇一样四处乱窜。

"这只鸟真的可以帮很多忙。"老人自言自语地说道。就在这时，船尾的那根细钓索在他脚下拉紧了，原来他把钓线在自己脚上也缠了一圈，这样就不至于漏掉钓索那头的每一个小动静。这时他明显感觉到钓索绷紧了，于是他放下双桨，抓紧了细钓索，开始往回拉。他感觉到钓索的另一端有一只鱼在拼命地挣扎，非常有分量。他越往里拉，钓索就抖动得越厉害。鱼终于还是服输了，只得被慢慢地拉出水面，这时老人看见了它钻出水面的青脊背和金色的肚子了。等它完全露出水面时，老人把钓丝猛地一甩，使鱼经过船舷，掉进船里。鱼躺在船中的阳光里，非常结实，形状像颗子弹，瞪着一双呆呆的大眼睛。它用力地抖动着它的尾巴，并用自以为会起作用的尾巴使劲地拍打着船板，发出砰砰的声音，仿佛要用尽了它的力气才肯善罢甘休。老人很同情它，不想它这样徒劳地瞎折腾，于是猛击了一下它的头，一脚把它踢到船中没有阳光的地方去了，它这才不再动弹了。

"长鳍金枪鱼，"他说，"用来钓大鱼正好。它有十磅重呢。"

他记不起他是从什么时候开始在独处的时候喜欢自言自语的了。以前他一个人待在海上时就用唱歌来打发时间。有时候他在小渔船或捕海龟的小艇上值夜班掌舵的时候，他也会唱歌。可能是在那孩子离开他之后，恰巧又是独处时他才开始自言自语的，但确切的时间他也记不清了。他和孩子一块儿捕鱼时，他们一般也不说话，只在必须要说时才说。他们在夜里说话，要不，就是遇上坏天气不能出海打鱼的时候。除非必要，否则就不在海上说话，这被认为是一种好习惯，老人一向认为这是对的，并且始终遵守它。可是现在他时常把他心里想说的话说出来，因为船上就他一个人，没有别人会受到他说话声的干扰。

"要是别人听到我在自言自语，一定会认为我疯了，"他又大声地说起话来，"不过反正只要我没有真正疯，我就不会去理睬别人的看法。再说附近并没有别的人出没，所以也没人会认为我是个发疯的老头。有些有钱的渔夫还会在海上听收音机，了解棒球的比赛信息。"不过现在不是惦记棒球比赛的时候，他想眼下的当务之急是怎么去捕捉这一群鱼。"那个鱼群附近很可能有一条大鱼，"他想，"我仅仅只逮住了正在吃小鱼的金枪鱼群中独自跑开的那一条，这太少了。可是它们正游向远方，游得很快。今天只要在海面上出现的都游得很快，朝着东北方向马不停蹄地游着。难道一天的这个时候都会是这样吗？或许，这难道是什么天气变化的征兆？"

老人现在已看不见那道绿色的海岸线了，只看得见那些青青的山峰，它们与上空的云团相接，峰顶仿佛铺满了白雪。这样这些山峰看起来就像是高耸的雪山模样。海水的颜色在正午的阳光照射下显得还是那么深，阳光在海水中变幻成七彩的颜色。那无数的斑斑点点的浮游生物，现在也看不见了，现在老人看得见的只有水下变幻出来的一道道七色光柱，还有他那几根笔直垂在深水中的钓索。

渔夫们把所有这种鱼都称为金枪鱼，只有等到把它们卖了，或者将它们换成鱼饵时，它们才会有各自专用的名字以示区分。这时它们又沉到海里去了。正午海上的阳光很热，老人感到脖子被晒得滚烫滚烫，仿佛快要着火了一样，划船的时候，汗水也不断地从背上往下淌。

"我完全可以随波逐流。"老人想，"先睡一觉，只要先把钓索在脚趾上缠上一圈，有鱼咬饵时就可以把我弄醒。今天是第八十五天，我该好好地钓一整天的鱼。"

就在这时，老人盯着钓索，其中有一根浮出在水面上的绿色钓竿被猛地扯动了一下。

"来啦，"他说，"来啦。"边说边从桨架上取下双桨，他轻轻地去拉钓索，将它夹在大拇指和食指之间。他轻轻地握住钓索，不是很紧，也不是很重。随后钓索又动了一下。这回是试探性的，拉得不紧不重，他现在完全知道发生什么事了。一条大马林鱼正在一百英寻的深处吃那条包住钓钩尖端和钩身的沙丁鱼呢。老人抓紧钓索，巧妙地将它从竿子上解了下来。他现在可以灵活地掌握钓索，不让鱼感到有拉力。

"生长在离岸这么远的地方，它长到现在一定很大了。"他想，"鱼啊，吃鱼饵吧。吃吧，快吃吧。这些鱼饵很新鲜，而你啊，在这又深又黑的冷水里打个转，回头就把它们吃了吧。"

他又感到钓索轻微地一扯，接着是较猛烈地一扯，老人想，肯定是沙丁鱼的头很难从钓钩上扯下来。接下来就没有任何动

静了，水面又恢复了平静。

"来吧，"老人说，"再打个转吧。闻闻这些鱼饵。它们是那么鲜美！赶紧把它们吃了吧，待会儿还有美味的金枪鱼呢。既结实，又鲜美。不要不好意思，鱼啊，把它们吃了吧。"

老人静静地等着，将钓索夹在大拇指和食指之间。同时注视着其他几根钓索，因为这鱼可能已游到别的地方去了。接着，钓索又被轻轻地拉了一下。

"它会吃掉饵的，"老人说，"求上帝让它吃掉饵吧。"然而老人未能如愿。

"它绝对不会游走的，"他说，"我知道它是绝对不会游走的。它正在打转呢。因为它以前上过钩，也许还有些记忆。"

钓索又轻微地动了一下，他非常高兴。

"它刚才不过是在掉头，"他说，"它会吃饵的。"

即使是这么轻轻地一拉，他也觉得很高兴，接着他感到更大的拉力，非常有分量，叫人难以置信。他感觉这是鱼本身的重量造成的，于是就松手让钓索往下溜，一直往下溜，连那两卷备用钓索中的一卷也派上用场了。老人将钓索从指间轻轻滑下去的时候，仍然感觉到很大的分量，尽管他的大拇指和食指并没有施加什么压力。

"多厉害的鱼啊，"他说，"它正拖着鱼饵在游动呢。"

"它会回头把饵吞下去的。"他想。但他没有把这句话讲出来，因为他知道，一件好事如果被点破了，可能就不会成真了。他感觉这是一条很大的鱼，似乎能看到它嘴里叼着金枪鱼

在黑暗里游动的情形。可一会儿又觉得它不动了，但分量还是很大。他就再放出一点钓索。他突然增加了大拇指和食指上的压力，于是钓索上的分量也增加了，一直传到钓索另一端的深海里。

"它吃饵啦，"他说，"现在就让它饱餐一顿吧。"

他让钓索在手指间往下溜，同时伸出左手，把两卷备用钓索连接在一起。现在他准备好了。他目前除了正在使用的那卷钓索，还有三个四十英寻长的钓索卷儿可作备用呢。

"再吃点吧，"他说，"尽情地吃吧。"

他想："吃了吧，这样钓钩就可以扎进你的心脏，你就会死去。开开心心地浮上来吧，让我把鱼叉刺进你的身子吧。好了。你准备好了吗？你吃东西的时间够了吗？"

"该收拾你了！"他说，然后不停地拉动钓索，甚至拿身子的重量作为支撑，大幅度地甩动双臂，用尽了全部力气。

事实上，他虽然耗尽了所有的力气，但并没有起到什么作用。那鱼自顾自地慢慢游远了，老人拉不动它，哪怕是一英

老人与海

寸。他的钓索很结实，是专为钓大鱼而准备的。他把钓索挂在背上用力拉，钓索被绷得那么紧，以至于豆大的水珠从钓索上蹦跳着落下来。

随后钓索在水里渐渐发出一阵长长的咝咝声，但他仍然紧抓着它，在座板上拼命稳住自己的身子，仰着上半身来抵抗鱼的拉力。船慢慢地向西北方向驶去。

大鱼没有停下来，鱼和船继续慢慢地行驶在海面上。此时，水面没有别的动静，可以暂时不用管另外几个仍在水下的鱼饵。

"要是马诺林在这儿就好了，"老人说，"一条鱼正拉着我走，我像一根系缆绳的柱子。其实我可以把钓索系在船舷上，但是那样鱼就会把它扯断。所以我要拼命拉住它，必要的时候再把钓索放出一点。感谢上帝，幸好它是在往前游，没有往下沉。"

"如果它一定要往下沉，我该怎么办呢？我不知道。如果它沉入海底，死在那儿，我又该怎么办呢？我也不知道。可是我必须做些什么。我可以做的事情很多。"他想。

他抓住钓索，继续将它勒在背脊上，双眼紧紧地盯着它。小船呢，则继续朝西北方向驶去。

"这样会弄死它的。"老人想，"不能让它就这样一直游下去。"四个小时后，那鱼仍然拖着这条小船，不停地向大海深处游去。老人依然紧紧抓着紧贴在背脊上的钓索。"我中午就逮住它了，"他说，"可到现在我都还没见过它呢。"

在钩住这条鱼之前，老人就已经把草帽拉上来紧扣在脑门上了，这时草帽勒得他的脑门好痛。他觉得很渴，就跪下双膝，尽量不扯动钓索，小心地朝船头爬去，伸手去拿水瓶。他打开瓶盖，喝了一点儿，然后就靠在船头上休息。他坐在已经放下来的桅杆和船帆上，尽量不让自己思考，唯一做的事情就是等待。

等他回头看时，大陆已经完全看不见了。他想："这没关系。哈瓦那的灯火总会带我回港的。再过两个小时，太阳就要下山了，也许不到那时鱼就会浮出海面的。如果它不出来，可能也会随着月亮出来的。如果它那时候还不出来，一定也会随着太阳出来的。我的手脚没有抽筋，我感到浑身都充满了力量。它的嘴确实被钩住了啊，而且拉力这么大，肯定是条很大的鱼呢。它的嘴肯定是紧紧地咬住了钢丝钓钩。我多希望可以看看我这对手的模样，即使只看一眼也很满足。"

老人不时察看天上的星星，从而判断出自己的航向。就他的判断，那鱼始终没有改变它的路线和方向。太阳下山后，天气凉快了些，老人的背、胳膊和腿上的汗都蒸发了，觉得很冷。白天的时候，他曾把盖在鱼饵匣上的麻袋取出，展开后放在阳光里晒着。太阳落山后，他就把麻袋系在脖子上，让它搭在背上，并且小心地把它塞在正挂在肩上的钓索下面。有麻袋垫着钓索，他就可以舒服地弯腰靠着船头了。其实这姿势只能说是叫人好受一点儿，只有他自己认为很舒服罢了。

"我拿它没办法，它也拿我没办法。"他想，"只要它老是这样游下去，我们俩都没法改变现在的状态，只能僵持下去。"

有一次，他站起来，往船外撒尿，然后抬眼察看星斗，以确定自己的方向。钓索从他肩上一直钻进水里，在晚上看来像一道磷光。鱼和船此刻都减速了。哈瓦那的灯火也不大明亮了，于是老人明白，海流肯定是在把他们往东带去了。"我现在快要看不见哈瓦那的灯光了，我们肯定是朝着东方走向更远的地方了。因为，如果鱼的路线没有变的话，我现在肯定还看得见灯光。不知道今天的棒球联赛结果到底怎么样了。"他想，"出海打鱼要是有台收音机多好啊。"接着他又想，"不能再想这些没有的东西了，当前还有更加迫切的事情需要思考呢，你可不能犯傻呢。"

然后他叫出声来："要是孩子在就好了，可以帮帮我，也可以让他见识见识这种场面。"

谁也不要年纪大了还独自面对一切，他想，但是这也是难免的。"为了保持体力，我一定要在金枪鱼还没有变质前吃掉它。要记住，哪怕你一点也不想吃，你也一定要在早上将它吃掉。记住！"他对自己说。

夜里，他听见两条海豚跳跃和喷水的声音。他甚至可以分辨出雄海豚发出的吵闹的喷水声和雌海豚发出的喘气般的喷水声。

"它们都很不错，"他说，"它们嬉戏，打闹，相互喜欢。它们是我们的兄弟，就像飞鱼一样。"

这会儿，他似乎又对被他钩住的这条大鱼产生了同情。它那么出色，那么奇特，而且没有谁知道它的年龄。他想："我是第一次钓到这样大的鱼，也是第一次见到动作这样奇怪的鱼。也许是它太聪明，不愿浮出水面，被我房获。其实它可以浮出水面，或者往深水里去，把我拖垮。又或许它曾被钩到过好几次，知道在这种情况下该怎样搏斗。但不管怎样，它不知道它的敌人只有一个人，而且是个老头子。不过它肯定是条很大的鱼，如果鱼肉的质地好的话，在市场上还可以卖个好价钱。它像条雄鱼那样咬饵，也像雄鱼那样拉钓索，并且搏斗起来一点也不惊慌。我不知道它到底是已经有了计划，还是就和我一样只是在盲目地拼命。"

他想起有一次钓到了一对大马林鱼中的一条。雄的很谦让，总是让雌的先吃，所以雌鱼就被钩住了。它像疯了一样，惊恐而绝望地挣扎着，不久就耗尽了全身的力气，而那条雄鱼一直留在它身边，在钓索下游来游去，陪着它在水面上一起打转。那雄鱼离钓索很近，老人生怕它会用它的尾巴把钓索割断，那尾巴像镰刀那么锋利，大小、形状也都和大镰刀差不多。老人用鱼钩把雌鱼钩上来，握住了它似轻剑般的长嘴，不停地朝它头顶打去，将它打得头破血流，之后再让孩子帮忙，把它拖到船上去了。这期间，雄鱼始终停在船边。当老人忙着解钓索、拿鱼叉的时候，雄鱼在船边突然跃到高空中，大概是想知道雌鱼在哪里，然后再掉下去扎进深水里。它那淡紫色的翅膀，也是它的胸鳍，全都展开了，露出淡紫色的宽条纹，好看极了。

"那场面真是令我伤心。"老人想，"孩子也很难过，因此我们在请求那条雌鱼的原谅后，才把它杀了。"

"要是孩子在这儿就好了。"他说。老人继续把身子舒服地靠在船头已经被磨得很圆的木板上，通过勒在肩上的钓索，感受这条大鱼的力量，它正朝着它所选择的方向自在地游着。

"因为我欺骗了它，所以它无论如何都要做出选择了。"老人想，"它选择留在黑暗的深海里，远远逃开这一切诡计。我选择跟随它来到这片世界上还没有人去过的地方找它。现在我跟它被拴在一起了，从中午开始就是这样，而且没有外人或者任何其他的外力来帮助我们。"

"也许我不适合当渔夫，"他想，"但是，我注定就该干这行。我一定要记得，天亮后就把那条金枪鱼吃掉。"

天快亮的时候，有什么东西咬住了他背后的一个鱼饵。他听见钓竿折断了，紧接着啪的一声响，于是那根钓索越过船舷一直朝外溜。黑暗中，他摸索着拔出鞘中的刀子，用左肩承受着大鱼所有的拉力，身子往后靠，靠着木质的船舷，把那根钓索割断了。接着把另一根

离他最近的钓索也割断了。然后，他在黑暗中凭感觉把这两根没有放出去的钓索卷儿的断头接在一起。他用一只手很熟练地干着，为了把结打牢，他用一只脚踩住了钓索卷儿，以免它滑开。他现在有六卷备用的钓索了——他刚才割断的那两根有鱼饵的钓索各有两卷备用钓索，加上被大鱼咬住鱼饵的这根上的

两卷，一共就是六卷。

"等天亮了，"他想，"我无论如何也要把那根水下四十英寻深处的钓索也割断了，然后将它连接在那些备用钓索卷儿上。我会丢掉两百英寻出色的卡塔卢尼亚钓索、钓钩和导线。这些都是能再买到的。万一为钓上别的鱼，而把这条大鱼搞丢了，那我再上哪儿找这样的大鱼呢？我不知道刚才咬饵的是什么鱼，很可能是条大马林鱼，要么就是剑鱼，或者鲨鱼。我根本就没有去思考。我只想赶快把它摆脱掉。"

"要是那孩子在这里就好了。"他说。

可是孩子并不在这里。他想："这里只有你一个人。在这种情况下，你还是回到最末的那根钓索边，不管天黑不黑，把它割断了，然后把它和那两卷备用钓索连在一起。"

他立刻这样做了，但在黑暗中干活并不轻松。有一回，那条大鱼动了一下，把他拉倒在地，脸朝下，眼睛下被划开了一道口子，血从他脸上流下来，但还没流到下巴上就凝固了。于是他移动身子回到船头，靠在船舷上休息。他重新整理麻袋，将钓索在肩上换了个位置，以减轻疼痛，然后握紧它，又试了试那鱼拉扯钓索的力量，然后伸手到水里测量了小船行驶的速度。

不知道什么原因，这鱼刚才突然动了一下。他想："可能是钓索在它高高的背脊上滑动了一下。它背脊上的痛肯定赶不上我的。然而不管它力气有多大，也不能永远拖着这条小船跑吧。现在一切可能惹麻烦的东西都除掉了，我却还有许多备用的钓索，我没有其他的要求了。"

"鱼啊，"他轻轻地说，"我会跟你周旋到底的。依我看，你也会跟我周旋到底的。"他等待着天亮。

　　现在接近天亮时分，天气很冷，他把身子紧紧地贴着船舷来取暖。"它可以支撑多长时间，我就可以支撑多长时间。"他想。天刚亮的时候，钓索被拉直了。小船平稳地移动着，太阳刚刚升起，光线直射在老人的右肩上。

　　"鱼在往北走呢。"老人说。"海流会把我们远远地送往东方。"他想，"希望它会随着海流转弯，这样就表示它越来越疲惫了。"

　　太阳慢慢升高，老人发觉这鱼并没有越来越疲惫。现在唯一值得庆幸的是：钓索的倾斜度表示它正在较浅的地方游着。这不一定表示它会浮出水面来，但也不排除这种可能。

　　"上帝啊，叫它浮出水面吧，"老人说。"我的钓索很长，可以和它拼一拼的。也许我只有把钓索再拉紧点，让它感到痛，它才会跳出来。"他想，"既然是白天了，就让它浮出水面吧，这样它背脊上的那些气囊就会装满空气，它就不会死在海底了。"

　　他开始扯紧钓索，可是自从他钓上这条鱼以来，钓索已经绷紧到快要断的程度了。他尽全力向后仰着身子来拉紧钓索，但完全没有效果，已经没法拉得更紧了。"我千万不能拉得太用力。"他想，"每用力一次，就会把钓钩划出的口子弄得更宽些，那样等它真的跳跃起来时，它也许会甩掉钓钩逃掉。反正太阳出来了，我觉得好受多了，终于用不着对着初升的太阳看了。"

钓索上缠着黄色的果囊马尾藻，老人知道这只会增加鱼的阻力，所以他感到很开心。这些海藻在夜间会发出很强的磷光。

"鱼啊，"他说，"我爱你，也很尊敬你。不过今天无论如何要把你杀死。"

希望是这样，他想。一只小鸟从北方朝小船飞来了。那是只刺嘴莺，它在水面上飞得很低。老人知道它已经很累了。

鸟儿飞到船尾，停在那儿休息。接着它绕着老人的头飞了一圈，落在那根钓索上，在那儿它觉得比较舒服。"你几岁了？"老人问鸟儿，"你这是第一次出来找吃的吗？"

他说话的时候，鸟儿看着他。它太累了，竟没有看清楚这钓索，只是用细小的双脚紧紧地抓住它，在上面摇摇晃晃地表演着"走钢丝"。

"这钓索很结实，"老人对它说，"太结实啦。夜里又没有风，你为什么会这么累啊？鸟儿都怎么啦？"

因为有老鹰，他想，老鹰飞到海上来逮它们。可是这话他没跟这鸟儿说，因为它也不理解他的话，而且它很快就会知道老鹰的厉害了。

"好好休息吧，小鸟，"他说，"然后继续前进，像男人，或者鸟，或者鱼那样，试试你的运气。"

他只有通过说话来给自己打气，因为他的背脊在夜里变得僵硬，现在痛得很厉害。

"鸟儿，觉得还可以的话就住在我家吧，"他说，"真不好意思，现在在刮小风，我不能张开帆来把你带回去。可是我好

歹有个朋友了。"

就在这时候，那鱼突然一挣，把老人拖倒在船头上，要不是他及时稳住了身子，放出一段钓索，早就被拖到海里去了。钓索猛地一紧时，鸟儿飞走了，老人竟没有来得及和它道别。

他用右手轻轻地摸摸钓索，发现手上正在流血。

"这样看来这鱼给什么东西弄伤了。"他说。他把钓索往回拉，看能不能让鱼转个方向。等他拉到钓索都快绷断的时候，他终于握稳了钓索。他身子朝后倒，以抵消钓索上的那股拉力。

"你现在感觉痛了吧，鱼，"他说，"说句心里话，我也是这样啊。"

他回头去寻找那只小鸟，因为很开心有它来做伴，但鸟儿已经飞走了。

"你停留的时间太短。"老人想，"但是你要去的地方风浪很大，要飞到岸上才安全。我怎么会让那鱼用力地一拉，勒破了手呢？我肯定是越来越不机灵了。也许是因为我只顾着看那只小鸟，想着别的事情去了。现在我要留心自己的事情，等会儿得把那条金枪鱼吃掉，这样才会有力气继续和大鱼周旋。"

"要是那孩子在这儿，并且我手边有些盐就好了。"他说。

他把沉甸甸的钓索移到左肩上，小心地跪着，将手放在海水里泡了一分多钟，瞧着手上的血在水中散开去，海水随着船的移动在他手上安静地打着拍子。

"它游得比以前慢多了。"他说。

老人很希望把手放在这盐水中多泡一下，但害怕那鱼又突然一挣，于是站了起来，打起精神，举起那只手，对着太阳。手只是被钓索勒了一下，割破了肉，不过这正是手上最用得着的地方。他知道需要这双手来收拾这条鱼，不希望还没开始手就给割破了。

"现在，等手晒干了，"他说，"我就必须吃小金枪鱼了。我可以用鱼钩把它钩过来，舒舒服服地在这儿吃。"

他跪在船头，用鱼钩将那条金枪鱼钩到自己身边来，尽量不让它碰着那几卷钓索。然后他又用左肩承受住了钓索，用左手和胳臂支撑住身体，从鱼钩上取下金枪鱼，再把鱼钩放到了原来的地方。他用一只膝盖压在鱼身上，沿着它的脖子一直竖着割到尾部，然后再割下一条条深红色的鱼肉。他从鱼脊骨边开始，一直割到肚子边，一共割下了六条鱼肉。他把它们放在船头的木板上，把刀在裤子上擦干净了，提起鱼的尾巴，把骨头丢在海里。

"我肯定是吃不下一条鱼的。"他说着，用刀子把一条鱼肉一切为二。他感到一直紧拉着那钓索的左手开始抽筋。他看了看左手，神情满是厌恶。

"这是只什么手啊，"他说，"你爱抽筋就抽吧，变成一只鸟爪吧。这对你一点好处也没有。"

"快点吃东西吧。"他想，望着斜向黑暗的深水里的钓索，"把鱼肉吃了，手就会恢复的。不能怪这只手不好，你跟这鱼已经对峙好几个小时了。不过你是能跟它周旋到底的。赶快把金枪鱼吃了吧。"

他拿起半条鱼肉，放进嘴里，慢慢地嚼着。味道还可以。他想，如果再加上一点儿酸橙，或者柠檬，或者盐，味道肯定会更好的。

"手，你好点了吗？"他问那只抽筋的手，它僵直得跟死尸一样，"为了你，我就多吃一点儿吧。"

于是他接着吃掉另外一半鱼肉，吐掉鱼皮。

"好点了吗，手？现在还不知道吗？"

他又拿起一整条鱼肉，嚼了起来。

这是条很壮、很有血气的鱼。他想："我真是好运，捉到了它，幸亏不是条甜得发腻的鲯鳅。这鱼一点也不甜，元气还都保存着呢。"

然而他的想法很现实："真希望有些盐。还不知道太阳会不会把剩下的鱼肉晒坏或者晒干，所以最好的解决之道是把它们都吃了，即使我并不饿。趁着那鱼现在还很安静，我得赶紧把这鱼肉吃完，做好准备。"

"有点耐心吧，手啊，"他说，"我这样吃东西可全都是为了你啊。"

"我真希望也能让那条大鱼吃点东西，"他想，"它可是我的兄弟。可是我不得不把它弄死，我必须保持精力来这样做。"他缓慢而专心地把那些鱼肉条全都吃了。

他直起腰来，把手在裤子上擦干。

"好了，"他说，"你可以放掉钓索了。手啊，我现在只能凭右臂来对付它，直到你恢复为止。"他用左脚踩住刚才用左手抓着的粗钓索，身子朝后倒，用背部来承受那股拉力。

"上帝保佑我吧，让这抽筋的手快点好起来！"他说，"因为我不知道这条鱼还会做出什么事呢。"

"不过它似乎很镇定，而且在按着它的计划行动。可是它的计划是什么？"他想，"我又有什么计划呢？我必须机灵一点，拿我的计划来对付它，因为它是那么庞大。如果它浮出水面来，我肯定可以弄死它。但是它一直待在海里面不上来，那我也就只能跟它周旋到底。"

他把那只抽筋的手在裤子上擦干，努力想张开手指，可是却始终张不开。"大概当太阳出来后它就能张开，"他想，"也许等那些有营养的生鱼肉消化后，它就能张开。如果我非要靠这只手不可，我无论如何都要将它张开。但是我现在不是一定要用到它，还是让它慢慢自动恢复吧。无论如何，昨夜它实在是太疲劳了，那时候不得不把各条钓索解开，重新接在一起。"

他遥望着海面，觉得自己此刻是那么孤单。但是他可以看见漆黑的海水深处的各种色彩，看见面前伸展着的钓索和那平静的海面上的奇妙的波动。这时，一阵风将云块聚拢起来。他朝前望去，看见一群野鸭在水面上飞，在天空的映衬下，时而清晰，时而模糊，于是他发觉，一个人在海上是永远不会觉得孤单的。

他想到有些渔夫驾小船到了望不见大陆的地方，会觉得害怕。他明白，在天气变幻不定的那几个月里，他们害怕是有理由的。可是现在正是刮飓风的月份，在飓风停止的时候，这些月份正是一年中天气最好的时候。

"如果要刮飓风，而你正在海上的话，那你一定能在好几天前就看见天上有种种征兆。在岸上人们可看不见，因为他们不知道该看什么。"他想，"陆地上一定也可以看得见不同寻常的景象，那就是云的样子不同。但是现在是不会刮飓风的。"

　　他看着天空，那一团团白色的云块，像一堆堆令人垂涎的冰淇淋，在九月高远的天空中飘着一团团羽毛般的卷云。

　　"微风吹起来了，"他说，"这天气对我比对你好，鱼啊。"

　　他的左手依然在抽筋，但他正在试着慢慢地把它张开。

　　"我厌恶抽筋，"他想，"这是和自己的身体过不去。要是食物中毒，当着别人的面拉肚子或者呕吐是很丢脸的事情。但是抽筋，则是对自己的羞辱，尤其是当你独自一人又要应付这样的状况时。"

　　"要是那孩子在这儿，他就可以帮我揉揉胳臂，从上臂一直往下揉。"他想，"那样的话，抽筋会好一些，不过这手总会张开的。"

　　随后，他用右手去摸钓索，感到上面的分量变了，同时他看见水里钓索的倾斜角度也变了。紧接着，他把左手啪地紧贴在大腿上，面向钓索弯下腰，看见倾斜的

钓索在慢慢地向上升起。

"它浮上来啦，"他说，"手啊，快点，请快一点张开。"

钓索很有规律地上升了，接着小船前面的海面鼓了起来，鱼要出水了。它不断地上升，水从它身上向两边落下去。它在阳光里显得又亮又大，头和背部是深紫色，两侧的条纹带着淡紫色。它的嘴像一根棒球棍那么长，向前逐渐变细，像极了一把轻剑，它整个儿都露出水面了，然后像潜水员般轻巧地又钻进水里去了。老人看见它那大镰刀般的尾巴沉入水中，钓索开始往外飞速溜去。

"它比这小船还长两英尺呢。"老人说。钓索朝水中溜得又快又稳，说明这鱼一点也不慌张。老人想办法用双手拉住钓索，力道控制在刚好不会被鱼扯断的程度。他很清楚，要是他没法用稳定的力量使鱼慢下来，它就会把钓索全部拖走，并且扯断钓索。

"它是条大鱼，我一定要征服它，"他想，"我一定不能让它知道它自己有多大的力气。如果我是它，我现在就要使出浑身的劲儿，一直拖到钓索绷断为止。但是感谢上帝，它们没有我们这些要杀害它们的人类聪明，尽管它们比我们高尚，本领也要大些。"

老人见过很多大鱼。其中还有许多超过一千磅的，上半辈子也曾捕到过两条这么大的，但是都是在别人的帮助下逮住的。现在他却是单独一个人，在远离大陆的海中央，跟一条以前从没见过也没有听说过的大鱼紧拴在一起，并且他的左手还在抽筋，像只抓成一团的鹰爪。

　　"可是它马上就会好的，"他想，"它当然会好起来，还会来帮助我的右手。有三件东西是我的兄弟：鱼、我的左手和右手。这只手一定会好的。这太令人心烦了，它竟会抽筋。"鱼又慢下来了，正用它惯常的速度游着。

　　"不知道它为什么要浮出水面来。"老人想，"它简直像是为了炫耀自己有多大才浮上来的。反正我现在是看见了，真希望我也能让它看看我是个什么样的人。不过那样它就会看到这只抽筋的手了。就让它认为我是个比现在更富有男子汉气概的人吧，我可以证明这一点。使出所有的招数吧，你要对付的仅仅是我的毅力和智慧。"

　　他心情愉快地靠在木船舷上，承受着那袭来的阵阵痛楚。鱼稳稳地游着，小船穿过深色的海水慢慢前进。东风带起了阵阵小浪。到中午的时候，老人那抽筋的左手终于好了。

　　"这对你来说可是个坏消息，鱼啊。"他说着把钓索从披在他肩上的麻袋上移了个位置。

　　他感到舒服，但也很痛苦，虽然他一点也不愿意承认这是痛苦。

　　"我并不信宗教，"他说，"但是我愿意说十遍'我们的天父'和十遍'我们的圣母'，祈祷他们能让我捉住这条鱼。我现在就要许下心愿，如果捉住了它，我一定去朝拜科布莱的圣母。我发誓。"

　　他机械地念起祈祷文来。有些时候他太累了，竟忘记了一些词句，于是他念得特别快，以便字句能顺口念出来。《圣母经》要比《天主经》容易记些，他想。

"大恩大德的圣母玛利亚，天主与你同在。你是女人中的福音。你生命的果实耶稣也是有福的。圣灵玛利亚，圣母玛利亚，替我们这些罪人，在现在和临终时祈祷吧。阿门！"接着，他又说，"万福圣母玛利亚，请你为这条快要死的鱼祈祷吧，尽管它是那么伟大。"

念完了祈祷文，他觉得舒服多了，但身体依旧像以前一样的痛，也许痛得还要狠一些。于是他将背靠在船头的木舷上，无意识地活动着左手的手指。

现在尽管微风还在轻柔地吹，但太阳很晒人。

"我最好还是把船艄上的钓丝重新装上鱼饵，"他说，"如果那鱼计划在这里再过上一夜的话，我就需要再吃点东西补充体力，再说，水瓶里的水也不多了。我看这儿除了鲯鳅，再捉不到其他东西了。虽然新鲜的鲯鳅吃起来，味道也不会差，不过，我还是更希望今夜有条飞鱼跳到船上来。只可惜我没有灯光来招引它。飞鱼生吃味道很不错，而且不需要把它切成小块。我现在必须保存所有的体力。天啊，我开始不知道这鱼竟有这么大。"

"可是我还是要把它杀了，"他说，"不管它有多么伟大，多么气派。"

"虽然这是不公平的，"他想，"但是我要让它知道人究竟有多少本领，人的忍耐限度究竟有多大。"

"我跟那孩子说过的，我是个与众不同的老头子，"他说，"现在是证实这话的时候了。"

他已经证实过很多次了，这不算什么。现在他还要再证实一次。每一次都要重新开始，他在做一件事情的时候，从来没有去想过去。

"只希望它能去睡觉，这样我也可以去睡一下，在梦里去看看那些狮子。"他想，"为什么现在梦里只剩下狮子了呢？""别想了，老头子。"他对自己说，"现在就轻轻地靠着船舷休息一会儿，什么都不要去思索。当它忙着的时候，你就好好休息，保持体力。"

差不多已经是下午了，船依旧缓慢而平稳地航行着。只是这时东风给船增加了阻力，老人跟随着这小小的海浪缓缓漂流，背上的痛也慢慢缓和了许多。

下午的时候，钓索升上来过一次，可是那不过是鱼游到稍微高一点的地方来了。老人的左胳臂、左肩和背脊暴露在太阳下，他知道这鱼转向东北方游了。

这鱼他看见过一次，所以他现在可以想象得出它在水里游的模样了。它那像翅膀的胸鳍张得大大的，竖起来的大尾巴剪开深黑的海水。"不知道它在那样黑的深海里可以看见什么东西。"老人想，"它的视力应该比马要好很多，它的眼睛在黑暗里也可以看见东西。以前我在黑暗里也能看见东西，当然不是那种黑黢黢的地方。那个时候我的视力像猫的视力那样好。"

由于太阳的热量以及手指不断地活动，他那抽筋的左手这时完全好了，他便开始让它多承担一点拉力，再活动了一下背上的肌肉，使钓索移开一点儿，让原先的疼痛换个地方。

"你要是还不累的话，鱼啊，"他说，"那你真是令人难以置信的厉害啦。"

这时他感到非常累，天马上就又要黑下来了，所以他尽力想些别的事情。他想到棒球大联赛，他知道纽约市的扬基队正在迎战底特律的老虎队。

"这是联赛的第二天，虽然我不知道比赛的结果。但是我一定要对那伟大的迪马吉奥有信心，即使他脚后跟长了骨刺，正在疼痛，他也能将一切做得完美。骨刺是什么东西？我完全不知道。它有斗鸡脚上的距铁扎进脚跟那么疼吗？我想我是受不了这样的苦的，也不能像斗鸡那样，一只眼睛或两只眼睛被啄瞎后仍旧可以战斗。人跟伟大的鸟兽相比，真是很渺小。我还真希望做那只待在黑暗的深水里的鱼。"

"如果有鲨鱼来，"他说，"愿上帝保佑它和我吧。"

"你以为那伟大的迪马吉奥能追随着一条鱼，像我追随着这一条这样长久吗？"他想，"我相信他可以，而且追随的时

间更长，因为他年轻，体力又好。再加上他父亲曾经也是一名渔夫。但是骨刺会不会让他比我更难受呢？"

"我的确不知道，"他说，"我从来没有长过骨刺。"

太阳下山的时候，为了给自己打气，他想起那年在卡萨布兰卡的一家酒店里与人比手劲的事情，那是个码头上力气最大的人，一个从西恩富戈斯来的大个子黑人。他们把手肘搁在桌面一道粉笔线上一天一夜，胳膊朝上伸直，两只手紧握在一起。双方都尽力想使对方的手先往下倒在桌子上。好多人在赌谁会赢谁会输，人们在点着煤油灯的室内出出进进。他盯着黑人的胳膊和手，还有他的脸。最初的八小时过去之后，他们每四个小时换一个裁判，好让裁判可以轮流休息一下。他和那黑人手上的指甲缝里都出血了，可他俩对视着，望着手和胳膊，打赌的人在屋里进进出出，一个个都坐在靠墙的高椅子上观看这场比赛。木制的板壁被漆成明亮的蓝色，灯光将他们的影子投射在墙上。黑人的影子很大，挂灯在微风的推动中摇摇晃晃，黑人的影子也在墙上晃动着。

这场比赛是在一个星期天的早上开始的，直到星期一早上才结束。一整夜下来，赌注的比例来回变动着，有人把朗姆酒送到黑人嘴边，还替他点香烟。黑人喝了朗姆酒，力气大增，有一回他把老人的手（当时他还不是个老人，而是"冠军"桑地亚哥）压下去将近三英寸，但老人又把手扳回来，恢复平衡的局面。这黑人是个伟大的运动员，他当时坚信自己一定可以赢得这场比赛。天亮时，许多打赌的人要求他们算作平手来结束这场比赛，因为他们要去码头工作，把用麻袋装的糖搬上船，或者去哈瓦那煤行工作。裁判摇头不同意，老人这时却使出浑身的劲，硬是将黑人的手一点点往下压，直到赢了那个黑人。他到底把它结束了，而且赶在所有人去工作之前。

此后好长一段时间，大家都叫他"冠军"。第二年春天又举行了一场比赛。不过打赌的数目很小，他赢得非常容易，凭着他的自信心，那是在第一场比赛中打垮了那个西恩富戈斯来的黑人之后得来的。往后，他又进行过几次比赛，但后来就不再参加这样的比赛了。他相信只要努力的话，他可以赢任何人，但考虑到这对他用来钓鱼的右手有害，所以不再愿意参与了。他也曾尝试用左手进行了几次练习赛，但是他的左手一向不听使唤，所以他从不信任它。

"现在太阳会把手晒干的，"他想，"只要夜里不冷，它就不会再抽筋了。不知道这一夜会发生什么事。"

一架飞机从他头顶的上空飞过，照着路线朝迈阿密飞去，飞机投下的影子使成群的飞鱼受惊了。

"有这么多的飞鱼，这里一定有鲯鳅。"他说，然后向后仰着身子，将钓索努力往后拉，看能不能把那鱼拉过来一些。但是行不通，钓索依旧紧绷着，上面的水珠不停抖动，仿佛钓索立刻就要绷断了。船缓缓地前进，他紧紧地盯着飞机，直到它消失不见。

"坐在飞机里的感觉一定很不一样，"他想，"从那么高的地方朝下望，大海会是怎样的呢？要不是飞得太高，他们一定

老人与海

可以清楚地看到这条鱼。我真希望在两百英寻的空中慢慢飞过,从空中看看这些鱼。在捕海龟的船上,我以前爬上过桅顶横杆,即使从不高的地方也可以看见很多东西。从那里往下望,鲯鳅的颜色要绿些,还可以看见它们身上的条纹和紫色的斑点,你也可以看见它们一整群在海里游动。为什么凡是在深暗的水流中游得很快的鱼都有紫色的背脊,有的还有紫色条纹或斑点呢?鲯鳅在水里看上去是绿色的,其实它们是金黄色的。但是当它们饿了的时候,身子两侧就会出现紫色的条纹,像大马林鱼那样。也不知道是由于愤怒,还是游得过快。"

在天黑之前,老人和小船经过好大一团马尾藻,它在浪较小的海面上摇荡着。这时候,他那根细钓索让一条鲯鳅给咬住了。他第一次看见它跳出水面的时候,在夕阳的余晖中它看起来的确像金子一样。鲯鳅在空中弓起身子,疯狂地拍打着。它在空中惊恐地扑腾摇尾,翻转着身体。老人则弯下身子,挪到船尾,一边用右手右臂稳住那根粗的钓索,一边用左手拉回鲯鳅。他每收回一段钓索,就用赤着的左脚踩住。当这条有着紫色斑点的金光灿灿的鱼被拉到船边时,它还在绝望地扑腾着。老人探出身子,把它拎了上来。它的嘴被钓钩钩住了,不停地抽搐着,急促不安地咬着钓钩,还用它那又长又扁的身体拍打着船底,直到他用木棍又打了下它那金光闪闪的头,它抖了最后的一下之后,才安静下来了。

老人把钓钩从鱼嘴里拔出来,然后装上一条沙丁鱼作饵,又把它丢进了海里。做完这些后,他才挪动身子慢慢地回到船头。他在海里洗了下左手，然后在裤腿上擦干。紧接着他又把那根粗钓索从右手换到了左手，在海里洗着右手，同时凝神看着太阳沉到海里，还望着那根斜入水中的粗钓索。

"那鱼还是跟以前一样，没什么改变呢。"他说。但是他瞧着海水拍打在他手上的波浪，很明显船走得要慢些了。

"我要把这两支桨交叉绑在船尾，这样在夜里就能使它游得慢些，"他说，"它要是今晚还能撑下去，那我只好奉陪到底了。"

"最好等一会儿再把这鲯鳅切开，这样就可以让血留在鱼肉里。"他想，"鲯鳅可以晚点再切，现在先把桨绑好放到水里拖着，给那鱼增加些阻力。现在还是让鱼保持相对的安静，在太阳下山之前不去惊动它为妙。对所有的鱼来说，太阳下山的时候都是不好受的时候。"

他把手在空中晾干了，然后抓着钓索，尽可能放松身子，任由自己被鱼拖着行驶。他的身子紧贴在船舷上，这样船承担的拉力和他自已承担的一样大，有时可能船承受的拉力还要大些。

"我渐渐知道该怎么办了，"他想，"至少对付这条鱼的方法是如此。再说，它从咬饵到现在都还没进过食，它的身子又是那么大，肯定需要很多的食物来提供能量。而我已经吃掉整条金枪鱼了。明天我还要吃掉那条鲯鳅。也许把它开膛时我应该吃一些，它比那条金枪鱼要难吃一点。但是这世界上，没有一件事是容易的啊。"

"你觉得怎么样啊，鱼啊？"他开口问，"我的感觉还行，我的左手已经好了，还有足够的食物可以吃上一天一夜。你就

死撑着吧，鱼。"

老人的状况并没有他描述的那样好。钓索勒在背上，非常疼痛，他几乎要忍受不住了，因为这种疼痛快要超出他能忍受的极限。脊背似乎已经麻木了，这让他很担心。"不过，比这更糟糕的事儿我也曾遇到过，"他想，"我的右手仅仅割破了一点皮而已，左手也不抽筋了。我的两腿都很听使唤。况且，现在在食物方面我也比它更占优势。"

天渐渐黑了。在九月里，太阳一落山，天马上就黑了。他背靠着船头被磨损的一块木板上，想尽可能地休息一会儿。第一批星星出来了，他不知道猎户座左脚旁那颗星星叫什么名字，但是看到了它，就知道其他星星过会儿就要出来，那些远方的朋友又要来陪伴他了。

"这条大鱼也是我的朋友，"他说，"我从没见过或听说过这样的鱼。不过我不得不把它杀死。幸好我要杀死的不是那些星星。"

"试想一下，如果人们不得不每天去杀死月亮，那该多难办啊，"他想，"月亮会逃走的。不过再试想一下，如果人们不得不每天去杀死太阳，那又会是怎样的情况啊？人类生来还算是幸运的。"

于是他为大鱼感到难过，因为它没有东西吃。他虽然很伤心，但是要杀死大鱼的决心却始终没有改变。"它可以供很多人吃呢，"他想，"可是有多少人够资格吃这条鱼呢？因为就它的举止风度和它高贵的尊严来看，还没有一个人有资格吃它。"

"我不理解这些事情，"他想，"可是我们没有必要去杀死太阳、月亮或者星星，这就是件好事。在海上生活，必须杀死人类真正的朋友，这真让人不好受。"

"现在，"他想，"我该想想要不要给鱼加重点负担。增加船的重量有危险也有好处。如果鱼用力拉，可能会拖走很长一段钓索，这样反而让它有逃走的机会。但保持船身轻的话，也不一定可以保证我的安全，因为这鱼可以游得很快，只不过至今它还没有展示出它的这项本领。不管发生什么事，我必须把这鲯鳅杀掉，然后洗干净，免得变质，而且吃一点鱼肉也可以增加力气。

"现在我还要再休息一个小时，等鱼安静之后，再到船尾去杀鱼，并考虑清楚怎么对付大鱼。在这段时间里，我可以看它有什么动静，行动是否会发生什么改变。把那两把桨放在那儿是个好主意，但是目前最应该考虑的问题是确保我自身的安全问题。这鱼仍然是那么机灵。我见到钓钩钩住了它的嘴角，它的嘴仍然闭得那么紧。钓钩的折磨根本不算什么。饥饿的折磨，加上还要对付一个它不是很了解的对手，才是最大的麻烦吧。休息一下吧，老头子，让它自个儿歇着去吧，等轮到该你上场的时候再作打算吧。"

他估摸自己已经休息了两个小时。他现在没法儿估算时间，月亮要等到很晚才会出来。事实上，这不算真正意义上的休息，他只不过缓了口气而已。他的肩膀仍然承受着鱼的拉力，但是他用左手撑在船头的舷上，让小船本身承担了鱼的部分拉力。

"如果可以将钓索固定住，事情会变得简单很多，"他想，

"可是如果鱼稍微挣一下，就会把钓索绷断。我必须用自己的身体来缓解这钓索的拉力，随时准备着用双手把钓索放出。"

"你休息的时间不够充分呢，老头子，"他说，"已经忍受了半个白天和一个晚上，现在又是一个白天，可你一直没有机会休息。你必须想个好法子，趁鱼安静的时候休息一下。你如果不睡觉，脑袋就会不清醒。"

"我的脑袋很清醒，"他想，"太清醒啦。简直和我的星星兄弟们一样清醒。但是我还是得睡会儿觉。月亮和太阳它们都需要睡觉，连海洋有时候也要睡觉，在一些没有风浪的日子里。"

"要记得睡觉，"他想，"强迫自己去睡觉，想一些简单稳妥的办法来处理那根钓索。现在回到船尾去处理那条鲯鳅吧。如果你一定要睡觉的话，我可不能把桨绑起来拖在水里就不管了，那样太危险了。"

"我不睡觉也行。"他对自己说。不过这实在是件很危险的事情。他开始手脚并用爬回船尾，非常小心，以免动静太大会惊动那条鱼。"它也许正处于半睡半醒的状态呢，"他想，"可是它别想再休息了。我要把它拖到死。"

他回到船尾，转身用左手抓住紧勒在肩上的钓索，右手从刀鞘中拔出了刀子。这时天上的星星非常明亮，他可以清楚地看见那条鲯鳅，并把它从船艄下拉出来。他用一只脚踩在鱼身上，干脆利落地把它剖开来了。鱼腹里有两条小飞鱼。它们还很新鲜、坚实。他把它们并排放下，将鲯鳅的内脏和鱼鳃扔进了水中。它们沉下去时，在水中拖着一道磷光。鲯鳅冷冰冰的，在星光的照射下显得像麻风病患者那样灰白。老人用右脚踩住鱼头，剥下鱼身上一边的皮。然后他把鱼翻转过来，剥掉了另一边的皮，割下了鱼身两边的肉。

　　他将鱼骨轻轻地丢到船外，留意着它是不是在水里转动，但是只看到它慢慢沉下去时发出的磷光。随后他转过身子，把两条飞鱼放在那两片鱼肉中间，将刀子插回了刀鞘，然后慢慢

地挪动身子，回到船头。钓索紧紧地勒着他的后背，沉重的压力使他弯下了腰。

　　回到船头后，他把两片鱼肉放在船板上，把两条小飞鱼搁在鱼肉旁。然后他把勒在肩上的钓索移了一下位置，又用左手紧紧抓住钓索，将手放在船舷上。接着他靠在船边，把飞鱼放在水里清洗干净，留意着水冲击在他手上的速度。他的手因为剥了鱼皮的缘故，发出了磷光。他仔细观察着水流是以什么样的方式冲

击他的手的。过了一会儿，水流的力道变小了。当他在海里洗手的时候，许多细碎的磷质漂散开去，慢慢地朝船尾漂去。

"它不是累了，就是在休息。"老人说，"现在让我来吃些鲯鳅肉，然后睡一会儿吧。"

繁星下，夜色冰冷。他把一片鱼肉吃了一半，还吃了一条已经处理好了的飞鱼。

"鲯鳅要是煮熟了吃就很美味，"他说，"生吃可真难吃。以后要是不带上盐或酸橙，我就坚决不再乘船出海了。"

"如果我聪明一点的话，我会把海水瓶一直放在船头上，等它干了就有盐了，"他想，"不过反过来想，我是到太阳快落山的时候才钓到这条鲯鳅的。但无论怎么说都是准备工作做得不充分。好在我把所有的鱼肉细细咀嚼后都吃下去了，也没有想呕吐的感觉。"

东方天空中的云雾越积越多，他熟悉的星星一颗颗地都不见了。现在他好像正驶进一个云雾弥漫的大峡谷，风已经没有再刮了。

"三四天内天气会变得很糟糕，"他说，"但是这两天还不会有什么变化。现在可以好好想想怎么来对付那条大鱼。老头子，睡一会儿吧，趁这条鱼没有动静的时候。"

他用右手将钓索抓紧，然后用大腿顶住右手，把全身的重量都压在船头的木板上。接着他把勒在肩上的钓索往下移了一点儿，再用左手撑住它。

"只要把钓索撑住，我的右手就可以握住它，"他想，"如果我睡着的时候它松开了，朝外溜去，左手就会使我惊醒的。不过这样一来右手就要承受很大的重量。但是它吃苦吃惯了。即使我只能睡上二十分钟或者半个钟头就很不错啦。"他往前用全身拉住钓索，把全身的重量都压在右手上，然后他睡着了。

在梦中，他没有看见狮子，却梦见了一大群海豚，数目惊人，有八到十英里长。这正是它们寻找配偶的季节。它们跳得很高，跳在半空中，然后掉回水涡里。这些水涡是它们跳跃时在水里形成的。

然后他梦见他回到村子里，睡在自己的床上。北风正猛烈地刮着，他冷极了，右手也麻木了，因为他的头枕在右臂上面，而不是枕头上。

在那之后，他梦见了那长长的黄色海滩。黄昏的时候，一头狮子先来到海滩上，随后其他狮子也来了。于是，他把自己的下巴放在船头的木板上，船没有动。晚风轻轻地吹拂着海面。他想看看会不会有更多的狮子出现，心里非常快乐。

月亮升起来已经有一会儿了，可他还没有醒来。鱼平稳地向前拉着，船驶进了那个云雾弥漫的峡谷里。

突然，他的右手朝脸上猛地一拱，钓索快速地从他右手里溜了出去，他惊醒了。左手没有知觉，他就用右手拼命地想扯住钓索，但它还是不停地往外溜。左手终于抓住了钓索，他仰起身子把钓索使劲地往后拉，这样钓索就紧紧地勒着他的背脊和左手。全部的重量都压在了左手上，手被勒得生疼。他回头看着那些钓索卷儿，它们正飞快地放出去。正在这时，鱼跳了起来，海面仿佛裂开了一大块，然后鱼重重地往下掉。随后它又跳了很多次。船走得飞快，钓索也飞速地向外溜，老人很多次把它拉紧到就快绷断的地步。他被拉得紧靠在船头上，脸贴在那片切下的鲯鳅肉上，没法儿动弹一下。"我们期待的事情就要开始了，"他想，"让我来对付它吧。"

"让它为拖走钓索付出代价吧，"他想，"它必然要为这个付出代价的。"

他看不见鱼跳，只能听见海面迸裂的声音和鱼掉下时巨大的水花飞溅声。钓索溜得那么快，把他的手勒得生疼，好在他一开始就明白这事早晚会发生，所以尽量让钓索勒在长茧的地方，不让它勒在掌心或者手指上。

"要是那孩子在这儿，他准会把那捆钓索弄湿的。"他想。是啊，要是孩子在这儿。要是孩子在这儿。

钓索往外不停地溜着，不过速度已经逐渐慢下来了。他要让那条鱼每拖走一英寸钓索都付出相应的代价。现在他已经从木板上起来了，脸终于不再贴着那片被他压烂的鱼肉了。然后他先跪直了上半身，又慢慢地站了起来。他正在放出钓索，但是没有以前快了。他慢慢地移到可以用脚碰到钓索的地方，那一卷卷的钓索他看不见。钓索还有很多，现在这鱼必定在水里拖着这摩擦力大得多的新钓索了。

"是啊，"他想，"到现在为止它已经跃出水面十几次了，沿着背脊的那些气囊已经填满了空气。这样一会儿它死了，就不会沉到海底去了。再过了一会儿它就会转起圈儿来，那时我就可以想办法对付它了。不知道它因为什么会突然跳起来，难道是饥饿使它顾不了生死，还是在夜里被什么东西吓到了？或许是它突然感到惊慌了吧。不过它是一条那样镇定、强健的鱼，好像是充满信心而又无所畏惧的。这真的是件让人摸不着头脑的事。"

"你自己也要有信心才行啊，老头子，"他说，"你又把它拉住了，但是你收不回钓索。不过它马上就要打转了。"

老人这时用他的左手和肩膀拉住了大鱼，他弯下腰，用右手舀水，清洗黏在脸上被压烂了的鲯鳅肉。他担心这肉会让他恶心并呕吐，然后失去气力。把脸擦干净后，他又把右手在海水里清洗干净，然后就一边让手泡在这含盐的海水里，一边注视着日出前的第一缕阳光。"它几乎是朝着正东方向行驶的，"他想，"这说明它累了，在随着海流走。它马上就要打转了。那时我们才真正开始行动呢。"

等他觉得右手在海水里泡的时间足够长了，便抽了出来，朝它看了看。

"情况还不错，"他说，"男子汉不在乎这点痛。"

他小心地抓着钓索，避免碰到伤痕，然后把身子移到小船的另一边，这样他可以把左手伸进海里泡一泡。

"你这不中用的东西，总算表现得还不错。"他对左手说。

"可是以前有一段时间，你可没帮上什么忙。"

"为什么在关键的时候你总是不争气呢？"他想，"也许这是我自己的过错，平时没有好好地训练我的左手。可是它确实曾有过许多的锻炼机会呀。其实它今天夜里的表现还行，只抽了一次筋。要是它再不听使唤，就让它被钓索勒断吧。"

他想到这里，意识到自己的脑子有点迷糊了，他想他应该再吃一些鲯鳅。"可是我不能吃，"他对自己说，"情愿头昏眼花，也不想因为恶心想吐而失去力气。我知道这些肉即使吃到胃里也会吐掉，因为它们曾经被我的脸压过。不过我要留下它，以防万一，直到它变质为止。但是如果要靠营养来增加力气，为时已晚了。你真是糊涂了，还有一条飞鱼可以吃掉啊。"

它就放在那儿，已经处理得很干净了，随时可以吃。他用左手把鱼拿过来，像吃大餐一样吃了起来。他慢慢地嚼着鱼骨，连尾巴也没有放过。

"它几乎是最有营养的鱼，"他想，"至少可以提供给我所需要的那些能量。如今我已经尽力做了我能做到的所有事。让这鱼打起转来，开战吧。"

他出海以来，这已经是第三次看到日出了，这时，鱼打起转来了。

从钓索的斜度上看，还看不出鱼在打转。时间还早。他只是感觉到钓索上的拉力稍微小了一些，于是开始用右手轻轻地往回拉。钓索像以前那样绷紧了，可是就在它快被拉断的时候，老人却发现它又能慢慢往回收了。他将钓索从肩膀和头上取了下来，开始稳当地收回钓索。他全身协调地配合起来，甩开两只胳膊，左右开弓地大把往回收绳子。腿和肩膀也随着两手的左右摆动而摆动起来。

"好大的圈儿啊，"他说，"它总算开始打转啦。"

接着钓索就拉不动了，他紧紧地拉着，看见水珠子在阳光下从钓索上迸出来。随后钓索又开始往外溜了，老人跪在船板上了，极不情愿地让它又渐渐回到深暗的海水里。

"它已经绕到圈儿的对面去了。"他说。

"我一定得拉紧啦，"他想，"只有拉紧了，它转的圈儿才会逐渐变小。也许我一个小时内就可以见到它。现在我要先稳住它，一会儿再收拾它。"

但是那条鱼还是在慢慢地转着，两个小时过去了，老人全身被汗湿透了，非常劳累。不过这时圈儿已经小很多了，而且照钓索的斜度来看，鱼一边打转还一边在不断地往上浮起。

又一个小时过去了，老人感到眼前发黑，头昏眼花，咸咸的汗水流进了他的眼睛，流到了眼睛上方和脑门上的伤口里。但这不算什么，他安慰自己。他这么费劲地拉着钓索，眼前发黑是正常的现象。但是他已有两次感到头昏眼花，这才是叫他放心不下的事情。

"我一定要支持下去，不能死在一条鱼的手里，"他说，"既然我已经让它照计划游过来了，求上帝保佑我坚持下去吧。我要念一百遍《天主经》和一百遍《圣母经》。不过现在还不能念。"

"就当我已经念过经文了吧，"他想，"以后一定会补上的。"

这时，他突然觉得自己双手抓住的钓索猛地被冲撞、拉扯了一下。来势汹汹，劲头很强。

"它正用它利剑似的尖嘴撞击着铁丝导线，"他想，"这是不可避免的。它不得不这样做。不过这样也许会使它跳起来，我希

望它现在继续打转。如果它想要呼吸，就一定要跳起来。但是每跳一次，钓钩造成的伤口就会裂得更大一些，它可能将钓钩甩掉。"

"不要跳，鱼啊，"他说，"千万不要跳啊。"

鱼又撞击了铁丝导线几次，它每撞一次，老人就放出一些钓索。

他想："我必须一直攻击这鱼的软肋，让它的负伤处更加疼痛。我虽然疼痛但我还可以忍受，可以控制，但它却会发疯。"

不久，鱼不再撞击铁丝，又慢慢地打起转来。老人这时正不断地把钓索向回扯。可是他又感到头昏眼花了。他用左手舀了一些海水，向头上浇去，然后他又洒了些海水在脖子和背脊上，用力搓了搓。

他想："我还是第一次这么劳累，现在来了一阵信风，正好为我拉起这条大鱼提供了帮助。这风来得很及时。"

"我可以休息一下，直到它下次转到外面。"他说。

"我觉得舒服很多了。再转几圈，我就可以抓到它了。"他在开始拉钓索的时候就把草帽推到后脑勺上去了，他感到鱼在转身，随着钓索的拉力，他整个人一下子坐到了船头。

他想："你就忙你的吧，鱼啊，等你转身看我怎么对付你。"海浪翻得更高了，但是这是晴天吹的微风，他回去可还得靠这风呢。

"我只要往西南航行就能够回到家，"他说，"真正的男人在海上是绝对不会迷路的，更何况这不过是个狭长的岛。"

鱼转到第三圈时，他第一次看清了它。

他首先看见一道黑影，难以置信的是那影子长到费了很长时间才完全从船底冒出来。

"不可能，"他说，"它怎么会有这么大啊。"

但是它确实就有这么大，转完这一圈，它就浮上水面来了，离老人只有三十码远，老人看见它的尾巴露在外面，看起来比大镰刀的刀刃还长，衬着深蓝色的海水显出一抹淡淡的紫色。它在水里游着，尾巴拍打着海面，老人能清楚地看见它庞大的布满紫色条纹的身躯，那背上的鱼鳍朝下张着，巨大的胸鳍也展开着。

这一圈转回来后，老人看见它的眼睛以及围着它游的两条灰色的小鱼。小鱼在它的阴影笼罩下快乐地游来游去，时而近，时而远。它们每条都超过三英尺长，游得快时全身剧烈地甩动着，很像鳗鱼。

老人正在出汗，不单单是因为晒了太阳，还有其他原因。

每一次只要大鱼镇定、安稳地转回来，他都要往里收一些钓索，所以他确信只要它再转转，他就有机会使用鱼叉了。

他想："可是我必须把它拉得很近，很近。我绝对不能扎它的头。我该扎的是它的心脏。"

"要镇定，要用力，老头子。"他说。

又转了一圈，鱼背露出来了，不过离小船还是有些距离。再转了一圈，虽然还是很远，但是它浮出水面上的部分就比较多了。老人非常肯定，只要他再收回一些钓索，就能把它拉到船边来。

他早就把鱼叉准备妥当了，叉上的那卷细钓索被放在一只圆筐里，一头紧紧地系在船头的系缆柱上。

这时那鱼正转了一个圈儿回来，它是那么镇定、美丽，只有那条大尾巴在摆动。老人使出浑身解数想把它拉近些。有那么一下子，鱼身歪了一下，随后又直了起来，继续转圈。

"它动了，"老人说，"它刚刚动了。"

他又觉得头昏眼花，可还是竭尽全力地拉住了那条大鱼。他想："它动了，也许这一回我可以拉起它了。手，帮我拉拉吧！腿，你要撑住啊！头，为了我坚持一下吧！你可是从没晕倒过的，这一回一定要把它拉过来。"

鱼还在很远的地方时，他就迫不及待地开始使出全力拉了，那鱼起先被拉得调转了方向，但是很快又竖直了身子游开了。

"鱼啊，"老人说，"鱼儿，你总归是死路一条。难道一定要我陪葬吗？"

那鱼又转了两圈，还是没有什么变化。

老人想："我真不明白，每一次我都觉得自己快要不行了。我不明白究竟怎么了。但是我还是决定试试看。"

他忍住了所有的痛苦，拿出自己仅剩的力气和失去已久的骄傲，与这条垂死挣扎的鱼搏斗。鱼靠近他，在他身边缓缓地游动，嘴近得几乎要碰到船板了。接着，它开始靠近船舷游动，它的身子是那么长，那么高，那么宽，紫色的条纹上发出银色的光芒，让人根本无法目测它的长度。

老人扔下钓索，用脚踩住，使尽全力尽可能地把鱼叉举高，笔直扎进鱼身的一边，就在大胸鳍后面一点的地方。这鱼胸鳍很高，直逼老人的胸膛。他觉得鱼叉已扎进鱼身里去了，为了能刺得更深一些，他把全身的重量都压了过去。

于是那鱼发怒了，尽管死到临头了，它仍从水中高高跳起，显示出它惊人的长度和宽度，展现出它的力和美。它仿佛就在老人的头顶上空悬浮，然后砰的一声砸在水里，溅得老人身上和船上到处都是海水。

老人运足力气把鱼叉上的绳子拴在船头绕了两圈，接着把头靠在双手上。

"让我保持头脑清醒吧，"他靠在船头的木板上说，"我是个疲倦的老头子。可是我杀死了这条鱼，虽然它是我的兄弟。现在我得去做另一件苦差事了。"

他将鱼拖到船边，用一根绳子穿过它的鳃，然后从嘴里拉出来，把它的头紧紧地绑在船头。他想："我是想瞧瞧它，触摸一下它。它是我的财富。但是这不是我想摸它的原因。我想就在我把鱼叉扎进去的时候，我扎到了它的心脏。现在我必须把它拉近，绑好，用一根绳子绑住它的尾巴，另一根绑它的腰，把它紧紧地绑在这条小船上。"

"开始行动吧，老头子，"他边说边喝了一小口水，"现在搏斗已经结束了，但还有好多辛苦的事情要做。"

他抬头望望天，然后又低头瞧瞧鱼，然后仔细盯着太阳。他想："现在才过正午。信风刮起来了。这些钓索现在已经没什么用了。回家后，马诺林和我会把它们接好的。"

"过来吧，鱼儿。"他说。但是这鱼没有来，却在海面上翻滚着，老人只好撑船划过去。

等他和鱼接近了，就把鱼的头靠在船头，他难以置信它竟有这么大。他把鱼叉柄上的绳子从系缆柱上解开，穿过鱼鳃，从嘴里拉出来，在它那剑一般的鱼嘴上绕了一圈，然后穿过另一个鱼鳃，又在鱼嘴上绕了一圈，将它们打了个结，牢牢地系在船头的系缆柱上。然后他割下一段绳子，在船尾拴住鱼尾。现在，这条鱼已经从原来的紫银相间变成了纯银，条纹和尾巴同样呈淡紫色。这些条纹看起来比一个五指大张的手掌还要宽，鱼眼睛像潜望镜中的镜片，或者是像迎神队伍中的圣徒那样冷漠。

"只有用这个方法，才能杀死它。"老人说。他喝了水后，觉得舒服多了，现在他不会再晕倒了，因为他头脑很清醒。他想，它应该有超过一千五百磅的重量，也许还要重很多呢。如果除开没有用的部分，剩下的三分之二按三角钱一磅来计算，总共值多少钱呢？

"我得用笔算算，"他说，"我头脑还不够清醒。但是，我想那伟大的迪马吉奥今天会替我感到自豪的。我没长骨刺，可手和背却疼痛难忍。"他想："不知道骨刺是什么东西。也许我们长了却还懵然不知。"

他把鱼牢牢地绑在船头、船尾和船中央的座板上。这条鱼真是大，完全就像在船边绑上另一条更大的船。他割下一段绳子，把鱼下颚和嘴绑在一起，使鱼嘴紧闭，这样行船就可以尽可能不受阻碍了。随后他竖起桅杆，把那根当鱼钩用的木棒和吊杆撑起，扬帆起航，准备出发。他半躺在船尾，往西南方驶去。

老人的瓶里只剩下最后两口水，他喝了半口。想到现在的形势，这条小船行驶得还算不错，他把舵柄夹在胳膊下掌握着方向。他可以看到鱼，只需看看自己的双手，感觉到自己背心抵着船尾，就能知道这一切都是真的，而不是在做梦。有一段时间，他感觉很糟，以为就要没希望了。这一切或许是一场梦。可是后来当他看到鱼跳了出来，悬在半空中一动不动然后落下的那一瞬间，他确信这中间肯定有什么令人难以置信的天大的秘密。但是当时他看不大清楚，尽管现在他的眼睛又恢复了正常，还像从前那样明亮。

现在他知道这鱼已经到手了，他的手和背也都不是他的幻觉。他想："这双手很快就会恢复的。虽然它们流了很多血，但海水能把它们治愈。真正的海湾深水是世上最好的药物。我要做的就是保持清醒不犯糊涂。这两只手已经履行了它们的义务，

小船也顺利前行。"行驶中鱼嘴紧闭，尾巴上下跳动，他们就像亲兄弟一样驾着小船前进。接着他的头脑有点儿迷糊了，他想："是鱼在带我回家，还是我在带它回家呢？如果我把它绑在船后，那就不存在这个问题了。又或者这鱼失去了一切尊严，被放在船上，那么也不会有什么问题。"可是他们是并排地绑在一起航行的，因此老人想："要是它高兴，就算是它把我带回家的吧。我不过用了点手段才比它强的，可它并不想伤害我。"

他们航行得很顺利，老人把手泡在咸咸的海水里，尽力保持头脑清醒。重重叠叠的云堆聚得那么高，天空中还有很多的卷云，因此老人断定这风将要刮上一夜。老人望望那鱼，好确定捕到鱼这事是真的。一个小时后，第一条鲨鱼来袭击大鱼。

老人看着鲨鱼过来，知道它无所畏惧，可以随心所欲。他一边看着鲨鱼靠近，一边准备好了鱼叉，将绳子系紧。可是绳子太短，因为他割了一截拿去捆鱼了。

鲨鱼快速地靠近船尾，在袭击那条大鱼的时候，老人见它张开大嘴，它的眼睛很奇异，嘎吱一声咬住鱼尾巴上面一点儿鱼肉。鲨鱼的头钻出水面，背部逐渐露了出来，老人听见了鲨鱼撕裂大鱼皮肉的声音。这时，他把鱼叉用力扎向鲨鱼头部，插进它两眼之间那条线和从鼻子直接往后那条线的相交点上。其实这些线是不存在的，只有那厚重的、尖利的蓝色脑袋，巨大的眼睛和那嘎吱作响、毁灭一切的具有攻击性的嘴。不过鱼脑正在那个地方，老人扎中了这个地方。他用沾满大鱼鲜血的双手，使出了全身力气，把一支鱼叉扎了进去。他扎它的时候，并不抱希望，但却带着满满的决心和恶意。

鲨鱼翻过身来，老人看出它眼睛里的生命之火已经熄灭了，随后它又翻了个身，身上裹了两圈绳子。老人知道这鲨鱼就快不行了，但它不愿就这么死去。接着，鲨鱼肚皮朝天，甩动着尾巴，嘎吱作响地咬着嘴巴，像一条快艇似的破浪前进。尾巴击水的时候泛起白色的水花，四分之三的身体露出在海面

上。这时绳子被拉紧了，接着颤抖了一下，最后断了，发出啪的一声巨响。老人瞧着鲨鱼，它在水面上静静地躺了一下，然后慢慢地沉入海底了。

"它吃掉了近四十磅肉。"老人大声说。还带走了我的鱼叉和那么多绳子，他想，现在我这条鱼又在淌血了，其他鲨鱼也会很快跟来的。

他不想再朝这条鱼看上一眼了，因为它已经被咬得不成样子。鱼遭受袭击的时候，仿佛是他自己受到了袭击。"可是这条袭击大鱼的鲨鱼被我杀死了。"他想，"我见到过很多灰鲭鲨，就数它最大。上帝证明，我曾经是见过大鲨鱼的。"

"好景不长，"他想，"真希望这是一场梦啊，希望我根本没钓到这条鱼，现在正一个人躺在床上看报纸。"

"但是人不是为失败而生的，"他说，"一个人可以被毁灭，却不能被打败。""不过我很难过，我竟杀了这鱼。"他想，"现在困难的时刻马上就要来了，可我连鱼叉也弄丢了。灰鲭鲨能干、强壮、精明……不过我比它更精明。当然也不一定是这样，也许我只是武器比它厉害一些而已。"

"别想啦，老头子，"他大声说，"顺着这条路线走吧，事情来了再说吧。"

他心里很明白，船驶进了海流的深处会发生什么事，可是现在也想不出什么好的办法。

"不对，有办法，"他大声地说，"我可以把刀绑在船桨的柄上。"

于是他把舵柄夹在胳膊下，一只脚踩住帆脚索，艰难地绑起刀来。

"行了，"他说，"我虽然还是个老头子。不过我现在有装备了。"

这时风刮得大些了，船走得很顺利。他盯着鱼的前半部分，心里有了一些希望。

"人不抱希望太傻了，"他想，"再说，我相信这是一桩有罪的事。别去想什么有罪的事了。还想什么，麻烦已经够多了。何况我又不懂什么事是有罪的。"

"你想太多啦，老头子。"他说出声来。

"但是杀死那条灰鲭鲨，你却很快乐。"他想，"它同你一样，依靠活鱼维生。它是那么崇高美丽，从不去吃那些动物的死尸，也不像有些鲨鱼那样，总是一刻不歇地四处觅食。""我杀死它是为了保护我自己，"老人理直气壮地大声说道，"而且干得干净利落。"的确，他没怎么让它受罪。

此外，他想："每个事物都是自相矛盾的，就比如说捕鱼，它既可以让我活命，但随时也会要了我的命。但唯有那孩子会让我活着。"

风还在吹着，稍微转向东北方，他明白这表明风势不会减弱。老人往前望去，看不到任何帆船，也看不到任何人的踪迹，他甚至看不见一只鸟。只有飞鱼从他船头下跃起，向两边滑去，还有一簇簇黄色的马尾藻。已经航行了两个小时，他在船尾休息，有时候从大马林鱼身上撕下一点肉来吃着，好好地休息，保持体力。这时他看到了两条鲨鱼中的一条向他缓缓游来。

"啊！"他大声地惊叫道，就像一个人感觉钉子穿过他的双手，钉进了木头，不由自主地发出的声音一样。

"六鳃鲨。"他叫出鲨鱼的名字。他看见又一个鳍在第一个的背后出现了，凭着这褐色的三角形鳍和摆来摆去的尾巴，他断定它也是鲨。这两条鲨鱼嗅到了血腥味，非常激动，因为饥饿困扰了它们好几天，但水波的激烈荡漾，使得它们在追踪血腥味时总是时断时续。

老人系好帆脚索，卡住舵柄。随后他拿起绑着刀子的船桨，小心翼翼地将它举了起来，因为他的双手已经痛得不听使唤了。然后他张开手，再轻轻地握住了船桨，让双手放松下来。他一边把手合得很紧，使它们忍住痛楚而不畏缩，一边看着鲨鱼过来。他现在可以看见它们那宽扁的像铲子那样的头和尖端是白色的宽大的胸鳍。这是两只可恶的鲨鱼，既吃新鲜的活物，也吃腐烂的死鱼，饿慌了的时候，它们连船上的桨或者舵都不会放过。就是这些鲨鱼，它们会趁海龟在水面上睡着的时候咬掉它们的脚和像鳍一样的肢；如果真是饿了，它们甚至会在水里攻击人，尽管人的身上并没有鱼的血腥味或者鱼的黏液。它们就是无恶不作的杀手。

"啊，"老人喊道，"六鳃鲨，过来吧，六鳃鲨！"

它们游过来啦，只是游的方式不同。一条鲨鱼靠近船身时笨拙而缓慢地转了个弯，眨眼间钻到船底没了踪影。过了一会儿，老人的小船开始轻微地左右摇晃着，悬挂着的残鱼正被什么东西撕扯着，老人瞬间明白了小船摇晃的缘由。正在这时，另一条鲨鱼张着细长的黄眼睛飞快地向老人这边游来，半圆形的大嘴朝着鱼身上被咬烂的地方咬去……鲨鱼褐色的头顶以及头跟脊柱相连的背上，露出一道清晰的条纹。说时迟，那时快，老人麻利地将绑在桨上的刀子朝那交叉点刺了进去，再拔出来，又扎进这鲨鱼的像猫一样的黄色眼睛里。鲨鱼激烈地挣扎着放开了大鱼，身子往水下沉。

老人把刀刃擦干净，把桨放下了。然后他找到了帆脚索，张起船帆，让小船沿着原来的航道走。

"它们一定咬掉了四分之一的鱼肉，而且都是最好的肉，"他心疼地大声说道，"真希望这是一个梦，但愿我从来没有钓到过它。鱼呀，我真的很对不起你，我把这一切都弄砸了。"他停了下来了，但已不想再看那条鱼了。它的血流光了，被海浪拍打着，剩下的残体看上去像镜子背面镀的银色背衬，身上

的条纹依旧很醒目。

行了，他自言自语地说："去瞧瞧绑刀的绳子，看有没有被割断，然后照顾好你的手，因为还会有更多的鲨鱼来。"

"我现在想些什么呢？"他想，"不能再瞎想了，我必须保持警惕，等待下一条鲨鱼的到来。真希望这是一场梦。"他又想，"不过谁知道呢？也许会有一个好的结局。"

接着到来的鲨鱼是条独来独往的六鳃鲨。它来势汹汹，就像一头奔向饲料槽的猪，如果真有猪长着这么大的嘴，可以容纳一个人的头的话。老人故意先让它攻击大鱼，然后他把桨上绑着的刀子往下使劲一推，扎进了它的头。这突然而至的一击使鲨鱼朝后猛地一翻，滚动着身子，刀刃被折断了。

老人静下心来掌舵，他甚至都不去看那条大鲨鱼在水里慢慢地沉下去的样子。它起初是本身的模样，然后变小了，后来只剩一丁点儿了，这种情景老人以前很喜欢看，他为此着迷。可是这一回他没有多看一眼。

"我现在还可以靠那根鱼钩，"他说，"不过那东西用处不大，我还有两柄桨、舵把，还有短棍。"

"现在被它们打败了，"他想，"我年纪太大了，没办法用棍子打死鲨鱼了。但是只要我有这些东西，我就要试一试。"

快日落的时候，鲨鱼再次来袭击大鱼。

老人于是卡住了舵把，并把帆脚索系好，拿出了放在船尾的两英尺半长的棍子，而它原是一支断桨上的桨把。由于它上面有个把手，他只能用一只手发力，于是他就用右手紧紧地抓住了它，看着鲨鱼浩浩荡荡地游过来。它们都是六鳃鲨。

两条鲨鱼同时紧靠了过来，当他看见离他较近的那条鲨鱼张开大嘴咬住了大鱼银色的一侧，便将棍子举得很高，重重地敲了下去，砰的一声打在鲨鱼的头顶上。他感觉好像打在坚韧的橡胶上，有回弹的感觉，但同时他也感觉到硬硬的鱼骨的存在。这才有打中它的感觉。鲨鱼从剩鱼身上往下掉的瞬间，他又不失时机地在它鼻尖上重敲了一下，真是大快人心。

刚才在周围游来游去的另一条鲨鱼，这时张大着嘴巴直扑向鱼身，老人看见几块白色的鱼肉都被它撕了下来。他抡起棍子狠狠地打了下去，每一下都敲在鲨鱼头上。鲨鱼看看他，把含在嘴里的肉一口吞下游走了。老人在它溜开时，又提起棍子打了过去，却只敲中了那厚而坚韧的橡胶一样的地方。

"来吧，六鳃鲨，"老人说，"再次游过来吧。"

鲨鱼急匆匆地游来，正要合上嘴巴时，老人就重重地敲了它一下。他把棍子举得高高的，结结实实地打中在鲨鱼的脑部。这一回他知道打中了脑袋顶部的骨头，鲨鱼两眼无神地撕下嘴里咬着的鱼肉，从鱼身边掉下去了，老人于是朝同一个地方又敲了一下。

老人提防着，怕鲨鱼再来，可是这两条鲨鱼好一会儿都没有露面。随后他看见有一条在不远处的海面上转着圈儿，而另外一条鲨鱼则始终没有露面。

"天马上就要黑了，"他说，"那时候我就可以看见哈瓦那的灯光。如果我能向东看足够远的话，我会看见那个新开发出

来的海滩上的灯光。"

　　他没办法再跟鱼说话了，因为它被咬得太厉害了。剩下的半条鱼，它能跟他说什么呢？

　　"半条鱼，"他说，"你原来是一条完整的鱼。我很对不起你，我离岸太远了。我把我们都毁了。但是我们还是杀死了很多鲨鱼，我们在一起，还打伤了很多别的鱼。你杀死过的鱼多吗？你头上的那只长嘴绝不会是白长的吧。"

　　他喜欢想这条鱼，想像它要是可以任意、快活地游着，会用什么方法去对付鲨鱼。我可以砍下它的长嘴，用它来跟那些鲨鱼搏斗，他想。但是他现在没有斧子，还又丢了刀子。

　　但是，现在一片漆黑，什么都看不见，只有不停刮着的风和那平稳地鼓着的帆，他觉得自己是不是已经死了。他并拢双手，擦了擦掌心。这双手还活着，他只要把它们一开一合，就能感到疼痛。他把背靠在船尾上，意识到自己还没有死，他肩膀的疼痛可以明确地告诉他。

他躺在船尾操控着舵，望着天空，等着它亮起来。"我还有半条鱼，"他想，"要是我运气不错的话，就能把前半条带回家。我应该不会那么倒霉吧。""不，"他说，"你离岸太远了，好运都被冲走啦。"

"别傻了，"他大声说，"别睡着了，掌好舵。你可能还有好运气呢。"

"我真想买一些好运回来，如果哪里有卖的话。"他说，"我凭什么来买呢？"他问自己："难道用一支不见了的鱼叉、一把断了的小刀和一双受伤的手吗？"

"也许可以，"他说，"你在海上待了八十四天，曾想拿这个来买好运气。它们也差一点把这好运卖给了你。"

"我不应该再去想这些没有用的事情了，"他想，"好运每次都以不同的形式出现，谁认得出来呢？但是我还是希望可以买点好运，无论它是什么形式，无论多少钱。但愿可以看到灯光，我渴望得到的东西真多啊！可是目前我只有这个希望了。"他尽力想坐得舒适些，以便操舵，他意识到自己并没有死，因为身上还在痛着。

"现在事情已经结束了，"他想，"它们很可能会再来攻击我。只是，在黑暗里，只有一个人，什么武器都没有，该怎么去跟它们战斗呢？"

但是到了半夜，他还是不得不搏斗了一次。尽管他清楚这一次搏斗只是白费劲。这回来的是一群鲨鱼，它们直接扑向大鱼，他只能看见它们的鳍在水中划出了许多道线，还有它们扑向鱼时的磷光。他用短棍去敲鲨鱼的头，只听到鲨鱼啪地咬住鱼肉的声音，它们在船底下咬住了鱼，所以船不停地摇晃。他看不清鲨鱼在哪儿，只能凭感觉，用尽所有力气举棍乱打，后来棍子被鲨鱼咬住了，还被拖进了水里。

他用力把舵柄把从船舵上拉下来，拿它朝鲨鱼乱敲，双手握紧了舵把一次次往下猛打。可是鲨鱼现在都到了船头，它们一条接一条地往鱼肉上扑，不断撕咬，当鲨鱼回头再过来时，这些肉在水面下闪着光。

最后一条鲨鱼朝鱼头扑过来，他知道没有希望了。他用舵把朝鲨鱼的头敲去，此时鲨鱼正在咬鱼头，那儿的肉咬不下来，所以卡住了。他一次次不停地敲打。听见舵把啪的一声断了，他索性拿断柄朝鲨鱼刺去。他感觉到断柄扎进了鲨鱼身体里，断柄很锋利，于是他抽出断柄又刺了一次。鲨鱼的嘴终于松开了，打了个滚然后游走了。这是最后一条前来袭击的鲨鱼。再也没有什么东西可以让它们吃了。

现在老人差点都喘不过来气，同时觉得嘴里的味儿怪怪的。这味儿带着铜臭气，又感觉甜甜的，他有些害怕。好在这味道并不是太重。

他朝海里吐了一口痰，说："把它吃了吧，六鳃鲨。做个梦吧，梦见杀了一个人。"

他知道他现在彻底被打败了，完全没有什么补救办法了，他回到船尾，发现舵把断了的一头已经参差不齐了，但还可以安在

舵孔里，用它来掌舵。他把麻袋围在肩上，驾着小船朝岸边行驶。船航行得很顺畅，他什么想法和感觉都没有。他现在已经摆脱了这一切，全心全意地只想快点驾着他的船回到家乡的港口。夜间有些鲨鱼来袭击这死鱼的骸骨，就像人从饭桌上捡面包屑吃那样。老人没有办法理它们，除了掌舵以外他什么都不在意。他只留意到没有重物在船舷边，小船行驶起来是那么轻松、顺畅。

　　这船还比较完好，他想。其他地方没有受一点损伤，除了那个打过鲨鱼的舵把以外，但更换舵把是很简单的事情。

　　他知道小船已经驶进湾流了，因为可以看见岸边海滨住宅区的灯光了。他很清楚现在的位置，马上就可以回家了。

　　当他驶进小港的时候，露台饭店的灯光已经熄了，他知道大家都睡觉去了。海风越刮越大，这时已经很强劲了。但是港湾里却十分安静，他直接驶到岩石下一小片沙石滩前。没有人可以帮忙，他只好自己把船拉到岸边，尽量使它远离大海。随后他径直下船，把船系在一块岩石上。

他取下桅杆，卷起帆，将它系好。然后他扛起桅杆，开始往岸上爬。这时候他才知道自己有多累。他停下来，回头望了望，在水中街灯的倒影里，他看到直竖在小船船尾的那条鱼的巨大的尾巴、黑乎乎的头、突出的长背鳍，没有一点肉的头尾之间的脊骨像一条白线。

他又开始往上爬，快到顶上时摔倒了，他在地上躺了一会儿，桅杆重重地压在肩上。尽管他挣扎着想爬起来，可是没成功。他扛着桅杆坐在地上，朝大路那边望着。一只猫从路对面经过，一晃就过去了，老人看了看它，然后一直盯着大路。

最后，他放下桅杆，站了起来。然后他又拿起桅杆，放在肩上，往前走。他中途坐下来歇了五次，才回到他的屋子，尽管这里离他家很近。

进屋后，他把桅杆靠墙放着。他在黑暗中找到了一个水瓶，喝了口水。然后他就在床上躺了下来。他把毯子盖在肩上，然后又扯了一些盖到背和腿上，脸朝下趴在报纸上睡着了，他的手臂伸得笔直，手心朝上。

早上，孩子从门外探头进来时，他还在熟睡。风刮得很猛，那些漂着的渔船不能出海，所以孩子起得晚一些。他像往常一样，起床后就到老人的屋子来看看。孩子先是听见老人喘着气，随后看见老人的那双手，忍不住哭了起来。他悄悄地走出去，想给老人弄点咖啡，一路上他都在不停地哭。

小船边围了很多渔夫，他们正讨论着绑在船边的东西。其中一个渔夫卷着裤腿站在水里，用一段钓索在量那死鱼的骸骨长度。

孩子并没有下去。他早去过那里了，一个渔夫在那儿替他看管老人的小船。

"他怎么样啊？"一个渔夫大声问道。

"正在睡觉呢，"孩子喊着说，他一点也不在意让别人看见他在哭，"你们谁也不要去打搅他。"

"从鼻子到尾巴共十八英尺长。"正在量鱼的渔夫叫道。

"我相信。"孩子说。

他走进露台饭店，要了一罐咖啡。

"要很烫的，多加牛奶和糖。"

"还要点别的吗？"

"暂时不要了。等下我再问他要吃些什么。"

"好大的鱼呀，"饭店老板说，"第一次看到这么大的鱼。昨天你逮到的那两条也不错啊。"

"我的鱼，见鬼去吧。"孩子说着又哭起来了。

"要不要点喝的？"老板问。

"不了，"孩子说，"告诉他们别去打搅桑地亚哥。我马上回来。"

"告诉他我替他难过。"

"谢谢。"孩子说。

孩子拎着热咖啡，回到了老人的屋子，一直坐在他旁边，等他醒来。有时他看上去快醒来了，可是又沉沉地睡着了。于是孩子就穿过大路，借了些木柴来热咖啡。

老人终于醒来了。

"先躺着，"孩子说，"喝点这个。"他在一只玻璃杯里倒了些咖啡。

老人接过咖啡，喝了。

"我输了，马诺林，"他说，"这回它们把我打败了。"

"它没有打败你，那条鱼没有打败你。"

"是的，是这样的，是后来才被打败的。"

"佩德里科在照看着小船和渔具。你打算怎样处理那鱼头呢？"

"让佩德里科把它切碎了，放在捕鱼机里当诱饵用吧。"

"那长长的鱼嘴呢？"

"你想要的话就留着吧。"

"好的，"孩子说，"我们现在应该商量别的事情。"

"他们找过我没有？"

"当然。还动用了海岸警卫队和飞机。"

"海洋那么大，船又很小，不容易找到。"老人说。他感到很高兴，可以和人讲讲话，不再只是自言自语或对着大海讲了。"我可想你呢，"他说，"你们捕到什么了吗？"

"第一天只有一条，第二天一条，第三天两条。"

"很好呀。"

"现在我们又可以一起出海捕鱼了。"

"不，我很倒霉。好运气不会再找上我了。"

"让运气见鬼去吧，"孩子说，"我会给您带来好运气的。"

"你不怕家里人说吗？"

"我才不管呢！我昨天捕到了两条鱼。但现在我们要一起去捕鱼了，因为我还有很多需要学习的东西。"

"我们必须要弄一支好长矛，经常放在船上。你可以拿旧福特汽车上的钢板做矛头。我们可以拿去打磨。这样会让它变得很锋利，不要回火锻造，那样会把它弄断。我的刀就是这样断了。"

"我再去弄把刀，把钢板也磨好。这大风还要持续多久？"

"可能三天，可能更长。"

"一切都会被安排好的，"孩子说，"好好调养您的手，老爷子。"

"我知道怎么保养。夜里，我吐出了一些奇怪的东西，似乎有什么东西在胸膛里碎了。"

"那里也要养好，"孩子说，"躺着吧，老爷子，我会给你把干净衬衫送来，还有一些吃的。"

"我在海上的那些日子的报纸，也带过来。"老人说。

"我还有好多东西都要跟你学，你要快点好起来啊！你受了多少苦呀？"

"很多呢。"老人说。

"我去拿吃的东西和报纸。"孩子说，"好好睡觉吧，老爷子。我会到药房去弄点药来治治你的手。"

"别忘了告诉佩德里科说那鱼头给他。"

"不会，我记着呢。"孩子走出屋子，沿着那破损的珊瑚石路走去，一路上都哭着。

那天下午，露台饭店来了一群游客，其中有个女游客瞧着底下的海水，在空啤酒罐和死鲹鱼之间，她看见一根又粗又长的白色脊骨，骨头的末端有条巨大的尾巴。东风使海水波涛起伏，这尾巴就随着波涛摇摆着。

"那是什么？"她指着大鱼长长的脊骨问一名侍者，现在它只不过是堆垃圾，只等着潮水来把它卷走。

"鲨鱼……"侍者说。他本来打算解释一下事情的来龙去脉，他想说这不是鲨鱼的骨骼，而是被鲨鱼啃过的大马林鱼的残骨，但还没来得及述说，那位女游客就已经那样认为了。

"我以前从不知道鲨鱼有这么漂亮的尾巴。"

"我也是第一次看到呢。"她的一个男旅伴说。

在路另一头的屋子里，老人又睡着了。他还是脸朝下趴着睡，而那个孩子就坐在他身边，看着他。老人正梦到狮子。

一个非洲故事

在等待月亮升起的时间里，他的手一直不停地抚摸着他的狗——基博，他不想让它发出声音，但是手里却明显感觉到基博因为警觉一身毛都竖了起来。人和狗，都很小心地看着、听着，最后月亮终于跳出来了，在他们的身后投下两道长长的影子。他抱住狗的脖子，感觉到它在发抖。夜里万物静寂无声，无论他们怎么仔细倾听，他们还是没有听到大象的声音。戴维最初也没有看到大象，直到基博回过头来，身子紧紧地贴着他，他才发现。之后大象的影子就把他们全部笼罩起来了，大象经过他们身旁时，也没有发出一点声音，甚至连脚步声也没有。从山那边吹来的清风，带着一股象的气味，那味道很浓，仿佛是发酵已久的酸臭味。在大象走过之后，戴维才看见大象左边的那支象牙很长，仿佛都要碰到地了。

他们一前一后追着大象来到了一片林中空地上。大象不走了，站在那儿甩着它的大耳朵。看见大象的身体被树影笼罩，戴维心想：它的头部应该可以照到月光吧。于是他就把手伸到背后，轻轻地把狗的嘴巴捏住，屏住呼吸，侧着身子紧贴着大象身体绕到了它的前面。终于看见大象的头了，还有那正在缓慢扑扇的大耳朵。戴维发现大象右边的那支象牙足有自己大腿那般粗，呈弧形弯曲着，几乎贴到地面了。

戴维带着基博往回走，晚风直灌进他的脖子里。他们顺着原路走出森林，回到了狩猎区空空的野地里。基博现在跑在他前面了，并在两支猎矛跟前停下，那是戴维刚才追踪大象时放在这里的。他拿起长矛上的皮圈皮套，将一支长矛背到肩上，

手里握着他最喜欢的那支
长矛，带着狗沿着象迹朝反方向
的庄地跑去。月亮已经升得很高了，临近庄地时，他有些疑
惑：往常应该能听到父亲的鼓声，而此刻却没有，这让他不免
担心出了什么问题。

　　当他们再次出发寻找象迹的时候，戴维感到非常疲惫。他
一直觉得自己比那两个大人的身体更强壮、精力更旺盛些。看
着那两个大人总是慢悠悠地循着象迹走，他很不耐烦。父亲规
定每小时必须在整点时休息一次，戴维觉得这是在浪费时间。
他确信自己一定可以走在最前面，速度超过朱玛和父亲，只是
当他开始觉得累的时候，反而看见他们俩依旧像刚出发时那样
体力充沛，到中午时他们也只是在整点时休息了五分钟，一分
钟也没多休息。而等他们继续上路时戴维似乎觉得朱玛的步子
比之前还快了一些。现在，他们看到的象粪已经新鲜一些了，
尽管用手触摸时仍然感受不到热气。在经过最后一堆象粪之
后，朱玛把肩上的枪交给他背，过了一个钟头，朱玛回头看了
看他，又把他的枪拿回去自己背了。象迹从这里开始由山坡朝

下而去了，透过树木间隙他看到前边的路被大象踩得凹凸不平了。父亲回过头对他说："戴维，从这里开始路就不好走了。"

戴维看着地下那大大圆圆、被踩得很结实的大象脚印，看到凤尾蕨都给压倒了，有一棵被踏断的杂草已经快要枯萎了。朱玛捡起那根草，又抬头看看太阳，然后将断草交给了戴维的父亲，父亲两指一夹，将草转了一圈。戴维看到那草上的白花已经蔫了，可是还没有被晒枯，花瓣也还在。

"很好，"他父亲说，"我们得走快一点了。"

直到黄昏时分，他们还在那陡峭凹凸的土路上沿着象迹往前走。戴维此刻已经感觉昏昏沉沉了，看着前面两个毫无倦意的大人，他知道困倦才是自己真正的敌人。为了驱走这该死的睡意，他紧紧地跟着两个大人，尽管每挪动一步都相当艰难。两个大人交替着在前面寻找象迹，一个小时换一次。走在后边的那一个人每过一段时间就要转身看看戴维有没有跟上来。天黑后，他们就在这没有水的森林里宿营了，他刚一坐下就睡着了。醒来的时候，他看见朱玛正脱了鹿皮鞋在检查脚上有没有起水泡。而他身上盖着父亲的外套，父亲则坐在他身旁，手里拿着一块冷了的烤肉和两片饼干。父亲见他醒了，把装着凉茶的水瓶递给了他。

"大象也要找食物填饱肚子。戴维，"父亲说，"你的脚没什么问题，和朱玛的一样棒。先把这些东西吃了，再喝点茶，好好吃完喝完再安心睡。另外的事就交给我们吧。"

父亲还没来得及跟他道声晚安，他已经再次睡着了。后来他又醒过来了一次，醒来后看到月光照在自己脸上。那一刻让他回想起了那大象在森林里站着时的情景：甩个不停的大象耳朵，以及那一对快挨到地的象牙。一想起大象，他心中就有了一种莫名的空虚感，在这黑黢黢的夜里，他认为自己是因为醒来觉得饿了才有这种感觉。事实并不是这样的，在后来的三天里他才逐渐明白。

想要跟上父亲的步伐，简直和妄想跟父亲打一架一样不可能。他知道这不仅仅因为他们是大人，更因为他们是专业的猎人。他现在懂得朱玛为什么连微笑都很吝啬了。他们对大象的一切都了如指掌，当看见大象留下的痕迹时，只要用手一指，对方便能心领神会，根本用不着说话。遇到痕迹看不太清楚的时候，父亲向来都是听朱玛的。有一回，他们在一道泉水边停下来装水，父亲告诉他："只要装够今天用的就可以了，戴维。"

"朱玛现在已经掌握大象的去向了。"父亲解释说，"他本来心里就有数，可是这大象向右一转，却在这个地方绕了一大圈。"他回头看了看他们花了一整天时间才走过来的这一大段路程。"前面的路会比较好走，但是都是上坡路。"

他们顺着山坡向上爬，直到天黑才就地宿营。傍晚时分，有几只不怕人的鹧鸪从容地打象径上走过，戴维拿出弹弓，一连打中了两只。那几只胖乎乎的鹧鸪快活地走在老象径上，边走还边用爪子扒拉着泥土。戴维一颗石子射过去，打断了其中一只的背脊，那鹧鸪扑扇着翅膀，走一下摔一下，另外一只鹧鸪急忙伸出了嘴去救它。戴维又装上了一颗石子，拉起弹弓，

正好打中另一只鹧鸪的肋骨。朱玛转过头来看了看，这次脸上有了微笑。戴维把两只鹧鸪都捡了回来，这两只胖胖的鹧鸪还带着暖暖的体温，羽毛也都很平顺，戴维拿着猎刀柄狠狠地敲击它们的头，直到它们咽了气。

朱玛找来一根枝条把两只鹧鸪串起来放在炭火上烤，戴维和父亲躺在旁边看。父亲用长颈瓶的瓶盖倒了些威士忌，然后掺了点水喝起来。鹧鸪肉烤好后，朱玛将鹧鸪胸脯上的肉连带心脏分成两份给了他们父子，自己则吃剩下的两个头颈背脊加上鹧鸪腿。

"我们还要多久才能看见大象？"戴维问。

"应该不远了，"父亲说，"这还要看月亮升起来后它还走不走。今天月亮要比昨天晚一个小时升起来，比你发现它的那天迟了两个小时。"

"朱玛怎么会这么肯定呢，他知道大象在哪儿？"

"他曾经就在这附近打伤过这头大象，还杀死了它的'下属'。"

"那是什么时候的事？"

"大概是五年前，不过也记不清了。他说那时候你还是个小娃娃呢。"

"他说这头大象到底有多大？"

"多大？它的一根象牙差不多就有两百磅吧。反正比我见过的所有动物都要大。他还说比这头大象的象牙更大的仅有一头了，也是在这一带活动的。"

"我要早点睡了，"戴维说，"希望我明天精神抖擞。"

第二天天一亮，他们又循着象迹上路了，从这里开始，大象又开始沿着一条旧有的路径行走，这条路经过大象们长年的踩踏，已经成了一条非常坚实的路了。整条路看起来仿佛是山上的熔岩才刚冷却，森林刚刚形成时，大象们就开始在这条路上不停践踏了。

朱玛此刻信心十足，两个大人健步如飞地走在前面。在这条相对好走的路上，戴维又有机会背那支点三零三口径的枪了。三个人在光线忽明忽暗的森林中一路走着。终于，几堆还冒着热气的新鲜象粪出现在他们眼前了，而同时，他们又看到有象群的足迹从左边茂密的森林深处一直延伸到象道上，这使得他们再一次迷失了追踪的方向。朱玛非常愤怒，又转身从戴维身上拿过那支点三零三口径的枪背在身上。一直到下午，他们才追踪到象群。他们悄悄地靠上前去，透过树木的缝隙，看见了一个个灰色的巨大身躯。大象们悠闲地甩动着它们的大耳朵，用长鼻子玩弄着地上的一些树枝。他们听到轰隆隆的大树倒地声、树枝折断声、大象肚子里咕噜噜的响声，还有象粪掉在地上噼噼啪啪的声音。

后来，他们在旁边一条小道上重新找到老公象的足迹，朱玛得意地看了戴维的父亲一眼，咧开嘴笑了笑，露出一口黄牙，父亲也会意地点了点头。看他们的样子，好像两个人之间有什么天大的秘密似的。发现大象的那晚，他在庄地上找到他们，告诉他们他发现了这头大象时，他们的样子也是这样的。

没过多久，玄机就被发现了。在右边的深林中，那老公象的脚印就是往那儿延伸的。那里有一个很大的头骨骷髅，高过戴维的胸口，从那已经变白的颜色可以判断它已经在这里经历了很久的日晒雨淋。骷髅额头上有一个凹下去的洞，额头下面有两个光秃秃的白眼眶，沿白眼眶延伸下去有一道长长的突起，而两边是两个空空的大洞——那里原先长着两支长牙，长牙被挖掉之后剩下了两个洞。

朱玛兴奋地指给他们看：那头大公象总是来这里看这个骷髅，这骷髅原先倒在那一边，是大公象用鼻子把它抵到这边来的，从旁边的地上可以清楚地看到它的长牙牙尖留下的印子。他还特地指给戴维看那具白骨前额上的洞，以及耳孔旁边的骨头上四个紧连在一起的洞。他故弄玄虚地对他俩笑了笑，然后掏出一颗点三零三口径的子弹塞进骷髅前额上的洞里，大小正好合适。

"那头大公象就是在这里被朱玛打伤的，"父亲说，"这副骨架曾经是大公象的'下属'，或许是彼此相伴的朋友，因为这也是一头大公象。它扑过来的时候，朱玛一枪就把它打倒了，接着又朝它耳朵上一连开了好几枪，最终杀了它。"

戴维在心里想：我很想弄清楚呢。当他在月光下看见孤单的大公象时，就因此产生过怜悯之心。他有基博做伴，而大公象却是孤零零的。那大公象并没有伤害到谁，可人们总是紧追着它。它到这儿来探望它死去的朋友，而我们却追到这里要杀了它。戴维在心里自责，他觉得这都是他的错，是他害了它。

朱玛此时已经找到象迹了，他对戴维的父亲打了个手势，他们就动身了。

戴维心想："父亲可不是以打象为生的。这头大象如果不是被我看见，朱玛也许就找不到它。从前他很幸运地遇见过它，但是他却把它打伤了，还将它的朋友打死了。我和基博发现了它的踪迹，又把这个事情告诉了他们，我应该替大象保守秘密，不把它的踪迹告诉任何人的。他们在酒馆里喝得酩酊大醉，就随他们去好了。朱玛当时醉得那么厉害，我们差点都叫不醒他。如果他们这回打死了大象，朱玛分到卖象牙的钱后还是会去买酒喝，而且保证每次都会喝得烂醉如泥。我本来可以帮帮那大象的，可是为什么不帮呢？不然，我明天拒绝赶路，拖延他们的时间。不，那样阻止不了他们的。朱玛总是会去的。我真的就不该让他们知道这个事情。千千万万个不该。一定要记着这个教训。今后无论有什么事，都不要对别人说。无论有什么事，也不要再对谁说起。"

等戴维走近后，父亲才柔声对他说道："大象已经在这里休息过了。它现在不用再赶路了，我们很快就能追上它。"

"杀象杀象，杀个鬼象。"戴维低低地说。

"什么？"父亲问。

"杀个鬼象。"戴维的声音依旧很低。

"你可不要胡来，别把一件好好的事给搅和了。"父亲没好气地对他说道，还带有教训意味地朝他瞪了一眼。

戴维心想："你们都是一样的。我可一点儿也不笨。这下他知道我的内心想法了，他不会再相信我了。没什么，我并不需要他的信任，反正我已经决定以后什么事也不会再告诉他，告诉任何人了。我永远都不会了！"

他仔细回忆了一下这一路的各种感受。要说在追捕途中他对这头大象产生了感情，似乎还没到那个程度。他提醒自己记住这一点。他只不过是因为疲倦和困乏而生出了一些伤感的情绪，进而推想出人到老年后的境况，他猜测那滋味并不见得会有多好受。

他们就要走进枝繁叶茂的树林深处了，那头大公象近在咫尺。戴维已经闻到那股陈年的酸臭味。他们凝神听着动静，大公象拉倒树枝，发出噼噼啪啪的响声。这响声令父亲紧张起来，他一把抓住戴维的肩头，把他从前面拉了回来。父亲让他在外面等着，说着又从口袋里掏出个袋子，抓出一把灰往上一抛。灰缓缓飘落在他们这边。父亲向朱玛点了点头，然后默契地一头钻进密林深处。戴维看见他们往枝叶丛中一钻便不见人影了，也没发出来一丁点儿声音。

戴维站在那里静静地听大象吃东西。他闻到一股很浓的象味，跟那晚挨着大象看它的长牙时一样浓。过了一会儿后，他听不见声音了，那股味道也渐渐淡了。接着就听见吱的一声尖叫，随后是轰隆隆、噼啪噼啪的枪响，戴维听出那是朱玛那支点三零三枪和父亲那支点四五零枪的响声。枪声逐渐远去，但一直没有停下。他紧张地钻进了丛林中，只见朱玛一脸惊慌，前额上汩汩淌着血，流得满脸都是，父亲也是面色煞白，气喘吁吁的。

"太可怕了，它一头撞向朱玛，把朱玛撞翻了，"父亲说，"朱玛的头被撞破了。"

"你打中它哪儿啦？"

"没看清，哪儿好射击就往哪儿射击了，"父亲说，"快跟着血迹追。"

他们追踪上去，果然发现大象已经走不动，疼痛加上绝望令它没办法再走了。它艰难地逃出了刚才觅食的那片丛林，刚穿过一片狭窄的稀疏林木，戴维和他父亲就顺着大片大片的血迹跟上来了。大象看见他们，又立刻钻进了前面茂密的树林里，戴维正好清楚地看见它，只见它依着一棵树站着，巨大的身躯如一堵墙。戴维只能看见它的屁股，他见父亲向前走去，也跟着走了过去。他们来到了大象的身边，那架势就像是要靠上一艘大船一般。戴维清楚地看见血不断地从大象的肚子里往外涌。父亲朝大象开了一枪，那大象迟缓地、费劲地转过长着两根长牙的头来，死死地盯着他们看。父亲又开了一枪，那大象好像摇晃了一下,仿佛大树倒地般轰的一声朝他们头顶倒下来。它并没有死。它原本只是想在这儿休息一下,可是现在它的肩胛骨被打碎了,它不得不倒下了。它动弹不得,但是眼睛却充满活力,直直地盯着戴维。它的睫毛很长,戴维认为它的眼睛是自己这一生中见过的最有活力的东西了。

"拿点三零三往它耳朵里打!"父亲说,"快!"

"要打你自己打,我不打。"戴维说。

这时朱玛过来了,他还在淌血,走路一瘸一拐的,额头上悬着的破皮反过来盖在左边的眼睛上,鼻子上的骨头也露了出来,一只耳朵被撕破了。他没有说一句话,从戴维手里抢过枪,把枪口几乎是塞进了大象的耳朵,非常愤怒地连放了两枪。第一声枪响时那大象的眼睛还睁得很大,可是马上就失去了光彩,血从耳朵里冒了出来,两道鲜红的血沿着满是皱纹的灰色象皮汩汩地往下流。这个血的颜色和先前看见的不一样,

99

戴维心里想：我不会忘记的。后来他的确没有忘记，可是这个记忆对他终究是一点用处也没有。他看见原本高贵威猛、仪表堂堂的大象倒下去了，变成了一大堆软软的没有活力的皮肉。

"好啦，总算成功啦，戴维，这里面有你的功劳，"父亲说，"现在我们得马上燃起一堆火来，让我帮朱玛处理一下伤口。快过来，你这个让人操心的孩子。那对大象牙用不着着急去弄。"

那晚戴维坐在火堆边看着朱玛，他脸上缝了很多针，肋骨也断了好几根，他心里一直在想："那头大象不顾一切地想要撞死朱玛，会不会是因为认出他来了呢？真希望大象认出了他。"大象现在已经成了戴维心目中的英雄，就像很长一段时间以来父亲一直是他心目中的英雄那样。他心想："那头大象已经年迈不堪，再加上筋疲力尽，它还能来这一手，真是令人难以置信。以它的本事，要把朱玛撞死是非常有可能的。但是，从它盯着我的那个眼神来看，好像它并不想伤害我。它流露出来的只是一副很难过的神情，我也替它感到难过啊。它在自己临死的这天，还来看望了它的老朋友。"

那天晚上，他们把象牙取下来后，父亲坐在火堆旁想要开导开导他。

"戴维，这头大象并没有你想象的那么可怜，它很喜欢杀人的，甚至杀死了许多人，你知道吗？"他说，"朱玛说谁也不记得这家伙到底害了多少条人命。"

"难道不是他们想要杀了它吗？"

"那是肯定的，"父亲说，"它拥有的这一对长牙大家都想

要呀。"

"我真恨它没有把朱玛撞死。"戴维说。

"你这话就说得太过分了，"父亲说，"朱玛可是你的朋友啊。"

"我现在不想和他做朋友了。"

"我看你是冤枉他了。"父亲说。话说到这里以后，便没有再继续深入下去。

后来，经历了种种困难，他们最终还是完整地把象牙运回去了。两根大象牙靠在那座破烂的屋子的墙边放着，两个牙尖贴在一起。这么高大的象牙，即使用手摸过都觉得难以置信。象牙的尖端各有个向内的弯儿，谁都够不着那弯弯的顶端，就连他父亲也够不着。朱玛和他们父子俩很快便成了英雄，连基博也都成了英雄的狗，甚至连那几位帮忙搬运象牙的人都变成英雄了。那几位英雄原本就已经有些醉了，后来就更是醉得一塌糊涂。这个时候，父亲说道："我们和好吧，戴维。"

"好吧。"他说，因为他已经决定以后不再把心里话告诉任何人，那就应该从现在开始。

于是，他们坐到那棵无花果树的树荫下喝起啤酒来，大象牙依然靠在茅屋外的墙上。一个姑娘和她的弟弟给他们送来喝酒用的葫芦杯，他们很乐意能当上英雄的仆人。此刻，他们正和英雄的狗一起坐在地上。英雄有一只心爱的小公鸡，也已被升为英雄心爱的大雄鸡了。他们坐在那里喝着啤酒，可以听见敲得很响的恩戈麦鼓的鼓声。

没有被斗败的人

曼纽尔·加西亚往楼上走去，他的目的地是堂米盖尔·雷塔纳的办公室。将手提箱放在地上后，他敲响了门。没有人应答。曼纽尔站在走廊里，虽然隔着门，但他感觉房间里有人。

"雷塔纳——"他一面叫，一面注意听着房里的动静。

没人应答。

他就在里面，这是毫无疑问的，曼纽尔想。

"雷塔纳——"他继续将门敲得震天响。

"谁啊？"里面传出不耐烦的声音。

"我，曼纽尔。"曼纽尔回答道。

"什么事啊？"那声音说。

"我想找份工作。"曼纽尔说。

在咯吱的响声中，门被打开了。曼纽尔提起手提箱走了进去。

房间最里头的办公桌后面，一个小个子的男人坐在那里。在他头顶上方，挂着一个由马德里动物标本制作者制作的公牛头；墙上还挂着几幅裱好后放在镜框里的照片和斗牛的海报。

曼纽尔抬起头看了看那公牛的标本，他以前经常看见过它。他和他的家族对这个标本有一种特别的兴趣。大概在九年前，这头牛杀死了他的哥哥——他们兄弟中最有出息的那一个，曼纽尔不会忘记那一天。公牛头的盾形橡木座上有一块铜牌，上面刻着一些曼纽尔不认识的字，他推测那是为了纪念他哥哥的。嗯，他真是一个好青年。

雷塔纳见他注视着公牛头的标本，便坐直了说道："公爵

送来的那批牛的腿全部有问题，星期天的比赛上它们一定会出丑的。你听到人们在咖啡馆里怎么议论那些牛吗？"

"不，我还没有听到，"曼纽尔说，"我刚刚才到这里来的。"

"看得出来，"雷塔纳说，"你还带着行李呢。"

他目不转睛地看着曼纽尔，身子又靠回椅背上去了。

"脱了帽子，坐下聊吧！"他说。

曼纽尔于是脱了帽子坐了下来。他的脸色苍白，一根短辫子被反过来固定在头顶上。他戴着帽子的时候并不觉得怪，但帽子取下以后，看起来实在奇怪。

"你的脸色看起来很差！"雷塔纳说。

"我从医院来的。"

"我听说你的腿可能要被锯掉。"雷塔纳说。

"没有，你一定听错了，我的腿好着呢。"曼纽尔说。

雷塔纳的身子离开椅背向前移了移，他把一个木质烟盒推

给曼纽尔，说道："抽根烟吧！"

曼纽尔从中拿了一支点燃，说了声"谢谢"，同时又把火柴递给雷塔纳，问道："要吗？"

"不，我不抽烟。"雷塔纳摆摆手。

雷塔纳一边看着曼纽尔抽烟，一边问道："你为什么不找份别的工作来做？"

"我是个斗牛士，除了斗牛，我对别的工作不感兴趣。"曼纽尔说。

雷塔纳听了笑了起来。

雷塔纳不再说话，只是看着曼纽尔。

"你要是愿意，我替你安排一个晚场。"

"什么时候？"曼纽尔问。

"明晚吧。"

"不过，我是不会给别的斗牛士当替身的。"曼纽尔说，"他们都是在当替身的时候被牛挑死的，萨尔瓦多就是个活生生的例子。"他用指关节敲着桌子。

"但是我只有这样安排。"雷塔纳说。

"你可以把我安排在下个星期呀。"曼纽尔建议道。

"你在这里一点名气也没有，大家想看的是李特里、鲁比托和拉·托雷，他们既年轻又勇敢。"

"他们会有兴趣来看我杀死公牛的。"曼纽尔仍然满怀希望。

"不，别做梦了，人们早已忘了你是谁了。"

"我依然很强壮！"曼纽尔说。

"好了，就这么定了。我给你安排明晚，"雷塔纳说，"你将和年轻的埃尔南德斯做搭档，在查洛特表演（马戏团式的斗牛表演，以模仿查理·卓别林的动作而得名）之后，杀掉两条新来的牛。"

"你给我多少钱？"曼纽尔犹豫了片刻，问道。无论他心里有多不愿意接受，但眼下他必须先挣到钱。

"二百五十比塞塔。"雷塔纳说。其实，他心里本来想的是给五百，可是说出来的却是二百五十。

"我现在急需要钱，可以先给我五十吗？"曼纽尔问。

"当然可以。"

雷塔纳他从皮夹里抽出一张五十比塞塔的钞票，展开后放在桌上。

曼纽尔拿起来，收到口袋里。

"我的助手，你准备怎么安排？"他问。

"我这里有很多专门在晚上给我做事的棒小伙子，"雷塔纳说，"他们都还不错。"

"不过，长矛手人手还是欠缺。"雷塔纳坦诚地说。

"但是我必须要有一个很好的长矛手。"曼纽尔说。

"那你自己找吧，我可帮不了忙。"雷塔纳说。

曼纽尔提起他的手提箱出去了。

"把门带上。"雷塔纳叫道。

曼纽尔转过身看了看，雷塔纳已经在看他的那些文件了。曼纽尔带上门走了。

　　曼纽尔走出大楼，来到阳光明媚的大街上。外面热极了，阳光照在白色房子上，非常耀眼，曼纽尔的眼睛被强光刺了一下。他沿着阴凉的街边走向"太阳门"，树荫让人感觉像流动的溪水一样沁凉。当他横穿马路的时候，他又感觉到热浪扑面而来。来来往往的行人从他旁边经过，没有一个是曼纽尔认识的。

　　到了"太阳门"以后，他进了旁边一家咖啡馆。

　　咖啡馆里很安静，寥寥的几个人靠墙坐着。有四个人在其中一张桌子上打牌，更多的人靠墙坐着在抽烟，他们面前放着一些空的咖啡杯和玻璃酒杯。曼纽尔穿过这个狭长的大厅，一直走到最后面的一个小房间。这个房间只有角落里有一个趴在桌上睡着的人。曼纽尔随便挑了一张桌子坐下。

　　一个侍者走了过来，在曼纽尔旁边停下。

　　"你见到舒里托了吗？"曼纽尔问他。

　　"午餐前他来过，现在到五点钟以前他应该不会再来。"侍者回答。

　　"给我一杯咖啡和牛奶，再来一杯酒。"曼纽尔说。

　　侍者回来时，右手上端着一个托盘，上面放着一只大大的咖啡杯和一只酒杯，左手拿着一瓶白兰地。他手臂灵巧地一转，就将这些东西都放在桌子上了。跟在他后面的那个男孩从两个发光的长柄壶里将咖啡和牛奶倒进了玻璃杯。

　　曼纽尔拆开方糖放进咖啡杯里，搅拌均匀之后，喝了起来。又甜又热的咖啡让他空荡荡的肚子感到暖和起来，接着他又喝光了白兰地。

"再来一杯。"他对侍者说。

侍者斟了满满的一杯,以至于溢到茶托里的酒差不多都有一杯了。

曼纽尔喝了几杯白兰地后,也有些困倦了。他想,要是现在走出去,大街上实在太热了,而且出去也没有什么事情可做。他只想去探望一下舒里托,不如就在等他的这段时间里小睡一会吧。他用脚踢了踢手提箱,确认了一下它的存在。或许将它放在挨着墙的座位下会安全一些吧。于是,他将手提箱移到靠墙的座位底下,然后趴在桌上睡起觉来。

他醒过来的时候,看见对面坐了个人,是个大个儿,深棕色的脸,像极了一个印第安人。这个人坐在他对面已经有一段时间了。他来了以后,便让侍者都离开了,自己坐在那里看报纸,隔一会儿便低头看看睡着的曼纽尔。他认真地看着报纸,一边看,一边嚅动着嘴唇念出声来。看累了,他就看看曼纽尔。他沉默地坐在椅子里,科尔多瓦帽子歪在前面。

曼纽尔坐起身来,他脸上有些惊喜,说道:"你好,舒里托。"

"好久不见啊,老弟。"那大个子说。

"我睡着了。"曼纽尔用手背擦了擦额头,表示抱歉。

"我想你应该是睡着了。"

"你过得怎么样?"

"还不错。你呢?"

"不怎么如意。"

两人都不说话了。长矛手舒里托瞟了一眼曼纽尔苍白的脸。曼纽尔看见他用那双握长矛的大手折起报纸，放进了衣兜里。

"有件事可能要你帮忙，铁手。"曼纽尔说。

"铁手"是舒里托的绰号。他每次一听到这个绰号就想起他那双大手。他有些羞涩地将双手放到了桌子上。

"咱俩喝一杯吧。"舒里托说。

"好。"曼纽尔扬起手招呼侍者进来。

侍者来回走了几次。他走出屋子的时候，转过头来好奇地看了看这两个坐在桌子边的人。

"出了什么事了，曼纽尔？"舒里托放下了他的杯子。

"明晚你可不可以帮我扎两头牛？"曼纽尔一面问，一面抬头望望坐在对面的舒里托。

"对不起，曼纽尔，我现在不扎牛了。"舒里托看了看自己的双手。

"没事。"曼纽尔说。

"我已经老了，没有力气了。"舒里托说。

"我只是问问看而已。"曼纽尔说。

"是明天的夜场吧？"

"是的。我想只要有一个好的长矛手，我就肯定可以赢。"

"你为什么还要做这一行？"舒里托问，"你为什么不剪掉你的辫子，曼纽尔？"

"没有办法，我不得不做，"曼纽尔说，"只要我可以安排好，做到力量均衡就可以了，我要的就只是这个。我不得不继续斗牛，铁手。"

"不，你不一定非得做这个。"

"不，我必须做这个。我曾经也试过做别的。"

"我明白你的感受。可这不是正确的，你应该转行，不应该再做这个了。"

"我知道只要我做，一定会做得很出色的。"曼纽尔说。

"你已经老了。"长矛手说。

"我还不算很老。"曼纽尔说。

舒里托看着曼纽尔，逃开了他的视线。

"你该从这一行退休了，曼纽尔。"

"我不能退，"曼纽尔说，"现在我一样会干得很棒，相信我。"

舒里托低身向前，将手放到桌子上。

"好，我答应帮你扎牛，但是，假如你明天失败了，那你就必须永远退出这一行。可以吗？你能答应吗？"

"当然可以。"

舒里托重新靠回椅背，他悬着的心终于放下了。

"你必须退出这一行，"他说，"不要再瞎闹了。剪掉这条辫子吧。"

"我没必要退出啊，"曼纽尔说，"你看，我依然强健。"

曼纽尔从座位底下拿出手提箱。他开心极了，他知道舒里托会帮他扎牛。在活着的长矛手中，他是最棒的。现在一切都

好办了。

　　曼纽尔和舒里托一起站在马场上，等待着查理·卓别林班里的人离场。他们站的地方光线不好。那通往斗牛场的大门紧闭着。在上面，他听到里面时而喧哗，时而大笑。接着就寂静无声了。曼纽尔很爱闻马场里马厩的味道，尤其是在黑暗中闻起来能让他安心。斗牛场里再次响起了喧哗声，接着是一片持续了很久的喝彩声。

　　通向斗牛场的那两扇高大严实的门被打开了，曼纽尔看到斗牛场笼罩在弧光灯的强光中，四周高高升起的观众席上漆黑一片。两个衣着破烂如流浪汉一般的男人边跑边鞠躬，紧随在后面的那个穿着旅馆侍者制服的人弯腰捡起丢在沙地里的帽子和手杖，将它们又丢回到黑暗中。

　　马场上的电灯亮起来了。

　　"我先上马，你叫其他人来。"舒里托说。

　　这时，叮叮当当的铃声传来，那是准备拉走死牛的骡子。

　　在围栏和座位之间的走廊上，看完了滑稽斗牛的斗牛助手们现在已经来到马场上了，他们凑在灯光下交谈着。一个穿着银色和橘红色衣服，长得很好看的小伙子来到曼纽尔面前，微笑着说："我是埃尔南德斯。"

　　曼纽尔友好地和他握了握手。

　　"今晚我们要斗的简直就是头大象。"小伙子兴奋地说。

　　"没事，"曼纽尔说，"牛越大，穷人吃到的肉就会越多。"

　　"长矛手都在哪里？"曼纽尔问。

"他们都在后面的牲畜栏里抢着要骑漂亮的马呢。"埃尔南德斯咧开嘴笑着说。

几头骡子从门口冲了进来,鞭子的噼啪声和铃铛发出的刺耳的声音融合到一起,听得人有些烦躁。小公牛在沙地上划出了一条很深的沟痕。

公牛刚被拉出去,他们就整队准备进场了。

曼纽尔和埃尔南德斯站在最前面。参加斗牛的那些年轻的小伙子们都站在后头,他们将沉重的披风折起来放在自己的手臂上。在后面,四个长矛手坐在马背上,在昏暗的牲畜栏里握着钢尖长矛。

舒里托很沉默。他骑的马是这些马中间唯一比较好的一匹。他已经试骑过它了,在畜栏里拉它转了转,无论是他拉马嚼子,还是踢马刺,它均有反应。他拉掉马右边眼睛上的布带,割断了它耳根处用来捆耳朵的绳子。那是一匹健壮的好马,四条腿站得很稳。他想要的就是这个。他计划在整场斗牛中都要骑在它上面。他上了马,黑暗里,坐在被装得鼓囊囊的大马鞍上等着进场,从那一刻起他脑海里就只有在斗牛场扎牛的场面了。他旁边的几个长矛手一直在谈话,但他一句也没听进去。

那三个杂役的前面这时候多了两个剑手,他们的披风一律整齐叠好放在左边的手臂上。曼纽尔此刻在想着他身后的三个小伙子。他们中的两个和埃尔南德斯一样都是马德里人,大约十九岁的样子。另一个是吉卜赛人,他神情严肃,沉着冷静,脸黑黑的。他喜欢他的样子。于是他转过了身子。

"你叫什么，小伙子？"他问那吉卜赛人。

"富恩台斯。"吉卜赛人说。

"这是个好名字。"曼纽尔说。

那吉卜赛人咧嘴笑了一下。

他们进场了，在弧形灯光的照耀下，走过铺着沙子的斗牛场。他们扬着头随着音乐的节奏一摇一摆，随意地挥动着右手。斗牛队跟了出来，接着是骑马的长矛手，然后是斗牛场的杂役和叮叮当当的骡子。他们走过斗牛场的时候，人们都在为埃尔南德斯叫好。他们昂首阔步地走向前方，眼睛直视着前面。

他们走到主席面前鞠了一躬，然后就分散开去，各自找到自己的位置。斗牛士走到围栏边，脱下沉重的披风，换上轻便的斗牛专用披风。准备用来拖死牛的骡子出场去了。长矛手们绕着场子策马奔跑，其中两个从他们刚才进来的那扇门跑出去了。杂役们迅速上去扫平沙子。

舒里托骑着马从旁边经过，看起来像一座巨大的骑马人的塑像。他调转马头，让它面朝斗牛场另一头的牛栏，公牛将从那儿出来。待在这弧光灯下，他感觉有些怪。以往，为了挣更多的钱，他总是在大中午火辣的太阳炙烤下扎牛。他讨厌在弧光灯下扎牛这一类的事情。他期望着能快一点开始。

这时，牛栏的红色大门打开了。舒里托死死地盯着那边的走廊。突然，那公牛猛地冲了出来。当它跑到弧形灯底下的时候，四条腿打了一下滑，它停顿了一瞬，然后又放开蹄子轻捷地飞奔过来，场上只听得到它那大鼻孔呼气的声音。逃离了黑暗的牲畜栏，公牛很兴奋，它自由了。

《先驱报》的那个实习斗牛评论员坐在第一排的位置上，看得出来他并不欣喜，他向前伏着身子，在膝盖前的水泥墙上随意地写着："冈巴涅罗，黑种，42号，以每小时九十英里的速度气喘吁吁地跑进场……"

曼纽尔靠着围栏，盯着那条公牛，他手一挥，吉卜赛人就拖着披风冲出来了。那条公牛受到挑衅，转身冲向吉卜赛人。吉卜赛人忽左忽右地跑着，当他跑过公牛身边的时候，公牛看见了他。公牛撇开披风，直冲人跑去。吉卜赛人飞快地跑着，就在公牛将牛角撞到围栏上的红板壁的时候，他从板壁上轻松地跃了过去。公牛愤怒地撞了两次板壁，牛角都撞进了木板。

就在公牛跟板壁较劲的时候，曼纽尔迈开步子走到了硬沙地上。他用余光看见了舒里托，此刻，他骑着一匹白马，立在场地左边的围栏附近。曼纽尔将披风紧紧地靠在胸前举起，一只手提着一边，对公牛大叫："嘿！嘿！"公牛回过头，身子在板壁上猛撞了一下，似乎正是借着这股力量猛冲了过来，直接撞进披风里。这时候曼纽尔跟着公牛这一下的猛冲，朝旁边迈了一步，脚后跟一旋，将披风在牛角跟前飞快地转着扫了过去。这一次挥动结束的时候，他又正好面对着这头公牛，他又一次用跟刚才一样的姿势将披风紧紧地靠在胸前举着，公牛再次撞过来时，他脚跟又一旋。他每一次挥动，观

众席上都发出一阵狂呼。

《先驱报》实习评论员一边抽烟，一边看着公牛，他又写起来："老斗牛士曼纽尔使用了一些人们喜欢的绝招，以神似贝尔蒙特的风格来结局，赢得了老观众的叫好声。现在我们要进入骑马扎牛的情景了。"

舒里托骑在马上，测算着公牛和矛尖之间的距离。就在他聚精会神看着的时候，公牛使出全身的力气冲了过去，眼睛直盯着马的前胸。它刚低下头要去挑马，舒里托就将矛尖刺进了公牛肩上鼓起的肌肉里，他拼尽全力往下扎，同时左手一拉缰绳，白马立刻腾空而起。他一边把马转向右边，一边使足劲把牛往下推，让牛角从马肚子下面安全地穿过去，那马颤抖着又重新着了地。当公牛朝埃尔南德斯手上的披风撞过去的时候，它的尾巴擦过马的前胸。

埃尔南德斯斜着跑向另一个长矛手，用披风将公牛从舒里托那边引了过去。他的披风一挥，把牛镇住了，这时候，公牛刚好面朝着马和骑在马上的人，然后他自己就退了回来。公牛一看见马就撞过去。长矛手将长矛扎向牛，长矛沿着牛背滑了出去。由于牛一撞，那马吓得跳了起来，长矛手已经从马鞍上被甩出了半个身子，再加上头一枪没扎中，于是抬起右腿，摔倒在左边，马站在他与牛之间。马给牛角挑中受了伤，牛角刺进了它的身子，它砰的一声倒了下去。长矛手用靴子将马踢开，让自己脱了身。他躺在地上，等别人将他抱起来拉走后才站起来。

舒里托坐在那儿安抚着他的马，看着公牛在明亮的灯火下向埃尔南德斯正挥动着逗它的披风撞去，这时，观众席上喊声如潮。

"你看到那头牛了吗？"他对曼纽尔说。

"它是个奇迹。"曼纽尔说。

"我已经刺中它了，"舒里托说，"你看它现在还是生龙活虎的。"

"我要到那边去了。"曼纽尔说完，便跑向场子那边去了。那边几个长矛手的助手正把一匹马拽向公牛那边。他们排成一队，拿着棍子使劲地抽打着马腿，想把它赶到公牛面前。公牛站在那儿，低着头，蹄子抓扒着地上的沙，犹豫着要不要冲出去。

舒里托看着这一切。穿红衣服的助手们迅速跑过去拉出长矛手来。被救出来的长矛手站在那里，一边咒骂公牛一边活动着两条手臂。曼纽尔和埃尔南德斯手拿披风守候着。那条大黑牛背上背了匹马，马蹄奄拉下来摇摆着，马缰绳缠在牛角上了。黑牛驮着这匹马，走得摇摇晃晃。忽然，它弯起脖子，在那里顶呀、冲呀、抵呀，试图把马从背上弄下来，它的努力没有白费，马终于滑下来了。公牛怒气冲冲地朝曼纽尔逗弄它的披风飞奔过来。

他朝公牛挥动披风，公牛撞了过来，他迅速跳向旁边。这一次公牛几乎是挨着他过去的。"我真不想那么贴近它。"他想。

"嘿！"曼纽尔喊了声，"蠢牛！"他敏捷地把身子朝后一仰，将披风往前一扬。牛过来了。他往旁边迈了一步，把披风换到身后挥动起来。接着他脚跟一旋，牛就随着披风转起来了。这样，牛几乎什么也做不了了，它被这一招给镇住了，完全被披风控制住了。曼纽尔单手在它鼻子下挥动了一下披风，表示牛已经被镇住，然后他就丢下公牛走开了。

曼纽尔看见那个高个子吉卜赛人富恩台斯站在那里，手拿一对很细的红杆子短枪，枪头露在外面，像一对鱼钩。他们对视了一会儿。

"去吧！"曼纽尔说。

吉卜赛人像军人接到命令一般很快上了场。

公牛注视着富恩台斯。他现在停下来站在那里，接着，他将身子朝后一仰，叫唤起牛来。富恩台斯旋转着两只短枪，钢枪尖上的亮光吸引了公牛的注意力。它竖起尾巴朝前猛撞。

富恩台斯没有动，身子往后仰着，短枪的尖端朝向前面。公牛低下头来撞他，富恩台斯将身子朝后一仰，双手并在一起

举了起来，两只手也碰到了一起，两只短枪成了两条下垂的红线，他低下身把枪尖直接扎进牛的肩膀，将整个身子紧贴在牛角上面，拿着挺直的枪杆双脚合并转了个身，身子倒向一边让公牛撞过去。

"好啊！"人们欢呼道。

吉卜赛人又一次出场，他信步向公牛走去，那样子看起来像个在舞厅中跳舞的人。他手里红色的短枪杆随着他的步伐一上一下地抖动着。公牛看着他，停止了发呆，它搜索着他，在等他走近，以便有十足的把握去抵倒他。

富恩台斯正朝前走着的时候，牛撞了过来。这时，富恩台斯已经跑过了四分之一的圆周。他趁着牛经过他身边时，停下脚步往前转了一下，然后踮起脚伸出双臂，就在牛即将撞到他的时候，他敏捷地将短枪插进了牛的肩胛肉里。

这一动作令观众席沸腾起来。

富恩台斯身子后仰，用短枪逗着那头牛，然后猛然跳起。就在他跳起来的时候，公牛竖起尾巴向他撞了过来。富恩台斯脚尖落地，两臂向前伸直，整个身子往前倾，一面旋身躲开牛的右角，一面把两支短枪直直地插了下去。

公牛狠狠地撞上了围栏，它没撞到人，却看到了抖动的披风。

吉卜赛人一面沿着围栏向曼纽尔跑来，一面回应着观众的叫好声。他把背上因为没来得及避开而被牛角尖捅破的伤口指给观众看，他为只受了这点小伤得意极了。他围场跑了一圈，经过舒里托身边时，还微笑着指了指背部。舒里托也同样回他

一个微笑。

"现在你可以干掉它了，老弟。"舒里托说。

喇叭手在屋顶底下吹响了最后一场的喇叭。曼纽尔横穿过场地走到那些黑顶的包厢下面，他猜想主席一定是坐在其中的一个包厢里。

曼纽尔逐渐靠近牛，此刻他唯一需要操心的，就是怎样使牛把头低得更低些。当它的头完全地低下去，他就有机会从牛角间插下剑，将牛杀了。公牛此刻也盯着曼纽尔，他看见牛的眼睛，还有那张开的、潮湿的嘴以及向前伸着的牛角。公牛在等待时机冲过来结果了这个一再挑衅它的白脸的家伙。

他把红巾展开，故意在牛面前晃动。牛看着他，还是一动不动。

它冲过来了。曼纽尔迅速转身，他高举红巾，让牛从红巾底下穿过。公牛这一次冲得四脚腾空，但曼纽尔却没有动。

曼纽尔做完了一个完美的自然挥巾动作，还没等他稍微歇息一下，公牛又撞了过来。曼纽尔迅速作出反应，他高举红巾，做了一个胸前挥巾，这是一个危险的动作，公牛将从他胸前擦过。曼纽尔将头往后一仰，避开了哐啷哐啷响个不停的短枪杆。公牛几乎是贴着他的胸口扑过去的，曼纽尔感觉到它那庞大身躯的体温。

曼纽尔轻松地转了个身，避开了它。当牛再次撞过来的时候，他提起红巾绕自己舞了半圈，公牛被逗得跪了下来。

公牛费了很大的劲才站了起来，但是它已经没办法再站直了，它弓着身子站在那里，头垂得很低。

曼纽尔的搭档埃尔南德斯从他第一次拿着红巾出场时就跟着他。后来去的吉卜赛人富恩台斯则拿着披风，站在那里慵懒地盯着场上的一切。他身材魁梧，站在那里很有一股气势。埃尔南德斯让刚刚过来的两个人一人站在一边。这样，曼纽尔还是单独面对着公牛。

此时此刻，他面对着公牛，脑子里思索着很多事情。在他眼前，是一个破裂的牛角和一个完好的又尖又滑的牛角。他必须侧着身子往左边的那个角快速、准确地逼近，然后放低红巾，让牛随着红巾低下头，然后他迅速地扑上牛角，把剑刺进牛的脖子后面、肩胛中间那个五比塞塔硬币大小的区域。做完这个动作，他必须快速地从牛角中间退回来。这是他必须完成的动作，他的脑海里现在只有四个字："快速、准确。"

"快速、准确。"他一边舞动红巾，一边思考。快速、准确。快速、准确。他将剑从红巾上抽了出来，侧身向着开裂的那个牛角，放低红巾让它挡在身前，踮起脚尖，把垂下的剑尖对准牛肩中间鼓起的地方。

他飞快地扑到了牛身上，非常精准。

牛冲撞了一下，他感觉到自己飞起来了。当他腾空飞起来的时候，他握紧剑狠狠地刺了下去，但剑从他手里飞了出去。他重重地摔倒在地，牛俯身在他上面。曼纽尔躺在那里，使劲用穿着便鞋的双脚踢着牛的嘴和鼻子。牛在寻找曼纽尔，也许是被胜利冲昏了头，它总是看不见他，它一会儿用头顶他，一会儿用角抵着沙地。曼纽尔像踢球一样双腿轮番踢着，让公牛不能准确地用角抵他。

曼纽尔马上站了起来，他拾起红巾，接过富恩台斯递过来的剑。剑在刚才那一下被抵弯了。曼纽尔将它放在膝头上扳了扳，又朝公牛奔去。公牛此刻站在一匹死马旁。他跑的时候，腋下外套撕裂的地方啪嗒啪嗒地响着。

他又一次被牛顶了回来，这一回，他没有刚才那么幸运，他摔得很重，而且连踢牛的机会都没有了。曼纽尔趴在那里一动不动，像死了一般。牛在抵他的背和他埋在沙土里的脸。他感觉到牛角穿过他交叉的双臂刺进了脸下面的沙土里，突然，牛抵住了他的腰。他将脸埋在沙土里。牛角刺穿了他的一个袖子，并将袖子撕了下来。曼纽尔被甩了出去，牛就去追那披风。

曼纽尔连忙爬了起来，捡起剑和红巾，试了试那把剑的剑头，然后跑到围栏那里换了一把剑。

121

曼纽尔有些急了。除了向它靠近，别无办法。快速、准确。他侧着身子靠近公牛，将红巾挡在身前，突然一扑。他将剑刺下去的时候，身体往左一偏，躲开了牛角。公牛从他身边冲了过去，带着红把的剑飞到空中，在弧光灯下发出一道耀眼的光，最后落在了沙地上。

曼纽尔跑过去捡起剑。剑又被弄弯了，他在膝盖上把它扳直，接着又向牛跑过去。当他从手握披风站着没动的埃尔南德斯面前经过时，他听到了小伙子对他的鼓励："它身上全是骨头。"

他挥了挥红巾，公牛依旧没有动。曼纽尔像剁肉似的在公牛面前挥动着红巾，可它还是没有动。

他放下红巾，拔出剑，侧身朝牛身上刺了下去。他感觉到他将剑刺进去的时候，剑弯掉了，他将全身的重量压在上面，剑弹飞了，在空中翻了个身掉进了观众当中。剑飞出去的时候，曼纽尔一避，躲开了牛角。

这时，观众席上开始躁动起来，有椅子向曼纽尔砸过来，不过飞过来第一批椅子都没有砸中他。接着，有一个砸中了他的脸，他看了看观众席，脸上沾满血污。椅子还在不停地砸过来，散落在沙地上。曼纽尔的脚被一个远处飞来的空香槟酒瓶子砸中了。他站在那儿搜寻着黑暗里东西飞过来的方向。突然，嗖的一声，一件东西从他面前飞过，那是他的剑。他捡起来，把它扳直，随后拿着它向观众挥手致意。

公牛站在那里，像一座不可撼动的巨大雕像。

好啊，你这该死的畜生！曼纽尔将剑从红巾中抽了出来，以同样的动作对准，朝牛扑了过去。他觉得剑一直扎了下去。他的护圈都快没进去了。他的五个手指都伸进了牛的身子，热乎乎的鲜血涌到他的指关节上，他骑到了牛背上。

他趴在牛身上的时候，牛摇摇晃晃地好像要倒下了，接着他站到地下来了。他清楚地看见公牛缓缓地朝一边倒下，接着就四蹄朝天了。

他以胜利者的姿态转身朝观众挥了挥手，他的手现在很暖和，因为刚才在温暖的牛血里浸过。

来人抬着他穿过斗牛场朝医院的方向走去。在到门口的时候，他们被进来拉死牛的骡子堵了一会儿。之后，他们转进了黑咕隆咚的过道。将他抬上楼的时候，人们还在不满地叽叽咕咕，最后他们将他放下了。

后来，他又听见沉重的上楼的脚步声。最后，就什么也听不到了。但是过了一会儿又可以听到从遥远的地方传来的声音，那是观众发出的声音，有人接替他在杀另外一头

123

牛了。他的衬衣已经被全部剪开了。医生朝他笑了笑，他看见了医生身后的雷塔纳。

雷塔纳朝他笑了笑，从他的嘴形上可以看到他说了几句话，但曼纽尔一句也听不见。

舒里托站在手术台旁，目不转睛地看着医生工作。他依旧穿着长矛手的衣服，只是没有戴帽子。

该死的手术台！他不止一次上过手术台。他知道他不会死。因为会死的话，一定会有神父来的。

曼纽尔想起来了，他们要剪掉他的辫子。是的，他们要剪掉他的小辫子——那是斗牛士的标志。

曼纽尔突然从手术台上坐了起来。这突然的举动令医生大吃一惊，他面带愠色地朝后退了一步。马上有人上来按住了他。

"你不能这样做，铁手。"他说。

他突然听得见舒里托的声音了，像以前一样清晰。

"放心，老弟，"舒里托说，"我不会真的剪的，我只是跟你开个玩笑。"

"我做得很出色，是不是？铁手。"他急切地问道，希望从舒里托那里得到肯定的回答。

"是的，"舒里托说，"你干得棒极了。"

医生的助手将那个圆锥形的东西罩在曼纽尔的脸上，他贪婪地吸着。舒里托站在那里看着，不知如何是好。

语文阅读经典丛书·第五辑

# 海 蒂

文质 改编

长江出版社
CHANGJIANG PRESS

**图书在版编目(CIP)数据**

语文阅读经典丛书.第五辑 / 文质改编.
—武汉:长江出版社,2020.11
ISBN 978-7-5492-7368-3

Ⅰ.①语… Ⅱ.①文… Ⅲ.①世界文学—作品综合集 Ⅳ.①I11

中国版本图书馆 CIP 数据核字(2020)第 232345 号

语文阅读经典丛书.第五辑 　　　　　　　　　　　　　　文质 改编

责任编辑:李剑月
出版发行:长江出版社
地　　　址:武汉市解放大道 1863 号　　　　　　　　邮　　编:430010
网　　　址:http://www.cjpress.com.cn
电　　　话:(027)82926557(总编室)
　　　　　　(027)82926806(市场营销部)
经　　　销:各地新华书店
印　　　刷:湖北嘉仑文化发展有限公司
规　　　格:880mm × 1230mm　　　1/32　　　24 印张　　　500 千字
版　　　次:2020 年 11 月第 1 版　　　　　　2021 年 2 月第 1 次印刷
ISBN 978-7-5492-7368-3
定　　　价:148.80 元(共六册)

第一部分

海蒂的远游与

学习生涯

# 第一章 上山

玛伊恩菲尔特是一座风光迷人的古老小镇。镇外有条小径，一路贯穿林木茂密、处处青翠的连绵森林，来到一处周围高冈环抱的谷地，旋即急遽上升，深入雄浑巍峨、气势壮阔、摄人心魄的阿尔卑斯山峰群。

高地上，漫山遍野净是长得又硬又带刺的牧草，以及矮矮短短的杂草，迎着那些徒步爬上高山的游人们，时时刻刻飘送着清淡的芳香。

六月间，一个晴空万里的早晨，有位身材高挑、行动敏捷的山区少女，手牵一名年纪幼小的女孩儿沿着这条小径往上爬。那小女孩儿的肤色虽然原本就因长期日晒而微黑，却也掩盖不住因为全身裹着厚重衣裳，又在大太阳下长途跋涉而被闷出来的满面赤红。唉，这也难怪！看起来她的年纪还小，大约五六岁，浑身上下就被裹得像个粽子似的。又不是在抵御冰雪严冬，身上却穿着两三层的洋装，还披着一条红色大围巾，脚下穿的还是又厚又重的长筒钉鞋，并且要辛辛苦苦地在山路上跋涉，怎么能不被热昏了呢？

这一大一小两个女孩儿爬了大约一小时山路，来到一座名叫阿鲁姆的山上。这里有一个名叫德尔芙里的小村庄，而它同时也是那个大女孩儿的故乡。所以在她俩行经这个小村庄的时候，几乎家家户户都有人从窗口探出头来，有的站在门口大喊她的名字，路上行人也都纷纷向她打招呼。女孩儿边走边回答他们的问题，回应他们的招呼。最后，她俩来到零星散布几座小屋的村尾，其中建得最远的那间小屋里，有人透过敞开的大门在对她高呼："娣塔，请等一下，如果你不急着赶路的话，那我和你结个伴儿走。"

女孩儿这才停下脚步，静静地站在门外等着，身边的小女孩儿也迅速地抽开她的手，一骨碌儿坐在地面上。

"海蒂，你累了吗？"娣塔问那女孩儿。

"不累，只是好热哦！"小女孩儿回答。

"只要你尽量大步努力往上走，再过一个小时我们就到啦！"娣塔鼓励她说。

一位外表长得粗粗壮壮、看来很好相处的妇人走出小屋，来到她们两人的面前。海蒂站起身来，跟在娣塔和她后面一同朝着村外走。前面的两个熟人马上就东家长、西家短地闲聊起来。

"娣塔，你要把这小孩儿带到哪儿去？"新加入的妇人问，"她是你姐姐留下来的那个孩子吗？"

"正是，芭芭拉。"娣塔回答，"我要带她去见阿鲁姆大叔，把她留给他抚养。"

"你在开玩笑吧，娣塔。我看你一定是昏了头啦，才会想去找那老人家。他见了你，保准会当场叫你吃顿闭门羹，什么话也不会听你说的。"

"凭什么？他身为这孩子的爷爷，如今正是最需要他来为她尽点心力的节骨眼儿。我都已经照料她这么久了，现在好不容易有人提供给我一个大好的工作机会，告诉你，我可绝不愿意为这小麻烦给白白错过了。"

"要是他和普通人没两样的话，当然就没多大的问题。问题是，你也很清楚他是怎样一个人，怎么可能会懂得如何照顾小孩子呢？特别是像她这么一丁点儿大的孩子！倒是你究竟准备去做些什么呢？"

"我要到法兰克福的一户气派人家里工作。去年夏天，那一家人到温泉区来度假时，他们的房间是由我负责整理、打扫的。他们很喜欢我，想带我一块儿回去，可是我却没有办法走开。这次他们又回来了，并且说服我跟他们一块儿走。"

"好家伙！幸亏我不是这孩子！"芭芭拉一想到阿鲁姆大叔就会不寒而栗，嚷着说，"那个老人家在山顶上过的是怎样的生活，谁也不晓得。年复一年，他从来不肯走近教堂半步，也不跟任何一个活生生的人说话。每回他一年一度下山到村子里来时，全村里没有一个人敢去招惹他，大伙儿都很怕他。而且你瞧他脸上那两道浓浓的灰眉毛，加上一大把古里古怪的胡子，简直活像个野蛮人或者异教徒。"

"这与我何干？"娣塔固执地说，"反正他是不会对她造成任何伤害的。而且就算会，那也是他的错，不能怪我。"

"我真想知道那老人家心灵上究竟有什么负荷。为什么他的两道目光总是那么凌厉？又为什么要孤零零地一个人独自住在那儿？一年到头谁都见不到他，而且每个人又都听说了好多好多有关他的奇怪传闻。你的姐姐没告诉过你些什么吗，娣塔？"

"她当然说过，不过我是绝不会透露半点风声的。因为要是我敢多嘴多舌的话，她一定不会放过我。"

芭芭拉亲密地抓着娣塔的臂膀，央求她："告诉我他实际上是怎样的一个人嘛，娣塔。别人不过是人云亦云，随便嚼舌根罢了，可是你再清楚不过了。告诉我，那老人家到底做过些什么，搞得人人对他那么反感。还有，他一向都那么厌恶自己的同胞吗？"

"我有十足的理由可以不告诉你他是不是一向如此。因为他已经年逾六十，而我只不过才二十六岁而已，怎么可能会清楚他年少时候的事？不过假如你答应保证守口如瓶，别搞得整个波来蒂冈地方的人们老是东一句、西一句地议论，我倒是可以告诉你不少事情。因为家母和他过去还是冬雷斯克的同乡哩！"

"娣塔，你怎么可以这样说话呢？"芭芭拉带着深受冒犯的口气，"波来蒂冈居民又不是一堆长舌族。再说，只要有那个必要，我可是很能够保守秘密的。"

"好吧！不过你一定要守口如瓶。"娣塔再三提醒，然后才又左顾右盼，想要确定那小女孩儿没有跟得太紧，以至于听到两人的密谈，没想到却完全瞧不见她的影子。由于刚刚她俩只顾聊个不停，所以压根儿不曾注意到那女孩儿不见的事，看来她早就掉队啦！娣塔停在原地东张西望，希望找出她人在哪里。可是在这一路直达村庄，除了几处转弯之外都可以一目了然的小径上面，却连个人影也没有。

"她在那里！看见了吗？"芭芭拉指着一团远远偏离小径路线的目标物大叫，"她正随着牧童彼得以及他的羊群在往小山上爬。奇怪了——他今天怎么会这么晚还在这里呢？不过也幸好如此，这样一来，他就可以代你照料那个孩子，让你安安心心地说完整个故事啦！"

"照顾她是件轻松的差事。"娣塔表示，"因为那小女孩儿虽然只有五岁大，可是人却聪明伶俐，又很懂得处处留意、管理自己的事情。谢天谢地，要想跟大叔共同生活的话，这些本领都是很有用处的。如今在这整个辽阔的世界上，他就只剩一间寒酸的小屋和两头山羊喽！"

"莫非他以前不只拥有这些？"

"没错！他继承了一大片位于冬雷斯克的大农场，可惜他却只晓得整天跟堆公子哥儿泡在一起，吃喝玩乐，没有多久就把所有家产败光了。他的双亲伤心忧愁得过世了，而他自己也销声匿迹了好一段日子，直到多年以后才又带着一个半大不小的男孩儿回到这一带来。这个男孩儿名叫陶拜，是他儿子，后来当了木匠，个性温和而稳健。至于大叔为何会搬离冬雷斯克，住到德尔芙里来，我想是因为当时关于他的奇怪谣言四起，多得令人烦不胜烦吧。我的外曾祖母和他祖母是对表姐妹，因此两家之间算是亲戚，我们都称呼他为叔叔。加上全村的人和家父这边几乎都有些沾亲带故的，所以大家都跟着叫他一声'大叔'了。等到后来，他搬上阿鲁姆峰去以后，就又被叫作'阿鲁姆大叔'。"

"那么后来陶拜怎样了？"芭芭拉迫不及待地追问。

"陶拜在梅尔斯当木工学徒，出师以后就回到了村子里，娶了我姐姐阿黛儿席德为妻。夫妻两人感情融洽，始终是对幸福美满的佳偶。可惜他俩快乐的日子非常短暂。婚后两年，陶拜就在帮人建造房子的时候被一根倒下的梁柱击中，压死了。我的姐姐阿黛儿席德在忧愁惊吓、悲伤过度之余发起高烧来，从此陷入半昏半狂的状态，再也没有复原过。就在陶拜逝世短短几周后，可怜的阿黛儿席德也就跟着与世长辞了。

"人人都说，这是上天要惩罚大叔的作恶多端。自从他的儿子死后，他就再也不跟任何人交谈了，而且突然地搬上阿尔卑斯山的高山牧场一带，怨天尤人地独自在山上过活了。

"阿黛儿席德留下的周岁孤儿海蒂被家母和我带回家去抚养。去年我母亲也去世了。在我去雷加坡时，身边也带着她。可是就在今年春天，去年由我负责服侍的那一家法兰克福游客又回来了，而且决心把我带到他们位于市区的宅邸。能够得到这么良好的工作机会，我的心底可是千恩万谢呢！"

"所以你就想把这个孩子交给那可怕的老头子去带喽！娣塔，我真没想到你竟做得出这种事来。"芭芭拉带着谴责的口气说。

"照我看来，我为这小孩儿做得已经够多了。怪只怪她年纪实在太小了，不适合随我到法兰克福去。除了交给他外，我实在想不出还能把她送到哪里。对了，芭芭拉，你到底是要去哪儿呢？我们这会儿都快走到阿鲁姆山的半山腰了。"

这时芭芭拉伸出手来和她握手作别，转身走向一间破破旧旧、很小很小的山间小屋。这座深褐色的建筑在偏离小径只有几步外的山坳里，借着地形屏障，幸运地削弱了阵阵强风吹来的劲道。否则终日暴露在狂风暴雪经常侵袭的山区中，这间粗陋的小屋恐怕早就支离破碎了。纵然如此，每当南风扫过山坡时，它的门窗还是会被吹得吱吱呀呀地乱响，老旧的屋椽也都跟着摇摇晃晃。而这正是牧童彼得居住的地方。

十一岁的彼得每天都会先到雇用他放羊的各户人家领出所

有的羊儿,然后再集体赶上高山牧场去嚼食那漫山遍野粗粗短短、味道鲜美的原野牧草,到了傍晚再和整群腿儿短短的山羊相互竞争着奔跑下山。回到村庄以后,彼得又会吹口哨,有羊儿的主人听到尖锐的哨声之后,自然会主动跑出来领回自家的山羊。而这些负责来领羊的,通常都是一些小男孩、小女孩。因为羊的天性和善,所以小孩子们并不会害怕它们。这也是彼得一天之中唯一有机会可以和别的小孩儿相处的时候,因为除此以外,他整个白天的时间就只有动物跟他做伴。虽然家中还有妈妈以及失明的奶奶同住,可他每天还是一早就匆匆吃完面包,喝掉牛奶便出门;晚上又快速吃完面包,喝掉牛奶,然后立刻上床睡觉。他天天早出晚归,以便尽量延长和小朋友们在一起的时间。他的父亲在几年前的一场意外之中过世了,生前同样也被唤作牧羊人彼得,至于他

的母亲则被称为"牧羊人彼得的太太"。除此以外，不管年老
年少，方圆好几里内，人人都叫他那瞎了眼的奶奶为"外婆"。

娣塔静静地目送芭芭拉的背影走到小屋门口，然后站在原
地等候那两个孩子和羊群跟上来。

最后，两个小孩儿总算来到那破旧的小屋跟前。娣塔一见
他们，顿时声色俱厉地尖叫："海蒂，你做了什么？瞧你这是
什么样子！你的衣服、围巾都到哪里去了？我刚帮你买的新
鞋、亲手做的新袜子又在哪里？这些东西全跑哪儿去了，海蒂？"

小女孩儿伸出食指来往斜下方一指，气定神闲地回答："在
那里。"

娣塔顺着她手指的方向望过去，看见远处地面上有一小堆
东西，中间还明显地夹杂着一个小小的红点，显然正是那条红
围巾。

"要命的孩子！"娣塔激动得大叫，"你这是在做什么？
为什么要把所有的衣服、鞋袜脱掉？"

"因为我不需要它们呀！"看来这小女孩儿一点也不觉得
自己的行为有啥不对。

"如果你也是和我们一样要到大叔那儿去，不妨顺便帮我
们拿着那包东西。"娣塔说。从彼得家的小屋到阿鲁姆大叔住
的山巅间，还得要再走一段陡峭的山路。

男孩儿听完，去拿了那包衣服，欣欣然地用左手臂挟住
它，右手挥杖赶着羊群，跟在娣塔的后面。海蒂也一蹦一跳、
欢天喜地地夹杂在羊儿之间一起向上走。三刻钟后，一行人终

于来到高冈，而阿鲁姆大叔的小屋便矗立在一块突出的岩石上。虽然没有任何屏障可以挡掉一丝来自四面八方的风，但整座屋子却完全沐浴在灿烂的阳光里。

老人选择可以俯瞰谷地风光的角度，在小屋旁边替自己钉了张长椅。此刻他正叼着烟斗，两手搁在膝头，恬淡自适地坐在那张椅子上，望着那两个小孩儿领着山羊，后面跟着娣塔一路爬上来。动作轻快的彼得、海蒂老早就在半路超过娣塔阿姨了，尤其海蒂更是率先登上峰顶，走到老人跟前，伸出手来问候："午安，爷爷！"

这时海蒂的阿姨也已经上了峰顶，早她一步的彼得正站在一旁，迫不及待地等着看有什么好戏登场。

"午安，大叔！"娣塔走上前来，告诉老人，"她是陶拜和阿黛儿席德的孩子，您一定已经不认识了，因为上次您见到她的时候，她还不满周岁哩！"

"你为啥带她上山来？"大叔扭头对着彼得喝令，"快快走开，去牵我的羊。瞧你迟到多久啦！"

彼得乖乖听令，转眼溜得不见人影。

"叔叔，我今天把小女孩儿带到这儿来是准备交给您抚养的。"娣塔表示，"过去这四年来我已经做得够多了，从今天起，应该轮到您来负责供她吃穿住了。"

老人眼中喷出怒火。"什么鬼话！"他说，"万一她开始呜呜咽咽哭着找你的时候，我该怎么办？我根本就应付不了！"

"这总得要自己想办法！"娣塔反驳说，"在几年前人家把这还是个小宝宝的女娃儿交给我带的时候，一点经验也没有的我，还不是得样样自己想办法，也没有人教我应该怎么做。那时候我本来就有自己的妈妈要照顾，还有一大堆做不完的事情要忙。所以现在就算我想去赚点儿钱，您也不能怪我。如果您没法儿养育这个小孩儿，那就随您处理好了。万一她出个什么差错，自然唯您是问，而我也深深相信，您绝不想再做出任何对不起良心的事了。"

大叔才听到一半便霍然站起身来，这会儿更是活像要用两只眼睛把她吃了一般，恶狠狠地瞪着她，吓得她连连倒退好几步。接着老人使劲地将手一挥，指着下坡方向对她大吼："滚！快给我滚！马上滚回你住的地方去，千万不要让我再见到你！"

# 第二章　祖孙情

　　大叔眼看着娣塔跑得远远的，不见了人影，于是又重新坐回长板凳，低垂着头，两道目光死盯着地面，一声不吭，只顾大口大口地抽着烟斗，吹出一团团迷蒙的白色烟雾。没人理睬的海蒂自己一个人左顾右盼，望见屋旁有座羊棚，立刻眯着眼睛细细窥探，结果里面却空空如也。为了寻找更有趣的东西，海蒂开始绕着房屋四周到处张望，发现小屋后面长着三棵老枞树。呼呼的山风从它们的枝叶之间呼啸而过，扫得整片树梢都在摇摇摆摆。海蒂静静地站在那儿聆听风吼，等到风势稍歇之后，才又绕回屋前去找她祖父，发现他仍然维持同样的姿势坐在原处。她索性走到他的面前，双手交叉在背后，定定地凝视着他。老人抬起头来，瞧见她动也不动地站在自己对面，于是问她："现在你想做什么？"

　　"我想看看屋里有些什么东西。"海蒂答道。

　　"那就进来吧！"老人说着站起身来转身往里走，同时吩咐，"顺便把你的东西也拿进来。"

"我再也不需要它们啦！"海蒂回答。

老人回过头来，目光灼灼地飞快打量她一眼，发现这小女孩儿一双乌溜溜的眼珠正闪闪发光，似乎对即将见到的一切都充满了期待，不禁喃喃自语："她非常聪颖。"随即大声问她，"你为什么再也不需要它们了？"

"我想像那些光着脚、什么也不用穿的山羊一样，轻轻松松地到处跑。"

"哦，可以！不过你还是得把它们拿进来，暂时先收进橱子里。"海蒂乖乖地抱起那包衣物，老人随即打开屋门，领着海蒂走进一个相当宽敞的房间。整座小屋里面也没有另做隔间。屋内有个角落摆着一张餐桌、一把椅子，另外一个角落陈设着老爷爷的床。对着门的那面墙边转角有座壁炉，上方挂着一只大茶壶，而和它们相对的墙壁则嵌入一扇宽大的门。爷爷打开那一扇门，里面就是容纳他所有衣服的橱子。其中一边架子收着几件衬衫、几条毛巾、几双袜子，另外一边摆着几张盘子、几个陶土杯和玻璃杯，而在顶格上面则贮存着一条面包、少许熏肉和干酪，等于所有生活必需品都被爷爷收藏在这座橱子内。他一打开橱门，海蒂立即将自己的衣物全往摆衣服的那边架子上放。她尽量地往最深的角落里推，可不想没过多久又看见那堆累赘。在仔细打量整个屋子后，这小女孩儿提出一个问题："爷爷，我要睡哪里？"

"你爱睡哪里就睡哪里。"

这个答案简直太合海蒂的意了。她睁大眼睛细看每个角

落、每个细

微隐蔽处，以便找出

最适合她舒舒服服睡场好觉的

地方。最后她在老人床边看到一把短梯，

爬上去后，发现那儿堆满清新芬芳的干草，正是贮

存草料的地方，而且在它墙边还开了个小小的圆窗，正好可以

俯瞰远远的山谷。

　　"我想睡在这上面！"海蒂低头大喊，"噢，这儿真是太迷人了。爷爷，拜托你也上来嘛！上来亲眼看一看。"

　　"知道啦！"底下传来老人的声音。

　　"我现在正在铺床。"小女孩儿一面来回忙碌奔跑，一面再度大叫，"噢，拜托带条床单上来一趟，因为每张床都必须要有一张床单的呀，爷爷。"

　　"是吗？"老人应了一声，不久便打开橱柜到处翻找一阵儿，最后总算从整堆衬衫下面拖出一条长长的粗布，看起来倒也蛮像是一条床单的。他拿着这条粗布爬上梯顶，看见海蒂已经铺好一张整整齐齐的卧榻，其中一端还高高地堆起干草，以便枕在上面的脑袋可以正对着圆窗。

"不过我们还是应该先吃点儿东西，"爷爷告诉她，"你说对不对？"

一心只顾忙着整理床铺的海蒂，早已经把其他所有事情都抛到九霄云外去了，经过爷爷这一提醒，才猛然发觉自己果真饿坏了，所以这时赶紧满口赞成地回答："嗯，对啊，爷爷！"

"那么我们就下去吧。"老人说着，先让海蒂踏着短梯往下爬，自己紧跟在她后面。下到地面后，他先走到壁炉前去把那把大茶壶推到一旁，然后取下一个吊在链子上面较小的茶壶，再坐到一把三条腿的板凳上面生起熊熊的炉火。就在壶嘴开始"咕嘟嘟"地冒出白烟时，老人又拿起一支长铁叉来，叉着一大团干酪在炉火上面烘烤，同时不断翻转铁叉，直到整团干酪外表都被烤成油亮亮的金褐色。这时一直目不转睛在旁观看的海蒂突然跑到橱柜前，等到爷爷提着茶壶和烤好的干酪来到桌边时，便发现桌上已经整整齐齐地摆好两个盘子和两把餐刀，而面包也已出现在餐桌正中央。因为海蒂早就在橱子里头看见这些东西，知道它们在用餐时候都用得上，所以就全都拿出来了。

小女孩儿津津有味地边吃面包，边喝羊奶。吃完之后，她和爷爷一块儿走出屋外，来到羊棚里，全神贯注地看着他在那儿又是打扫，又是帮羊儿铺上一些新鲜干草，好供它们趴着睡觉，一个人忙碌个不停。接着他又走到屋旁的小工具室内，去帮海蒂做一把高脚椅，直惹得那个小女孩儿看得满脸惊异。

小屋边的天色渐渐昏暗起来，高山上狂风四处呼号。强劲的风势扫过三株老枞树树梢，把它们吹得窸窸窣窣。那阵阵风声、枝摇叶动的声音撩起海蒂的兴奋，令她心中充满快乐与欣喜，感觉仿佛奇迹降临到身上，忍不住要绕着三株树干一蹦一跳、手舞足蹈。爷爷站在门口凝视着欢喜雀跃的孙女，蓦然，一声尖锐的口哨声传入他俩的耳中。海蒂停止所有动作静静地站在大树下，爷爷也走到她的身边来陪伴她。紧接着，一只接着一只山羊陆续爬上山巅，彼得也出现在他们眼前。海蒂欢呼一声冲进羊群里，开心地招呼她的老友们。等到所有山羊都走过小屋门前时，它们便集体停止行动，其中两只美丽瘦高的羊儿，一棕一白，姗姗走出羊群，来到爷爷的跟前。老人迎着它们伸长双手，手中各有一撮盐巴，这是他每天晚上都要喂给它们舔食的。海蒂温柔地摸摸这只，再抚弄抚弄那只，开心得笑容可掬。

"这两只羊是我们的吗？两只都是吗？它们会不会进羊棚去？是不是会留在我们家里？"兴奋的海蒂一个问题接一个问题，问得她爷爷几乎连句"对，对，当然会"都来不及回答。等到两只山羊把盐巴全舔干净以后，老人立即吩咐："海蒂，进屋里去，把你的碗和面包拿过来。"

海蒂赶紧跑进屋内，不一会儿工夫又回来了。爷爷从白羊身上挤出满满一碗奶，又切下一块面包给海蒂，要她吃掉。"吃完以后你就可以进去睡了。晚安。我得先照料这两只山羊，把它们关进羊棚去过夜。"

"晚安，爷爷！"海蒂望着他离去的背影，猛然想起一件事情，赶紧又高声呼喊，"噢，拜托请告诉我它们叫什么名字。"

"白的叫作丝凡丽，棕的叫芭莉。"

就在海蒂上床不久，天色还没完全暗下来，老人也爬上自己的床铺去就寝。这是一个狂风肆虐的夜晚，整座小屋在阵阵强风吹打之中不断颤抖，所有拼搭成小屋墙壁、屋顶的木板也都嘎吱嘎吱直响。狂风吹过烟囱，吹过三株老枞树树身，把它们的枝干吹得在屋后疯狂摇摆，树上的枯枝也被大把大把卷起，"哗哗"地抛落在地上。

老人半夜醒来，暗暗心想："海蒂一定吓坏了。"于是爬上短梯，凑近她的床边探看。刚开始那一瞬间他的眼前漆黑一片。突然，月亮从乌云后方探出头来，将银白的光辉遍洒在小海蒂床上。只见她的脸儿红得像颗苹果，两只胖嘟嘟的手臂枕着小脑袋，睡容安详，颊边甚至漾着一抹笑容，看来必定是在酣睡之中做了一个愉快的美梦。爷爷站在梯上静静地端详着她的面孔，直到一朵浮云再度飘过，遮住明月光华，使得四周重新陷入伸手不见五指的黑暗，这才不得不下了楼梯，摸回自己的床边。

# 第三章 牧场上

　　第二天早上，海蒂被一声嘹亮的口哨声吵醒，睁开眼睛一看，只见整张小床和身边的干草都沐浴在金黄色的阳光中，一时间根本想不起自己身在何处。不过等她听见屋外爷爷低沉的声音，顿时全都回想起来了。于是她迅速钻出麻布袋，一跃而起，穿上简单的衣物，一会儿工夫便已经爬下楼梯，跑到外面来了。彼得已经赶着羊群来到他们家门口，正在等待丝凡丽和芭莉出来和大家会合。爷爷把那两只羊从羊棚带出来，同时询问海蒂：

　　"你想不想跟他一块儿去牧场？"

　　"想！"海蒂拍着手大叫。

　　两个小孩儿欢天喜地地赶着羊儿往山地牧场的方向而去。天空万里无云，抬头望去只见一片浩瀚无垠的晴蓝，因为所有的云都已被昨夜的狂风驱散。明亮的阳光照耀着整面山坡，翠绿的青草地间开放着无数鲜艳的黄色、蓝色花朵。海蒂欣喜若狂，撒开腿自在地在原野上奔跑。她一会儿冲到大片艳红色的缨草花旁欣赏它们的风姿，一会儿望见成簇的亮蓝色的龙胆花在碧绿草地间招摇，还有随处可见的金黄色岩蔷薇，每一朵都在迎着她点头微笑。整路只顾追逐花儿而奔跑的海蒂，甚至忘了彼得和羊群的存在，远远地把他们抛在了背后。后来她还偏离小径跑到其中一侧山坡上，因为那些灿烂耀眼的花朵总是让她抵挡不住诱惑。她摘了好多好多鲜花放在她的小围裙兜里，准备把它们带回家里去。

彼得两只圆滚滚的大眼睛时常跟丢了小女孩儿的身影，只得每走几步就伸长脖子、踮起脚尖极目张望。而那群山羊更是糟糕，每次都非得要他拉开嗓门大声吆喝、吹口哨，有时还得加上挥舞牧杖，才能将它们赶到一起。

两个小孩儿领着羊群来到目的地之后，彼得卸下肩头的背袋，把它放进草地间的一个小洞里，因为他可不想让自己和海蒂两人宝贵的午餐被高地上不时刮起的狂风扫到断崖下。然后，疲倦的他便开始躺在草地上晒太阳。

"彼得，快起来！"海蒂大叫，"看看那边，彼得，看那一只老鹰！"

彼得霍然醒来，和她一同坐在地上屏气凝神地看着它越飞越高，直上蓝天，最后消失在对面的山峰后。

"它飞到哪里去了？"海蒂问。

"飞回它的巢了。"彼得回答。

"噢，它真的住在那边吗？太棒啦！可是，彼得，它为什么要叫得那么大声呢？"

"因为它天生嗓门就很大。"

这时彼得开始大声叫喊，并吹响了口哨，很快地，羊群就都集合到青草地上来了。海蒂立刻冲到羊群中，因为她好喜欢看它们蹦蹦跳跳、四处游玩的活泼样子啊！

在这同时，彼得正忙着给他自己和海蒂准备午餐。他把他那小小的一份放在一边，海蒂大大的一份摆在另一边，然后从小羊身上挤出满满一碗羊奶搁在正中央，全部弄好以后便招呼海蒂一起来用餐。不过那小女孩儿却拖拖拉拉，过了好一会儿才朝他跑来。

"这羊奶是给我喝的吗？"她想先问清楚。

"对。还有那份比较大份的食物也是你的。等你这碗羊奶喝完，我会再帮你挤一碗，然后我再喝我的。"

于是海蒂捧起小碗来把羊奶喝光，彼得接着又帮她挤了第二碗。海蒂撕下一小片面包自己吃，其余连同干酪全都给了彼得。其实光是她分给他的那一部分面包，都比他自己带来的那块还大呢！"这些给你，"她说，"我已经吃饱啦！"

彼得听了惊讶得说不出话来。因为换作是他，无论如何都不会分半口食物给人家，所以他一时还以为海蒂只是说说而已。海蒂见他犹豫不决，干脆把那些东西放在他的大腿上。这样一来，他马上知道她是当真要把午餐分给他，连忙一面点头表示谢意，一面飞快地抓起食物，大口大口地享用这有生以来吃到的最丰盛的一餐。海蒂坐在一旁，看着散布在这片高山牧场上面漫步、游戏、吃草的羊群，同时向彼得询问它们各叫什么名字。

彼得一一告诉海蒂，因为那几乎是他脑袋里唯一记得清楚的东西。海蒂全神贯注地聆听，不一会儿就都全部记熟了。其中有只叫作"大暴君"的羊，总爱用它那一对大角去抵撞其他同伴，所以大多数的羊总是一见到它便望风而逃，唯有一只名叫"梅花雀"的大胆山羊例外。它三番五次用它那对尖锐的羊角对准大暴君冲来，一副要和它大打一仗的挑衅态度，常常令它的对手当场错愕得呆呆地站在原地，忘了要应战。

另外有只叫作"雪蚱蜢"的纯白色小羊，自从出门开始就老是"咩咩"直叫，凄楚可怜的叫声好几次惹得海蒂忍不住走上前去安慰它，最后甚至搂着那小家伙的脖子问道："你怎么了，小雪蚱蜢？为什么整天都在哀哀叫着，想引起人家同情呢？"小羊却依赖地将它那颗小脑袋瓜紧紧地贴在海蒂腰间，静静地依偎在她的身旁。还在大啖午餐的彼得趁着一口食物刚刚下肚，一口还未咀嚼的空隙，对她高喊："那是因为老羊在两天以前离开我们了，被人卖到玛伊恩菲尔特去了，所以它才会觉得那么难过啊！"

"老羊是谁？"

"当然是它的妈妈喽！"

"那么它的奶奶呢？"

"它没有奶奶。"

"爷爷呢？"

"也没有。"

"好可怜的小雪蚱蜢哟！"海蒂说着，轻柔地把那小东西搂得更紧了，"从今后别再伤心了，以后我每天都和你们一同上山来，不管你遇到什么事，都可以跟我说。"

白昼将尽，一轮红日逐渐西坠于群山后。海蒂坐在青草地上，注视那在夕阳余晖之中点染金光、摇曳生姿的蓝铃花和野玫瑰，而周围环绕的群峰也各自披上了一层红纱。

蓦然，海蒂冲着男孩儿大喊："噢，彼得，快看！所有的东西全都着火啦。天空在燃烧，还有一座座的高山也在燃烧。噢，你看，那边的月亮也在燃烧哪。你瞧见了吗？所有的高山都沐浴在一片红光下呢！噢，瞧那红红的山峰是多么美丽！彼得，老鹰的巢必定也已经着火啦！噢，瞧瞧那边那些老枞树！"

彼得若无其事地边仰起头来，边剥他的竹子皮，告诉海蒂："那不是火。每天到这时候看起来都是这个样子。"

"那是什么呢？"她殷切地期待着答案，同时忙着环顾四面八方。

23

"是天生就这样。"彼得说。

"噢，快看！现在所有东西全都变成玫瑰红的了！噢，看看那边那座布满了雪、耸起好多个尖峰的大山。它叫什么名字呢？"

"山是没有名字的。"他回答。

"以后我们每天上山都可以看到刚刚的景色吗？"海蒂急切地问。

"通常都可以。"

"明天呢？"

"明天一定行。"彼得的口气非常笃定。

海蒂听完后心情豁然开朗，安安静静地跟在他的身边，沿途思索今天一天见识到的新事物。终于，他们回到了小屋，看见爷爷正坐在枞树下的一张长板凳上等待着他们。海蒂飞奔到他的面前，两只聪明的山羊也自动离开队伍过来找主人。彼得对她高呼："明天要再来哦！再见！"

海蒂挥挥手，向他保证明天一定到。这时，她发现自己正被羊群团团围住，于是蹲下身来搂住小雪蚱蜢，跟它依依不舍地道别。

等到目送彼得身影渐渐走远，终于消失不见后，她又回到祖父跟前，叽里呱啦地对他诉说："噢，爷爷！山上好美哦！我看到火，还看到开遍大岩石壁上的红玫瑰！瞧，我还带了好多鲜花回来给您呢！"小女孩儿说着，抖开她的围裙，可是，噢，怎么会变成这样？所有采回来的鲜花全都皱巴巴的，海蒂甚至都认不出那是些什么花了。

"先去洗个澡，等我到羊棚去帮你挤好羊奶，一块儿进屋去吃晚饭时，我再来告诉你关于山的事。"

海蒂洗好了澡，随爷爷进入小屋，坐在她的高脚餐椅上，望着眼前那碗羊奶，提出她的问题。

"山为什么没有名字，爷爷？"海蒂问。

"每一座山都有它们自己的名字，只要你把它们的形状描述给我听，我就能告诉你它们各叫什么名字。"

海蒂形容了几座山的样子，爷爷都能说出那是什么山。最后那孩子又对他讲述了那漫山遍野、谷底天边都像着了火般的情景，并请教这奇特的景观是如何产生的。

"是太阳的杰作。"他解释说，"每当它要向群山说再见时，就会将它最美丽的光辉洒在它们身上，好让它们不会在隔天清晨重逢以前就把它忘了。"

# 第四章　在外婆家

　　隔天早晨，彼得再度赶着羊群上山来，海蒂也再度随着他们到牧场。以后日复一日，同样的模式继续重复，健康的生活环境把海蒂的身体养得越来越壮，越来越结实。不久，秋天来到，山风经常呼呼地吹着。每当秋风刮得特别强劲的时候，爷爷就会交代："海蒂，你今天必须留在家里。因为像你这样一个小不点儿，一阵强风就能把你吹下山谷去。"

　　海蒂本身倒是十分乐意留在家中，因为她最喜欢看着爷爷手持铁锤、锯子，敲敲打打，转眼修好一样东西、钉出一件新家具的样子。偶尔，爷爷还会趁着这种日子提出一个桶，卷起衣袖，光着手臂搅动桶中的奶油，制造一小团一小团的干乳酪，而欣赏他这些动作正是海蒂莫大的乐趣。

　　天气越来越冷，每当彼得赶着羊来到小屋前时，总要不停地对着他那双冻得发僵的手猛呵气。终于有那么一天，窗外的飞雪飘了一整夜，深深的积雪让彼得再也没有办法上山放羊了。海蒂站在窗口望着茫茫雪花不断飘下，地上的积雪也越堆爷爷问起彼得这一阵子在学校上课的情况，海蒂听得津津有味，也向他提出一大堆问题。老人望着两个小孩儿一问一答，谈得不亦乐乎，眼中闪烁着喜悦的光芒。最后他对那个男孩儿说："好了，将军，现在你既然已经把身体烤暖，也该顺便补充一点体力啦！过来和我们一块儿吃顿晚餐吧！"

老人说着，马上摆好一桌食物。吃饱喝足以后，天色也渐渐昏暗下来，彼得知道该是自己告辞下山的时间了。他先向主人道别、致谢，然后又扭头告诉海蒂："可能的话，我下礼拜天会再上山来。顺便转告你一声，海蒂，我外婆说她好想见见你。"

海蒂听完，立即产生了下山去见彼得外婆的念头，隔天早上起床后的第

一句话便是："爷爷，我必须下山去看老奶奶。她在盼望着我去呢！"

四天后，太阳终于露脸了，积雪也已经压得又硬又实，每走一步都会发出"嘎吱嘎吱"的声音。海蒂坐在餐桌旁边，再度提出这些天来每天都要重复几遍的恳求，请求爷爷让她下山拜访老奶奶。这时爷爷站起身来，取下她那厚重的亚麻布袋被子，吩咐她跟着他走。两人来到屋外，只见冰雪地上银光闪烁，积压着厚厚白雪的老枞树树梢，也在阳光照耀之下反射出刺目的光芒。这时老人已经从工作间里拖出一架大雪橇来。他用海蒂的亚麻布袋将她全身裹住，然后抱她坐上雪橇，紧紧地把她搂在怀中，再用双脚操纵雪橇，快速地冲下山去。海蒂觉得自己宛如空中飞翔的小鸟，开心得高声欢呼起来。不久雪橇就停在了彼得家的小屋门前，爷爷告诉海蒂："进屋去吧。记得天色开始暗下来时，就该动身回家喽！"说罢帮她把麻布袋解下，然后转身拖着雪橇往回走。

海蒂推开屋门，发现自己来到一间幽幽暗暗、小得仅容一人转身的厨房。而再穿过一道门后，则又进入另一个空间狭小的隔间。这里头摆着一张桌子，桌旁坐着一名妇人，手中正拿着一件衣物在缝缝补补，海蒂立即辨认出那是彼得常穿的外衣。此时她又看见墙角边坐着一位弯腰驼背的老太太，于是马上走到她的跟前，对她说："您好吗，外婆？我现在来了，但愿没有让您等太久！"

老太太抬起头来，摸索到海蒂的手，握着她的手询问道：

"你就是那个和大叔住在一起的小女孩儿吗？你是不是叫海蒂？"

"是的，"海蒂回答，"爷爷刚刚用他的雪橇把我送到这边来的。"

"怎么可能？你的双手还这么暖呼呼的，怎么可能？布莉姬姐，大叔真的陪这孩子下山来了吗？"

已经站起身来打量海蒂好一会儿的布莉姬姐——也就是彼得的母亲——表示："我不知道他有没有送她下来，不过照理说是不可能。我看也许是这小女孩儿弄错喽！"

海蒂仰起头来，口气坚决地强调："我知道在我们一同滑下山时，他用我的被子把我整个人裹了起来。"

"毕竟还是彼得说的没错。"老奶奶听完了她的话说，"这个孩子能够和他同住超过三星期，早就让大家都觉得不可思议了。布莉姬姐，告诉我她长什么样子。"

"她遗传到阿黛儿席德那匀称的身材，以及一双乌溜溜的黑眼珠，至于满头鬈发则像陶拜和她的祖父。"

"好孩子，"老奶奶温和地告诉她说，"我听得出来，但却看不到啊，小宝贝。这间小屋成天嘎吱嘎吱、咿咿呀呀的。每次一起风时，嗖嗖的冷风都会从四面八方的裂缝钻进来。总有一天，这整个小屋会瓦解成一片片碎片塌下来，把我们一家三口全部压在屋顶下。要是彼得会修房子就好喽！我们家又没有人能做这些事。"

"噢，外婆，您没有办法看到吗？"海蒂问道。

"孩子，我什么都看不到啊！"老太太遗憾地表示。

海蒂一听忍不住伤心得痛哭出声，抽抽噎噎地问道："难道再也没有人能让您重新见到光明吗？难道就连一个人都没有？一个都没有了吗？"

这时老婆婆告诉她说："小海蒂，平常眼睛看不到的人，最爱听人家闲话家常了。快坐到这边，跟我谈谈你的事。还有你的爷爷近来好吗？平常都做些什么？因为我已经好久好久没有听到有关他的任何消息了。我以前跟他很熟呢！"

海蒂急忙一把抹干泪水，因为她突然想到一个令人开心的主意。"外婆，我要把这件事情说给爷爷听，相信他一定有办法让您再看见东西的。而且他还能帮您修好小屋，让它不再嘎吱嘎吱响。"

老妇人默默地没有搭腔，于是海蒂开始兴致勃勃、指手画脚地描述起她和爷爷两人在山上生活的情形。

一阵砰然关门的巨响蓦然打断海蒂的话语，原来是彼得回到家里了。那男孩儿一见海蒂，脸上立即漾开一抹笑容，两只眼睛瞪得圆溜溜的。海蒂忙对他大声招呼："晚上好，彼得！"

这时彼得的母亲放下针线站起来，说："天色渐渐暗了，我得点盏灯才行。"

海蒂听到这话后急忙一跃而起，挥挥手，对众人道别："再见，各位。因为天色渐渐暗了，所以我必须走了。"可是外婆却焦急地大喊："等等，孩子，别一个人走啊！彼得，送她回家，小心别让她跌跤或着凉，听清楚了吗？还有，海蒂有没有带围巾？"

"没有，不过我不会着凉的。"海蒂回头高喊，因为她早已冲出大门，速度快得让彼得险些跟不上。而这时爷爷早已经在外面不远处等着她。

　　海蒂跟爷爷刚回到家中，她马上迫不及待地说道："爷爷，我们明天一定要带些铁钉和一把铁锤下去，因为外婆家有一块遮板松了，而且有好多地方都摇来摇去。他们家里不管什么东西都会嘎吱嘎吱响。"

　　"好吧，好吧，我们就来想想办法让它不再嘎吱嘎吱响吧，孩子！咱们明天就去办。"

　　海蒂听得喜出望外，绕着整间屋子蹦蹦跳跳，手舞足蹈地欢呼："我们明天就能办到了！明天就能办到了！"

　　到了隔天早上，老人果真遵守他的诺言，带着工具和他的孙女一如昨天那样乘坐雪橇往下滑去。等到小女孩儿进入屋内后，他便马上绕着整间小屋外面检查了一遍。

　　布莉姬姐出了小屋，发现老人正忙着往墙上安一根新横板，于是走上前来对他说："家母和我向您问候午安，同时她也很想见见您。我们真不知要怎么感谢您才好！"

"够了，够了，"老人打断她的话，"我很清楚你们平日对我的看法。进屋去吧，我自己能够找到有哪些该修该补的地方。"

布莉姬姐只好默默地照他的话做，因为阿鲁姆大叔的口气、态度都绝不容人反驳。整个下午他都在拿着铁锤四处敲敲打打，甚至爬上屋顶，看见有很多该修的地方。最后他终于不得不先把工作告一段落，因为这时天色已经昏暗，身边所带的铁钉全部用完了，而且海蒂也已经准备好让他抱在温暖的怀中，一同上山回家去了。

整个冬季就这样日复一日地过去了。温暖的阳光已经重回盲眼老婆婆的生命里，使她的日子不再那么暗淡凄凉。过去老婆婆每天总是隔不了多久便要唉声叹气地问上一遍："布莉姬姐，一天还没过完吗？"现在却不同了，每次只要海蒂一走就会嚷嚷说："这一下午过得多快啊！"

# 第五章　两位访客

这是一个风和日丽的三月早晨,正当海蒂一个人乐陶陶地在门口跑来跑去时,猛然见到一位全身穿着黑色服装的老绅士站在自己的身旁。老人亲切地问道:"海蒂,和我握握手吧,然后告诉我你的爷爷在哪儿。"

"他在里面做圆圆的木头汤匙。"海蒂边说边开门。

那老先生是村子里的牧师,好多年前就已经认识爷爷了。进了小屋,他走近老人身边招呼:"早安,老邻居。"

老人惊讶得站起身来,回答他说:"早安,牧师先生。这儿有把木头椅子,要是您不嫌弃的话就请坐吧。"

牧师坐了下来,同时表示来意:"好久不见了,邻居。我今天来是有事要和你商量。至于是什么事,想必在你心中大概早已有个谱了。"说着,扭头望向站在门边的海蒂。

"海蒂,快出去照料那两只羊,顺便拿点盐给它们吃。"爷爷交代,"你可以在那边待到我过去再说。"

牧师见到小女孩儿一溜烟跑得不见人影之后,才正式提起话题："那个孩子早在一年以前就该入学了，你对她到底有些什么打算？"

"我不想送她去上学。"老人语气强硬地表示。

"可是她毕竟是个人，而且现在又正是她学习能力最强的年纪。我这回之所以上来就是要告诉你这些，也好让你能够好好地做个规划。记住，等到明年冬天一到，你再不让她去上学就不行了。"

"我绝不让她去，牧师！你以为我会愿意让这弱不禁风的小女孩儿，每天在这严寒的天气中顶着狂风暴雪去上学吗？何况还必须得走整整两个小时的路程呢！"老人激动地回答。

"你说得很对，"牧师温和地回应，"海蒂的确不能够从这儿去上学。你为什么不搬回村子去和大家共同生活呢？像你这样离群索居、独自住在山峰上的日子也过得真怪！"

"我不能够住在村内，那是因为我和那边的居民彼此都瞧对方不顺眼，所以最好我们还是住得离大家远远的。"

牧师站了起来，朝着阿鲁姆大叔伸出手，同时诚恳地表示："期待明年冬天你会搬回山下来，老邻居。愿你重新加入教会，和人们重修旧好，届时我们都将十二万分地欢迎你归队。"

隔天他们快要吃完午餐时，家里又来了个不速之客，那人是海蒂的阿姨娣塔。她头上戴一顶带着羽翎的帽子，身上穿套拖着长长尾巴的裙装，围着小屋走完一圈，刚好把整间屋子的地板干干净净地清扫了一遍。她告诉老人原本只想把海蒂托给他照顾一小阵子，等她尽快找到一处理想的地方就把她接走，因为她晓得那小女孩儿一定会给他的生活带来不少困扰。经过她一年半来四处费心的打听，她知道目前全法兰克福最大一座宅邸的主人正在替他女儿物色一名伴读，这对海蒂来说可以说是千载难逢的良机。

娣塔已经去过那座豪宅，见过里面的女管家，同时向她详细地介绍了海蒂，对方听了非常满意，要她马上把那孩子接来。所以，她上山来了。她对老人说："这对海蒂来说可以说是交上天大的好运呢。因为只有天晓得她去了以后还会碰上什么好事……"

"住嘴！"大叔气得如雷大吼，两只眼睛都快喷出火来了，"你想带着她走，把她毁了，那就赶紧带走吧。不过我话先说在前头，你这一辈子都别再带着她出现在我面前。我可不想见到她像你一样戴着带着毛的帽子，满口恶形恶状。"说完，大踏步径自离开了。

"什么？"娣塔咬牙瞪眼，都快骂人了，不过转眼却又放软语调，改用较为和气的态度，一面打包海蒂的衣物，一面对她说，"走吧，我要带你到一个很漂亮、很漂亮的地方去。你这一辈子都还没见过像那么漂亮的地方呢！"收拾完后，又高喊一声，"走吧，孩子，把你的帽子戴好。"

"我才不走。"小女孩儿倔强地说。

"要是我们能在今天赶到玛伊恩菲尔特，明天就能搭上火车去法兰克福。这样的话，你才有可能再在最短的时间之内飞奔回家来。"娣塔说着拎起包袱，牵着小女孩儿下山，却在途中碰见今天逃课没去上学的彼得。

"我要随娣塔阿姨一同到法兰克福去，"海蒂回答，"不过首先我必须先去看外婆，因为她正在家里等我呢！"

可是娣塔不肯松手，只顾一个劲儿地鼓吹说，要想快快回来就得尽早下山，另外还建议她回来时顺便带样可爱的礼物送给老奶奶。

海蒂想象着外婆见了礼物的高兴样子，觉得很喜欢，于是不再反抗，乖乖跟着她走，又问她说："那我该带什么礼物给外婆好呢？"

"海蒂，你可以送她一些柔软的白圆面包。可怜的老奶奶年纪这么大了，平常老咬那种硬邦邦的黑面包一定很辛苦吧。"

"嗯，没错，阿姨，她平常总把白面包塞给彼得吃。"海蒂肯定了她的答案。"现在我们得赶紧走快一点。要是今天能到法兰克福的话，明天我就能带着小圆面包回来啦！"海蒂说着拔腿飞奔，娣塔急忙大步追上去。

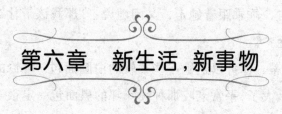

# 第六章 新生活，新事物

　　在德国法兰克福的一座漂亮大房子里，住着一位叫克蕾拉·谢思曼的女孩儿。她的脸颊瘦瘦尖尖，脸色非常苍白，因为长年疾病、身体虚弱，所以整天都坐在一张舒适的轮椅上，好方便人家推着她四处去活动。白天她绝大部分时间都待在沿着墙边钉满长排书架的书房里。除了上课以外，这个房间也被当作起居室使用。

　　那天傍晚，克蕾拉一双柔和的蓝眼睛直盯着挂在墙上的钟看，最后终于忍不住不耐烦地询问："噢，罗丹梅小姐，时间还没有到吗？"

　　克蕾拉口中的罗丹梅小姐，就是自从谢思曼夫人过世以后便一直住在宅中，负责照料她生活起居、掌管家中一切事务的女管家。那是因为克蕾拉的父亲时常为了事业忙碌而无法留在家里，所以才会将整座屋子的管理大权全部交到她手上。而唯一的条件是——绝对必须尊重克蕾拉的意愿。

　　正当那女孩儿坐在起居室中焦急地等待时，娣塔牵着海蒂的手抵达了谢思曼宅的大门前，并向载她们来到这儿的马车夫请教她是不是能上楼。

"这不关我的事，"马车夫嘀嘀咕咕地回答，"你必须按铃找司膳问去。"

娣塔依照他的指示去做了，不一会儿，司膳瑟巴斯汀便穿着外面有排大铜纽扣的外套出现在她们面前。

"我可以见罗丹梅小姐吗？"娣塔问。

"这不关我的事，"司膳宣称，"去按铃找女佣提娜问问。"说完便迅速离去。

铃声又响了起来，一名少女头戴一顶白得发亮的无边帽走下楼梯，停在半途傲慢地询问："什么事？"

娣塔再度表明要见罗丹梅小姐的意思，于是提娜要她先在楼下等着，自己上去请示一声。不过很快地，她就又出来把她俩带到楼上的书房去。这时娣塔抓着海蒂的手站在门边，没敢贸然往内闯。

头上盘着高髻，身上穿着管家专用制服，披着一条长围巾的罗丹梅小姐缓缓站起身来，走到两人的面前，对于头戴土里土气的圆帽、肩上围着厚厚的大围巾，正满脸天真无邪地盯着自己发型看的海蒂显得非常不满意。

"你叫什么名字？"女管家问。

"海蒂。"小女孩儿回答。

"什么？这是正式教名吗？你受洗时取的名字呢？"女管家进一步询问。

"我不记得。"

"这算哪门子回答啊！"女管家猛摇头，"娣塔小姐，她究竟是无知，还是没礼貌？"

"对不起，女士，请容我替这孩子辩解一声。"娣塔先轻轻打了海蒂一下，惩罚她鲁莽的回答，然后接着说，"因为她从来没进过这么高雅的人家，所以才会不懂得规矩，但愿您能原谅她这一次。她沿用了她的母亲，也就是我姐姐的教名，取名阿黛儿席德。"

"噢，这还像样一些。不过，娣塔小姐，这孩子的年龄似乎不太对。我记得曾经告诉过你，克蕾拉小姐的伴读必须是个像她一样十二岁大的女孩儿，才能够和她共同上课、共同研究。阿黛儿席德今年多大了？"

"很抱歉，大概是我记错了。她好像才十岁左右。"

"爷爷说我今年八岁。"海蒂突然插嘴，急得娣塔当场又打她一下，可是她却完全不晓得自己做错了什么，所以一点也不觉得尴尬。

娣塔丝毫不觉心虚，反而振振有词地狡辩："我很抱歉。正因为她年纪小，所以才不容易像一般大孩子一样过分纵容克蕾拉小姐，或是讨厌她，所以我认为她是最符合你们需要的小孩儿。现在我必须走了，因为我家夫人正在等着我呢！"说着她便弯腰行了个礼，冲出房外，一溜烟地跑下楼去。

留在书房中的海蒂并没有跟着娣塔阿姨跑掉，而是静静地站在原地，于是刚刚欣赏完那场好戏的克蕾拉小姐把她叫上前来，问道："你希望人家叫你海蒂还是阿黛儿席德？"

"我只有一个名字，就是海蒂。"

"那么我就叫你海蒂吧，因为我从没听过这个名字，感觉很有趣呢！"克蕾拉说，"你的头发好卷啊！一直都是这样子的吗？"

"嗯，一直都是。"

"你喜欢到法兰克福来吗？"

"噢，不！不过我明天就要回家去了，而且，还可以带些柔软的小白面包给奶奶。"海蒂回答。

"多古怪的孩子啊！"克蕾拉说，"你难道不晓得自己是来法兰克福陪我，要住在我家的吗？我们将要一起上课，等你学会读书以后，一定会很有意思的。可是现在，我常常会觉得每天早上过得好慢好慢，好像永远也不会结束似的。我的老师坎第德先生总是十点就来，上课上到两点才走，疲倦得常得利用课本挡着自己的脸，偷偷打哈欠。罗丹梅小姐也一样，老爱用书遮着嘴巴打呵欠，可是万一我打哈欠她却又会说我生病了，要我吃鱼肝油。所以我必须拼命忍耐，努力把我的哈欠硬吞回去，因为鱼肝油的味道真的好可怕。现在有你一起读书，日子一定会变得有趣多啦！"

海蒂听了，无法置信地直摇头。

这时海蒂看见自己的餐盘中有个小圆面包，于是用手指着它，扭头询问瑟巴斯汀："我可以要这面包吗？"海蒂之所以问他，那是因为自从她见到了他，发现他和彼得长得有点像后，便对他产生了强烈的信赖感。瞧见对方点点头，海蒂马上把那小圆面包塞进自己的口袋里，惹得他几乎忍不住要大笑起来。这时他又端着一碟烤小鱼走到她的身边。海蒂纹丝不动地端坐好一会儿后，这才又转动着眼珠子，瞅着他问："我必须吃那东西吗？"对方虽然点头，却没做出其他任何反应，于是她又盯着自己的餐盘，理所当然地问他，"那你为什么不把它装到我的盘子里呢？"

罗丹梅小姐望着再也无法保持庄重表情的司膳，吩咐他把碟子搁在餐桌上后退下，然后再开始借助各种手势为海蒂讲解种种餐桌上的礼仪，同时告诉她说除非有重要事情，否则绝不能跟瑟巴斯汀说话。

接下来，女管家开始针对生活中的每项细节提醒她注意各式各样的规矩，比方关门规矩、就寝规矩等一天二十四小时之内做任何事情时必须遵守的规矩。可怜的海蒂当天一大清早就起床了，现在怎能不听得眼皮沉重呢，于是不知不觉靠着椅背睡着了。好不容易进行完所有指示的罗丹梅小姐，最后做了结束语："希望你能记住我所说的每一句话，阿黛儿席德。明白我的意思吗？"

"海蒂早就睡着啦！"克蕾拉莞尔地表示。

# 第七章　罗丹梅小姐倒大霉的一天

　　隔天早晨，海蒂一醒来就急忙跳下床去，飞快地换好衣服，迫不及待地想要像在家里时那样自由地仰望天空，俯视辽阔的大地，不料却沮丧万分地发现窗户位置开得实在太高，所以除了对面几户人家的窗户、墙壁以外，自己什么都看不见。

　　她一扇一扇地去试着打开那些窗子，可惜全都推不动。可怜的她最后只好颓丧地坐在一把矮凳上发呆。

　　这时提娜唤她出去吃早餐。海蒂这才站起来随她走进餐厅，看见克蕾拉已经坐在桌旁，正冲着她微笑致意。

　　两名女孩儿在不受任何干扰的情况下吃完早餐，随后管家便允许她俩一同到书房里去，而且不一会儿就留下两人独处。

　　"我要怎样才能看到外面的土地？"海蒂提出问题。

　　"打开任何一扇窗子往外张望就行啦！"克蕾拉感觉她问得挺有意思。

　　就在两名女孩儿开心畅谈的时候，家庭教师坎第德先生已经准时来到府邸，罗丹梅小姐让他进书房里去教课。

正当罗丹梅小姐脑海中还在盘算该如何解决这个那个诸多数不清的问题时，隔壁房间却猝然响起一阵物品坠地的声音，随即就听到瑟巴斯汀在大声呼叫求助。她赶紧跑进书房一看，只见整叠书本、笔记全部掉在地板上，而桌巾则掉落在所有东西的最上方。一道乌黑的墨汁从房间这头流到另一头，可是小海蒂却失去了踪影。

"噢，天哪！"罗丹梅小姐尖叫道，"所有东西全都沾上墨汁啦，这可是破天荒的倒霉事。那个孩子真是一个扫把星。"

罗丹梅小姐抱怨完后便下楼去找海蒂，发现她打开大门，站在那儿望向街道，于是便数落她说："你在这里做什么？怎么可以冒冒失失地就这样跑掉？"

"我刚刚明明听见枞树在窸窸窣窣迎风摇动，可是跑到这儿却没看到它们，就连声音也没有了。"海蒂茫然不解地盯着底下的街道，困惑地回答。其实令她回想起阿尔卑斯山上风吹枞树的声音，是方才马车通过时候的辘辘车声。

下午克蕾拉休息的时间里，就只剩下海蒂自己一个人，既没人陪，也没有人管了。于是她索性守在走道，等待瑟巴斯汀送银器上楼，见他走到楼梯顶端，立即告诉他说："我想请您做件事情。能不能帮我打开一扇窗子？"

"当然可以！"

瑟巴斯汀打开窗户之后，发现那个高度对于海蒂而言还是太高了，于是又替她搬来了一张小板凳垫脚，没想到等小女孩儿站上去之后，却只是对外面草草地望了一眼，便大失所望地把脸移开了。

"我只看到一条石子街道，其他什么都没有。从对面的房子看出去也是一样的吗？"

"嗯，也是一样。"

"那要到什么地方才能望见很远很远地方的景物呢？"

"到教堂的塔楼上。你有没有看见那边那栋有着金色圆顶的东西？爬到那个上面，你就可以俯瞰所有想要看见的东西了。"

海蒂听完立刻跳下板凳，一溜烟地冲下楼梯，推开大门，跑到街道上，可是却再也望不见那个圆塔了，只好漫无目的地从一条街道走到另一条街道。在行经一个街角的时候，她偶然看见一个背上背着手风琴、手臂上攀着一只稀奇古怪动物的男孩儿，立刻拔腿跑到他的面前，问他："那座有个金色圆顶的塔楼在哪里？"

"不知道。"男孩儿回答。

"那么有谁能够告诉我？"

"不知道。"

"你能不能告诉我哪边还有带有塔楼的教堂？"

"当然可以。"

"那就快带我去吧！"

"我带你去的话，你会给我什么？"男孩儿伸长了手来讨赏。海蒂口袋里除了一张小小的花卉图片之外，什么都没有。她把图片递给男孩儿，男孩儿看了那张图片后猛摇头。

"不然你要什么？"

"钱。"

"我没有钱，不过克蕾拉倒是有一些。我必须给你多少才够呢？"

"二十便士。"

"好吧，那我们快走。"

走着走着，两个小孩儿来到一座有塔楼的老教堂前。海蒂发现门墙边有个拉铃，于是使劲地拼命拉它。

男孩儿答应只要海蒂肯付双倍价，那他就会在门外等她出来，再送她回到家门口。

这时门内响起"咔嗒"一声门锁转动声，一名老人开了大门，生气地责备道："可恶的丫头！你竟然敢随随便便拉铃叫我，难道你不知道只有想上塔顶看看的人才能这么做吗？"

"我知道啊！"海蒂说。

"那你想看什么东西？是有人派你来的吗？"老人问。

"没有，可是我想站在塔顶眺望远方。"

"快回家去，别再跑来捣乱了。"守塔员说着准备将门大力关上，可是海蒂却扯着他的大衣衣角，苦苦哀求他放她进去。老人看见她那眼泪欲滴的楚楚可怜模样，不知不觉动了恻隐之心，于是牵着她的小手告诉她："好吧，既然你那么想要上塔顶去看一看，我就带你上去！"然后领着她爬上无数层越来越短的阶梯来到塔顶，把她高高地抱近窗口。

海蒂放眼一看，只见底下全是一望无际的烟囱、屋顶和尖塔，不禁感到万分沮丧，失望地说："噢，怎么会呢？和我想象的完全不一样。"

就在下塔途中，两人经过一间阁楼，阁楼之中摆着一个装着一窝初生小猫的篮子，而小猫的母亲则蹲坐在一旁守卫着它们。由于老塔楼中鼠多为患，所以那只灰色母猫每天都能抓到六七只耗子解馋。

这时，老人特地打开篮子，海蒂一见，两个眼睛都兴奋得发亮了。

"好可爱的猫咪啊！好灵巧的小家伙！"她盯着篮中那些到处又爬又跳、又滚又翻的小动物们，开心得大叫。

海蒂好舍不得离开那些漂亮迷人的小东西，所以老人干脆先在她两边口袋各放进一只猫咪，然后再把她送到门口，和她挥挥手道别。出了大门，男孩儿正耐心守在那里等着她。

男孩儿又把她送回到谢思曼府的大屋门外，并让海蒂动手拉铃叫人。

出来应门的人是司膳瑟巴斯汀，一见

到她便直催促着说："快进来！"然后等她一进门便把门关上，因为他根本没留意到外面还站着一个小男孩儿。

"小小姐，快上楼去，"他赶着她说，"大家都在餐厅里等你。罗丹梅小姐气得简直快爆炸了。你说，你怎么能够像这样不讲一声就跑掉？"

进了餐厅，海蒂安安静静地坐在她的椅子上，餐厅内都没有人说话，空气中弥漫着一股令人局促不安的沉默。终于，罗丹梅小姐口气严厉而又郑重地开口道："阿黛儿席德，你怎么能够这样连声交代也没有就离开这栋房子，也不知到哪儿去玩到这么晚才回来呢？"

"喵！"回应她的是一声猫叫。

"我不——"海蒂刚一开口，又紧接着听到一声猫叫。

"海蒂，"这回是克蕾拉开口说话了，"你为什么老是学猫叫呢？"

"那不是我叫的，是小猫。"海蒂解释。

"什么？猫？小猫咪？"罗丹梅小姐尖叫，"瑟巴斯汀、提娜，快把那些可怕的东西弄走！"

说完便冲进书房，锁紧房门，因为天底下她最怕的莫过于小猫咪了。

瑟巴斯汀老早在海蒂进屋时就隐约瞥见小猫脑袋了，预料到马上会出现这刺激的场面，先躲在外面大笑过一场再走进餐厅来。

此时这里的画面已经变得十分平静。克蕾拉腿上正趴着两只小猫，而海蒂则蹲在她的身旁，和她一起开开心心地逗小猫玩。于是瑟巴斯汀答应她俩一定好好照料这两只新来的娇客，并拿个篮子铺好了布，作为它们温暖而舒适的家。

　　经过好久好久以后，已经是就寝时间了，管家才小心翼翼地打开一道门缝，询问："它们都离开了吗？"司膳则急忙抓紧两只小猫，回答："嗯。"就带着它们走掉了。

# 第八章　谢思曼府邸新鲜事连连

　　隔天早上，家庭教师刚到不久，谢思曼府邸的门铃就被拉得"铃——铃——"响，瑟巴斯汀打开大门一看，发现站在门口的是个背上背着一架手风琴、浑身脏兮兮的街童。

　　"你为什么那样猛拉铃？"司膳问。

　　"我想要见克蕾拉。"

　　"难道你不能至少称呼一声'克蕾拉小姐'吗？"瑟巴斯汀口气很不和善地说。

　　"她欠我四十便士。"

　　"你疯啦！你是怎么晓得克蕾拉小姐住在这里的？"

　　"我昨天帮她带路，她答应要给我四十便士。"

　　"胡说！克蕾拉小姐从不出门。你最好趁我赶你以前，赶快主动离开！"

　　然而男孩儿却依然理直气壮，振振有词地表示："我见到她了。她是个满头卷发，还长着两只灵活的黑眼睛，讲话很好玩的小女孩儿。"

"哦——"瑟巴斯汀莞尔微笑，暗暗思忖，"原来是小小姐啊！"然后一把将那男孩儿拖进屋里，告诉他说："好吧，你可以随我进来，先在门口等着。待一会儿我叫你后，你再进来为克蕾拉小姐演奏一曲。"

　　瑟巴斯汀敲敲书房门，走进房内，通报一声："有个男孩儿要见克蕾拉小姐。"

　　克蕾拉听了十分开心地问："坎第德先生，让他进来好不好？"

　　不过她话还没说完，男孩儿已经进了房内，开始演奏起他的手风琴。正在隔壁房中的罗丹梅小姐乍闻琴声，十分纳闷那是从哪里传来的。因此她急忙走进书房，看见两个女孩儿正聚精会神地聆听一名街头男孩儿演奏手风琴。

　　"停！停！"她大叫大喊却白费力气，因为琴声已经完全掩盖过她的叱喝声。

　　突然，她一跳跳得老高，同时高声叫瑟巴斯汀快进来救命，声音尖得甚至超出手风琴的声音，因为有只黑不溜秋的乌龟正缓缓地从她的两脚之间爬过。一直躲在门后偷看这场好戏的瑟巴斯汀，早就把所有的精彩画面尽收眼底，所以刚刚听见女管家的喊叫马上应声进入书房。早被吓得浑身无力，瘫坐在椅子上面不能动弹的管家，嘴里连声大叫："快叫那男孩儿出去！快把他们全带走！"

　　瑟巴斯汀听命行事，拉着男孩儿走下楼梯，告诉他说："来，这是克蕾拉小姐给你的四十便士，另外这四十便士是为了答谢你的演奏。孩子，你弹得非常好。"然后就将那男孩儿送出门去。至于罗丹梅小姐则认为，此时此刻自己最好留在书房里面，以防止发生更进一步的混乱状况。

这时她们忽然又听见一阵敲门声，随即便看到瑟巴斯汀手提着个大大的篮子站在门口，报告说那是人家指名说要交给克蕾拉小姐的。

"我看我们最好先把课上完，再来瞧瞧里面装的是什么。"罗丹梅小姐决定。可是克蕾拉却扭过头去望着她的老师，央求着："噢，求求您，坎第德先生，能不能就让我们先看一眼，好知道那究竟是些什么东西？"

"不给你看的话，只怕你脑袋里会一直惦记着——"坎第德先生话说到一半，忽然瞧见那个随便盖上盖子、并没有扣得很牢的篮子动了。随即一只，两只，三只……还有好几只小猫咪接连跳了出来，用它们快得令人眼花缭乱的速度在满书房里跳跃、奔跑。有的蹿到老师的长筒靴上，咬着他的裤管玩；有的爬到女管家裙子上面，或是绕着她的脚边爬，喵呜喵呜叫个不停，又跑又跳，把这整间书房搞得天翻地覆、惨不忍睹。而克蕾拉却开心得大叫大嚷着："噢，瞧瞧这些活泼伶俐的小家伙儿！瞧它们跳得多高、多么灵敏啊！海蒂，你看那只！噢，还有，看到那边那一只了没有？"

罗丹梅小姐吓得面无血色，趁着老师拼命甩掉挂在靴筒上的猫咪，海蒂追着它们满房间乱跑的同时，她也渐渐努力设法恢复镇定，然后高呼仆人们进来帮忙。仆人立刻赶到，并且迅速地将所有小猫全部抓回篮子里。

那天一整个上午，不管老师、管家，以及两名学生谁都没有打哈欠，一次都没有！

到了晚上，罗丹梅小姐利用和两个小孩儿独处的时间，查清了谁是引发这些大乱的罪魁祸首，随即严厉表示：

"阿黛儿席德，我只有一个办法可以处罚你。那就是把你送进地窖去与老鼠为伍，同时仔仔细细反省你所犯下的这些重大过错。"

那天晚餐的时候，小海蒂就像一只老鼠似的，安安静静地坐在桌旁，除了小圆面包以外几乎什么食物都没碰。

隔天早上，罗丹梅小姐在和家教老师交谈时，透露她很担心海蒂心智有问题。可是老师本身却有远比这更严重的问题要头痛，因为那小女孩儿都已经上了这么久的课，却连 A、B、C 三个字母都还没学会哩！

由于海蒂来的时候没带几件衣服，根本不够换，所以克蕾拉送了几套自己的服装给她。那天罗丹梅小姐正在忙着替她腾出衣柜，好把新衣放进去时，却突然跑回她们身边，满口不屑地叱责："阿黛儿席德，瞧我找到什么——一堆藏在你衣柜里头的面包。没错，克蕾拉，我所说的是千真万确。"

然后她提高嗓门大叫提娜，命令她把小女孩儿衣柜里头的所有面包和那顶破旧草帽，全部拿出去扔掉。

"不，不要！我一定要留着我的帽子！还有，那面包是要带给外婆的。"海蒂拼命地哭喊着。

"海蒂，海蒂，不要哭了。"克蕾拉哀求道，"听我说！等你改天要回家的时候，我一定会送一些面包给你，和你存的一样多。噢，不，比那更多。那会比藏在衣柜里的面包柔软可口多了。所以，拜托，不要再哭了，好吗？"

海蒂听到克蕾拉对她的承诺，这才安静下来。

吃晚餐时，海蒂依旧泪眼迷蒙。这时瑟巴斯汀偷偷对她打了好几个她看不懂的手势，他究竟想对她暗示什么呢？

不过等她晚上回房就寝，爬上高高的床头去时，终于在被单底下发现她最最珍爱的旧草帽。原来这就是瑟巴斯汀想要告诉她的话——他替她把它抢救下来了啊！她惊喜万分地把它挤压成小小的一团，用条手巾将它包好绑牢，藏在衣柜最深的角落里。

# 第九章　海蒂是不是个怪小孩儿

几天后,谢思曼宅的主人终于回家了,引起家中一阵莫大的骚动。

几名仆人忙着将一箱又一箱的行李提到楼上,因为每次他一回来总不忘带回好多好多可爱迷人的东西。

他首先走进女儿房间,海蒂一见急忙害羞地躲到墙角去。克蕾拉看到心爱的父亲非常高兴,而他也疼爱地搂着她说了好些贴心话,然后望着海蒂大声招呼:"哦,原来这就是我们的瑞士小女孩儿啊!快过来,和我握一握手。对,好极啦!你们是好朋友吗,小姑娘们,告诉我啊?你们不会吵架吧,啊?"

"噢,不会,克蕾拉一直对我很好。"海蒂回答。

"爸爸,海蒂从来不会跟人家吵架!"克蕾拉也急忙说她的好话。

"那太好了,我感到很高兴。"克蕾拉的父亲站起身来,告诉她俩,"现在我的肚子快饿扁啦,得先赶紧用餐去。等一会儿我回来后大家再拆行李,一起瞧瞧我给你们带回来些什么东西。"

用餐的时候，谢思曼先生发觉罗丹梅小姐不时带着大难临头的眼神瞟他几眼，不禁发问说："怎么回事，罗丹梅小姐？你看起来对我回家的事并不是很开心。不过克蕾拉的样子倒像还蛮不错的呀！"

"噢，谢思曼先生，我们上了大当啦！"管家说。

"哦？这话怎么说？"谢思曼先生不慌不忙，神态从容地继续啜饮杯中的美酒。

"噢，如您所知，我们当初决定要为克蕾拉找个小同伴。那时我就晓得，您一定盼望她的同伴会是个高贵端庄、纯洁无瑕的小女孩儿。而这瑞士小孩儿一直住在高山上，所以我才希望她来这儿以后会如山上的空气一般，过着清清静静、一尘不染的生活。"

"我想除非长了翅膀，否则就算瑞士的小孩儿也是非碰尘土不可的吧！"

"先生，您明明知道我真正的意思。这些日子以来我真是失望透顶，因为那个孩子竟然把些世上最可怕的动物给带进屋里来啦！不信的话，您可以去问问坎第德先生。"

"那孩子看起来一点也不可怕呀。你不满的到底是她的哪一点呢？"

"这我也说不上来，不过，她好像有的时候脑子确实并不是很正常。"

谢思曼先生听到这话终于开始感到忧心，此时家庭教师刚好走进来。

"噢，坎第德先生，我希望能听听你的解释。拜托陪我喝杯咖啡，同时谈谈有关我女儿那小同伴的事情。可以的话，请尽量简明扼要。"

不过"简明扼要"这四个字，对坎第德先生来说根本是不可能的。他首先得问候谢思曼先生这段日子是否安好，对他嘘寒问暖几句，接着又再三地强调了那孩子在来到这个家以前，完全没人留意到该让她受点教育，等等诸如此类的话题。

所以，很不幸地，可怜的谢思曼先生不但没有得到他所想要的答案，反而被迫聆听大半天翻来覆去、始终围绕着那小女孩儿性格打转的说明。

最后谢思曼先生终于失去耐性，站起来说："抱歉，坎第德先生，我现在必须过去看看克蕾拉了。"

他走进书房，来到两个小女孩儿身旁，扭头对着一见他走进来便急忙站起来的海蒂说："嗨，孩子，你去帮我倒杯水来。"

"清水？"

"嗯，当然，是清水。"在目送海蒂走出书房之后，他立即坐到克蕾拉身边，拉起她的手说："告诉我，克蕾拉，明白告诉我海蒂到底带了什么进这屋里来。还有，她的脑子真的有毛病吗？"

于是克蕾拉开始从头至尾、一五一十地把有关猫咪、乌龟的插曲仔细说给父亲听，包括海蒂究竟说了什么话语、用了哪些词句，能把管家吓得提心吊胆，听得她的父亲忍俊不禁，同时问她希不希望海蒂继续留下来。

"当然希望，爸爸。自从她来了以后，家里每天都会发生很多有趣的事！而且有她做伴，我再也不会觉得日子过得像从前那样单调乏味了。"

当天晚上，谢思曼先生亲口告诉罗丹梅小姐说，他觉得海蒂不但正常，而且十分讨人喜欢，加上两个小孩儿彼此又非常相亲相爱，所以他已决定把她留下，同时断然表示："你们一定要好好待她，绝对不能因为她的言行举止有些比较特别的地方就加以惩罚。再过几天，家母会来这儿小住一阵子，调教小孩儿的事她可以帮上不少的忙。因为，罗丹梅小姐，你也知道，全天底下没有一个小孩儿会跟她合不来。"

谢思曼先生只在家中短暂居住了两星期，就又匆匆赶往巴黎处理他的业务去了，临行前他特别安慰克蕾拉说奶奶再过几天就会到。

结果就在他才刚刚动身没隔一会儿，管家就宣布她收到夫人的通知，说她将在明天抵达谢思曼宅。

# 第十章　奶奶到访

第二天，家里每个人都在郑重其事地为迎接老夫人到来的大事作准备。提娜还特地戴了顶新帽子，瑟巴斯汀在几乎每张安乐椅前都周到地摆上一张矮脚凳，罗丹梅小姐更是端出威严的架势巡视一遍府邸，仔细检查每一寸地方。

终于，马车行驶到了谢思曼宅门外，所有仆人赶紧飞奔下楼迎接。海蒂已经先被遣回她自己的房间等待进一步指示，不过没等多久，提娜就又跑上房来，推开她的房门，粗鲁地大叫："到书房去！"

性情慈祥而又平易近人的祖母，很快就做出了令管家自觉颜面扫地的事来。她竟然直接就用"海蒂"这个小名呼唤那小孩儿，并且当面告诉罗丹梅小姐："既然她的名字叫海蒂，那我就这样称呼那个孩子吧！"

"罗丹梅，那小孩儿呢？我想了解一下这段时间她都是怎么过的。"老夫人问。

"她呀！她只会整个下午无所事事地干耗在房里，丝毫也不想做点什么有用的事情,这也就难怪她会成天胡思乱想,搞出一些在上流社会里头,人家连提都不好意思提的各种怪名堂来。"

"假如换作是我被随便一个人扔在房间没人管,恐怕我也会胡思乱想,专做一些莫名其妙的事情。请你现在就去把她带到我的房间,这回我来时特地带了一些漂亮的书本,想让她看看。"

不久,海蒂来了,祖母立刻拿出几本大大的书来供她翻阅。书上的插画一幅幅画得都是那么生动漂亮,直把海蒂瞧得双眼圆睁,流露出无限的惊奇。忽然,她大叫一声,因为书中竟然出现了一幅羊儿成群散布在牧场草地上,正悠闲、安静地吃草的景象。羊群中间站着一名手挂着弯头长杖的牧童,夕阳的余晖洒遍整个画面,所有景物都染上了一层薄薄的金黄。海蒂贪婪地细看画里的每一只羊儿、每一缕金光,突然肩膀剧烈地抖动,埋头呜呜啜泣起来。

祖母双手握住她的小手,用她最温柔慈祥的语调安慰她:"好了,孩子,千万别哭了。是不是这幅画惹你想起什么事情来？赶快收起眼泪，等到晚上我会讲故事给你听。这本书里写着好多人们可以阅读，也可以讲给别人听的迷人故事。"

谢思曼夫人自从住进家中以后，便时常发现那女孩儿的神情显得郁郁寡欢，只是她暂时不去管她，认为过几天情况自然会有所变化。然而几天下来，海蒂表情不但没有变得稍稍开朗，甚至还常常一大清早就红着两只眼睛，因此，有一天她终于把那孩子叫进自己房间，带着充满怜惜的口气询问："海蒂，告诉我，你怎么啦？为了什么会那样伤心？"

海蒂不想表现出一副不知感激的样子，于是悲伤地回答她说："我不能告诉您。"

"不能？那么告诉克蕾拉呢，行不行？"

"噢，不，我不能告诉任何人。"

海蒂那心中有苦不能倾诉的模样瞧得老夫人心疼极了，于是告诉她说："听我说，小女孩儿，假如你的心中有什么忧愁不能告诉任何人的话，那么你可以去找我们住在天上的神灵，你可以把所有困扰着你的事情都说给他听。如果我们向他请求，他会帮助我们，把我们的苦难都带走。我的意思你明白吗？你有没有每天晚上做祷告？有没有感谢他赐福给我们，请求他保护你远离一切邪恶？"

"噢，没有，我从来没做过。"

"你瞧，海蒂，现在我终于晓得你为什么那么不快乐了。听我说，我们每个人都需要别人的帮忙。所以说如果在我们遇到烦恼或痛苦的时候，随时都能够向上帝求助，你想那是多么棒的一件事啊！在没有其他任何人能聆听我们倾诉心声、安慰我们的时候，我们就可以把所有事情说给他听，向他去寻求安慰。上帝能够赐给我们幸福和喜悦。”

那小女孩儿急忙抽出被老祖母握在双掌之中的小手，迫不及待地说：“我可以现在就去告诉他吗？”

“噢，当然。”老夫人回答。

海蒂大步跑回自己房间，坐在一张板凳上，十指交握，娓娓地向上帝倾诉她满腔的乡愁，乞求他帮助她，让她可以回到爷爷的身边。

晚餐时，海蒂发现自己餐盘上盛着一本大大的故事书，书里有好多美丽的插图，于是迟疑地盯着奶奶看。

谢思曼夫人点点头，面带微笑地对她说：“现在它是你的了，海蒂。”

就从那天开始，她每天每天欣赏这些美丽的图画，大声朗诵书里所有的故事给克蕾拉听，而祖母也会静静地在一旁听她念得如何，遇到比较难懂的地方就详细解释给她听，使得那些故事阅读起来感觉更美、更生动。

自从她学会念书又拥有这本书以后，每天日子都过得像飞一般快。转眼间，老奶奶预计离开法兰克福的时间就快要到来了。

# 第十一章　谢思曼大宅闹鬼

　　谢思曼府邸的大屋中出了一件离奇的事情。每天早上仆人们下楼的时候，总会发现正门是敞开的。起初大家都以为家里一定是遭了盗贼，可是查遍楼上楼下、前厅后屋，却又查不出遗失了任何物品。问题是，尽管每天在就寝之前，负责的人必定会小心锁好双重锁，可到了隔天早上还是会大门洞开。

　　终于，瑟巴斯汀和车夫约翰决心鼓起勇气，熬夜盯住那扇怪事频发的大门，看看到底哪个鬼魂在捣蛋。他们先是备齐棍棒，喝了点儿小酒壮胆，然后便一直守在楼下某个房里观察动静。刚开始时，这两个人还彼此打开话匣聊天，不过很快地睡意便袭遍全身，他们俩都蒙蒙眬眬靠在椅背上睡着了。

　　也不知经过多久，老教堂塔楼上的大钟忽然敲了一下，是半夜一点钟。钟声惊醒了瑟巴斯汀，他揉揉眼睛，开始连摇带喊，费了九牛二虎之力，总算把"呼噜呼噜"睡得正熟的约翰给叫醒，然后两人一起走到外面的大厅。

　　就在此时，一阵强风吹灭了约翰手中的提灯，吓得他转身就往回冲，险些把紧跟在他背后的瑟巴斯汀给撞倒。约翰急忙一把扯住瑟巴斯汀，把他拉回房间，然后手忙脚乱地将房门锁上。等到瑟巴斯汀再将灯火点燃，这才察觉约翰已经面如死灰，全身就像风中垂柳那般抖个不停，于是什么都没看见的他急急忙忙询问："这到底怎么回事？你看到什么东西啦？"

"门打开了，楼梯上有条白色的人影在往上移动，才一转眼就又不见了。"

瑟巴斯汀听完约翰这番惊魂未定的回答，顿时觉得整个背脊一阵凉飕飕。他们两人一起坐在房中动也不敢乱动，直到清晨来临，这才总算鼓足勇气，走出房间，关好房门，上楼去向管家报告昨夜目睹的怪象。

迫不及待等着聆听结果的管家，一听完整个事件的始末，立即坐到桌前，提笔写信给谢思曼先生，告诉他说，这屋子里出了一连串的恐怖事件。还说她已经吓得连笔都拿不起来了，接下来就把整个鬼魂出没的始末详细地记述在纸上。

谢思曼先生一看事态严重，急忙赶回法兰克福，一进家门就直奔女儿的房间。他发现她安然无恙，既没有被吓出病来，也没有神经兮兮、紧张不安，不由得大喜过望，而克蕾拉也很高兴见到她的父亲回家来。

"罗丹梅小姐，这鬼又跟你玩哪些新把戏啊？"谢思曼先生眼中闪着揶揄的光芒。

"谢思曼先生，这可不是什么笑话，"罗丹梅小姐满脸严肃地回答，"我敢说到明天您就铁定笑不出来啦！过去这一阵子家里天天发生一些莫名其妙的怪事，可见这栋房子里一定是出过什么不为人知的恐怖事情。"

"哦，真的吗？这我倒是第一次听说，"谢思曼先生表示，"拜托去把瑟巴斯汀叫来，我有些话要和他单独谈谈。"

瑟巴斯汀来到后，将所见所闻都报告给主人。

"好啦，现在你去找我的老友克雷森医生，请他晚上九点到这儿看我，"谢思曼先生说，"同时告诉他说，我这一趟回来最主要是有事想找他商议，还有希望他今晚陪我熬夜。听明白了吗，瑟巴斯汀？"

"是，明白！我一定照您的吩咐做，谢思曼先生。"瑟巴斯汀说完退下去办他的差使，于是谢思曼先生便去克蕾拉房间安抚她的心情。

医生在晚上九点整来到谢思曼大宅。虽然他已经头发花白，可是脸上看来却依旧神采奕奕，眼神也非常明亮而慈祥。当他一见他的老友谢思曼时，立刻朗朗大笑，打趣着说："喂，喂，你的身体看来十分硬朗，一点也不像需要人家陪伴看护一整晚的样子。"

"耐心点，老朋友，"谢思曼先生回答，"恐怕害得我们今晚必须熬夜的人，气色就不怎么好看了。不过首先我们必须逮到他才行。"

"什么？难道说这屋子里真的有人生病了？你到底在说什么啊？"

"更糟啊，医生，简直是糟糕透顶。这屋里有鬼。我家在闹鬼呀！"

医生听后不禁大笑了起来。这时谢思曼先生接着说道："我的感觉和你一样，医生。但愿罗丹梅小姐能够看到你的反应。"

"她是怎么晓得有鬼存在的？"医生大感兴趣。

谢思曼先生开始说明整件事的来龙去脉，医生听完，陪他进入先前约翰、瑟巴斯汀用来监视大门口动静的房间。他们准备了几瓶酒，桌上点起两座亮晃晃的大烛台，同时各自携带一把左轮手枪，用来应付紧急状况。

为了怕太亮的光线会把"鬼"赶走，他们半掩房门，然后舒舒服服地坐到桌子旁边，边聊天边偶尔浅啜一口美酒以打发时光。

"那鬼似乎已经偷窥到我们的行动了，也许今晚不会来。"医生说。

"我们必须要有耐心。根据家人推测，他很有可能会在半夜一点出现。"

于是这两名好友就这样一直聊到深夜一点。屋里屋外，万籁俱寂，街道上也没传出半点声音。忽然，医生竖起食指，悄声说："嘘！谢思曼，你有没有听见什么？"

两人侧耳倾听，发现门闩被拨开来，紧接着又是钥匙转动，大门"咿呀"荡开的声音。谢思曼先生急忙抓起手枪，克雷森医生也站了起来，对他说：

"你没被吓着吧？"

"小心一点比较好！"他低声回答，同时用另一只手抓起烛台，然后医生也擎起另外一座大烛台，拿着手枪跟在他的后面，一起走到外面的大厅。只见月光底下有个白色人影，动也不动地站立在门阶上。

"是谁！"医生如雷暴吼一声，朝着那条人影冲过去。只见对方转过身来，全身泛起微微的颤抖。

是海蒂！光着脚丫，穿着白色睡袍，一脸迷惘地望着亮晃晃的烛光，以及两人手中的左轮手枪！见到两人震惊万分地盯着她瞧的表情，那小女孩儿吓得浑身发抖。

"孩子,这是怎么回事？"谢思曼先生问她，"你想做什么？为什么会跑下楼来呢？"

海蒂迷茫地回答："我不知道啊！"

这时医生走上前来示意："谢思曼，接下来的工作是属于我的范围，拜托你先进里面去坐着，等我先把她带上楼去就寝。"

进了海蒂房间以后，医生又把那小女孩儿抱上小床，然后小心翼翼地帮她盖好被子，拉把椅子坐到床沿，等候海蒂情绪渐渐平稳，不再颤抖后，这才又握住她的手，慈爱地对她说："好啦，现在一切都恢复正常了。告诉我，海蒂，你刚刚想去哪里？"

"我没有想到哪里去，"海蒂郑重地向他保证，"也不是自己走下去的。我只是突然就在那里了。"

"孩子，你的头或身体上下有没有什么不舒服？"

"没有，可是我觉得这里好像有块大石头压着。"海蒂指着喉咙说。

"你有没有吃下什么不合胃口的东西？"

"噢，没有，可是我常常觉得很想痛哭一场。"

"那你哭出来了吗？"

"噢，不，我绝对绝对不会那样做的，因为罗丹梅小姐不准。"

"所以你就强忍着不哭，这样说对吗？你喜不喜欢住在这里呢？"

"嗯，喜欢。"海蒂这样回答，可是口气十分迟疑，声音也非常微弱。

医生站起身来，轻拍着她的手背安慰她："哭吧！哭不是什么坏事。哭完之后你就会很快睡着，等到明天早上睡醒，一切就都雨过天晴啦！"说完他便离开房间，下楼去见他那已经焦急得坐立不安的老友。

"谢思曼，"他说，"那小女孩儿患了梦游症，并且在不知不觉间吓坏了你所有的家人，加上思乡情切，已经折磨得她愈来愈憔悴了。我们必须赶紧采取行动。唯有将她送回山上，让她回归自然，呼吸高山的空气，才能够让她渐渐恢复健康红润的模样。我的处方是——明天立刻送她回去。"

第二部分

海蒂重返高山

# 第十二章　重返阿尔卑斯高地

　　谢思曼先生忧心如焚地爬到楼上，走到罗丹梅小姐房间门口大力敲门，要求她赶紧起床收拾准备，因为今天家中有人必须要远行。

　　罗丹梅小姐一心期盼能听到主人说明昨晚抓鬼的情形，以及今天为什么一大清早突然要送海蒂回家等等没人了解的真相。可惜谢思曼先生显然没有心情再作进一步解释，害得她大失所望。

　　这时海蒂的阿姨来了，谢思曼先生亲口吩咐她把海蒂带回家乡，不料她却不愿接下这任务。那是因为离开阿鲁姆峰前，阿鲁姆大叔所说的话，到现在还字字留在她脑海中。谢思曼先生无可奈何，只好打发走她，又把瑟巴斯汀叫来，交代他先收拾准备一下，等一下要送海蒂返乡，同时把所谓的"闹鬼"事件详细解释给他听。

　　海蒂从被提娜叫醒，换上礼拜日穿的盛装以后，便一直站在房间等待进一步的指示。这时谢思曼先生派人找她过去，于是她乖乖地来到他的房间，问候一声："早安，谢思曼先生。"

"小女孩儿，你高兴吗？"谢思曼先生问她，可是她却满脸错愕地抬头仰望着他，不知该如何回答。

谢思曼先生见了她的反应，当下哈哈笑道："看来你还完全不晓得这件事啊。海蒂，你今天要回家去了。"

"噢，高兴！我好想好想回家啊！"那小女孩儿兴奋得满面通红。

"海蒂，过来看看我帮你打包的东西。喜欢吗？"克蕾拉问。

海蒂见到那个提箱里头装了好多可爱的东西，尤其等她看到里头还有一个装着十二枚白圆面包的小篮子，更是开心得跳了起来。

谢思曼先生把她抱上马车，紧跟着的瑟巴斯汀也帮忙提着她的篮子，和一大袋供他俩路上解渴止饥的食物、饮水爬进车厢来，然后马车便在谢思曼先生高喊"旅途愉快"的祝福声中，渐渐驶离谢思曼宅大门。

海蒂直到坐进了火车车厢，才真正意识到自己正一程一程朝着阿尔卑斯山上的小村庄移动，知道自己很快就可以和爷爷，以及小木屋中的外婆重逢，并见到彼得和羊群了。只是她也很担心那可怜的盲眼老奶奶，怕她会在自己离乡背井这段时间与世长辞。眼前她最盼望、最盼望的事，就是把那一篮子白白胖胖、柔软可口的小圆面包送给她老人家品尝呢！就在沉思默想当中，海蒂不知不觉沉沉地睡着了。

火车到达了玛伊恩菲尔特，瑟巴斯汀带着海蒂下了火车，站在月台上面，心中十分遗憾火车不能一直开进深山，害得他还得领着那个小女孩儿千辛万苦地跋涉。

他左顾右盼，望见一辆套着一头骨瘦如柴的马匹的小篷车，车旁一名宽肩阔臂的男子，正把好几大袋随火车送来的东西搬到车篷里。瑟巴斯汀走近那人身边，向他请教要上阿尔卑斯高地得走哪条路径，碰上危险的可能性才最小。在略经讨论之后，他们决定先由那名男子把海蒂连同她的行李载到德尔芙里村，再想办法找个人来把她送回阿鲁姆峰上去。

篷车在静默之中循着小路往上爬，两旁夹道的树木、远方凌云高耸的山峰，都依旧是海蒂记忆中熟悉的样子，瞧得她好几次想马上跳下篷车，拔腿狂奔上山去。马车在钟敲五点的时候进入德尔芙里村，随即便被一大群妇女、小孩儿团团围住，因为车上载的这名小乘客早已吸引住所有人的注意。

车夫把她抱下车后，围观人群个个都七嘴八舌地向她提出问题，直把这小女孩儿给吓得面无血色，而众人见到她惊吓的模样，才终于放过了她。

好不容易，这小女孩儿终于望见山坳边的小木屋，一颗心开始紧张得怦怦乱跳。不过总算跑到了小屋门口，颤抖着推开大门，直冲进房屋中央，气喘得说不出话来。

"噢，上帝，"角落里传来一个声音，"是谁这么直冲进屋里来了？"

"是我！是我啊，外婆！"海蒂大叫一声，立即扑进她的怀中。

外婆真是喜出望外，一时不知该说什么好，只是一遍又一遍地轻轻抚摸那孩子的满头卷发。

她从篮中把小白面包取出，一个一个搁在奶奶的腿上。

"啊，孩子，好棒好棒的礼物啊！"老奶奶高喊着，"可是你本身才是我最棒的一份礼物呢，海蒂！"

正在这时候，彼得的母亲走进小屋，诧异地大叫："噢，是海蒂，是海蒂啊！这怎么可能？"

海蒂连忙站起来和她握手，并对愣愣盯着自己漂亮衣裳、时髦衣帽，好一会儿才回过神来的她说："这顶帽子送给您吧，我不想要了。旧的那顶我还留着呢！"说着便扯出她那一顶皱巴巴的旧草帽。这孩子到现在还记得爷爷对于娣塔那顶带着翎羽的帽子的批评，所以始终小心翼翼地保存自己原来的帽子。

海蒂说声再见之后，便挽着提篮大步走在小径上。夕阳的余晖遍洒在眼前碧绿的草地上，海蒂每走几分钟路便要回头张望一下背后的山色。

她脚步飞快，没过多久，三棵枞树便首先进入她的视线范围，紧接着屋顶，最后整座小屋终于出现在眼前。远远地，她望见阿鲁姆大叔坐在长板凳上抽着烟斗，三棵枞树的枝叶在黄昏微风中轻轻摇曳、摆荡，发出沙沙的细响。海蒂加紧脚步，快步走到屋前，扑进爷爷怀中。情绪翻腾中，她什么话也说不出，只是一迭声呼唤着："爷爷！爷爷！爷爷！"

老人同样默默无语，可是却早已泪湿眼眶。最后他终于松开海蒂的双手，把她抱到大腿上，仔细端详一阵，然后说："你为什么跑回家来了，海蒂？为什么？你看起来并没有染上都市味道。是他们不要你了，所以才把你给送回来的吗？"

"噢，不，爷爷，您误会了。他们每个人都对我很好很好。不管是克蕾拉、谢思曼先生，还是老奶奶。可是爷爷，我真的常常觉得再也没有办法忍受和您分开生活了！我觉得喉咙好像哽着东西，快要不能呼吸。我不能告诉人家，因为那样做太忘恩负义了。忽然，有天早上谢思曼先生一大清早就叫我起床，说要送我回来。我想那一定是医生告诉他的——不过原因可能记在这封信上了。"海蒂说着将篮子里的信和整叠钞票一起放到爷爷的大腿上。

这时她猛然听到一声尖锐的口哨，连忙拔腿冲出屋外，只见彼得正赶着他的羊群争先恐后地跑下山。海蒂奔上前去迎接那个男孩儿，结果却使他两脚像钉了钉子似的呆立在原地，傻傻地盯着她看。紧接着，她又马上冲进那些老朋友羊群中，而它们也并没有把她遗忘。丝凡丽和芭莉开心得咩咩直叫，所有的羊儿都朝她拥过来。

那一天，彼得的羊群教他吃足了苦头，它们老是没走几步就跑回海蒂身边，不肯乖乖地跟他走，直到海蒂把芭莉、丝凡丽带进羊棚关上了门，羊朋友们才不得不放弃。

海蒂回到屋内，爬上阁楼，发现那里已经有张散发着淡淡草香、才刚铺好的床在等着她。那一夜，她睡了好几个月以来最香甜的一场好觉！

# 第十三章　教堂钟响的礼拜日

　　海蒂站在树梢临风摇摆的枞树下，等待爷爷从小屋出来。他已经答应要趁海蒂探望老奶奶的同时，到村子里去替她把行李给领回家。那孩子眼巴巴地渴望着早点儿再见到老奶奶，好亲耳听听她有多喜欢那些小圆面包。

　　当天是周末，爷爷一早起来就开始打扫小屋，没多久就已经可以出发了。

　　祖孙两人来到山腰间的小屋门口后，海蒂进了屋内，听见外婆用慈爱的声音喊着："孩子，你又来了吗？"她抓起海蒂的手，紧紧地、紧紧地握着，告诉这位小访客说小圆面包是多么好吃，使她觉得力气恢复不少呢！布莉姬姐更进一步表示，奶奶因为怕一下子就把面包吃光，所以从昨天傍晚到现在才只吃了一个而已。

　　这时海蒂瞧见书架上的旧赞美诗集，于是主动提议："外婆，我来朗诵一首书中的赞美诗给您听，好吗？"顿了一下又说，"我可以念得很棒哩！"

海蒂翻动书页，发现其中有一首关于太阳的诗歌，于是决定选择它来大声朗诵。外婆听着海蒂真挚热烈的吟咏，脸上洋溢着一抹言语无法形容的幸福光华。就在海蒂反复吟咏最后一节几遍后，老奶奶突然高声感叹："噢，海蒂，我觉得我的心情好轻快，万事万物仿佛又都变得一片光明！谢谢你，孩子，你带给我莫大的帮助。"

　　不久，她们听见爷爷在门外轻叩窗板，因为已经该是动身回家的时候了。海蒂赶紧起身告辞，并向老奶奶保证，从今天起，她每天都会过来探望她。上午她要随彼得到牧场去，过了中午一定会早早赶到他们家，因为错过一次让外婆心情轻松愉快的机会，可会让她遗憾好久好久呢！

布莉姬姐拼命劝说海蒂要把昨天脱下的漂亮服装带走，于是那小女孩儿便把它挽在小手臂上，跑出来见爷爷。

　　爷爷背上背着一个好大的篮子，其中装着海蒂的行李。山路太陡，篮子又重，爷爷走得气喘如牛，所以一回到小屋，他便赶紧卸下背后的重担，坐到已经准备好开始朗读故事的海蒂身旁。那小女孩儿用她活泼生动的口气，流畅地念出书上的情节。书中的浪子原本快快乐乐在自己家中，陪着父亲一同放牧牛羊。插图中的他正手拄牧杖，仰首观看满天的落日残红。

"忽然间，他真想拿了属于自己日后应该继承的财产，自力更生，闯出属于他的一片天下。于是他向父亲要了大笔金钱，从此离开了他的家。没有想到，不久之后，所有财产就被他挥霍一空，于是他只好到一名农夫手下去当杂工了。

"这名农夫和他不同，养的是市价低廉、饲养环境肮脏、照顾起来又很麻烦的猪。浪子落得衣衫褴褛，吃的食物也是和猪食一样的糟糠。他时常想起那被自己遗弃的老家是多么美好，留在家乡的父亲又是多么慈爱，可是自己却无情无义地跑出来了。

"想来想去，内心悔恨交加，恨不得能马上飞奔回家去。他情不自禁地痛哭一场，暗暗下定决心：'我要回到父亲面前，请求他的原谅。'终于，他一步一步走近老家，而他的父亲也跑到门外来和他相见——"

"您猜，这时会发生什么情况呢？"读到这里时，海蒂问道，"您一定以为那个父亲会怒气冲冲地责备他：'我不是早说过了吗？'可是您听，书上说这位父亲见到了他，心中早就涌起无限的怜爱，三步并作两步跑上前来拥抱面容憔悴的儿子。儿子则对父亲说：'父亲，我违背了上帝，违背了您，这样的罪使我再也不配做您的儿子了。'但父亲却告诉家中仆人：'去拿最好的外衣为他穿上，替他套上戒指，并穿好鞋子。再去牵头肥犊宰杀烹调，大家高高兴兴地享用。因为今天我儿死而复生，迷途而知返。'于是，他们便开始欢天喜地举行庆祝会了。"

"爷爷，这个故事真美，不是吗？"海蒂问坐在她身旁一语不发的爷爷。

"对，海蒂，真的很美。"爷爷这么回答，只是口气异常严肃，不知原因何在的海蒂只好安安静静地看着图画。"您瞧他是多么快乐啊！"她指着画中的回头浪子说。

几小时后，老人爬上梯子，放盏灯在已经熟睡的孙女身旁，默默端详她好久好久。她的两只小手交握，搁在胸前，红扑扑的小脸蛋上流露出信赖、安详。

老人不知不觉也合起双手，握在胸前，低声祷告："父亲啊！我违背上天与您的旨意，我不再配做您的儿子！"两行热泪沿着双颊潸潸而下。

隔天一早，只见大叔站在门外，环顾四周的高山和深谷。远处山下传来几声晨钟，还有鸟雀啁啾的鸣唱。他转身折回屋内，高喊："海蒂，起床！太阳已经爬上天空，你快穿上一套漂亮服装，因为我们要去教堂！"

两人进入教堂时，所有的教友都正引吭高歌赞美诗。虽然这对祖孙悄悄地坐在最后一排，可还是惹来众人注目，他们彼此交头接耳地传递这空前未有的大事。牧师的布道内容充满感恩和关爱，深深地打动在场的每一个人的心灵。整场礼拜仪式结束以后，老人便带着海蒂来到牧师宿舍，而对方也早就开启大门，等在那儿向他俩亲切地致意。

"我必须为上次向您说的刻薄话致歉，并请求您原谅。"阿鲁姆大叔说，"现在我想听从您的建议，在冬季来临时搬进村庄，和乡亲们共同生活。就算大家对我有所怀疑也是理所当然的。我不会生气。不过我相信牧师先生您绝对不会那样对我的。"

来到彼得家的小屋门前时，爷爷推门而入，并开口大声招呼："你好吗，外婆？秋天就快到了，我想我们得赶紧趁起秋风前，再来修一修这间小木屋。"

"噢，上帝，是大叔哪！"外婆喜出望外地惊呼，"太好了，大叔，我总算能有机会向您当面致谢，感谢您对我们一家的帮忙。大叔，谢谢您，愿上帝保佑您的好心肠。"说着便伸出微微颤抖的手来，兴奋地与他握手，并接着表示，"另外，我还有件事一定要说。大叔，如果说我曾有任何伤害到您的地方，请您宽恕我。千万别在我这把老骨头还没埋进土里的时候又把海蒂送到别处，作为对我的惩罚。您绝不晓得这小女孩儿对我的意义有多么重大。"她一边说，一边紧紧地搂住小海蒂。

不一会儿，彼得像阵急风似的，手拿一封村里人托他代送的书信冲进屋里来。

是给海蒂的信！哇，这可是一件大事呢！大伙儿全围坐在桌旁，静静地聆听她朗读信中的内容。

寄信的人是克蕾拉·谢思曼。她说，自从海蒂回乡以后，家里就变得单调乏味了，不管做什么事都觉得很无聊。父亲看她快受不了那种生活了,所以答应今年秋天一定会带她来雷格兹。到时奶奶也将同行,因为她们都很想见海蒂,并且顺道探望她爷爷。另外,奶奶也从家人口中听说了小圆面包的事,因此特地又寄了些咖啡过来,好让外婆有合适的东西搭配着品尝,除此之外,奶奶还说要再亲自带一些过来。

海蒂知道这个消息后高兴得笑逐颜开,紧接着提出一大堆的计划和问题,大伙儿七嘴八舌,连爷爷自己都无暇注意到时间有多晚了。这快乐的一天促成他们两家人的感情紧紧地系在一起,也使得老婆婆在分别前有感而发地说:"大叔啊,经过这么多年时间还能再握到老朋友的手,实在是天底下最美好的事。尤其是能够重温多年以来大家珍惜的友谊,更是我莫大的安慰。希望您会很快再过来。至于海蒂,你明天也一定会过来吧,孩子?"

阿鲁姆大叔祖孙双双答应一定会照她的期望做,然后彼此携手踏上归途。

# 第十四章 行前准备

　　九月里，艳阳天，克雷森医生徐徐走在红砖道上，一步一步接近谢思曼大宅。尽管身边的一切景物都显得那么亮丽、有生气，他还是一路低垂着头，不曾仰望蔚蓝的万里晴空一眼。曾经好心劝说谢思曼先生把海蒂送回群山怀抱，让她和家人团聚的他，在几个月前失去了自己唯一的女儿，从此以后他整日里深锁着愁眉，原来只是掺杂几许银丝的头发，也已迅速转为全白。

　　医生早年丧偶，如今正值花样年华的独生女儿一直是他的心肝宝贝，也只有她才能够带给他最大的喜悦。没想到她却年纪轻轻就离开了人世，使得向来笑脸迎人的医生从此掉入哀伤的深渊里。

　　瑟巴斯汀打开大门，深深鞠了一躬，真诚欢迎医生的到访。

　　"太好了，医生，真高兴你肯过来。"谢思曼先生大声招呼，"有关瑞士之旅的这件事，拜托，我们再商量一次好吗？既然现在克蕾拉的情况已经大有改善，你难道就不能改变初衷，赞成她去吗？"

"谢思曼，我简直不知该怎么说你才好。"医生边落座边说，"要是令堂在这儿就好啦！她是那么明白事理，什么话都能沟通。这已经是你今天第三次把我叫来，结果讨论的还是同样一件事。"

"是啊，你一定觉得好烦吧！"谢思曼先生拍拍老友的肩膀，表示歉意，"只是这趟旅行我实在很难开口拒绝克蕾拉。要知道，当初是我亲口承诺要让她去的，而且这几个月来，她也一直在殷切期待着能早日成行。所以不管身体多差、治疗多么辛苦，她都咬着牙硬撑着，就只盼望能去拜访她在阿尔卑斯山上的朋友。"

"可是，谢思曼，你非拒绝不可啊！"医生进一步分析整个利害关系给他听，最后还说，"我建议你不妨先把令爱送到雷格兹去泡几天温泉，等山区气候转暖后，再让她搭乘马车到阿鲁姆峰上去。到那时候她身体一定养得比现在结实多了，也一定比现在能充分享受旅游的乐趣。你别忘啦，如果说我们真的是希望她的情况能有所进展，那么最重要的就是务必做到步步小心，万事谨慎！"

谢思曼虽然听着医生的话，却早已经站起身来，绕着屋子踱着方步。这是他每次脑子里在专心思索什么时的习惯动作。

突然，他在老友面前立定脚跟，告诉他："医生，我想到一个主意。我实在不愿见你再这样悲伤下去，所以你一定要暂时离开这里。这趟旅行以及拜访海蒂的计划，就请你去代我们完成吧！"

医生忍俊不禁，开口大笑道："你何不现在就撺我上路呢？好吧，我尽快出发，谢思曼。"

克蕾拉有一大堆话要他代为转达给海蒂，又千叮万嘱地请他务必仔仔细细观察每一样事物，这样他回来之后才有办法再告诉自己。至于打算托他带给海蒂的东西则必须等晚一点再派人拿到他那边去，因为负责打包的罗丹梅小姐现在正在外面散步。

医生担保一定如克蕾拉所愿，赶在明天就出发。

凑巧听到他们部分谈话内容的瑟巴斯汀，也趁医生临走之前托他代为向小小姐（他对海蒂的称呼）问好。医生满口答应，随即急急忙忙地准备回家去收拾行李，没想到才一出大门，就和罗丹梅小姐碰个正着，

84

她因为外面突然起风所以只好提前结束散步回来。那穿在她身上的偌大斗篷，被风一吹就像在桅杆两侧张满的船帆，往后飞扬。他俩都礼貌地各退一步，准备让对方先通过。

就在这时，一阵狂风猛然直扑管家背后，把她整个人推向几乎闪避不及的医生。这桩突如其来的小小意外，惹得罗丹梅小姐的脾气大受影响，幸好全世界最受她尊敬的克雷森医生及时安慰她一番，并告诉她自己明天就要上阿尔卑斯山去探望海蒂了，恳请她去把那些只有她才能整理得妥帖的礼物打包一下。

这些礼物，首先是一件连帽厚外套，本来克蕾拉预备在今年冬天穿去拜访奶奶的，现在干脆送给海蒂。其次是要让海蒂转赠给外婆的一条温暖围巾，以及那一大盒咖啡点心。紧接着还有送给彼得妈妈的一根特大号腊肠，还有一小袋送给爷爷的烟草。最后便是一堆事先已经包好、封好，谁也不知道究竟装着些什么的神秘小包裹、小纸盒，这些全是克蕾拉几个月来特地为海蒂搜集保留的。

克蕾拉看着那一整包搁在地上的行李，想到她那亲密的朋友瞧见它们时眉开眼笑的模样，心头不禁也高兴起来。

这时瑟巴斯汀来到她的房间，毫不迟疑地扛起那一大包包裹，出了大门，直接朝着医生的寓所方向走去。

# 第十五章　阿鲁姆峰上的嘉宾

　　高山上，天刚破晓，群峰染上淡淡的红晕。海蒂愉悦地张开双眼，一骨碌儿从床上爬起来更换整洁的衣裳，梳好睡乱的头发，然后爬下短梯，发现爷爷不在床上。

　　海蒂跑出屋外，看见爷爷正仰望天空，观察今天一天会是阳光普照还是狂风大作。淡红的云朵冉冉飘过头顶上方，不过随即天幕便愈来愈高，天色也愈来愈蓝。

　　没多久，彼得赶着整群羊儿上山来，生性活泼捣蛋的梅花雀一马当先跑到最前面，不一会儿海蒂已经被它们围在了正中央。想和海蒂说说话的彼得等得心焦，干脆大声地吹着口哨，催促羊群继续往更高的山头奔跑，然后走近她的身边，带着责备的口气对她说："你今天真的应该和我一起上山啦！"

　　"噢，彼得，那不行，"海蒂回答，"他们随时都有可能从法兰克福过来，我一定要在家里等着。"

　　这天吃完早餐以后，爷爷窝在他的小工具间内，敲敲打打，修补家中用品，突然间，他听到屋外的海蒂在大叫："噢，爷爷，您快来呀！"

他吓了一大跳，慌慌张张跑了出来，看见那小孩儿正一面冲下小径，一面狂呼："他们来了，他们来了！医生走在最前面。"

等她终于冲到这位年长朋友的面前时，医生立即伸出右手来让她紧握住。那兴奋得整颗心怦怦乱跳的女孩儿大声问候："您好吗？医生？我真是太感激、太感激、太感激您啦！"

他就像慈父一般地牵起海蒂的小手，可是她却一步也没移动，只顾踮着脚尖，瞭望底下的山坡。"克蕾拉和奶奶呢？"海蒂问。

"孩子，现在我不得不告诉你一件让你担心的事。"医生回答，"我之所以一个人来到这里，是因为克蕾拉病得不轻，没有办法出门旅行，祖母当然也就不来了。不过春天很快就会来到，等到白昼渐渐变长，天气也转暖后，她们一定会来探望你的。"

海蒂因为这重大的打击而一时反应不及，站在那儿，呆若木鸡。

他俩手拉手一同走向阿鲁姆峰峰顶。途中，海蒂为了鼓舞他打起精神，故意不断谈论明年夏天谢思曼祖孙来之后她们将要如何如何。到达小屋附近时，她更是快快乐乐地大喊："她们还没有来，不过就快要来了！"

爷爷热情地欢迎医生的到来。他们老少三人一同坐到屋外的长板凳上，紧接着医生开始提起他此行的目的。他悄悄告诉海蒂，不一会儿，就会有人送来一样远比他本人到访更令她开心的东西！可那究竟会是什么呢？

阿鲁姆大叔建议医生不妨留在阿尔卑斯山上，度过美景如画、令人陶醉的秋天，并且退掉他在雷格兹的住宿，改到村里去租个小房间，方便以后每天徒步上山，好让大叔带他游遍这片群山环抱的世界。医生欣然同意了这个计划。

就在此时，一名看似沿路步行上山的男子扛着一大袋子东西，出现在他们三人面前。

医生解开袋子的封口，告诉海蒂："孩子，这是法兰克福那边托我带给你的礼物，快过来看看里面都装了些什么。"

当她看到那一整盒特地为奶奶准备的咖啡、蛋糕，连同厚厚的保暖围巾时，忍不住马上乐不可支地大叫："噢，现在奶奶可以吃这可爱的糕点了。"然后提起篮子，把那漂亮围巾挂在臂弯，转身就想冲下山去送出这些礼物，急得两位老人赶紧劝她先把别的礼物也拆完再说。

接近日落时分，医生起身准备下山返回雷格兹过夜。爷爷也抱起整盒糕点、围巾和那一大根腊肠，让小孙女儿和他们的宾客手牵着手，一同悠闲地逛下山来。来到彼得家门前时，爷爷要海蒂先进屋去等着他。

爷爷先把所有礼物堆在门口，再带老医生下山。这使得海蒂花费不少工夫才将那个好大的盒子和腊肠全搬进屋里，然后把围巾放到外婆腿上。

始终呆呆地看着这整个过程的布莉姬姐，在见到那根巨大

海蒂

的腊肠后，两眼不禁瞪得发直。她这一生从未见过这么大的腊肠，而如今竟然能够真的拥有一根，甚至可以亲手切它呢！

"噢，那些人的心地真好，竟然还会惦记着像我这样一个老太婆。这可是我一生之中，拥有的最棒的一条围巾呢！"

就在这时彼得跌跌撞撞跑进屋来，报告说：

"大叔跟在我后面来了！海蒂一定——"紧接着突然呆呆地张着嘴巴说不出话来，两道视线牢牢地被腊肠锁住。倒是海蒂已经主动起身向屋里主人告辞，因为她很清楚彼得那段没有说完的下文是什么。

尽管最近爷爷每次经过彼得家门时都会进来打声招呼，她也晓得今天天色实在太晚了，所以他才只是站在门外大声呼唤："海蒂，快，你得赶紧回家睡觉喽！"然后又向大家高喊一声："再见！"便牵着海蒂的小手，在繁星闪烁的夜空下，踏着小径，神采奕奕地走回他们在阿鲁姆峰峰顶上宁静安详的小屋。

# 第十六章 小村之冬

阿鲁姆小屋四周积起深深的冰雪,所有窗槛仿佛都变得和地面一样高,大门更是完全隐没在雪堆后。

大叔信守诺言,初雪一降就携着海蒂,领着他的两只山羊,搬回到村子里来了,地点就在靠近教堂和教区旁的一座废屋里。

多年以前,大叔带着陶拜来到村庄时,也曾经住过这幢荒废的老屋。不过绝大部分时间它总是空在那里,因此就算是有穷人搬进去住,那么长的冬天冷风总会天天钻进壁缝,一到晚上更会把屋里的蜡烛吹熄,让那些穿不起厚衣裳的穷人只能瑟缩在黑天暗地里,冷得拼命打哆嗦。不过阿鲁姆大叔不同,他懂得该如何营造舒适的生活。秋天时,他一打定主意要搬到村庄过冬后,就开始三天两头下山,敲敲打打,尽他全力把它修复到可以舒适居住的地步。

若是有人从屋后的方向走来,首先进入的一定是间四面墙壁都已经残破得等于不存在的隔间,其中一侧看得出来原本是间小礼堂，如今已被常春藤叶密密麻麻地覆盖住。再接下来是座铺着漂亮石子地板的大厅，四壁已经残破不堪，屋顶也已经破了一个大洞，地板的碎石缝间钻出了杂草。要不是还有几根粗粗的梁柱支撑着，恐怕早就完全塌下来了。大叔带了木材来，在这儿搭盖成一座羊棚，同时还在地面铺上一层厚厚的干草。

　　几条大半都已毁损的走廊互相衔接，最后通到一组必须经过厚重铜门出入的套房。这里四面坚固的墙壁上都嵌着木头壁板，整个状况还算不错。墙角砌着一座巨大的壁炉，高高的炉壁几乎一直要连接到屋顶，而纯白色的壁砖上面则有一幅幅深蓝色系的图画，有的画的是林中的古塔，有的描绘的是带着猎犬外出打猎的猎人，其中一幅画面呈现的是一汪宁静的湖水，湖畔绿叶成荫的橡树下独坐一名怡然垂钓的渔翁。

海蒂非常非常喜欢她这个新家，第二天彼得来拜访他们时，她更是一刻也闲不下来地直领着他看看这个角落，逛逛那处隐秘的地方，直到把这幢古怪有趣的住处全给仔仔细细地瞧遍为止。

几天后，太阳在正中午时分短暂地露了一下脸。到了隔天早上，整座阿尔卑斯山上便晶莹得犹如水晶一般，反射出无数道光芒。

彼得还像平常一样，直接就从窗口往外跳，没想到却掉在坚硬的冰面上。他还来不及反应便顺着下坡路滑了好一段距离，好不容易才又勉强站了起来，他便狠狠地用最大的力气跺几脚，试出积雪已经冻结得犹如石头一般坚硬了。

彼得几乎不敢相信，连忙返身跑回家，大口灌下他的羊奶，把整块面包塞进他的口袋，同时对家人宣布："我今天非去上学不可喽！"

于是男孩儿坐上雪橇，像支箭般一路冲下山去，到了村里还刹不住他的交通工具，越滑越远，一直抵达平原，那雪橇才自动停止。这时就算再赶回学校也已经迟到了，所以他便干脆悠闲地慢慢逛上山去，走进村子里时，正好碰到海蒂回家吃午餐。

"硬啦！"他一进她家大门便高喊。

"什么东西硬啦，将军？"大叔问。

"雪。"

"噢，那我就可以去看外婆啦！"海蒂欢呼。不过马上又带着责备的口气问，"可是，彼得，你为什么老是不去上学？今天你明明就可以坐雪橇下来的啊！"

"我的雪橇滑过头了，要再回去上课已经来不及了。"

"我看那根本就叫逃学！"大叔批评道，"逃学的孩子应该受到一顿重重的责罚，你听清楚了吗？"

男孩儿心中大为恐慌，因为全天底下他最尊敬的人就莫过于大叔啦！

"更何况像你这样一位带头将军，更应该觉得加倍羞愧才对。你想，要是有哪只山羊怎么样都不肯听你指挥，你会怎么办呢？"

"揍它！"男孩儿回答。

"那要是你知道有哪个孩子因为不听话而挨揍，又会有什么感想？"

"他活该。"

"所以现在你晓得啦，羊将军。要是你在该上学的时候旷课，就干脆自动乖乖地走到这儿来领我的罚。"

这下彼得总算明白大叔刚刚问他那一大堆话的用意了。随后阿鲁姆大叔放松表情，亲切地招呼他说："好啦，坐下来和我们一同用餐。待一会儿你们两人可以一同上山去，等到傍晚你再送她回来，然后留在这儿吃晚餐。"

彼得听到这意想不到的转变大感高兴，连忙囫囵吞枣地把他那一整份午餐塞进嘴巴里，连带海蒂分给他的那一大部分也一扫而空，然后拉着已经穿上克蕾拉所赠那件新外套的海蒂一道上山去。

两人走进屋内以后，海蒂只看到彼得的母亲一人在桌边缝补衣物，却到处见不着外婆的人影。布莉姬姐这才告诉海蒂，每到天寒地冻的冬天，身子原本就不硬朗的外婆便只能被迫静静地躺在床上休息。海蒂一听，赶紧跑到老妇人房间，看见她正裹着她的灰色围巾和一条薄毯子，躺在一张窄床上。

海蒂立刻去取来那本诗歌集，一首接着一首朗诵，朗诵了好几页。

老妇人握着海蒂的手，告诉那孩子："每当我听见你在身旁朗诵那一些诗歌，就感觉好像一道亮光照进我的心灵，带给我无上的喜悦。"

傍晚，海蒂下山了。她道声"晚安"，和她们挥手告别，然后拖着彼得奔出屋外。

当晚，海蒂上床以后，又静静躺了好一会儿才睡着，因为她脑海里一直思索着老奶奶的话，尤其是有关聆听诗歌能够带给她满心喜悦的那段。啊！要是每天都有人能为可怜的老奶奶朗诵几段那些抚慰人心的词句，该有多好啊！海蒂知道自己很有可能得再隔十天半月才有机会上山去探望她，想到中间这些日了她老人家会有多不舒服、多么寂寞，这小女孩儿就不禁难过极了。

# 第十七章　远方朋友捎来的消息

　　五月来临，所有阿尔卑斯山系的峰头都沐浴在璀璨的阳光中。暖暖春阳融化了残余的积雪，催促早生的高山花卉一簇簇地争先开放。畅快的春风阵阵吹送，吹干了阴暗角落里那些泥泞的地表。高耸入云的山峰顶上，只见雄鹰展翅，安详自在地飞旋盘绕。

　　海蒂随着爷爷回到高地，重返小屋，兴奋地绕着每件心爱的家具蹦蹦跳跳，又在屋外找到一株刚刚冒出的嫩芽，看见动作轻盈的甲虫和小昆虫们在阳光底下嘤嘤嗡嗡地飞舞。

　　这时彼得已经吹着口哨，大呼小叫地赶着羊群下来了。那些阔别已久的动物朋友一见到她，立刻就把她给团团围住，看得出来它们也很高兴回到高地上。彼得生气地推开山羊，挤上前来，把一封信塞到海蒂的手中。

　　海蒂一眼认出信封上是克蕾拉的笔迹，急忙冲到爷爷跟前，大叫："克蕾拉写信来喽！爷爷，您要不要听我大声念？"随即打开封口，把信中的内容朗读给爷爷、彼得听。

亲爱的海蒂：

我们已经收拾好了所有行李，打算两三天内就开始旅行。爸爸也要出门，不过不是和我们一起，因为他必须要先去巴黎。医生现在每天都来我们家，一打开我家的门就高喊着："快到阿尔卑斯山上去！"因为他已经等不及要看到我们出发了。

他好喜欢、好喜欢去年秋天和你们在一起时共同享受的时光！冬天里，他几乎每天跑来告诉我们你和爷爷、高山，还有山上花卉的点点滴滴。他说在那远离城市、马路的纯净空气里，风中带着淡淡的香气，到处都很宁静，不管是谁去了身体都会好起来。医生本人也得益于那次旅行，他回来后气色好了许多，整个人看起来也变得比较年轻、开朗了。噢，我是多么期望快快见到你们，享受他所说的一切！医生建议我先到雷格兹去住一个半月左右，然后搬进小村，以后就能每个晴天都去找你了。

决定和我同去的奶奶也很期待这次旅行，不过奇怪的是，罗丹梅小姐竟然不肯去呢！每次奶奶鼓动她去，她总是客客气气地委婉推辞掉。我想这一定是瑟巴斯汀总是在她的面前形容那些岩石有多可怕，悬崖有多陡峭、多高，所以她才不敢去吧！啊，我真迫不及待地想要看到你和爷爷！

再见，我亲爱的海蒂，奶奶也托我告诉你说她爱你。

你的朋友：克蕾拉

彼得听完后，气呼呼地赶着羊群冲下了山。

隔天海蒂为了通知外婆这个大好消息，特地跑下山去探望她，结果发现她像往常一样坐在墙角，辛勤地纺纱，只是神情显得十分闷闷不乐。原来彼得昨晚回来以后，就马上把海蒂朋友最近要来的事告诉了她，害得外婆忧心忡忡，一直担心海蒂又要被带走了。

不知情的海蒂却一股脑儿地对她说出奶奶、克蕾拉要来的消息，还说她有多么开心，多么想见她们俩。说完之后，她注视着外婆，这才发觉好像不对劲。"您怎么了，外婆？"她问，"您不高兴吗？"

"噢，不，海蒂，看你高兴我就很高兴。"

昨晚外婆因为惦记克蕾拉要来的事，便整夜没睡，一直担心他们又会把海蒂带走。可是为了海蒂的将来，她决心要努力表现得勇敢些。于是她说：

"海蒂，请你为我朗诵那一首开头是'上帝必有安排'的诗歌吧。"

海蒂马上念了起来。

慢慢地，天色暗了，海蒂告别外婆踏上了归途。

万物欣欣向荣的一个月匆匆过去。六月里，白天越来越长，大量山花处处开，空气中无时无刻不弥漫着一股醉人的芳香。就在六月也快走到尽头的时候，有一天早上，海蒂打扫好了她和爷爷住的小屋，冲出门外，忽然提高嗓门，大声尖叫："爷爷！快来！您看！您看！"

爷爷慌忙跑出屋外，只见一队引人注目的行伍，正沿着曲折小径爬上这人迹罕至的阿鲁姆峰峰顶。为首的两名男子肩上扛着肩舆，肩舆上头还坐着一名浑身裹着层层围巾的少女。跟在他们三人后面的是位仪态高贵的女士，坐在马背上，一面和走在旁边的青年向导热切地交谈，一面东张西望，急着饱览沿途的风光。而在她后面，还有一名负责运送一把空轮椅上山的小伙子，以及最后背上背着藤篓，篓中被单、围巾、披肩、毛毡等等堆得高过头顶的脚夫。

"她们来了！她们来啦！"海蒂兴奋得大喊大叫。

不一会儿，那整批人马便抵达峰顶。两个女孩儿看见对方都喜滋滋地眉开眼笑，老夫人也下了坐骑，首先温和地向海蒂打声招呼，然后转身面对朝着大伙儿走来的大叔。由于彼此都早已听说过对方不少事情，所以这两位素未谋面的老人一见如故，才刚寒暄几句，谢思曼夫人便满口热诚地夸赞起来：

"噢，亲爱的大叔，你们祖孙两人居住的地方真棒，好美好美，简直让人不敢相信世上还有这人间仙境一般的地方。噢，瞧我这小海蒂的气色多好，整个人健康红润，就好像一株小玫瑰花一般！"

克蕾拉兴奋莫名地环顾四周，轻呼："多美丽啊！多奇妙啊！世上怎么会有这么漂亮的地方？噢，奶奶，要是我能住在这儿该有多好！"

"好孩子，快趁现在有这机会，好好享受山上的美景、空气吧！"祖母说。

"哇，多美丽的花儿啊！"克蕾拉再次兴奋地喊起来。"瞧，那一丛丛、一簇簇，争妍斗艳，开得好红、好鲜艳、又好热闹的鲜花！噢，但愿我能摘下其中几枝蓝铃花来就好啦！"

海蒂立刻跑去摘来一大把，全部搁在克蕾拉的腿上，对她说："其实，克蕾拉，眼前这几丛山花，要和高山牧场上那一大片、一大片的花海比起来，根本就是小巫见大巫呢！所以你一定要亲自到高地去一趟，才能看到那美丽壮观的花海。"

这时红日已经爬到天空正中，爷爷搬出餐桌搁在长椅旁，摆好午餐，很快地宾主四人就都坐下了。

阵阵清香拂面的微风，吹得奶奶神清气爽，怡然自得地赞叹说："多么不可思议的一处地方啊！我从没见过这样的风光。可——瞧我看见什么了，"她睁亮眼睛，"你的的确确是在吃你的第二块干酪了吗，克蕾拉？"

"噢，奶奶，这尝起来比我们在雷格兹吃的每一样东西都美味多了呢！"克蕾拉津津有味地享用着她的香醇食物。

克蕾拉已经完完全全对这地方着了迷，不停地叫着："噢，多么可爱的卧铺呵！海蒂，你可以直接从这儿就望见天空呢！你天天可以躺在这里，听见狂风呼呼吹动枞树树梢的声音吧？噢，我从没有看过比这更让人心情愉快的卧房了！"

这时大叔两眼盯着老奶奶，提议道："我有一个主意，准能叫克蕾拉把身子骨养得结实起来，那就是把她留在山上，跟我们同住一段时间。不过，当然，这是指在您不反对的情况下。单凭你们带上山来的这一大堆围巾、毛毯、毡子，就足够我们轻轻松松地帮她铺一张柔软舒适的好床。亲爱的夫人，您尽管安心地把她交给我几天，我会好好地照顾她的。"

两个女孩听了，开心得大叫起来，老夫人脸上也笑逐颜开，脱口而出："啊，您真是一位大好人！我刚刚自己还在想着，如果让那孩子在这山上暂住一段时间，对她的健康一定会大有帮助的。可是紧接着又马上想到，如此一来，有谁能负责照料她呢？况且这也太麻烦你们了。而现在您却若无其事似的主动把它提出来，噢，大叔，我要怎样才能很好地表达对你的无限感激呢？"

于是，大叔先把克蕾拉抱回停在屋外的轮椅上，海蒂也马上跟在她身旁。接着两名老人动手为克蕾拉准备晚上的卧铺，多亏夫人事先细心的规划，铺好的小床触摸起来非常柔软舒适，一点也感觉不出下面垫着的是干草。这时他俩走出屋外，看见两个小孩儿正在热烈地讨论未来几周的打算。当她们听说克蕾拉应该可以在这个家中住上个把月时光时，那两张小脸立刻笑得像两朵绽放的鲜花一样。

欢乐的一天很快就要结束了，两个小孩儿各自躺在自己的床上。

"噢，海蒂！"克蕾拉兴奋地嚷着，"我可以看到好多好多闪烁的星星，感觉我们好像正搭乘一辆豪华大马车直冲云霄呢！"

"没错！你晓得天上的星星为什么会这么愉快地不停地眨眼吗？"海蒂问。

"不知道。你告诉我嘛！"

"因为它们晓得住在天堂的上帝会照顾世间的所有子民，所以我们永远不需要担心害怕。瞧，它们一闪一闪地指点我们要怎样做才能也那般愉快。克蕾拉，我们一定不能忘记要天天向上帝祷告，请求他时时惦记着我们，永远保佑我们。"

于是两人翻身坐在床头，开始各自做起她们的晚祷来，然后海蒂马上倒头大睡，不过克蕾拉却连半点睡意也没有，因为能够从床上看见满天的星斗，对她来说可真是前所未有的奇妙经历啊！坦白说，她这一生从来没有亲眼看过挂在天上的星星。因为住在法兰克福的时候，家人总是每天天还没有全暗，就把所有的窗帘、帷幕都给放下来，而她本身也始终没有机会在晚间踏出屋门一步。她怎么也舍不得闭上眼睛，每次总是才一合眼就又努力睁大，遥望满天星斗不断地闪烁，直到困得再也没有办法掀动眼皮。而在她那一夜的甜蜜梦中，还始终见到两颗好大的星星在对她闪烁着光芒哩！

# 第十八章 克蕾拉的山居生活

朝阳初露，阿鲁姆大叔站在小屋门外，欣赏满山晨岚在早晨清新的空气中渐渐散去，天上的云色愈来愈鲜亮。

他转身走入屋内，蹑手蹑脚地爬上了短梯，看见刚刚醒来不久的克蕾拉正一脸错愕地左顾右盼。一束束明亮的阳光愉悦地在她床头跃动。咦，这是哪里呢？不一会儿，她瞥见那正熟睡中的好朋友，听见爷爷快活的打招呼声："睡得好吗？不疲倦了吧？"

克蕾拉感觉身心宁静而又舒适，便回答他说，这是她有生以来睡得最甜的一夜了。没隔多久，海蒂也从梦中醒来，然后马上换好衣服，一溜烟地爬下短梯，去和已经坐在外面享受阳光的克蕾拉做伴。

这时爷爷刚巧捧着两碗热气腾腾的雪白羊奶走出羊棚，一碗递给海蒂，一碗给了克蕾拉，同时告诉克蕾拉："这是从丝凡丽的身上挤出来的，喝了它可以增强体力，对你很有好处哟！"克蕾拉看见海蒂几乎是两三口就把整碗羊奶"咕噜噜"

地灌进肚里去了，于是也非常干脆地仰起头，一口气把它喝完。哇，多么香浓的味道啊！简直就像加了糖的肉桂汤一样。

这老少三人刚刚吃饱早餐，彼得就上山来了。在整群山羊咩咩大叫着冲向海蒂的同时，老爷爷把那牧童拉到一旁，叮嘱他说："仔细听着，从今以后你必须完全照我的话做，随便丝凡丽爱到哪儿就去哪儿，同时你务必跟上，就算它想爬到比平常更高的地方也一样。那头山羊懂得上哪儿去找最丰美的牧草。多爬一点儿山路不但对你无害，而且对于其他所有的山羊都大有益处哪！记住，我希望那两只羊能够供给我既多又优良的羊奶。"

一个祥和静谧的上午就这样不知不觉地溜走了。午餐准备好后，大家再次在户外享用。因为只要可以，克蕾拉整个白天都要待在空气流通的户外。下午两名少女转移阵地到枞树下乘凉。克蕾拉有一箩筐关于这一年多来在法兰克福发生的点点滴滴，以及海蒂的熟人们的近况要对她细说。没有多久，彼得赶着羊群回来了，可是对于女孩儿们友善的招呼却也不搭腔，马上就拉长着脸、锁着眉头转身跑了。

就在阿鲁姆大叔把两只山羊牵回棚中去挤羊奶时，克蕾拉告诉她的小女同伴："噢，海蒂，我觉得我迫不及待地想喝一碗羊奶呢。这很稀奇，不是吗？从小到大我每次不管吃什么全都是因为非吃不可，任何食物一进嘴巴总感觉那个味道好像鱼肝油，所以我非常盼望自己能够一辈子都不用吃东西。现在我却觉得好饿哟！"

老人满心欢喜地点点头，很快又为她盛满一碗，同时带着一大块涂满奶酪的面包出来。

　　当天晚上，克蕾拉一倒下床就马上睡着了，接下来的两三天也同样这般悠闲愉快地度过。

　　就在克蕾拉住进阿鲁姆小屋的第三周，爷爷把她抱下阁楼时又照例问上一声："我的克蕾拉可要试着站立一下？"而那女孩儿也总照例回答："噢，那会好痛啊！"不过尽管每次他把她放到地上，她总会照例像只攀木蜥蜴似的紧紧抱住他不放，他还是每天都让她比前一天多站那么一会儿。

　　那年夏天，阿尔卑斯山区遇上多年以来前所未有的好气候。每天山上都艳阳高照，天空万里无云。到了日落西山的那一刻，山岩又都被泼洒上大量的红色的颜料，直到整片绵延的山脉看起来犹如熊熊的烈火在燃烧一样。

　　海蒂是多么想念那片美丽无比的大牧场啊，忙说："噢，爷爷，请您明天陪我们到大牧场上去好吗？那里现在一定漂亮极啦！"

　　"好，好，好，我一定带你们去。"爷爷回答，"不过你得先叫克蕾拉做件讨我开心的事，今天晚上她得尝试着站久一会儿。"

　　海蒂蹦蹦跳跳地跑去转达爷爷的要求，而克蕾拉自然是满口答应下来啦！因为和海蒂一块儿到高山牧场上去，可不正是她本人最大的心愿吗？

# 第十九章 意外之喜

隔天清早，阳光洒向大地，天空万里无云。

彼得来时，爷爷还在屋内呼唤两个孩子起床。那牧童呼呼地挥舞牧杖，不让羊群靠近小屋半步。坦白说，那实在是因为他心中苦恼极了，又非常生气。他气的是，自从克蕾拉来了以后，一切的情形都变得不同了。每天早晨他一上山，总是看到海蒂忙着陪伴那陌生的女孩儿。整个长长的夏天，海蒂总共才陪他上过牧场一次。太过分啦！好吧，今天她总算要跟来啦，可是偏偏又是要和那讨厌的陌生孩子做伴。

就在这时，彼得看见了放在小屋附近的轮椅。他贼头贼脑地观察四周，发现没人在场，马上用力把这讨厌的东西推下了陡坡。不一会儿，它便消失得不见了踪影。

这下彼得的良心开始悄悄地啃咬着他，令他拔腿飞奔，一步也不敢犹豫地直冲上阿尔卑斯高地的一片树丛里。他伸长脖子往下张望，只见那把被推落的椅子一路滚下斜坡，偶尔碰到突出的岩块便被高高弹起，紧接着又更用力地撞上坡地。在它下滑的路线旁边，东一片、西一块地散落着它的残骸，接着又被山风吹得遍地狼藉。太好啦！现在那可恶的陌生人就不得不马上返回她自己的家去，如此一来，海蒂就又变回他的啊！

这会儿，海蒂刚刚跑出小屋，爷爷也抱着克蕾拉跟在她后面出来。那小女孩儿先是动也不动地站在那儿，随即冲到屋内，然后又跑向右侧，不一会儿便奔回老人的眼前。

"怎么回事？海蒂，是你把轮椅给推到别处去了吗？"他问。

"我正在四处找它呀，爷爷。"那孩子边说还边到处寻觅已经失踪的椅子。一阵强劲的山风突然吹来，狠狠地把工具间的门"砰"地关上。

"爷爷，是风作的怪。"海蒂心急地嚷嚷起来，"噢，天哪！万一它被吹下村里去了，那我们今天就来不及上山了啊！要去把它推回来得要花上好长一段时间哪！"

"好可惜哦！现在我永远也不可能到大牧场上去了，"克蕾拉十分惋惜地说，"而且恐怕马上就得收拾回家去。真的好可惜！"

"爷爷，您能不能想个办法让她留下来？能不能吗？"

"我们会按照原订计划在今天到大牧场上去，然后再看看进一步的发展。"

两个女孩儿听了喜上眉梢，爷爷更是分秒也不浪费地马上开始着手准备。首先他先搬出一叠毯子、被单铺在干燥的地面上，让行动不便的克蕾拉坐在阳光底下和海蒂一同吃早餐。然后一面嘀咕："奇怪，彼得今天怎么这样晚了还不来？"一面把两只山羊牵出羊棚。

这时他用一只强壮的手臂抱起克蕾拉，再用另一只手臂揽着那一叠毯子和被单，精神饱满地吆喝一声："走，出发！两头山羊也一块儿带去。"

来到牧场后，他们看见彼得已经躺在大草地上，散布四周的羊群也老早就在宁静安详地低头吃草。忽然，大叔开口大喊："你这是什么意思，竟然敢放我们的鸽子，瞧我怎么好好地教训你！"

彼得吓了一大跳，急急忙忙辩解说：

"那是因为你们还没有起床啊！"

大叔不再吭声，自顾自地找片干草地铺好毯子，再把克蕾拉放下，三番五次地询问她这样舒不舒服、方不方便以后，才终于安心地准备回家，同时吩咐三个孩子必须乖乖地待在那儿，等他傍晚来把他们带下山去；等到正中午时，海蒂也必须负责取出午餐，并盯着彼得从丝凡丽身上挤奶给克蕾拉喝。

"噢，克蕾拉，"她犹豫不决地对她的小女伴说，"如果我暂时丢下你一人离开一下，你会生气吗？我好想去看花海哦！不过，等等……"她一跃而起，拔脚飞奔而去，不一会儿便捧来了大把牧草，把它们搁在克蕾拉膝头，随即又把小雪乍蜢牵到她身旁。

克蕾拉把腿上的牧草一根一根缓缓送到小雪乍蜢嘴巴前。渐渐地，那小家伙对她越来越信赖，慢慢挨近她的身边，甚至把嘴凑到她的手掌心吃草。克蕾拉见到它安安心心依赖自己的样子，心中莫名地滋生一股从未有过的满足，好想好想就这样一直和那小家伙儿共同坐在山坡上。突然，一股强烈的渴望在她内心升起。克蕾拉好想自立自强，不再依靠任何人的帮忙和扶助。无数个念头、无数个想法纷纷闪过脑海。啊！要是她能够天天生活在这温暖的阳光下，那该是多么幸福的一件事啊！

这时海蒂也已跑到她那心爱的地点。眼前一如她所期待的那样，漫山遍野开满绚丽娇艳的岩蔷薇，而随处更可见到这里一丛、那边一处的蓝铃花儿，在微风之中点头微笑。海蒂心荡神驰地站在岩崖上，用力深吸那清幽的芬芳。

突然间，她掉头就往回跑，远远地朝克蕾拉大声喊道："喂，克蕾拉，你一定要来，这个地方好美、好迷人啊！到了傍晚，它就不会再像现在这样漂亮啦！我背不背得动你呢？"

"当然不行，海蒂！"克蕾拉回答，"因为你的个子比我还矮好多哪！唉，要是我能走路就好啦！"

海蒂沉思默想片刻，拉开嗓门想把这会儿还躺在高坡那头呆呆望着她们出神的彼得叫过来，可是他却只是倔强地高喊一声："绝不！"

海蒂听了顿时怒气冲天地冲到他的面前，对他大吼："彼得，要是你现在不马上过来，我就要做一件会让你后悔一辈子的事！"

良心本来就很不安的彼得，这下可真吓昏了。没错，自从一大早把克蕾拉的轮椅推下陡坡、撞得四分五裂以后，他就一直暗暗在心底哭泣。这个时候，彼得更是吓得浑身发抖，只好乖乖听她的。

于是这一辈子从没和人勾肩搭背过的彼得只好先看海蒂那边怎么做，然后照样去做。等到三人互相搭稳肩膀以后，克蕾拉开始奋力地把脚向前跨出。不过这实在是太困难了，她拼命试了几次，结果还是失败了。

"把脚更用力地向地面踩，我相信一定就不会再那么痛了。"海蒂建议道。

"真的吗？"克蕾拉怯怯地问了一声，不过还是遵照她的意见，十分勇敢地更用力往前一踏，随即又踏出另一步，同时发出一声低呼。

在海蒂的鼓励声中，克蕾拉又向前跨出一步，然后又是一步，紧接着甚至跨出第三步了呢！"噢！"她猛然发出一声欢呼，"噢，海蒂，我办到了。噢，我真的办到了！你瞧，我可以一步接着一步，连续走上几步呢！"

克蕾拉从小最大的心愿，就是能和别人一样可以下地行走，现在总算如愿以偿了。

时光飞逝，转眼已过了中午。三个小孩儿率领羊群一回到大牧场上，海蒂立即取出丰富的午餐来摆好，她把所有东西平均分成三堆，而她和克蕾拉吃饱以后，两人都还剩下很多食物，这可以让彼得痛痛快快地祭一祭他的五脏庙。只可惜，今天他吃得一点都不安心快意，因为总觉得好像有个什么东西卡在他的喉咙里。

就在他们刚刚享用完这顿延迟的午餐不久，爷爷已经大步爬上阿尔卑斯高山牧场来了。海蒂远远望见他的身影立即飞奔而去，颠三倒四地告诉他那个天大的消息。老人一听到这桩喜讯便乐得笑逐颜开，走到克蕾拉面前笑嘻嘻地问："你终于放胆一试了，是吗？噢，我们赢啦！"说着便扶她站立起来。

那天傍晚，彼得很晚才抵达村庄，一进村口就瞧见一大堆人围着一些大家深感兴趣的东西在七嘴八舌地议论，并且人人都奋力向前推挤，想亲自去碰它一下。其实那也只不过就是一些椅子的残骸嘛！

紧接下来，大家仍然纷纷提出自己的意见，不过彼得已经无心再听，赶紧脚底抹油溜回家去了。万一被人发现那坏事是他做的怎么办？警察随时都有可能赶来把他抓去关起来。想到这儿，彼得紧张得浑身汗毛根根竖了起来。

　　隔天一早，海蒂和克蕾拉写信邀请奶奶，请她在一周之内上阿尔卑斯山来一趟。这是因为两个孩子打算悄悄地给她一个大惊喜，同时克蕾拉的内心更是盼望，在奶奶来的时候，自己能在海蒂的引导之下完全靠自己的力量单独行走。

　　她的情况一天比一天有进展，走的距离越来越远，食量也大大增加。爷爷每天都眉开眼笑地切下越来越大块的面包，涂上奶油给她吃，又眉开眼笑地看着她没几分钟就把它们通通吃完。另外，他还每餐忙着为那两个饥肠辘辘的孩子添加一碗又一碗的羊奶。

　　就这样，转眼也该是奶奶上山探望她小孙女儿的时候啦！

# 第二十章　分离是为了再次相遇

　　奶奶在准备上山拜访的前一天，先寄出一封信来通知大家，这封信在隔天一早由彼得带到。

　　彼得拖着脚步，慢吞吞地走到老大叔跟前，交出信函，之后立刻心虚地往后一跳，同时左顾右盼，仿佛在害怕什么似的，紧跟着马上迈开大步，飞快地跑掉了，瞧得海蒂满腹狐疑地喃喃嘀咕："奇怪，彼得的举动怎么好像和大暴君在害怕挨他打时一样呢？"

　　"也许彼得做了什么活该欠揍的事，正在担心害怕吧！"老人回答。

　　彼得一路饱受恐惧的折磨，忍不住以为一定是法兰克福那边派了警察要来抓他去坐牢。至于海蒂则是整整忙碌了一个上午，总算把小屋内外打扫干净，可以满心欢喜地等着接待即将来访的贵客了。

　　这时爷爷刚好散步回来，手中捧着一大束从山路边采回的深蓝色龙胆花。两个坐在长板凳上翘首期待的孩子，远远望见那鲜艳夺目的花色都忍不住要高声欢呼起来了。

频频站立起来、踮着脚尖眺望山径的海蒂，突然瞥见奶奶的身影。仔细一看，她正骑着一匹白马，由两名男子护送上山。其中一人背上背着一大篓的保暖毛毡、围巾和衣物，因为少了这些，她可没那勇气上山走上这么一回呢！

眼看他们一行越走越近，很快便抵达了山顶，奶奶突然气急败坏地跳下马背，紧张得大叫："怎么回事？我没看错吧，克蕾拉？你为什么没有坐在自己的轮椅上？"同时快步跑上前来。

就在快要冲到小孙女儿面前时，她又兴奋地扬起双臂高高挥舞，惊呼："真的是你吗，克蕾拉？孩子，你的脸颊变得又红润又丰满了呀！我几乎都快认不出你来了！"这时海蒂手脚利落地跳下长椅，好让克蕾拉扶着她的手臂，两人相依着徐徐地走了一小段路。

奶奶笑眯眯地说："噢，克蕾拉，这一切都是真的吗？我真恨不得能分分秒秒、永远都盯着你看。不过现在我非拍一份电报给你的父亲不可，而且电报里头绝不透露你的半点近况，因为这铁定会是他一生之中最大的惊喜啊！噢，我亲爱的大叔，我们要怎样才能办到呢？刚才跟我上山来的那两个人已经被您给打发走了吗？"

"没错。不过只要我吩咐一声，牧童彼得自然会替您下山跑一趟的。"

于是两人决定找来彼得传送电文，所以大叔立刻吹起一声嘹亮的口哨，声音响得四面八方都传出回音。不一会儿，彼得吓得面无血色地跑下阿鲁姆峰来啦！因为他以为自己已经注定要被抓住。不过，等他当真跑到小屋门外时，却只收到奶奶交给他的一张纸条，以及要他马上把它送到村里邮局的吩咐。这使得他顿时如释重负，大步就往山下跑去。

同时，刚刚忙完巴黎方面业务的谢思曼先生，同样也为大家准备了一份大惊喜。在事先没有写信通知母亲的情况下，他独自选在一个艳阳高照的早晨搭车来到雷格兹。抵达旅社的时候，夫人正好已经在几小时前动身上山啦！于是他也赶紧叫了一辆马车，快速赶往玛伊恩菲尔特。

对于徒步上山的旅客而言，要从小镇一路直上阿鲁姆峰峰顶，路程似乎十分遥远又累人。他驻足路旁，扬手擦擦额头沁出的汗珠，猛然看见有个男孩儿正像流星一般疾速地冲下山来。他忙扯开喉咙，高声大喊，可是对方却畏畏缩缩，停在好远一段路外，怎么也不肯走到他的面前来。

"喂，孩子，我要到海蒂住的小屋，也就是最近有法兰克福人来做客的那户人家，请问现在走的路线对不对啊？"

男孩儿惊恐地闷哼一声，连滚带爬，循着前几天才被他推下斜坡的那把轮椅滚过的路径，跌跌撞撞不停地往下滚去。

谢思曼先生在遇见彼得不久之后，总算来到那间位于山腰的破旧小屋附近。望见小屋，令他心头踏实不少，勇气也因此而倍增。他打起精神继续往上跋涉一大段路，终于在腿酸力乏之际望见独立于阿鲁姆峰峰顶的小屋。他三步并作两步想快点赶到宝贝女儿的面前。其实他们早在老远的地方就已看见他了，甚至还准备好一套绝对令他大大出乎意料的仪式来迎接他呢。

就在走到距离山顶只差几步时，他忽然看见一高一矮两个女孩儿朝他走来。高的那位肤色红润、满头金发，倚着个子较矮的海蒂的肩膀。谢思曼先生瞬间见到这幅画面，猛地刹住脚步，两行泪水骤然滚滚而下。他的心头涌现出一抹甜蜜的回忆，因为眼前这名金发少女的外形简直是他亡妻的翻版。此刻，谢思曼根本分不清自己是在做梦，还是完完全全清醒着。

"爸爸，您不认得我了吗？"克蕾拉笑着问。

谢思曼先生冲到她的面前，一把将她搂在怀中，激动地说："这怎么可能？这是真的吗？克蕾拉，这真的是你吗？"大喜过望的他放开她细细打量，旋即又将她拥入怀中，然后再度细细打量，再度拥她入怀。

这时他的母亲也走上前来，好亲眼看看自己儿子那一脸洋溢着幸福的笑容。

海蒂望着一向待她犹如慈父的谢思曼先生脸上漾满笑意，内心也因感染他的快乐而雀跃不已。就在两位男士终于走到对方面前，彼此问候、寒暄的同时，奶奶走到枞树下，发现还有另外一个惊喜正在等着她。就在满地碎石之间，静静立着一大束蓝得耀眼的野龙胆花！

"噢，好美、好优雅、好吸引人哪！"她拍着手啧啧地惊叹，"海蒂，快来！这是你为我采回来的吗？"

可是海蒂再三对她表示，那是别人布置的。

这时，她们忽然看到了正要避开小屋，偷偷从树群后面溜走的彼得。夫人以为就是这个孩子替她采来了这么多花，只是因为个性羞怯而不敢见人，所以才会急着躲开，因此连忙叫住他，说："孩子，过来！你不用害怕。"

彼得恰似惊弓之鸟，呆呆地站在那儿，动也不敢动。

"赶快过来啊，孩子。"老夫人赶紧鼓励他勇敢走到她面前，"现在快告诉我，这事是不是你做的，孩子？"

焦虑中，彼得丝毫不曾注意到奶奶的食指指向地上的鲜花，而只望见大叔正站在小屋附近，目光锐利地盯着自己，而方才碰见的那名警察刚好就站在他的旁边。彼得顿时吓得四肢发软，只好应了一声："是！"

"很好。不过你为什么怕成这样呢？"

"因为——因为它已经破破烂烂，没有办法修好了。"

奶奶一听，走到屋旁，亲切地请教："亲爱的大叔啊，这可怜的少年是不是精神异常了？"

"绝对不是。"大叔回答，"只不过他正好就是那一阵把轮椅吹下山坡的强风，以为自己马上就要受到一顿狠狠的处罚了。"

"你犯了一个错误，"奶奶接着说，"以为一旦弄坏轮椅就能伤害克蕾拉。结果呢？却让她得到最大的收获。如果今天轮椅还在，她说不定永远都不会想要试着自己走走看。而如今假使往后她还待在这儿，说不定甚至天天都会上牧场去呢！你了解了吗，彼得？上帝会把人家加在受害人身上的伤害转变成有用的东西，却把苦恼送给那个加害者。我说的道理你是否明白，彼得？下次万一你又想做坏事时，记得想想这个道理。你愿不愿意呢？"

"愿意！"彼得回答，但还是很担心那个仍然站在大叔旁边的警察。

"好啦，现在所有问题都已解决。你告诉我，你有什么心愿？因为我想送你一样东西，你要什么呢？"

再度听到奶奶催他说出心愿以后，他总算想通那个可怕的人绝不会逮捕他了，顿时觉得心中一块大大的石头落了地。同时他也想通了，人一旦做错了事，最好是马上坦白地说出，于是开口招认："那张纸条我也弄丢了。"

奶奶想了一下，才猛然记起是怎么回事，于是告诉他说："这就对了。有错就要认错，这样事情才能解决。现在，告诉我你想要的是什么。"

他考虑半天，不知如何决定，突然脑海中灵光一闪，终于十分肯定地表示："我要十便士。"

"哦，你要的不算多。"奶奶莞尔一笑，从她口袋中掏出一枚又圆又大的银币，又在银币上面摆了二十便士，说道："现在我来解释。这枚银币加上二十便士平均分配的话，就是一年中每个礼拜都可分到十便士。以后你就可以一年到头，每个礼拜都有十便士可以花了。"

彼得注视着拿在手心的这份礼物，神情肃穆地道了一声："感谢上帝！"然后连蹦带跳地大步奔跑而去，一颗心轻飘飘的，仿佛都快飞起来了。

没隔多久，留在阿鲁姆峰峰顶的宾客五人全部坐到了桌旁，开始享用愉快的午餐。餐毕，克蕾拉告诉她的父亲：

"噢，爸爸，我真希望您能明白爷爷为我付出的所有心血和辛劳，那可得花上好几天的工夫才能叙述得完呢！爸爸，他对我的恩情我们根本报答不了，不过要是多少能够回馈一些该有多好啊！"

谢思曼先生瞧瞧从未如此活泼、健康的女儿，走向阿鲁姆大叔，开口说："亲爱的朋友，我有些话想跟您说。这些年来，我从没有一刻由衷地快乐过，只要我一天没有办法治愈自己的小孩，没有办法让她开开心心，就算坐拥万贯家财又有什么意义呢？多亏您劳心劳力，加上上帝的庇佑，终于使她能够渐渐康复起来。是您让她重获新生的，所以请告诉我，我要怎样才能表达对您的感激。尽管您的大恩大德我永远无法报答，但只要在我能力范围之内，我一定会做到。"

"我老了，没有多少个年头了，等我死了以后，也没有任何东西可以留给海蒂。她在世上除了一个阿姨之外，举目无亲，而那女人总想方设法利用她。谢思曼先生，假如您能对我保证，日后海蒂将永远不用为了想要挣口饭吃，迫不得已投身在茫茫世间辛苦维生，那么我为您和克蕾拉所付出的那一点点绵薄之力，就已经得到您最丰厚的回报了。"

"我亲爱的朋友，这一点您丝毫不用担心，"谢思曼先生开口表示，"海蒂是属于我们大家的！现在我就对您保证，日后我们必定善待那个孩子，让她永永远远不用为了生计而烦忧。我们全都晓得她并不是那种适合在陌生人群中生活的女孩儿。不过幸好她已经拥有好些真心真意的朋友，而且其中一位很快就会搬到这儿来了。那位朋友就是克雷森医生。此时此刻，他正在忙着妥善处理法兰克福那边剩下的业务。他觉得和您以及海蒂相处的那段日子，是他一生之中最快乐的时光，所以打算听从您的建议，搬到阿尔卑斯山区来居住。从今以后，那个孩子身边就将同时拥有两位保护者。但愿上帝保佑，你们两位都能长命百岁。"

"愿上帝保佑。"刚刚牵着海蒂小手来到他们身边的老夫人，搂着那个孩子的肩膀温和地询问，"海蒂，我想知道你是不是也有愿望呢？"

"嗯，我有。"海蒂笑吟吟地回答。

"告诉我是什么愿望，海蒂！"

"我希望能收到我在法兰克福时睡的那张有三个枕头和整套又厚又暖寝具的好床，这样一来，外婆就可以每天睡得非常暖和，也不需要围着围巾就寝了。噢，一旦她不用每天躺得脚高头低，几乎快要喘不过气来了，那该是一件多么令人开心的事啊！"满怀期待的海蒂一口气说完这一长串话。

"噢，亲爱的，我会立刻拍个电报回去要床。但愿等它送到之后，那老婆婆能够睡得舒服些。"

此时，布莉姬姐刚好在晾彼得的衣服，猛然见到他们五人走到山腰边，急忙推开门冲进去对她母亲大喊："噢，他们全要走了，连大叔也是，手上还抱着那个跛脚小女孩儿。"

"噢，真的吗？"老婆婆长吁短叹，"他们是不是要把海蒂也带走？噢，真希望她能让我再握一次她的手！"

她的话音才刚落下，大门已经被人用力推开，一眨眼间她整个人就被海蒂紧紧搂住。

"外婆，您听我说，在法兰克福的那张有三个枕头、一床厚被子的床铺，马上就要送到这里来了。"

她本以为外婆听了之后，绝对会乐得魂都快飞了，没想到她却只是凄凄凉凉地微笑着说："噢，她一定是位非常好心的夫人！我知道按理说，她要带着你走，我应该替你感到高兴。可是……"

"可是没有人说海蒂要跟我回去啊！"刚刚走进屋里的奶奶已经听到她的话了，亲切地握住那老婆婆的手告诉她，"毫无疑问，那个孩子会留在这儿陪你。至于我们，为了要见海蒂，往后年年都会再上阿鲁姆山来。"

外婆一听，脸色豁然开朗，眼里闪动着愉悦的泪光。

"亲爱的老太太，"谢思曼夫人表示，"现在大家真的非说再见不可了。等到明年我们一上阿尔卑斯山，一定马上过来看你。我们永远永远不会忘记你的。"说完又摇摇她的手，作为正式的道别。

只是外婆依然拉着老夫人的手，对她谢个不停，以至于这五个人又延迟好一会儿才离开了彼得家，由大叔抱着克蕾拉回到阿鲁姆峰峰顶，度过她在小屋生活的最后一夜，奶奶则和谢思曼先生相伴下山去了。

　　隔天早晨，在即将告别好友的小克蕾拉的脸上，滚滚的泪水沿着颊边滑落。海蒂安慰她说，明年夏天她就又能够旧地重游了，又能和她、爷爷相聚，而且到时一定能比今年玩得更快乐。这时谢思曼先生已经来到山巅，和阿鲁姆大叔祖孙两人依依话别。

　　新床很快就送到了，从此以后外婆每天晚上睡得都很安稳，身体也就跟着渐渐硬朗了起来。奶奶并没有忘记阿尔卑斯山上的冬天天气有多寒冷，特地寄了好多围巾、被褥等等到那牧童的简陋住处来，如今外婆不管何时何地，都能把全身裹得非常暖和，再也不用经常缩在墙角发抖了。

　　村子里，一栋大宅正在建立起来。那是因为医生已经搬来这里，目前正暂居在上回来访的投宿地，同时接受大叔建议，买下他们祖孙去年冬天租来避寒的那幢残破旧宅。他将之前提过的那些保存状况不错的房间、壁炉，与其他部分，重新整建成自己的生活空间。至于另外那一部分，则预备留给海蒂和她爷爷使用。医生当然看得出他的老友性格非常独立，喜欢拥有自己的住处。除此之外，他也没有忘了那两只山羊，所以今年冬天，丝凡丽和芭莉将住进特地为它们建造的坚固羊棚里。

　　阿鲁姆大叔和医生两人交情越来越好，每当共同监看建筑进度的时候，他们总会不知不觉地谈论起海蒂的事来。他们两人都十分期待天真活泼、笑脸迎人的小海蒂，能够早日搬进这屋子，也都一致同意要共同分享那小女孩儿带给他们的责任和乐趣。

就在故事即将结束的前一刻，海蒂、彼得两人正坐在外婆家的小屋里。小女孩儿有说不尽的趣事要讲述，小男孩儿生怕自己会遗漏掉任何一处精彩的地方。他俩都非常非常专注、非常非常热切，以致浑然忘记身边还有个老外婆。

最后，外婆说道："海蒂，请你为我朗诵一首赞美诗。我觉得自己必须赞美上帝，感谢他赐予我们大家这么多的恩泽！"

语文阅读经典丛书·第五辑

# 钢铁是怎样炼成的

文质　改编

长江出版社
CHANGJIANG PRESS

图书在版编目(CIP)数据

语文阅读经典丛书.第五辑 / 文质改编.
—武汉:长江出版社,2020.11
ISBN 978-7-5492-7368-3

Ⅰ.①语… Ⅱ.①文… Ⅲ.①世界文学—作品综合集 Ⅳ.①I11

中国版本图书馆 CIP 数据核字(2020)第 232345 号

语文阅读经典丛书.第五辑　　　　　　　　　　　　　　　　文质 改编

责任编辑:李剑月

出版发行:长江出版社

地　　址:武汉市解放大道 1863 号　　　　　　　　　　邮　　编:430010

网　　址:http://www.cjpress.com.cn

电　　话:( 027 )82926557( 总编室 )

　　　　　( 027 )82926806( 市场营销部 )

经　　销:各地新华书店

印　　刷:湖北嘉仑文化发展有限公司

规　　格:880mm × 1230mm　　　　1/32　　　　24 印张　　　　500 千字

版　　次:2020 年 11 月第 1 版　　　　　2021 年 2 月第 1 次印刷

ISBN 978-7-5492-7368-3

定　　价:148.80 元(共六册)

## 第一部　红色信念的火种

# 第二部　钢铁是这样炼成的

# 第一部

## 红色信念的火种

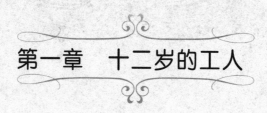

# 第一章　十二岁的工人

　　"在复活节前上我家去补考的，全部站起来！"胖胖的瓦西里神甫严厉地瞪着全班的学生。只见两个女生、四个男生应声从座位上站了起来。

　　"你们俩坐下。"神甫指着那两个站着的女孩子说。她们连忙坐下，深深地舒了一口气。

　　瓦西里神甫此刻死死地盯着剩下来的四个男生。

　　"你们四个家伙，靠近点！"神甫一边说一边走到四个男生跟前。

　　"是谁把烟末撒进了发面里？快点把你们的口袋翻过来！听见了没有？快点！"神甫几乎要咆哮了。

　　有三个男生开始把自己口袋里的东西掏出来放在桌子上。但神甫并没有发现半点烟草的碎末。

　　神甫把目光转到第四个男生身上，不耐烦地问："你怎么像个木头，站着一动不动？"这个黑眼睛的男生看着神甫，喃喃地回答："我没有口袋。"说着，他用手指了指被自己缝死了的袋口。

　　"什么，没有口袋！你以为这样，我就不知道是谁撒的烟末吗？一定是你，你现在就滚出去！"神甫猛地揪住那个男生的一只耳朵，把他推到教室外面去，重重地关上了门。

保尔·柯察金就这样被赶了出来，一想到日夜操劳辛苦工作的母亲，保尔伤心地流下了眼泪。

　　只有保尔的好朋友谢廖沙·勃鲁扎克知道这是怎么回事。那天，他们六个不及格的学生到神甫家里去补考，只有谢廖沙看见保尔把一小撮烟末撒在神甫家过节用的发面里。

　　保尔跟瓦西里神甫的矛盾由来已久。保尔在学校多次受到瓦西里神甫的侮辱：总是为了一些小错误，被赶出教室；一连几个星期，天天被罚站墙角，而且神甫从不管他的功课。这样一来，他只能在复活节前，和几个不及格的同学一起去神甫家里补考。就在神甫家的厨房里，保尔将一把烟末撒到复活节用的发面里了。神甫马上就认定是保尔干的。保尔就这样被学校开除了。

保尔的母亲无奈之下只好让十二岁的保尔到车站食堂干活。食堂领班安排保尔在洗碗间里做烧开水的工作。保尔的劳动生涯就这样开始了。

工作第一天保尔一句话也没有说，一上班就开始烧茶炉。他心里明白，食堂跟家里不一样，在家里可以不听母亲的话，这里可不行。他一会儿提起脏水桶，快速跑到外面，把脏水倒入坑中；一会儿给烧水的灶添上柴；一会儿把湿毛巾搭在茶炉上烘干。总之，叫他干的活他都干了。

第一天的工作终于在忙碌中结束。保尔走在回家的路上，感到十分满足，因为自己已经是一个劳动者了。母亲一看见儿子回来，就急切地问他："工作得怎样？"保尔淡淡地回答："挺好。"

车站食堂不分昼夜地营业。保尔在食堂里辛辛苦苦地干了两年。这两年里，他的好朋友谢廖沙也成了一个小工。保尔的工钱从八个卢布涨到十个卢布，两年来保尔长高了，身体也变得结实了。在这两年里，他经历了许多磨难，有段时间他还在厨房打杂，每天都沉浸在浓烟之中。那个有权势的厨子头觉得保尔是个犟孩子，常常莫名其妙地就甩他几个耳光。可是厨子时常担心保尔说不定哪天会突然捅他一刀，所以半年后干脆把他又撵到了洗碗间。因为保尔干起活来十分拼命，好像有用不完的力气，食堂的人才勉强让他在这儿干。保尔干的活比谁都多，从来不知道累。

在这两年中，保尔常常会感到非常苦闷。他和小工克利姆卡在一起时，常常会愤愤不平地发泄："我从到这儿来干活的第一天起，就一直被欺压。你说，咱们像驴子一样干活，可得到的是什么呢？谁高兴谁就可以甩你几个大耳光，没有一个人会护着你。老板雇我们是来干活的，凭什么随意任他们揍！就算你拼命干，可还是有伺候不到的地方，总会有一顿打在等着你……"

这样一来，保尔就有了想离开食堂的想法。

但是，保尔没想到，他会这么快就离开食堂，离开的原因也是他自己意想不到的。

那是一月份的一个寒冷的夜晚，保尔干完自己的一班，准备回家了，但是接班的人还没有来。保尔向老板娘说他要回家，但老板娘不让他走。到了夜里，他已经累得不行了。大家都休息的时候，他还要把几口锅灌满水，赶在三点钟的火车进站以前烧开。保尔拧开水龙头，可是没有出水，看来是水塔没有水，于是他又把水塔的水龙头打开放水。保尔让水龙头开着，自己倒在柴堆边，本来只是想歇一会儿，可是他实在太累了，一下就睡着了。

过了几分钟，水塔里的水放满后，水流进水槽，不一会儿就漫了出来，水还是流个不停，越流越多。水流进了餐室里，一个睡在地板上的旅客被惊醒并大声叫喊起来。正在另一个餐室里收拾桌子的堂倌普罗霍尔听到旅客的喊叫声，急忙跑过来。他跳过积水，冲到门旁，用力把门打开，这时被门挡住的水一下子全涌进了餐室。普罗霍尔径直朝熟睡的保尔扑过去，拳头像雨点一样落在保尔身上。保尔被打得都快昏了过去，周身是伤。等到堂倌打完了，保尔才带着满身的伤一步一步地勉强挪到了家。

早晨，保尔的哥哥阿尔焦姆看到弟弟遍体鳞伤，黑着脸，紧皱眉头，叫保尔把事情的经过告诉他。保尔把洗碗间的事从头到尾讲了一遍。夜里，阿尔焦姆找到了普罗霍尔，把他狠狠地打了一顿。普罗霍尔被打得满脸是血，在地上挣扎着爬不起来。阿尔焦姆那一夜都没有回家，第二天，母亲打听到，阿尔焦姆被关进了宪兵队。

六天以后，阿尔焦姆被放出来，回到家里。阿尔焦姆对还卧躺在床上的保尔说："没关系，养好伤到发电厂去干活吧。我早就已经替你讲过了，你可以在那儿学门手艺。"保尔双手紧紧地握住阿尔焦姆的大手，感到了一股强大的力量支持着自己。

# 第二章 枪

一个惊心动魄的消息传来："沙皇被推翻了！"人们都欢呼着相拥，挤到广场上去庆祝。

在严冬即将过去的时候，城里进驻了一个近卫骑兵团。每天早晨，团里都派出骑兵小分队，到车站去抓从西南前线跑回来的逃兵。近卫骑兵个个神采奕奕，身材高大；军官多半是伯爵，他们戴着金色的肩章，穿着银色镶边的马裤，一切仿佛跟沙皇时代差不多，好像没有发生过革命似的。

直到阴雨绵绵的十一月，情况才有了些改变。车站上出现了许多陌生的面孔，他们大多是从前线回来的士兵，而且都有一个崭新的称号："布尔什维克"。这个响亮、有力的称号是怎么来的，还没有人完全了解。

时间到了一九一八年的春天，游击队来了。

居民们纷纷涌上街头，好奇地看着这支新来的队伍。游击队的指挥部设在律师列辛斯基家里。当天晚上，在律师家的大客厅里，四个人正围坐在大桌子旁开会：一个是队长布尔加科夫同志，他是个已经有了白发的中年人。另外三个是叶尔马琴科、斯特鲁日科夫和一个穿着工人服装的年轻人，他们都是指挥部的成员。四个人讨论决定明天撤走，把水兵费奥多尔·朱赫来留下来担负起组织敌后工作的任务。他们还决定，把存在城中带不走的武器发给居民。

　　游击队撤走后的第三天，冷清的车站又响起了火车的汽笛声，这是德军到来的信号。消息迅速传遍全城："德国人来了。"穿乌克兰短上衣的伪军小头目走上城中一家店的台阶，宣读了城防司令科尔夫少校的命令。命令如下：

　　第一条，令本市全体居民，于二十四小时内，将所有火器及其他各种武器上缴，违者枪决。第二条，本市宣布全面戒严，自晚八时起禁止通行。

　　阿尔焦姆一听到命令，就急忙赶回家来。他在院子里遇到了保尔，小声问道："你从外面往家拿什么东西没有？"保尔本来想隐瞒步枪的事，但又觉得不能对哥哥撒谎，就把步枪的事情告诉了他。他们一起走进小棚子，阿尔焦姆立刻把藏在梁上的枪取下来，使出浑身的劲向栅栏的柱子上砸去，把枪托砸得粉碎，然后把它远远地扔到了小园子外面的荒地里。做完这件事以后，阿尔焦姆警告保尔，以后不能再往家里拿东西。保尔答应了哥哥，但是他却为枪的事难过了一整天。就在同一天，保尔的朋友谢廖沙把以前领到的三支新枪用破布包好埋在一个荒废很久的破棚子里。

　　游击队留下的水兵朱赫来在发电厂工作已经一个月了，而也在发电厂工作的保尔不知不觉地和这个严肃的工人成了亲密的朋友。朱赫来很喜欢这个可爱的孩子，保尔也崇拜这位做电工的朋友。朱赫来常常给他讲解发电机的构造，教他电工技术。保尔也对朱赫来讲了许多自己以前在食堂工作时，被人欺负的事情。朱赫来表示有机会就教保尔一些自我保护的方法。

　　这段时间，保尔常常在列辛斯基家的大门口看到一个中尉。此时，律师的家又成为德军军官的住所了。保尔发现中尉住在窗户对着花园的那个房间里。有一天，保尔朝中尉房间的窗口望去，整个房间看得一清二楚：桌子上放着一根皮带，还有一个闪闪发亮的东西。保尔非常好奇，于是他悄悄地从棚顶爬到一棵大树上，顺着树身偷偷溜进列辛斯基家的花园里。他猫着腰，快步走到窗子跟前，朝屋里瞟了一眼，发现桌子上放着一根武装带和一支装在皮套里的闪闪发亮的十二发曼利赫尔手枪。保尔激动万分，有几秒钟的工夫，他内心斗争得异常激烈。但是最后还是被一种强大的力量战胜了，他什么也顾不得了，把身子探进了窗子……他偷了那支枪。他从顶棚上滑下来，一口气跑回家去。

列辛斯基家这下可闹开了。德国中尉发现手枪不见了，马上下令展开搜查，但是搜查毫无结果。这次偷手枪的事使保尔开始相信，即使做出十分冒险的行为，有时也可能安然无事。

# 第三章　冬妮亚

　　一天，保尔在池塘边钓鱼，忽然他从水面看到了一个姑娘的倒影。那个姑娘就是林务官的女儿冬妮亚·图曼诺娃。她站在池塘边，扶着柳树，身子向水面微倾。她扎着一根又粗又长的栗色辫子，穿着蓝白相间的水兵服和浅灰色短裙，脚上套着一双带花边的短袜，下面穿着棕色的便鞋。

　　池塘旁边的小桥上，有两个年轻人正向姑娘这边走来。他们都是文科学校七年级的学生，一个是机车库主任工程师的儿子苏哈里科，另一个青年是维克托·列辛斯基。

　　两个青年来到了姑娘跟前。苏哈里科取出嘴里的纸烟，向那姑娘鞠了一躬，"您好，图曼诺娃小姐。您在钓鱼吗？" "不，我在看别人钓鱼。"姑娘回答道。

　　苏哈里科急忙把自己的同伴维克托介绍给冬妮亚。他们邀冬妮亚一起钓鱼，但是，冬妮亚说这样会打扰正在钓鱼的人。苏哈里科这才注意到在一边静静钓鱼的保尔，于是他喊道："收起你的鱼竿，快点滚开，臭小子。"保尔没有理睬他。苏哈里科比保尔大两岁，要讲打架斗殴、惹是生非，他可是一个好手。他看到保尔仍坐在原地不动，就朝着保尔猛地一推，保尔一下摔倒在岸边。

这时保尔终于忍不住了，他迅速爬起来，用朱赫来教他的拳击反击，他一拳把苏哈里科打倒在了池塘里。冬妮亚在岸上看着落水的苏哈里科，忍不住大笑起来："打得好，打得好！"她拍着手喊："真有两下子！"保尔看了一眼冬妮亚，抓起自己的钓竿，使劲一拽，收起鱼线，跑到大路上去了。临走时，保尔听见维克托对冬妮亚说："这就是小流氓保尔·柯察金。"

局势越来越紧张了，铁路工人已经开始罢工。这些天，朱赫来忙得不可开交。自从游击队走后，朱赫来做了大量的工作。他结识了许多铁路工人，经常参加青年人的聚会，在机车库钳工和锯木厂工人中建立了一个强有力的组织。朱赫来也试探过阿尔焦姆，问他对布尔什维克党和党的事业有什么看法。阿尔焦姆回答他说："朱赫来，你知道的，我对于党派的事，不是很明白。但是，只要你需要我帮忙，我一定尽力，你可以相信我。"朱赫来对这种回答已经很满意了，他知道阿尔焦姆是个讲信用的人，说到就能做到。

乌克兰伪警备队突然从车站抓走了报务员波诺马连科，对他严刑拷打。在酷刑之下，他供出了阿尔焦姆的同事罗曼·西多连科，说罗曼进行过革命鼓动工作。

伪军官得到消息后马上就来抓人，这激起了工人们的反抗，所有的工人都罢工了，连值班站长也走了。朱赫来的工作有了一定成效。这是车站上的第一次群众性示威活动。

当天夜里，大搜捕开始了。阿尔焦姆也被抓走了，朱赫来因为没在家过夜，幸运地逃脱了。德国人向被抓的工人们发出了最后通牒：即刻复工，否则就把他们都交到野战军事法庭审判。之后，阿尔焦姆、货车司机波利托夫斯基和谢廖沙的父亲勃鲁扎克被德军叫去开火车。他们三人开火车时，奋起反抗，合力打死了押车的德军士兵，然后一起逃跑了。

一清早，保尔回到了家里，听母亲说警备队夜里来搜捕阿尔焦姆，他的心都提起来了，他非常担心哥哥的安全。保尔跑到车站机车库去找朱赫来，但是没有找到。从他认识的工人那里，也没有打听到哥哥和另外两个人的消息。波利托夫斯基家的人也是什么都不知道。保尔在波利托夫斯基的院子里遇到了他的小儿子鲍里斯，听他说，夜里警备队也到他家搜查过，要抓他父亲。除了这些没有其他任何消息。小厨工克利姆卡去勃鲁扎克家找他的妻子安东尼娜·瓦西里耶夫娜，要把朱赫来给的纸条交给她。他遇到的是勃鲁扎克的女儿瓦莉亚·勃鲁扎克。内向木讷的小厨工不敢正视这个可爱的姑娘，因为他喜欢她。他很不好意思地把纸条递给瓦莉亚，瓦莉亚迅速读了起来：

亲爱的安东尼娜！请你放心，一切都好。我们全都平平安安的。具体的情况，稍后你就会知道。请你转告那两家，大家都平安，请他们放心。最后，切记把这纸条烧掉！

"这是朱赫来交给我的。"克利姆卡说完之后，才意识到这样说很不妥，于是连忙又加上一句，"他一再强调，绝对不能交给别人。""知道啦，知道啦！"瓦莉亚笑着说，"我绝不告诉任何人。快到保尔家去吧。我妈也在他们家呢。"说完，她在克利姆卡的背上轻轻推了一把。克利姆卡就离开了瓦莉亚的家，向保尔家里奔去。

他们三个失踪的工人都没有回家。晚上，朱赫来到了柯察金家，把机车上发生的事情都告诉了保尔的母亲玛丽亚·雅科夫列夫娜。他尽力安慰这个受到惊吓的女人。他告诉保尔的母亲，他们三个人都躲到了远处偏僻的乡下，住在勃鲁扎克的叔叔那里，现在十分安全，只是他们暂时还不能回家。他让她相信德国人不会待得太久了，时局很快就会转变的。

这件事的几天后，保尔再次遇到了冬妮亚。当时冬妮亚正在湖边专心致志地读书，而保尔恰好也到那边去游泳。当他们都认出对方后，于是就坐下来聊了起来。冬妮亚好奇地听着保尔讲自己被学校开除的事情。保尔也渐渐不再感到拘束了，他们慢慢熟悉起来。在保尔心中，冬妮亚已经是自己的老朋友了，他把哥哥没有回家的事也对冬妮亚讲了。他们真挚而热情地交谈着，一直到了上工的时间，保尔才依依不舍地向冬妮亚告别，快步跑向城里。

自从哥哥阿尔焦姆走后，保尔家里的生活就越来越窘困了，保尔的工钱是不够开销的。列辛斯基家要雇用一个厨娘，保尔的母亲想去做这个活，可是保尔坚决不同意母亲去做工。

第二天，保尔又在锯木厂找了份工。他在那里遇到了两个老同学，一个是米什卡·列夫丘科夫，另一个是瓦尼亚·库利绍夫。保尔同米什卡一起干计件工，收入还不错。他开始做两份工，白天在锯木厂做工，晚上再到发电厂去。

十天之后，保尔领回了工钱。他把钱交给母亲时，向母亲要了一件新衬衣。后来他还去了理发店。就这样，他穿着崭新的蓝衬衫、黑裤子，皮靴也擦得亮亮的，去找冬妮亚。

保尔早已经把冬妮亚当作自己的好朋友。这一次见面保尔把那个最大的秘密——从德国中尉那里偷了一支手枪的事，也告诉了冬妮亚。他还约她过几天一起到树林深处去放枪。

# 第四章　可怕的三天两夜

　　激烈而残酷的斗争席卷着整个乌克兰。越来越多的人拿起了武器，每一次战斗都会吸引更多的人加入其中。在那动荡不安的一九一九年四月，小市民们早上起来的第一件事就是怯生生地询问今天城里是哪一派掌权。

　　现在这座小城的掌权者是戈卢勃上校。昨天他那支由两千个亡命徒组成的队伍耀武扬威地进了城。为了欢迎新来的队伍，城里唯一的剧院举行了盛大的晚会。拥护佩特留拉的知识分子"精英"全都出席了：一群乌克兰教师，神甫的大女儿——美人阿妮亚、小女儿季娜，一些小地主，还有一帮自称"自由哥萨克"的小市民，以及乌克兰社会革命党的党徒。

　　正当这群人玩得兴致勃勃的时候，曾和戈卢勃上校产生过矛盾的另一个小头目帕夫柳克却突然闯进城来，他们再次发生冲突。几小时后，城内正式开战。步枪声、机枪声，彻夜轰鸣。可怜的小市民们被惊醒，急忙从床上跳起来，揉着惺忪的睡眼，惊恐地向外张望。天亮以后，城里就有个传闻——对犹太人的大屠杀很快就要开始了。消息很快也传到了贫困的犹太居民区，犹太贫民都拥挤地住在这类似盒子的破旧房子里面。

现在谢廖沙在印刷厂做工已经一年多了。厂里的排字工人和其他工人全是犹太人。谢廖沙和他们关系非常亲密，相处得很好。今天，谢廖沙发现工人们焦躁不安。他们把谢廖沙叫到工厂的一个角落里，请求他帮忙将犹太妇女和孩子藏起来，因为匪徒暂时还不会对俄罗斯人下手。谢廖沙认真地点了点头。

在那个盛大晚会后的第三天，帕夫柳克被戈卢勃赶出了小城，同时屠杀犹太人的暴行开始了。

这天早上，戈卢勃上校的卫队长萨洛梅加叫醒副官帕利亚内查，商量屠杀犹太人的计划。帕利亚内查认为，戈卢勃在他们抢劫和屠杀犹太人期间，最好回避一下，不要留在城里。这样一来，往后戈卢勃就可以

推脱责任，说这是他不在时发生的一场误会。这个帕利亚内查，是这种虐杀行动的"专家"！

黑夜里，匪徒们可以尽情放纵大干。许多人永远都忘不了那可怕的三天两夜。多少个生命被屠杀！无数的眼泪渗进了大地！可是那些活下来的人并不比死者幸运多少，他们的精神饱受摧残，留下的只是无尽的羞辱、无法言喻的哀伤和失去家人的悲痛。受尽折磨和蹂躏的少女们蜷缩着，双手还在痉挛，这样的血腥场面随处可见。

谢廖沙和在大屠杀前悄悄回到家的父亲已经把印刷厂的一半工人藏进了自己家的地窖和阁楼里。现在他正穿过菜园回家，忽然看见一个人沿着公路跑过来，那是一个吓得面无血色的犹太老人，一边跑一边摆动双手，显然快要跑不动了。他的后面是一个骑着灰马的佩特留拉匪兵，眼看就要追上他了。那个匪兵猫着腰，挥动着马刀做出要砍杀的姿势。老人听到马蹄声已经逼近，本能地举起双手抱住头。谢廖沙一个箭步跳上大路，冲到马跟前挡住老人，大喝道："混蛋，强盗！"那个匪徒借势用刀背朝这青年人的头砍了下去……

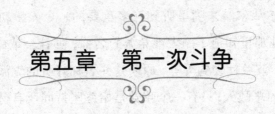

# 第五章　第一次斗争

　　前线的红军步步紧逼，"总头目"佩特留拉的队伍接连失败，戈卢勃团也被调上了前线。城里只留下少量后方警卫部队和警备司令部。

　　人们又活动开来。犹太居民利用这短暂的喘息机会，埋葬了被杀的亲人。这样的一个深夜，却有一个人行色匆匆地在街上走。他径直走到柯察金家的小屋前，轻轻地敲了敲窗户，屋里没有人应声。他又敲了敲，比第一次更响了些。

　　"是谁？"保尔朝人影问了一声。窗外的人用压低了的粗嗓门说："我，朱赫来。我到你家借宿一宿，行吗？""当然啰！"保尔肯定地回答，"你就从窗口爬进来吧。"朱赫来壮实的身体很快就从窗口挤了进来。保尔告诉他，家里只有他一个人，朱赫来便放心了许多，提高了嗓音说："保尔，那帮可恶的匪徒正在到处抓我。我想在你家躲几天。在你这儿，我最放心了。"

　　朱赫来同保尔一起住了八天，这对保尔以后的生活产生了很大的影响。这八天对保尔的成长，有着决定性的意义。这些天，保尔从朱赫来嘴里听到许多重要的、令人激动的新鲜话题。从他那里知道了一大堆党派的名称，如社会革命党、社会民主党、波兰社会党等等，原来这些名称好听的党派都是工人阶级的凶恶敌人；只有一个政党是始终坚持同所有财主作斗争的革命党，这就是布尔什维克党。从前糊里糊涂的保尔，此刻内心明白了许多。

一天，他们正在谈论的时候，突然从院子里传来了说话声，有人没有敲门，就把门推开了。朱赫来迅速把手伸进衣袋里紧握住手枪，但是立刻又抽了出来。首先进来的是谢廖沙，他头上缠着绷带，脸色苍白，比以前瘦了许多。瓦莉亚和克利姆卡跟在他后面。

谢廖沙还没有完全复原，保尔让他坐在床上。他们热烈地交谈起来。向来都是快乐健谈的谢廖沙今天却有些安静、忧郁，他把佩特留拉匪兵砍伤他的经过告诉了朱赫来。朱赫来很了解这三个青年，他到勃鲁扎克家去过多次，他喜欢这些青年人。这些年轻人讲了他们怎样把犹太人藏在自己家里，帮助他们躲过大屠杀暴行的经过，朱赫来一直认真地听着。这天晚上，朱赫来也给青年们讲了许多关于布尔什维克和列宁的事情，帮助他们认识当前发生的种种事件。激动的革命气氛在保尔的家里升腾。他们一直谈到很晚，谢廖沙他们三人才离开。

住在保尔家的这段时间，朱赫来每天都是傍晚出去，深夜才回来。他正忙着在离开之前，同留在城里的同志们商量今后的工作。有一天，朱赫来一夜都没有回来，保尔早上醒来，只看见空空的床铺。保尔隐隐地预感到出了什么事情，他立刻穿好衣服，跑出去找朱赫来。离开之前他锁好屋门，把钥匙藏在约定的地方。

保尔到许多地方都没有打听到朱赫来的消息，然后他就被一种说不出的力量驱使着向老砖厂走去。

保尔拨开碎砖，把手伸进窑底，从那个秘密的角落里掏出那支用破布包着的闪亮的曼利赫尔手枪。然后保尔从砖厂出来，朝车站走去，口袋里装着那支沉重的手枪，他心里异常紧张和激动。

保尔又去了车站打探消息，可惜，在车站上也没有打听到朱赫来的下落。回来的路上，刚好经过林务官家那熟悉的花园，这更增添了保尔的忧愁情绪。他想起了和冬妮亚最后一次闹别扭时的情形，那次比以前闹得都要厉害。那是一个月以前突然发生的事。

那天，他和冬妮亚偶然在路上相遇。冬妮亚邀他到家里去玩。"保夫鲁沙（保尔的昵称），今天，我们家就我一个人。晚上来找我吧，咱们一起读列奥尼德·安德烈耶夫的《萨什卡·日古廖夫》。我已经看过了，可还是很想和你一起再读一遍。晚上你来，咱们一定可以过得很愉快。"冬妮亚一双充满期待的眼睛注视着保尔。保尔肯定地回答："我一定来。"然后就急忙赶着上班去了。

到了晚上，冬妮亚听到咚咚的敲门声，飞快地跑去打开宽大的正门。看到保尔，她有点抱歉地说："我来了几个客人。保夫鲁沙，我没料到他们会来，请你一定要留下。"保尔本想转身回去，但是冬妮亚拉住他的袖子，说："进来吧。你们互相都认识一下，也有好处。"说着，就用一只手挽着保尔，把他带到了自己的房间。一进屋，她就微笑着对房间里的几个年轻人说："这是我的朋友保尔·柯察金。"

有三个年轻人围坐在房间里的小桌子旁，其中一个是莉莎·苏哈里科，她是个漂亮的中学生；另一个穿着整洁的黑外衣，细高个子，保尔从未见过这个年轻人；还有一个是维克托，他坐在另外两个人中间。维克托用一种不屑的目光瞟了保尔一眼。保尔看到他们，转身离开了。冬妮亚上前阻拦，却与保尔发生了争吵。

从那以后，他再没有见到冬妮亚。在发生屠杀犹太人的暴行期间，保尔和伙伴们一直忙着在发电厂藏匿犹太人，把和冬妮亚的矛盾早就忘得一干二净了。但是今天，他却又很想见到冬妮亚。

朱赫来失踪了，保尔感到整个家都变得很寂寥，一想到这里，他的心情就特别沉重。

在公路上一个十字路口处，维克托正在同莉莎深情地告别。他紧紧地握着莉莎的手，含情脉脉地望着她的眼睛，轻声地问："您一定还会再来的，是吗？"莉莎撒娇地回答："来，我一定来。您等我好了。"分别的时候，莉莎用一双妩媚的眼睛深情地看着维克托。

这时，保尔恰巧来到了公路上。当他向右转，往家走的时候，也发现了这两个人。走着走着，他又马上认出走在前面的是朱赫来，他瞧着他们走过来，心里紧张不安，不知道怎么办才好。在这个关键时刻，他猛然想起了今天早上从砖厂拿回来的手枪就在口袋里。等他们走过去，朝这个可恶的匪兵背后放一枪，朱赫来就能得救。保尔做出了这样的决定之后，他的内心变得格外勇敢了。

　　接下来发生的事是这样：当匪兵走到保尔旁边的时候，保尔猛地向他扑去，抓住他的步枪，狠命向下压。佩特留拉匪兵没想到会有人袭击，一下惊住了。很快匪兵就竭力往回夺枪，保尔奋力把整个身子的重量都压在枪上，拼命护住枪。突然一声枪响，子弹打到了石头，砰的一声弹起来，落到路旁的壕沟里去了。

　　朱赫来听到枪声，往旁边一闪。他发现没事，又马上回过头来，看见押着他的匪兵正发疯一般从保尔手里往回夺枪。那家伙转着枪身，让保尔的双手承受着绞动的疼痛。但是保尔忍住疼痛坚决不放手。在这样的生死关头，任何力量也不能叫保尔放开手里的武器。

　　朱赫来一下就冲到他们跟前，挥起拳头，朝匪兵的头上打去。匪兵被打得瘫软到地上，滚到路旁的壕沟里，朱赫来连忙把保尔从地上扶了起来。

　　当朱赫来和保尔从莉莎身旁跑过去的时候，她十分震惊，在那儿呆住了。她认出袭击押送兵的竟是前些日子在冬妮亚家里见过的那个少年。在警备司令部，莉莎受到了盘问，她讲的和押送兵一样，只是没有说出保尔的名字。直到深夜，他们才被放出来。莉莎则由维克托送她回家。

维克托来到警备司令部，快步走了进去。只一会儿工夫，他便领着四名佩特留拉匪兵向柯察金家走去。他向少尉指了指保尔家的窗户，然后连忙离开了。

保尔就这样被抓了起来，关进了一间黑屋子。在这之前他受尽了折磨，被打得浑身是伤，心情也十分沉重，保尔完全没有想到会被捕。"佩特留拉匪徒怎么会知道的呢？压根儿没人看见我呀！现在该怎么办呢？朱赫来在哪儿呢？"他们是在克利姆卡家里分开的。朱赫来当时留在克利姆卡家，希望等天黑能混出城去。"幸亏我把手枪藏到老砖窑里去了，"保尔想，"要是让他们在我家翻到枪，我就彻底没命了。但是，他们怎么会知道是我呢？"这个问题叫他百思不得其解，保尔的内心更加沉重。

这一夜保尔无法入睡，他想了许多。这算是他第一次参加斗争，怎么就这么不顺利，一下子就被抓住了。他坐在那里，心神不安地打起瞌睡来。迷迷糊糊的，母亲的形象在脑海中浮现出来：她面孔消瘦，满脸皱纹，那双眼睛是那么亲切，那么慈祥啊！他内心暗暗庆幸："幸亏母亲不在家，要不然，她也要受罪了。"此刻，从窗口透进来一道道光线照在墙上，屋子里的黑暗在渐渐退去。保尔心想：黎明已经临近了。

# 第六章 虎口脱险

冬妮亚还没睡着就听到母亲的低语声："冬妮亚还没睡，进来吧，莉莎。"莉莎来到了冬妮亚的房间。冬妮亚带着睡意，微笑着："莉莎，见到你真是太好了。我们全家都很高兴，因为生病的爸爸在昨天终于脱离了危险期，今天他安安静静地睡了一整天。我和妈妈熬了好几夜，今天也终于安心地休息了一下。莉莎，有什么新闻，都讲给我听听。"冬妮亚把莉莎拉到身旁，在长沙发上坐下来。

"冬妮亚，你知道吗？当我认出那个逃跑的人时，我是多么惊讶啊……你一定想不到那人是谁。"冬妮亚正听得出神，但她觉得这个人不会与自己有关系。莉莎脱口而出："他就是柯察金！"冬妮亚惊呆了："是柯察金？保尔·柯察金？"

冬妮亚送走了同学之后，内心有些隐隐不安，她回到屋里躺在床上，用被子紧紧地裹住自己，这时对保尔深深的思念也像被子一样紧紧地包围着她。

第二天清晨，家里的人还在睡梦当中，冬妮亚就起床了。

她迅速穿好衣服，悄悄地走到院子里，解开自己的长毛大狗特列佐尔，领着它向柯察金家里走去。来到柯察金的家门口，她犹豫不决地站了片刻，随后，推开栅栏门，走进了院子。长毛大狗特列佐尔摇着尾巴，跑在她前面。

　　阿尔焦姆刚好也在这天一大早从乡下回到家里。他是坐大车回来的，同车的是一位一起干活的铁匠师傅。阿尔焦姆走进院子里，肩上背着一袋干活挣来的面粉。那个铁匠拿着其他东西跟在后面。阿尔焦姆走到敞开的屋门口，放下面粉，喊了一声："保尔！"没有人应声。他拿着东西进入屋时，看到屋里被翻得乱七八糟，破破烂烂的东西扔得满地都是。"保尔那家伙跑到哪儿去了？"阿尔焦姆开始生气了。但是，屋里空空的，要打听都没人可问。后来铁匠同阿尔焦姆告别，赶着大车走了。阿尔焦姆又来到院子里，仔细察看着周围的情况。

　　这时，院子的门忽然又开了，他转过头一看，一条摇着尾巴的大狗出现在他面前，后面还跟了个陌生的姑娘。"我找保尔·柯察金。"冬妮亚打量着阿尔焦姆，轻声地说。"我也正找他呢。谁知道他跑到哪儿去了！我刚刚回来，房门都开着，屋里乱得不成样，家里没人。您找他有事吗？"他问姑娘。姑娘没有回答，反问了他一句："您是保尔·柯察金的哥哥阿尔焦姆吧？""是啊，有什么事吗？"姑娘还是没有回答，只是忧心忡忡地望着敞开的门，"您回来的时候，家里的门就敞着，就没见到保尔吗？"她问道。"您找保尔到底有什么事？"阿尔焦姆疑惑不解地看着这个姑娘问道。冬妮亚走到阿尔焦姆跟前，四处探视了一番，急促地说："我也不敢肯定，不过，要是保尔没在家的话，那他恐怕就是被捕了。""这是什么意思？"阿尔焦姆不由得打了一个寒战。"咱们还是到屋里谈吧。"冬妮亚不安地说。进屋后，阿尔焦姆一声不响地听她讲着。当冬妮亚把她知道的一切全都告诉了他之后，他十分担忧，觉得保尔凶多吉少。"我要走了。您也许能找到他。"冬妮亚在向阿尔焦姆告别的时候轻声说，"晚上我再来听您的消息。"阿尔焦姆默默地点了点头。

警备司令正在十分享受地一边吸着烟，一边写文件。突然，门口传来了脚步声，不一会儿，一只胳膊缠着绷带的萨洛梅加就出现在他面前。警备司令看到他突然出现在这里，略有些吃惊。"谢乔夫狙击师马上要来这儿驻防。我们有大麻烦了，我先来把秩序整顿一下。大头目也可能要来，还有一位洋大人跟他一起来。"萨洛梅加看了看警备司令，又问："你写什么呢？"

警备司令轻轻地弹了弹烟灰，说："我这儿关着一个小混蛋。你知道的，我们在车站抓住的那个朱赫来，你应该记得，就是鼓动工人罢工来对抗我们的那个家伙。""记得啊，他怎么啦？"萨洛梅加似乎很有兴趣，往警备司令那靠了靠。

"在押送到我们这儿的路上，居然有个小混蛋在大白天把朱赫来劫走了。朱赫来跑得无影无踪，还好我们很快抓住了那个小混蛋。我就是在写这个材料，你看看吧。"他把一份写好的文件递到萨洛梅加手上。

萨洛梅加用没有缠绷带的左手翻着材料，草草看了一遍，然后两眼盯着警备司令，问："没有从这个小混蛋嘴里问到什么吗？"警备司令恼火地扯了扯帽檐。"我严刑拷问了五天，他什么也不说。总是重复着一句话：'我什么也不知道，人不是我放的。'真是生来的土匪命。现在这个人没必要再留下去了，所以我正准备向上面递交呈文，只要一批，就把他干掉。""这小子，"萨洛梅加用手指了指公文说，"你想要他的命，就得把十六岁改成十八岁，要不对未满十八岁的上头说不定不批。"

现在仓库里一共关押着三个人。一个是大胡子老头，他穿着破旧的大衣和肥大的麻布裤子，弯着两条瘦腿，侧着身躺在板床上。有一个匪兵的马拴在他家的板棚里，结果不见了，这就是他被关进来的原因。地上坐着一个上了年纪的女人，贼眉鼠眼，尖下巴，是个酿私酒的。她是因为有人告她偷了东西给抓来的。在窗子下面的角落里，头枕着帽子，昏昏沉沉地躺着的就是保尔·柯察金。后来，仓库里又带进来一个姑娘，她睁着两只惊恐不安的大眼睛，头上扎着花头巾，一副村姑的打扮。

军车一列接着一列开进城市，塞满了车站。谢乔夫狙击

师所属各个分队（营）纷纷从车上挤下来，涌入城中。直到傍晚，谢乔夫狙击师的辎重车还在不停地顺着公路开进城去。最后，司令部警卫连都开进去了。

仓库中的保尔起身站到小窗前面。街上车轮的轱辘声、嘈杂的脚步声和歌声，穿过深邃的夜色，传到他的耳朵里。他背后有人小声说道："看来是军队开进城了。"保尔转过身来，发现说话的是昨天关进来的那个姑娘。

一连三天都有人送来发酸的黑面包。这两天警备司令又连着提审他。拷问的时候，保尔什么也没有说，问什么他都说不知道。他很想做一个勇敢的人、坚强的人，像书里写的那样。可是被捕的那天夜里，他被押解着走过高大的机器磨坊时，听见一个匪兵说："少尉大人，干吗还把他带回去？从背后给他一枪不就完了。"当时，他却又害怕起来。是啊，他才只有十六岁，就这样死掉，太可惜了！

第二天，警备司令领着几个哥萨克来了，带走了那个姑娘。她用眼睛向保尔告别，眼神里流露出对他的告别。保尔的心情也就变得更加沉重。酿私酒的女人也被带出去给匪兵们弄烧酒。

晚上，仓库里又关进来一个人，保尔马上认出他是在糖厂干活的多林尼克。以前小城爆发革命时，保尔还在街头听他演讲过，后来就不知去向了。来了新难友，这让那个老头很高兴。多林尼克挨着老头坐在板床上，和他一道抽着烟，详细询问了各种情况。然后，多林尼克来到保尔身边，问道："你是谁？你是为什么给抓来的？"保尔的回答只是寥寥的一两个字。但是，当木匠从老头那儿知道这个小伙子的罪名后，就用那双炯炯有神的眼睛惊讶地盯了保尔许久。他在保尔身旁坐下，轻声地问："这么说，是你把朱赫来救走了？我还不知道你被捕了呢。"保尔感到很突然，急忙用胳膊撑起身子。"什么朱赫来？我不知道你在说些什么。"多林尼克却笑了笑，凑到他跟前。"哈哈，小家伙，你别瞒我了，我知道的比你多。"他怕老头听到，又把声音压低了，说："是我亲自把朱赫来送走的，现在他可能已经到了预定的地方。他把这件事的经过全都告诉我了。"

多林尼克来后的第二天，仓库里又押来了一个大耳朵、细脖子的犯人。这个人是城中有名的理发师什廖马·泽利采尔。理发师来后不久，仓库门开了，之前被押出去弄烧酒的那个女人又被关了进来。她恶狠狠地咒骂着那个押送她的哥萨克："你们这些该死的家伙被火烧干净最好！你们喝了我的酒会不得好死的！"卫兵把门砰的一声关上了，并把门锁得牢牢的。

广场上有座难看的破教堂，现在教堂前面正在上演本城的稀罕事。大头目佩特留拉决定亲自来这里检阅军队。谢乔夫狙击师的部队，全副武装等着欢迎他。教堂的台阶上站着一群校官和尉官、神甫的两个女儿、几个乌克兰教师、一帮"自由哥萨克"，还有那个背有些驼的市长。总而言之，他们是一群经过挑选的"各界人士"的代表。负责阅兵式的步兵总监也站在这些人中间，他穿着契尔克斯长袍。更为夸张的是瓦西里神甫穿起了复活节才穿的法衣。

在雄壮的乐曲声中，迎接大头目的汽车终于缓缓驶来。大头目佩特留拉本人和人们想象的不一样，他简直没有一点威武的气派，完全不像一个军人，只有腰间皮带上插着的那支精巧的勃朗宁手枪让他看起来稍微有些气势。佩特留拉听完步兵总监的简短报告后，似乎感觉不是很好，表情木木的。接着是市长向他致欢迎词，最后是新兵检阅。

就在佩特留拉检阅部队时，发生了一件非常意外的事情。广场上不知从哪里冒出来一个犹太商人代表团，他们向佩特留拉恭敬地献上贺书，并请求他保护他们免遭屠杀。佩特留拉阴沉着脸说道："我的军队从不乱屠杀。"说完他让人收下贺书，然后继续检阅新兵。

此时，切尔尼亚克上校和哥萨克大尉已经来到警备司令部门前。切尔尼亚克径直走到警卫室，厉声问一个勤务兵："司令在哪儿？""不知道。"那个小兵不紧不慢地回答，"他可能出去了。"切尔尼亚克扫视着这间又脏又乱的警卫室，不禁怒吼道："怎么搞的，这简直像个猪圈，你们就是一群只知道躺着的懒猪崽子！"切尔尼亚克愤怒极了。

门上的锁被打开了，一伙人进了仓库。有几个人从地上坐了起来，其余的人仍旧躺着不动。"屋子里太暗了，把门全都打开！"切尔尼亚克命令道。他仔细看着每个犯人的脸，之后他恶狠狠地问老头和那个酿私酒的女人为什么会被抓进来，问清缘由后他让他们滚出去。

林尼克看着这出滑稽的戏，惊讶地瞪大了眼睛。被关押的人谁也不明白究竟发生了什么事。只有一点是清楚的：来的这两个人是大官，有处置犯人的权力。"你是怎么回事？"切尔尼亚克问多林尼克。"快点站起来回上校大人的话！"哥萨克大尉对还躺着不动的多林尼克吼道。多林尼克慢腾腾地从地上站了起来，看了上校几秒钟。突然，他脑中闪出一个有些侥幸的念头："说不定能混出去呢？"

"就是因为晚上八点钟以后我还在大街上走，就被他们抓来了。"他灵机一动，随口编了一个理由。说完，他全身都绷起来，急切地等待着上校的反应。"你深更半夜在大街上干什么？""不到半夜，也就十一点钟。"多林尼克说这话的时候，已经不抱太大的希望了。但很快地他突然听到了一声"走吧"，多林尼克兴奋极了，两条腿不由得哆嗦了一下。

保尔还没有被问到坐牢的原因。他坐在地上，眼前的一切，让他惊讶不已：犯人一个个就这样轻易地被放走了，连多林尼克也不例外。他一下子糊涂了，简直不懂发生了什么事情。但是，多林尼克，多林尼克……他并不是在夜里上街被捕的呀……保尔终于懂了。

仓库里的犯人只剩下保尔和泽利采尔两个了。这时，保尔站了起来。切尔尼亚克走到保尔面前，用那严厉的眼神上下打量着他："小家伙，你是为什么到这儿来了？"

保尔内心异常兴奋，但还是强装镇定地回答道："我从马鞍子上割了一块皮子做鞋掌。""什么马鞍子？"上校接着追问。"我家住了两个哥萨克，我从他们的一个旧马鞍子上割了一块皮子钉鞋掌，就因为这个，他们把我送到这儿来了。"保尔的内心强烈地渴望被放出去，他又加了一句："我要是知道他们不让，我决不会这么做的！"上校不屑地看着他，"这个警备司令真是没有一点用处，抓来这么一帮犯人！"他手指着门口，冲保尔喊道："快走吧，把你干的坏事告诉你爸爸，叫他好好收拾你。你，还愣着干什么！"

保尔简直不敢相信自己的耳朵，心里又兴奋又紧张。他从地上抓起多林尼克的外套，朝门口冲去。他迅速穿过警卫室，悄悄溜到院子里，然后从栅栏门出去，飞快地跑到大街上。仓库里就剩下可怜的泽利采尔了，他看了看门口，不禁向门口走了几步。这时，一个卫兵快步走过来，又把锁重新挂在了门上。泽利采尔彻底地绝望了。

保尔在路上一直跑，他要奔向自由。但是，这会儿他已经没有力气了。在又黑又闷的仓库里饿了这么多天，他浑身一点劲也没有了。现在回家去不行，到谢廖沙家去也不行——要是被人发现了，他们全家都得遭罪。能上哪儿去呢？

他不知道怎么办才好，只得拖着疲惫的身子继续往前跑，穿过一个又一个菜园子和庄园后院。直到撞在一道栅栏上，他才冷静下来。他往里面一看，马上就愣住了：那被树遮挡住的是林务官家的花园。保尔纵身一跃，用一只手攀住栅栏，用力地爬上去，翻身进了花园。他看了看那在树木中隐约可见的房子，又向花园的凉亭走去。现在的凉亭四面没有任何遮蔽的，还记得夏日里凉亭四周都是山葡萄，眼下，什么也没有了。他正准备转身回到栅栏那里去，但是已经来不及了——冬妮亚发现了保尔。冬妮亚睁大眼看了他好一会儿，惊喜万分，内心交织着无限的关爱与期盼的温情。她上前紧握住保尔的双手，说："保夫鲁沙，亲爱的保尔，我的亲人，噢……我爱你……你知道吗……你呀，

为什么要那么倔强，你那天为什么走了？现在，你自由了是吗？你到我们家，到我这儿来吧。我说什么也不会让你走了。我们家很清静，你愿意住多久就住多久。"

过了一个小时，保尔已洗完澡，换上了干干净净的一套衣服，然后冬妮亚带他到厨房里和母亲一起吃饭。保尔饿极了，开始他在冬妮亚的母亲叶卡捷琳娜·米哈伊洛夫娜面前很不自然，后来感到她很热情，也就不再拘束了。他大口大口地吃着，不知不觉已经吃了三盘。午饭后，三个人坐在冬妮亚

房间里，冬妮亚的母亲请保尔讲一讲他的遭遇，于是他把自己遭受的苦难讲了一遍。

"您以后打算怎么办呢？"冬妮亚的母亲关切地问。保尔想了一会儿，说："我想见见我哥哥阿尔焦姆，然后就离开这儿。""要到哪儿去呢？""我想到乌曼或者基辅去。我自己现在也说不定，不过离开这儿那是肯定的。"保尔对一上午发生的这么多事还是不敢相信，这一切变化来得太快了，一时还有些难以接受。

"冬妮亚，我需要你的帮助。你到机车库去找一找阿尔焦姆，再替我捎个纸条给谢廖沙。还有我的手枪藏在老砖窑里，我现在根本不能去拿，你让谢廖沙给我拿来。这些你一定要帮我啊！"冬妮亚站起身来说："好，我现在就去找莉莎。我和她一起到机车库去找你哥哥。你写条子吧，我给谢廖沙送去。他住在哪里？要是他想见你，能告诉他你现在住在我家吗？"保尔想了想，说："让他今天晚上把手枪送到你们家的花园里来吧。"

冬妮亚出去后很晚才回来。她回来的时候保尔睡得正香。她的手一碰到他，他就惊醒了。冬妮亚笑着对保尔说："阿尔焦姆马上就来，幸亏叫上了莉莎，因为她的父亲担保，才准阿尔焦姆出来一个钟头。火车头停在机车库里。我还没有告诉他你就在这儿。我只说，有非常重要的事情要告诉他。你看，他来了。"

冬妮亚跑去开门。阿尔焦姆站在门口，他看到自己的弟弟，简直惊呆了。冬妮亚等他进来后，轻轻关上了门，她尽量不让患伤寒病的父亲在书房里听到这儿的声音。

他们一同商量确定：保尔明天走。阿尔焦姆会把他安顿在勃鲁扎克的机车上，把他带到卡扎京去。"就这么定了，你明天早上五点准时要到材料库。等火车头的木柴一装完，你就立即爬上去坐好。本来我想跟你多谈一会儿，可是不行了，我现在得马上回去。明天我会去送你。你知道吗？我们铁路工人也给编成了一个队，总有卫兵看着我们干活。"阿尔焦姆做了些嘱咐以后，就告别了。

第二天清早，叶卡捷琳娜·米哈伊洛夫娜叫醒了保尔。他急忙起来，在洗澡间里换上以前的那身衣服、靴子，穿上多林尼克的外套。此时，冬妮亚也被母亲叫了起来。

保尔和冬妮亚在薄薄的晨雾中行进，到达车站后，他们急忙绕道来到堆放木柴的地方。阿尔焦姆正在装好木柴的火车头旁边，焦急地等待着他们。那辆叫作"狗鱼"的大功率机车已经开始喷着蒸汽，缓缓地开了过来。勃鲁扎克此时也从驾驶室里朝窗外急切地张望着。

他们相互匆匆告别。保尔紧紧抓住机车扶梯的把手，爬了上去。他转过身来，看看岔道口上并排站着的两个身影：高大的阿尔焦姆和娇小的冬妮亚。这是多么熟悉而又亲切的身影呀！保尔此时已将他们深深印入自己的内心。

# 第七章　谢廖沙的红色旅程

　　舍佩托夫卡四周到处是战壕，整整一个星期，这座小城都淹没在轰隆隆的枪炮声中。只有夜深时，才偶尔会有片刻安静。红军的炮队驻扎在村中心高冈上古老的波兰修道院里。

　　佩特留拉部队在糖厂那座高烟囱上搭了一个瞭望台，还安排了一个军官和一个电话兵在上面。他们是攀着烟囱里的铁梯爬上去的。这样一来，他们对整个城市的情况了如指掌。他们在这里指挥炮兵发射，围城红军的每个行动都逃不出这个瞭望台的视线。

　　今天，红军对这座城市的攻击一次比一次顽强，一次比一次猛烈。轰鸣的炮声中连空气都在震动。从糖厂的烟囱上可以清楚地看到布尔什维克战士们的行动，他们一会儿匍匐在地，一会儿跌倒又爬起来，他们是那样顽强地向前推进。眼下，他们马上就要占领车站了。守卫车站的谢乔夫师把所有的预备队都投入了战斗，还是没能堵住车站上已被打开的缺口。奋不顾身的布尔什维克战士已经冲上了车站附近的街道。谢乔夫师第三团的士兵，遭到布尔什维克迅猛又强硬的攻击之后，从最后的防线上溃退下来，他们慌乱地四处逃窜。红军部队绝不给敌人一丝喘息的机会，他们继续奋力挺进，用刺刀一路扫清了敌人的阻击部队，最终，占领了所有街道。

小城顿时充满了新的活力。受尽苦难的人们都挤上了街头，争先恐后地要看看红军队伍。在列辛斯基庄园的大门上，已经钉上了一块纸板，上面简单地写着"革委会"。纸板的旁边有一张火红的宣传画。画面上是一个红军战士，两道目光注视着看画的人，一只手准确地指向看画人的胸膛，战士的下方写着："你参加红军了吗？"

列辛斯基的别墅里，一间小屋子的门上贴着一张纸，上面写着"党委会"。伊格纳季耶娃同志就在这里办公，她是一个干事得力、沉着冷静的女人。师政治部委派她和多林尼克两个人建立苏维埃政权机构。

仅仅一天，工作人员就都坐到办公桌旁开始工作了，打字机啪嗒啪嗒地响着。红军还成立了粮食委员会。担任粮食委员的是以前糖厂的助理技师瓦茨拉夫·特日茨基，他是一个急性子的人。苏维埃政权刚刚建立，他就以积极、顽强的精神投入斗争，向工厂管理部门中的贵族分子发起猛烈进攻。要知道，那些贵族分子可是隐藏的破坏者。

担任教育委员的是切尔诺佩斯基。他是一个身材适中的中学教师。到目前为止他是本城教育界中唯一一个拥护并忠于布尔什维克的人。

革委会对面驻扎着一个特兵连，这个连的战士在革委会昼夜值勤。一到晚上，在革委会院子里，挨着大门的地方，就架起一挺上好子弹带的马克沁机枪，旁边站着两个拿步枪的战士。

伊格纳季耶娃同志正向革命委员会走来。她看到一个年轻的小战士，上前问道："小同志，你多大了？""要满十七岁了。""你是本地人吗？"小战士微笑着说："是的，在前天打仗的时候我参军了。"这时，多林尼克和一个军人走进栅栏门。伊格纳季耶娃对他说："您看看，这儿有一位共青团区委未来的领导人，他是本地人。"多林尼克认真地打量了一下谢廖沙，问："你是谁家的孩子？"

"勃鲁扎克家……""哦，原来是扎哈尔的儿子！好哇，你现在就开始干吧，把你的伙伴们都组织起来。"谢廖沙惊讶地看了他们一眼，内心感到前所未有的骄傲。

第二天傍晚，当地的乌克兰共产主义青年团委员会就建立起来了。

新的生活就这样来了，它强烈又迅速地刺激着谢廖沙，使他已经把自己的家完全忘记了，就算这个家就在城中。他，谢廖沙·勃鲁扎克，已经是一个布尔什维克了。他不止一次从口袋里掏出乌克兰共产党(布)委员会发的白纸卡片，上面写着：谢廖沙是共青团员、团区委书记。多么响亮的称号呀！他现在是一个真正的革命战士了，此刻他觉得浑身充满了力量。

谢廖沙整天忙着执行革命委员会的各项指示。现在伊格纳季耶娃正等着他，他们要一道去火车站的师政治部领书报和宣传品。等他赶到革委会大门口时，政治部的工作人员已经在那里准备好了车。

去车站的路很远。苏维埃乌克兰第一师的政治部和参谋部就设在车站的列车上。伊格纳季耶娃利用乘车的时间，跟谢廖沙谈起了工作。"你的工作进行得怎么样了？共青团组织建立了吗？你的朋友都是工人子弟，你要把他们组织起来。争取在最短时间内建立一个共产主义青年小组。明天我们就一同起草一个共青团的宣言，把它打印出来去宣传。然后你把青年召集到剧院里，开个大会。我还要向你介绍师政治部的丽达·乌斯季诺维奇同志，让你们认识认识。她也是做你们青年工作的。"

第二天，谢廖沙见到了这位政治部的丽达·乌斯季诺维奇同志，她原来是个十八岁的姑娘，金黄色的头发剪得短短的。谢廖沙很快就从她那里了解并学到了不少东西，她还答应以后有机会的话就帮助他进行工作。另外，丽达给了他一大捆宣传品和一本有关共青团纲领和章程的小册子。

天已经很晚了，谢廖沙才回到革命委员会。瓦莉亚一直在花园里等着弟弟。当她看到谢廖沙时，完全认不出来了：他完全变了，充满了激情与朝气。谢廖沙让姐姐坐在椅子上，就开始滔滔不绝地讲共青团的事情，同时他还想让姐姐也加入他们的革命队伍中来。

两个月后，秋天到了。夜幕降临，黑夜笼罩了整个小城。师参谋部的报务员正忙着在收电报，一张纸条从他的指间穿出来，他迅速将那些点和短线译成文字，写在电文纸上：

第一师参谋长并抄送舍佩托夫卡革委会主席。命令收到电报后十小时内，撤出市内全部机关。留一个营，归本战区指挥员 x 团团长指挥。师参谋部、政治部及所有军事机关，均撤至巴兰切夫车站。执行情况，随时报告。

师长（签名）

十分钟后，一辆闪着大车灯的摩托飞快地在街上行驶，在革委会大门口停了下来。通讯员把电报交给了革委会主席多林尼克。战士们迅速行动起来了。一小时过后，几辆马车满载着革委会的物品，从街上驶过，到波多尔斯克车站，装车准备出发。

谢廖沙听完电报，跟着通讯员跑了出去，对他说："同志，帮个忙，带我上车站，行吗？""你坐在后面吧，抓紧点。"宣传鼓动科的车厢已经挂到列车上，谢廖沙在离车厢十步左右的地方紧紧地抓住了丽达的双肩。他感到好像就要失去一件无比珍贵的东西似的，低声地说："再见吧，丽达，我亲爱的同志！咱们一定还会再见面的，一定要记住呀。"

第二天清早，当最后一列火车响起汽笛驶出车站后，整个小城又安静了许多。谢廖沙跟随剩下的红军队伍默默撤退——波兰白军逼近，他们暂时要离开这儿。机车库的工人们穿着满是油渍的衬衫，用哀伤的眼光目送着红军战士们。谢廖沙满怀激情地喊道："我们一定会回来的，同志们！"

钢铁是怎样炼成的

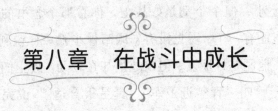

# 第八章　在战斗中成长

保尔·柯察金转战在祖国大地上已经一年了。现在他已经长成大人，比以前更加强壮了。他在艰难困苦的环境中锻炼成长。他那曾被子弹打伤的皮肤早已重新长好，只是被步枪磨出来的老茧硬得已经脱不掉了。

现在，一场新的革命风暴又要爆发了。虽然第十二集团军损失了大量兵员，在波兰军队的压迫下，全军正在向基辅方向撤退。但是，就是在这个时候，无产阶级的共和国却在部署一项重大的军事行动，他们准备给被胜利冲昏头脑的波兰白军毁灭性的一击。

篝火旁围坐着一群战士，其中一个把头埋得低低的，正在读书，他就是保尔。其他战士为了打发时间，提议让保尔给他们念一段书上的故事，于是保尔坐得离火又近了些，把书放到膝盖上读了起来。当团长亚历山大·普济列夫斯基同志和政委一同骑马悄悄靠近战士们的篝火边时，团长看见了那个正在念书的人。普济列夫斯基回过头来，指着这群战士，对政委说：

"团里的侦察兵有一半都在这里，里面有四个共青团员，虽然年纪都还小，但个个都是好战士。你看那个念书的，叫柯察金。那边还有一个，看见没有？眼睛像小狼一样锐利的，他叫扎尔基。他俩是好朋友，但暗地里却在较劲。战士们送给他们一个称号，叫'青年近卫军'，真是很合适。"说完，他继续驱马朝战士们走去。

第二天，保尔侦察回来，把马拴在树上。他走到指导员克拉梅尔的跟前，向他申请转到骑兵第一集团军去。克拉梅尔惊讶地瞪大眼睛看着保尔，表示部队是有纪律的，个人不能随意调动。虽然他拒绝了保尔的要求，但他分明从他的眼神里感到了一种坚定的决心。

第二天傍晚，围坐着战士的篝火旁边已经看不到保尔了。

一九二〇年六月五日，布琼尼骑兵第一集团军经过几次短暂而激烈的战斗，突破了波兰第三和第四集团军结合部的防线，把堵截红军的骑兵旅一举歼灭了，之后他们开始向鲁任方向挺进。骑兵第一集团军司令员从一个战俘那里了解到，在日托米尔驻有波军的一个集团军司令部，于是他决定派兵占据这个重要地方。六月七日的清晨，骑兵第四师就向日托米尔进发了。

到达日托米尔城，战士们英勇地冲进城内，惊慌失措的波军几乎来不及抵抗就败退下来。城里的卫戍部队一下子就彻底被击垮了。

现在，满腔热血的保尔伏在马背上向前飞驰。在他旁边骑着一匹细腿黑马的，就是托普塔洛。保尔十分敬佩这个战士，他亲眼看见这个剽悍的骑兵战士挥起马刀，勇敢果断地杀敌，他动作迅速地砍倒了一个还没来得及举枪的波兰兵。

突然，在前方十字路口中央出现了一架机枪，三个穿蓝军装、戴四角帽的波兰兵，弯着腰守在机枪旁边。还有一个波兰军官，领子上镶着蛇形金绦，他一见红军骑兵冲过来，就快速举起了手里的毛瑟枪。军官朝保尔开了一枪，但是没有打中，子弹从保尔脸旁嗖的一声飞了过去。那个军官被保尔战马的胸脯撞出去老远，脑袋磕在石头上，仰面朝天倒了下去。就在同一时刻，机枪开始扫射。托普塔洛就像被几十只大黄蜂蜇着似的，连人带马倒在了地上。保尔骑着战马猛地一蹿，越过战友的尸体，一直冲到机枪旁边的波兰兵跟前挥刀砍去。这时候，骑兵连的大队人马，都涌向十字路口，他们来势汹汹，像奔腾的洪水，几十把战刀在空中不停地挥舞着，奋力砍杀。

红军队伍进一步扩大战果，马上就要冲到波兰军的监狱了。监狱狭长的走廊上，喊叫声连成了一片。那些受尽折磨、面容憔悴的犯人开始骚动起来："城里在进行战争——难道真是自己的队伍又打回来了吗？真的就要得到自由了吗？"枪声已经在监狱的院子里响起来，走廊里传来了奔跑的脚步声。接着，他们热切期盼的声音传来了："同志们，快出来吧！"

波兰白军在这座牢房里囚禁着五千零七十一名布尔什维克，随时准备把他们拉出去枪毙或绞死，另外还关押着两千名红军政治工作人员。对于骑兵师的战士们来说，这些亲爱的同志比任何战利品都要宝贵。而对于这七千多名革命者来说，漆黑无望的夜晚瞬间变成了阳光灿烂的大晴天。

有一个脸色蜡黄的政治犯，兴冲冲地跑到保尔跟前跟保尔讲他们的故事。他是舍佩托夫卡一家印刷厂的排字工人，叫萨穆伊尔·列赫尔。保尔听着萨穆伊尔的讲述，内心充满了愤怒的情绪。萨穆伊尔讲到故乡舍佩托夫卡发生的悲壮的流血事件。他的话像一把把尖刀，刺痛着保尔的心。

突然，街上吹起了集合号，号声惊醒了保尔，他贴近萨穆伊尔，用低沉的声音说："咱们到外边去吧，萨穆伊尔！"骑兵押着波兰俘虏，从大街上走过。团政委站在监狱大门旁边，在军用记事本上写了一道命令。"给你，安季波夫同志。"他把命令交给矮壮结实的骑兵连长，"派一个班，把俘虏全部押解到沃伦斯基新城那边去。受伤的要给包扎好，用大车运，也往那个方向去。送到离这儿二十俄里的地方，就让他们自行离开吧。咱们没时间管他们。你得注意，绝对不许有虐待俘虏的行为。"

保尔跨上战马，回头对萨穆伊尔说："你听见没有？他们绞死咱们的同志，咱们倒要把他们送回去，还不许虐待。这究竟是为了什么？这样公平吗？"

团政委回过头来盯着他。保尔听见团政委好像在自言自语，但是语气却坚定而严厉："虐待俘虏是要枪毙的。我们可不能像白军一样残暴。"

正当骑兵第四师攻下日托米尔的时候，突击部队的一部——第七步兵师第二十旅也在奥库尼诺沃村一带强渡了第聂伯河。由第二十五步兵师和巴什基尔骑兵旅组成的一支部队奉命渡过第聂伯河，并在伊尔沙车站附近切断基辅到科罗斯坚的铁路线。这次军事行动的目的是切断波军逃离基辅的唯一通路。

攻打别尔季切夫的第十一师，在进城时遇到了敌人的猛烈反击。敌人试图用密集的机枪子弹阻挡红军骑兵的前进，但是这个城市最后还是被顽强的红军占领了。波军已经溃不成军，剩下的残兵狼狈逃窜。红军攻克日托米尔和别尔季切夫以后，波军腹背受敌，被迫分作两股，撤出基辅，仓皇逃走。他们妄想为自己杀出一条路，冲出钢铁包围圈。

保尔已经完全忘却了他自己的生命。这些日子，每天都有激烈的战斗。他，保尔，已经完全融入集体里了。他和其他的战士一样，已经进入了"忘我"的境界，脑子里只有"我们"：我们团、我们骑兵连、我们旅。

　　布琼尼的骑兵以势不可当的力量，一直向前挺进，给敌人一个又一个沉重的打击，摧毁了波军的整个后方。满怀胜利喜悦的各骑兵师，接二连三地向波军后方的心脏沃伦斯基新城发起猛烈的冲击。

　　六月二十七日早晨，布琼尼的骑兵队伍渡过斯卢奇河，冲进沃伦斯基新城，并继续向科列茨镇方向追击逃遁的波军。与此同时，第四十五师在新米罗波利附近渡过斯卢奇河，科托夫斯基骑兵旅则向柳巴尔镇发起了攻击。不久，战线司令通过无线电台向骑兵第一集团军发出命令，要他们全军出动，夺取罗夫诺。红军各师发起强大攻势，把波军打得落花流水。

　　有一天，旅长派保尔到停在车站的铁甲列车上去送公文。在那里他竟遇见了一个自己完全没想到会碰见的人。

　　"请问铁甲列车的指挥员在哪儿？"保尔问一个正在干活的红军战士。"就在那儿。"红军战士把手朝火车头那边一指说。保尔跑到火车头跟前，又问："哪一位是指挥员？"一个满脸胡子、浑

身穿戴都是皮制品的人转过身来，说："我就是。"保尔从口袋里掏出公文，交给了他。"这是旅长的指示，请您在公文袋上签个字。"

指挥员把公文袋放在膝盖上签了字。火车头的中间车轮旁边，有一个人提着油壶正在干活，保尔只能看到他宽阔的后背和露在皮裤口袋外面的手枪柄。"签好了，拿去吧。"指挥员把公文袋还给了保尔。保尔抖抖缰绳，正准备走，就在这时，在火车头旁边干活的那个人突然站直身子，转过脸来。刹那间，保尔被惊呆了，眼前这个人让他太意外了，他用力喊道："阿尔焦姆，哥哥！""保尔！真的是你吗！"阿尔焦姆也大声地喊着，简直不敢相信自己的眼睛。他扔下油壶，一把抱住了保尔。

八月十九日，保尔又参加了一次在利沃夫地区的战斗，他奋力杀敌，丢掉了军帽。他勒住马，但是前面的几个骑兵连已经冲进了波军的散兵线。战士杰米多夫从洼地的灌木丛中飞驰出来，向河岸冲去，一路上高喊："师长牺牲了！"保尔哆嗦了一下。列图诺夫，他英勇的师长，一个具有大无畏精神的好同志竟牺牲了。他使劲用马刀背拍了一下已经十分疲惫、满嘴是血的战马格涅多克，向正在厮杀的、人群最密的地方冲了过去。他们拼命追击逃敌，来到一片开阔地，这时波军的大炮向他们开火了。一团火光在保尔眼前闪了一下，耳边响起了一声巨雷，烧红的铁片灼伤了他的头。保尔被甩出了马鞍，翻过马头，沉重地摔在地上。

# 第九章　信念的考验

　　昏迷了十三天之后，保尔终于恢复了知觉，这是他第二次获得生命。在保尔昏迷的时候，部队诊所的一位医生替他给家里写了一封信。当他醒来时，他心爱的姑娘——冬妮亚，正站在病床旁边焦急地注视着他。

　　保尔出院之后，起初就住在冬妮亚寄宿的布拉诺夫斯基家里。他试着带冬妮亚参加各种社会活动。他邀请冬妮亚参加城里共青团的会议，冬妮亚同意了。但是，当冬妮亚换完衣服走出房间时，保尔却紧咬着下嘴唇——她打扮得那样漂亮，那样别出心裁。于是他们之间发生了冲突。保尔问她为什么要这样打扮，她生气了，说："我从来就不喜欢跟别人一个样子，要是你不方便带我去，我就不去好了。"

　　那天，在俱乐部里，大家都穿着褪色的旧衣服，只有冬妮亚打扮得格外扎眼。保尔看在眼里，心里觉得很不舒服。同志们都把她看作外人，她也觉察到了，于是就用一种轻蔑的、不屑的目光看着大家。

就是在这天晚上，保尔和冬妮亚的感情开始出现了裂痕。后来的几天，他们的谈话也没有以前那样融洽了。保尔怀着痛苦和惊讶的心情感觉到，他一直珍视的感情正在逐渐破裂。他们两个人的内心都很清楚：感情的最终破裂正向他们逼近。

第二天，保尔在街上看见一张布告，下面的署名是省肃反委员会主席费奥多尔·朱赫来。他的心跳起来了，费了几番周折，最后他总算见到了朱赫来。这次见面，两个人都显得很激动。朱赫来对保尔说："你现在不能上前线，那就在这儿和我一起搞肃反工作吧。明天你就来上班。"

保尔没有回家去探望亲人，因为舍佩托夫卡又被波兰白军占领了，成为双方战线分界的地方。和平谈判正在进行。保尔没日没夜地开展肃反委员会的工作，执行各种任务。

有一天，保尔来到一节装满弹药箱的火车旁，看见了谢廖沙·勃鲁扎克。谢廖沙也看到了保尔，他兴奋地从火车上跳下来，扑到保尔身上，看到老朋友他真太激动了。他紧紧抱住保尔，说："保尔，是你呀！真是你，我一看就觉得是你。"

两个朋友一下子都不知道从哪里讲起才好。自从他们分别之后，经历的事情太多了！他们相互问长问短，连汽笛声都没有听到，直到车轮开始缓缓转动了，才依依不舍地把互相拥抱着的胳膊松开。又要分别了，火车在加速，谢廖沙怕误了车，就沿着站台跑去。一节车厢的门敞开着，谢廖沙一把抓住门把手，紧接着从车厢中伸出几只手拽住他，把他拉进了车厢。

肃反委员会的工作十分繁重，保尔原本就没有完全康复的身体，现在情况更糟了。受伤后留下的头疼病也经常发作。有一次，他连熬了两个通宵，终于失去了知觉。

过后，保尔去找朱赫来。在和朱赫来进行了一次认真的谈话之后，他带着介绍信到团省委去了。那是一封请团省委另行分配保尔工作的介绍信。保尔同丽达·乌斯季诺维奇谈了一会儿，就确定了：派保尔到铁路工厂去担任不脱产的共青团书记。

就在保尔调动工作的时候，在克里木的大门旁边，白匪军重建了一座碉堡林立、戒备森严的要塞佩列科普。为了剿灭这群匪军，数万名子弟兵在一个风雨交加的秋夜，跳进了冰冷的湖水，渡过锡瓦什湖，从背后去袭击这个要塞。带领他们的是威名远扬的卡托夫斯基和布柳赫尔同志。

天边刚露出一缕光亮，佩列科普已经乱成一片了，几千名红军战士，突破重重障碍，从正面猛冲上去。与此同时，在白匪后方，渡过锡瓦什湖的红军先头部队，也在科托夫斯基半岛登岸了。扎尔基就是最先爬上石岸的战士中的一员，红军双向进攻，让匪军猝不及防。空前激烈的战斗再次打响了。骑兵第一集团军的各师冲进了克里木，猛烈的进攻让敌军惊慌失措。节节败退的白军争先恐后地挤上汽船，向外逃遁。

苏维埃共和国给战斗英雄颁发了金质的红旗勋章。勋章佩戴在战士们褴褛的制服上，机枪手、共青团员伊万·扎尔基也获得了此项荣誉。对波兰的和约签订了。签订的条款内容里，舍佩托夫卡仍然属于苏维埃乌克兰，分界线划在离这座小城三十五公里处的一条河上。

共青团铁路区委员会调来一位新书记，他就是伊万·扎尔基。在共青团省代表会议上，铁路区委有两个人当选为省委委员——保尔和扎尔基。保尔从工厂领到一小间住房，四个人搬了进来，除保尔外，还有扎尔基、厂团支部宣传鼓动员斯塔罗沃伊和团支部委员兹瓦宁，他们组成了一个公社。他们整天忙于工作，总要到深夜才回到家中。

党要实行新政策的消息传到了共青团省委。保尔不能完全理解提纲的精神实质。一天，他在铸造车间遇到共产党员杜达尔科夫，一个矮墩墩的工长。杜达尔科夫看了看保尔，眼睛眨个不停，说："这究竟是怎么回事？难道是要让资本家卷土重来？听说还要开商店，大做买卖。这倒好，打呀打呀，打到最后，还是和原来一样。"保尔虽然没有搭理他，但是心头的疑虑却越来越重了。不知不觉中他站到了党的对立面，保尔和他的同伙们的立场在省委内形成了一种令人窒息的气氛。

在全区党员大会上，从中央跑来的工人因为反对派代表发表演说，遭到了多数与会者的痛斥。接着，保尔上台发言，他用偏激的言辞指责党背叛了革命事业。

第二天，团省委召开紧急全会，决定将保尔和另四名同志开除出省委会。保尔同扎尔基不再说话，他们属于两个不同的阵营。保尔在团支部拥有很多支持者，他们在支部会上狠狠整了扎尔基一顿，结果保尔又被开除出区委会，被撤销支部书记职务。这样一来又引起了更大的风波，有二十来个人交出团证，宣布退团。最后，保尔和他的同伴都被开除出团。

接下来的这段日子是保尔一生中最黯淡无光的日子。脱离了常规生活的保尔心情十分抑郁。他在这段日子里逐渐了解到自己思想的狭隘，同时也迫切地希望回到党的组织中。

全市党团组织的联席会议在歌剧院里举行，主要是对党内斗争进行总结。首先发言的便是保尔。离讲台不远的前排，在丽达旁边的椅子上，坐着肃反委员会主席朱赫来。他正注视着保尔，眼神中充满了鼓励与期待。

保尔看着朱赫来，内心踏实了许多。大家都在等着他发言，他以应战的状态，响亮地对整个大厅说："同志们！我今天想讲一讲过去。我想讲讲我们的生活，讲讲那一把革命的烈火。我们年轻一代和你们一起，被革命的烈火席卷着，我们经历了战争的考验，并且更新了大地。我们一道在我们伟大的、钢铁般的党的旗帜下进行了艰苦卓绝的战斗。可是为什么会这样呢

——我们经过革命烈火的考验，现在却走到了背叛革命的边缘？这到底是什么原因呢？我们过去所受的教育，只知道对资产阶级充满了仇恨，所以新经济政策一来，我们便认为那是反革命。其实党向新经济政策的过渡是一项十分正确的决策。显然，单凭对革命的忠心还是不够的，我们还要善于理解大规模斗争中极其复杂的策略和战略。同志们，这些日子对我们来说是万分痛苦的。当我们这些死硬派被开除出组织的时候，我们每一个人都明白了，什么叫政治生命的结束，是的，那是一种死亡。因为离开了党，我们就无法生存下去。现在，我们又回到了党中间，回到了我们强大的组织里。而已经过去的事件，将成为我们对党的忠诚的最后一次考验。同志们！我们会重新建设一个世界！我们不会战败！我们一定会胜利！"

保尔哽住了，他浑身颤抖，走下了讲台。这时大厅里爆发出震耳欲聋的掌声，他的发言让整个大厅都沸腾了。

保尔感到一阵眩晕，他看不清台阶，向一个边门走去。保尔被热烈的气氛包围住，他的血都涌上来了。就在他要晕倒的时候，突然感觉到被一个人紧紧搂住了。一个熟悉的声音激动地说："保夫鲁沙，朋友，手伸给我，同志！我们的友谊将会更牢固而且再也不会破裂了。"保尔头疼得要命，几乎要失去知觉，但是他内心充满了力量，他肯定地回答扎尔基说："我们还要一道……一道在革命的道路上继续前进。"

第二部

钢铁是这样炼成的

# 第一章　捣毁匪巢

省委决定派丽达做代表去出席一个县的团代表大会，并让保尔协助她工作。他们必须今天就乘车出发。但乘车可不是一件容易的事，因为车次实在太少，车站总是被围得水泄不通。保尔和丽达挤了半天，还是没能挤进站台。

保尔对车站的情况很熟悉，他知道所有的进出通道，于是就带着丽达从行李房进了站台。费了好大劲，总算挤到了四号车厢旁。保尔告诉丽达自己的打算：自己先挤进车厢去，再打开车窗，把丽达拉进去。"把你的皮夹克给我，它可比什么证件都管用。"保尔穿上丽达的皮夹克，又把手枪往口袋里一插，故意让枪柄露在外面。他把装食物的旅行袋放在丽达脚下，然后走到车门跟前，不容分说地将拥堵在车门前的旅客分开。"喂，同志，你到哪里去？"一个又矮又胖的肃反工作人员正在质问保尔。"我是军区特勤部的。现在要检查一下，车上的人是不是都有五人小组发的乘车证。"保尔煞有介事地说。他的语气十分坚决，好像他确实拥有检查的权力一样。

过了一会儿，车里已经上满了新的乘客，他们都是出差的干部和红军战士。其他地方已经堆满了一捆捆的报纸，保尔在车厢顶头的三号上铺给丽达找到了一个位子。"行了，咱们就凑合着坐吧。"丽达说。保尔静静地注视着身旁的丽达，在他的心目中，丽达是神圣不可侵犯的。她是他的战友，是同志，是他政治上的指导者。不过，事实上她还是一个女人。丽达似乎猜到了保尔此时在想什么，在暗中微笑了。爱情曾经带给她快乐，但也带来了痛苦。她先后把她的爱情献给两个布尔什维克，可是，白军的子弹却把那两个人都从她手中夺走了。

在索洛缅卡，有五个人成立了一个小公社。这五个人是扎尔基、保尔、捷克人克拉维切克、机车库共青团书记尼古拉·奥库涅夫和铁路局肃反委员会委员斯乔帕·阿尔秋欣。

他们找到了一间屋子。下班之后就去清扫、粉刷、整理，一连忙了三天。他们在两个窗户中间，钉了一个搁架，上面放着一些书。凳子是钉上硬纸板的木箱做成的，一只大木箱被他们当作柜子。房子中间摆着一张巨大的台球桌，白天当桌子，晚上就成了克拉维切克的床。大家把自己的东西全都搬了进来。现在房间里的一切都归集体所有了。工资、口粮、包括偶尔收到的包裹，全都平均分配。只有每个人自己的武器才是私有财产。全体社员一致决定：公社成员，必须遵守本社取消私有财产的规定，凡违反者一律开除出社。最后的半句是奥库涅夫和克拉维切克坚决要求才加进去的。

索洛缅卡区共青团的活动分子都参加了公社的成立大会。

街道因为他们的谈笑声而显得格外热闹，大家直到深夜才散。

扎尔基伸手去接电话。"乌斯季诺维奇同志找你。"他向保尔招招手，然后把听筒交给了他。

"我以为你不在呢。凑巧今天晚上我没事。你要继续学习就来吧……"保尔的心起伏不定，没有听到她后来说了些什么。是的，今天本来应该到她那里去，他应该去，但奋斗才是眼下最要紧的事，而那些感情的事应该早点作罢，毕竟这不是个谈情说爱的浪漫时代。电话里丽达在问："你怎么啦，没听见我说的话吗？""嗯，啊，我听着呢！好吧。开完常委会我就过来。"说完，他放下了听筒。

在丽达家中，保尔目不转睛地盯着丽达的眼睛，手抓住椅子的边沿，说："以后我大概不能再到你这儿来了。""为什么呢？"丽达问道。"时间越来越紧了。你也是了解的，很遗憾，学习的事只能等以后再继续……"他在脑中回忆着自己刚才说过的话，觉得最后那句话还不够坚决。"为什么不说明白呢？你居然没有勇气放一把火将爱情烧尽。不行，必须干脆地解决问题。"想到这里，他坚定地接着说："另外，我早就想告诉你，你讲的东西，我都不太明白。我跟谢加尔学习的时候，效果很好，跟你学习就差多了，我老是忘记。每次在你这儿学完，我还得找安东·尼基福罗维奇·托卡列夫补课。可能是我太笨了，你还是另找一个聪明点的学生吧。"他站了起来，戴上帽子，又说道："就这样吧，再见了，丽达同志！这么多天没来，也没跟你说清楚，实在很抱歉。我应该早些跟你说的。"

丽达机械地把手伸向他。保尔突然对她这样冷冰冰的，她完全没有想到，她只得勉强说了两句："保尔，我不怪你。既然我过去教的没能让你明白，那么今天发生这种情况，应该是我的责任。"保尔的两只脚像灌了铅一样，沉重地迈出房间，他的内心好像被掏空了一般。

在舍佩托夫卡，中央暴动委员会也迅速建成了自己的组织。共有四十七人参加这个组织，其中大多数曾经是顽固的反革命分子，只是因为当地肃反委员会对他们放松了警惕，轻信了他们，才没有把他们关押起来。

这个组织的带头人是瓦西里神甫、温尼克准尉和一个姓库济缅科的佩特留拉军官。神甫的两个女儿、温尼克的弟弟和父亲以及钻进该市执行委员会当了办事员的萨莫特亚负责刺探情报。他们计划在夜里行动，先用手榴弹炸毁边防特勤处，放出犯人，如果可能，就占领火车站。

在作为这次暴动中心的一座大城市里，白匪军官们正在秘密地集合，各路匪帮也都到近郊的树林子里集结。他们又从这里派出了经过严格审查的"忠诚"匪兵，分别到罗马尼亚和佩特留拉本人那里去，以便随时保持联系。

就在城里的某个地方，敌人决定：明天夜里动手。但是就在今夜，掌握了敌情的布尔什维克决定抢先出击。

晚上，一列装甲车没有拉汽笛，悄悄地开出了车库，随后车库又悄悄地关上了大门。直达线路正在急速地传递着密码电报。所有收到电报的地方，共和国的战士们都忘记了疲倦，他们立即行动起来，准备连夜捣毁匪巢。

十五分钟后，全副武装的队伍已经集合好了。朱赫来用锐利的眼神扫视着队伍，发出命令："出发！"三百个战士就在空荡荡的街道上开始行进。队伍在利沃夫大街停了下来，他们的行动就要在这里开始。他们一声不响地包围了整个地段，并在一家商店的台阶上设立了临时指挥部。

最先遭到攻击的是阴谋分子的司令部。第一批俘虏和缴获的文件马上被送到了特勤部。

接着，花园里的一声枪响，惊动了包围这个地段的人。一阵急促的皮靴声，六个人飞速向这所房子跑来。扬·利特克已经牺牲了。他坐在靠椅上，头贴着桌子，满脸鲜血。窗户的玻璃已被打得粉碎，敌人已经逃出房间，但他没能把文件抢走。修道院旁边响起了密集的枪声。凶手未能逃出严密的警戒，他被一颗子弹打中了。

部队连夜进行了挨户搜查。几百个没报户口、证件可疑、藏有武器的人被押到肃反委员会，审查委员会对他们分别进行了深入审讯。

同一天夜里，部队在舍佩托夫卡逮捕了瓦西里神甫、他的两个女儿以及他们的全部同伙。一场暴动还未发生就被瓦解了。

# 第二章 不可能完成的任务

在省委书记的办公室里，十三个人正全神贯注地盯着大桌子上的地图。"你们看，"朱赫来用手指着摊开的地图说，"这是博亚尔卡站，离车站七俄里是伐木场。这儿堆积着二十一万立方米木柴。我们的劳动大军在这儿干了大半年，付出了艰苦的劳动，结果呢——咱们被坑了，什么都没有得到，铁路和城市还是没有燃料。木柴要从六俄里以外的地方运到车站来。这就至少需要五千辆大车，整整运一个月，而且每天要运两趟。最近的一个村庄也在十五俄里以外，而且奥尔利克匪帮经常出现在这一带，这样你们都明白了，为什么伐木场有木柴，但城市和铁路木柴严重紧缺。再看，按照计划，伐木应该从这儿开始，然后向车站方向推进，可是这帮土匪反过来却把伐木队往森林里引。他们的阴谋一看便知：就是为了不让咱们把伐倒的木头运到铁路沿线。更严重的是咱们现在连一百辆大车也弄不到。他们就是这样算计咱们的……这样的做法和暴动对我们的威胁差不多，甚至更严重。"

对于日益逼近的威胁，朱赫来虽然没有明说，但是在场的人心里都十分明白：冬天马上就要来了，医院、学校、机关和几十万居民都需要木柴；车站挤满了密密麻麻的人，而火车因为燃料紧缺只能每星期开一次。

朱赫来说："同志们，只有一种办法，就是在三个月内，修一条从车站到伐木场的轻便铁路，全长大约七俄里。我们要争取在一个半月之内，把铁路修到伐木场的边上。这件事我已经研究了很久。我们必须要完成这项工程。"

在宽敞的大教室里，共青团会议一直开到半夜，扎尔基还在争取大家的支持。他发了三次言，对于去建筑工地的事，多数学生听都不愿意听，他们不停地嚷嚷。直到第二天早晨，学校团支部才勉强答应派四十名学生去修铁路。

一切准备就绪，乘务员也都站到了各自的岗位上。丽达来送别去修路的同志们，她正在同筑路工程队队长托卡列夫告别。就在火车要开的时候，丽达好似不经意地问："怎么，保尔没有跟你们一起去吗？我怎么没看到他？""他昨天就坐轧道车走了，跟技术指导员打前站去了。"老人说完，就匆匆上了火车。

为修建铁路而面临的考验越来越严峻。铁路管理局送来通知，说枕木用完了；第一批筑路人员的工作时间也快到期，可是还没有找到接班的人。

第二天早晨，托卡列夫、杜巴瓦和克拉维切克带着六个人到城里去，修理火车头，运铁轨。克拉维切克是面包工人出身，这次任务他被派到供应部门去当监督员，其他几个人都到普夏沃季察去了。

保尔现在依然坚持在铁路工地上，大雨把路冲得更加泥泞，他好不容易才把脚从泥里拔出来。忽然他感到脚底下冰冷彻骨，低头一看，一只鞋底掉下来了。于是他只好光着脚板浸在刺骨的泥泞里，然后回到了板棚。保尔在行军灶旁坐了下来，脱下靴子打开沾满污泥的包脚布，把脚缓缓地伸向炉边，冰冷的脚开始有了一点知觉。

托卡列夫从城里回来，憋了一肚子的火。他把积极分子召集到车站肃反工作人员霍利亚瓦的房间里，向他们讲了那些让他窝火的消息。"到处都消极怠工，根本就没有在认真地做事。对那些反动的家伙，看来咱们还应该采取更强硬的态度，要不然总是碰上这样的'害群之马'。"托卡列夫对屋里的人说，"同志们，我就跟你们明说了吧：情况真的是糟透了。到现在为止换班的人还没凑齐。转眼就要上冻了，上冻前，无论如何也要把路铺过那片洼地。否则，以后工程就要停滞了。咱们呢，要在这儿加油干，加速干。哪怕豁出性命，也要修好。要不，咱们就不配'布尔什维克'这个称号！"托卡列夫的声音铿锵有力。

"今天咱们就召开党团员会议，向同志们讲清楚。非党非团的同志，明天早晨就可以回去，党员团员都留下照常上工。这是团省委的决议。"

会议一开始，会场里一片嘈杂声，什么也听不清。一百二十个人把会场挤得严严实实的，一部分人正在说着回家之后幸福舒适的生活，还有一部分人正抱怨着这段时间太辛苦，还有一部分人沉默不语。

这时，屋外突然传来一声枪响。黑夜中，一个骑马的人迅速逃离破旧的板棚，钻进了森林。人们都从会场里跑出来，不知是谁无意中碰到一块插在门缝里的胶合板，然后有人划亮了火柴凑到胶合板前，上面写着：

全都滚出车站！从哪里来的，滚回哪里去。谁敢赖着不走，就要他没命回去。我们要把你们斩尽杀绝，对谁也不留情。限明天晚上以前从车站消失。

下面的署名是：大头目切斯诺克。他是奥尔利克匪帮的人。

夜里又响起了一阵枪声，旧板棚遭到袭击。短筒枪贴着树身，吐出火光，子弹打在墙上，震得泥灰直往下掉，连伊格纳特·潘克拉托夫他们运来的玻璃窗也被打得粉碎。

杜巴瓦此时紧贴在地上，一只手紧握着手枪，瞄准房门口。保尔正蹲着，手里握着枪，手指紧张地摸着弹槽，弹槽里只有五颗子弹了。房间外面的射击突然停止了，紧接着房间里只感觉到一片令人胆寒的寂静。"同志们，有枪的都靠到这边来。"杜巴瓦低声指挥那些伏在地上的人。保尔慢慢地移向房门，小心地打开了门。门外只看得见疯狂飞舞的雪花，一个人影也没有。就在远处黑漆漆的森林里，十个人狠命抽打着马，逃走了。

由潘克拉托夫带领的第一筑路队在这里干活。他们四十个人正在铺枕木。这是一项非常细致的工作，很费工夫。枕木要铺得既牢固又平稳，要使每根枕木都承受来自铁轨同样的压力。这是一项技术活，这里懂得铺路技术的只有筑路工长拉古京一人。这位老同志虽然五十四岁了，但依然精神焕发，黑黑的胡子从中间向两边分开。他每次都是自愿留下，现在已经是干第四班了。拉古京跟其他年轻人一样忍受饥寒困苦，因此他在筑路队里受到大家的尊敬。党组织每次开会，都邀请这位非党员同志出席，请他坐在荣誉席上。老人为此深感自豪，发誓工程未完成决不离开工地。

当朱赫来他们几个人来到这个工地时，潘克拉托夫正满头大汗地在砍安放枕木的座槽。托卡列夫跟拉古京说了几句话后，就拉着潘克拉托夫一起，陪刚来的朱赫来和阿基姆向小山包走去。朱赫来和潘克拉托夫并肩走着，他向潘克拉托夫详细询问了有关匪徒袭击的事情。

朱赫来看着这些劳动的人们，内心里充满了欣赏、赞扬和自豪。他们当中的一部分人，就在不久以前，在那次反革命叛乱的前夜，曾经扛起钢枪，投入战斗。现在，他们又胸怀同一个目标：在泥泞的路上，要把铁路铺到堆放着大量木柴的宝地去。

在板棚里，朱赫来和大家讲起了自己的安排。他亲切地同大家交谈着，时间不知不觉地过去了。朱赫来坚定地告诉大家，原定的计划不能变，第一期工程必须在年内完工。

朱赫来继续说道："从现在起，筑路队要按战时状态组织起来。所有党员编成一个特勤中队，中队长由杜巴瓦同志担任。六个筑路小队都要接受固定的任务。没有完成的工程平均分成六段，每队承担一段。全部工程必须在年内结束。提前完成任务的小队可以回城休息。另外，省执行委员会主席团还要向全乌克兰中央执行委员会呈报，颁发红旗勋章给这个小队最优秀的工人，以此作为奖励。"

很快地，各队的队长都派定了：第一队是潘克拉托夫同志，第二队是杜巴瓦同志，第三队是霍穆托夫同志，第四队是拉古京同志，第五队是柯察金同志，第六队是奥库涅夫同志。

天还没有亮，保尔就悄悄地起来了，没有惊动任何人。他径直来到厨房，烧开了一桶沏茶水，之后才回去叫醒他那个小队的队员。等到其他各队的人醒来时，天已经大亮了。

大伙儿在板棚里吃早点的时候，潘克拉托夫挤到杜巴瓦和他的兵工厂伙伴的桌子跟前，激动地对他说："你看看，天还没有亮，保尔就把他那队叫了起来。他们指不定已经铺了十俄丈了。大伙都知道，他们铁路工厂的人，弦都让他给绷得紧紧的，他们决心在二十五号以前铺完自己分担的地段。这是他们在给我们下'战书'呀！但是，我们也不能退缩，咱们也加把劲吧！"杜巴瓦苦笑了一下。他很能理解，为什么铁路工厂那一队的行动，会使这位共青团书记激动不已。就连他自己也没想到，保尔竟连招呼也不打，就向各队发起挑战了。

城里各部门也都积极行动起来，尽力支援着修路队，这为铁路工程注入了新的动力。还留在城里的团员都被扎尔基派到了博亚尔卡，团区委的人也都去了。整个索络缅卡区现在只剩下少许女团员。扎尔基再一次到铁路专科学校去动员，校方终于又派了一批学生到工地去。

杜巴瓦出发前向托卡列夫建议，把克拉维切克调回来，让他领导新成立的一个小队。托卡列夫采纳了杜巴瓦的建议。

暴风雪突然袭来，整整一夜都在疯狂地肆虐。车站上那间旧板房根本不能抵御寒风，虽然一整夜屋里都生着火，但大家还是冻得全身发抖。

第二天清晨上工，人们在厚厚的积雪上根本无法行走。

柯察金的小队正在努力清除自己地段上的积雪。直到这时保尔才真正感受到，严寒造成的痛苦是如此难以忍受。奥库涅夫给他的那件旧上衣完全不能抵御严寒，脚上那只旧套鞋里面已经灌满了雪，有好几次都掉进雪里，另一只脚上的靴子又一次面临掉底的问题。因为保尔睡在水泥地上，所以他脖子上长了两个大疮。托卡列夫看了很不忍心，就把自己的毛巾缠在保尔的脖子上，给他做了围巾。保尔现在已经瘦得像一根干柴，两眼熬得通红，但他依然坚持猛烈地挥动大木锨铲雪。

保尔收到了阿尔焦姆的来信。哥哥说最近就要结婚，要他无论如何回去一趟。但是，他不能回去，现在保尔决不允许自己以任何理由离开工地。

有一天，保尔两腿发软，整个人都眩晕了，他摇摇晃晃地往车站走去。之前他已经发烧好几天了，现在的高烧温度超过了前几天。肠伤寒也悄悄地潜入保尔的身体。但保尔还是在坚持着，接连五天，他都强打起精神和大家一起去上工。

他好不容易才走到车站，异常的喧哗声使他吃了一惊。仔细一看，站台旁边停着一列平板车。上面载的是小火车头、铁轨和枕木，随车来的人正在卸车。他又向前走了几步，忽然一个跟跄倒下了。他迷迷糊糊地感觉到头碰在地上，自己发热的身体触到了冰冻的雪，整个人都麻木了。

直到几个小时之后，才有人发现了倒在站台旁边的保尔，大家连忙把他抬到板棚里。保尔呼吸困难，整个人已经有些神志不清了。从装甲车上请来的医生诊断他是肠伤寒并发大叶性肺炎，体温高达四十一度五。因睡在水泥地上而长的疮和现在的病比起来，已经不算什么了。肺炎加伤寒就足以夺走保尔的生命。

潘克拉托夫和刚回来的杜巴瓦想尽一切办法抢救保尔。他们托保尔的同乡阿廖沙·科汉斯基护送他回家去。

在柯察金小队全体队员的帮助下，更主要是靠霍利亚瓦施加的压力，潘克拉托夫和杜巴瓦才把阿廖沙和不省人事的保尔塞进了挤得满满的车厢。起初车上的人都怕伤寒传染不肯让他们上车，并且威胁说，车开动后就把病人扔下去。霍利亚瓦用转轮手枪指着那些不让病人上车的人，喊道："这个病人不能死！就是把你们全撵下车，也得让他走！你们这帮自私自利的家伙，记住，我马上通知沿线各站，要是谁敢动他一下，我马上就把你们全都抓起来。阿廖沙，这是保尔的毛瑟枪，给你拿着。谁敢动他，你就瞄准他开枪。"霍利亚瓦把枪递给阿廖沙。

火车开走了。在空荡荡的站台上，潘克拉托夫走到杜巴瓦身旁，担忧地问："你说，他能活吗？"杜巴瓦没有回答。

# 第三章　伟大的事业

　　青春的生命还是战胜了邪恶的死神。伤寒没能夺走保尔的生命，保尔再一次活了过来。卧床一个月之后，苍白消瘦的保尔终于可以站起来了。

　　人最宝贵的是生命。生命对每个人只有一次。人的一生应当这样度过：回首往事，他不会因为虚度年华而悔恨，也不会因为卑鄙庸俗而羞愧；弥留之际，他能够说："我的整个生命和全部精力，都献给了世界上最伟大的事业——为解放全人类而斗争。"要抓紧时间赶快工作，因为一场突如其来的疾病，或者一个意外的悲惨事件，都可能使生命中断。怀着这样的信念，保尔离开了烈士墓。

　　家里，母亲在给儿子收拾出门的行装，她既难过又担忧。保尔看着妈妈，发现她在偷偷地流泪。他抱住母亲的肩膀，把她拉到自己怀里。"怎么啦？妈妈，一个新的共和国马上就要建立起来了，我很快就会回来的。"

　　保尔独自到了车站。他劝母亲留在家里，免得她在送别的时候又伤心流泪。人们争先恐后地挤进了车厢，保尔好不容易占了一个上铺。列车开动以后，保尔很快就睡着了，他即将开始新的革命生活。

现在上哪里去呢？到索洛缅卡去吗？那里倒有不少朋友，就是太远了。离这里不远是大学环行路，那里的一所房子清晰地浮现在保尔眼前。他现在当然应该到那里去。除了朱赫来之外，丽达不就是他最想见的同志吗？到了那里，他还可以在阿基姆房间里过夜。

保尔朝丽达的家走去，远远地就看到了楼角窗户上的灯光。他上了楼梯，在门外站了几秒钟，然后用拳头轻轻地敲了敲门。他感到心情激动，赶忙咬紧了嘴唇。

开门的是一个陌生的青年女子，两鬓垂着鬈发。她上下打量着保尔，问："您找谁？"门半开着，保尔扫了一眼房内陌生的摆设，就什么都明白了，不过他还是问了一句："我找乌斯季诺维奇，她在吗？""她不在这儿了，一月份就到哈尔科夫去了，听说又从哈尔科夫到了莫斯科。"女孩回答说。"那么，阿基姆同志还住在这儿吧？他也搬走了吗？""阿基姆同志也离开这里了。他现在是敖德萨省团委书记。"

保尔来到了团省委，这里还跟从前一样繁忙。保尔在走廊上站了一会儿，看看能不能碰到熟人，结果一个也没有，于是他走进了书记办公室。团省委书记涅日达诺夫穿着蓝色斜领衬衫，坐在一张大写字台后面。他草草瞥了保尔一眼，又低头写他自己的东西。

保尔在书记对面坐下来，仔细观察着这个接替阿基姆的人。"有什么事？"穿斜领蓝衬衫的书记写完一页纸，抬头看了看，然后问保尔。保尔把自己的情况说了一遍。最后，他说明了自己的来意："同志，现在我需要恢复组织关系，回铁路工厂去。请指示下面办一办。"书记放下手中的笔，对保尔说："团籍当然要恢复，这个是很好办的事。不过再派你回铁路工厂，可能不太好办了。那儿的工作已经有铁路工厂团委书记茨韦塔耶夫在做，他是新一届的团省委委员。我们还是派你到别的地方去吧。"

保尔皱了皱眉头，说道："我到铁路工厂去，并不会妨碍茨韦塔耶夫工作。我是要求到车间去做一名普通的工人，而不是去当共青团书记。"

书记又审视了一下保尔，同意了，他在一张纸上简单地写了几个字，然后把纸递给保尔，并对他说："把这个交给省委登记处分配部部长图夫塔同志，他会帮你办的。"

保尔在那个部长那儿碰了钉子。图夫塔是个形式主义者，认准了保尔没有团籍，一定要他重新履行入团手续。正当他们僵持时，一群人推门进了房间，其中就有奥库涅夫。他看到保尔，惊喜交加，在了解了刚才发生的事情后，就带保尔一起出了房间。后来团省委书记帮助柯察金恢复了团籍。

日子匆匆地过去了，没有一天是不精彩的，每天都有新的内容。保尔早上起来，开始安排一天的工作，他总觉得时间太少了。他现在跟奥库涅夫住在一起，在铁路工厂工作，当电工的助手。

对于保尔的回厂,那个团会书记茨韦塔耶夫确实是怀有戒心的。他认为保尔一回来,一定会跟他争夺领导权。但是没过几天,他就认识到自己的想法是多么狭隘。当保尔听说厂团委打算叫他参加团委工作的时候,他立即跑到书记办公室,明确说明当日调动工作时他与奥库涅夫已达成的共识,并说服茨韦塔耶夫把这个问题从议事日程上撤销。在车间团支部,保尔也只负责领导一个政治学习小组,并没有想在支委会担任什么职务。虽然他正式表示不参加领导工作,但是他对工厂团组织的全部工作还是起了许多积极的作用。有好几次,他都以同志的态度,默默地帮助茨韦塔耶夫摆脱了困境。

一件看起来无关紧要的事情,突然打破了共青团组织平日的沉静:中修车间工长霍多罗夫让工人菲金在铁板上钻几个孔。起初工人不肯干,后来工长坚持要他干,他才拿起铁板开始钻孔。霍多罗夫在车间里并不受欢迎,虽然他业务熟练,但对其他人的要求过于苛刻。当霍多罗夫发现菲金没有往钻头上注油,就用它拼命往铁板上钻时,急忙跑到钻床跟前,把它关了。“你怎么回事,难道不会用钻床吗?”他大声责问菲金。他知道这样干下去,钻头非坏不可。

但是,菲金反倒骂了工长一顿,并且又重新启动了钻床。霍多罗夫只好到车间主任那里去告状。菲金想在领导到来之前把一切都掩盖过去,他没有停下机床,就赶紧跑去找注油器。可是等他拿了注油器回来,钻头已经坏了。车间主任打了一份报告，要求把菲金开除出厂。但团支部却公开袒护菲金，说这是霍多罗夫打压青年积极分子，于是这件事就提到了工厂的团委会上讨论。事情就这样闹开了。

团委会的五个委员，有三个主张给菲金申斥批评的处分，并调动他的工作。茨韦塔耶夫就是这三个委员中的一个。另外两个委员坚决表示菲金没有错。

团委会是在茨韦塔耶夫的办公室里举行的。屋里有一张大桌子，上面铺着一块平整的素色帆布，还有几个长凳和小方凳，是木工车间的青年自己做的。墙上挂着领袖像，还有一面大大的团旗，几乎占满了整个墙面。

当党小组长霍穆托夫要求发言的时候，外面有人敲了敲房间的门。茨韦塔耶夫没有理睬，外面又敲了几下。喀秋莎·泽列诺娃站起来开了门。门外站着的是保尔，喀秋莎让他进来了。当保尔朝一只空凳子走过去时，茨韦塔耶夫把他叫住："柯察金！我们现在开的是团委会内部会议。"

保尔的脸顿时红了，他慢慢朝桌子转过身来。

"我知道。我希望了解一下你们对菲金事件的处理意见。我想提出一个跟这件事有联系的新问题。怎么，你反对我参加会议吗？""我并不反对，但是你自己也知道，团委内部会议只有团委委员才能参加，人多了不便于讨论。但是你既然来了，就坐下吧。"保尔第一次受到这样的侮辱。他眉毛紧锁，内心十分生气，但还是坐了下来。

保尔听了大约十分钟，已经了解了团委对菲金事件的态度。在团委会快要进行表决的时候，他要求发言。茨韦塔耶夫勉强同意了。

"同志们，我想就菲金事件跟你们谈谈我的意见。"保尔的声音竟是那样严厉。

"菲金事件仅仅是一个信号，他并不是问题的根源。昨天我搜集了一些数字。"保尔从口袋里掏出一个记事本，"这些数字是考勤员给我的。请你们注意听一听：23%的共青团员每天上班迟到五分钟至十五分钟。这已经成为习惯了。17%的共青团员每月都会旷工一天到两天，但是团外青年旷工的却只有14%。这样的数据，让我心里很难受。我还记了另外一些数字：党员每月旷工一天的有4%，迟到的也是4%。而党外的成年工人每月旷工一天的占11%，迟到的占13%。损坏工具的有90%是青年工人，其中刚参加工作的占7%。这些数字很明显地说明一个问题，咱们团员干活远远不如党员和成年工人。当然，每个地方的情况都不一样。锻工车间就很好，电工车间也还可以，至于其他车间的情况就差多了。依我看，关于纪律问题，霍穆托夫同志只讲到了一部分。我们现在的任务就应该要缩小这种差距，努力追求先进。我认为过错主要不在菲金或是别的什么人身上，而在咱们这些人身上，因为咱们不仅没有同这种不良倾向进行坚决的斗争，反而还常常寻找各种借口，为这种不良倾向的行为辩解。

"刚才大家发言说，菲金是自己人，因为他是积极分子，又担负着社会工作；而霍多罗夫工长却是外人。是啊，我们只觉得霍多罗夫做事太挑剔，可我们没有想到他已经有三十年的工龄了！我们先不谈政治立场的问题，在这件事上，他确实做得对。他这个外人爱护国家财产，而我们自己人却随便破坏进口的贵重工具。这样的现象，究竟是怎么回事呢？我认为，咱们现在应该积极行动起来，同那些不良倾向的行为作坚决的斗争。

"我建议把菲金作为懒惰成性、工作不负责任、破坏生产的人从共青团里开除出去，还要把他的事情登在墙报上。我们是有力量的，我们是有后盾的。共青团的基本群众都是优秀的工人。他们当中有六十个人在博亚尔卡筑路工地经受过锻炼，那是一次最严峻的考验。有了他们的参加和帮助，我们一定能够彻底消灭这种不良的行为。"

保尔一向沉静，不爱讲话，这一番话却说得激烈而尖锐。

第二天，铁路工厂的墙报上登出几篇文章，吸引了工人们的注意。他们大声地朗读文章，并热烈地讨论着。晚上，召开了团员大会，到场的人特别多。菲金被开除了，团委会增加了一名新委员，由他负责政治教育工作。这个人就是保尔·柯察金。在会上，人们异常肃静，认真地听着省团委书记涅日达诺夫的讲话。他谈到目前的任务，并告诉大家工厂现在已经进入了一个新的阶段。

一天晚上，安娜·博哈特（杜巴瓦的恋人）来找奥库涅夫。屋里只有保尔一个人。

"保尔，你现在很忙吗？今晚市苏维埃有个全体会议，你想跟我一起去吗？要到很晚才能回来呢。"

保尔很快就收拾好了。床头上挂着他的毛瑟枪，但他没有带这支枪出门。他从桌子里取出奥库涅夫的勃朗宁手枪，放进口袋里。

不出安娜所料，会议真的开到深夜才结束。保尔他们俩走上坡路，回索洛缅卡。

保尔和安娜穿过市中心的街道，来到空旷无人的广场上，碰上了巡逻队。检查过证件后，他们继续往回赶。他们穿过林荫道，往左一拐，就走上了和铁路中心仓库平行的公路。中心仓库是一长排水泥建筑物，夜里这里静悄悄的，看不到一个人影，让人感到害怕。安娜不由得胆怯起来。

黑夜、荒凉的广场、会上刚听到的波多拉区昨天发生的凶杀案，都使她感到恐惧；但是保尔很镇定。他的烟卷头上的火光照着他的脸，眉宇间尽显刚毅的神情——这又把她的恐惧全都驱散了。

他们已经走过了仓库，走过河上的小桥，沿着车站前的公路向拱道走去。拱道在铁路的下面，是市区和铁路工厂区交界的地方。

"咱们总算快到家了。"安娜松了一口气说。

突然，后面传来急促的脚步声和重重的喘气声，好像有什么东西朝他们冲了过来，是有人在追赶他们。

很快，保尔的脖子被铁钳似的手掐住了，接着又被人猛地往旁一推，他的脸就转了过来，正对着袭击他的人。那人用一只手狠劲抓住他的衣领，紧紧地勒住他的咽喉，另一只手拿起手枪，慢慢对准了他的鼻子。

就在这时，另一个歹徒正把安娜往破房子里拽。保尔用眼角一扫，看见了安娜惨白的脸。用枪指着保尔的那个大脑袋歹徒看着保尔，不屑地想：眼前，他抓在手里的这个青年，看样子不过是个机车库的小徒工。

保尔马上把手伸进口袋抓住了那把勃朗宁手枪，心想："一定要快！要快！"他一个急转身，平举左臂，枪口刚一对准那个放他的歹徒，砰地就开枪了。

歹徒还没来得及举枪，他的腰部就中了一颗子弹，倒在了地上。这时，一个黑影从那个破房子的墙洞里钻出来，溜进了深沟。保尔朝这个黑影打了第二枪。接着，又有一个黑影弯着腰，连跑带跳地向拱道的暗处逃去。保尔又开了一枪。子弹打在水泥墙上，歹徒闪到了一旁，趁着黑暗的环境逃跑了。保尔朝黑影逃走的方向又打了三枪，枪声惊动了宁静的黑夜。保尔回头跑进屋里，那个被打中的歹徒，身体蜷缩着，在做垂死的挣扎。

保尔用力地把安娜拉出那间破房子，他们转身往城里走，奔向车站。这时候，在拱道旁边，在路基上，出现了灯光，铁路线上响起了报警的枪声。

保尔决定到卫戍司令部去，报告事情的经过。他不顾疲劳，勉强站了起来。安娜把他送到门口，看看保尔走远了，才关上了门。

保尔到了卫戍司令部,才弄清了铁路警卫队刚才报来的案子。死尸就是被保尔打中的歹徒,他们马上就认出来了:这是警察局里早就挂了号的一个强盗和杀人惯犯——菲姆卡。

一天晚上,奥库涅夫不好意思地在朋友的床旁边来回走动,后来又在床沿上坐下来,他用手盖住保尔正在读的一本书。

"保尔,有件事必须跟你说一下。这件事,好像是小事一桩,但它又很重要。我跟塔莉亚·拉古京娜之间弄得怪不好意思的。你知道,一开始,我挺喜欢她。"奥库涅夫不好意思地搔了搔头,但是看到保尔并没有笑他,就鼓起了勇气,接着说:"后来塔莉亚对我……也……总而言之,我用不着把详细经过都告诉你,一切都很清楚,昨天我们俩决定一同建立平等的幸福生活。"

保尔沉思了一下,说:"奥库涅夫,我祝福你们! 真为你们高兴啊! 你们在许多方面都很相同,塔莉亚又是一个再好不过的姑娘……这样做是理所当然的。"

第二天,保尔把自己的东西搬到机车库的集体宿舍里去了。几天之后,大家在安娜那里举办了一次聚会。喀秋莎和穆拉拿来了手风琴。当钳工沃伦采夫奏响手风琴时,房间里就响起了热烈的舞曲。保尔此刻也十分开心,他感到很幸福,不禁随着舞曲跳起舞来。但是保尔却再怎么也想不到,这将是他人生中最后一次随着音乐起舞了。

# 第四章　保卫苏维埃

时间不知不觉中又过去了八个月,保尔每天都忙忙碌碌的。

入冬以前流放下来的大量木排都堵在河里。秋天的时候,河水泛滥,有些木排被冲散了,顺着河水往下漂去。这些木头这样漂走的话,将会是个不小的损失。于是索洛缅卡区又派出自己的共青团员去抢救这批珍贵的木材。

保尔当时正患重感冒,但是他怎么也不甘落后,瞒着同志们去参加劳动。一周后,河里的木头被堆积到码头的两岸,挽回了不必要的损失。但是,保尔却因为长时间在河水中工作,引

起感冒加重发高烧了。一连两个星期，急性风湿病又折磨着他的身体，他从医院回到工厂以后，依然坚持工作。过了几天，委员会根据他的身体状况认定他已经不能再这样从事劳动了，于是让他退职，并让他有权领取抚恤金，但是保尔生气地拒绝接受。

保尔怀着沉重的心情离开了他奋斗过的工厂。剧烈的疼痛使他难以忍受，他拄着手杖，咬牙一步步往前慢慢挪动。母亲曾经多次来信叫他回家去看看，现在他突然想起了老太太，想起了母亲在送别时说的话："你们呀！总要等生病了，受伤了，实在不能工作了，才会回到这个家。"

保尔到省委会领来两份组织关系证明书，一份是共青团的，一份是党的。他没有同任何人告别，就回家看母亲去了。母亲看到儿子自然是心痛不已，一连两个星期，母亲用草药熏，给他按摩，医治他那因为风湿而肿起来的双腿。一个月以后，保尔不用拐杖就可以走路了。保尔内心激动万分，他又开始向往工作，向往自己的革命事业。

母亲是了解儿子的，她含泪把儿子送上了火车，列车把保尔送到了省城。三天以后，组织部给他开了一份介绍信到省军务部，由军务部分配他去担任地方武装的政治工作。又过了一星期，他来到了这个边界附近的寒冷小镇，担任第二军训营的政委。共青团专区委员会要他把分散的共青团员组织起来，建立一个团组织。保尔的内心充实极了，前些日子还被判定没有劳动能力的他，现在又可以工作了。

随着一阵颇有节奏的马蹄声，两个骑马的人朝边界线慢慢地靠近，他们穿着灰色军大衣，扎着武装带，袖子上都有三个方形的红色军衔标志。他们一个是营长加夫里洛夫，另一个是边防军人。加夫里洛夫整个营的人都在这七十公里的防区内站岗放哨。和他同行的边防军人是第二军训营政委柯察金。

这时，有两个哨兵向他们走过来。营长一边向他们询问这里的情况，一边把手伸给高个子的红军战士。这个高个子战士急忙扯下自己的手套把手伸向营长，和他紧紧地握手。随后，营长又和另一个哨兵握手问好。

当两匹马在边界和别列兹多夫镇之间的大路上行进的时候，保尔饶有兴致地听营长讲着边防线上永远也不能松懈的侦察工作。

别列兹多夫执委会主席尼古拉·尼古拉耶维奇·利西岑今年才二十四岁，他常穿着蓝紫色的马裤，右胸上挂着的那枚红旗勋章是他全身最耀眼的一处。十月革命前，利西岑在图拉兵工厂做工。但是在革命到来之际，利西岑这个一直只管制造武器的工人却拿起了武器。他从此就投身到轰轰烈烈的革命事业中来，从一个普通的红军战士成长为团的指挥员和政委。

正是中午的时候，天气热得让人难以忍受。保尔解开缰绳，强忍住双腿关节的疼痛，吃力地跨上了马。女教员拉基京娜同志站在学校的大门口，向保尔挥挥手微笑着说："再见，政委同志。""再见，拉基京娜同志。就这么决定了：明天您给上第一课。"就在保尔要扬鞭驾马的时候，忽然听到身后传来一阵凄惨的号叫。他看见一个年轻的农妇气喘吁吁地从村外跑来。拉基京娜赶紧跑到路当中，拦住了农妇。接着周围也陆续有人跑到门口来，因为年轻人此时都下地干活去了，从家里跑出来的大多是老头和老太婆。"哎呀！乡亲们哪，不得了啦！那边出事啦！哎呀，真不得了啊！"那个农妇惨痛地叫喊着。

保尔骑着马朝这群人走过来，此时人越集越多。大家围着这个农妇，想知道发生了什么事。她也不理会别人，只是不住地喊着："打死人啦！拿刀拼命啦！咱们村跟波杜布齐的人打起来了……出人命了呀！他们把咱们的人往死里打呀！"

保尔狠狠地挥动马鞭，马立刻飞跑起来，超过了奔跑的人群，飞也似的向前冲去。

保尔骑着马冲进正在厮杀的人群，此刻要想驱散这伙打红了眼的人，只有用同样野蛮而可怕的办法。他狂怒地大吼道："散开，全部都散开！小心我把你们统统枪毙，你们这群强盗！"

接着，他从皮套子里拔出枪，在气势最凶的人的头顶上挥了一下，纵马一跃，开了一枪。马上就有些人扔下镰刀，转身逃走了。保尔就这样一边骑马在草地上狂怒地吼着，一边不断地开枪。他的方法很有效果，人们纷纷离开草地四处逃散了。

这一年，边境上的人们庆祝十月革命的热情空前高涨。保尔被选为边境各村"庆祝十月革命委员会"主任。在波杜布齐村开完庆祝大会之后，附近三个村子的五千多居民，以军训营和乐队为前导，排成长达半公里的游行队伍，举着鲜艳的红旗，向那些被苏波国界分成两半的村庄走去。边防军营长加夫里洛夫和保尔骑马走在队伍最前头。他们背后，铜号奏出的乐曲声、风卷着红旗的呼呼声和此起彼伏的歌声响成了一片。

游行队伍的排头已经走上一个小丘，开始下坡，朝一个被国界分成两半的村庄走去。苏维埃这半边做好了隆重欢迎游行队伍的准备。所有的人都集合在界河上的小桥旁边，男女青年排成队站在路两旁。而在波兰那半边，所有的房顶和板棚顶上都站满了人，他们好奇地看着河对岸发生的事情。波方看到他们民众的反应，决定采取措施。他们出动了宪兵队，骑着马在村子里横冲直撞，用鞭子把人们赶回屋里，还朝屋顶上开枪。很快，波方的街上看不到一个人了，显得格外冷清。这一切和苏维埃这边的欢腾气氛形成了强烈的对比。

十一月底，一个阴雨的秋夜，安托纽克和他的帮派最终难逃覆灭的命运，他们在迈丹维拉一个富裕移民家里参加婚礼时被赫罗林的党团员们擒获。为了消灭这帮恶棍，有四个人献出了生命，其中三个都是成立不久的赫罗林共青团支部的团员。

一天，莉达在保尔办公室门口做了一个手势，叫保尔出去。

莉达把一封印有"急件"字样的公函交给了保尔，保尔立刻拆开来看，上面写着：

别列兹多夫共青团区委会，抄送区党委会：

省委常委会决定从你区调回柯察金同志，省委拟另派他担任重要的共青团工作。

保尔同他工作了一年的别列兹多夫区深情地告别了。最近一次区党委会议上讨论了两个问题：第一，批准保尔·柯察金同志转为共产党正式党员；第二，解除他区团委书记的职务，并通过对他的鉴定。

利西岑和莉达由衷地为保尔感到高兴，他们紧紧地握着保尔的手，亲切地同他拥抱。当保尔骑着马从院子里出来，走上大街的时候，十几支手枪齐放，向他致敬。保尔回望自己曾经工作的地方，内心感慨无限。

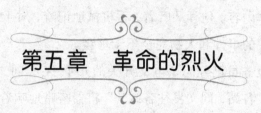

# 第五章　革命的烈火

极度的严寒，带来了 1924 年的新年。大雪连绵不断，西南的铁路线全被封住了。人们和这无情的雪灾展开了艰难的斗争。除雪车的螺旋转子钻进厚厚的雪堆，为火车开路。

因为这恶劣的天气，结上冰的电报线断了不少。在舍佩托夫卡火车一站的报务室里，三架莫尔斯电报机啪嗒啪嗒地响着，这听来再平常不过的声音，在读报员"翻译"后都会成为时事电文。

这里有两个年轻的女报务员，到现在为止，经她们手收发的电报纸条，最多不过两万米长。同时，报务室里还有另一个老报务员，他收发的电报纸条已超过二十万米了。老报务员对电报内容十分熟悉，收报的时候，即使是那些难认的词和句子，对他而言也很容易。他根据电报机的嗒嗒声，就能直接把电文译出来，一个字一个字地抄在纸上。现在他正在收听并记录电文："同文发往各站，同文发往各站，同文发往各站！"

老报务员一生中不知收听过多少噩耗和喜讯，他总是最先知道别人的痛苦和幸福。他从不关心那些简略却又不完整的句子的具体内容。他耳朵听着，手机械地记着，对于那些痛苦和幸福相关的事件和人物完全不予理会。

老报务员已经忘了电文开头的几个字："同文发往各站，同文发往各站，同文发往各站！"机器嗒嗒地响着，他边听边译："弗……拉……基……米……尔……伊……里……奇……"他平静地坐在那里，已经有点累了。在某个地方死了一个叫作弗拉基米尔·伊里奇的人。他现在把这个噩耗抄下来，有人收到后会悲伤地放声痛哭。可是这跟他毫不相干，他不过是个报务员。机器嗒嗒地拍出几点，一划，又是几点，又是一划。老报务员听着这熟悉的声音，立即译出了第一个字母，于是飞快地在电文纸上写了一个"Л"，接着又写上第二个字母"Е"，然后又工整地写上"Н"，"Н"后面是"И"，最后一个字母一听就知道是"Н"。

收报机接着打出了间隔符号，老报务员只轻轻瞥了一眼刚刚抄录下来的五个字母，拼在一起是"ЛЕНИН（列宁）"。

他怔了一下，紧接着把电文反复核对了三次，还是那句话："弗拉基米尔·伊里奇·列宁逝世。"老报务员从椅子上跳了起来，抓起卷曲着的纸条，两眼紧紧盯着它。虽然电报纸条上写得很清楚，但他还是不能相信，他转向两个女同事轻轻地读出了电文。她们都十分震惊："列宁逝世了！"

听到伟人逝世的消息后，工人们不知不觉地集中到了一起，他们都默默伫立着。大门旁边，有一台机车吼叫起来，大家的内心都异常悲恸，车站尽头的一台机车也吼叫起来，随后又是一台……

机车库里的人越聚越多，人们不断地从各个门里走进来。当机车库里挤满了人的时候，在哀痛而肃静的气氛中，有人开始讲话了。讲话的是老布尔什维克沙拉布林。"同志们！全世界无产阶级的领袖列宁逝世了。我们党遭受了无法弥补的损失——那位建立了布尔什维克党并同敌人进行毫不妥协斗争的人跟我们永别了……党和阶级的领袖的逝世应该是一种召唤，召唤无产阶级的优秀儿女加入我们的队伍……"

哀乐声缓缓响起，全场的人都默默地摘下了帽子。多年来没有掉过眼泪的阿尔焦姆突然感到喉咙哽住了，巨大的悲痛就这样深深地揪住了他的心。

在大厅前面的主席台上坐着党委会的委员们。矮壮的党委书记西罗坚科拿起铃，轻轻摇了一下，就放在桌子上。大厅里渐渐静下来，静得让人感到无比压抑。

作完报告以后，西罗坚科立刻从桌子后边站了起来，他宣布了一件事。这种情况在追悼会上是从来没有出现过的，但是并没有人对此感到惊奇。他说："三十七位工人同志署名写了一份申请书，请求大会予以讨论。"接着，他宣读了这份申请书。

西南铁路舍佩托夫卡站布尔什维克共产党组织：

领袖的逝世号召我们加入布尔什维克的行列，我们请求在今天的大会上审查我们，并接受我们加入党的队伍。

在这段简短的文字下面是两排签名。

西罗坚科挨个往下念，每念一个就停几秒钟，好让到会的人记住这些熟悉的名字。

"波利托夫斯基·斯塔尼斯拉夫·济格蒙多维奇，火车司机，三十六年工龄。"大厅里发出热烈地赞同声。"柯察金·阿尔焦姆·安德烈耶维奇，钳工，十七年工龄。""勃鲁扎克·扎哈尔·瓦西里耶维奇，火车司机，二十一年工龄。"

大厅里的声音越来越嘈杂了，西罗坚科继续往下念着，大家听到的都是那些始终同钢铁和机油打交道的产业工人的名字。

波利托夫斯基离开主席台的时候，他已经通过审查，正式成为一名共产党员了。

讨论接收新党员的大会一直开到深夜。只有那些大家熟悉的、经过生活考验的、最优秀的分子，才被批准入了党。

　　列宁的逝世让几十万工人申请加入了布尔什维克党，领袖的去世并没有造成党的队伍涣散。列宁的力量不会因生命的逝去而消散，他的力量早已深深地植入人们的心中，就算他的生命已经逝去，但那精神的力量依旧长存。

# 第六章 再见丽达

　　现在，旅馆的大门口站着两个人。其中一个大个子，戴着一副眼镜，胳膊上别着一个红袖章，上面写着"纠察队长"。

　　"乌克兰代表团是在这儿开会吗？"丽达向那个大个子询问道。大个子严肃地回答说："就是这里！您有什么事吗？""我是来开会的。"丽达边回答边往里面走。大个子用手拦住正要进去的丽达，说："请出示您的证件。只有正式代表和列席代表才能进去。"丽达从提包里拿出自己的代表证递到大个子面前。大个子看见上面印着"中央委员会委员"的字样，马上说："请吧，请进。"

　　丽达从一排排椅子中间穿过去，看见一个空座位，就坐了下来。丽达认真地听着主席阿基姆的讲话，他现在开始核对到会人员。

　　丽达聚精会神地听着，突然，她听到"柯察金"，那个人的声音她并不清楚，但这个名字却是这样熟悉，丽达不禁心里一颤。

前面很远的位置上有一只手应声举了起来，随后又放下了。丽达迫切地想看看那个和她的亡友同姓的人。她目不转睛地盯着刚才那个人举手的位置，但是从后脑勺丝毫看不出他的模样。丽达站起来，顺着靠墙的通道向前排走去。这时候，阿基姆已经念完了名单，场上开始骚动起来，代表们大声说着话，青年人发出愉快的笑声。于是阿基姆提高声音强调会议的时间："大家不要迟到！大剧院，七点……"

　　大厅门口很拥挤。丽达明白，她不可能在拥挤的人流中找到刚才名单中念到的柯察金。突然，她听到身后有人说："柯察金，咱们也走吧，怎么样？"接着，丽达听到了一个那么熟悉、那么难忘的声音回答说："走吧。"

　　丽达急忙回过头来，只见面前站着一个身材高大的青年，

他皮肤有些黑,穿着草绿色军服和蓝色马裤,腰上系一条高加索窄皮带。丽达睁圆了眼睛看着他,直到自己被一双手热情地抱住,而后又听到了那么亲切的一声"丽达"时,她才明白,这真是保尔·柯察金——她的"亡友"。

"保尔,是你!你还活着?"原来丽达不知道他死去的消息是误传,她一直以为保尔已经离开了人世。

大厅里的人全走光了。从敞开的窗户外传来了本市的交通要道——特维尔大街的喧闹声。时钟响亮地敲了六下,他俩都觉得时间过得太快了。钟声催促他们到大剧院去。当他们沿着宽阔的阶梯向大门走去的时候,丽达又仔细看了看保尔。他现在比她高出半个头,还是从前的模样,只是神情更加坚定,更加沉着了。

他们走上了大街。街上,汽车鸣着喇叭飞驰而过,喧嚷的行人来来往往。他俩一直走到大剧院,路上几乎没有说话,他们的内心都异常激动。剧院周围人山人海,代表们都自豪地举起证件,从警戒线穿了过去。

丽达和保尔费了很大的劲,才挤到会场门口。其他代表们也乘坐电车、汽车陆续来到会场。会场门口被挤得水泄不通。

"咱们就坐在这儿吧。"保尔和丽达走进正厅后,丽达指着后排的位子说。他们在角落里坐了下来。丽达看了看手表,说:"离开会还有一段时间,你给我讲讲杜巴瓦和安娜的事情吧。"保尔目不转睛地注视着她,她有点不好意思。

"丽达,我本不想现在说这件事,可如果你非要我说,我只能说说了。他们的关系是当着我的面彻底破裂的，依我看，安娜别无选择。他们之间积累了那么多矛盾，分开是唯一的出路。感情破裂的根源是他们在党内问题上的分歧。杜巴瓦始终是个反对派，安娜没少受他的气。安娜提出要和他分开，杜巴瓦不愿意，并且保证今后他们之间不会再有这样的分歧，请她不要离开他，要帮助他渡过难关。安娜同意了。有一段时间她似乎相信，一切都会好起来。她没有再听到他恶语伤人，她给他讲道理，他也不作声，不再反驳。安娜相信，他在认真检讨过去的立场。

　　"她从扎尔基那里听说，杜巴瓦在共产主义大学也不再捣乱，跟扎尔基的个人关系也能做到和睦相处。不久前的一天，安娜因为怀孕有些不适，便在上班时间请了假，回家休息去了。她和杜巴瓦住的是套间，两个房间有门相通。不一会儿杜巴瓦带了一大帮同志到家里来，结果安娜无意中听到了一个有组织的托派小组会议的全部内容。而且，为了迎接全乌克兰共青团代表会议，他们还印刷了一份宣言之类的东西，准备藏起来，在会议时偷偷散发给代表们。安娜这才猛然清醒：原来杜巴瓦根本就没有改变。等大家走后，安娜把杜巴瓦叫到自己房间，要求他解释刚才发生的一切。那一天我正好到达哈尔科夫参加代表会议，在中央委员会遇见了基辅的代表。塔莉亚给了我安娜的地址，她住得很近，我午饭前去看望她，因为在她工作的党中央妇女部我没能找到她。你瞧，不早不晚，我到的时候，正好赶上他们之间的'谈判'了。"

丽达听着，微微皱起眉头，内心为这样的巧合感到意外，也觉得无奈。保尔不再出声。他望着丽达，回想她以前在基辅时的模样，又同眼前的她比较，再次意识到她比那个时候成熟了，更具有女性的魅力了。她的手指抓住他的手，轻轻拽了一下，要他继续说下去。"后来呢？保尔。"保尔接着往下说，同时他紧紧抓住了她的手指，没有松开。

"安娜见到我，自然心里很高兴。杜巴瓦却是冷冰冰的。原来他已经知道我同反对派作斗争的情况。这次见面就有些怪怪的，我成为他们之间矛盾的'判官'。安娜不停地诉苦：'你瞧，保夫鲁沙，他不只欺骗我，还欺骗党。他组织什么地下小组，还在那儿煽风点火，当着我的面却说不会那么干，还要我帮助他。今天的事，我要写信报告省监察委员会。'杜巴瓦很不满意，喃喃地说：'得了，得了，我怕你吗？走吧，去汇报吧。这种党，连老婆都要当特务，偷听丈夫的谈话，这样的党，我才不要当什么党员呢！'这种话对安娜来说当然太过分了。她喊了起来，叫杜巴瓦走开。后来，我听塔莉亚说，安娜打算流产。跟杜巴瓦分开的事，看来已成定局。我们动身去莫斯科那天，扎尔基收到消息，党的三人小组给了杜巴瓦严厉的处分。还好，杜巴瓦总算没被清除出党。"

嘈杂声越来越大了。保尔似乎觉得，丽达好像没听他说话。他刚一停下，丽达就激动地说："杜巴瓦的事，咱们今天就说这些吧。干吗把余下的时间都浪费在不愉快的事情上呢！这儿充满生机与朝气，我们应该沉浸到现在会场的气氛中去。"

丽达朝他身边挪了挪，他们挨得更近了。为了让声音小些，她朝他探过身去。"有一个问题，我想要你回答我。"丽达说，"虽然事情已经过去，但是我想你会告诉我的：当初你为什么要中断咱们的学习和友谊呢？"

虽然保尔刚一跟她见面，就想到她可能会提这个问题，但真的听到这个问题时他还是感到很尴尬。他们的目光交会，保尔似乎看出丽达是知道原因的。

"丽达，我想你是完全清楚的。这已经是三年前的事了，现在我只能怪当时的保尔。这样说吧，我一生中犯过不少错误，你现在问的大概也是其中的一个。"

丽达微微一笑，说："这是一种很能说服人的说法。但是我想听到的是你的直接答案。"

保尔低声说下去："这件事不能完全怪我，'牛虻'和他的革命浪漫主义要负一定的责任。有一些书塑造了革命者的鲜明形象，他们英勇无畏，全身心地投入到革命事业，给我留下了不可磨灭的印象，所以我想像他们一样去战斗。我对你的感情，就是照'牛虻'的方式处理的。看来我这样做似乎有些可笑，但在我内心这样的错误让我有些遗憾。"

"保尔，这番话三年前就应该说，可是直到现在才说，只能使人感到遗憾了。"丽达面带笑容，满怀心事地说。

"丽达，你说使人遗憾，是不是因为我永远只能是你的同志，而不能成为更亲近的人呢？"

丽达微笑着回答保尔，接着她解释说："我现在已经有了个小女儿。她有个父亲，是我的好朋友。我们三个生活得很美满，现在我们是亲密无间的一家人。"

丽达从保尔的眼睛里看得出来他现在很难过，但是她也能感到保尔的话是真诚的，他毫不掩饰地说："不管怎么样，我得到的东西还是很多的，而且对我而言得到的比失去的更珍贵。虽然有些遗憾，但我不会后悔。"

保尔和丽达站了起来，他们朝乌克兰代表团座席走去。乐队奏起了乐曲。巨大的横幅标语像火一样温暖着每个人的心。楼上楼下的几千个座位全都坐满了人。

大会每天从清晨开到深夜，占去了与会者的全部时间。保尔只是在最后一次会议上才再次见到了丽达，她正和一群乌克兰代表在一起。丽达对他说："明天开完会后，我就要回去了。不知道临别的时候，还能不能再见一次面。我今天把过去的两本日记找了出来，还写了一封短信，准备留给你。你看完了，记得把日记给我寄回来。这些东西会把我没向你说的事情全都告诉你。"保尔握了握她的手，目不转睛地看了她好一会儿，他要把丽达的样子牢记在心里的最深处。

第二天，他们如期在大门口见了面。丽达交给保尔一个包和一封信。周围人很多，因此他们告别的时候很拘谨，保尔在丽达那湿润的眼睛里看到了淡淡的忧伤。一天以后，他们就要各奔东西，回到各自的生活。

第二天早晨，保尔一口气读完两本日记，把它们包起来捆好。到了哈尔科夫，奥库涅夫、潘克拉托夫、保尔和另外一些乌克兰代表都下了车。

潘克拉托夫当选为乌克兰共青团中央委员，有事要办。保尔决定顺便看看扎尔基和安娜，然后就同奥库涅夫他们一起到基辅去。他到车站邮局给丽达寄日记本，耽搁了一会儿，出来的时候朋友们已经全都走了。

保尔独自坐电车到了安娜和杜巴瓦的住所。他走上二楼，敲了敲门。里面没有人回应。时间还很早，安娜应该不会这么早就去上班。这时隔壁的门打开了，睡眼蒙眬的杜巴瓦走了出来，站在门口。他脸色蜡黄，眼圈发黑，身上散发着刺鼻的洋葱味和酒味，从半开的房门里，保尔看见床上躺着一个半裸的胖女人，保尔失望至极。

保尔回到基辅又开始了忙碌的工作。两年过去了，伟大的人民第一次成为自己辽阔土地和无穷宝藏的真正主人，他们英勇地、紧张地劳动着，重建被战争破坏了的家园。国家在日益巩固，不断积聚着力量，人民都投入到激动人心的战后经济建设中。

保尔觉得，这两年过得飞快，忙碌的工作让他的时间总是不够用。他甚至连睡觉的时间也觉得不能浪费。深夜还经常可以看到他的窗户亮着灯光。两年里他学完了《资本论》第三卷，弄清了资本主义剥削的各种问题。

夏天对保尔来说是珍贵的。秋冬季节，保尔的身体会有许多痛苦，那样他将难以工作。精力一年不如一年了，这一点保尔不得不承认，这让他感到非常难过。现在只有两条出路：要么承认自己经受不了紧张工作带来的种种困难，从而放弃工作；要么坚守岗位，直到完全不能工作为止。他坚定地选择了后者。

有一回，专区党委常委会开会的时候，专区卫生处长巴尔捷利克，一个做过地下工作的老医生，悄悄凑到保尔跟前，说："保尔，你的气色很不好呀。到医务委员会检查过吗？你一定得检查一下，亲爱的朋友。星期四来吧，下午我在医委会等你。"

保尔因为有许多事情缠身，没有到医务委员会去。巴尔捷利克就亲自来把他拉到医委会那里。医生仔细检查了保尔的身体。巴尔捷利克也以神经病理学家的身份参加了身体检查。检查之后，写了如下处理意见：医务委员会认为柯察金同志必须立即停止工作，去克里木做长期疗养，并进一步采取积极治疗，否则后果不堪设想。

巴尔捷利克把医务委员会的决定送交常委会批准，所有人都同意立即解除保尔的工作，但是保尔自己提议，等共青团专区委员会组织部部长斯比特涅夫休假回来之后他再离开。这个要求立刻遭到巴尔捷利克的强烈反对，但保尔也很坚持，大家只得勉强同意了。

保尔这些日子把工作抓得更紧了。他为了把工作做好，还特别安排召开了专区团委全体会议，在最后的工作时间里保尔更是竭尽全力。

　　保尔到了中央委员会的"公社战士"疗养院。刚到疗养院，一位女医生立即为保尔登记了姓名，并把保尔领到他的房间。房间在医院一个拐角的房子里，看上去宽敞整洁，床上铺着洁白干净的床单，周围的环境也很好。保尔洗了个脸，顿时感到神清气爽，接着他又换了衣服，迈着轻缓的步子向海边走去。

　　眼前是深蓝色的大海，它无比广阔。远处，透过晨雾，群山的影像若隐若现。海风带来了清新的空气，保尔深深地吸了一口气，他凝望着庄严而平静的大海，内心感到了一种前所未有的轻松。

# 第七章　病魔缠身

中央委员会"公社战士"疗养院的旁边，是中心医院的大花园。在花园的一面灰色的高墙附近，长着许多枝繁叶茂的法国梧桐，保尔常常在这里的法国梧桐下休息。

最初几天，他一直处在神经过敏的紧张状态中，头疼的症状也没有缓解。教授们一直在研究他这种奇怪的病情。一次又一次的叩诊、听诊，保尔感到很无奈，他的内心有些烦躁了。

此刻的宁静对保尔而言是很珍贵的，他想今天可能不用检查了。在蒙眬的睡意中保尔听到了脚步声，他心想："也许来人以为我睡着了，会走开的。"但是，摇椅嘎吱响了一声，有人坐了下来。保尔只好睁开眼，发现一个女人坐在旁边的摇椅上，女人不好意思地笑了笑，说："真抱歉，打扰到您了！"

保尔没有出声，他希望这个女人因为他的不理睬而走开。

她看了保尔一眼，问道："同志，我好像在哪儿见过您。您在哈尔科夫工作过吗？"

"是的，在哈尔科夫。"

　　"做什么工作？"

　　保尔只想离开这个不再安静的地方，便回答说："洗厕所的！"

　　她听了哈哈大笑，保尔不由得有些不好意思了。

　　"同志，您这种态度，恐怕不太礼貌吧！"

　　这是朵拉和保尔的第一次见面，之后他们

之间居然建立了深厚的友谊。哈尔科夫市党委常委朵拉·罗德金娜后来不止一次回忆起他们结识时的不可思议的情景。

　　一天午饭后，保尔到疗养院的花园去看歌舞演出，没想到在这里竟遇上了扎尔基。扎尔基在一个专区的党委会负责宣传鼓动工作。"告诉你一个好消息，我已经结婚了。很快就要当父亲了。"扎尔基说。

　　"是吗，你和谁结婚了？"保尔惊奇地问。扎尔基从上衣口袋里掏出一张相片给保尔看。那是他和安娜·博哈特的合影。

　　"那杜巴瓦怎么样了呢？"保尔更加惊讶了，又问道。

　　"他去莫斯科了。被开除出党以后，他就离开了共产主义大学,现在在莫斯科高等技校学习……你知道潘克拉托夫在哪儿吗?他现在当了造船厂副厂长。其他人的情况我不太清楚了,大家都没有联系。咱们都分散在各地,现在能碰上你,真是太高兴了。"扎尔基说。

深秋的一天,保尔和两名工作人员乘专区党委会的汽车到离城很远的一个区办事,在路上,汽车掉进路边的壕沟里,翻了车。保尔的右膝盖被压坏了。几天以后,他被送到哈尔科夫外科学院交由几个医生会诊。医生们检查了他红肿的膝盖,主张立即动手术,保尔同意了。

手术的时刻到来了。手术室里,几个人戴着大口罩。保尔回头瞟了一眼,护士正在安放手术刀和镊子。责任医生巴扎诺娃为他解开腿上的绷带,轻声对他说:"柯察金同志,您别往那边看,看了会影响您的神经。""您说的是我的神经,大夫?"保尔不以为然地笑了笑。几分钟以后,保尔的脸给蒙上了厚实的面罩,教授对他说:"放轻松,现在就给您施行氯仿麻醉。请您深呼吸,用鼻子吸气,数数吧。"面罩下传出了低沉而平静的声音:"好的,如果我忍不住说出了脏话,在这儿我先请你们原谅了。"教授忍不住笑了笑。

保尔深深地吸了一口气,开始数起数来。保尔身体的悲剧就这样开始了,并且为他今后的生活埋下了祸根。

当天晚上,巴扎诺娃把保尔领到她父亲巴扎诺夫宽敞的工作室里,让父亲给保尔做了详细检查。巴扎诺娃也在场,她从医院拿来了 X 光片和全部化验单。谈话中间,她父亲用拉丁语说了很长一段话，她听了之后，脸色顿时变得煞白。

在巴扎诺娃那间整洁雅致的房间里，保尔靠在沙发上，等待她开口。但是她不知道从何说起，她感到很为难。父亲告诉她，保尔体内的致命炎症正在扩散，医学现在还无法控制。教授反对再做任何外科手术，他说："这个年轻人面临着瘫痪的悲剧，我们却没有能力阻止它。"

作为保尔的医生和朋友，巴扎诺娃实在不忍把这一切都向保尔说明，她只是向他透露了一小部分情况。

这天晚上，保尔到底还是没能了解到真实情况。临别的时候，巴扎诺娃轻声叮咛他："柯察金同志，别忘记我们的友情。如果您以后需要我的帮助，或者希望我出个主意，您就给我写信。我一定尽全力帮助您。"

又到了叶夫帕托里亚。保尔坐汽车，大概只花了十分钟就到了迈纳克疗养院，值班医生把新来的人领到各个房间。

到了月底，保尔的病情恶化了。直到离开疗养院，他始终无法下地行走，这让保尔内心十分难受。出院前一个星期，保尔收到乌克兰共青团中央的一封信。信里通知他假期延长两个月，并且说，根据疗养院的意见，按他目前的健康状况，不能让他恢复工作。随信还汇来了一笔钱。

不久，他又意外地收到了母亲的一封来信。母亲在信里说，她有个老朋友，叫阿莉比娜·丘察姆，住在离叶夫帕托里亚不远的一个港口，她们已经十几年没有见面了，母亲要儿子一定到她家去看一看。就是这封偶然的来信对保尔以后的生活产生了重大的影响。一星期后，保尔决定到母亲的朋友家里去，疗养院的人都来送他。

第二天早晨，保尔来到丘察姆家，那是一座带花园的小房子。丘察姆一家五口人：母亲阿莉比娜·丘察姆，两个女儿廖莉娅和达雅，廖莉娅的小男孩，还有老头子丘察姆。

保尔把他所知道的家事，耐心地一一讲给阿莉比娜听，顺便也问了她们的生活情况。

几天之后，保尔乘火车到哈尔科夫去，达雅、廖莉娅都到车站送行。她们像是在送别自己的亲人一样，达雅两眼噙着泪水，车开出好远了，保尔还能从窗口看到廖莉娅手中挥动的白手帕和达雅的条纹上衣。

到了哈尔科夫，保尔乘车来到中央委员会，等了一会儿，他见到了阿基姆。当只剩下他们两个人的时候，保尔要求马上给他分配工作。阿基姆摇头拒绝："这可办不到，保尔。我们这儿有医务委员会和党中央的决定，上面写着：'鉴于病情严重，应送神经病理学院治疗，不予恢复工作。'"

但是，保尔非常固执，一再坚决要求，阿基姆实在没有办法，只好答应了他。

第二天，保尔就到中央委员会书记处机要科上班了。他想只要一开始工作，失去的体力就会恢复。但是第一天他就发现希望破灭了。他在科里往往一坐就是八个小时，饭也吃不上，因为他没有力气从三楼下来去食堂吃饭。不是这只手，就是那只脚，时不时地会麻木。有的时候，他全身都不能动弹，而且发高烧。到了上班的时候，他常常会突然无法动弹。等这阵发作过去，他才绝望地发现已经迟到一个小时了。这时他才意识到，他生活中最可怕的事情开始了——他要被迫停止工作了。

由于保尔坚持要工作，阿基姆又帮了他两次忙，调动了他的工作。但是不可避免的事情还是发生了：过了一个多月，保尔再次卧床不起了。这时候，他想起了巴扎诺娃临别时的叮咛，于是给她写了一封信。她当天就来了，保尔从她那里了解到一个很重要的情况：他也许可以不用住院。

体力刚刚有些恢复，保尔又来到中央委员会。这一回阿基姆坚决不答应。他命令保尔去住院，保尔闷声闷气地回答说："我哪儿也不去。住院没有用，这是权威人士的意见。我的出路只有一条——领抚恤金，退休。但是我绝不能这样做。"

阿基姆理解这个不久前健康积极的青年的感情。

从这天起，保尔的健康状况越来越差。恢复工作是根本不可能的事了。他大多数日子是在病床上度过的。中央委员会解除了他的工作，并且要求社会保险总局发给他抚恤金。保尔拿到了抚恤金，同时还领到一张残疾证。保尔本来打算到莫斯科去，他仍然怀着一线希望，想在联共中央委员会找到生活的意义。但是在莫斯科也一样，大家都劝他治疗，并且想要给他找个好医院。于是，他打消了去莫斯科的念头。

这时，从那个黑海港口城市来了几封信。丘察姆家邀请保尔到她们那里去。她们家的生活越来越苦闷了，矛盾不断升级。她们盼望着他的帮助。

　　保尔决定应邀去丘察姆家，他离开了鹅舍胡同那座宁静的寓所，列车载着他奔向克里木南部温暖的海岸。保尔在火车上看着窗外的景色快速地闪过，他的眼神中显出坚定的力量。

# 第八章　钢铁意志

保尔再次到丘察姆家，使这一家的矛盾急剧升级。

老头子听说他来了，暴跳如雷，在家里大闹了一场。保尔义不容辞地带领着母女三人展开了反抗。老头子万没想到，妻子和女儿会这样大胆，强烈地对他进行反击。从保尔到来的那天起，这一家人就分开过了，分成了两边，互相敌对，彼此仇视。通向两个老人房间的过道都被封死了，一间小厢房租给了保尔。房钱是预先付给老头子的。老头子起初很气愤，但是一想到两个女儿既然同他分了家，就再也不会向他要生活费用了，心里又很坦然了。

"等着瞧吧。我早晚要把你赶出去……"他低声嘟哝着。

保尔双手抱着头，陷入了沉思。他的一生，从童年到现在，一幕幕像放电影一样在他眼前闪过。这二十四年他过得怎样？好，还是不好？他回忆着一年又一年的情景，他把自己当作一个理智的局外人，重新审视着自己的一生。结果他还比较满意，觉得这一生过得还算不错。

但是他万没有想到自己会被疾病所困扰。他曾经拥有经得住任何考验的、结结实实的好身体。但是动乱的岁月要求人们付出超人的力量和意志。他毫无保留地把全部精力奉献给了革命事业。他献出了他拥有的一切，到了二十四岁，本应当是风华正茂的好时光，他却疾病缠身。他没有马上倒下，而是像一个真正勇敢的战士，咬紧牙关，追随着胜利的无产阶级的钢铁大军。在耗尽全部精力以前，他没有离开过战斗的队伍。

　　他站起来，朝大道走去。一个过路的山里人赶着四轮马车，顺路把他拉进了城里。进城后，他在一个十字路口买了一份当地的报纸，报上登着本市党组织在杰米扬·别德内依俱乐部开会的通知。保尔参加了这次大会。在这次积极分子大会上保尔作了他人生中的最后一次讲演。当他回到住处的时候，已经是深夜了。

　　达雅还没有睡，保尔出去这么久没有回来，她很担心，她怕保尔遇到什么不好的事情。白天的时候，她发觉保尔那双一向活泼的眼睛，今天显得严峻而冷漠。他很少讲到自己，但是达雅能感觉到，他正在遭受某种不幸。

　　下半夜了，钟声敲了两下，外面传来了叩门声。她立即披上外套，跑去开门。廖莉娅此时在自己房间里，喃喃地说着梦话。"我都担心你出了什么事呢。"保尔走进过道的时候，达雅小声对他说。她很高兴他终于回来了。

　　"放心吧！我不会出什么事的，达尤莎（达雅的昵称）。怎么，廖莉娅睡了吗？你知道，我一点也不想睡。我要把今天的事跟你谈一谈。到你屋里去吧，我们别把廖莉娅吵醒了。"他也轻声对达雅说道。

保尔把近几个月的全部心情和许多想法都告诉了她。

"情况就是这样。现在谈谈主要的吧。你们家里的矛盾现在很激烈，你应该把自己放出去，去接受新的事物，去感受新的知识，去开始新的生活。既然我卷入了你们的家庭斗争，咱们就把它进行到底。你我两人的个人生活都不痛快。我决定让我们俩结合起来，让我们共同直面这场斗争。你愿意做我的朋友，做我的妻子吗？"

达雅一直十分激动地听着他的倾诉，听到最后一句话时，她感到很意外，心不由得震了一下。保尔接着说："达雅，我并不要求你今天就答复我。你好好地全面想一想。你一定弄不懂，为什么这个人不献一点殷勤，也不说一句甜言蜜语，就提出这种问题。我不想用那样的方式。我把手伸给你，就在这儿，小姑娘，握住它吧。要是这次你相信我，你是不会后悔的。我们彼此需要。我已经想好了：咱们的结合一直延续到你成长为一个真正的人，成为我们的同志，我相信我能帮助你做到这一点。我们的结合是绝对神圣忠诚的。一旦你成熟了，你就可以不受任何义务的约束。也许有一天我会完全瘫痪，但请你相信，到那时我也绝不拖累你。"

保尔停了一下，深情地注视着达雅。接着他又亲切而温情地说："现在就请你接受我的友谊和爱情吧！"他紧紧握住她的手不放，内心很坚定，他相信他们的结合一定会成功。

　　达雅突然变得很有活力了，眼睛里闪着动人的神采，还经常可以听到她的歌声，和以前简直判若两人。廖莉娅第一个发现了这其中的秘密，从此，姐妹俩就疏远了。不久，母亲通过种种迹象也猜到了是怎么回事。她很担心，没有想到保尔会有这样的决定。有一次，她对廖莉娅说："他们两个根本就不是一类人。这么下去能有什么结果呢？"她忧心忡忡，却又没有勇气同保尔谈谈。

　　保尔的小房间里常常挤满了青年人，保尔和他们在一起轻松地交流，非常热闹。

　　这是工人党员积极分子小组的集会，保尔写信要求担负一点宣传工作，党委就把这个小组交给了他。保尔的新生活又开始了。保尔重燃了生活的热情，几经周折，终于又迎来了新的契机。他的目标是通过学习，借助文字，重返战斗行列。有了新的目标，新成长就开始了。不久，保尔和达雅搬到很远的一个滨海小城去了。

很快又过去了半年，国家开始进行伟大的工程。"钢""铁""煤"这三个名词频繁地出现在各种各样的报刊宣传上。

"我们要奋力前进、努力加油，赶上技术发达的资本主义国家，争取用最短的时间，建立起自己强大的工业，使我们在技术方面不依赖于资本主义世界，否则我们就会受制于资本主义世界。如果没有钢、铁、煤，不要说建成社会主义，就是保住正在进行社会主义建设的国家，也是非常困难的。"党将这样的讯息传递给全国人民，于是全国出现了为钢铁而战的空前热潮，人们迸发出前所未有的巨大激情。人们争分夺秒，为完成伟大的计划而奋斗。

在三万名向第聂伯河开战的大军中，有过去的基辅码头工人、现今的建筑工段段长潘克拉托夫。大军从两岸向河流夹击，从战斗打响的第一天起，两岸之间就展开了建设社会主义的竞赛，这是工人生活中的新生事物。

潘克拉托夫轻快地在跳板上、小桥上跑来跑去，搅拌机旁、土壤沟里、装卸水泥钢材的站台上，到处都可以看到他忙碌的身影。一大清早，他就出现在工区，直到深夜才睡倒在行军床上。

有一次，他面对晨雾笼罩的河面，看着河岸上一望无际的建筑材料出了神，不禁回想起在森林中修筑铁路的那一幕幕。

当时那不可能完成的伟大工程，同今日的情景相比，就显得有些微不足道了。

"看看咱们现在这势头，发展得多快。第聂伯河这匹烈马让咱们给制服了。咱们再也不用在这急流险滩上折腾吃苦头啦。给你一百万度电，都没问题！这才是咱们真正生活的开端。"一股巨大的热流从他胸中涌起，"当初修筑铁路的那些弟兄们在哪儿呢？要是保尔，还有扎尔基两个人都能来的话，那该多好呀！那我们就是一支最厉害的建设队伍啦。"想到当初的大工程，他又不由得想起了老朋友们。

潘克拉托夫深深地吸了一口河边清新的空气，他感到浑身充满了力量。他很想念他的战友保尔·柯察金，他现在还在那个偏僻遥远的滨海小城，为争取归队而与病魔进行着顽强艰苦的斗争。潘克拉托夫为保尔的身体担心，也为保尔找到新的目标而欣慰。

生活还是一如既往地开展。达雅做工，保尔学习。他刚要着手小组工作，身体便再一次给他设置了障碍：他的双腿瘫痪了。现在只有右手还能活动。他做了许多努力，都没有效果，他知道以后再也不能行动了，这时候，他气愤得把嘴唇都咬出了血来。达雅内心也很痛苦，因为她觉得自己无法帮助保尔。

保尔抱歉地微笑着说："达尤莎，咱们离婚吧。我说过我绝不会拖你的后腿，今天你就好好想一想，我亲爱的。"达雅不让他继续说下去。她再也藏不住了，忍不住放声痛哭起来。她哽咽着，把保尔的头紧紧搂在怀里。

在一个阴湿的冬天的晚上,达雅带回来她获得第一个胜利的好消息——她当选为市苏维埃委员了。从那时起,保尔就很少见到她。下班以后,达雅经常从她工作的那个疗养院食堂,径直到妇女部或苏维埃去,深夜才回到家里。她虽然很疲劳,脑子里却装满了新鲜事物。吸收她为预备党员的日子临近了,她怀着十分激动的心情迎接着那一天的到来。可是,这个时候保尔的病情却在继续恶化,他的右眼发炎,火烧火燎的,疼得难以忍受,接着左眼也感染了。不久,他的眼睛就失明了。这是一个怎样的打击呀!它将保尔最后阅读的权利也给剥夺了。

就在他最痛苦的日子里,达雅激动而又高兴地告诉他:"保夫鲁沙,我现在是预备党员了。"这对保尔来说也是一个天大的好消息,他的精神也为之一振。

有一天,保尔写信给区委

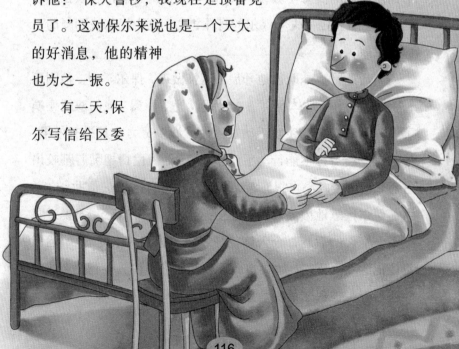

书记，请他来一趟。保尔要求区委书记沃利梅尔给他派一个人来帮助他坚持学习，继续斗争。沃利梅尔就把列夫·别尔谢涅夫派来了。第二天晚上，别尔谢涅夫来看保尔，他们一直谈到半夜。别尔谢涅夫离开时，保尔的心情好了很多，他相信这个人能给他的生活带来新的阳光。

一天清早，别尔谢涅夫在房里一面安装收音机，一面讲着他经历过的最有意思的事情。天黑的时候，别尔谢涅夫庄重地把耳机递给保尔。太空中传来一片杂音。一片嘈杂声中，可变电感器的线圈突然收到了播音员甜美的声音："注意，注意，这里是莫斯科广播电台……"

小小的收音机，通过天线，可以收听到世界上六十个电台的播音。疾病割断了保尔同生活的联系，现在生活通过收音机，又闯了进来，他又重新感受到了生活的力量和勇气。疲劳的别尔谢涅夫看见保尔两眼闪烁着光芒，心里也很高兴。

保尔又重新接受了辅导一个小组的任务。

晚上，家里又热闹起来。保尔只要每天同青年人在一起度过几个小时，就会获得新的活力。

失明虽然很不幸，但收音机又给了他能量。他以顽强的意志继续学习，忘记了一直在发烧的身体，忘却了肉体的剧烈疼痛，他用坚强的意志战胜了病魔带来的痛苦。

在马格尼托戈尔斯克钢铁企业建筑工地上，继保尔那一代共青团员之后，青年们高举共产国际的旗帜，建立了功勋。当收音机把这个消息传来时，保尔内心兴奋不已。

　　在第聂伯河上,泛滥的洪水对人们生命和财产的安全构成了严重的威胁。又是共青团员们在前线抗灾,他们顾不上休息,连续苦战两昼夜,终于把河水赶进了闸门。在这场艰巨的抢险斗争中,走在前面的是新一代的共青团员。通过收音机,保尔在英雄模范人物的名单中,听到了一个熟悉的名字——伊格纳特·潘克拉托夫。能从收音机里了解到老朋友的情况,保尔非常激动。

# 第九章　新生活建设者

　　保尔的病需要得到进一步的治疗，于是达雅和保尔一起来到了莫斯科。刚来的那几天，他们住在一个机关的档案库里，很快，这个机关的首长就安排保尔住进了一所专科医院。

　　时间匆匆流走，保尔在病床上一躺就是一年半。这段时间里他遭受的痛苦是难以形容的。教授坦率地告诉保尔，恢复视力是不可能的。如果将来有一天炎症能够消失，可以试着给他做瞳孔手术。目前，他还是建议先进行外科治疗，消除炎症。

　　当保尔躺在手术台上，手术刀割开颈部，切除一侧甲状旁腺的时候，死神就在他旁边，虎视眈眈地看着他。达雅在外面提心吊胆地守候，手术过后，她看见丈夫的脸色虽然像死人一样惨白，但是仍然还活着。庆幸之余，她更爱自己的丈夫，觉得更离不开他了。保尔坚定地选择了一条道路，决心通过这条道路回到新生活建设者的行列。

　　保尔给中央委员会写了一封信，请中央委员会帮助他在莫斯科安顿下来，因为他的妻子就在这里工作。保尔希望能安定下来，坚持斗争。这是他生平第一次向党提出请求。

莫斯科市苏维埃收到他的信以后，即刻拨给他一个房间。于是他离开了医院，保尔希望自己永远不要再回来了。

房子在克鲁泡特金大街一条僻静的胡同里，虽然房子不大，但保尔已经很满足了。夜间醒来的时候，他常常不能相信，他已经离开了医院，离开了那个让他感到恐惧的地方。

达雅已经转为正式党员。她顽强地工作着，尽管个人生活中有那么大的不幸，但她并没有落在其他突击手的后面。群众对这个积极工作的女工表示了极大的信任，选举她当了厂委会的委员。保尔为妻子成了布尔什维克而感到自豪。

有一次巴扎诺娃到莫斯科出差，前来探望保尔。他们谈了很久。保尔很高兴地告诉她，他重新选择了一条道路，不久的将来就可以重新回到战士的行列。

巴扎诺娃注意到保尔两鬓已经出现了白发，低声对他说："我看得出，您一定经受了不少痛苦。您仍然没有失去那永不熄灭的热情。这真是一件伟大的事呀！您内心涌动的热情，现在终于要再度爆发了！现在您决定用写作的方式来继续革命事业，这太棒了。我想知道您是如何进行写作的呢？"

保尔笑了笑，对她说："我当然想好了办法。明天他们给我送一块有格的板子来，是用硬纸板刻出来的。这个办法我也是想了很长时间才想到的——在硬纸板上刻出一条条空格，写的时候，铅笔就不会出格，我也不会写到别的地方去了。对一个盲人来说，写作是有困难的，但是我会努力的。现在我慢慢写，每个字母都仔细写，应该还不错的。"

保尔打算写一部中篇小说，描写科托夫斯基的英勇的骑兵师，书名早就在保尔的心中了：《暴风雨中的儿女》。

从这天起，保尔把全部精力投入到这本书的创作中。他缓慢地写了一行又一行，一页又一页。他忘记了一切，完全被书中人物的形象吸引了。不久，他就第一次尝到了创作的痛苦：那些鲜明难忘的情景浮现在眼前，他却总找不到恰当的词句来表达，他内心有着火一样的热情，但下笔却没有那么自然。

写作过程中，保尔往往要凭记忆整页整页地甚至整章整章地背诵。小说已经写完了三章。保尔把它寄到敖德萨，给科托夫斯基的老战友们看，征求他们的意见。他很快就收到了回信，大家都称赞他写得好。但是原稿在寄回途中被邮局弄丢了。六个月的心血就这样白费了，这对保尔是个很大的打击。他非常懊悔当初没有复制一份，而把唯一的一份手稿

寄出去了。

虽然懊悔，但保尔马上又重新开始了。保尔的老战友列杰尼奥夫给他弄到一些纸，帮助他把写好的稿子用打字机打出来。一个半月之后，第一章完成了。

跟保尔住一套房间的是一家姓阿列克谢耶夫的，他家的大儿子亚历山大是本市一个区的团委书记。亚历山大有一个十八岁的妹妹，叫加莉亚，她已经从工厂的工人学校毕业了。这是个朝气蓬勃的姑娘。保尔让母亲跟她商量一下，看她是不是愿意帮助他写作。当她听说保尔正在写一部小说，立马说道："柯察金同志，我非常愿意帮助您。"

有了加莉亚的帮助，保尔创作的进度快了许多。一个月之后，保尔自己都不敢相信写了那么多。加莉亚深切地同情保尔，她的铅笔在纸上卖力地写着，遇到特别喜欢的地方，她总要反复念上几遍，她也被书中的人物深深吸引住了。

因公外出的列杰尼奥夫回到了莫斯科，他来看保尔，读了小说的前几章以后，说："坚持干下去，朋友！胜利一定属于我们。还有更大的喜悦在等待着你，保尔同志。我坚信，你归队的理想很快就能实现。不要失去信心，我们都相信你！"

这位老同志看到保尔精力十分充沛，心里很高兴。

加莉亚经常来，她的铅笔在纸上沙沙地响着，一行一行的字句，在纸上越来越多记录着那些激情燃烧的岁月。一天的工作结束了，加莉亚把记下来的东西念给保尔听，她发现保尔听得很认真，有时还会皱眉头。

"您干吗皱眉头呢，柯察金同志？我觉得写得很好呀！"

"不，加莉亚，写得不好。"

他认为写得不成功的地方，就一定会亲自动手重写。可是，那个格子板并不如眼睛那样好使，保尔有时一着急，也会生气发火。这样没有光明的生活，让他写得很窝火，尤其是他自己要写的时候，失明的痛苦仿佛瞬间成倍增加。

人人都会被情感击中，忧伤、生气、喜悦，人人都可以将感情自然地抒发。保尔有着坚强的钢铁意志，他不被情感左右，但有时他越控制，情感反而越强烈。最终，保尔还是用他的钢铁意志战胜了一切。

最后一章终于写成了。加莉亚花了几天时间把小说通读了一遍。明天就要把书稿寄到列宁格勒，请州委文化宣传部审阅。

书稿的命运决定着保尔的命运。如果书稿被彻底否定，那沉重的打击必会将保尔击垮。如果失败是局部的，通过进一步加工还可以挽救，他一定会再一次站起来，重新振作。

母亲把沉甸甸的包裹送到了邮局。紧张的等待开始了。保尔一生中还从来没有像现在这样痛苦而焦急地等待过来信。

他从早班信盼到晚班信。列宁格勒一直没有回音。

保尔一次一次地问自己："为了重返队伍，为了新的生活，为了回到同志们的行列，你付出了一切吗？你已经竭尽全力了吗？"每次的回答都是肯定的，保尔的内心也渐渐舒缓了一些。

过了很多天，就在保尔等得快失去信心的时刻，母亲激动地拿着电报跨进保尔的房间，边跑边喊："列宁格勒来信了！"

这是州委打来的电报。电报上只有简单几个字：

小说备受赞赏，即将出版，祝贺成功！

他激动不已，重重地舒了一口气。多年的愿望终于实现了！保尔·柯察金终于战胜了病魔，经受住了现实的考验，在自己认定的道路上迈向了成功，现在他又一次回到战斗的行列，新的生活正向他热情地招手！

保尔看着电报，仿佛看到了崭新的未来！